22.99

SL
Beij

W0029444

Gemeindebuecherei Feldkirchen-W.

AUSGESCHIEDEN

00999188

Kees van Beijnum

Die Zerbrechlichkeit der Welt

Kees van Beijnum

Die Zerbrechlichkeit der Welt

Roman

Aus dem Niederländischen
von Hanni Ehlers

C. Bertelsmann

Die niederländische Originalausgabe erschien 2014 unter dem Titel *De Offers* bei De Bezige Bij, Amsterdam.

Der Verlag weist ausdrücklich darauf hin, dass im Text enthaltene externe Links vom Verlag nur bis zum Zeitpunkt der Buchveröffentlichung eingesehen werden konnten. Auf spätere Veränderung hat der Verlag keinerlei Einfluss. Eine Haftung des Verlags ist daher ausgeschlossen.

Dieser Roman geht von historischen Fakten aus, ist jedoch Fiktion und von der Wirklichkeit losgelöst. Wo immer ein Erzählstrang geschichtliche Ereignisse berührt, gilt, dass der Autor sich diese anverwandelt und fiktionalisiert hat. Das Gleiche gilt für die im Buch vorkommenden Personen und Orte.

Die Übersetzung wurde dankenswerterweise gefördert vom

Verlagsgruppe Random House FSC® N001967

1. Auflage
Copyright © 2014 by Kees van Beijnum
Copyright © der deutschsprachigen Ausgabe 2016
by C. Bertelsmann, München, in der Verlagsgruppe Random House GmbH,
Neumarkter Straße 28, 81673 München
Umschlag: buxdesign, München, nach einem Entwurf
von Studio Jan de Boer
Umschlagmotiv: Koson, Ohara (1877–1945) / Freer Gallery of Art, Smithsonian
Institution, USA / Robert O. Muller Collection / Bridgeman Images
Satz: Uhl + Massopust, Aalen
Druck und Bindung: GGP Media GmbH, Pößneck
ISBN 978-3-570-10281-7

www.cbertelsmann.de

ERSTER TEIL

1

Es ist Donnerstag, heute Abend wird er sie sehen. Eine sanfte Unterbrechung der Gerichtsverhandlungen und des Aktenstudiums eine Stunde pro Woche. Mehr erwartet er nicht. Mehr möchte er nicht. Brink schließt die Augen. In Gedanken sieht er den Schatten ihrer Schultern, die kleinen Brüste, die in Japan, wie er gelernt hat, dem traditionellen Ideal weiblicher Schönheit entsprechen. Es fällt ihm schwer, sich auf Keenan zu konzentrieren. Aus den Szenen der Gewalt, die der amerikanische Hauptankläger heraufbeschwört, aus den rauchenden Trümmern Nankings steigt sie vor Brink auf wie eine leuchtende Lilie.

Auf der Zeugenbank nimmt ein Einwohner von Nanking Platz. Die Stimme des jungen Chinesen ist so leise und dünn, dass Keenan ihn zweimal ersuchen muss, lauter zu sprechen, weil der Dolmetscher ihn nicht versteht.

Mit gesenktem Blick erzählt der Zeuge, wie er sich stundenlang in einem Berg aus Leichen versteckt halten konnte.

Brink macht sich Notizen und beobachtet die Angeklagten, achtundzwanzig insgesamt. In Reihen hintereinander sitzen sie ihm gegenüber wie Zuschauer in einem kleinen Theater. Ihre glatten Gesichter, blass von den Monaten der Haft im Sugamo-Gefängnis, stechen im grellen Licht der Deckenlampen gespenstisch weiß hervor. Unergründlichkeit als erste und letzte Verteidigungslinie gegen die Richter, Protokollführer, Ankläger, Verteidiger und Journalisten, Fotografen und Kameramänner. Auf der Tribüne sitzen die japanischen Zuhörer von denen aus dem Westen getrennt.

Der Chinese erzählt, dass ein japanischer Offizier seine Lederstiefel gegen Gummistiefel austauschte und darin über den Leichenberg lief. Den noch Lebenden schoss er mit einer Pistole in den Kopf. Über Kopfhörer lauschen die Angeklagten der Übersetzung seiner Worte. Oder tun so als ob. Bis zum Zeitpunkt der Urteilsverkündung ist ihre Welt, abgesehen von der Unsicherheit und Bedrohung, vor allem monoton und eingeschränkt. Sie werden im Gefängnis am Leben erhalten, um täglich hier vor Gericht zu erscheinen. Die Zeit von Generaluniformen und Ministerposten, von Mythen und Doktrinen ist vorbei. Sie existieren nur noch als Kriegsverbrecher der »Kategorie A«, die man für zwölf Millionen Opfer verantwortlich macht – es können auch eine Million mehr oder weniger gewesen sein. Für die Dauer der Prozesse sind ihre Leben mit seinem, Brinks Leben, dem Leben des jüngsten der elf Richter, verknüpft.

Nach der Verhandlung fährt er nicht gleich nach Ginza, den Stadtteil, wo er sich mit ihr treffen wird. Er macht gern alles hübsch der Reihe nach und hält sich an den festen Tagesablauf, der sich in dem halben Jahr, das er jetzt hier ist, eingespielt hat. Eher aus Routine denn aus Notwendigkeit. Weil Donnerstag ist, trinkt er erst einen Whisky mit Eis an der Bar des Imperial Hotel, *ein* Glas, mehr nicht. Zeit, die Zeit, die einem gegeben ist und deren Ausgestaltung, ist die Grundlage für alle Vorhaben, die großen wie die kleinen. Vor zwei Wochen ist sein regelmäßiges und diszipliniertes Programmschema um ein neues Element ergänzt worden. An dem Tag, da die Phase der Enthaltsamkeit endete, die er sich selbst auferlegt hatte. Genau ein halbes Jahr war er in Tokio. Nun genehmigte er sich ein Mädchen.

Neben ihm nimmt sein Kollege Higgins Platz, ein Mann mit kerzengeradem Rücken und schmalem, gescheitem Gesicht. Higgins fischt sein Zigarettenetui aus der Innentasche seines Jacketts und zündet sich eine Lucky Strike an.

»Nächste Woche gehe ich nach Boston zurück.« Higgins bläst den Rauch über die vorgestülpte Unterlippe nach oben.

»Zurück?«, erwidert er verwundert.

»Ich habe eine Gleichung aufgestellt«, sagt der Amerikaner. »In

Anbetracht des Tempos der Ankläger wird es noch mindestens ein halbes Jahr dauern, bevor die Verteidigung am Zug ist. ... Achtundzwanzig Anwälte, die versuchen werden, jeden Buchstaben der Anklageschrift zu entkräften. ... Addiert man dazu die Gerichtsferien, die Kreuzverhöre, die Strafanträge und die Plädoyers, ist man schnell bei einem vollen Jahr angelangt. Und dabei habe ich die Urteilsverkündung noch gar nicht mitgerechnet. Es hört sich vielleicht nicht sonderlich loyal an, aber das Niveau einiger Kollegen – und das Ego anderer – lassen für die Zusammenarbeit das Schlimmste befürchten.«

»Sie können doch jetzt nicht mehr alles hinwerfen!«, hält er Higgins vor.

»Mir wurde gesagt, dass es ein halbes Jahr dauern würde«, entgegnet der Amerikaner.

Auch ihm, Brink, hatte das niederländische Außenministerium vorgespiegelt, dass er ein halbes Jahr von Frau und Kindern getrennt sein würde.

»Wissen Sie, Brink, es hat mich fünfzehn Jahre gekostet, eine der bestgehenden Anwaltskanzleien in Boston aufzubauen. Ich denke nicht daran, mich selbst zu ruinieren. Wenn ich Sie wäre, würde ich meinem Beispiel folgen. Jetzt, wo es noch geht.«

»Wir haben diesen Auftrag doch gerade deswegen angenommen«, wendet Brink ein, »weil wir nicht nur für uns selbst, für unser Büro oder für unser eigenes Land verantwortlich sein wollen.«

Higgins nickt langsam und feixt: »Schlimm genug, wenn man sich mit Naivlingen abgibt, aber noch schlimmer, wenn man selbst einer ist!«

Diese Schlagfertigkeit und Unverblümtheit hasst und bewundert er an den Amerikanern. »Das ist unser Beruf«, sagt er.

»Was?«, fragt Higgins ironisch. »Dafür zu sorgen, dass die Karriere in die Binsen geht?«

»Nein, die Japse abzuurteilen, die Millionen unschuldiger Menschen in den Tod getrieben haben. Hoffnung zu bringen, wo Verzweiflung herrscht, Recht zu sprechen, wo Unrecht regiert.«

Das kaum verhohlen spöttische Lächeln von Higgins lässt Brinks Worte noch hochtrabender erscheinen, als sie ihm selbst schon vorkommen. Aber ob er sich nun wie ein Moralapostel anhört oder nicht, er meint schon, was er sagt. Es gehört zu den Grundvoraussetzungen der Zivilisation, dass die Schuldigen sich verantworten müssen.

»Ich habe nicht gesagt, dass ich gegen dieses Tribunal bin.« Higgins' Blick schweift lustlos durch den sich allmählich füllenden Raum. Es ist Zeit für den feierabendlichen Drink. Manchmal hat es den Anschein, als seien die Bar und die Lobby des Imperial Hotel der eigentliche Mittelpunkt der Prozesse. Tag für Tag werden hier von Richtern, Anklägern, Sachverständigen und Mitgliedern des Stabs der amerikanischen General Headquarters, GHQ, Verhandlungen besprochen, Angeklagte gewichtet, Vorgriffe auf die Urteile angestellt.

»Aber die Exkursion in die Berge am Samstag nehme ich schon noch mit, die möchte ich mir nicht entgehen lassen«, sagt Higgins. »Habt ihr bei euch in Holland Wasserfälle?«

Brink schüttelt den Kopf.

»Nein? Dann werden Sie begeistert sein, glauben Sie mir.«

In seinem Zimmer ist es grässlich heiß. Er dreht den Schalter des Deckenventilators auf die höchste Stufe, doch in der drückenden Hitze wird keine Bewegung spürbar. In Unterwäsche tippt er mit schwitzigen Händen die Notizen dieses Tages ins Reine und heftet sie in einem der grauen Ordner ab, die auf seinem Schreibtisch am Fenster stehen. Dann macht er das Radio an und beginnt im lauen Luftstrom des Ventilators mit seinen Kniebeugen. Um sieben Uhr betritt er das Badezimmer. Es ist ein opulenter Raum mit Marmor und Spiegeln und einer Wanne, in die seine drei Kinder alle gleichzeitig hineinpassen würden. Um vieles komfortabler als die einfache, ein wenig spartanische Ausführung in seinem eigenen Haus in Doorn, das früher seinen Schwiegereltern gehört hat. Er ist inzwischen an den Luxus seiner Unterkunft gewöhnt, die Doppelsuite mit dem schweren Mobiliar aus dunklem Tropenholz und Leder. Das Hotel im Kolonialstil wurde von Frank Lloyd Wright entworfen, was, wie manche meinen, Grund dafür war, dass die amerikanische Luftwaffe es bei den heftigen Bombenangriffen auf Tokio verschont hat. Als er sich nach dem Duschen vor dem Spiegel rasiert, wundert er sich immer noch über Higgins' unsinnigen Beschluss. Anders als der Amerikaner ist er gerade davon überzeugt, dass dieses Tribunal seiner Karriere förderlich sein wird.

Mit frisch rasierten, prickelnden Wangen und in leichtem Sommeranzug steigt er um halb acht zu seinem Fahrer Sergeant Benson in den vor dem Hotel auf ihn wartenden Buick mit dem rot-weiß-blauen Wimpel vorn auf dem Kotflügel. Er sinkt in das Leder der Rückbank und gibt sich dem Verlangen, dem Flirren, diesem seltsam hoffnungsfrohen Gefühl hin, mit dem er auch vor genau einer Woche nach Ginza fuhr.

Das letzte Stück zu dem heruntergekommenen alten Herrenhaus, in das sie ihn mitgenommen hatte, geht er zu Fuß. Das erscheint ihm in dieser relativ guten Wohngegend als kein allzu großes Risiko, zumal es noch hell ist. Er möchte Sergeant Benson nicht mehr wissen lassen als unbedingt nötig. Es geht das Gerücht, dass die Fahrer umgehend dem amerikanischen Nachrichtendienst Bericht erstatten.

Sie erwartet ihn nicht wie vor einer Woche an der Tür. Er zögert und schaut sich um. Ein magerer Mann mit spitzem Strohhut, eine lange Stange mit einem Tragekorb an jeder Seite über der Schulter, geht vor ihm vorbei. Auf der Fahrbahn hält ein offener amerikanischer Militärlastwagen mit weißem Stern auf der Seitentür. Die Besatzer sitzen rauchend und redend auf der Ladefläche. Einer von ihnen deutet zu ihm herüber, und plötzlich sind aller Augen auf ihn gerichtet. Er dreht sich um und betritt das Haus. In der Diele zeigen Schuhe mit ihren kahlen Spitzen zur Haustür. Auf Strümpfen taucht ein Gerippe in verschlissenem Hemd und von einer Schnur zusammengehaltener Nadelstreifenhose auf. Der aristokratische Alte verneigt sich vor ihm, während hinter ihm seine Frau erscheint, krumm und grau.

Weil er bei seinen vorigen Besuchen nur die Frau bemerkt hat, wendet sich Brink an sie.

»Ich bin mit Yuki verabredet«, sagt er auf Englisch. Sowie er den Namen ausgesprochen hat, wird ihm bewusst, dass es wahrscheinlich nicht ihr richtiger Name ist.

Die Frau verbeugt sich und wirft einen flüchtigen Blick auf seine Schuhe. Er erinnert sich, wie Yuki in der Diele vor ihm niedergekniet ist, um ihm aus seinen Schuhen zu helfen. Wird von ihm erwartet, dass er sie sich jetzt selbst auszieht? Die Frau wechselt einige Worte auf Japanisch mit ihrem Mann, der nach einer nachdenklichen Stille das Wort an ihn richtet.

»Sie ist weg«, sagt er und verfällt dann wieder in Schweigen. Brink spürt, wie ihm der Schweiß über den Rücken läuft. Es ist furchtbar stickig in der Diele. Das Holz des Fußbodens glänzt im Licht der tief stehenden Sonne, das hinter ihm hereinfällt. Nichts weiß er von Yuki oder wie immer sie heißen mag, nichts außer dem, was sich zwischen ihren Körpern abgespielt hat. Vielleicht hat sie bei diesen bescheidenen Leuten ein Zimmer gemietet, wohnt hier als Untermieterin. Es ist auch gut möglich, dass sie sich hier nur gewerblich aufhält und pro Stunde bezahlt.

»Kommt sie wieder?« Er ist sich seiner selbst bewusst, als der große Weiße im tadellosen Sommeranzug aus Leinen. Auf Lederschuhen, als augenfälligem Symbol der Verletzung, des Hausfriedensbruchs.

»Nein«, antwortet der Mann.

»Heute nicht mehr?«, fragt er.

»Gar nicht mehr«, ist die Antwort.

Gar nicht mehr? »Wo ist sie hin?«, will er wissen.

Der Mann verbeugt sich, verschwindet in einem der Zimmer und kehrt kurz darauf mit einem Wörterbuch zurück, das fast auseinanderfällt. Ruhig blättert er die Seiten unter seinem knochigen Daumen durch, bis er gefunden hat, was er sucht.

»Mädchen verschwinden. Niemand weiß, wohin.«

Er lässt Sergeant Benson zweimal die Hauptstraße auf und ab fahren und dirigiert ihn dann zu den viel dunkleren, ärmlicheren Seitenstraßen mit den zerstörten Häusern. Nirgendwo in dem immer bedrohlicher und schäbiger werdenden Viertel mit immer verlotterteren Bars und Restaurants sieht er sie. Auch keine anderen Mädchen. Sergeant Benson beobachtet ihn im Rückspiegel. Er fühlt sich ertappt und gibt die Anweisung, zum Hotel zurückzufahren. Es ärgert ihn, dass er betroffen ist. Er hat sein Leben so eingerichtet, dass für Enttäuschung wenig Platz ist. Umso mehr irritiert es ihn, dass jemand, ein Mädchen, das er kaum kennt und das sich eines »Künstlernamens« bedient, Einfluss auf seine Gemütsruhe ausübt. Sie kommen an dem hohen, hell erleuchteten Gebäude der GHQ vorüber, von wo aus General MacArthur Japan lenkt. In seinem Hotelzimmer bewahrt Brink eine Ausgabe von *Stars and Stripes* auf, in der er neben dem General abgelichtet ist, ein Foto, das bei einem Empfang der Richter gemacht wurde. Sie fahren an den weitläufigen, von großen, dunklen Steinmauern eingefassten Gärten des Kaiserpalasts entlang und befinden sich nun auf dem letzten geraden Stück Richtung Hotel. Er weiß, dass er das Mädchen und die geplatzte Verabredung jetzt am besten vergessen, die Sache auf sich beruhen lassen sollte. Doch stattdessen bittet er Sergeant Benson, an der Kreuzung nach links abzubiegen und zur Tokio Station zu fahren.

2

Michiko steigt aus dem Wagen der Ginza-Linie und läuft mit dem Strom der Fahrgäste auf die Sperren am Ende des Bahnsteigs zu. Dem Gedränge, dem Schweiß und den Läusen entronnen, ist ihr, als sei sie mit einem Schlag von einer Krankheit genesen. Vor ihr schlurft ein zu Tode erschöpfter alter Mann. Einer der vielen, die vom Land zurückkehren, mit gehamsterten Lebensmitteln in Proviantbeuteln, Taschen und Bündeln – Reis, Bohnen, Obst, den kläglichen Restchen, von den Bauern nur gegen Wucherpreise oder Familienschmuck hergegeben.

Der Krieg ist auf den Tag genau ein Jahr vorbei. Vor den Tempelschreinen beten die Menschen nicht mehr für den Sieg der kaiserlichen Truppen, sondern flehen um Essen. Alles dreht sich ums Essen. Michiko ist eine der Glücklichen, die sich jeden Tag mindestens einer anständigen Mahlzeit sicher sein können. Dieses Privileg hat sie ihrer Stimme zu verdanken. Zwei Entscheidungen, die zu dem Zeitpunkt, da sie getroffen wurden, aus ganz anderen Gründen wichtig erschienen, haben ihr Leben geprägt. Der Beschluss ihrer Eltern, aus einem kleinen Bergdorf in der Präfektur Nagano nach Tokio zu ziehen, als sie noch klein war. Und ihr eigener Beschluss als Siebzehnjährige, alles daranzusetzen, am Tokioter Konservatorium zugelassen zu werden. Ihre Stimme war ihre Rettung.

Auf den schmutzigen Treppen des Bahnhofs hocken ganze Familien. In Lumpen und Fetzen lehnen sie auf ihrem Gepäck oder an den Wänden. Vor dem Bahnhofsgebäude betteln Jungen mit kahl rasierten Schädeln amerikanische Soldaten um Kaugummi und Zigarettenkippen an.

An den Ständen im Park gieren Kinder mit großen, sehnsüchtigen

Augen nach den Süßkartoffeln und dem Trockenfisch, die im Schatten von Schilfmatten feilgeboten werden. Am Straßenrand hockt ein barfüßiger Mann mit Schwären im ungewaschenen Gesicht in der sengenden Sonne. Ein aufgetrennter Reissack aus Jute bedeckt seinen nackten Leib. Als sie an ihm vorüberkommt, hält ihr der Mann ein gesprungenes Schüsselchen für ein Almosen hin. Sie geht erhobenen Hauptes und ohne einen Blick in seine Richtung vorbei. Einige Meter weiter hat sich der Nächste postiert, reglos, in einem viel zu warmen, verschlissenen Anzug und mit Hut. »Bürovorsteher sucht Arbeit«, steht in sauberer Handschrift auf einem Stück Pappe auf seinem Schoß.

Sie nähert sich Asakusa, ihrem alten Viertel. Hier, wo sie mit ihren Eltern in einem einfachen Holzhaus gewohnt hat, ist nun Ödnis, so weit das Auge reicht, verkohlte Ruinen, aus denen immer noch Asche aufstäubt, vereinzelt heben sich stehen gebliebene Bäume als schwarze, blattlose Silhouetten gegen den Himmel ab. Der warme Wind trägt ihr den Brandgeruch zu. Am Rande dieser verbrannten Fläche sind Arbeiter mit Hämmern, Sägen und Bohrern dabei, Baracken zu bauen. Für die Überlebenden. Für die Zukunft.

Sie kommt ein paarmal im Monat nach Asakusa. Der Gang über diese staubige Straße voller Löcher und wucherndem Unkraut ist eine Reise in die Welt der Geister. Diese Straße, die keine Straße mehr ist, dort, wo die Menschen keine Menschen mehr sind, führt sie in ihre Jugend zurück, zu ihrer Familie, zu Gesichtern von Nachbarn und zu kleinen Holzveranden mit Blumentöpfen, zu kleinen Läden und Werkstätten und Hühnerställen im Hinterhof.

Den gleißenden Sonnenschein auf Gesicht und Schultern, nähert sie sich den aus Trümmerholz zusammengezimmerten Behausungen. Dort erwartet sie eine einfache Frau von Mitte fünfzig mit gräulicher Haut und tief in den Höhlen liegenden Augen. Sie ist mager wie eine streunende Katze, und ihre Wangen sind eingefallen, da ihr einige Backen- und Schneidezähne fehlen.

»Willkommen, Michiko.« In ihrem ausgeblichenen Kimono kniet sich Frau Takeyama, ihre frühere Nachbarin, in der Türöffnung ihrer Hütte hin und verneigt sich.

Michiko verneigt sich gleichfalls, und Frau Takeyama heißt sie ein zweites Mal willkommen. Ihre Begrüßung geht wie gewöhnlich mit einer Entschuldigung für ihre ärmliche Behausung einher, wo gerade einmal Platz ist für einen Futon zum Schlafen, ein Schränkchen und ein paar Töpfe und Pfannen. Jemanden drinnen zu empfangen ist unmöglich.

Neben ihrer Baracke, im Schatten der rostigen Bleche, die als Wand dienen, hat sie eine Matte ausgebreitet. Im Schneidersitz trinken sie Tee, wahrscheinlich aus den Blättern aufgebrüht, die Michiko bei ihrem letzten Besuch mitgebracht hat.

»Dein Kleid ist fertig«, sagt Frau Takeyama leise, »das Futter musste ich ein bisschen einkürzen.«

»Vielen Dank.«

»Wann ist dein Auftritt?«

»Heute Abend.«

»Es wird bestimmt schön.« Dürr reckt sich der Hals von Frau Takeyama aus dem Ausschnitt ihres Kimonos.

Früher war Frau Takeyama Schneiderin in einem Atelier, das es mit den dort gefertigten kunstvollen Kimonos zu einer gewissen Berühmtheit gebracht hatte. In den letzten Kriegsjahren, im Tal der Finsternis, nähte sie dann statt Kimonos Fallschirme für die Armee. Jetzt übernimmt sie Änderungsarbeiten. Viel gibt es nicht zu tun, denn die Leute tragen ihre alten Zivilschutzuniformen und alles, was sie sonst noch im Schrank haben, so lange es geht, und jede japanische Hausfrau ist ihre eigene Schneiderin.

Aus der Hütte nebenan, wo der alte Herr Kimura mit seiner Katze wohnt, ertönt leises Wimmern. Ein winziges Anheben der dünnen Augenbrauen verrät Frau Takeyamas Unbehagen, aber sie sagt nichts. Auch Michiko tut so, als höre sie nichts.

Frau Takeyama erhebt sich und geht hinein, um Michikos Kleid zu holen. Sie zeigt ihr die nahezu unsichtbaren Ausbesserungen am Futter. Mit einer raschen Bewegung pflückt sie einen Fussel von dem schwarzen Samtstoff. Dann legt sie das Kleid fein säuberlich zusammen und reicht es Michiko. Mit einer Verbeugung dankt sie Michiko für die einhundertfünfzig Yen. In einer Papiertüte hat ihr Michiko ein paar Scheiben geräuchertes Schweinefleisch mit ein bisschen Reis und zwei gekochte Eier mitgebracht. Die Reste von dem, was in den vergangenen Tagen im Hause von Frau Haffner auf den Tisch kam und sie in der Küche abzweigen konnte, wenn die Köchin kurz zur Tür hinaus war. Mit der Restetüte in der Hand verneigt sich Frau Takeyama noch einmal ganz tief. Außer ihrer Würde hat sie nichts mehr zu verlieren, und es ist ehrsamer, für eine Arbeit vergütet zu werden – mit Geld, mit Essen –, als auf milde Gaben angewiesen sein zu müssen. Deshalb verschafft Michiko Frau Takeyama immer wieder etwas zu tun. Von den Resten, die sie mitbringt, gibt Frau Takeyama, wie sie weiß, ihrem Nachbarn etwas ab, der wiederum seiner Katze gibt, was er sich vom Mund abspart. Die Restekette ist lang und barmherzig.

»Wo soll denn der Auftritt heute Abend sein?«, fragt Frau Takeyama. »Im Haus von Frau Haffner?«

»Ja. Und morgen steht ein Engagement für einen Liederabend im Imperial Hotel auf dem Programm.«

Frau Takeyama nickt beifällig. »Im Imperial Hotel? Nicht alles ist weg. Dorthin kamen die vornehmen Leute. Aber die vornehmen Leute von damals sind nicht mehr die vornehmen Leute von heute.«

Der Inhalt ihrer Gespräche ist vorhersagbar. Sie wissen, was sie voneinander hören möchten, und schenken einander immer wieder dieselben Worte. Michiko erzählt Frau Takeyama, was sie so alles erlebt. Anfangs war sie dabei relativ zurückhaltend, beschränkte sich auf die reinen Fakten: die Partie, die sie in einem Oratorium gesungen hatte, die Rolle in einer Oper, den Auftritt mit Frau Haffner fürs Radio. Sie fürchtete, dass diese Frau, die sich unter so ärmlichen, niederdrückenden Umständen behaupten muss, ihre Erzählungen über musikalische Soireen, Auftritte in Botschaften und Empfänge, bei denen französische Weine kredenzt wurden, als anmaßend empfinden würde. Doch dem ist ganz und gar nicht so. Frau Takeyama freut sich vielmehr auf die detaillierten Berichte von ihren Erlebnissen in dieser anderen Welt. Sie möchte hören, was während des Diners im Hause von Frau Haffner gesagt, gespielt und gesungen wurde, wer dort war, was aufgetischt wurde. Nicht eine frische Erdbeere will sie sich entgehen lassen. Und während sie Michiko mit jeder Faser ihres ausgezehrten Körpers lauscht, nimmt sie alles Wort für Wort in sich auf.

Die Neugierde auf das, was sie einander zu erzählen haben, ist gegenseitig. Michiko für ihr Teil ist unersättlich, was Frau Takeyamas Augenzeugenberichte von den Bombenangriffen angeht. In jener Nacht im März, als Michiko nach einem Auftritt bei Frau Haffner übernachten musste, weil der anhaltende Luftalarm es ihr unmöglich machte, noch nach Hause zurückzukehren. Der Feind war im Anflug. Keiner wusste, auf welchen Teil Tokios die B-29-Maschinen ihre Bomben diesmal abwerfen würden. Nicht hier, flehte sie. Nicht hier. Bei Frau Haffner, in einen Schrank gekauert, einen Haufen Mäntel über dem Kopf, hörte sie die Sirenen heulen, die Luftabwehrgeschütze knattern, die schweren Flugzeugmotoren dröhnen, und dann die Bombeneinschläge, einen nach dem anderen. Das dumpfe Wummern der Druckwellen ließ sie in ihrem Schrank am ganzen Leib zittern. Nicht hier, flehte sie die Dunkelheit an. Erst als die Sirenen Entwarnung gaben, dachte sie an ihre Eltern.

Frau Takeyama war an jenem Abend zu Hause. Zusammen mit ihrem Mann, ihrer Tochter und ihrer sieben Monate alten Enkelin. Die einschlagenden Brandbomben entzündeten die Häuser wie Stroh. Männer, Frauen und Kinder rannten nach allen Seiten davon, ohne zu wissen, wohin. Frau Takeyama folgte ihrem Mann. Ein glutheißer Wind erhob sich, der ihnen Gesicht und Lunge versengte. Sie strauchelten über alte Menschen, die nicht rechtzeitig aus ihren

Häusern gekommen waren und mit brennenden Haaren über die Straße rollten. Sie folgte ihrem Mann, bis der nächste Bombeneinschlag alles um sie herum in Dunkelheit tauchte. Verwundert, dass sie noch lebte, wühlte sie sich aus Erde und Trümmern heraus, dorthin, wo Schreie und Fußgetrappel zu hören waren.

An der Oberfläche angelangt, war sie zurück in Feuer und Hitze und Rauch. Überall brennende und schwelende Leichen. Sie suchte nach ihren Angehörigen, fand sie aber nicht. Ein Mann vom Zivilschutz nahm sie beim Arm und lotste sie durch die Flammen und über die Leichen zum Fluss. Vor ihr sprangen Menschen in das dunkle Wasser. Sie zögerte, doch eine andere Frau gab ihr die Hand, und sie sprangen gemeinsam. Das Kinn auf der schaukelnden Wasseroberfläche, sah sie ganze Straßenzüge wie riesige Fackeln in der Nacht brennen. Sie fühlte die Hitze und den Rauch in ihrer Lunge stechen. Wie die anderen ließ sie sich im Strom treiben. Bis sie in ein Boot gezogen wurde und eine Stimme sprach: »Du hast es geschafft.«

Aus der Hütte von Herrn Kimura ist erneut Weinen zu hören, schwächer jetzt, kaum mehr wahrnehmbar. Diesmal ignoriert Frau Takeyama den Kummer ihres alten Nachbarn nicht.

»Heute ist es genau ein Jahr her.«

»Schon ein Jahr«, sagt Michiko und blickt ins Leere. Als der Krieg zu Ende war, schien es, als stehe die Zeit still. Als würden das Land und die Menschen und die Zukunft in einen Strudel hinabgerissen, aus dem kein Entkommen möglich war. Dass das Leben schließlich wieder seinen Lauf genommen hatte, dass aus Tagen Wochen, aus Wochen Monate geworden waren, war vielleicht noch das größte Wunder.

»Der Kaiser.« Frau Takeyama macht eine Kopfbewegung zu Herrn Kimuras Hütte hin.

Wer kann sich noch den Kaiser aus der Zeit vor jenem Tag vor einem Jahr vorstellen? Als er noch ein Gott war, unerreichbar, unberührbar. Er durfte unter der Bedingung Kaiser bleiben, dass er seinen Platz unter den Göttern aufgab. Seine Stimme, die nie jemand gehört hatte, erklang im Radio, wie von einem Menschen. Ohne dass der Himmel donnernd auf die Erde herabstürzte. Kapitulation, sagte er, Ergebung. Dass der Kaiser wie ein Mensch gesprochen hatte, war für Männer wie Herrn Kimura bedrückender als alle Toten.

Arm in Arm gehen Michiko und Frau Takeyama über die verbrannte Fläche, auf der nur noch Unkraut wachsen will und hier und da eine Wildblume. Nach jener Bombennacht, als der Fortschritt in ihrem Viertel um ein paar hundert Jahre zurückgedreht wurde, war Michiko im ersten Tageslicht nach Asakusa geeilt. Auf dieser Fläche, wo jetzt nur noch Asche aufstäubt, hatte sie zwischen den schwelenden und rauchenden Trümmerhaufen gesucht und gesucht. Die Sonne beschien die aufgestapelten Leichen. Von allen Gesichtern kann sie sich nur noch eines vergegenwärtigen. Das eines Mädchens am Straßenrand. Die Wangen und der Mund voller Flecke und Blasen, die Hände und Knie schwarz, Brille und Kleidung mit der Haut verschmolzen. Und sie hatte sich gefragt, wie es sein konnte, dass dieses Mädchen so ganz allein dalag, wo seine Mutter war, sein Vater, seine Geschwister.

Michiko und Frau Takeyama sind die Überlebenden. Sie bleiben stehen und starren in die Ferne, auf den mit geschmolzenem Metall vermischten Steinhaufen, der einmal die Textilfabrik war, in der ihr Vater gearbeitet hat. Das einzig Lebendige, das Michiko hier sieht, sind die hoch oben in der Thermik segelnden Greifvögel, die kleine Kreise beschreiben über dem Land und dem Geruch der Niederlage, der vom Hügel, dem Massengrab der namenlosen Opfer, ausströmt.

Sie weiß nicht, ob ihre Eltern in diesem Grab ruhen. Genauso wenig wie Frau Takeyama weiß, ob ihr Mann, ihre Tochter und ihre Enkelin dort liegen. Die meisten Leichen waren verstümmelt, verkohlt, unkenntlich. Sie wurden auf Lastwagen abtransportiert oder vom Fluss im Gezeitenstrom zum Meer getragen. Alles was Michiko und Frau Takeyama noch tun konnten, war, im Tempel Kerzen anzuzünden und Sutras rezitieren zu lassen.

20

»Wir haben es überlebt«, sagt Frau Takeyama, wie immer, wenn sie hier stehen.

»Ja, wir haben Glück gehabt«, pflichtet Michiko ihr bei, wie immer, wenn Frau Takeyama ihre rituellen Worte spricht.

»Wir Glücklichen«, ergänzt Frau Takeyama.

»Wir Glücklichen«, wiederholt Michiko.

Besonders lebhaft erinnert sie sich daran, wie ihr Vater frühmorgens mit kerzengerade gezogenem Scheitel und Brotbüchse unter dem Arm aus dem Haus ging.

Als sie zur Hütte von Frau Takeyama zurückkehren, steht Herr Kimura, klein und hager, in seiner Tür. Er kaut auf etwas, das wie ein Strohhalm aussieht. Es tut ihr gut, dass er nicht mehr drinnen sitzt und jammert. Wenn Menschen ihren Hunger mit etwas stillen können, das genau genommen ungenießbar ist, wenn sie aufhören, um den Kaiser zu weinen, und ihre Tränen trocknen, wenn sie auf ihre Weise Dinge tun, die sie früher für unmöglich gehalten hätten, dann muss tief in ihnen etwas sein, was das Leben für sie lebenswert macht.

»Frau Haffner hat eine Seidenbluse, bei der eine Manschette eingerissen ist«, sagt Michiko. »Sie ist damit am Verschluss ihres goldenen Armbands hängen geblieben. Ein Winkel, vielleicht gar nicht zu reparieren ...«

»Ich werde gern versuchen, es wieder in Ordnung zu bringen.«

Auf dem Butsudan, dem Hausaltar, nicht mehr als einem Apfelsinenkistchen, zündet Frau Takeyama zwei Kerzen an, bevor Michiko geht. Auf ein Kärtchen hat sie die Namen ihres Mannes, ihrer Tochter und ihrer Enkelin geschrieben. Hinter einem verdorrten Pinienzweig liegt ein Foto von ihrer Tochter, die das Baby in den Armen hält.

In der Tür stehend, starrt Michiko eine Weile auf die Kerzenflammen.

»Heute Morgen war ein junger Mann hier«, sagt Frau Takeyama, »in einer alten Armeeuniform. Er kam direkt aus dem Krankenhaus. Seine eine Gesichtshälfte war entstellt, und er ging mit einer Krücke.

Eine gute halbe Stunde hat er dagestanden und auf das geschaut, was nicht mehr ist.«

»Kam er aus Asakusa?«, will Michiko wissen.

»Nein, er hat zwar nicht viel gesagt, aber seinem Akzent konnte ich entnehmen, dass er aus dem Norden kam. Er gehe nach Hause zurück, sagte er, in sein Dorf.«

Noch ein letztes Mal verneigen sie sich voreinander, ehe Michiko in der brennenden Sonne den Heimweg antritt. Über ihrem Arm hängt das umgearbeitete Kleid, das sie vor Langem einmal von ihren Eltern zum Geburtstag geschenkt bekam. Zusammen mit einem Paar Schuhe ist es alles, was ihr aus der Zeit vor den Bomben geblieben ist.

Der Obdachlose mit dem kaputten Jutesack am Leib sitzt nach wie vor auf der Straße. Von der Hitze benommen, ist er halb zusammengesackt. Sie richtet sich auf und geht mit erhobenem Kinn an ihm vorüber.

Steh auf, denkt sie. Steh auf.

3

Die Haut in seiner Achsel scheuert und brennt, die Krücke scheint sich bei jedem Schritt tiefer in sein Fleisch zu bohren. Auf dem Flur des Krankenhauses hat Hideki in den vergangenen Wochen mit der Krücke geübt, aber nie länger als eine halbe Stunde am Stück, und jetzt ist er, seit er das Krankenhaus heute Vormittag verlassen hat, schon an die sechs Stunden auf den Beinen. Vielleicht wäre er besser nicht zuerst nach Asakusa gegangen. Die Krankenschwestern hatten ihn schon gewarnt, dass es sinnlos sein würde. Die Häuser, die Straßen, die Bäume, seine Verwandten, alles weg. Und dann hatte er noch stundenlang Schlange gestanden, um seine Identitätskarte, seine Entlassungspapiere und die aufgelaufene Invalidenrente zu bekommen. Insgeheim hatte er gehofft, dass ihm als invalidem Veteranen der kaiserlichen Armee diese langen Wartezeiten erspart bleiben würden. Ein Blick auf die erschöpften und verhärmten Gesichter in den Schlangen belehrte ihn eines Besseren.

Die ID-Karte baumelt an einer Kordel, die er am Knopfloch seiner alten Uniformjacke befestigt hat, genauso wie er es bei anderen auf der Straße gesehen hat. Die Entlassungspapiere und zweitausend Yen trägt er in seiner Hosentasche. Auf dem Weg zum Bahnhof humpelt er am Postamt vorüber, wo zwei amerikanische Militärpolizisten mit Stahlhelmen Wache stehen. *Hello, John, how are you today?* Im Krankenhaus hörten die Schwestern einen Englischkurs im Radio, der immer mit demselben munteren Lied begann: *Come, come, English! / Come, come everybody / How do you do and how are you?* Die Sprache der Besatzungsmacht, die Sprache der neuen Zeit. Und er hatte in den vielen Monaten im Bett mitgemacht. *Fine, and how are you, Peter?*

Im Postamt herrscht ein Kommen und Gehen von westlichen

Männern und Frauen. Hideki bleibt wie ein ausruhender Schafhirte, die Hände auf seine Krücke gestützt, in einiger Entfernung stehen und schaut sie sich an, diese riesenhaften Wesen mit ihren gut gebauten Körpern und ihrer stilvollen Sommerkleidung. Die Absätze ihrer glänzenden Lederschuhe klacken selbstbewusst auf dem Pflaster. In der Fensterscheibe zu seiner Seite fängt er ein Bild von sich selbst auf: das kurz geschorene, struppige Haar und die verbrannte Gesichtshälfte als schwammig verwischter Fleck. Schnell wendet er den Kopf ab. Als einer der MPs zu ihm herüberschaut, humpelt er weiter.

Auf der anderen Straßenseite hockt ein Soldat in fahl gewordener Artillerie-Uniform auf einem Stück Pappe. Die Sonne knallt auf die mit Flicken besetzten Schultern. Am Tag vor der Verschiffung an die Front war Hideki mit Hunderten junger Soldaten durch Tokio marschiert, erfüllt von reinster Abenteuerlust, arglos und aufgekratzt. Wie stolz sie ihre nagelneue Uniform trugen und ihren Senninbari, die mit tausend Stichen von je einer anderen Frau bestickte Schärpe, um die Taille. Wo mochten sie geblieben sein, all die Schärpen, die den Sieg erzwingen sollten? Er verneigt sich vor dem Artilleristen, doch sein Schicksalsgenosse sieht durch ihn hindurch.

Als er nach Stunden erschöpft und durstig den Bahnhof Shinjuku erreicht, haben sich vor den Fahrkartenschaltern schon unwahrscheinlich lange Warteschlangen gebildet. Mit letzter Kraft schleppt er sich die Treppen hinauf und sieht von der bewachten Zugangssperre aus, wie sich auf dem Bahnsteig Menschenmassen zu den Wagen eines eben eingefahrenen Zuges stürzen. Sogar alte Leute und Frauen werden angeschnauzt und weggeschubst. Er spricht eine Rote-Kreuz-Schwester an, die an einer Trage wacht. Das Vogelgesicht einer alten Frau lugt unter einem Laken hervor, die Augen geschlossen, eine Strohsandale auf dem Bauch. Er erkundigt sich bei der Schwester, wie er noch rechtzeitig an eine Fahrkarte für die Chuo-Linie kommen könne.

»Für heute?«, fragt sie. »Unmöglich. Da muss man schon vor fünf Uhr früh in der Schlange stehen.«

Er wartet noch kurz in der Hoffnung, dass sie ihm irgendwie weiterhelfen könnte, doch sie schaut ohne ein weiteres Wort an ihm vorbei, als suche sie jemanden in der wimmelnden Menge.

»Ich war fünf Jahre fort von zu Hause«, stammelt er, und jedes Wort ist ein Betteln.

Die Schwester nickt, ohne ihn anzusehen. Weder die Narben in seinem Gesicht noch die Krücke neben seinem lahmen Bein machen Eindruck. Da wird ihm klar: In dieser Stadt wird sich niemand um ihn kümmern. Er starrt noch kurz auf die Strohsandale der alten Frau. Dann verneigt er sich vor der Krankenschwester und bahnt sich im gehetzten Gewimmel und Gedränge einen Weg die Treppe hinunter.

Auf dem Bahnhofsvorplatz kauft er an einem Stand ein Reisbällchen mit Ei und Seetang und eine Tasse Tee. Es ist schwül. Graue Wolken ziehen vorüber. In Massen hasten die Menschen fort, mit Bündeln bepackt oder Karren vor sich herschiebend. Er selbst besitzt nicht mehr als das, was er am Leib trägt. Er hat keinen Plan, weiß nicht, was er bis morgen früh machen soll. Zum ersten Mal an diesem Tag verspürt er etwas anderes als nervöse Ratlosigkeit. Das Gefühl jetzt grenzt schon eher an Angst. Und Angst ist mörderisch für den Geist, genau wie Schmerzen. An der Front hat er erlebt, wie der Verstand das Weite sucht und ein blindes Tier zurücklässt, das zu allem bereit ist, um dieser Angst und diesen Schmerzen zu entgehen. Darin waren sie sich gleich gewesen, Soldat, Leutnant, General, mit nur wenigen Ausnahmen. Bei denen handelte es sich meistens um einen armen Irren und ganz selten um einen, dem man keinen außergewöhnlichen Mut zugetraut hätte. Sie und nur sie waren die wahren Helden, diese unbedarften, stillen Akteure ohne Macht, ohne Geltungsdrang; sie hielten stand, während die Offiziere gar nicht schnell genug in die Schutzkeller kommen konnten. Zwischen den Wolken blitzt kurz und giftig die Sonne hervor und taucht die Stände, die Häuser und die abfahrenden Züge in ein trübes Licht.

Er verlässt den Platz, um sich einen geeigneten Unterschlupf zu suchen, nicht zu weit vom Bahnhof entfernt, damit er sich morgen früh rechtzeitig für eine Fahrkarte anstellen kann. Beim Gehen wird seine Schulter von der Krücke immer weiter nach oben gedrückt. Er schleppt sich dahin wie eine aus dem Lot geratene Vogelscheuche. Vor einem brachliegenden Gelände macht er auf dem Gehweg Rast und verscheucht mit seiner Krücke zigarrenstummelgroße Kakerlaken.

Der Himmel zieht sich immer weiter zu, dunkel und drohend. Doch statt einer Abkühlung bringt die Wolkendecke noch ermattendere Schwüle. Mit dem Ärmel wischt er sich den Schweiß vom Gesicht. Die ersten Regentropfen fallen.

»He, Kamerad«, ruft es neben ihm.

Er schaut auf. Da steht ein junger Mann mit zurückgekämmtem, glänzendem Haar. Ein Windstoß reißt sein Oberhemd auf und bläht seine fleckige, ausgefranste Hose, aber er zuckt nicht mit der Wimper.

»Wohin gehst du?«, will der Mann wissen.

»Wohin ich gehe? Nach Hause. Morgen, wenn ich eine Fahrkarte für die Chuo-Linie gekauft habe.«

»Da musst du früh sein, Kamerad.«

»Das habe ich schon begriffen.«

»Oder jemanden kennen, der am Schalter arbeitet.« Der Mann zieht ein Päckchen Golden Bat aus der Hosentasche und bietet ihm eine Zigarette an. Er geht in die Hocke und hält die Hände schützend um die Flamme, während er Hideki Feuer gibt. »Bist du jetzt erst repatriiert worden?«, fragt er.

»Schon vor einem halben Jahr, aber ich bin dann gleich im Krankenhaus gelandet.«

»Woher bist du gekommen?«

»China.« Der Rauch sticht in seiner Lunge. »Und du?«

»Südseeinseln. Da gab es zuletzt überhaupt nichts mehr zu essen, nicht ein Reiskorn, nicht eine Heuschrecke. Ein Leutnant ist von der eigenen Truppe gefressen worden.« Er späht die Straße hinunter. »Was ist mit deinem Gesicht passiert?«

»Ich saß hinten auf einem Lastwagen. Alles war schon vorbei. Aber die Kommunisten hatten noch ein Abschiedsgeschenk für uns. Sie haben unseren Lastwagen mit Bazookas in die Luft gejagt. Mein Gesicht war nur noch offenes Fleisch, und mein Bein war zertrümmert. Im Kriegsgefangenenlager haben mich meine Kameraden am Leben erhalten.« Er bläst den Rauch aus. »Das ist meine erste Zigarette seit Ewigkeiten. Danke.«

»Hundert Yen kostet ein Päckchen heutzutage. Ein Lehrer verdient dreihundert im Monat.«

»Das ist Wahnsinn.«

Der Mann nickt. »Willkommen daheim. Hast du was zum Tauschen?«

»Nein, ich denke nicht.«

»Eine Uhr, einen Ring, Schlaftabletten, Schmerzmittel?«

»Nein, nichts.«

»Möchtest du Glimmstängel kaufen?«

»Nein, danke.«

»Du nimmst sie lieber gratis, hm?«

»Nein, entschuldige, ich dachte ...«

»Macht nichts. Ich kenne jemanden, der am Fahrkartenschalter arbeitet, es kostet was extra, aber dann brauchst du nicht vier Stunden Schlange zu stehen, um dann womöglich trotzdem leer auszugehen.«

Hideki schweigt. Er weiß nicht recht, was er von diesem Mann halten soll.

»Aber keiner zwingt dich.« Der Mann schaut zum Himmel auf. Zu den sich zusammenballenden Gewitterwolken, die unaufhaltsam von der Bucht heranziehen. Ein gelber Blitz leuchtet über seinem Kopf auf und durchzuckt den Himmel, aber es folgt kein Donner.

»Wo schläfst du heute Nacht?«

»Weiß ich noch nicht.«

»Ich würde es mir nicht zu lange überlegen, denn wir kriegen ein ziemliches Sauwetter.« Der Mann zieht an seiner Zigarette, inhaliert tief und behält den Rauch lange in der Lunge. »Da hockst du nun, in dieser mistigen alten Uniform. Du warst bereit, für die Fahne und den Kaiser zu sterben, und trotzdem musst du dich ganz hinten anstellen. Wärst du da nicht lieber auf diesem Lastwagen hopsgegangen?«

Ohne eine Antwort abzuwarten, geht der Mann auf einen klapprigen Lieferwagen mit offener Ladefläche zu, wo er einen Schwatz mit dem Fahrer hält und dabei sein Päckchen Zigaretten hervorzieht. Hideki schaut von seinem Platz auf dem Gehweg aus zu. Der Regen klatscht in schrägen Bahnen herunter. Das Wasser rinnt ihm vom Kragen in den Nacken, als der Mann zurückkehrt.

»Na, hast du dich schon entschieden, Soldat?«, fragt er. »Wenn du keine zu hohen Ansprüche stellst und versprichst, mir nicht auf die Nerven zu gehen, kann ich dir zu einem Schlafplatz verhelfen.«

»Ist es weit?«

»Zu weit für ein Hinkebein.« Er macht eine Kopfbewegung zu dem Lieferwagen hinüber. »Ich hab für fünf Zigaretten eine Mitfahrgelegenheit geritzt.«

»Und morgen? Ich muss morgen in aller Frühe am Bahnhof sein.«

»Darf ich dir einen Rat geben?« Der Mann lacht in sich hinein. »Immer schön ein Tag nach dem anderen, Kamerad.«

Ohne ein weiteres Wort dreht er sich um und geht zu dem Lieferwagen. Hideki zögert kurz und richtet sich dann mühsam auf. Mit seiner Krücke die nassen, glatten Steine abtastend, um nicht auszurutschen, humpelt er hinter dem Mann her.

Auf der Ladefläche, eine Plane über ihre Köpfe gezogen, sitzen sie an Teekisten und Jutesäcke gelehnt. Für Hideki sehen die Straßen und Häuserruinen alle gleich aus. Kreuzungen, Unterführungen, Kanäle und weitere nasse Straßen mit weiteren nassen Menschen. Er späht unter dem Rand der Plane hervor und hält nach dem großen Park Ausschau, wo sie an jenem fernen, triumphalen Tag mit Bannern und Musikkapelle und Busladungen von Schulkindern, die sangen und Fähnchen schwenkten, verabschiedet wurden. Der Abend senkt sich herab, und Blitze erleuchten den dunkler werdenden Himmel jenseits der Häuser, verzweigen sich und verlöschen.

»Wie heißt du, Kamerad?«, fragt der Mann.

»Hideki.«

»Toru.«

Sie schütteln einander die Hand. Hideki wendet sich von Toru ab und tastet in seiner Hosentasche, um vorsichtig einen Geldschein herauszuziehen. Aber es gelingt ihm nicht, einen einzelnen Schein herauszupflücken, ohne gleich das ganze Bündel aus der Tasche zu befördern. Toru sieht sein Gefummel und schaut weg. Rasch nimmt Hideki einen Fünfzig-Yen-Schein und stopft den Rest in seine Tasche zurück.

»Hier, für die Zigarette.«

»Nicht nötig«, sagt Toru.

»Doch, du hast auch dem Fahrer etwas gegeben.«

»Danke, Kamerad«, sagt Toru und nimmt den Schein an.

Nach einiger Zeit hält der Wagen, und sie klettern von der Ladefläche. Sie gehen zu Fuß weiter und werden alsbald von engen, dunklen Gassen geschluckt. Hidekis Krücke und seine Soldatenstiefel versinken im Matsch. Es wird immer voller. Finstere Gestalten drücken sich mit hochgeschlagenem Kragen an Hauswände und folgen ihm mit dem Blick. Sie nähern sich einer Bar, deren Neonreklame nicht leuchtet. Hinter dem Vorhang in der Tür ist Musik zu hören.

»Wohin gehen wir?«, fragt er.

»Keine Bange.«

Toru verbeugt sich vor zwei amerikanischen Soldaten, die in kameradschaftlicher Umarmung aus der Bar kommen, und Hideki folgt seinem Beispiel. In der Bar wird getanzt. Ein Amerikaner hebt ein kreischendes Mädchen von der Tanzfläche in die Höhe und wirbelt es herum.

»Das nennen sie Frieden«, murmelt Toru.

Als der Krieg schon so gut wie verloren war, hatte man Hideki gemahnt, dass sie nicht aufgeben dürften, niemals. Sonst würden die Amerikaner Japan und das japanische Volk auslöschen. Es ist anders gekommen: Er, und nicht allein er, lebt noch, und die Amerikaner tanzen mit ihren Mädchen.

Sie ziehen draußen im Regen weiter, durch ähnliche Gassen mit Bars und Tanzlokalen. Wohin er auch schaut, überall dieselbe Aufdringlichkeit, diese Mischung aus Musik, Zigarettenqualm und zischenden Mädchen mit toupiertem Haar. Die Stadt ist ihm unbegreiflich. Wie ein Film, der schon halb herum war, als er ins Kino kam. Er will hier weg.

»Wie weit ist es noch?«, fragt er.

»Gefällt dir nicht, was du siehst?«, erwidert Toru lachend. »Du wirst dich dran gewöhnen müssen.« Für Toru scheinen diese dunklen, grotesken Gassen vielmehr Energiespender zu sein, als springe eine verführerische Spannung auf ihn über.

Bei einem kleinen Haus mit Brettern vor den Fenstern heißt Toru ihn warten, während er selbst hineingeht. Vor der Tür stehend, denkt Hideki an morgen früh. Nichts darf ihn daran hindern, aus Tokio wegzukommen. Als Toru wieder nach draußen tritt, ist er in Begleitung eines Mädchens in geblümtem Rock. Sie hält sich ein Stück Pappe als Regenschirm über den Kopf und scheint den Blickkontakt mit Hideki ganz bewusst zu vermeiden, weshalb er ihr Gesicht nicht richtig sehen kann. Schweigend gehen sie weiter, und es kostet ihn immer größere Mühe, mit den beiden anderen Schritt zu halten.

»Geht es, Kamerad?«, erkundigt sich Toru. »Noch eine Viertelstunde durchhalten, dann sind wir da.«

Dann und wann sieht er das Mädchen von der Seite an, doch sie erwidert seinen Blick nicht ein einziges Mal. In der Frauenabteilung des Krankenhauses wurden Mädchen behandelt, denen wer weiß was in den Gliedern steckte. Einsame Seelen, die auf der Suche nach einem besseren Leben aus der Provinz nach Tokio gezogen waren. Sie hatten hier weder Freunde noch Verwandte. Sie hätten alles zurückgelassen, sagten die Schwestern. Vielleicht war dies so ein Mädchen, das eigentlich nicht hierhergehörte. Genau wie er. Mit dem Unterschied, dass er morgen nach Hause fahren würde.

Sie erreichen eine breite Straße, in der alle Laternen brennen und auffallend viele amerikanische Militärfahrzeuge unterwegs sind. Die Krücke drückt in seiner Achsel. Sein schlimmes Bein ist schwer wie Blei. Er richtet den Blick geradeaus. Dunkle Flecken tanzen vor seinen Augen.

Gerade als er denkt, dass er gleich zusammenbricht, bleiben sie vor einem großen Gebäudekomplex aus Ziegelstein auf der gegenüberliegenden Straßenseite stehen. Vor einer gläsernen Drehtür spiegelt ein Wasserbassin die Lichter der schmiedeeisernen Außenbeleuchtung wider. »Hotel«, liest er an der Fassade.

»Nicht weggehen«, sagt Toru zu ihm, »es kann ein Weilchen dauern, aber ich komme wieder.« Und dann zu dem Mädchen: »Ich gehe zuerst.«

Mit den Händen in den Hosentaschen überquert Toru die Straße und lässt das Mädchen und Hideki zurück.

Zum ersten Mal sieht das Mädchen ihn an. »Wie heißt du?«, will sie wissen.

»Hideki. Und du?«

»Etsu.«

Sie hat eine leise, fast kindliche Stimme.

Toru steht inzwischen auf der anderen Straßenseite und nickt dem Mädchen auffordernd zu. Etsu schaut zu Toru hinüber und dann wieder zu Hideki. In ihren Augen liest er resignierte Mutlosigkeit, aber auch eine flehentliche Bitte, eine Aufforderung, der er genauso wenig nachkommen wie sich ihr entziehen kann. Dann geht sie über die Straße, und er blickt ihr nach. Ihr geblümter Rock klebt wie ein triefnasses Wischtuch an ihren mageren Beinen.

Als Toru und das Mädchen in einer Seitenstraße verschwunden sind, stützt sich Hideki mit beiden Händen auf seine Krücke und bestaunt das Hotel mit seinen Lichtern und seinem Bleiglas. Die Außenmauern sind nicht gerade und glatt, sondern bestehen aus vielen versetzten Ebenen mit plastisch ausgeleuchteten Säulen und Nischen. Wenn ein Wagen hält, eilt der Portier in Uniform mit goldenen Tressen und Epauletten mit einem Regenschirm herbei. Aus den Wagen steigen westliche Frauen in Abendkleidung und Männer mit Gesichtern wie Kochschinken.

Als Toru endlich wiederkommt – ohne das Mädchen –, kauert Hideki erschöpft wie ein obdachloser Bettler auf der Straße. Vielleicht hat er sogar kurz geschlafen. Mühsam rappelt er sich hoch und folgt Toru auf die andere Straßenseite.

»Wo ist sie?«, fragt er, kaum in der Lage, mit Torus Tempo Schritt zu halten, während sie immer wieder um eine Straßenecke biegen, bis sie auf ein Gelände mit hohen Trümmerhaufen gelangen.

»Abgeliefert«, lautet die Antwort.

»Wo?«, fragt er.

»Im Hotel. Hier warten.« Toru hindert ihn mit gespreizter Hand auf seiner Brust am Weitergehen. Sie ducken sich im Dunkeln hinter einen Berg aus Sand und Schutt.

»Bei wem«, flüstert er, »was macht sie da im Hotel?«

»Sie spielt eine Partie Schach, psst! Siehst du den MP?« Toru zeigt zu einem Mann, der mit Gewehr an der Schulter eine Steinmauer entlangläuft, die Rückseite des Hotels, wie es scheint.

Er nickt.

»Sowie er um die Ecke ist, gehen wir.«

»Wohin?«, fragt er, aber Toru gibt mit einem Nicken das Zeichen, dass es so weit ist, und setzt sich in Bewegung. Wieder bleibt ihm nichts anderes übrig, als Toru zu folgen. Zwischen einigen großen Mülltonnen hindurch gelangen sie zu einer Tür auf der Rückseite des Hotels, wo ein Schildchen »Personaleingang« hängt, und er denkt, sie würden hier eintreten. Doch Toru ist schon weitergegangen, auf ein hohes Bambusgatter zu, das an der Wand lehnt. Unter seinen Soldatenstiefeln weicht das Pflaster einem schlammigen Untergrund, in den seine Krücke einsinkt. Toru zieht das mit Schilfmatten bespannte Gatter zu sich heran und bedeutet ihm, durch die Öffnung zu schlüpfen. Als sie beide hindurch sind, hebt Toru das Gatter wieder an seinen Platz zurück. Ein Teil der Hotelmauer ist hier eingestürzt, und vor ihnen klafft ein mehrere Meter breites Loch im Boden. Schnell und behände lässt Toru sich dort hinunter.

Er selbst steht noch am Rand des dunklen Lochs, das drohend unter ihm gähnt wie ein Tor zur Hölle. »Was ist das hier?«, stößt er mit belegter Stimme hervor.

»Keine Sorge, Kamerad«, sagt Toru und streckt ihm die Hand hin. Er lässt seine Krücke los und wirft sie in das Loch. Noch einmal holt er tief Luft, dann ergreift er die ihm hingestreckte Hand Torus, die sich kühl und rau anfühlt. Im nächsten Moment lässt er sich auf dem Rücken über den Sand hinunterrutschen. Es ist, als falle er in einen Brunnenschacht. Unten angelangt, sackt er in sich zusammen. Die Dunkelheit ist jetzt vollkommen. Ein Ort ohne Licht, ohne Hoffnung.

4

Nach der Eisenbahnunterführung gelangen sie in den Teil der Stadt, in dem zwischen verkohlten Ruinen noch einzelne Gebäude stehen, die Bombenangriffe und Brände wundersamerweise unbeschadet überstanden haben. Schilder mit der Aufschrift *Off Limits* mahnen die GIs, dass sie hier nichts zu suchen haben, es sei denn, sie wollen sich mit der Militärpolizei anlegen oder einen Tripper made in Japan einfangen. Er tupft sich mit seinem Taschentuch den Schweiß vom Nacken. Wieder dieser beobachtende Blick von Sergeant Benson im Rückspiegel. Als ahne sein Fahrer, was er sucht, denn ohne dass er darum gebeten hätte, fährt der Wagen langsamer. Von seinem Platz auf der Rückbank schaut er nach den Mädchen auf der Straße. Sie hier wiederzufinden ist unwahrscheinlich, aber an Aufgeben will er noch nicht denken. Er sieht sich gern als Mann, der seine Chancen zu nutzen versteht, so gering sie auch sein mögen. Die Mädchen verschwinden, sagte der alte Mann. Aber wohin? Auf einer ebenen, leeren Fläche steht, einem Wandschirm gleich, eine Mauer frei im Raum. Das Scheinwerferlicht gleitet über wucherndes Unkraut. In einem Ölfass brennt ein Feuer. Die über den Rand hinaustanzenden Flammen werfen mit dem Flattern von Nachtfaltern ihr glühendes Orange auf die Gesichter dreier Mädchen. Er lässt Sergeant Benson noch ein kleines Stück weiterfahren und steigt aus.

Schotter knirscht unter seinen Schuhen, als er sich dem Ölfass mit dem Feuer nähert. Mit Herzklopfen erinnert er sich an die Warnung des niederländischen Botschafters. »Geh auf keinen Fall allein aus.« Nie hat es ihn in die ärmliche, raue Welt der Randexistenzen gezogen. Neben der Welt, in der er lebt, dem Leben, das er sich mit großem Einsatz und viel Hingabe aufgebaut hat, fühlt er sich nur in der strengen, klaren Welt des Gerichtssaals und der Gesetzbücher zu Hause. Darin findet er sich zurecht. Mit Tokio verbindet ihn rein gar nichts, mit den Straßen und Gebäuden genauso wenig wie mit den drei Mädchen bei dem Fass, die ihm ihre stark geschminkten Gesichter zuwenden. Als hätten sie ihn erwartet, kommen sie ihm entgegen. Ihre roten Lippen und ihre leger über dem Nabel zusammengeknoteten Blusen lassen ihn an die Filmsternchen in den amerikanischen Zeitschriften denken, die in der Hotellobby herumliegen. Sie ist nicht dabei, stellt er fest.

»Where you from?«, fragt ein Mädchen in geblümtem Rock und auf Stöckelschuhen. Ihre länglich geschnittenen Augen schillern unnatürlich.

»The Netherlands«, sagt er.

»United States okay.« Sie stößt beim Sprechen auffällig viel Luft zwischen den Zähnen hervor.

Das Geräusch eines Autos hinter den Mädchen weckt deren Aufmerksamkeit. Ein amerikanischer Jeep fährt bis an das Feuer heran. Eines der Mädchen ruft: »Hi, Jim!« Mit ihrer Freundin zusammen stakst sie auf ihren Stöckelschuhen eilig zu dem Fahrzeug hinüber. Unter entzückten Ausrufen begrüßen sie die beiden lässig aussteigenden Soldaten. Das Mädchen, das ihn angesprochen hat, scheint unschlüssig zu sein, ob sie ihren Kolleginnen folgen soll. Aber dann hakt sie sich, ohne zu fragen, bei ihm ein.

»Wohin gehen wir?«, will er wissen, als er merkt, dass sie ihn mitzieht.

»Alles sauber«, sagt sie, »United States okay.«

»Kennst du ein Mädchen namens Yuki?«, fragt er.

»Yuki?«, wiederholt sie. »Yuki okay.«

Das hat keinen Sinn. Er erwägt, zu seinem Wagen zurückzukehren. Es soll in Tokio auch ganz schicke Freudenhäuser geben, mit Geishas, die musizieren und Tee reichen, bevor sie ihren amtlich auf Bordellkrankheiten hin geprüften Körper sprechen lassen.

Das Mädchen zieht ihn besitzergreifend mit. Es ist dunkel und still auf der Straße. Zwei barfüßige Kinder mit schmutzigen Gesichtern treten aus der Dunkelheit, klein, mager und auf der Hut. Das Mädchen drückt sich an ihn. Mit der Reibung ihrer schwingenden Hüfte scheint sie ihn, als wenn das noch nötig wäre, von einer gewissen sexuellen Abenteuerlust überzeugen zu wollen. Von ferne, wo eine einsame Laterne brennt, ist Gitarrenmusik zu hören.

»Zigaretten?«, fragt das Mädchen.

Er bietet ihr eine Zigarette an und schaut auf ihr hochgestecktes Haar, während sie sich über das Flämmchen seines Feuerzeugs beugt.

»Lucky Strike okay«, bekundet sie enthusiastisch.

Er überlässt ihr das ganze Päckchen.

Sie gelangen zu einem kleinen Holzhaus, und sie tritt als Erste durch einen Vorhang ein. In der Diele hockt eine alte Frau mit verschlagenem Blick breitbeinig vor einem großen Ventilator und schaufelt mit Stäbchen in Seetang gewickelte Reisbällchen aus einer Schüssel in sich hinein. Im Obergeschoss liegen zu beiden Seiten des Flurs kleine Zimmer, die durch Zwischenwände aus Schilfgeflecht voneinander abgetrennt sind. Aus einem der Zimmerchen tritt ein rothaariger amerikanischer GI mit Sommersprossen im runden Gesicht. Ein nacktes Mädchen liegt auf dem Futon auf dem Boden. Er erschrickt, so jung ist das magere Kind, das auf dem Bauch liegt und wie in Trance vor sich hin starrt. Als er und der Amerikaner sich in dem schmalen Flur Brust an Brust aneinander entlangschieben, sehen sie sich kurz an. Am Ende des Flurs folgt er seinem Mädchen in ein Zimmerchen, wobei er sich bücken muss, um sich nicht den Kopf zu stoßen. Auf dem Fußboden ein fleckiger Futon, daneben ein mit Wasser gefüllter Holzbottich und ein Zwergenschemel. Die Schilfwände riechen nach antiseptischen Mitteln. Dahinter ist Gestöhne zu hören. Das Mädchen breitet eine Decke über den Futon. Sie ziehen sich aus.

»Du großer Mann.« Nackt nähert sie sich dem Schemel, auf dem er sitzt. »United States okay.«

Er muss an die freundliche, sittsame Stimme denken. Die Hände, die seinen Rücken massierten. Sie roch nach Mandeln. In der Umsichtigkeit, mit der sie ihn im Haus der alten Leute verwöhnt hatte, lag für ihn auch eine gewisse kühle Abgeklärtheit, eine Zurückhaltung, die er schätzte, weil sie ihm angebracht und aufrichtig zu sein schien.

»Wie heißt du?«, fragt er das Mädchen.

»Kumi.«

Sie tut einen weiteren lautlosen Schritt in seine Richtung und drückt nun schon fast ihren nackten, flachen Bauch gegen sein Gesicht.

»Wie alt bist du?«, fragt er.

»Neunzehn? Okay? United States okay«, plappert sie.

Das Stöhnen im Zimmerchen nebenan wird heftiger und geht in ein tiefes Brummen über. Sie kniet sich vor ihn und zwängt sich zwischen seine behaarten Schenkel. Er lehnt sich mit dem Rücken an die feuchte Wand.

»Okay?« Unsicher schaut sie im Halbdunkel zu ihm auf.

»Es tut mir leid.« Er erhebt sich und zieht sich wieder an. Die Geldscheine, die er ihr in die Hand drückt, scheinen ihre Enttäuschung zu mildern.

Er geht in die Nacht hinaus und macht sich auf die Suche nach Sergeant Benson.

Im Hotel steht er zum zweiten Mal an diesem Abend unter der Dusche und denkt über seinen Fehler nach. Er ist ein glücklicher Mann, diese Gewissheit hat ihn selbst in diesem Moment nicht verlassen. Mit achtunddreißig Jahren ist er seiner Lebensplanung und allem, was er sich erhofft hatte, ein Stück voraus. Er hat eine intelligente Frau aus gutem Hause, er hat eine Tochter und zwei Söhne, von denen der jüngere, Bas, zwar unter Atembeklemmungen leidet, doch wie ihm sein Schwager, Chefarzt des Akademischen Krankenhauses in Utrecht, versichert hat, wird sich das auswachsen. Er war Richter in Breda und Middelburg, und als Hochschullehrer für niederländisch-indisches Recht in Leiden hat er zwei einflussreiche Werke verfasst. Sein Außenministerium hat ihn nach Tokio entsandt.

Ein halbes Jahr lang hat er es ohne Frau ausgehalten. Als sich freilich abzeichnete, dass er noch weit länger von zu Hause fort sein würde, sagte er sich, dass es besser wäre, seinen körperlichen Bedürfnissen nachzukommen. Unbefriedigte natürliche Begierden würden ihn von seiner Arbeit ablenken und Dorien zu der Frau machen, die seiner körperlichen Befriedigung im Wege stand. Wenn er aber ein geeignetes, anständiges Mädchen fand, mit dem er sich einmal die Woche treffen konnte, ohne dass Liebe im Spiel war, würde er seinem Körper helfen, es seinem Geist zu ermöglichen, die Gedanken an Dorien rein zu halten. Vielleicht würde er ihr das alles so erklären, wenn er wieder in den Niederlanden war.

Doch seine Erfahrung in dem schmuddeligen und verwanzten Zimmerchen hat solche Erwartungen zunichtegemacht. Er hat sich geirrt, Verdorbenheit mit Erotik verwechselt. Nie hat er sich von Gemeinheit und Schmutz demoralisieren lassen, weder in seiner Kindheit noch später als Richter. Auch jetzt wird das nicht passieren.

Er legt eine Schallplatte von Beethovens Klavierkonzert Nummer fünf auf und schreibt einen Brief an seine Tochter, den Dorien ihr wird vorlesen müssen, denn seine Jüngste ist erst drei Jahre alt. Er macht eine Zeichnung von dem japanischen Mann dazu, den er gesehen hat, mit dem spitzen Strohhut und den Körben an der Tragestange über den Schultern. Dann schreibt er einen Brief an seinen jüngeren Sohn und daran anschließend einen ausführlicheren an seinen Ältesten. Bis ins Detail beschreibt er ihm die großen Lotusblüten im Teich des Parks, seine Ausritte im Morgennebel und wie Babys hier von jungen Müttern in Tüchern auf dem Rücken getragen werden. Beiden Jungen legt er ans Herz, sich in der Schule anzustrengen und ihrer Mutter nach Kräften im Haushalt zur Seite zu stehen. Zum Schluss schreibt er einen dreiseitigen Brief an Dorien. Er spielt die

Platte ein zweites Mal und liest die Briefe Wort für Wort durch, während er in der beschwingten, erhabenen Musik aufgeht.

Spätnachts setzt er seinen Namen unter den letzten Brief. Immer noch hängt die Hitze schwer im Raum, als er seine Nachttischlampe ausmacht. Plötzlich hallt ein grauenerregender Schrei durch die Finsternis, und nach kurzer Stille ein weiterer, der in Wimmern übergeht. Irgendjemand, eine Frau, scheint in Not zu sein, Schmerzen zu leiden. Im Hotel ist Frauenbesuch auf dem Zimmer nicht gestattet, aber mit dieser Hausregel nimmt man es offenbar nicht so genau. Es geht das Gerücht, dass die Pagen gegen Bezahlung Mädchen durch den Personaleingang auf der Rückseite des Hotels hereinschmuggeln. In Gedanken geht er die Zimmer auf seinem Stockwerk ab. Auf der gegenüberliegenden Seite des Flurs wohnt seit einigen Wochen ein schlanker, schweigsamer Japaner mit wässrigen Augen, der immer weiße Anzüge und Hut trägt. Zwei Zimmer weiter auf seiner Seite des Flurs ist der amerikanische Colonel untergebracht, von dem behauptet wird, dass er ein hohes Tier beim Nachrichtendienst sei, aber was er in Tokio treibt, weiß wohl niemand so genau, nur, dass er sich gegen Cash japanische Mädchen aufs Zimmer liefern lässt.

Es ist jetzt still. Vielleicht stammten die Laute ja nicht von einem verzweifelten Mädchen im Zimmer des Colonel, sondern von den Katzen, die sich, wie der Manager des Hotels erzählt hat, auf der Rückseite des Gebäudes, wo Mauern aufgerissen sind und Keller freiliegen, eingenistet haben und für Lärmbelästigung sorgen. Sie sind nicht zu fangen, lassen sich nie über der Erde blicken. Nur ihr nächtliches Lust- und Kampfgeschrei zeugt von ihrer Existenz.

5

»Die Gäste werden ab sieben Uhr erwartet«, beginnt Frau Haffner ihre Instruktionen für die *soirée culturelle*. Die Friseuse ist gerade gegangen. Sie hat ihr blondes, mit weißen Strähnen durchsetztes Haar zu einem wahren Kunstwerk gestaltet, hoch aufgetürmt und in vollendet verschlungener Welle mit einer Schildpattspange am Hinterkopf festgesteckt. Hochgewachsen – nach japanischen Maßstäben, zumal für eine Frau, riesenhaft – und ein stetes Blitzen in den blassblauen Augen, steht Frau Haffner neben dem mit einem Seidentuch abgedeckten Konzertflügel. Michiko ist von ihrer Ausstrahlung noch genauso beeindruckt wie bei der ersten Begegnung mit der Grande Dame der klassischen Musik vor sechs Jahren am Tokioter Konservatorium. Frau Eva Haffner, Musikpädagogin, gab dort neben Klavier- und Cembalo-Unterricht auch Gesangsstunden. Die Reputation, die sie sich unter Musikliebhabern sowohl durch ihre Auftritte in Theatern und Konzertsälen als auch durch ihr musiktheoretisches Wissen erworben hat, ist gar nicht hoch genug einzuschätzen. Als Lehrerin hat es Frau Haffner sogar bis an den Kaiserhof gebracht. Weil Michikos Stimme Frau Haffner an ihre in Europa lebende Tochter erinnert hat, die ebenfalls klassische Sängerin ist, wurde sie schon bald in besonderer Weise von ihr gefördert. Michiko kam in den Genuss täglicher Privatstunden bei Frau Haffner zu Hause, in denen neben ihrer Stimme auch ihrer Körperhaltung und Mimik strenge Beachtung geschenkt wurde. Und das war noch nicht alles, denn bald darauf wurde sie auf Tokios führendes Sprachinstitut geschickt, um dort auf Kosten von Frau Haffner Englisch und Deutsch zu lernen. Von Beginn an war deutlich, dass sie mit Michiko Großes vorhatte.

»Ich erwarte vierzehn Gäste, darunter Herrn Mitsui und Tochter, Herrn und Frau Kawabata und den Chefredakteur der *Asahi Shimbun*. Du assistierst Frau Tsukahara beim Abnehmen der Mäntel und beim Herumreichen von Aperitif und Häppchen. Achte darauf, dass die Schuhe ins Dienstbotenzimmer gebracht werden, ich möchte absolute Ordnung im Eingangsbereich. Du trägst den türkisfarbenen Kimono. Um acht Uhr beginnt das Programm mit einem jungen Lyriker, der aus seinem Gedichtband liest. Um halb neun spiele ich Chopins Etüde Opus elf. Danach trittst du hinter dem Wandschirm hervor auf. Ich begleite dich auf dem Flügel. Wir geben Schuberts *Heidenröslein* und *Frühlingsglaube* und anschließend das *Wiegenlied*. Schwarzes Kleid, schwarze Schuhe, Haare aufgesteckt, klar?«

»Ja, Frau Haffner.«

»Noch etwas, Herr Mitsui hat Blumen schicken lassen. Ich möchte sie in der großen Vase im Salon haben.«

In der Küche, bei Frau Tsukahara, die murrend zwischen dem Herd und dem Tisch mit den Platten hin- und herhuscht, isst sie eine Suppe mit Krabben und weißem Reis. Sie kaut und schluckt langsam, genießt jeden Bissen, jedes Körnchen, das ihr auf der Zunge zergeht.

Dann erledigt sie unter dem Blick der Kurtisanen auf den alten Tuschezeichnungen an der Wand geschwind die ihr aufgetragenen Arbeiten, eine nach der anderen. Um kurz vor sieben zündet sie, in ihren Kimono gehüllt, die Kerzen in Salon und Eingangsbereich an. Draußen auf der Veranda entzündet sie auch die bunten Lampions, die an Schnüren zwischen den Bäumen hängen. Sie bleibt einen Augenblick stehen und schaut in den Vorgarten. Frau Haffners großes, elegantes Haus im westlichen Stil steht in einer von Bäumen gesäumten Straße. Vor der Besetzung wohnten hier die japanischen Familien aus den besseren Kreisen, doch sie haben ihre Häuser amerikanischen Generälen und westlichen Diplomaten überlassen müssen. Frau Haffner wohnte damals schon hier, mit ihrem Konzertflügel und ihrem aus Deutschland übergeführten antiken Cembalo. Sie ist geblieben, hat niemandem Platz gemacht. Während des Krieges besuchten einflussreiche Persönlichkeiten ihre Hauskonzerte, Empfänge und Soireen, bei denen neben klassischer Musik auch die schöne Literatur auf dem Programm stand. Die Gäste waren vorwiegend Japaner, Industrielle, Diplomaten und Bankiers oder aristokratische Kulturliebende sowie namhafte Künstler. Mitunter auch Landsleute von Frau Haffner. Nach der Kapitulation, die aus den Deutschen und den Japanern Verlierer machte, aus denen, die seit Menschengedenken das Sagen gehabt hatten und als unantastbar galten, Beschuldigte auf der Anklagebank des Tribunals, konnte Frau Haffner einfach weiter das tun, was sie die ganzen Jahre über getan hat. Für sie scheint sich nichts geändert zu haben. Michiko weiß, dass über Frau Haffners politische Ausrichtung spekuliert wird. Nicht alle glauben, dass sie von jeher gegen die Nazis war, wie sie selbst verkündet, sondern es gibt auch Leute, die unterstellen, dass die *ehrenwerte Professorin* immer gut mit Vorräten aus den Geschäften ausgestattet wird, in denen nur die Privilegierten kaufen können, egal, aus welcher Richtung der politische Wind gerade weht.

Michiko verneigt sich vor den Gästen, ohne sie direkt anzusehen, und heißt sie willkommen. Sie bringt Mäntel und Schuhe ins Dienstbotenzimmer und reicht im Salon die delikaten Häppchen von Frau Tsukahara auf Platten aus graviertem Silber herum. Sobald der junge Dichter mit hoher, theatralischer Stimme über die Jahreszeiten zu deklamieren beginnt, sucht sie ihr Zimmer auf, um sich umzuziehen. Die gelbgrün glänzenden Tatamis auf dem Fußboden sind neu und erfüllen den kleinen Raum mit dem Duft von frischem Heu. Sie sind mit einer Bordüre aus zartrosa Seide eingefasst. Keine Läuse hier, kein Hunger. Das Kleid, das Frau Takeyama für sie geändert hat, hängt bereit. Nach den Bombenangriffen hatte sie es lange nicht getragen. Bis Frau Haffner sie bat, wieder aufzutreten.

»Ich weiß, dass du denkst, du kannst das noch nicht«, sagte Frau Haffner, als sie ihre bedrückte Miene bemerkte, »aber ich möchte, dass du es tust. Du darfst deine Stimme nicht für dich behalten, sonst kann ich nichts mehr für dich tun. Es liegt im Wesen der Kunst, ein Publikum zu haben. Und das, was du mitgemacht hast, hebt das Niveau deiner Kunst. Ich verlange nicht, dass es technisch perfekt ist, aber du sollst singen, was du fühlst.«

Seit ihre Eltern umgekommen waren, hatte sie zwei Monate nicht mehr vor Publikum gesungen. Sie war sich sicher, dass sie hoffnungslos versagen würde.

An jenem Abend waren im Salon weniger Stühle aufgestellt als sonst. Es gab vorher auch keinen Empfang, keine Häppchen und Drinks. Die Sirenen heulten Fliegeralarm, und Frau Haffner lief nervös zwischen Salon und Eingangstür hin und her. Kurz nach der Entwarnung kamen drei schwarze Wagen mit hoher Geschwindigkeit in die Straße gefahren.

Michiko wartete im angrenzenden Zimmer, bis sie das Zeichen erhielt, in den Salon zu kommen. Frau Haffner saß an ihrem Konzertflügel. Der Strom war ausgefallen, nur die Kerzen erhellten den Raum. Es waren nicht mehr als sechs, sieben Gäste anwesend, Deutsche, ihre in Schatten gehüllten Gesichter sahen kühl und angespannt aus. Sie waren nicht die ersten Ausländer, denen Michiko hier im Haus begegnete. Sie hatte sich inzwischen an die langnasigen Frauen in den langen Abendkleidern und die großen, selbstbewussten Männer in den dunklen Anzügen gewöhnt. Doch an jenem Abend wagte sie kaum in ihre Richtung zu schauen. Eine schwer greifbare, irgendwie bedrohliche Atmosphäre hing im Raum, als könnte es jeden Moment wieder Fliegeralarm geben. Die gnädige Frau spielte die ersten Takte von Mozarts *Wiegenlied*. Sie setzte ein, sang, unsicher, ob ihr Timbre stimmte, unsicher, ob sie in der Sprache ihrer Zuhörer den Geist und die Atmosphäre des Liedes rüberzubringen wusste.

Sie schloss mit Schuberts *Heidenröslein*, worauf Totenstille herrschte. Sie hatte das Gefühl, versagt zu haben, aber dann hörte sie ein leises Schluchzen. Sie schaute auf und sah im Kerzenlicht, dass sich eine der

Frauen ein Taschentuch vor den Mund hielt. Und auch der Mann in der ersten Reihe, in dem sie, da sie nun etwas länger hinzuschauen wagte, den deutschen Botschafter erkannte, sah ergriffen aus.

Schweigend erhoben sich die Männer und Frauen und verließen den Salon. Kurz darauf hörte sie die Wagen wegfahren. Verkrampft wartete sie die Rückkehr von Frau Haffner ab, auf einen Tadel für ihre unterdurchschnittliche Darbietung gefasst.

»Ich danke dir für deinen Auftritt«, sagte Frau Haffner, als sie den Salon wieder betrat. »Der deutsche Botschafter hat heute Nachmittag die Nachricht erhalten, dass unser Vaterland kapituliert hat. Wir haben unser Land verloren.«

Michikos glänzendes Haar ist gekämmt und hochgesteckt. In ihrem schwarzen Kleid lauscht sie dem Klavierspiel von Frau Eva im Salon, Chopin. Hinter den mit Papier bespannten Holzschiebewänden wartet sie den Schlussakkord ab. Im Salon sitzen heute Abend keine Deutschen, sondern Japaner. Sie wird die gleichen Lieder singen wie an jenem Abend. Im gleichen Kleid. Auf den Tag genau ein Jahr nachdem der Kaiser im Radio gesprochen hat. Erneut wird sie für die Verlierer singen.

6

Hideki kann ein Schaudern kaum unterdrücken, als er im Finstern hinter Toru her durch eine Art unterirdischen Gang kriecht. Er kann nicht fassen, wie er hierhergeraten ist, wo doch mit dem Zug nach Hause zu fahren das Einzige ist, was er möchte. Wie ein verirrter Höhlenforscher, der auf ein fernes Fünkchen Tageslicht zusteuert, folgt er dem tanzenden Flämmchen von Torus Feuerzeug. Seine tastenden Hände berühren Stein, wahrscheinlich das Fundament des Hotels. Mit vorgerecktem Kopf zwängt er sich durch eine Enge wie durch einen Geburtskanal. Er schürft sich die Knie an den scharfen Kanten zerborstener Steine auf und atmet den bitteren Geruch von Katzenpisse in seine brennende Lunge ein. Am Ende schleift er sein schlimmes Bein durch ein Loch und gelangt in einen unterirdischen Raum des Hotels. Mithilfe seiner Krücke stemmt er sich an einer feuchten Wand hoch. Toru zündet Kerzen an und entreißt die Nische, in der sie sich befinden, irgendwo zwischen Fundament und Kellerräumen des Hotels, der Finsternis. Auf dem rauen Betonboden liegen unter einem Abflussrohr ein aufgerollter Futon mit Decke und einige andere Sachen.

»Angst gehabt?« Torus Stimme klingt heiser. Er klopft sich den Sand von den Knien und richtet sich auf.

»Wovor?«, fragt er.

»Dass was passieren könnte.«

»Nein«, lügt er. »Was immer passieren kann, ist mir bereits zugestoßen. In der Mandschurei.«

»Da spricht der abgehärtete Kriegsheld.« Toru nickt bedächtig und entrollt dann den Futon. »Ruh dich etwas aus, wenigstens das sollte ein müder Krieger erwarten dürfen.«

Er streckt seinen ermatteten Körper auf dem Futon aus und

schaut, die Hände unter dem Nacken verschränkt, zu, wie Toru in einem Blechnapf auf einem Spiritusbrenner Wasser kocht.

»Als die Amerikaner unsere Insel in der Südsee einnahmen, versteckten wir uns in Höhlen und Stollen«, sagt Toru. »Aber sie haben einfach ganze Berge gesprengt, und alles stürzte ein. Ich konnte sie hören, meine verschütteten Kameraden. Weißt du, wie es sich anhört, wenn sich eine Ratte in der Falle das Genick bricht? So klang das, wie Hunderte krepierender Ratten.«

Toru trinkt einen Schluck und reicht den zerbeulten Napf an ihn weiter. Hideki richtet sich auf, setzt die Lippen ans Gefäß und schlürft den heißen Tee. »Wohnst du hier?«, fragt er, nachdem er getrunken hat.

»Sieht es so aus?« Ein spöttisches Grinsen spielt um Torus Mund. »Das ist eine meiner Schlafstellen.«

»Wo ist das Mädchen?«

»An einem besseren Ort als diesem hier, die Zimmer scheinen ein großes Bad mit fließend warmem Wasser zu haben. Mehr weiß ich nicht. Ich liefere sie nur ab, und ein Knabe, der im Hotel arbeitet, kümmert sich um das Übrige.«

Hideki schüttelt den Kopf. »Das ist schrecklich.«

Torus Zähne im leicht offen stehenden Mund blitzen im Kerzenlicht. Er blickt vor sich hin, und in seinen Augen ist ein Ausdruck, als sehe er etwas, was Hideki verborgen bleibt. »Weißt du«, sagt Toru nach einer Weile, »wir müssen von vorn anfangen. Mach dir nicht so viele Gedanken, würde ich dir raten, nutze deine Chancen.«

Irgendwo in den Kellergewölben erklingt ein schauerlicher Schrei. »Was ist das?«, fragt Hideki erschrocken.

»Es wimmelt hier von Katzen.« Toru zieht ein Messer aus seiner Hosentasche und schlägt ein kleines Tuch auf, in dem ein flaches Stück Gebäck liegt. Er schneidet es in der Mitte durch und gibt ihm die eine Hälfte.

»Cracker, so nennen die Amerikaner das. Schmeckt nicht wirklich gut, aber es stillt den Hunger.«

Im Traum ist er mit seiner Mutter und seiner Schwester beim Badehäuschen am Fluss. Das Glitzern des Wassers ist von betörender
Schönheit, und sie können sich nicht sattsehen an dem über große,
flache Steine schnellenden Strom. Irgendetwas stimmt nicht, denn
er ist etwa fünfzehn Jahre alt, hat aber seine Uniform an, die noch
neu ist, einschließlich der Abzeichen und der um die Taille gebun-
denen Tausendsticheschärpe. Es ist, als suchten sie etwas in dem
schäumenden Wasser, etwas, das jeden Augenblick vorübertreiben
kann und nicht unbemerkt bleiben darf. Danach liegt er irgendwo
auf einem harten Fußboden, mit von Schmerzen gepeinigtem Leib,
und wie in einer Fieberfantasie sieht er den in strahlendes Licht getauchten Kaiser auf sie herabblicken. Eine Stimme hallt: »Bist du bereit zu sterben, wenn der Kaiser es von dir verlangt?« Und alles ist
wieder wie damals, reduziert auf die schlichte Essenz der Wahl zwischen Verrat und Treue. Diesmal will er Nein sagen, doch er bringt
keinen Ton heraus. Unter dem Blick des Kaisers, der nach wie vor in
einem Lichtschleier über ihm schwebt, ringt er mit seiner versagen-
den Stimme. Er zuckt am ganzen Körper, als ihn ein seinem eigenen
Mund entfahrender Schrei aus dem Schlaf hochschrecken lässt. Er ist
sich bewusst, dass er bedrängt wird, dass jemand nach seiner Hosentasche greift, aber es dauert einen Moment, bis ihm aufgeht, dass es
Toru ist. Er rollt sich auf die Seite, doch Toru zerrt ihn auf den Rücken. Sie ringen miteinander, er will die schützende Hand nicht von
seiner Hosentasche mit den Geldscheinen nehmen, und es gelingt
ihm, Toru mit der freien Hand wegzuschlagen. Er windet sich von
seinem Angreifer weg, aber Toru ist schon wieder auf ihm, drückt
seinen Arm nach hinten und klemmt ihn unter seinem stahlharten
Knie fest. Mit einem Knurren aus tiefster Kehle versucht er sich weg-
zudrehen. Dann ist es plötzlich nass in seinem Gesicht, und Spiri-
tusgeruch steigt ihm in die Nase, Sekundenbruchteile, bevor seine
Augen zu glühen beginnen. Er schreit laut auf und wischt sich mit
dem Ärmel über die Augen. Torus Hand gleitet in seine Hosentasche
und wieder heraus. Er hört den Spirituskocher neben sich auf den

Boden scheppern und sieht durch einen Schleier hindurch Toru mit den Geldscheinen in der Hand dastehen.

»Tut mir leid, Kamerad.« Torus Stimme klingt getragen wie die eines Priesters, der seiner Gemeinde vom Allmächtigen kündet. »Morgen, versuch's morgen noch einmal«, sagt er, auf ihn herabblickend.

Und dann schnappt sich Toru seine Krücke vom Boden und verschwindet damit durch das Loch in der Wand.

Es dauert lange, bis er die Kraft und den Willen aufbringt, sich aufzurappeln und hinzusetzen. Den Rücken an die Wand gelehnt, starrt er auf die Kerzenstummel, die noch höchstens eine Stunde lang Licht spenden werden. Eine Stunde, um darüber nachzudenken, wie er so dumm sein konnte und wie es jetzt weitergehen soll. Ohne seine Krücke wieder aus der Grube auf die Straße hinauszuklettern, erscheint ihm als nahezu unmögliche Aufgabe. Ohne Krücke und ohne Geld rechtzeitig zum Bahnhof zu gelangen, ist ausgeschlossen. Er starrt auf die Kerzen und konzentriert sich. Für den Rest seines Lebens wird er sich mit diesem unnützen Körper behelfen müssen. Immer wieder wird alles von seinem Verstand abhängen. Aber er ist nur der Sohn eines Waldarbeiters aus einem kleinen Bergdorf in der Präfektur Nagano und nicht geschaffen oder geschult für komplizierte Fragestellungen. Als sie damals zu den Waffen gerufen wurden, glaubte er alles, was ihm über die mythischen Schlachten der Vergangenheit gegen die Gegenwart, der Vaterlandsliebe gegen die Feigheit erzählt wurde. Wie alle anderen ließ er sich gedankenlos zu Hass und bereitwilligem Töten, notfalls auch Getötetwerden, aufstacheln. Aber jetzt sitzt er hier in der Falle und muss sich selbst eine Lösung für seine Probleme einfallen lassen. Hier gibt es keinen, der ihm sagt, was er zu tun hat.

Die Kerzen schmelzen langsam dahin.

Ein Zeitalter ist abgeschlossen, das spürt er, ohne eine Ahnung zu haben, was an seine Stelle treten wird. Und die Veränderung betrifft nicht nur ihn, sondern hat weit größere Auswirkungen. Der Krieg war so anders, als er ihn sich vorgestellt hat, aber der Frieden ist womöglich noch seltsamer.

Durch das Abflussrohr über seinem Kopf meint er Stimmen zu hören, gedämpft und entfernt. Angestrengt horcht er auf das Summen, das an Bienen in ihrem Korb erinnert. Er stellt sich das Mädchen, Etsu, in einem der Hotelzimmer vor. Halb dösend starrt er auf das Kerzenflackern, bis er zum zweiten Mal in dieser Nacht in völliger Finsternis hochschreckt. Er weiß nicht, wie spät es ist, aber es ist Zeit. Auf allen vieren tastet er sich zu dem Loch in der Wand.

7

Im Schlaf hatte Brink den Donner gehört und den Wind, der die großen Blätter der Banane gegen seinen Balkon peitschte. Er konnte den
Regen riechen, und der Geruch füllte sein Zimmer mit Erinnerungen an die Äcker im Brabant seiner Kindheit, an die tiefen Reifen-
spuren, in denen das Wasser stand, und die nassen schwarzbunten
Kühe. Ein unerklärliches Heimweh hatte sich tief in ihm eingenistet, als er von einem schaurigen Schrei geweckt wurde. Er stand auf
und trat ans Fenster, wo sein Smoking zum Lüften hing. Die Feuchtigkeit legte sich wie Nebel auf seine Hände und sein Gesicht. In der
Ferne schlug ein Blitz im obersten Stockwerk eines hohen Gebäudes
ein, mit einem Geräusch, als zerrisse es die Mauern. Und wieder er-
tönte dieser Schrei, von einer Frau oder einem Mädchen. Er rief in der
Rezeption an und bat darum, doch einmal nachzuschauen, was dort
passierte. Danach ging er ins Bett zurück und schlief beim Rauschen
des Regens wieder ein.

Er erinnert sich an den Donner und die Schreie, als er am Fenster seine
Reithose und seine hohen Stiefel anzieht. Der Garten des Hotels glitzert im Morgenlicht. Zwei junge Männer in Hoteluniform stellen umgefallene Stühle auf und kehren die Scherben von Blumenkübeln zusammen. Regenwasser tröpfelt von den Dachtraufen herab und trifft
mit einem Ticken auf die großen Blätter der Weißen Maulbeere. Bevor er das Zimmer verlässt, bleibt er kurz vor dem Spiegel stehen und
betrachtet das Foto von seiner Frau und den Kindern, das er in den
Rahmen gesteckt hat. Jeden Morgen aufs Neue bestätigen ihm seine
Kinder, dass sich seine in der Vergangenheit gebrachten Opfer gelohnt
haben. Ihr Weg wird von Haus aus ein besserer sein als der seine.

50

Sein Wagen steht vor dem Hoteleingang, doch seltsamerweise ist Sergeant Benson nirgendwo zu sehen. In der sauerstoffreichen Morgenluft späht er suchend die Straße hinunter. Ein Krankenwagen kommt auf ihn zugefahren und biegt in eine Seitenstraße ab. Vom Portier erfährt er, dass sich Sergeant Benson höchstwahrscheinlich auf der Rückseite des Hotels befindet.

Dort trifft er außer dem Krankenwagen einen Jeep der amerikanischen Militärpolizei an. Seinen Fahrer entdeckt er unter einigen anderen Männern, die dem Gespräch zwischen den MPs und zwei Beamten mit Notizblöcken in abgenutzten Uniformen der Tokioter Polizei zu folgen versuchen. Trotz des anwesenden Dolmetschers ist die Verständigung offenbar so schwierig, dass keiner einen Blick für den Leichnam hat, der einige Meter entfernt unter einem Laken liegt. Nackt und schmal lugen Füße darunter hervor, und seitlich schaut ein Streifen Stoff mit Blumenmotiv heraus. Es könnte der Rock des Mädchens sein, das ihn auf der Straße ansprach und in das ärmliche Hurenhaus mitnahm.

Er fragt den amerikanischen MP, der regelmäßig vor dem Hoteleingang Wache steht.

»Was ist passiert?«, will er wissen.

»Ein Zimmermädchen hat das Mädchen gefunden«, sagt der MP.

Die Sanitäter stellen eine Trage neben der zugedeckten Leiche ab. Der eine geht in die Hocke und schlägt das Laken zurück, dann heben beide das Mädchen auf die Trage. Mit zögernden Schritten tritt Brink näher. Er hat das mulmige Gefühl, dass es keine Gnade geben und er nicht verschont bleiben wird. Das Mädchen sieht aus wie das Opfer eines Verkehrsunfalls. Die Nase ist platt gewalzt und zertrümmert, als sei ein Reifen darübergefahren. Ein Auge quillt aus seiner gebrochenen Höhle hervor. Die Haut unterhalb der Jochbeine ist aufgerissen, und am Hals zeichnen sich blaurote Male ab. Durch zerfetzte Nylonstrümpfe schimmern ihre Beine hervor, und es sieht aus, als seien sie mit Bläschen übersät, die im Sonnenlicht zum Leben erwachen wie vollgesogene Zecken. Nicht ein Auto, sondern irgendein Wahnsinniger muss ihren Weg gekreuzt haben. Im fahlen Morgenlicht tragen die Männer das Mädchen zum Krankenwagen. Sie ist derartig zugerichtet, dass man sich nicht so ohne Weiteres sicher sein kann, doch die Länge des blutig verklebten Haars, kurz, und die Form ihrer Gliedmaßen, staksig, geben den Ausschlag. Sie hat einen ähnlichen Rock an, aber dieses zerstörte Wesen ist nicht Yuki, nicht Kumi, nicht eine, die er kennt.

Er wendet sich wieder dem amerikanischen MP zu. »Ich weiß nicht, ob es etwas damit zu tun hat«, beginnt er zögernd, »aber ich habe im Hotel heute Nacht ein Mädchen oder eine Frau schreien hören, als werde sie misshandelt.«

»Ein japanisches Mädchen?«, fragt der MP.

»Das weiß ich nicht, ich habe sie nicht gesehen. Ich habe sie nur gehört. Ich schlafe im dritten Stock ...« Er ist sich unschlüssig, ob er den amerikanischen Colonel auf seinem Stockwerk erwähnen soll, doch bevor er eine Entscheidung treffen kann, hat der MP schon das Wort ergriffen.

»Die Kollegen von der Tokioter Polizei haben einen Verdächtigen festgenommen. Einen Hotelpagen. Er scheint sich als Zuhälter etwas dazuzuverdienen. Er hat früher schon einmal Mädchen misshandelt. Und heute Nacht ist er von einem Zeugen an diesem Ort gesehen worden. Aber ich werde weitergeben, dass Sie etwas gehört haben.« Er nickt resolut. »Schönen Tag, Herr Richter.«

Der Ritt durch den Park beschert keine nennenswerte Ablenkung. Und mit der aufgehenden Sonne erhebt sich auch die Hitze, die sich wie eine warme, feuchte Decke über Rasenflächen und Teiche legt. Die Sonnenstrahlen treffen ihn mitten ins Gesicht. Er gibt dem schwitzenden Pferd die Sporen und schießt im Galopp davon – verfolgt von den Bildern des Mädchens.

Erst später am Vormittag findet er zu seiner inneren Ruhe zurück. Im Archiv des Gerichtsgebäudes holt er sich die blaugrauen Aktenmappen mit Veröffentlichungen und Dokumenten und nimmt

an einem Tisch zwischen den hohen Stahlschränken Platz. Es ist
Samstag, und er genießt die Stille um ihn her. Geduldig geht er die
Papiere durch: Protokolle von Sitzungen des Kriegskabinetts, Ab-
schriften diplomatischer Korrespondenz und Briefwechsel zwischen
der Regierung in Tokio und den Strohmännern in China, Berichte
von geschlossenen Zusammenkünften mit dem Kaiser, Rapporte
von Nachrichtendiensten, Analysen ausländischer Diplomaten, Geschäftsleute und Geistlicher, die das Blutbad von Nanking miterlebt
haben. Er füllt Seite um Seite seines Notizblocks. Eigentlich müsste
er selektiver zu Werke gehen, doch er kann einfach nicht anders, als
alles zu lesen, was er in die Hände bekommt. Er blättert in Büchern,
Berichten, ja sogar Broschüren des Landwirtschaftsministeriums aus
jener Zeit. Er möchte verstehen, wie es zum Krieg kam, möchte das
politische und wirtschaftliche Idiom jener Tage ergründen. Einer der
Anklagepunkte des Tribunals lautet: »Verbrechen gegen den Frieden«. Zu dessen Untersuchung muss er wissen, welche Umstände die
japanische Regierung dazu bewogen haben, den Krieg zu erklären.
Ging es ihr darum, die westliche Kolonialherrschaft in Asien zurück-
zudrängen und die bedrohten wirtschaftlichen Interessen Japans zu
schützen, wie die Militärs und Machthaber behaupten, oder geschah
es, wie die Ankläger ihnen vorhalten, aus gewalttätigem, rücksichts-
losem Expansionsdrang auf Kosten der anderen Länder im östlichen
Pazifikraum?

Ihm ist nicht ganz wohl bei dem Anklagepunkt *Verbrechen gegen den
Frieden*. Nicht weil er prinzipiell etwas dagegen hätte. Im Gegenteil, er
hält den Grundsatz, die Planung oder Führung eines Angriffskriegs
zum Straftatbestand zu erheben, für einen Fortschritt im internationalen Strafrecht. Doch das ist ein neues Konzept, so grün, dass er sich
fragt, ob es schon zur Genüge juristisch untermauert ist. Wie seine
Kollegen hat er die Charta des Tribunals, einschließlich dieses zwei-
felhaften Anklagepunkts, unterzeichnet. Hat er gut daran getan? Er
kennt sich einfach zu wenig im Völkerrecht und all den internationalen Verträgen aus, um sich seiner Sache sicher zu sein. Paradoxer-

weise benötigen sie diesen Anklagepunkt gar nicht. Wenn man ihn striche, bliebe genügend übrig, eine Fülle »gewöhnlicher« Kriegsverbrechen – die Aushungerung, Vergewaltigung und Ermordung von Zivilisten, die bestialische Behandlung von Kriegsgefangenen –, um die vormaligen Befehlshaber und verantwortlichen Politiker zu verurteilen. Bis hin zum Tod durch Erhängen.

Wie hätte sein großes Vorbild Grotius *Verbrechen gegen den Frieden* gewichtet? Hätte er, der Begründer reiner und unanfechtbarer Rechtsgedanken für Friedens- und Kriegszeiten im siebzehnten Jahrhundert, dieses Konzept verworfen?

Er hätte jedenfalls nicht aufgehört nachzudenken, auch wenn das momentan der einfachere Weg wäre: sich mit dem Argument zu begnügen, dass gegen die führenden Nazis bei den Nürnberger Prozessen derselbe Anklagepunkt angewendet wird, »und dort sind sie ja auch nicht blöd«.

Er schaut sich um. Dieses Archiv mit so gut wie allen Dokumenten, die das große Verbrennen von Beweismaterial in den Tagen nach der Kapitulation überlebt haben, ist ein Ort von tausend Fragen. Aber auch von tausend Theorien. Anhand des Materials kann man zu Schlussfolgerungen gelangen, die sich gegenseitig stützen, aber genauso gut auch zu solchen, die sich komplett widersprechen. Um beurteilen zu können, ob die Angeklagten für die in der Anklage beschriebenen Verbrechen verantwortlich sind, muss er sich an einem Ort mit der richtigen Perspektive verankern. Nur dann kann er die Frage beantworten, ob die Angeklagten über die Taten informiert waren oder gewesen sein dürften und ob es in ihrer Macht gestanden hätte, das Geschehene zu verhindern.

Die Angeklagten und ihre Taten, das ist für ihn die Hauptlinie. Eine Linie von Politik, Strategie, Verschwörung und gemeinschaftlichem nationalem Interesse. Und dann ist da noch eine zweite Linie, die Träumen, Obsessionen und Ängsten entspringt. Diese ist individueller und persönlicher Natur und zieht sich quer durch die

Kette von Ursache und Folge, quer durch die Zeit. Sie hat keine abgegrenzte Spanne, keine abgerundete Historie, die sich in funkelnden Analysen deuten ließe, sondern kreuzt die Hauptlinie dort, wo die Spieler zusammengeführt werden auf dem Pfad ihrer Bestimmung und der der zukünftigen Opfer, die sie mit in ihren Wahnsinn reißen. Auf der Suche nach dem Schnittpunkt der Linien blättert er in den Entlassungsschreiben, den Dienstanweisungen, den Beförderungsempfehlungen und kritzelt eine weitere Seite voll. Er genießt das Durchforsten und Notieren. Die Befriedigung ist umso größer, als er in diesem Moment der Einzige ist, der arbeitet. Mehr tun als nötig, mehr tun als andere. Kommilitonen räkelten sich in der Sonne, und er paukte im ausgestorbenen Lesesaal der Bibliothek. Das war und ist seine Stärke.

Auf dem Weg zurück in die Stadt passiert sein Wagen die zweistöckigen Häuserblocks, die er jeden Tag an sich vorüberziehen sieht. Als er in Tokio ankam, lagen sie noch in Schutt und Asche. Amerika hatte die völlige Zerstörung der japanischen Industrie verfochten. Es sollte kein Stein auf dem anderen bleiben, kein einziger Elektromotor mehr funktionieren, kein einziger Benzinmotor, kein einziges Chemielabor; Zerstörung bis hin zu den technischen Lehrbüchern. Als das nicht den gewünschten Erfolg zeitigte, waren die Wohnviertel und Geschäfte an der Reihe gewesen. Und als selbst das nichts half, Hiroshima und Nagasaki. Doch unter seinen Augen sind diese Häuser im Zeitraum von sechs Monaten wiederaufgebaut worden. Tagaus, tagein wurde gezimmert, gemauert und gestrichen. In einem der Häuser wurde vor Kurzem ein kleiner Lebensmittelladen eingerichtet. Vor der Tür sieht er den Inhaber mit einem etwa zwölfjährigen Jungen, wahrscheinlich sein Sohn. Sie heben zusammen einen schweren Sack von einem Holzkarren und schleppen ihn in den Laden hinein. Ihre Gesichter sind noch hohlwangig, aber das wird sich geben. Das Leben ist zu kurz, um tatenlos abzuwarten, um nichts darzustellen. Man kann der Bitternis eine

Verheißung entlehnen. Dieser japanische Vater und sein Sohn haben das begriffen.

Seine Gedanken schweifen zu seinem eigenen Vater ab. Unternehmer, Inhaber eines Fotoapparate-Großhandels. Einmal geschlagen und nie wieder aufgestanden. Er liegt im hintersten Winkel eines katholischen Friedhofs in Brabanter Boden. Mit seinen großen Geschichten und seinem Selbstmitleid. Brink hat das Grab nie besucht, konnte kein Interesse dafür aufbringen. Von der Last seines Vaters hat er sich schon lange befreit. Auf alten, vergilbten Fotos raucht sein Vater Zigarren oder steht mit der Hand an der glänzenden Fahrertür seines neuen Autos. Alles eine einzige große Lüge. Einmal geschlagen und nie wieder aufgestanden. Nein, er hat keinen Vater mehr. Aber er hat lange genug einen gehabt, um zu verstehen, was von ihm, dem Sohn, im Leben erwartet wird.

Am Ende des Nachmittags wird er von einer Japanerin in tiefgelbem Kimono mit rostbraunem Blättermotiv in das schöne Haus eingelassen. Sie heißt ihn willkommen und führt ihn, nachdem er seine Schuhe gegen ein Paar Pantoffeln getauscht hat, in den Salon. Die gnädige Frau werde gleich da sein, sagt sie in tadellosem Englisch und verschwindet mit leichten, lautlosen Schrittchen, als gehe sie über Wasser. Der Flügel ist mit einem dünnen Tuch abgedeckt. Vor einigen Tagen hat Frau Haffner im Hotel gespielt. Der glanzvolle Abend mit Musik und Gesang hat in ihm das Verlangen nach dem Klavier geweckt. Nicht der Körper eines Mädchens, sondern die Klaviatur eines Flügels soll seine Ablenkung, sein wöchentliches Intermezzo werden. Nach dem Liederabend hat er Frau Haffner gefragt, ob sie ihm Unterricht geben könne. Erst als sie hörte, dass er einer der Richter des Tribunals ist, willigte sie ein, obwohl sie völlig ausgebucht ist.

Er betrachtet die Tuschezeichnungen an den Wänden und das traditionelle Mobiliar. Die Schiebetüren gewähren Ausblick auf einen streng abgezirkelten Garten. Kein Kieselsteinchen liegt hier nicht am richtigen Fleck.

Frau Haffner rauscht in Gala herein, mit hochgestecktem Haar und langem Seidenkleid. Sie lächelt mit einer leichten Neigung des Kopfes, als er ihr die Hand schüttelt. Er riecht ihr Parfüm. Sie nehmen an einem niedrigen Holztisch Platz. Unter der Tischplatte ist eine Vertiefung im Fußboden, in der Raum für seine Beine ist.

»Ihr Auftritt war ein großer Genuss für mich«, sagt er wahrheitsgemäß, und dennoch klingt es anbiedernd.

»Wie lange spielen Sie schon?« Ihr gepudertes Kinn geht in die Höhe.

»In den letzten Jahren habe ich kein Klavier angerührt, aber ich hatte vom dreizehnten bis zum neunzehnten Lebensjahr Unterricht.«

Sie nickt. »Wie ich Ihnen schon sagte, habe ich eigentlich keine Zeit. Ich werde versuchen, zwei-, dreimal im Monat eine Stunde für Sie frei zu machen.«

»Ich hatte auf mehr gehofft.«

»Als Richter brauchen Sie sich, denke ich, in Tokio doch nicht über mangelnde Ablenkung zu beklagen.«

Ihr sarkastischer Ton entgeht ihm nicht. »Ich brauche die Musik«, sagt er.

»Was hatten Sie denn gedacht?«

»Einmal die Woche, an einem festen Tag«, wagt er sich vor.

»Ausgeschlossen, die Zeit habe ich nicht. Aber Sie können hier an einem festen Tag auf dem Flügel üben, auch wenn ich selbst nicht immer da sein werde.«

»Vielen Dank.«

Sie erkundigt sich nach seiner Vorgeschichte, wie er nach Tokio gelangt ist. Er vermutet, dass sie wissen will, warum seine Regierung ihn, ausgerechnet ihn, entsandt hat.

In fließenden, während der letzten Monate regelmäßig erprobten Sätzen umreißt er das für sich werbende Profil: Richter, Professor an der Universität, Spezialgebiet niederländisch-indisches Recht. Wie nebenbei erwähnt er seine publizierten Bücher. Wenn er in seiner Studentenzeit gefragt wurde, was er mache, lautete seine Antwort kurz: Jura, Leiden. Aus seinem Mund waren das Worte wie Pauken-schläge. Es muss der Snob in ihm sein, er ist sich dessen bewusst.

»Darf ich Sie etwas zu den Prozessen fragen, etwas, was mich be-schäftigt? Wie ist die Auswahl der Angeklagten zustande gekom-men?« In Erwartung seiner Antwort spitzt sie die Lippen und legt den Kopf ein wenig schief.

Er lässt eine Stille eintreten. Des Klaviers, der Musik wegen ist er hier und nicht, um seinerseits über das Tribunal zu sprechen. Aber es ist eine harmlose Frage, auf die er freiheraus antworten kann. »Die Amerikaner haben sich dafür entschieden, die hauptverantwortli-chen Angeklagten so auszuwählen, dass die gesamte Kriegszeit, alle Regionen und alle militärischen, diplomatischen und politischen Be-reiche der japanischen Regierung abgedeckt sind. Die Auswahl der Angeklagten soll repräsentativ sein.«

»Ich frage Sie das, weil es manche verwundert hat, dass zum Bei-spiel ein Mann wie Shigemitsu zu den Angeklagten gehört. Er gilt als ein gemäßigter Politiker, ja, als ein anständiger Mensch.«

Manche? Gehört sie selbst auch dazu? Es ist keine abwegige Be-merkung. Shigemitsu war Außenminister im Kriegskabinett, aber kein Ultranationalist und gewiss auch kein Kriegstreiber. Er hatte sich darum bemüht, den Krieg zu verhindern, und als das nicht ge-lang, ihn so rasch wie möglich zu beenden. Deshalb hatten die Ame-rikaner ihn auch ungeschoren davonkommen lassen wollen, aber die Russen forderten seine Anklage. Sie hatten noch eine Rechnung mit dem ehemaligen Moskauer Botschafter zu begleichen. Er war es gewesen, der den Russen namens seiner Regierung die unangeneh-men Nachrichten hatte überbringen müssen. Etwas, was ihm als Bot-schafter, also einem Sprachrohr und keinem Politiker, nicht persön-lich angekreidet werden dürfte, doch da waren die Russen anderer Meinung. Sie hatten die Amerikaner so lange unter Druck gesetzt, bis diese der russischen Forderung nachgaben. Ein politisch moti-vierter und zumindest fragwürdiger Lauf der Dinge.

»Auf die Person Shigemitsu kann ich inhaltlich nicht eingehen«,

58

sagt er. »Es ist vielleicht nicht vollkommen, was hier geschieht, aber ich stehe hundertprozentig dahinter. Diese Prozesse sind genauso notwendig wie die in Nürnberg.«

Er weiß nicht, ob er sie als Deutsche mit dieser letzten Bemerkung gekränkt hat, aber falls es so sein sollte, lässt sie es sich nicht anmerken. Frau Haffner erinnert ihn an eine andere Frau, ohne die er heute nicht hier sitzen würde. Seine erste Klavierstunde. Bei Frau Hadewijck zu Hause. Er war gerade einmal dreizehn und ging in die zweite Klasse des Gymnasiums. Vom Direktor hatte Frau Hadewijck gehört, dass er die Schulbank verlassen müsse. Sein Vater hatte Konkurs gemacht. Der Gerichtsvollzieher hatte das Auto gepfändet und den vergoldeten Spiegel, ein Erbstück seiner Mutter, sowie alles andere, was irgendeinen Wert besaß. Brink musste erleben, wie sich seine Mutter von einer gutgläubigen, zur Bewunderung neigenden Frau in eine mal apathische, mal hysterische Egoistin verwandelte. Sie ging nicht mehr aus dem Haus und lag nur noch im Bett, ohne sich um ihn zu kümmern. Sie, die immer so gut für ihre Familie gesorgt hatte. Hungrig und allein saß er bei gelöschten Lichtern auf einem der beiden verbliebenen Stühle im Wohnzimmer. Aus dem Schlafzimmer drangen Klagelaute. Sein Vater ließ im Dorfkrug anschreiben. Brink war schon mehrere Tage nicht in der Schule gewesen und würde nach dem Wochenende in der Ziegelei anfangen. Er war sich sicher, dass sein Leben gescheitert war. Am nächsten Tag aber hatte er seine erste Klavierstunde.

Frau Haffner dürfte Ende vierzig sein, ungefähr so alt wie Frau Hadewijck damals, als er zum ersten Mal zu ihr nach Hause kam und im Salon eine heiße Schokolade trank. Er lauscht Frau Haffners klarer Stimme, als sie sich über ihre Sympathie und ihr Mitgefühl für das japanische Volk auslässt, ihre Bewunderung für die japanische Ästhetik. Er ist nur halb dabei, seine Gedanken schießen ständig zwischen Tokio und dem Brabant seiner Kindheit hin und her. Er lächelt sie an, während sie ihn fragt, was er über die japanische Geschichte und Kultur weiß.

»Nicht viel«, antwortet er.

Nun ist es an ihr zu lächeln. »Fassen Sie Ihre Arbeit als Kampf gegen das Böse auf?«

»So habe ich noch nie darüber gedacht. Was ist aus Ihrer Sicht ›das Böse‹?«

»Bewusst die falschen, destruktiven Entscheidungen zu treffen.«

»Auch wenn sie einem guten Zweck dienen?«, fragt er.

Sie antwortet mit einer Gegenfrage. »Wollen Sie damit sagen, dass das Böse auch nützlich sein kann?«

»Als Gegengewicht zum Guten vielleicht. Das Böse zwingt das Gute, sich immer wieder zu schärfen, auch in der Rechtsprechung.« Ihrer Miene nach zu urteilen, billigt sie seine Worte, die er selbst ziemlich idiotisch findet. Offenbar mag sie philosophische Gespräche mehr als er.

Die Japanerin kommt mit einem Tablett herein. Sie trägt jetzt Holzsandalen, aber ihre Schritte sind nach wie vor lautlos.

»Haben Sie schon einmal eine Teezeremonie mitgemacht?«, fragt Frau Haffner.

»Einmal.« Er entsinnt sich des Ausflugs mit den anderen Richtern, bei dem sie an einem Tag sechs Tempel und drei Paläste verkraften mussten. Von der Teezeremonie hat er nur noch in Erinnerung, dass der alte Lord Patrick als Einziger nicht gewillt war, sich auf den Tatamis des Pavillons niederzulassen.

Sowie Frau Haffner und er den Schneidersitz eingenommen haben, verneigt sich die junge Japanerin und kniet sich neben sie. Ihr glänzendes kohlrabenschwarzes Haar schwingt sacht. Auf dem Tablett stehen ein Metallkessel, zwei dunkle Keramikschalen und eine Lackdose. Mit einem Schöpflöffelchen an einem langen Holzstiel nimmt sie etwas Pulver aus der Lackdose und gibt es auf einen Holzspatel. Er mustert in aller Ruhe ihr hübsches Gesicht mit den kleinen Konzentrationsfältchen um die fein geschnittenen Augen. Ihm ist, als habe er sie schon einmal gesehen. Mit sorgsamen, eleganten Gebärden reicht sie den Holzspatel mit dem Pulver zunächst an

Frau Haffner und dann an ihn weiter. Er folgt genau dem Beispiel seiner Gastgeberin und streut das Pulver auf den Boden der Schale. Die Japanerin gießt kochendes Wasser darauf. Ein bitter riechender Dampf steigt aus der Schale auf. Die Zeremonie wird in andächtiger Stille fortgesetzt, und er versucht sich für den »höheren« Charakter des Ganzen zu öffnen, als die Japanerin einen kleinen Bambusbesen durch die gelbgrüne Flüssigkeit bewegt. Er bekommt eine Schale gereicht und macht nach, was er Frau Haffner tun sieht, nimmt die Schale mit der linken Hand entgegen und dreht sie danach mit seiner rechten um 360 Grad. Es dauert noch eine Weile, bis das geheimnisvolle Gebärdenspiel ein Ende hat und Frau Haffner einen kleinen Schluck trinkt. Er tut es ihr nach und kostet die Flüssigkeit. Nicht sein Geschmack. Aber gerade darum scheint es nicht zu gehen, wie er sich von seiner ersten Erfahrung mit der Zeremonie her erinnert. Der Weg ist das Ziel – so irgendwas.

Erst als die junge Japanerin mit ihren Utensilien den Raum verlassen hat, spricht Frau Haffner wieder.

»Die Bedeutung der Zeremonie wird in einem Begriff zusammengefasst«, doziert sie, »Wa-Kei-Sei-Jaku. Harmonie, Respekt, Reinheit, Ruhe.«

Er gibt sich Mühe, das zu empfinden, eine ozeanische Ruhe. Besonders weit kommt er dabei nicht, aber das möchte er niemandem zum Vorwurf machen. »Ich habe die Kirche, die Bibel, die Liturgie und die Mystik schon vor vielen Jahren hinter mir gelassen«, bemerkt er. »Aus gutem Grund. Und jetzt sitze ich hier mit Ihnen, die Beine auf dem Boden gekreuzt, und versuche, für eine andere, von östlichen Mönchen erdachte Art von Mysterium empfänglich zu sein.«

»Haben Sie letzte Woche beim Konzert auch daran gedacht, ob Ihre Empfänglichkeit dafür zweifelhafter Natur ist?«

»Nein, ganz und gar nicht. Das habe ich ohne irgendeinen Hintergedanken vorbehaltlos genossen. Ihr Spiel, aber auch den Cellisten und die Sopranistin. Sie war bewegend, melancholisch, aber ohne weinerliche Untertöne.«

»Ja, sie ist talentiert. In mehr als einer Hinsicht.« In ihren hellblauen Augen entdeckt er ein neckendes Blinzeln.

»Haben Sie es nicht bemerkt? Während der Teezeremonie?«

Und da, im Nachhinein, erkennt er die Japanerin im Kimono wieder. Bei dem Liederabend war sie in schwarzen Samt gekleidet. Ihre erhabene, majestätische Haltung auf dem Podium und ihre Interpretation von *Der Fischerknabe* beeindruckten ihn tief. Doch sosehr er seine Vorstellungskraft bemüht, es gelingt ihm nicht, die beiden zur Deckung zu bringen, die Sängerin im Scheinwerferlicht neben dem Klavier und die stille, kniende Gestalt im Kimono, sie wollen einfach nicht zu ein und derselben Frau werden.

8

Aus dem Salon erklingt eine hölzerne, dann und wann ins Stottern
geratende Version von Chopins Prélude in b-Moll.

»Ein erwachsener Mann, der Klavier spielt wie ein kleines Kind!«,
höhnt Frau Tsukahara in der Küche. Michiko folgt mit den Augen
den geschwinden, geschickten Händen der Köchin, die mit Garne-
len und süßsauer eingelegtem Gemüse gefüllte Reisbällchen in Seetang einrollt.

»Wohl ein Amerikaner, was?«, mutmaßt Frau Tsukahara.

»Nein, ein Europäer. Er ist der Richter für die Niederlande beim
Tribunal.«

»Ah!« Frau Tsukahara kneift die Augen halb zu und nickt bedächtig.

Die Küche ist der Ort, an dem Frau Tsukahara und sie sich gefahr-
los über die Schüler, Bekannten und Gäste von Frau Haffner auslassen
können. Das missbilligende »Ah!« von Frau Tsukahara kommt ihr bekannt vor. Es ist nicht schwer zu erraten, was Frau Tsukahara durch
den Kopf geht. Ein Richter des Tribunals, ein einflussreicher, hoher
Herr aus dem Lager der Sieger. Das muss der Grund für das außer-
gewöhnliche Privileg sein – etwas bisher nie Dagewesenes in diesem
Haus strikter Regeln und fester Gewohnheiten –, auf dem Konzertflügel üben zu dürfen, selbst wenn die gnädige Frau nicht zu Hause ist.

Draußen zischt das glutheiße Zink der Dachtraufen. Die Hitze
macht sie lethargisch, im Gegensatz zu Frau Tsukahara, die sich mit
Schweißtropfen auf der platten Nase energisch ihrer Arbeit widmet.
Michiko trinkt einen Schluck von ihrer Zitronenlimonade, ohne
die mit Reiskörnern bestreuselten Hände Frau Tsukaharas aus den
Augen zu verlieren.

»Heute Morgen war Herr Shikibu schon wieder da«, sagt Frau Tsukahara. »Hast du ihn je auch nur eine Note auf dem Klavier spielen hören?«

»Er spielt nicht.«

Frau Tsukahara arrangiert die Reisbällchen auf einer Platte und deckt sie mit einem Tuch ab. Michiko seufzt.

»Von außen Japaner, aber von innen? Immer nur fragen und immer nur zuhören, alles verschwindet in seinen Ohren. Aber nichts in seinem Mund. Essen und Trinken rührt er nicht an. Egal, was man ihm vorsetzt. Nichts, nicht mal ein Schlückchen Wasser. Alles geht unangerührt zurück in die Küche. Ich glaube, er hat eine Heidenangst davor, vergiftet zu werden.«

Der Mann der Köchin bekleidete während des Krieges einen Posten beim militärischen Abschirmdienst. Das dürfte der Grund dafür sein, vermutet Michiko, dass Frau Tsukaharas Weltbild von großem Argwohn geprägt ist. Ihr Mann war manchmal auch bei Frau Haffner zu Besuch, und auch er spielte nicht Klavier. Vielleicht wollte er die gleichen Dinge hören wie Herr Shikibu. Offenbar weiß Frau Haffner Dinge, die wertvoll sind. Informationen, die sie mit dem einen austauscht oder vielleicht gerade noch eine Weile für den anderen aufspart, für den richtigen Moment. Seit der Kapitulation spielt der militärische Abschirmdienst keine Rolle mehr, und mit ihm auch Herr Tsukahara nicht. Im Chaos jener ersten Tage der Besetzung ist er verschwunden. Keiner wusste, was die Amerikaner vorhatten. Keiner wusste, wer für wen arbeitete. Die Sicherheitsdienste hatten bis zu dem Moment Jagd auf die Anführer des oppositionellen Untergrunds gemacht. Auf Pazifisten, Landesverräter, Schriftsteller, Kommunisten, Spione, alle, die es wagten, die staatliche Propaganda öffentlich in Zweifel zu ziehen. Doch von einem Tag auf den anderen waren die Rollen vertauscht, wie Frau Tsukahara sagt, und nun wurde Jagd auf ihren Mann und seine Kollegen gemacht. Von den Amerikanern – und mit den eigenen japanischen Kollegen, die sich schnell mit den Besatzern arrangiert hatten, als Spürhunde. Niemandem war mehr zu trauen. Keiner war sicher. Unter diesen Umständen hatte Herr Tsukahara die Flucht ergriffen und war, wahrscheinlich unter falschem Namen, untergetaucht. Wo, das wusste Frau Tsukahara nicht, wie sie behauptete. Sie wollte nicht mehr darüber sagen, als dass er weit weg war und abwartete, bis es sicher sein würde, wieder zum Vorschein zu kommen.

Frau Tsukahara hebt das Tuch von der Platte und nimmt ein gefülltes Reisbällchen in Seetang herunter. Sie legt es auf einen Unterteller und stellt diesen vor Michiko auf den Tisch. Michiko schluckt. »Herr Shikibu«, sagt Frau Tsukahara, »der traut nicht mal seiner eigenen Mutter.«

Michiko hört nur noch mit halbem Ohr zu, sie kann den Blick nicht mehr von dem Reisbällchen lösen, und ihr läuft das Wasser im Mund zusammen. Sie malt sich den leicht säuerlichen Geschmack des Seetangs aus, rührt das Essen aber nicht an, noch nicht. Unbegreiflich, denkt sie, dass Herr Shikibu mit seinen bleichen Händen und seinen wässrigen Augen nichts von diesen Köstlichkeiten zu essen wagt. Heute Morgen hat sie gespürt, dass er vor der Tür stand. Sie konnte ihn noch nicht sehen, aber er war da, wie ein sich ankündigendes Erdbeben. Als sie ihm die Pantoffeln hinstellte, hat sie den Kopf fest nach unten gerichtet, um ja nicht zu ihm hinzusehen.

»Ai«, sagt Frau Tsukahara, »und ausgerechnet heute, wo ich ein Abendessen für vierzehn Personen habe, geht das Telefon mal wieder nicht. Wie soll ich nun den Wolfsbarsch bestellen?« Frau Tsukahara verwünscht die Diebe, die es zum wer weiß wievielten Mal auf das Kupfer der Telefonkabel abgesehen hatten, macht sie persönlich für ihre Probleme mit dem Wolfsbarsch verantwortlich und äußert im gleichen Atemzug die Vermutung, dass wahrscheinlich diese korrupten Habenichtse von der Tokioter Polizei selbst dahinterstecken. »Wie sonst ist es zu erklären, dass nie einer gefasst wird?«

Michiko gibt sich geschlagen und nimmt einen Bissen von dem Reisbällchen. Langsam, mit geschlossenen Augen, beginnt sie zu kauen.

»Sie stecken mit den Schwarzhändlern vom Shinbashi-Markt unter einer Decke, das weiß doch jeder. Schöne Polizei.« Frau Tsukahara schnaubt verächtlich und setzt ihre Litanei fort: »Ich muss Wolfsbarsch haben, und das Silber muss geputzt werden, aber ich komme zu nichts, weil der werte Herr Richter was zu trinken haben muss, wenn er endlich fertig ist. Eigentlich müsste ich längst auf dem Weg zum Fischhändler sein, sonst ist der Wolfsbarsch alle. Vierzehn Personen, und nicht irgendwer, hast du gehört? Der Direktor von Sumitomo Steel und seine Frau, seine zweite, kommen.«

Michiko schluckt den Bissen runter. »Gehen Sie ruhig«, sagt sie. »Wenn er zu Ende gespielt hat, bringe ich ihm seine Zitronenlimonade.«

»Danke. Vergiss nicht, etwas geraspeltes Eis hineinzutun, und leg ein paar Scheibchen Kuchen auf eine kleine Platte von dem geblümten Service. Der Präsident von der Japanischen Bank kommt auch.« Sie nimmt ihre Schürze ab und legt sie zusammen. »Der eine muss untertauchen, der andere wird Bankpräsident. Was soll man davon halten? Zuerst verdienen sie sich gemeinsam mit der politischen Clique eine goldene Nase am Krieg, und jetzt machen sie noch größere Gewinne beim Wiederaufbau unter den Amerikanern. Ich werde keine Namen nennen, aber für gewisse Leute ist es gleichgültig, was passiert. Krieg, Frieden, Japaner, Amerikaner – sie stehen immer auf der richtigen Seite.«

Als Frau Tsukahara gegangen ist und man im Haus nur noch das Klavier hört, nimmt Michiko das letzte Stückchen von dem Reisbällchen und legt es sich auf die Zunge. *Pride and Prejudice* von Jane Austen liegt vor ihr auf dem Tisch. Mehr noch als die Erlebnisse der Hauptfiguren ist das Buch selbst für sie Verkörperung einer erträumten Welt, der des fernen Kontinents im Westen, wo es Konzertsäle gibt, Opernhäuser, Orchester, Soprane, die das verwöhnte Publikum zu einem einzigen blutenden Herzen dahinschmelzen lassen, und wo Abend für Abend Applaus erklingt wie Hagelschauer auf einem Glasdach.

Dieser Welt entstammt Frau Haffner. Sie hat Michiko versprochen, sich an ihre Kontakte in Wien und Berlin zu wenden, um ein Stipendium für sie zu ergattern. Vielleicht kann sie bereits nächstes Jahr an einem der großen Konservatorien dort studieren. Schon vor dem Krieg wusste sie, dass sie Sängerin werden wollte. Sie übte viel, lernte viel. Aber irgendetwas hinderte sie daran, auch wirklich an ihre Möglichkeiten zu glauben. Nicht die Scheu vor den Menschen im Zuschauerraum, nein, die dogmatischen Ermahnungen waren es, die alles untergruben. In diesem Land hat sich jede Frau, die mit fünfundzwanzig nicht verheiratet ist, zutiefst zu schämen. Und dass sie dann auch noch den Kopf voller Pläne hatte – das ging gar nicht. Erwarte nichts, erhoffe nichts, du bist es nicht wert: Die Geißel der Vorschriften und Gebote zerschlägt alle Ambitionen. Seltsamerweise waren es die traurigen Kriegsereignisse, die etwas zum Leben erweckt haben. Der Verlust ihrer Eltern hat sie anfangs versteinert, so sehr, dass sie dachte, mit der Sängerin in ihr sei es ein für alle Mal vorbei, doch nun braucht sie nicht mehr zu fürchten, dass sie ihrer Familie Schande machen könnte – weil sie nicht heiratet, weil sie ein selbst gewähltes Ziel anstrebt. Ihre Eltern sind tot. Sie lebt. Zwischen der Schwere des Verlusts und der Leichtigkeit ihrer Freiheit sucht sie ihren Weg. Nach Meinung von Frau Haffner ist ihre Stimme ergreifender geworden.

Das Klavierspiel endet in einem etwas zu lang gehaltenen Ton, dem die Luft wegbleibt. Mit der Zitronenlimonade und dem Kuchen auf einem Tablett geht sie in den Salon. In legerer weißer Tenniskleidung lehnt er mit dem Rücken zu ihr am Rahmen der geöffneten Schiebetüren zum Garten.

Er dreht sich um, und an seinen ernst gerunzelten Brauen liest sie seine Mühen mit Chopin ab, den ungleichen Kampf, den er sich als unbeholfener Dilettant mit der zarten, anmutigen Melancholie des polnischen Romantikers geliefert hat. Er ist ein hochgewachsener Mann mit gebräunter Haut vom Tennisplatz, wohlgeformter westlicher Nase und dunklen, vollen Augenbrauen. In der Gruppe der Richter auf dem Foto, das sie in der Zeitung gesehen hat, hob er sich ab, genauso wie sich das Gerichtsgebäude, vor dem die elf Männer posierten, von den flacheren Gebäuden in der Umgebung abhob. Er strahlt Ehrgeiz aus, unverkennbar ein willensstarker Mann, ein Mann, der weiß, wie man etwas erreicht.

»Ich hatte noch keine Gelegenheit, es Ihnen zu sagen«, beginnt er, »aber die Teezeremonie hat mir sehr gefallen.«

Sie stellt das Tablett hin und dankt ihm, unsicher, wie sie reagieren soll. Wenn sie ein Gespräch anfängt, ist das schamlos; wenn sie zu freundlich lächelt, ist es ungebührlich. Frau Haffner würde schon mit der Situation umzugehen wissen, ein Gespür dafür haben, welche Miene sie aufzusetzen, was sie zu sagen hat. Darum beneidet sie sie womöglich noch mehr als um ihre musikalische Genialität, um diese Unbekümmertheit, diese Wendigkeit, mit der sie sich als Frau in jeder Situation, auch in Gesellschaft von Männern, zu benehmen weiß. Wenn es etwas gibt, das sie von Frau Haffner zu lernen hofft, mit der Zeit, dann ist es das.

»Ich fand die ganze Atmosphäre so schön still und ... rein«, fügt er hinzu.

»Vielen Dank«, sagt sie. »Es freut mich, dass Sie Gefallen daran finden konnten.« Es war nicht rein, würde sie gern sagen. Jedes Mal, wenn Frau Haffner Besuch hat und sie im Kimono zur Zeremonie antanzen lässt, fühlt sie sich unbehaglich, benutzt als die einheimische Attraktion, mit der Frau Haffner ihre Gäste bewirtet. Dieser Mann hält für rein, was in Wirklichkeit aufgesetzt ist. Sie empfindet sich vor allem als Sehenswürdigkeit, als eine, die ein Kunststück vorführt, wobei manche Gäste die Stirn haben, sie während der Zeremonie zu bitten, kurz in die Linse ihres Fotoapparats zu schauen.

»Haben Sie auch Gefallen an Ihren Übungen gehabt?«, fragt sie.

»Großen«, sagte er. »Ich frage mich, wie ich so viele Jahre ohne das ausgekommen bin.« Er macht einige Schritte auf sie zu, um zu dem Glas Zitronenlimonade zu greifen, und trinkt einen Schluck. »Von

Frau Haffner hörte ich, dass Ihre Familie bei den amerikanischen Bombenangriffen ums Leben gekommen ist.«

Sie erschrickt über diese unvorhergesehene Wendung ins Persönliche. »Im März 1945.« Sie versucht, das Zittern in ihrer Stimme zu unterdrücken.

»Es muss furchtbar schwer für Sie sein, nun unter amerikanischer Besatzung zu leben.«

Sie nickt. »Vergebung« ist das Wort, das in ihr aufkommt. Früher in Asakusa wohnten Christen bei ihr in der Straße, die einzigen Christen im ganzen Viertel, die einzigen Christen, die sie kannte, bevor sie Frau Haffner begegnete. Was sie an deren Glauben frappierte, war die Auffassung, dass es Vergebung gibt für das, was man getan hat, so abscheulich es auch sein mag. Sie fragt sich, ob dieser Mann, Europäer und wahrscheinlich auch Christ, das von ihr hören will, dass sie den Amerikanern Vergebung schenkt. Aber niemand hat sie um Vergebung gebeten.

»Wie denken Sie über diese neue Zeit?«, fragt er, als ihm ihr Schweigen offenbar zu lange dauert.

»Sie ist die Folge des Krieges. Es gibt keinen Japaner, der nicht froh darüber ist, dass er vorbei ist.« Aber zugleich macht sich jeder Japaner Sorgen über das, was kommen wird, über das Programm der Amerikaner, das Land und seine Einwohner zu reformieren. Die bange Frage, die niemand beantworten kann und zu beantworten wagt, ist, ob sie das letzte Glied in der Kette einer reichen Tradition sind, bevor die Umerziehung unter Leitung von MacArthur diese zerstören wird. Diesen Gedanken behält sie für sich. Die Wahrscheinlichkeit, dass er das verstehen würde, hält sie für gering.

»Und in Bezug auf das, was Ihren Angehörigen zugestoßen ist?«, bohrt er nach.

»Wenn jeder für das verantwortlich ist, was er getan hat, dann sind es auch die Amerikaner«, sagt sie.

»So, wie die japanische Regierung für die Machtpolitik verantwortlich war, die zu den amerikanischen Bombenangriffen geführt hat?«

Sie lächelt und fragt sich, ob er sie mit dieser Bemerkung zurecht-
weist: Die Schuld an den Opfern, allen Opfern, liegt bei den Japanern
und allein bei ihnen. Von Bedauern und Wut übermannt, dass sie
sich zu dieser Offenherzigkeit hat hinreißen lassen, verneigt sie sich
und schickt sich an zu gehen, doch erneut richtet er das Wort an sie.

»Ich habe kaum Kontakt zu Japanern.« Seine Stimme ist jetzt
sanft. »Ich lebe ein bisschen wie auf einer Insel, verstehen Sie?«

Seinem Blick entnimmt sie, dass er ihr nicht obligatorisch irgendwelche Fragen stellt, aus Höflichkeit oder um die Zeit zu überbrü-
cken, bis er sein Glas leer getrunken hat, nein, es hat den Anschein,
als sei er aufrichtig neugierig, was sie bewegt. Daran ist sie nicht gewöhnt, mit einem Mann zu reden, den sie kaum kennt. Zumal über
dieses Thema. Nicht darüber zu reden, das wird immer von ihr erwartet.

»Die Vereinigten Staaten sind eine junge Nation«, fährt er fort,
»gegründet auf wunderbare Prinzipien, doch diesen Krieg haben die
Amerikaner nicht schuldlos hinter sich gebracht. So denke ich darüber.«

»Nicht über jede Schuld wird Rechenschaft abgelegt.« Es ist heraus,
ehe sie sich's versieht.

»Die Amerikaner stehen nicht vor Gericht, das stimmt.« Er blickt
auf den kleinen Rest Limonade mit den nahezu geschmolzenen Eis-
splittern. Dann tickt er mit dem Fingernagel gegen das Glas. »Was ist
das japanische Wort für Glas?«

»Garasu«, sagt sie.

Er hat graublaue Augen, einen entspannten Mund, er scheint
über einen angenehmen Gedanken zu lächeln. »Garasu«, wiederholt
er.

Als sie ihn hinausgelassen hat, bringt sie das Tablett in die Küche.
Mit dem Finger kehrt sie die letzten Krümel vom Kuchenteller und
steckt sie in den Mund. Sie fragt sich, was in sie gefahren ist, dass sie
ihr törichtes Herz in einer Sprache hat sprechen lassen, die sie so un-

zulänglich beherrscht. Wie konnte sie sich nur dazu hinreißen lassen, die Grenzen der Bescheidenheit zu übertreten! Mit ihm reden, ihm sagen, was sie denkt und meint! Es muss an der Hitze liegen. Sie kann es kaum glauben, aber sie hat mit diesem Mann ein richtiges Gespräch geführt. Das beängstigt sie, aber es macht sie auch ein bisschen stolz.

9

Der Fluss, die Berge, die Wälder. Fünf Jahre lang hat Hideki sich danach gesehnt, in fünf langen Jahren flimmerten die Konturen dieses Ortes am Rande seines Bewusstseins. Sein Dorf. Seine Familie. Manchmal wühlte die Sehnsucht ihn so sehr auf, dass er sich todkrank fühlte. Nach dem Gestank und dem Gedränge von Tokio ist das Wiedersehen mit dem im sommerlichen Licht verheißungsvoll funkelnden Dorf, in dem er aufgewachsen ist, überwältigend. In den ersten Wochen nach seiner Rückkehr sitzt er, so oft er kann, auf der Veranda seines Elternhauses, neben dem Butsudan mit den schwarzen Lacktäfelchen, auf die die Namen seiner Vorfahren kalligrafiert sind. Er atmet den Geruch von Wildblumen und Tannennadeln tief in sich ein. Endlos starrt er auf die turmhohen Zedern mit ihren kugeligen Kronen, auf den dunklen Raum zwischen den Stämmen, wo der Morgennebel aufsteigt und das Rauschen des Flusses im Tal zu hören ist. Die Haare seines Vaters sind grauer geworden, die Schultern seiner Mutter gekrümmter, doch seine Eltern sind beide noch immer starke und gesunde Menschen, die sich mit Selbstbeherrschung und der Bereitschaft zur Entsagung dem Leben stellen. Seine zwei Jahre jüngere Schwester Sada ist zu einer Frau mit Busen und hohen Wangenknochen geworden. Als hübschestes Mädchen des Dorfes ist sie mit einem jungen Mann verlobt, der in der Maschinenfabrik von Nagano als Assistent des Werksleiters arbeitet.

Sie ist die Erste, die es fragt. »Hast du jemanden getötet?«

Er nickt. »Und noch einen und noch einen. Zu viele, um sie aufzuzählen.«

Er muss das loswerden, obwohl ihm klar ist, wie seine Worte bei ihr ankommen.

Abends sitzt er mit seinem Vater, der einen langen Tag mit Säge- und Fällarbeiten im Wald hinter sich hat, in der Dämmerung auf der Veranda. Sein Vater drückt mit seinem gelbbraunen kleinen Finger den Tabak im Metallkopf seiner Pfeife an und schiebt sich das Bambusmundstück zwischen die Lippen. Mit einem Streichholz aus einem kleinen Metallschächtelchen zündet er die Pfeife unter hörbarem Saugen an und lauscht den Erzählungen seines heimgekehrten Sohnes. Davon, wie sie in China einfielen und ihre Divisionen vorrückten, zu Fuß, auf Motorrädern, in Lastwagen und Panzerfahrzeugen; von der Besetzung Nankings und von der bitteren Kälte während der erfolgreichen langen Wintermärsche tiefer ins Landesinnere, mit gefrorenem Schnee und Schlamm auf ihren Wickelgamaschen. Sie hatten Hackfleisch aus den Chinesen gemacht, und das so gründlich, dass selbst die Pferde auf den Weiden die Flucht vor ihnen ergriffen.

Auch beschreibt er seinem Vater, wie es sich damals zugetragen hat, den Moment der Explosion einen Tag nach Kriegsende, die ihn zum Invaliden machte, das knatternde Sperrfeuer, das Flammenmeer, die lichterloh brennende Stoffplane des Lastwagens, die auf ihn herabfiel und mit seiner Haut verschmolz, und wie er mit dem Geruch von seinem eigenen verbrannten Fleisch in der Nase das Bewusstsein verlor.

Das Licht der Öllampe fällt auf das wettergegerbte, verwitterte Gesicht seines Vaters, und Hideki sieht ihn beifällig nicken, als er von der Barmherzigkeit der Kameraden hört, die Morphium organisierten, das seinen Sohn in den ersten Wochen danach am Leben erhielt. »Du hast Glück gehabt, dass du mit deinen eigenen Leuten in dem Lager warst.« Die Stimme seines Vaters klingt gedämpft, leblos.

Hideki pflichtet ihm bei: »Ohne sie hätte ich es nicht geschafft.«

War dies das Fundament unter allem?, fragt er sich. Die eigenen Leute? Tote Chinesen für tote Japaner. Tote Japaner für tote Chinesen. Ein einziger gefallener Kamerad bedeutete mehr als der Tod von tausend Männern der Roten Armee. Kein besserer Feind als ein toter

Feind. Frag den General. Frag den Kaiser. Frag Hideki. Die eigenen Leute. Und doch sind es zwei Amerikaner in Uniform gewesen, die ihm in Tokio geholfen haben. Er überlegt kurz, ob er es seinem Vater erzählen soll, entscheidet sich aber dagegen.

Morgens bricht sein Vater mit den anderen Männern in den Wald auf. Um die Hosenbeine haben sie Schnüre mit klingelnden Glöckchen gebunden, damit die Bären wissen, dass sie im Anmarsch sind. Seine Schwester ist auf den Feldern auf der anderen Seite des Flusses und erntet den Buchweizen. Hideki bleibt im dämmrigen Haus zurück, bei seiner Mutter, die vor dem Herd auf den Fersen hockt. Endlich fängt das feuchte Holz Feuer, und sie stellt einen Wasserkessel auf, zerbeult und rußgeschwärzt wie ein antikes Ausgrabungsstück. Er wiederholt die Geschichten, die er schon seinem Vater erzählt hat. Sie hört zu, umarmt ihn mit feuchten Augen. »Mein armer Sohn.«

Auf einem von seinem Vater geschreinerten Schränkchen steht ein Foto von ihm, wenige Tage vor der Mobilisierung. Er trägt seine Uniform zum ersten Mal, sein Gesicht ist noch jung und unversehrt. Er starrt auf das Foto, während der Tee kalt wird.

Er weiß nicht recht, was er noch sagen soll, und schweigt. Es ist, als hätte er einen Defekt, der dafür sorgt, dass fortwährend widersprüchliche Gedanken in ihm aufkommen oder dass ihm erst die richtigen Worte einfallen, wenn es zu spät ist. Seine Mutter ist schon wieder draußen und füttert die Hühner, und er sitzt immer noch drinnen mit seinem kalten Tee und starrt auf dieses Foto. Und dann steht sie plötzlich wieder vor ihm, und er ist ihrem stillen Blick ausgesetzt.

Mit seiner neuen Krücke humpelt er durch das Dorf. Er hatte ganz vergessen, wie träge und eintönig das Leben hier ist. Frauen hängen die Wäsche auf oder arbeiten mit einem Säugling auf dem Rücken im Gemüsegarten hinter dem Bambuszaun. Noch nicht zur Schule gehende Kleinkinder scheuchen Hühner. Der einzige andere Mann ist sein Onkel, der entweder in seinem Schuppen über dem Holzbottich mit gärendem Reiswein hängt oder dort auf dem Boden liegt und seinen Rausch ausschläft. Er träumt dann, er sitze auf seinem Karren, denn ab und zu ist aus seinem Mund das Klacken zu hören, mit dem er sein Pferd anspornt.

Und dann ist da noch Keiji, ein vierzehnjähriger Junge, dessen Verstand den täglichen Gang in die Schule nicht lohnt. Auf seinem Fahrrad folgt er Hideki auf Schritt und Tritt. Während er zunächst noch etwas Nettes darin sieht, beginnt ihm der Junge nach einigen Tagen auf die Nerven zu gehen. Doch Keiji, offenbar vom Gegenteil überzeugt, ist blind und taub für Hidekis missbilligende Blicke und sein stures Schweigen, lässt ihn nicht entkommen, verfolgt ihn von der einen Seite des Dorfes zur anderen und nötigt ihn, sich seine unzusammenhängenden Erzählungen anzuhören, von den Adlerhorsten auf dem kahlen Berg, den Finessen des Reifenflickens oder dem Mann aus Tokio, der ein goldenes Armband mit blauen Steinen gegen Reis und Süßkartoffeln getauscht hatte und den sie am Tag darauf mit dem Gesicht nach unten im Fluss fanden. Man sollte meinen, dass die steilen Hänge und die schlammigen Pfade das Radfahren praktisch unmöglich machen, doch Keiji lässt sich durch keinen noch so engen, holprigen, matschigen oder steilen Pfad daran hindern. Wie mit seinem Fahrrad verwachsen, flitzt er mal vorüber wie der Blitz und zuckelt mal, auf den Pedalen stehend, im Schritttempo dahin. Sowie Hideki den Kopf zur Tür hinausstreckt, kommt Keiji schon klingelnd angefahren, wobei er das Gesäß immer leicht vom Sattel hebt, wenn er durch eine Kuhle fährt. Die einzige Möglichkeit, Keiji abzuschütteln, besteht darin, wieder ins Haus oder besser noch in den dahinter liegenden Schuppen zu humpeln. Immer öfter zieht Hideki sich dorthin zurück, auch um dem sorgenvollen Mitgefühl seiner Mutter zu entgehen. Auf dem Boden des Schuppens liegen tote Spinnen verstreut wie verschüttete Gerstenkörner, und durch die Löcher in den Holzwänden bohrt sich das Tageslicht herein. Er streckt sich aus und starrt, die Hände hinter dem Kopf verschränkt, zu den Dachbalken hinauf. Alle Männer sind zur Arbeit im Wald oder auf den Feldern, bis auf die Nieten: ein Säufer, ein debiler Radfahrer und er, der Krüppel, dessen Kriegsgeschichten sich schon nach ein paar Wochen erschöpft haben. Das Gelobte Land seines Heimwehs erweist sich als ein öder, gleichgültiger Ort.

Dort, auf dem Fußboden des Schuppens, kehrt er zu jener dunklen, eiskalten Nacht zurück. Auf der Ladefläche des offenen Lastwagens wird er am Fluss entlang auf die Rückseite einer Fabrik gefahren. Der lange Patronengurt von seinem Maschinengewehr klimpert neben seinen Armeestiefeln, als der Lastwagen hält. Auf seiner Mütze und seiner Uniformjacke liegt eine dünne Schneeschicht. Es kommen noch einige weitere Lastwagen mit Männern und Maschinengewehren angefahren. Die Wagen formieren sich zu einem Halbkreis. In ihrem Scheinwerferlicht stehen gut hundert chinesische Männer mit dem Rücken zur Fabrikmauer. Ein junger Offizier mit blinkendem Säbel am Bein geht vor ihnen auf und ab und bellt seinen Leuten Kommandos zu. »Dichter zusammen, treibt sie dichter zusammen.« Die Chinesen werden angeschnauzt und mit Gewehrkolben traktiert, bis sie eine stille, fröstelnde Masse bilden, kompakt genug, um Munition sparen zu können. Hideki zieht seinen rechten Handschuh aus und kniet sich, ein Bein aufgestellt, hin, während er das Maschinengewehr entsichert. Durch das Visier blickt er auf die zusammengetriebenen Männer im Scheinwerferlicht, eine Wolke dampfender Atemluft über ihren Köpfen. Aus dem leisen Wimmern wird ein Surren wie von Wespen in einem zertrampelten Erdnest. Irgendetwas flüstert ihm ein: Das hier ist kein Feuergefecht, kein gefährlicher Feind. Der Offizier zieht seinen Säbel. Hideki krümmt den Finger um den eiskalten Stahl des Abzugs. Das hier ist das Töten anderer Menschen. Er wartet auf das Zeichen des Offiziers.

Es ist windstill, und Hideki hört bei jedem Schritt, den die Männer tun, die Glöckchen an ihren Hosen bimmeln. Dieses Geräusch am frühen Morgen beginnt ihn zur Verzweiflung zu treiben. Wieder ein

Tag, an dem die Männer zur Arbeit gehen. Für nichts tauglich, vergeudet er seine Tage ohne Sinn und Zweck. Einmal schließt er sich morgens den Männern an, müht sich mit seiner Krücke den Hügel hinauf. Mit dem Rücken an einen Baum gelehnt, schaut er zu, wie sein Vater und sein Cousin Benjiro die große Blattsäge hin- und herziehen, um die Stämme in handliche Stücke zu zersägen. Die Sägespäne rieseln herab und landen auf ihren Arbeitsschuhen. Sie sind gut aufeinander eingespielt und sprechen wenig.

Am nächsten Tag bricht sein Vater wieder ohne ihn auf. Er sieht ihm von der Veranda aus nach. In der Wegbiegung wird sein Vater schon von Benjiro erwartet. Allmählich verklingen die zarten Töne der Bärenglöckchen. Hideki zieht sich in den Schuppen zurück und versucht seine Gedanken zu ordnen. Er kann und will nicht sein wie sein Vater und die anderen Männer des Dorfes. Sich abrackern, essen, trinken, schlafen. Ohne nachzudenken. Leben wie ein Tier. Aber worüber muss er nachdenken? Tagelang folgt er dem Zickzackkurs seiner Gedanken, der ihn doch stets wieder zu denselben Fragen zurückführt. Was soll er mit seiner Zeit anfangen? Was soll er mit dem Rest seines Lebens anfangen?

10

Die Wände des Restaurants sind mit Mahagoni vertäfelt. Das Geschirr und das Besteck auf den Tischen blitzt im Licht der Kronleuchter. Wie jeden Sonntag frühstückt Brink am »angelsächsischen Tisch«, zusammen mit dem Briten Lord Patrick, dem Neuseeländer Northcroft, dem Kanadier McDougall und dem Amerikaner Cramer, der den »Deserteur« Higgins ersetzt hat und sich als ein liebenswürdiger, bescheidener Mann der Truppe erweist. Das Sonntagsfrühstück ist üppig, zum Kaffee gibt es frische Obstsäfte und mit Schnittlauchrahm überträufelte Kartoffelpuffer, Spiegeleier mit dicken Scheiben Schinkenspeck.

»Angenommen, nur einer darf zum Tode verurteilt werden, und die anderen kommen davon: Hitler, Stalin oder Tojo?« McDougall, klein und quirlig, liefert mit seinen Denkaufgaben und Spitzfindigkeiten reichlichen und willkommenen Gesprächsstoff.

»Hitler ist, wenn ich mich nicht irre, bereits tot«, bemerkt Northcroft trocken.

McDougall lässt sich nicht aus dem Konzept bringen. »Angenommen, er lebte noch.«

»Tojo trägt als General und Ministerpräsident die größte Verantwortung für den Krieg und verdient daher meiner Ansicht nach die schwerste Strafe«, sagt Cramer, »aber er war nicht wie Hitler der allgewaltige böse Genius.«

»Wieso Stalin?«, will Brink wissen. Er fühlt sich wohl in seiner Haut, wenn er das Wort ergreift, ganz anders als in den ersten Monaten, in denen er noch unsicher war. Derzeit ergreift er sogar gern das Wort, weil er darauf bauen kann, dass die anderen ihn respektieren. Alles reine Eitelkeit natürlich, aber sein gestiegenes Selbstbewusstsein macht den Umgang mit diesen Männern, vor allem Patrick und Northcroft, um einiges leichter. »Stalin wird doch nichts angelastet, oder?«

»Noch nicht«, sagt McDougall. »Aber wenn Stalin in Europa das Sagen kriegt, werden Sie alle dran glauben müssen.« Der Kanadier kichert, als freue er sich über eine zuschnappende Falle. »Die Geschichte hat gezeigt«, fährt er fort, »dass Hitler und Tojo schließlich den Kürzeren gezogen haben. Aber was Stalin mit der Welt vorhat, wird die Zukunft erweisen. Vielleicht wird er sich als noch verbrecherischer und gefährlicher entpuppen als die beiden anderen zusammen.«

Ein paar Tische von ihnen entfernt tunkt ihr Kollege aus der Sowjetunion, General Sarjanow, Brotstückchen in das Gelb seines gekochten Eis. Ihm gegenüber sitzt sein Dolmetscher und Assistent. Als Sarjanow den Namen Stalin hört, schaut er mit halb zugekniffenen Augen zu ihnen herüber.

Aus dem General wird Brink nicht recht schlau, und das geht nicht nur ihm so. Eine Uniform mit Sternen, die Unverständliches brabbelt. Am späten Abend lümmelt er sich in ausgelassener Trunkenheit in einem der großen Ledersessel in der Lobby und lässt seinen armen Dolmetscher jedem, der so leichtsinnig ist, sich nicht von ihm fernzuhalten, seine schlüpfrigen Witze über Kosaken und Milchmädchen übersetzen.

»Sie möchten also eigentlich von uns wissen, ob Stalin prophylaktisch beseitigt werden sollte?«, mutmaßt Brink. »Eine philosophische Frage, scheint mir. Mit vier Richtern am Tisch ist das ein bisschen abwegig.« Er trinkt einen Schluck Kaffee und schaut zu Lord Patrick, der sich in seinem Anzug aus leichtem Sommertweed ein wenig zurücklehnt und die schmalen Lippen sorgsam mit einer Serviette abtupft, während er zuhört.

»Jemanden prophylaktisch aufknüpfen zu lassen ist natürlich ausgeschlossen«, mischt sich Northcroft nun ins Gespräch ein, »aber ein Todesurteil – und ich spreche jetzt von einem Todesurteil im Allgemeinen – könnte verhindern, dass sich in der Zukunft andere Wirrköpfe, Geldhaie und Fanatiker der gleichen Verbrechen schuldig machen.«

»Na, und wer wird es?«, fragt McDougall.

»Hitler«, sagt Brink. »Es kann nicht schaden, ihn sicherheitshalber noch ein zweites Mal ins Jenseits zu befördern.«

»Ich bin ganz Brinks Meinung«, sagt Lord Patrick. »Wir als Bürger des alten Europa haben am meisten unter den Deutschen gelitten.«

»Tojo wird dem Strang nicht entkommen«, sagt Northcroft, der mit einem Löffelchen auf die Schale seines gekochten Eis klopft. »Ich glaube nicht, dass auch nur einer unter uns ist, der noch einen Cent auf Tojos Leben setzt.«

»Die Frage ist, ob überhaupt irgendeiner der Angeklagten gehängt wird«, stellt Cramer zur Diskussion. »Webb ist gegen die Todesstrafe. Er findet, solange der Kaiser sich nicht vor dem Tribunal zu verantworten braucht, dürfen die Männer, die ihre Verbrechen in seinem Auftrag begingen, nicht zum Tode verurteilt werden.«

»Wenn wir nicht bereit sind, die schwerste Strafe zu verhängen«, Lord Patricks auffallend sanfte Stimme klingt so kultiviert wie souverän, »dann hätten wir, zumal Sir Webb, uns der Charta des Tribunals widersetzen müssen, die ja die Todesstrafe ermöglicht. Eine Strafe, die man nicht zu verhängen bereit ist, ist keine Strafe, sondern eine leere Drohung.«

»Bernard ist auch dagegen«, weiß McDougall.

»Bernard hat immer noch nicht verwunden, dass die Franzosen hier nur die zweite Geige spielen«, sagt Lord Patrick, der Todernstes gern mit tödlicher Ironie mixt und die Grenzen dabei weitmöglichst verschwimmen lässt. »Der wird sich schon noch besinnen. Aber Pal ...« Er lässt den Blick an den Kollegen entlangwandern und nickt langsam und ernst mit seinem blassen Gesicht.

»Der lehnt die Todesstrafe ab«, sagt Brink, »daraus macht er kein Geheimnis.«

»Pal verneigt sich zu Beginn der Verhandlung vor den Angeklagten, haben Sie das bemerkt?«, fragt Northcroft.

Brink, der im Gerichtsgebäude neben dem indischen Richter sitzt, nimmt es jedes Mal staunend zur Kenntnis. In ihren Roben gehen sie immer in fester Reihenfolge hintereinander in den Gerichtssaal, nehmen ihre Plätze am Tisch ein, und dann verneigt sich Pal öffentlich, demonstrativ fast, vor den Angeklagten, bevor er sich setzt.

»Sein ganzes Denken ist erfüllt vom Kampf gegen den Kolonialismus. Ich fürchte, dass wir ihn als Richter nicht ernst nehmen können.« Lord Patrick streicht sich über den silbergrauen Schnäuzer und lässt seinen ruhigen, unausweichlichen Blick kurz auf Brink ruhen. Brink nickt zustimmend. Hinter ihm ertönt eine hellwache Stimme: »Guten Morgen, meine Herren, gut, dass ich Sie hier zusammen antreffe.« Es ist Webb, in Gesellschaft des philippinischen Richters Jaranilla, eines stillen, ernsten Mannes mit Nickelbrille. Der Anzug des Philippiners ist zu groß für seine mageren Schultern. Er riecht nach Zigaretten, raucht auch jetzt eine, während er wartet, bis Webb so weit ist, dass sie zusammen zur Messe gehen können, wie sie es als rechte Katholiken jeden Sonntag tun. Das erstaunt Brink schon an diesen beiden intelligenten Männern, die doch wie kein anderer wissen, was Katastrophen und Kriege anrichten. Man würde erwarten, dass das die Menschen klüger, ungläubiger machte, doch seltsamerweise lässt das ganze Elend sie demütiger denn je zu Gott zurückkriechen. Manchmal denkt er, dass Typen wie Sir Webb und Jaranilla nicht ohne den Bezug zu ihrer eigenen Schuld leben können und aus diesem Grund jeden Sonntag in der Kirchenbank knien.

»Morgen fangen wir eine halbe Stunde früher als sonst mit der Sitzung im Ratszimmer an«, fährt Webb fort. »Es gibt eine umfangreiche Tagesordnung. Ich habe Ihr Memo erhalten, Lord Patrick. Der Punkt, den Sie anschneiden, verdient unsere Zeit und Aufmerksamkeit.«

Lord Patrick nickt.

Mit dem grobschlächtigen Sir Webb passiert etwas, sobald Lord

Patrick in seiner Nähe ist. Die flatternden Hände, das erhobene Kinn, die laute Stimme und, nicht zu vergessen, der Wortschwall, all das Theater scheint er aufzufahren, um seine Autorität als Vorsitzender Richter zu unterstreichen. Der zerbrechliche Lord Patrick lässt die schon fast durchsichtigen Finger auf dem handgearbeiteten Pferdekopf seines Spazierstocks ruhen. Er hört zu, mit der vornehmen Gemütsruhe eines Ahnherrn auf einer steinernen Gedenktafel in einer Kathedrale. Ohne ein einziges Wort, eine einzige Gebärde ist er all das, was Webb spielt.

»Herr Jaranilla und ich gehen jetzt in die Messe.« Webb wendet sich nun Brink zu. »Sie sind herzlich eingeladen, uns zu begleiten.«

Als Vorsitzender Richter hat Webb Zugang zu allen Informationen über die Kollegen, und in Brinks Akte steht hinter »Konfession«: r.-k.. Aber das stammt aus längst vergangener Zeit, wenngleich er sich nie die Mühe gemacht hat, offiziell aus der Kirche auszutreten.

»Es hätte wenig Sinn, mit in die Kirche zu gehen«, sagt er zu Webb, der offensichtlich nicht wahrhaben will, dass Brinks Seele definitiv verloren ist. »Kaum mehr als unser Ausflug zu dem Schinto-Tempel vorigen Monat.«

»Das können Sie doch nicht miteinander vergleichen!«, entgegnet Webb. »Der Schintoismus und sein ganzes Göttersystem sind ein lächerliches Sammelsurium von unwahrscheinlichen Fabeln ohne die geringste Logik. Kein vernünftiger Mensch kann damit etwas anfangen.«

»Ich kenne mich im Schintoismus nicht aus, aber haben Sie mal darüber nachgedacht, was ein durchschnittlicher Japaner von dem allmächtigen, dem barmherzigen Vater halten soll, der nicht eingreift, wenn sein Sohn zwischen zwei Kriminellen ans Kreuz genagelt wird?« Kaum dass seine Spitze heraus ist, fragt er sich, wie wohl Lord Patrick seine zwar in ironischem Ton geäußerten, aber für ein empfindliches christliches Ohr doch nicht minder blasphemischen Worte auffassen mag. Er vermutet, dass für Patrick die Geringschätzung Webbs schwerer wiegt als seine Frömmigkeit.

Webb schüttelt den Kopf. »Morgen neun Uhr, meine Herren.«

Das Gespräch am Tisch wird fortgesetzt, doch Brink ist abgelenkt und schaut Webb und Jaranilla nach, als sie, bevor sie das Restaurant verlassen, noch an Sarjanows Tisch stehen bleiben. Webb wendet sich an den Dolmetscher, der alles brav für den General übersetzt. Richter Pal betritt nun auch das Restaurant und geht an allen vorbei, um sich allein an den entferntesten Tisch zu setzen.

Brink wird sich schlagartig des Abstands bewusst, der zwischen ihm und Pal, ihm und dem Russen, ihm und Webb, ja zwischen allen Richtern untereinander besteht. Elf Männer des Rechts, ehrenwerte, intelligente Männer, die wissen, was ihre Aufgabe ist. Und doch sind sie vom Temperament, von ihrer Herkunft und ihrer persönlichen Geschichte her so verschieden, dass es ihm fast unmöglich erscheint, ihre Aufgabe gemeinschaftlich zu vollbringen. Natürlich wusste er längst, dass sie sich voneinander unterscheiden, aber nie war es ihm so stark, so deutlich und geradezu melancholisch stimmend bewusst.

Nach dem Frühstück sitzt er mit Lord Patrick auf einer Bank im Garten, eingerahmt von Bananenstauden und Kübelpalmen. Er zieht eine Zigarette aus dem Etui aus gehämmertem Silber mit seinem Monogramm auf dem Deckel, einem Geburtstagsgeschenk von Dorien. »Das verleiht dir Würde«, hatte sie gesagt, und so fühlt es sich auch an, als er den Deckel zuklappt und seine Zigarette anzündet. Dieses Silberetui ist sein Spazierstock mit Pferdekopf. Zwei Männer voll Würde und Weisheit. Hätte Frau Hadewijck ihn doch so sehen können. Vor drei Jahren ist sie im Kreis ihrer Hunde und ihrer düsteren Gemälde entschlafen. Einer Lungenentzündung erlegen, hieß es offiziell, gestorben an einsamem Herzen, wurde während der Beerdigung geflüstert. Wie gern hätte er ihr die Nachricht überbracht, dass er, ihr Schützling, in Tokio sein Land vertreten durfte, der Beweis dafür, dass sich ihr Einsatz ausgezahlt hatte.

»Wir können uns keine Dummheiten erlauben.« Lord Patricks Worte holen ihn aus seiner Sinniererei heraus in die Wirklichkeit zurück. »Wie das Urteil aussehen wird, steht noch nicht fest. Aber wir müssen dafür sorgen, dass es einstimmig ist. Abweichende Meinungen würden die Glaubwürdigkeit des gesamten Tribunals unterminieren. Webb ist ein prima Kerl, aber ein lausiger Vorsitzender, und deshalb zieht sich auch alles so grässlich in die Länge. Wenn wir nicht aufpassen, sind die Angeklagten eines natürlichen Todes gestorben, bevor wir zu einem Urteil gelangen. Morgen in unserer Sitzung kommt die Frage der Einstimmigkeit zur Sprache. Wir werden darüber abstimmen.« Er hält kurz inne. »In Ihrem Land gilt doch für die nichtöffentlichen Beratungen bei Gericht das Gebot der Verschwiegenheit, nicht wahr?«

»Ja«, sagt er.

»Das Land von Grotius«, sagt Lord Patrick leise vor sich hin und verstummt kurz. »Irgendwer müsste morgen eine überzeugende Rede halten, ein Plädoyer für Einstimmigkeit und Verschwiegenheit. Ein Mann mit den entsprechenden Fähigkeiten.«

Er nickt. Er glaubt verstanden zu haben.

»Als der Erste Weltkrieg vorbei war«, sagt Lord Patrick, »und ich mich im Sanatorium von meinen Verwundungen und der Tuberkulose erholte, erkannte ich endlich, was wirklich passiert war. Auf den Schlachtfeldern und in den Kabinettssitzungen. Ich hasste die Menschen für ihre blinde Grausamkeit und ihren Machthunger. Ich hasste mein eigenes Unvermögen, dem etwas entgegenzusetzen. Vielleicht bin ich deshalb Richter geworden. Nur im Gerichtssaal werden die Mörder und die Lügner zur Verantwortung gezogen.« Er hält kurz inne und fährt dann mit leiser Stimme fort: »Lassen Sie uns eines vereinbaren, Brink: Wir werden unsere Sache hier gut machen.«

Sie sitzen eine Weile still nebeneinander. »Fahren Sie heute Nachmittag mit auf diesen Angelausflug?«, will Lord Patrick wissen.

»Nein. Sie?«

»Ich kann mir kaum eine primitivere, törichtere Unterhaltung vorstellen als das Angeln, sieht man mal von einer Dorfkirmes ab, aber ich möchte es mir nicht entgehen lassen, am Ufer zu sitzen und

McDougall und Northcroft zuzuschauen. Drückt man denen eine Angelrute und einen Kescher in die Hand, sind sie völlig aus dem Häuschen.« Er schmunzelt bei diesem Gedanken. »Haben Sie noch etwas in Sachen Visumantrag Ihrer Frau gehört?«

Brink schüttelt den Kopf. »Sie hat sich unheimlich auf den Besuch gefreut, aber ich glaube nicht, dass vor Weihnachten noch etwas daraus wird.«

»Ich hoffe, ich täusche mich, aber ich meine in der britischen Botschaft aufgefangen zu haben, dass die Amerikaner die Visumerteilung für Richterfrauen generell auf Eis gelegt haben.«

»Wieso denn das?«

»Kennen Sie die Redewendung? Frauen oder Geistliche an Bord bringen Unglück.«

Mittags wandert er auf der Suche nach Literatur, die seinem Plädoyer für die Verschwiegenheit über ihre Beratungen die nötige Würze verleihen könnte, zwischen den hohen Bücherregalen des Aktenlesesaals im Gerichtsgebäude umher. Auf dem Weg zu seinem Tisch prallt er um ein Haar mit dem Kollegen Pal zusammen. Er ist überrascht, zum ersten Mal trifft er hier am Wochenende auf einen der anderen Richter. Pal hat einen kleinen Stapel Aktenmappen in den Händen. Er ist groß und schlank. Seine Schläfen sind leicht ergraut. Der gediegene Anzug und seine kerzengerade Haltung verleihen ihm etwas Formelles, die Strenge eines Schuldirektors. Brink weiß nicht viel von ihm, sie haben sich nur einmal persönlich unterhalten. Pal ist an der Universität Delhi tätig und hat neununddreißig Enkelkinder, eine Zahl, die er, wie er im Nachhinein denkt, falsch verstanden haben muss. Sie begrüßen sich, und er ist unschlüssig, ob er weitergehen soll. Den gleichen Gedanken liest er von Pals Gesicht ab. Dann fällt sein Blick auf die oberste Aktenmappe: *Pact of Paris, 1928.*

»Der vollständige Vertragstext?«, fragt er.

Pal nickt lächelnd, ein schlaues Lächeln, das auf etwas vorzugreifen scheint. »Mit diesem Vertrag haben die amerikanischen Ankläger die Anklage wegen *Verbrechen gegen den Frieden* gerechtfertigt. Ich frage mich, ob auch nur einer der Kollegen ihn richtig gelesen hat.« Die dunklen Augen taxieren ihn herausfordernd. »Sie?«

»Es ist allgemein bekannt, was darin steht.«

»Sie haben also kein Problem damit, dass Sie an einem Justizirrtum historischen Ausmaßes mitwirken.«

»Verzeihen Sie, aber das ist eine ziemliche Unterstellung.«

»Es gibt im internationalen Recht keinerlei Grundlage für die Anklage *Verbrechen gegen den Frieden*, und auch im Pariser Vertrag nicht. Schon ein Jurastudent im ersten Semester weiß, dass man niemanden im Nachhinein für etwas verurteilen kann, was zur Zeit der Tat noch nicht strafbar war – der *Nulla-poena*-Grundsatz.«

»Der Nürnberger Gerichtshof arbeitet mit der gleichen Anklage wie wir hier in Tokio, *Verbrechen gegen den Frieden*.«

»Was wollen Sie damit sagen? Dass uns das von der Verpflichtung entbindet, selbst nachzudenken, selbst zu untersuchen, ob diese Anklage haltbar ist?«

»Natürlich nicht.« Brink hat Pal angesprochen, weil er die unverhoffte Möglichkeit sah, bei dem Inder vorzufühlen und ihn gegebenenfalls für die von Lord Patrick und ihm selbst vertretene Auffassung zu gewinnen – naiv von ihm, wie er jetzt einsieht. Pal lässt keinen Zweifel daran aufkommen, wer hier wem auf den Zahn fühlt, wer hier die Fragen stellt. Er hält den Kopf ein wenig schief und liest laut den Titel eines der Bücher, die Brink in den Händen hält. »Das Gebot richterlicher Verschwiegenheit?« Und auch das klingt wieder wie eine Frage, die eine Rechtfertigung verlangt.

»Es ist in meinem Land guter Brauch, über die nichtöffentlichen Beratungen bei Gericht Verschwiegenheit zu wahren. Darüber möchte ich bei unserer morgigen Sitzung sprechen. Und über die Einstimmigkeit des Urteils, die Voraussetzung dafür ist, dass das Tribunal sein Gewicht und seine Glaubwürdigkeit bewahrt. Meinen Sie nicht auch?«

»Nein. Es ist nur von Vorteil für die Transparenz der Rechtsprechung, wenn auch abweichende Meinungen herausgestellt werden. Wie weit ist es denn her mit der Glaubwürdigkeit, von der Sie sprechen, wenn abweichende Meinungen *geheim* bleiben müssen?«

Brink beginnt Lord Patricks Aversionen gegen diesen Mann zu verstehen, bemüht sich aber, verbindlich zu bleiben. »Ich hoffe, Sie morgen mit Argumenten überzeugen zu können.«

»Erwarten Sie sich nicht zu viel davon.«

Jetzt, da die Karten auf dem Tisch liegen, scheut er sich nicht mehr, Pal die Frage zu stellen, die er bisher aus Höflichkeit für sich behalten hat. »Zu Beginn der Verhandlungen verneigen Sie sich vor den Angeklagten, darf ich fragen, warum?«

»Ich finde, dass den Angeklagten zu Unrecht der Prozess gemacht wird.«

»Allen?«

»Allen.«

»Sie haben den Verhandlungen über das Blutbad von Nanking selbst beigewohnt. Sie haben die Zeugenaussagen gehört und gelesen, Sie wissen, welcher Horror sich dort abgespielt hat. Wohl kaum ein Grund, den Angeklagten seine Ehrerbietung zu erweisen, scheint mir.«

Alles andere als eingeschüchtert durch Brinks Empörung, ja geradezu angeregt durch die Herausforderung, die ihm damit geboten wird, sagt Pal: »Sie waren Tausende Kilometer von dort entfernt. Sie sind nicht verantwortlich.«

Nicht verantwortlich? Einen Moment lang ist er perplex, denn er kann nicht glauben, dass dieser Mann, ein von seinem Land entsandter Richterkollege, trotz der erdrückenden Last der Gegenbeweise die Stirn haben kann, exakt dieselbe Phrase in den Mund zu nehmen, wie sie die Angeklagten zu ihrer Entlastung vorbringen. Keiner von ihnen ist verantwortlich, keiner dieser Männer auf der Anklagebank mit den Kopfhörern auf den grauen Köpfen. Den einen hatten die Umstände überrascht, der andere war nicht in die Planung einbezogen, und wieder ein anderer war zwar sehr wohl im Bilde gewesen, aber Minister oder General geblieben, um die ins Rollen gekommene Kriegsmaschinerie abzubremsen.

Im diffusen Licht der Deckenleuchten stehen sie sich zwischen den hohen Bücherregalen gegenüber. Brink mit seiner Literatur, die untermauern soll, dass einstimmige Urteile wünschenswert sind, und Pal, beladen mit schriftlichem Beweismaterial für seine These, dass der Weg zu den Urteilen, ja das ganze Tribunal nichts taugt.

»Wissen Sie«, sagt Pal, und seine Stimme klingt jetzt weniger schroff und angriffslustig, »das Grundprinzip des Rechts ist die Gleichheit. Vor dem Gesetz sind alle gleich.«

Was soll man auf so eine Binsenweisheit entgegnen? Er seufzt, vielleicht ein wenig zu laut.

Pal fährt fort: »Die Japaner haben Asien von der Kolonialherrschaft befreit.«

»Mit dem Ziel, selbst Kolonien zu gründen«, erwidert er. »China, die Philippinen, Niederländisch-Indien, überall, wo sie das Heft in die Hand nehmen konnten, haben sie die Bevölkerung unterjocht.«

»Es wurde Zeit, dass sich ein asiatisches Land gegen die Herrschaft des Westens erhob. Dieses Tribunal sehe ich vor allem als den Versuch des Westens, die Situation umzukehren und die eigenen Interessen zu sichern.«

Er ist es leid. »Dieses Tribunal ist dazu da, die Verantwortlichen für die Millionen Opfer ihrer gerechten Strafe zuzuführen. Deswegen bin ich hier.«

Bitte schön, so einfach ist das. Richter in diesem Tribunal zu sein ist für ihn der einzige Weg; da es ein unerreichbares Ideal ist, die Unschuld wiederherzustellen, die Opfer wieder zum Leben zu erwecken und den Hinterbliebenen ihren Kummer zu nehmen, müssen sie sich damit begnügen, ausgleichende Gerechtigkeit zu schaffen zwischen denen, die Schuld tragen, und denen, die ihre Opfer waren. Siehe Grotius, siehe, noch weiter zurück, Aristoteles.

»Sie sind hier«, ein Fünkchen Vorfreude bei der Aussicht darauf, ein altes Unrecht rächen zu können, erhellt Pals Gesicht von innen heraus, »weil die Niederlande und Japan Krieg geführt haben um Indonesien, beziehungsweise Niederländisch-Indien, wie Sie es nennen. Nur aus diesem Grund ist Ihr Land, das fast zehntausend Kilometer weiter westlich liegt, in Tokio vertreten. Aber die Niederlande haben Indonesien beraubt, besetzt, die Bevölkerung unterjocht und halten daran fest, so lange sie können.«

»Sie bringen da etwas durcheinander, aber lassen Sie mich vorwegschicken, dass ich gewiss kein Befürworter des Kolonialismus bin, und damit stelle ich in meinem Land keine Ausnahme dar.«

»Gut, das zu hören.« Pal nickt artig und hält seine Ausgabe vom Pariser Vertrag in die Höhe. »Sollten Sie Interesse haben, Sie wissen, wo Sie mich im Hotel finden. Guten Tag.«

11

Hideki spricht kaum noch und lässt sich möglichst selten außerhalb des Schuppens blicken. Nur frühmorgens oder spätabends, wenn im Dorf alle Fensterläden geschlossen sind und niemand mehr auf der Straße ist, mag er noch nach draußen kommen. Dann bleibt er von mitleidigen, immer häufiger aber auch vorwurfsvollen Blicken verschont. Sein Hinkebein und sein verbranntes Gesicht erinnern die Menschen im Dorf an etwas, woran sie lieber nicht mehr denken möchten.

Aber er kann sich nicht für den Rest seines Lebens in dem Schuppen verstecken, dann erstickt er an seinen Hirngespinsten und den unausgesprochenen Worten in seiner Kehle. Er muss raus. Eines Tages, die Morgenröte kündigt sich gerade erst über den Bergen im Osten an, geht er zum ersten Mal, seit er zurück ist, den Hang hinab, ganz bis zum Fluss hinunter, der noch im Schatten der Bäume liegt. An einer trockengefallenen Stelle des Flussbetts versinkt seine Krücke im weichen Lehm. Früher war er hier, wann immer er konnte. Die Vergnügungen, die das Leben bot, waren schlicht und erreichbar. Das Flussufer, das auf der gegenüberliegenden Seite steil aus dem Wasser ansteigt, ist von Bäumen, Schlingpflanzen und senkrechten Felspartien in weichem Violett gesäumt. Die Äste der Bäume recken sich dem Licht über dem Wasser entgegen. Von einem Felsblock aus schaut er zu dem im Schatten liegenden Badehäuschen hinüber. Das fließende Wasser unter ihm hat einen niedrigen Stand und schießt mit silbrigem Glitzern über die Kiesel.

Er streunt durch ein Waldstück am Fluss, eingehüllt vom Geruch nach Harz und wilden Azaleen. Er kriecht durch Klammen. Mit einem an einem Bambusstock befestigten Netz fängt er bunt schil-

lernde Waldlaubsänger, die ihre Nisthöhlen in den lehmigen Steil-
ufern haben. Erst nach Sonnenuntergang kehrt er entlang der Spur,
die er mit den trichterförmigen Abdrücken seiner Krücke gezogen
hat, zurück und klimmt mit letzter Kraft das steile Wegstück zum
Dorf hinauf. Im Schuppen isst er, was seine Mutter für ihn beiseite-
gestellt hat. Den ganzen Tag lang ist er keinem Menschen begegnet.
Er hat keine Erinnerung an das, was er gemacht hat.

An einem Sonntag folgt er am Flussufer einer frischen Hirschfährte
im feinen Kies. Es ist kühl auf dem schattigen Pfad. Zu hören ist
nichts als der Fluss und sein eigener Atem. Er geht weiter als bei seinen vorherigen Streifzügen, bis ganz zur Holzbrücke. Am Wasser, auf
einem mit Flechten bewachsenen Felsvorsprung, steht ein Mann mit
einer Angel. Ein hochgewachsener, hagerer Mann, ein Weißer in der
Uniform der amerikanischen Armee. Hideki erstarrt. In diese Wild-
nis mit den schnellen, tiefen Wasserläufen und den für Autos kaum
passierbaren Wegen kommen selten Fremde. Schon gar keine amerikanischen Soldaten. Auf der anderen Seite des kahlen Bergs haben
die Amerikaner das Landhaus eines reichen Industriellen konfisziert.
Es ist zu einem Hotel für hohe Offiziere umgebaut worden. Aber
was hätten die hier zu suchen? Vom Gebüsch aus beobachtet er den
Mann, der seine Angel einholt und einen Köder an den Haken macht,
sich auf die Steine setzt und auf das strömende Wasser starrt. Sein
Haar ist hell, fast weiß, mit einem Hauch von Orange darin.

Durch das lange, verkrampfte Stehen auf einer Stelle ist seine Krü-
cke tief in den weichen Uferboden eingesunken, und Hideki gerät
aus dem Gleichgewicht. Um nicht zu fallen, muss er einen raschen
Ausfallschritt machen. Der Mann schaut auf, als er das Knacken und
Rascheln hört. Hideki zögert kurz, zieht dann seine Krücke heraus
und kämpft sich humpelnd durchs Gebüsch. Gegen das Licht der
Sonne sieht es für ihn so aus, als glühe das Haar des Mannes wie ein
Feuerkranz. Gutmütig, aber wachsam nickt der Mann ihm zu.

Die Angst, die für einen kurzen Moment unerträglich war, beginnt nachzulassen, und stattdessen keimt in Hideki ein Anflug von Vertrauen auf. Er lächelt und verneigt sich. *Goodnight; thank you; does this bus stop near the zoo?* In Gedanken kehrt er zum Radio im Krankenhaus zurück, zu den zwischen den nackten Wänden und der hohen Decke hallenden Wörtern und Sätzen des Englischkurses. Fieberhaft peinigt er sein Hirn auf der Suche nach etwas Passendem. Er entsinnt sich der optimistischen Fröhlichkeit, mit der die Krankenschwestern die Vokabeln auf dem Flur wiederholten, froh über eine neue Sprache, neue Wörter.

»Welcome«, fällt ihm ein, und er wagt den Versuch. Seine Stimme erhebt sich kaum über das Rauschen des Flusses.

»Thank you.« Der Mann zieht seine Angel heraus und zeigt auf das Stückchen Brot am Haken: »No fish.«

No fish? Er hat zwar keine Ahnung, was das heißen könnte, aber er weiß, dass der Mann den falschen Köder benutzt. Er gräbt mit seiner Krücke im weichen Boden am Rand des Felsens und findet einige Larven. Mit ihnen geht er zu dem Mann und schiebt die fleischigen weißen Leiber über den Haken.

»Thank you«, sagt der Mann und wirft seine Angel aus. Die goldenen Streifen auf dem Ärmel seiner Uniformjacke sind beeindruckend, aber er scheint dennoch kein hoher Offizier zu sein. Der Mann bietet ihm eine Zigarette an und nimmt sich selbst auch eine. Rauchend und schweigend sitzen sie nebeneinander und spähen den Fluss hinunter, über das zarte Ufergrün, das vom Wind gefächelt wird, die glatten, steilen Felswände, zwischen denen der Fluss in einer Biegung verschwindet, eine im Laufe von Jahrmillionen durch die Einwirkung von Eis, Wind und Strömung geformte Landschaft, die aber augenscheinlich von der Zeit unverändert und unberührt bleibt.

»Jeff«, sagt der Mann nach einer Weile und zeigt auf seine eigene Brust.

»Hideki.«

Der Mann wiederholt leise seinen Namen – »Hi-de-ki« – und reicht ihm die Hand.

»Great«, sagt der Mann, nachdem sie einander die Hand geschüttelt haben und er den Blick wieder über den Fluss und die Felswand schweifen lässt.

Hideki fühlt sich in seiner Vermutung bestärkt, dass Jeff kein ranghoher Militär ist. Vielleicht arbeitet er in dem Hotel oder ist Fahrer eines Offiziers und hat einen halben Tag freibekommen, um einen kleinen Ausflug zu machen. Neben Jeff auf dem Felsen liegt ein Buch. Ein Kreuz ziert den Einband. Jeff bemerkt sein Interesse, und er nimmt das Buch auf.

»The Holy Bible«, sagt er und hebt den Blick zum Blau des Himmels. »God.«

Hideki führt Jeff zu einer besseren Stelle, etwa zwanzig Meter weiter stromabwärts. Hinter ein paar hohen Felsblöcken, wo das Wasser etwas ruhiger ist, beißen die Fische gleich zweimal kurz nacheinander an. Mit seinem Messer nimmt Hideki die Fische aus und schiebt sie auf einen Bambusspieß. Er sucht ein paar große, glatte Steine zusammen und legt sie im Kreis zusammen, während der Amerikaner jede seiner Handlungen aufmerksam verfolgt. Auf einem unruhig im Wind flackernden Feuerchen aus Zweigen und trockenem Laub röstet er die Fische. Rauch und Funken verwehen oberhalb der Stromschnelle. Über den Baumwipfeln erhebt sich mit großen, dunklen Flächen der kahle Berg. Während sie sich das warme, zarte Fischfleisch schmecken lassen, bringt Jeff ihm einige Worte Englisch bei.

Die englischen Wörter für Fisch, heute, Berge, Dorf und für Jeffs Rang: Sergeant.

Mittels Gebärden und einzelner Wortbrocken gelingt es ihm, dem Mann zu erklären, dass auch er Sergeant in der Armee war. Die neuen Wörter, die so resolut klingen, und die Tatsache, dass dieser Amerikaner, den er kaum kennt, ihn versteht und er ihn auch, das macht ihn froh. Die alten Gefühle, gekränkte Ehre und Rachebedürfnis, werden bis in alle Ewigkeit aufgerührt werden können, das ist ihm sehr wohl bewusst, doch die heutige Realität ist, dass er neben einem Amerikaner sitzt, der Jeff heißt. Was ist ein Amerikaner? Was ist ein Japaner? Was sonst ist ein Volk als die Idee, die man von ihm hat? Er hat die Chinesen angegriffen. Jeff hat die Japaner angegriffen. Wie oft muss man sich für diese Idee gegenseitig angreifen und vernichten? Es ist zwar ausgeschlossen, weil er seiner Sprache nicht mächtig ist, aber vielleicht hätte er Jeff erzählt, wie dessen Landsleute, zwei MPs, ihm in Tokio geholfen haben, nachdem es ihm gelungen war, aus der Grube hinter dem Hotel herauszuklettern, und er ohne Krücke wie ein Tier über die Hauptstraße kroch.

Thank you. Thank you very much.

Gegen Sonnenuntergang nimmt er bei seinem Vater auf der Veranda Platz und bietet ihm eine Zigarette aus dem Päckchen Chesterfield an, das Jeff ihm zum Abschied geschenkt hat.

Mit argwöhnischer Verwunderung betrachtet sein Vater das Päckchen.

»Hab ich heute unten an der Brücke geschenkt bekommen. Von einem Amerikaner.« Er versucht, nichts von seiner Euphorie zu verraten und möglichst gleichgültig zu klingen.

»Die Brücke, was wolltest du dort? Und warum hat er dir die Zigaretten geschenkt?«

»Er angelt gern. Er ist Sergeant, wie ich es war.«

Und dann platzt er mit der Geschichte heraus, die eigentlich für Jeff bestimmt gewesen war, davon, wie er in Tokio einen Schlafplatz brauchte und ein gemeiner Schuft ihn mitten in der Nacht beraubt und ohne seine Krücke in einem dunklen Loch zurückgelassen hat.

»Ich habe zwei Beamte von der Tokioter Polizei gebeten, mir zu helfen, zum Bahnhof zu kommen«, erklärt er seinem Vater. »Auf allen vieren bin ich zu ihnen hingekrochen. Ich hatte keine Krücke, ich hatte kein Geld. Ich flehte sie an, mir zu helfen. Sie haben sich den Teufel darum geschert.«

»Die Leute in der Stadt haben kein Herz im Leib«, sagt sein Vater.

»Zwei amerikanische MPs haben mich aufgelesen«, fährt er fort.

»Sie haben mich mit ihrem Jeep zum Roten Kreuz gefahren, um mir eine neue Krücke zu besorgen, und danach haben sie mich zum Bahnhof gebracht. Sie haben mich an den Schlangen vor dem Schalter vorbeigelotst und den Bahnhofsvorsteher eine Fahrkarte für mich holen lassen.«

Sein Vater legt die Zigarette neben sich auf die Veranda und zündet sich seine Pfeife mit dem Metallkopf an. Er saugt am Mundstück, bis kleine Rauchwölkchen aus seinem Mundwinkel hervorkommen. »Ist er weggegangen, dieser Amerikaner?«

Hideki nickt. Er weiß, was seinem Vater durch den Kopf geht: die eigenen Leute.

Sein Vater starrt zu den immer dunkler werdenden Bäumen in der Ferne hinüber. Der Himmel im Westen ist in das tiefste Violett getaucht. »Hoffen wir, dass er nicht wiederkommt.«

»Vater«, sagt er und kann kaum das Zittern seiner Stimme unterdrücken, »hast du mal darüber nachgedacht, wer uns die Geschichten erzählt? Wer die Pläne schmiedet, von denen wir nichts wissen dürfen, die Risiken abwägt, die andere dann tragen müssen? Wer Millionen von Idioten dazu bringt, sich freiwillig über den Haufen schießen zu lassen?«

»Ich glaube, ich verstehe nicht, wovon du sprichst.«

»Sie denken sich Gefahren aus, Bedrohungen, sie machen uns Dinge glauben. Sie lehren uns zu hassen.«

»Wer? Von wem sprichst du?« Sein Vater verzieht das Gesicht zu einer Grimasse verärgerter Missbilligung.

»Sie denken, dass wir dumm sind, Vater. Und wahrscheinlich haben sie recht. Gute Nacht.«

Am Sonntag darauf ist er schon früh an der Holzbrücke. Er hat eine alte Angel von seinem Vater dabei und eine Konservendose mit frischen Larven in feuchter Erde. Er wirft die Angel aus und wartet. Nicht dass sie etwas verabredet hätten, aber es würde ihn nicht wundern, wenn sich Jeff in den vergangenen Tagen genauso auf eine weitere Begegnung gefreut hätte wie er selbst. Das möchte er gerne glauben. Wie könnte er etwas vom Leben erwarten, wie könnte er sich selbst ernst nehmen, wenn er nicht einmal daran zu glauben wagte? Auf dem Felsen sitzend, starrt er auf das unter ihm dahingurgelnde Wasser. Durch die Zweige der Bäume schimmern Lichtflecken, die von der untergehenden Sonne künden. Vielleicht hat Jeff nicht freibekommen, vielleicht arbeitet er gar nicht, wie Hideki angenommen hat, in dem Hotel, und ist inzwischen in Tokio oder irgendwo anders auf Honshu. Vier Sonntage nacheinander versucht er es erneut und spitzt bei jedem Laut auf den Hängen die Ohren. Am Ende des letzten Sonntagnachmittags rollt er enttäuscht seine Angelschnur auf und kippt die Dose mit Erde und Larven in den Fluss aus, um sich auf den Rückweg ins Dorf zu machen.

Da wird hinter ihm ein anschwellendes Brummen laut. Er dreht sich um. Ein Jeep kommt über die befestigte Straße heruntergefahren und donnert über die klappernden Planken der Brücke. Als der Wagen hält, schwebt eine Staubwolke über das niedrige Gebüsch und die Felsen zu ihm herüber. Der Motor des Jeeps brummt im Leerlauf weiter, niemand steigt aus. Er kann durch die spiegelnde Windschutzscheibe nicht in den Jeep hineinschauen, doch er zweifelt nicht daran, wer am Lenkrad sitzt. Auf seine Krücke gestützt, richtet er sich erwartungsfroh auf. Im Inneren des Jeeps bewegt sich etwas, nicht dort, wo der Fahrer sitzt, wie er erwartet hat, sondern daneben. Das Motorgeräusch hallt von der steilen Uferwand des Flusses wider. Dann gehen die Wagentüren auf und auf jeder Seite steigt ein Amerikaner in Uniform aus. Sie schauen zuerst lächelnd zu ihm auf dem Felsen hinüber, und dann wandert ihr Blick zum Fluss und zu den Bäumen.

Der Fahrer ist ein junger Bursche mit strubbeligem dunklem Lockenkopf. Er hat einen tonnenförmigen Brustkasten und lange, behaarte Arme, die aus den hochgekrempelten Ärmeln seines Oberhemds hervorschauen. Seine leicht gerundeten Schultern und seine O-Beine geben ihm etwas Affenartiges. Der andere Fremde, ebenfalls ein junger Bursche, ist kleiner und muskulöser. Er hat rosige Haut, und sein Stoppelschnitt sieht aus, als hätte er eine Stahlbürste auf dem Kopf. Seine Uniform ist tadellos, seine Schuhe glänzen, und die Metallschnalle seines Gürtels blitzt im Sonnenlicht.

»Hi!«, sagt der Kleine und nickt.

Hideki macht eine Verbeugung und entsinnt sich seiner Begegnung mit Jeff. »Welcome.«

Die beiden Männer sehen sich kurz an, und dann ertönt eine leise, heisere Stimme aus dem Jeep. Die Männer drehen sich zum Wagen um, lauschen auf die Stimme und nicken. Der Größere von den beiden bedeutet Hideki, näher zu kommen. Er klettert von dem Felsen, humpelt zu den Männern hinüber und wirft einen raschen Blick in den Jeep hinein. Auf der Rückbank sitzt ein dritter Armeeangehöriger, dessen Kopf durch das Jeepdach aus seinem Blickfeld geschnitten wird.

Der Kleine mit der Bürstenfrisur baut sich jetzt dicht vor ihm auf. »Village?«, fragt er.

Village, Dorf? Stolz, dass er weiß, was das Wort bedeutet, zeigt er in Richtung des Schotterwegs, der sich den Hang hinaufwindet.

Der Kleine macht eine Kopfbewegung zum Wagen hin, um ihm zu bedeuten, dass er einsteigen soll.

Hideki schüttelt den Kopf. Mag er auch an einer Krücke gehen, er kann immer noch ohne fremde Hilfe nach Hause gelangen.

Der Affe mit den langen, behaarten Armen entblößt lachend die Zähne und sagt: »Yes, village.« Er legt seine riesige Pranke mit Ring am kleinen Finger auf seine Schulter und führt ihn behutsam, aber zwingend zur Beifahrerseite des Jeeps, klappt den Sitz nach vorn und hilft ihm einsteigen.

Mit der Nase Richtung Bergspitze schrauben sie sich in dem hintenübergeneigten Wagen langsam aufwärts. Der Motor röhrt und jault, die Reifen versinken in tiefen Kuhlen. Die Krücke zwischen seine Knie geklemmt, wird Hideki hin und her geschüttelt. Neben ihm auf der Rückbank starrt der dritte Mann stur geradeaus. Aus den Augenwinkeln studiert Hideki das Profil des Mannes, die scharf nach unten gebogene Nase, das fliehende Kinn, die schmalen, blutleeren, starren Lippen. Da wendet sich das Gesicht langsam zu ihm hin, und die Augen, die die mattblaue Milchigkeit eines an grauem Star Erkrankten zu haben scheinen, taxieren ihn. Ohne irgendeinen Ausdruck im glatten Gesicht und ohne ein einziges Mal zu blinzeln, sieht der Mann ihn unverwandt an. Noch nie hat er einem solchen Blick standhalten müssen, ihm ist, als schaute er in die Augen eines leblosen Wesens, eines Steins. Im Krieg haben viele gefährliche Männer seinen Weg gekreuzt. Chinesische Lageraufseher, die lachend auf die Wunden in seinem Gesicht pinkelten. Seine eigenen Kommandanten, die darum wetteiferten, wer zu Pferd die meisten Chinesen mit seinem Schwert enthaupten konnte. Nachdem die abgehackten Köpfe auf Stangen gespießt und gezählt worden waren, tranken sie ein Schälchen Tee zusammen. Gewalttätige Idioten, die sich selbst am Leben erhielten, indem sie anderen Schmerzen und Demütigungen zufügten. Aber dieser Mann? Da war überhaupt nichts in diesen Augen, völlige Leere. Er wünschte, er wüsste zu verhindern, dass sie jemals im Dorf ankommen, doch er kann in der Ferne schon die ersten Häuser sehen. Unermüdlich ackert der Jeep sich voran, und das dumpfe Klopfen und Sausen des Motors klingt Hideki in den Ohren wie das Blut in seinen eigenen Schläfen.

12

Die steinernen Hunde am hohen Eingangstor des Tempelgeländes sind mit Flechten überzogen. Amerikanische Soldaten fotografieren sich gegenseitig und nicken Michiko freundlich zu, als sie in der blassen Novembersonne an der Seite des Richters zum Tempel läuft. Im Steingarten schaut sich der Richter lange und andächtig den Teich mit den großen Findlingen an, die vor Jahrhunderten in sorgfältiger Formation um das Wasser herum arrangiert wurden.

»Und das hier ist der Garten?«, sagt er fragend.

Sie nickt und erzählt ihm von der traditionellen Bedeutung der Steine, nicht zu ausführlich und schon gar nicht belehrend, denn sie möchte nicht den Anschein erwecken, sie wolle ihn von etwas überzeugen. Er hat sie eingeladen, ihn auf diesem sonntäglichen Ausflug in die herbstlichen Wälder von Nikko zu begleiten. Weil sie die Sprache spreche, weil sie das Land kenne, aber vor allem, weil ihn die von den GHQ organisierten Ausflüge langweilten. So hatte er seine Einladung an sie eingeleitet. Wenn es ihm nur um einen kundigen Führer gegangen wäre, hätte er wohl jemand anderen mitgenommen, mutmaßt sie. Seinem Blick glaubt sie eine gewisse Enttäuschung über den Zengarten zu entnehmen, und diesen Eindruck hat sie auch noch, als sie die schmale Holzbrücke zum nächsten Tempel überqueren, wo einige westliche Damen mit Hut von einem japanischen Studenten der Kunstgeschichte herumgeführt werden. Als die Gruppe weg ist, bleiben sie und der Richter allein im Tempel und in der Stille zurück. Er schaut so andächtig. Es ist, als wolle er den ganzen Tempel mit seinen Kerzen, seinen Querhölzern und Schnitzereien auf Anhieb in sich aufnehmen, verarbeiten, ergründen. Sie sieht, dass er sich die größte Mühe gibt, doch sein

Blick schweift rastlos umher, offenkundig auf der Suche nach etwas, was er nicht finden kann.

»Schön«, sagt er schließlich. Es klingt, als habe er es aufgegeben. Sie erzählt ihm vom buddhistischen Kreislauf des Lebens, in dem der Mensch gefangen ist. Sie weist ihn auf den holzgeschnitzten Hahn, die Schlange und das Schwein hin. Er nickt entzückt. Die hatte er noch nicht bemerkt.

»Welche Bedeutung haben sie?«, fragt er, bereit, etwas zu lernen.

»Sie symbolisieren die Gier, den Hass und die Verblendung. Wie Sie sehen, jagen sie einander ununterbrochen hinterher, während sich das Lebensrad im Kreis dreht.«

Wieder im Freien, gehen sie über die Pfade aus feinem Kies. »Mir fällt auf«, sagt er, »dass alles so schlicht ist, so …« Er denkt über den treffenden Ausdruck nach.

»Bescheiden?«, fragt sie.

»Die Kirchen in Europa mit ihren Türmen und Gewölben sind im Vergleich zu dieser Anlage in der Tat monumental.«

Sie kennt die großen Kirchen und Bauwerke Europas nur aus den Büchern und Zeitschriften im Haus von Frau Haffner. Sie erscheinen ihr prachtvoll. »Ich hoffe sie eines Tages zu sehen«, sagt sie. Die Wiener Oper und der Arc de Triomphe stehen auch auf ihrer Wunschliste. Irgendwann einmal, vielleicht auch schon sehr bald, wenn Frau Haffner ihre Beziehungen in Europa so weit hat.

»Die Mauern um die Gärten und den Park von Versailles haben eine Gesamtlänge von vierzig Kilometern«, sagt er. »Und es gibt dort breite Alleen, Springbrunnen mit Skulpturen, Buchsbaumhecken in kunstvollen Formen.« Er wirft einen Blick auf die Moose und die asymmetrisch gepflanzten niedrigen Farne um sie her. »Es erstaunt mich, dass ein Volk, welches doch glaubt, direkt von den Göttern abzustammen, so augenfällig Genügsamkeit erstrebt.«

»Mehr als das, was Sie sehen, ist nicht da.« Sie zuckt die Achseln.

»Ich hoffe, Sie nehmen mir meine törichte Bemerkung nicht übel, es liegt an mir, ich verstehe es einfach nicht. Sie sind Japanerin. Sie kennen das hier. Wohin soll ich schauen? Wie soll ich schauen?«

Er weiß nicht, wohin er schauen soll? Darauf weiß sie nichts zu sagen. Der Student der Kunstgeschichte hat das Problem offenbar nicht. Hinter sich hört sie ihn den Damen mit Hut mit tonloser Stimme die symbolische Einheit von Schlichtheit, Ruhe und Harmonie erläutern, während sie auf das bereitstehende Auto zugehen, um sich zur nächsten kulturellen Eroberung eines Tempels oder Steingartens aufzumachen.

Der Blick, mit dem der Richter sie ansieht, hat etwas Rührendes und zugleich Unausweichliches.

»Ich hoffe, Sie haben nicht das Gefühl, Ihre Zeit zu vergeuden«, sagt sie.

»Nein, das gewiss nicht, aber es ist ...« Er zieht die Schultern hoch.

Die Ordnung, die in und um den Tempel herrscht, spricht für sich selbst, findet sie. Die kleine Brücke, die Steine, das Muster der Farne und Moose, alles ist im Gleichgewicht, nichts ist zufällig. Er scheint ihr ein kluger, sensibler Mensch zu sein. Da müsste er doch spüren können, dass hier alles stimmt, wenn auch nicht wie eine mathematische Formel oder ein Paragraf aus dem Gesetzbuch. Das könnte seinen Ärger erklären: Er weiß, dass es da ist, kann es aber nicht erfassen. Sein krampfhaftes Bemühen, sein Verlangen, im Handumdrehen zu bekommen, was er erwartet, ist hier das Einzige, was die Harmonie stört. Er steht sich selbst im Weg. »Vielleicht sollten Sie sich mit dem begnügen, was Sie sehen, frei von Erwartungen.«

Er nickt, aber überzeugt ist er allem Anschein nach nicht.

Auf einer Straße, die sich quer durch die Ahornwälder schlängelt, steuert der glänzende Wagen mit dem rot-weiß-blauen Wimpel vorn auf dem Kotflügel den Endpunkt ihres kleinen Ausflugs an. Am Straßenrand bemerkt Michiko einen Mann und eine Frau mit einem kleinen Mädchen in hellblauem Mäntelchen zwischen sich. Die drei kommen ihnen entgegen, und im nächsten Moment sind sie aneinander vorüber. Sie schaut sich nach dem kleinen Mädchen um, bis der Wagen in eine Kurve fährt und sich das Mäntelchen des Mädchens wie ein hellblauer Fleck im Meer aus rotem Laub auflöst.

»Wohin schauen Sie?«, fragt er.

Sie sind wie junge Hunde, die Westler, denkt sie, gehen auf alles und jeden zu, unsinnigerweise darauf vertrauend, dass niemand es ihnen verübelt. »Wohin ich schaue?«

»Ja.«

»Ich erinnerte mich an etwas. Mögen Sie die Wälder?«

»Wo ich als Kind wohnte, gab es auch Wald«, erzählt er. »Ich bin mit dem Fahrrad hindurchgefahren, zur Schule oder zur Kirche. In meiner Erinnerung ist es ein dichter, dunkler Wald. Vielleicht hatte ich damals noch keinen Blick für die prächtigen Herbstfarben oder habe sie einfach als selbstverständlich hingenommen.«

Bemerkenswert, denkt sie, dass die Fahrt durch diese Wälder sie beide in ihre Kindheit zurückversetzt. Die ihre war süß, und sie hat sie voll und ganz ausgekostet. Sie erinnert sich noch an vieles. Aber sie versteht, was er meint, der Zweifel, wie es war, wie es wirklich war, früher. Was man dachte. Was man fühlte. Als sie fünf, sechs Jahre alt war, sie wohnten damals noch nicht lange in Tokio, machten ihre Eltern und sie einmal zusammen mit ihren Nachbarn aus Asakusa einen Ausflug in die Umgebung von Nikko. Da spürte sie das Heimweh ihrer Eltern, die in den Bergen geboren und aufgewachsen waren, das Heimweh nach der Natur, der Welt außerhalb der Großstadt. Eigentlich weiß sie Letzteres gar nicht so genau, vielleicht hat sie es später hinzuerfunden. Wie kann sie jenes Früher rein halten, von späteren Erfahrungen und Erinnerungen ungefärbt, unverdorben? Sie empfindet tiefes Bedauern darüber, dass sie jenen Tag nicht für immer konservieren konnte, genau so, wie er damals war.

»Sind die Wälder in den Niederlanden so wie hier?«, fragt sie.

Er schüttelt den Kopf. »Die Farben hier sind intensiver, beeindruckender.«

Er scheint seine Frustration über den Tempelbesuch abgeschüttelt zu haben, denn sein Gesicht ist entspannt, als er sagt: »Die Natur hier tut sich weniger schwer mit praller Ästhetik als die Menschen dieses Landes.«

»Ich glaube, Sie beginnen es zu verstehen«, sagt sie.

Er sieht sie fragend an, aber sie hilft ihm nicht auf die Sprünge.

»War das ironisch gemeint?«, will er wissen.

Sie schüttelt den Kopf.

In Stadtnähe gekommen, biegen sie auf eine schmale Straße ab, die sich in Serpentinen aufwärts windet. Ein kleines Schild am Straßenrand vermeldet, dass sie sich auf der Straße der fünfzig Haarnadelkurven befinden.

»Noch etwas, was wir in meinem Land nicht haben«, sagt er, während sie die Steigungen hinauffahren. »Berge, Hänge.«

»Ich habe bis zu meinem fünften Lebensjahr in den Bergen gelebt«, sagt sie.

»Hier in der Nähe?«

»Nein, im Norden, in der Präfektur Nagano. Dort sind die Berge noch höher.«

»Ich bin ein paarmal mit meiner Frau und später auch mit meinen Kindern in Österreich und der Schweiz gewesen, in den Alpen. Ich liebe das Hochgebirge. Wenn man ganz oben ist und nach unten schaut… Verstehen Sie, was ich meine?«

Sie nickt. Daran kann sie sich noch von früher erinnern. Die Aussicht vom kahlen Berg ins Tal und dann dieses eigentümliche, erhabene Gefühl, die Gewissheit, dass sie mehr wollte, als einfach nur ihre Zeit abzusitzen.

»Fällt dort, wo Sie herkommen, auch Schnee?«, möchte er wissen.

»Schnee? O ja. Im Winter werden die Straßen gesperrt, und manchmal, wenn es sehr stürmt, können die Züge nicht mehr durch die Tunnel fahren, weil so viel Schnee hineingeweht ist.«

Er sieht sie kurz an und verfällt ins Grübeln. Warum, denkt sie, hat er sie, ausgerechnet sie gebeten, ihn zu begleiten? Weil sie die einzige Japanerin ist, die er persönlich kennt, und irgendetwas in ihm neugierig auf »den Japaner« im Allgemeinen ist? Oder steckt mehr dahinter? Sie vermutet, schon. Während sie so neben ihm sitzt, ist sie sich ihrer selbst sehr bewusst. Das kommt mit Sicherheit daher, dass hin und wieder sein Blick auf ihr ruht, den er wie ertappt abwendet, wenn sie ihn ansieht. Manchmal findet sie sich hübsch, doch jetzt, da sie ihr Gesicht im Seitenfenster gespiegelt sieht, stellt sie fest, dass diese Schönheit flüchtig ist, veränderlich. Sie entschwindet unter ihren Augen.

Wie mag er sie wohl sehen? Wenn er die Frau im Kimono bei der inszenierten Teezeremonie in ihr sieht, irrt er sich.

Seine Hand ruht neben ihr auf der Rückbank. Auf ihrem Rücken zeichnet sich ein zarter Hauch schwarzer Härchen ab. Bei seinem hölzernen Klavierspiel vermittelt diese Hand einen unbeholfenen, plumpen Eindruck, aber hier neben ihr erweist sie sich trotz ihrer Größe als wohlgeformt und elegant.

Sie haben beide ihre eigene Sprache, ihr eigenes Land, leben jeweils in einer eigenen Welt. Die ihre ist durch eine uneinnehmbare Verteidigungslinie abgeschirmt. Deren Mauern sind hoch und stark, die Mauern von Versailles, von denen er sprach, sind nichts dagegen.

Als sie jünger war, hat sie ihren romantischen Träumereien freien Lauf gelassen und sich ihrer ersten und einzigen Verliebtheit hingegeben – in einen zwei Jahre älteren Studenten vom Konservatorium. Er war auch in sie verliebt, aber zu verlegen und wohlerzogen, um es offen zu zeigen. Außerdem schon vergeben. Das Miai hatte stattgefunden: Seine Familie hatte ein Mädchen für ihn ausgewählt. Die Gebräuche diktierten, dass er nicht für sie, Michiko, bestimmt war. Erst nachdem sie sich von dem Schmerz erholt hatte – dem Preis, den sie im Anschluss für das himmlische, aber nur kurz anhaltende Gefühl von Leichtigkeit bezahlen musste –, begriff sie, dass auch sie nicht für ihn bestimmt gewesen war. Nicht für ein Leben als Ehefrau und Mutter. Damals war sie sich noch nicht schlüssig, welche Folgerungen sie aus ihrer Entscheidung, keine eigene Familie gründen zu wollen, ziehen sollte, sie wusste lediglich, dass sie nach einer anderen, höheren Erfüllung in ihrem Leben suchen wollte. Glühend

widmete sie sich ihrem Gesangsstudium, als wären die Unterrichts-
stunden und Auftritte ihr eigentliches Leben. Und was den verlege-
nen, gut aussehenden Jungen vom Konservatorium betrifft: Er hat
das Mädchen nie geheiratet. Eine Haarlocke und ein paar abgeschnittene Fingernägel, vor seiner Abreise an die Front in eine Schachtel
getan, sind alles von ihm, was im Tempel beigesetzt werden konnte.

Sie kommen aus der fünfzigsten und letzten Kurve heraus und
fahren durch eine ebene, dicht bewaldete Landschaft zum See. Von
Hügelrücken eingerahmt und glatt wie ein Spiegel taucht er vor ihnen auf, der Chuzenji. Fischerboote mit der japanischen Flagge am
Heck ziehen schäumende Streifen im Wasser. Sie macht mit dem
Richter einen Spaziergang durch den kleinen Ort mit seinen wack-
ligen Holzstegen in der funkelnden Herbstsonne. Fischer mit Stroh-
Zori an den Füßen kauern im Schneidersitz in ihren Booten und flicken Netze. Alte Männer, deren Gesichtshaut an zerknittertes Papier
erinnert, entwirren am Kai die Taue. Frauen tragen große, schwere
Körbe an einem Bambusstock über den Schultern. Mit dem hochge-
wachsenen, elegant gekleideten Richter an ihrer Seite zieht sie neu-
gierige Blicke auf sich, aber man nickt ihr auch freundlich zu. Zwei
Jahrzehnte lang hat man diesen einfachen, gutmütigen Menschen
aus der Provinz die Mythen des militärischen Totalitarismus einge-
impft. Sie seien das auserwählte Yamato-Volk. Ihre Söhne und Brüder würden geopfert, um zu verhindern, dass das menschliche Ge-
schlecht unter dem Einfluss der westlichen Welt teuflische Züge
annehme. Nun, da alles vorbei ist und Bilanz gezogen wurde, geht
sie, eine von ihnen, mit einem Teufel mit schicker Krawattennadel
durch ihr Dorf. Nach dem Weg der Vernichtung haben sie schlech-
terdings keine andere Wahl, als den Weg der Einsicht einzuschlagen.

Ein alter Mann in verwaschenem Kimono nimmt mit einem kleinen, scharfen Messer einen Fisch aus. Mit blutigen Händen schaut
er unter seinem Strohhut aus weit auseinander stehenden Äuglein
grüßend zum Richter auf. Der Richter erwidert seinen Gruß mit er-
freutem Nicken.

»Wissen Sie«, sinniert er, als sie weitergehen, »in meinem Beruf muss ich mir tagaus, tagein Gutachten und Zeugenaussagen zu Gemüte führen, eine unaufhörliche Kette von Grausamkeit und Niedertracht.«

Sie nickt. Wahrscheinlich dachte er, als er nach Tokio kam, dass alle japanischen Frauen Kamelien im Haar trügen und ihre Männer Sadisten seien, die nichts lieber wollten, als Tod und Verderben zu säen. Und dazu kamen seine Akten, deren Inhalt sie sich unschwer ausmalen kann.

»So wie diese Menschen hier sind die Japaner wirklich«, sagt sie. »Sie geben ihr Bestes. Mit der Sorge um den Lebenserhalt haben sie genug zu tun.«

»Mir fällt auf, dass die Leute mir so ganz ohne Hass und Ablehnung begegnen. Ich höre das auch von den Amerikanern im Hotel, die am politischen und wirtschaftlichen Wiederaufbau mitwirken, dass sich die Japaner so kooperativ und wohlwollend verhalten.«

»Zuerst waren wir das beste, unbesiegbare Volk«, sagt sie. »Vielleicht sind wir neuerdings bestrebt, die besten Verlierer, das beste besetzte Volk aller Zeiten zu sein. Die Menschen sind sich darüber im Klaren, dass sie irgendwie weitermachen müssen.«

Sie gehen bis ans Ende eines Stegs, der auf den See hinausführt. Kein Lüftchen rührt sich, und unter dem tiefblauen Himmel spiegeln sich die mit rot gefärbten Ahornbäumen bewachsenen Hänge.

»Danke, dass Sie mich an diesen wunderschönen Ort begleitet haben«, sagt er mit sanfter Stimme. »Danke für diesen Tag.«

In einem mintgrünen kleinen Restaurant sitzen sie am Fenster. Die Sonne versinkt hinter den Hügelrücken, die Temperaturen nehmen spürbar ab. An ihrem Tisch glüht Holzkohle in einem Feuerkorb. Der Wirt nimmt ihre Bestellung auf und wartet geduldig, während sie dem Richter die Speisen zu beschreiben versucht, was in einer fremden Sprache gar nicht so einfach ist. Doch schon bald bedeutet er ihr, dass es ihm egal ist, er möchte, dass sie etwas für ihn auswählt.

Als der Wirt Richtung Küche verschwunden ist, legt er seine schönen Hände auf den Tisch. »Vor ein paar Monaten habe ich mit den Richtern und Anklägern und einigen Gerichtsmitarbeitern eine Exkursion gemacht. Ein Zug fuhr nur für uns, und vom Bahnhof aus ging es dann in einer Kolonne amerikanischer Armeefahrzeuge weiter zu den Tempeln und Palästen.«

Sie lauscht seiner Stimme und schaut auf seine Hände, während er ironisch von dem mit militärischer Präzision organisierten Ausflug erzählt. Hin und wieder wagt sie ihm in die Augen zu schauen, deren Ausdruck von großer Selbstsicherheit und scharfer Intelligenz zeugt. Alles, was er sagt, hat etwas Wahres. Sie fühlt sich mitgerissen, und seine Hände, so nah auf dem Tisch, rühren eigentümliche Empfindungen auf. Er redet frei und ungezwungen, und sein Gesicht entspannt sich. Er scheint ihre Gesellschaft wirklich zu schätzen. Wahrscheinlich fühlt er sich hier in Japan furchtbar einsam. Er lässt sich den gegrillten Zander, das süßsauer angemachte Gemüse und den dampfenden Reis schmecken und lobt ihre Wahl.

»Warum sind Sie nicht verheiratet, wenn ich fragen darf?« Sie spürt, wie ihr das Blut ins Gesicht schießt. Eigentlich hätte sie schon darauf eingestellt sein können, doch ein weiteres Mal überfällt er sie mit seiner Unumwundenheit. Er stellt Fragen, die sie nicht beantworten möchte, nicht beantworten kann. Sie führt ein Stückchen Fisch zum Mund und lächelt wortlos.

»Hat es mit dem zu tun, was im Krieg passiert ist?« Seine Essstäbchen verharren in der Luft wie der Taktstock eines Dirigenten zu Beginn des Konzerts, darauf wartend, dass auch das letzte Tuscheln im Saal verstummt.

Sie denkt nach, doch da es das erste Mal ist, dass sie die richtigen Worte sucht, um auszudrücken, wie sich der Krieg und ihr Leben zueinander verhalten, kommt nicht mehr dabei heraus als: »Ich habe mich meiner Ausbildung gewidmet. Vor dem Krieg, während des Krieges und nach dem Krieg.« Dabei möchte sie es belassen, verspürt dann jedoch das Bedürfnis, ganz unüberlegt, noch etwas hinzuzufügen.

»Ich weiß nicht, wie es in Ihrem Land zugeht, aber in Japan ist die Ehe häufig eher Kopfsache als Herzensangelegenheit. Eine rationale Entscheidung. Singen, mein Streben, eine gute Sängerin zu werden, ist für mich Kopfsache *und* Herzensangelegenheit.«

Hinter seinen Augen scheint sich ein intensiver Gedankengang abzuspielen. Er wendet den Kopf zum Fenster und starrt nach draußen, wo schon die Öllampen der Boote in der Dämmerung blinken. Das Wasser des Sees hat jetzt das gleiche tiefe Orange angenommen wie die Hänge und der Himmel, und da sich alles im Wasser spiegelt und sowohl über als auch unter der Oberfläche zu liegen scheint, wirkt die Welt auf der anderen Seite der Scheibe grenzenlos.

Warum hast du das gesagt?, fragt sie sich in der langen Stille, die er eintreten lässt. Besinn dich darauf, wo du hingehörst. Sei achtsam, vorsichtig. Bilde dir nicht ein, dass du wie Frau Haffner ein Gespräch mit einem Mann führen kannst, als wärst du ihm ebenbürtig. Benimm dich so, wie es von dir erwartet werden darf.

Dann wendet er den Kopf wieder ihr zu und beugt sich über den Tisch. Er legt seine große Hand neben die ihre. Beinahe streicheln diese dunklen Härchen ihre Haut.

»Es ist spät geworden«, sagt er. »Wir sollten gehen.«

Draußen auf dem Kai wartet der Wagen im Dunkel des nebligen Abends. Der Fahrer, der neben dem Wagen steht und raucht, wirft seine Zigarette weg und hält ihr die Tür auf. Die Stege sind verlassen. Auf der Back eines kleinen Bootes sitzt eine Katze, die sofort zu miauen beginnt, als sie ihre Schritte hört. Sie steigt ein. Er bleibt noch kurz auf seiner Seite des Wagens stehen und späht auf das dunkle Wasser, als wolle er es sich einprägen. Er setzt sich zu ihr auf die Rückbank. Durch fünfzig Kurven fahren sie abwärts, durch die dunklen Wälder zurück in die Stadt. In Stille. Seine Hand liegt neben ihr, zur Faust geballt jetzt. Vielleicht ist er verärgert, vielleicht versucht er etwas festzuhalten.

13

Ein Leutnant der amerikanischen Infanterie ist nach Tokio gekommen, um vor dem Tribunal als Zeuge auszusagen. Er ist Überlebender des Todesmarschs von Bataan auf den Philippinen, bei dem Zehntausende Kriegsgefangene gezwungen wurden, unter höllischen Bedingungen gut einhundert Kilometer zu Fuß zurückzulegen. Viele starben unterwegs. Brink schirmt die Augen gegen das ungnädige Licht der grellen Lampen über ihm ab und macht sich Notizen.

»Es waren vierzig Grad im Schatten, wir liefen in der glutheißen Sonne.« Der Infanterist ist ein Mann wie eine Stahlfeder – aufrecht, hager, in straff sitzender Uniform. »Es gab nichts zu essen und nichts zu trinken«, sagt er mit tiefer Stimme. »Wir tranken aus Straßengräben, aßen Blätter. Wir wurden von den japanischen Bewachern geschlagen und getreten. Wer zu erschöpft war, um weiterzugehen, wurde mit dem Bajonett erstochen oder von einem ihrer Jeeps überfahren. Den Stärkeren unter uns wurde verboten, die Schwächeren zu tragen. Wer es dennoch wagte, wurde auf der Stelle getötet.« Ein Schmetterling umschwirrt das gezeichnete Gesicht des Zeugen. In der bleischweren Atmosphäre des Gerichtssaals, wo alles an Tod oder Gefängnis gemahnt und wo jedes Fünkchen Hoffnung auf Leben und Freiheit willkommen ist, scheint ein einzelner Schmetterling, der sich wie durch ein Wunder an den amerikanischen Wachen vorbeigeschmuggelt hat, auszureichen, um bei den Anwesenden einen Moment lang eine eigentümliche Sentimentalität auszulösen. Zumindest bei denen, die dafür empfänglich sind.

Keenan schlägt sein schwarzes Dossier mit Aufzeichnungen zu. »Keine Fragen mehr, Euer Ehren.« Er streicht sich leicht mit der Hand über die Stirn und schaut sich zufrieden um. Der Amerikaner ist ein knallharter Vertreter der höchsten Strafverfolgungsbehörden seines Landes, vor dem selbst seine Assistenten zittern. Von den Angeklagten ganz zu schweigen, die zum Teil, wie unter anderem Shigemitsu und Togo, während der Zeugenaussage ihre Kopfhörer abgesetzt haben. Offenbar wurden ihnen die schaurigen Details zu viel. Als Webb die Verhandlung vertagt, verlässt Brink mit seinen Kollegen den Gerichtssaal. Bei den Schränken für ihre Roben bemerkt Lord Patrick ihm gegenüber mit trockener Ironie: »Ausgezeichnete Arbeit von Keenan. Den Anwälten bleibt jetzt nur noch die schöne Aufgabe, Blumen auf den Gräbern der Angeklagten zu arrangieren.«

Brink denkt an den Schmetterling und Patricks Worte, als er seine Notizen durchgeht. Er ist im Aktenlesesaal, recherchiert in den Archiven. Um eine Verbindung zwischen den Ereignissen herzustellen, erarbeitet er eine Linie. Sie beginnt beim Bataan-Marsch und der ihm vorangegangenen japanischen Bodenoffensive auf den Philippinen, bei der die amerikanischen Soldaten und ihre asiatischen Verbündeten zu Kriegsgefangenen gemacht wurden. Von dort zieht er die Linie weiter zu den Kommandanten vor Ort, ihren Befehlshabern, und von dort zum Kabinett und den verantwortlichen Ministern in Tokio. Wer auf höchster Ebene hat befohlen, autorisiert und abgesegnet, dass die Kriegsgefangenen so unmenschlich behandelt wurden? Wer hat seine Pflicht versäumt, angemessene Schritte gegen die Gräueltaten zu unternehmen? Er arbeitet den ganzen Nachmittag hindurch. Und er wäre rundum zufrieden gewesen über die Fortschritte, die er gemacht hat, wenn nicht unterschwellig nach wie vor etwas in ihm rumoren würde: der Anklagepunkt *Verbrechen gegen den Frieden*. Den Pariser Vertrag hat er inzwischen bis ins Detail studiert. Und er hat sämtliche anderen relevanten internationalen Verträge verglichen, deren er habhaft werden konnte. Je eingehender er sich mit dem Thema befasst, desto mehr reift in ihm die Erkenntnis, dass er Pal recht geben muss: Die Anklage entbehrt der soliden juristischen Basis. Bis jetzt hat er seine Einsicht für sich behalten. Es ist nicht schwer zu erraten, wie seine Kollegen reagieren werden, wenn er sich ausspricht. Was das betrifft, ist die Ausgrenzung und offene Geringschätzung Pals effektiv ein abschreckendes Beispiel. Und nicht nur in Tokio, auch in den Niederlanden darf er keinen Beifall erwarten, wenn er »querschießen« sollte. Das Außenministerium hat ihn nicht nach Tokio geschickt, damit er hier den großen kritischen Gelehrten raushängen lässt, sondern damit er den Japsen im Verbund mit seinen Kollegen einen Denkzettel verpasst. Wer ist er denn, dass er die Meinung seiner weisen, renommierten Kollegen, die ganz und gar hinter der Anklage stehen, in Zweifel ziehen zu können glaubt? Er ist nicht Grotius, die Autorität, er ist nur ein einfacher niederländischer Richter. Und außerdem hat er eine Frau und drei Kinder sowie eine Karriere, die er berücksichtigen muss.

Er versucht, das Ganze von sich abzuschütteln und sein Leben in Tokio zu genießen, den regelmäßigen Tagesablauf, die Ausritte durch den von Winterregen getränkten Park. Die Zahl der Einladungen zu Abendessen, Vorstellungen und Empfängen nimmt stetig zu. In den Botschaften und den Tokioter Theatern ist eine Festlichkeit oder Premiere offenbar erst dann vollkommen, wenn mindestens eine Handvoll Richter im Smoking antanzen. Wann immer es ihm passt, lässt er sich die Gastfreundlichkeit gerne gefallen. Ohne solche Abende wäre das Leben wie die Wintermonate selbst, eintönig, kalt und farblos. Ideale Rahmenbedingungen, um Zweifel zu nähren. Was ihm vor allem dabei hilft, diese Zeit zu überstehen, sind die gemeinsamen Stunden mit Michiko. Sieht er sie eine Woche lang nicht, dann weiß er nichts mit sich anzufangen.

An einem sonnigen Tag lädt er sie zu einer Exkursion in die Umgebung des Fuji ein. Am frühen Nachmittag erreichen sie den kleinen Ort mit dem laut Reiseführer »großartigen Blick auf den perfekten Kegel des heiligen Bergs«. Kein Wort davon ist gelogen. Sie steigen aus dem Wagen und machen einen Spaziergang. In der frischen Luft fühlt er sich jung, stark, optimistisch. Sein Herz klopft schwer und unruhig in seiner Brust. Als er auf dem ansteigenden Pfad zu dem Berg mit seiner Schneehaube hinaufschaut, ist er so überwältigt, dass er ausgelassen wie ein Schuljunge den Hang hinaufkraxelt. Außer Atem erreicht er eine Felsplatte und dreht sich um. Unter ihm, in beigefarbenem Cape, erklimmt Michiko den Weg. Er blickt auf ihre tadellose Frisur hinunter, Haar für Haar dick und glatt, mit der glänzenden Schwärze von vulkanischem Glas.

»Wo bleiben Sie denn?«, ruft er.

Er zieht sie auf den Felsen hinauf. Hand in Hand stehen sie nebeneinander im Schatten der Bäume und blicken auf die Konturen und Farben kerzengerader, zarter Birken, deren nackte Zweige das weiche Nachmittagslicht wie Messer durchschneiden. Den Fuji kann er von dieser Stelle aus unmöglich sehen, doch die Gegenwart des Vulkans ist in den Bäumen und Sträuchern fühlbar, ja in dem Felsen, auf den er mit dem Absatz stampft.

»Felsen?« Er wartet auf die Antwort, die prompt folgt.

»Iwa«, übersetzt sie.

»Iwa«, spricht er ihr nach.

Ihre Kommunikation läuft in einer für sie beide fremden Sprache ab, die sie nur gebrochen sprechen, sie noch mehr als er. Ihrer beider Unbeholfenheit führt dazu, dass sie in ihren Gesprächen nie tiefer auf etwas eingehen können, doch ein einzelnes Wort in ihrer Sprache, die er überhaupt nicht beherrscht, kann ihn so tief berühren wie ein komplettes Shakespeare-Sonett, der Klang bezaubert ihn, macht ihn glücklich. Er bemüht sich, das Wort in seinem Gedächtnis zu speichern, es in die wachsende Reihe aufzunehmen: Glas, Baum, Fisch, Berg, Felsen – Iwa.

»Ich hörte im Radio, dass die Ankläger des Tribunals fertig sind«, sagt Michiko. »Sind die Prozesse jetzt bald vorbei?«

»Die erste Phase ist abgeschlossen, aber wir haben noch ein gutes Stück vor uns.«

»Warum dauert es so lange?«

Ja, warum? Sie ist nicht die Einzige, die sich das fragt. Weltweit wird der schleppende Verlauf der Prozesse in den Medien offen kritisiert. Eine englische Zeitung schrieb, dass »aus den Prozessen des Jahrhunderts hundertjährige Prozesse« zu werden drohten. Er versucht ihr zu erklären, wie es sich verhält. Erstens sei Webb nicht gerade ein effizienter und energisch durchgreifender Vorsitzender, und außerdem stritten sich die elf Richter, er selbst nicht ausgenommen, zunehmend mit juristischen Spitzfindigkeiten über Verfahrensfragen. Viel Zeit und Energie würde darauf verschwendet, Allianzen zu bilden und sich Rückendeckung zu holen. Und, Hauptursache für die Verzögerung, die Prozessakten seien mittlerweile zu einem Konvolut von Abertausenden Seiten angeschwollen. Elf Richter, achtundzwanzig Angeklagte, die Flut von Seiten, es sei alles zu viel. Aber er habe sich damit abgefunden. Die Prozesse seien als großes Unterfangen begonnen worden und würden sich im Nachhinein vielleicht als der größte Prozess aller Zeiten erweisen. Das verlange Einsatz, Engagement und, ja, Geduld. Das gesamte Rechtssystem sei Geduldssache. Im Laufe von Jahrhunderten ausgebaut und zum Fundament des komplizierten Systems namens Zivilisation verfeinert. So gesehen, sei die Dauer der Prozesse ein Klacks.

»Ein Urteil wird es frühestens Ende des Jahres geben«, sagt er.

»Werden Todesstrafen gefällt werden, was meinen Sie?«

»Das ist keineswegs ausgeschlossen.«

»Und Sie, sind Sie bereit ...?«

»Jemanden zum Strang zu verurteilen?« Er denkt an den Augenzeugen des Bataan-Marsches zurück. »In diesem speziellen Fall schon, vorausgesetzt, die Beweise sind unwiderlegbar.«

»Noch mehr Tote«, sagt sie.

»Es geht nicht um den Tod dieser Männer.«

»Um was denn sonst?«

»Um ein sauberes Rechtsverfahren.«

Er hilft ihr von der Felsplatte herunter, und sie klettern auf dem Pfad noch ein wenig höher, bis sie die Bäume hinter sich gelassen haben und kilometerweit freie Aussicht genießen, in einer Luft, so klar wie mundgeblasenes Glas. Der heilige Berg schwebt am Horizont wie in einem Kindertraum.

»Fuji«, sagt sie.

»Ah!«, sagt er entzückt über ihre Aussprache. Er lässt sich das Wort auf der Zunge zergehen: »Fuji.«

»Wenn die Prozesse noch so lange dauern«, sagt sie, »dann bin ich wahrscheinlich früher in Europa als Sie.«

»Was?«

»Frau Haffner hat Nachricht vom Konservatorium in Frankfurt erhalten. Der dortige Direktor ist der Patenonkel ihrer Tochter. Nach dem Sommer kann ich am Unterricht eines der besten Gesangspädagogen Deutschlands teilnehmen.«

Er erschrickt und schluckt mühsam, als müsse er etwas Ungenießbares runterwürgen. »Aber das sind ja großartige Neuigkeiten.«

»Es hängt noch davon ab, ob ich einen Reise- und Aufenthaltskostenzuschuss ... Frau Haffner kennt den Staatssekretär im Kultusministerium, er spielt selbst auch Cembalo und ist ein großer Bewunderer von ihr. Sie ist davon überzeugt, dass ich diesen Zuschuss bekomme, aber ich wage eigentlich noch nicht daran zu glauben. Wenn man etwas zu gern möchte, bekommt man es meist nicht.«

Das Licht fällt voll auf ihre schmale, glatte Stirn. Aus ihren Augen spricht eine ungemeine Frische und Freude. Er entsinnt sich ihrer Worte von vor einiger Zeit: dass ihre Gesangskarriere Kopfsache und Herzensangelegenheit sei. Das »und Herzensangelegenheit« hatte sie so nachdrücklich gesagt, als schlüge sie mit drei gezielten Schlägen die Grenzpfähle ihrer Beziehung zueinander in den Boden. Jetzt, da er sie hier stehen sieht, so hinreißend schön, mit ihren wohlgeformten Nasenflügeln und diesen unwahrscheinlich weichen Zügen, diesem Gesicht, das noch nie so offenkundig glücklich ausgesehen hat, fragt er sich, wo sein Platz in ihrem Leben ist.

Nach dem Spaziergang treffen sie Sergeant Benson unter der hochgeklappten Motorhaube an. Der Ölstand gibt Anlass zur Besorgnis,

Benson fürchtet, der Motor könnte auseinanderfliegen. Sein Fahrer macht sich in dem kleinen Ort auf die Suche nach einem Mechaniker mit Werkzeug. Nicht weit von dort, wo sie den Wagen geparkt haben, ist ein Gasthof, in dem er mit Michiko einen Tee trinken geht. Es sind ein paar ausländische Touristen da, hauptsächlich aber Japaner, ganze Familien, die schweigend Reis mit sauer eingelegten kleinen Wurzeln aus ihren Schälchen in sich hineinschaufeln. Hinter Trennwänden findet, so wie es sich anhört, ein fröhliches Beisammensein statt. Er hat sie beim Hereinkommen im Tatamiraum gesehen, die tadellos gekleideten Herren mit ihrem selbstbewussten Augenaufschlag. Der niedrige Tisch, an dem sie saßen, war mit Speisen und Sake-Schälchen brechend gefüllt.

»Geschäftsleute, meinen Sie nicht auch?«, fragt er sie.

Sie nickt. »Die haben sich immer amüsiert und gut gegessen. Vor dem Krieg und während des Krieges und auch jetzt wieder. Die großen Unternehmer- und Bankiersfamilien haben den Krieg unterhalten und Vermögen daran verdient. Dennoch müssen sie sich nicht vor dem Tribunal verantworten.«

Das ist wahr. Anfangs bestand noch die Absicht, strafrechtlich gegen die Zaibatsu, die von reichen Familien gelenkten Unternehmenskonglomerate, vorzugehen, doch davon sind die Amerikaner inzwischen abgerückt. Die meisten Industriellen, die kurz nach der Kapitulation inhaftiert worden waren, haben das Gefängnis mittlerweile ohne Prozess wieder verlassen und sind binnen kurzer Zeit zu geschätzten Geschäftspartnern der kurz geschorenen und glatt rasierten Amerikaner geworden, die bei ihm im Hotel wohnen und jeden Morgen nach dem Frühstück mit optimistisch erhobenem Kinn und einer Aktentasche voller Verträge zur Tür hinausgehen, um die wirtschaftlichen Interessen der USA sicherzustellen.

»Ich befürworte das nicht«, sagt er, »aber Ermittlung und Verfolgung fallen nicht in den richterlichen Verantwortungsbereich.«

»Beim letzten Salon im Hause von Frau Haffner wurde darüber diskutiert, was geschehen wäre, wenn Japan den Krieg gewonnen hätte. Jemand fragte sich laut, wie die japanische Anklage gegen die Alliierten ausgesehen hätte. Niemand antwortete darauf.« Sie verstummt und schaut von ihm weg, als fürchte sie, zu weit gegangen zu sein. Aber er schätzt es gerade, dass sie mit ihm über seine Arbeit redet, zu reden wagt. Und die von ihr aufgeworfene Frage trifft ins Schwarze. Der Sieger erhebt die Anklage.

»Sie spielen auf das an, was Ihren Eltern in Tokio und was in Hiroshima und Nagasaki passiert ist? Ich glaube, dass sich die japanische Anklage nicht sehr von der jetzigen unterschieden hätte.«

Sie soll bloß nicht denken, dass er sich als Richter vor den Karren der Siegerjustiz spannen lässt.

»Aber selbst wenn sich die Anklage nicht sehr unterschieden hätte«, sagt er, »gäbe es doch einen ganz wesentlichen Unterschied. Die Anklage wäre unangebracht gewesen, weil Japans Krieg nicht rechtens war.«

Am Ende des Nachmittags kehrt Benson aus dem Dorf zurück. Eine Werkstatt hat er nicht finden können, und er verflucht den Buick, der es mit einem Ford nicht aufnehmen könne. Mit Michiko als Dolmetscherin wendet sich sein mürrischer Fahrer nun an den Wirt des Gasthofs, ob der etwas weiß. Der Mann verneigt sich und redet und verneigt sich und redet. Mit einem unerschöpflichen Repertoire an Höflichkeiten versteht es Michiko, so lange geduldigen Druck auf den Mann auszuüben, bis dieser endlich zum Telefon greift, um eine zwanzig Kilometer entfernte Werkstatt anzurufen. Deren Betreiber ist freilich gerade zu einer Reparatur außer Haus und wird erst am späten Abend zurückerwartet.

Benson schlägt vor, die GHQ anzurufen und um ein Militärfahrzeug zu bitten, das ihn und Michiko abholt, während er selbst seinen Verpflichtungen als Fahrer nachkommt und bei dem Buick zurückbleibt, bis dieser repariert ist.

Brink wägt das Für und Wider ab. In einigen Stunden abgeholt werden oder eine Nacht im Gasthof bleiben?

Während Benson für die erste Option argumentiert, sieht Brink Michiko an der kleinen Rezeption darauf warten, dass er und sein Fahrer ihr Gespräch beenden. Sie steht nah an einem Fenster und schaut regungslos nach draußen. Weiches Nachmittagslicht fällt auf sie. Sie ist völlig ahnungslos, was ihm jetzt im Kopf herumgeht. Sie ist in seine Welt getreten, er in die ihre. Ob das, was sich zwischen ihnen abspielt, einschließlich des Ärgers mit dem Wagen, eine tiefere Logik hat? Eine Logik, die erst im Nachhinein ganz zu verstehen sein wird? Kurz durchfährt ihn der Gedanke, dass er ihr und sich selbst schaden könnte, als er einen Beschluss fasst.

Er nimmt drei Zimmer für die Nacht und ruft die Sekretärin von Webb an, um, wie es das Reglement von den Richtern verlangt, den Chief Justice darüber zu informieren, dass er, Brink, die Nacht außerhalb von Tokio verbringen wird.

In Yukata und Holzsandalen vom Hotel geht er wenig später durch eine Reihe überdachter Wandelgänge mit hohen Pflanzen hinter einer Glaswand zum Thermalbad. Männer- und Frauenabteilung sind voneinander getrennt. In dem schwefelhaltigen, dunklen Wasser lässt er sich auf dem Rücken treiben. Er ist ganz allein. Während die Wärme seine Glieder durchdringt, starrt er auf die Wand, die das Frauenbad dem Blick entzieht.

Vielleicht liegt Michiko jetzt im selben Wasser, das Becken ist nämlich durchlaufend. Er sieht es vor sich. Wie sie nackt in dem schwarzen Wasser treibt. Ihre Miene wahrscheinlich noch bedrückt von dem Telefonat mit Frau Haffner, der sie mitgeteilt hat, dass sie nicht zu Hause schlafen wird.

Als er Michiko heute abholte, erschien zuerst die Deutsche im Türrahmen.

»Darf ich Ihnen einen Rat geben, Richter Brink?«, sagte sie. »Machen Sie sich nichts vor. Sie wären nicht der erste westliche Mann in Tokio, der honigsüßen Traumbildern erliegt.«

Ihr Ton war locker, doch die darin mitschwingende Warnung war unmissverständlich. An den bezirzten verheirateten Mann, Vater von drei Kindern, Richter des Tribunals und vierzehn Jahre älter als die verwaiste japanische Nachtigall, die sie unter ihre Fittiche genommen hat.

Er selbst hasst ja das Gebaren der amerikanischen Offiziere, die er Hand in Hand mit japanischen Mädchen am Hotel vorbeigehen sieht, doch obwohl er begreift, dass sein Umgang mit Michiko nicht gerade als besonders verantwortungsbewusst aufgefasst werden dürfte, kann er sich einfach nicht vorstellen, dass ihn irgendjemand mit diesen Kerlen vergleichen könnte.

Natürlich birgt sein Umgang mit Michiko Risiken. Und wahrscheinlich erstaunt es niemanden mehr als ihn selbst, dass er bereit ist, diese Risiken einzugehen. Von jungen Jahren an hat er hart an einem stimmigen, lebenswerten Leben gearbeitet. Jetzt scheint sich etwas geändert zu haben, abgerissen zu sein. Das heißt nicht, dass sein altes Leben nicht mehr existierte, auch nicht, dass er seine Familie verleugnete und seine Frau und seine Kinder nicht mehr liebte. Doch er lebt jetzt in dieser anderen Welt, wo er nicht der Vater ist, der ein Pflaster auf ein Kinderknie klebt. Die Werte seines alten Lebens differieren von denen des Lebens hier in Japan. Wie wird es ausgehen? Er hat keine Ahnung.

Als die Geschäftsmänner, die vorhin an dem niedrigen Tisch aßen und tranken, neben ihm ins Becken gleiten und Besitz davon zu ergreifen scheinen, steigt er hinaus und trocknet sich mit einem der vollendet aufgerollten Handtücher ab. Mit glühender Haut unter dem Hotelyukata tritt er aus dem Umkleideraum. In den Wandelgängen entdeckt er Michiko, die auf der anderen Seite der Scheibe zwischen den zum Teil mannshohen tropischen Pflanzen im Garten steht. Andächtig betrachtet sie einen oval gestutzten kleinen Busch oder Minibaum mit winzigen tiefgrünen Blättern. Der wunderlich geformte Stamm sieht aus, als bohrte er sich durch das Bett aus hagelweißen Kieselsteinen in den Boden. Brink bleibt stehen und schaut zu ihr hinüber. Sein Herz pocht gegen die Rippen. Er verflucht sich. Glaubt er an die Liebe? Ja, aber nicht ohne Vorbehalte. Liebe ist und bleibt etwas von Menschen Gemachtes. Und das einzige von Menschen Gemachte, an das er ohne Vorbehalte glaubt, sind das Standardwerk von Grotius, *De iure belli ac pacis*, und die Fugen von Bach. Er denkt an jenes andere Mädchen. Die zwei Mädchen. Sind sie für ihn ein und dasselbe, beide vom gleichen Stamm?

Michiko bemerkt ihn und errötet tief.

»Was hat Frau Haffner gesagt, als Sie sie angerufen haben?«, fragt er, als sie zusammen durch den Gang laufen.

Sie schüttelt den Kopf. »Darüber möchte ich nicht sprechen.«

»Es steht ihr nicht zu, über Ihr Leben zu bestimmen.«

»Ich habe ihr mein Leben zu verdanken.«

Sie sind bei ihren Zimmern angelangt, die nebeneinander liegen. Er lädt sie in das seine ein, das geräumig ist und in japanischem Stil eingerichtet. Tatamis, hochglänzendes Holz, eine breite Wand aus Glastüren mit Reispapierblenden; die Schlichtheit und Ordnung des Raums sind beeindruckend.

Eine Weile sitzen sie sich, mit denselben Gedanken beschäftigt, wie er annimmt, auf den Matten gegenüber. Was jetzt? Wohin wird das führen? Er rückt näher zu ihr heran. Still bleiben sie so sitzen, die Hände ineinander. Er legt den Kopf auf ihre schmale Schulter und schließt die Augen. Es wird langsam, aber sicher dunkel im Zimmer, doch sie machen kein Licht an. Er bezwingt seine Unruhe und gleitet in eine untiefe Welt ohne Geräusche und Gedanken hinüber, eine Welt, in der nicht viel verunglücken kann. Er streckt sich auf der Matte aus und bettet den Kopf in den weichen Stoff ihres Yukatas. Sie streichelt sein Haar, sein Gesicht, bewegt die Finger langsam kreisend über seine Schläfen. Vorsichtig verlagert er den Kopf, damit er nicht zu schwer für sie wird. Sein Körper erschlafft, als sei der Akt schon vollzogen. Er braucht nichts zu spielen. Nicht den Richter des Tribunals, nicht den Mann aus dem Westen mit dem japanischen Mädchen. Er ist einfach nur da, mit dem Kopf in ihrem Schoß. Ohne irgendetwas einschätzen oder beweisen zu müssen. Ob es Liebe ist, was er für sie empfindet, er weiß es wirklich nicht, vielleicht liebt er eher diesen Moment, das, was ihm jetzt widerfährt. Er möchte hier vorläufig bleiben, wie ein Schwimmer, der sich nun auf heißem Sand ausruht. Diese Trägheit, dieses zufriedene Losgelöstsein ist ihm so fremd. Erst nach geraumer Zeit taucht er daraus hervor und richtet sich auf. Er kniet sich hinter sie. Küsst ihren Nacken unter dem hochgesteckten Haar, das wie ein Gespinst aus dunkler Seide ist. Behutsam streift er den Yukata von ihren Schultern. Die Geschmeidigkeit, mit der der Stoff von ihrem Rücken gleitet, entzückt ihn. In ihrer weißen Nacktheit hat sie etwas von einer geisterhaften Traumgestalt. Er legt die Hand auf die kühle Höhlung ihres Rückens und setzt sich neben sie. Er küsst sie auf die Wange, auf die Lippen. Sein Mund erwartet mehr als das, was er bekommt, und unsicher geworden zieht er das Gesicht ein wenig zurück. Sie ist eine schöne Frau, mit wohlgeformten Schultern. Die Schatten ihrer Schlüsselbeine lassen sie zerbrechlich aussehen. In verlegener, aber graziler Haltung sitzt sie mit von ihm abgewandtem Gesicht da, Reglosigkeit als Schutzschild. Ihre Brust hebt und senkt sich rasch unter ihrem wogenden Atem, und unvermittelt wendet sie ihm das Gesicht zu. Küsst ihn. Er zieht seinen Yukata aus, und nackt bis auf den Ring an seinem Finger drückt er den Oberkörper an sie.

»Rem?« Ihre Stimme ist sanft und ganz nah.

Sein Name klingt aus ihrem Mund wie eine körperliche Liebkosung, die ihn erregt.

»Ich habe das noch nie gemacht.«

Er nimmt sie in seine Arme und legt sie hin. Streicht über ihre Schultern, ihren Hals bis zur hauchzarten Wölbung ihrer kleinen Brüste. Sie schmiegen sich aneinander. Sie hebt leicht das Becken und schiebt sich ihren Yukata unter. Sein Blick sucht den ihren, doch sie hält die Augen fest geschlossen. Er fängt den Duft ihres bereitwillig unter ihm ausgestreckten Körpers auf. Vorsichtig dringt er in sie ein. Er zügelt das Feuer seiner Leidenschaft, will und darf es noch nicht verschenken. Verkrampft drücken sich Muskeln und Sehnen und Knochen ihres Unterleibs an ihn. Voller Zärtlichkeit küsst er sie auf die geschlossenen Augenlider. Während er sich sacht zu bewegen beginnt, begräbt er das Gesicht im Haar an ihrer Wange. Mit schwerelosen Armen zieht sie ihn an sich.

Eng umschlungen liegen sie nebeneinander. In träger Entrückung streichelt er ihren Bauch und ihre Brüste. Sie flüstert etwas Japanisches, doch als er fragt, was es bedeutet, schüttelt sie den Kopf.

Glücklich und erfüllt dämmert er bei den unverständlichen Lauten ein und hat keine Ahnung, wie lange sie schon so liegen, als sie sich unter seinem Arm und Bein wegdreht und aufsteht.

Barfuß, den Yukata vor ihren Unterleib gedrückt, geht sie ins Badezimmer. Die Konturen ihrer Hüften bilden silberne Sicheln. Das Licht auf der anderen Seite der Reispapiertür taucht das Zimmer in eine warme Glut. Plätscherndes Wasser erinnert ihn an die Badegeräusche seiner Kinder. Er versucht sie sich zu vergegenwärtigen, doch ihre Gesichter bleiben verschwommen und fern. Er richtet sich halb auf. Auf dem Tatami zeichnet sich neben seiner nackten Hüfte ein kleiner roter Fleck ab, Blut, das durch ihren Yukata gesickert sein muss. Auch auf seinem Glied entdeckt er Spuren davon. Er erwacht aus seiner Entrückung. Sowie sie aus dem Badezimmer kommt, geht er hinein und wäscht sich. Rote Schlieren zerfließen zu seinen Füßen.

Mitten in der Nacht schreckt er aus dem Schlaf. Durch das Papier vor den Fenstern scheint das Feuer der Laterne herein, die draußen vor dem Zimmer an einem dreibeinigen Ständer hängt. Michiko liegt ruhig schlafend neben ihm. Flackerndes Licht umspielt ihre Nase und Lippen. Ihre Hand liegt nah am leicht geöffneten Mund, der Daumen halb unter ihrer Wange, sodass es aussieht, als nuckle sie daran wie ein kleines Mädchen. Ihr Gesicht verrät nichts von dem, was geschehen ist, von ihrer Überfahrt ans andere Ufer des Frauseins, von wo es kein Zurück gibt, selbst wenn er ihr erster und letzter Mann sein sollte. Ihr Kopf liegt entspannt in friedlichem Schlaf auf dem flachen Kissen. Um sie nicht zu wecken, nimmt er, statt ihre Haut zu berühren, eine Spitze ihres dicken Haars zwischen seine Finger. Ihre Wangen haben Farbe bekommen, als hätte sich die Wärme ihres Zusammenseins über ihren ganzen Körper ausgebreitet.

Dies ist ein bedeutsamer Moment, nicht nur in ihrem, sondern auch in seinem Leben. Meistens ergeben sich solche Momente, wenn man nicht darauf bedacht ist oder ihre Tragweite gar nicht erfasst, doch jetzt verhält es sich anders. Er ist sich des Ganzen vollauf bewusst. Anfangs suchte er ein Mädchen. Dann wurde ein Konzertflügel daraus. Der Steinway von Frau Haffner hat ihn schließlich zu Michiko geführt. Und er kann, während er die Glanzlichter auf ihren Wangenknochen betrachtet, schwerlich behaupten, dass sie eine rein platonische oder auch nur rein körperliche Rolle in seinem Leben spielt. Das macht ihn zum Betrüger. Physisch, was ihm kein so großes Kopfzerbrechen bereitet, und, schlimmer, mental.

Er hasst Unaufrichtigkeit. Sein Vater war ein Heuchler, wie er im Buche steht. Er hat seine Mutter und ihn, ja eigentlich alle betrogen. Er lachte und rauchte Zigarre und trug Seidenkrawatten, während er längst bankrott war. Er warf mit noch mehr geliehenem Geld um sich und erzählte noch größere Märchen und kutschierte in seinem glänzenden Auto im Ort herum. Bis eines Abends zwei Männer vor der Tür standen, ihre Polizeimützen vor der Brust, um mitzuteilen, dass dieser amerikanische Schlitten aus der Willemsvaart gehoben worden sei, mit seinem Vater darin.

Einen schönen Zeitpunkt hatte sich sein Vater ausgesucht, um sich davonzustehlen – und einen schönen Zeitpunkt sucht er sich jetzt aus, um hier in diesem Zimmer zu erscheinen. Was hat er hier verloren, der Mann, den er vor so langer Zeit hinter sich gelassen hat?

Als er ihre Haarsträhne loslässt, dreht Michiko ruhig den Kopf um, die Schulter folgt der Bewegung, und sie schläft auf dem Rücken liegend weiter. Muss er es sich ankreiden, dass er seinen Gefühlen für diese Frau nachgegeben hat? Andererseits, denkt er, war er sich dieser Gefühle gar nicht bewusst.

Er lauscht ihrem Atem bis in den frühen Morgen hinein und fällt, als er es schon nicht mehr erwartet, endlich in Schlaf.

Es ist bereits hell, als er wach wird. Michiko sitzt nackt auf der anderen Seite des Zimmers, das Gesicht den Fenstern zugewandt. Er setzt sich zu ihr. Trocknet ihre Tränen. Sie will ihm nicht sagen, warum sie weint.

Es klopft an der Tür. Bevor er öffnet, wartet er, bis sie mit ihren Kleidern unter dem Arm im Badezimmer verschwunden ist. Benson meldet sich mit der Nachricht, dass der Mann von der Werkstatt aufgetaucht ist. Es muss etwas geschweißt werden, eine Kleinigkeit. Wahrscheinlich können sie am späten Vormittag nach Tokio zurückfahren.

Er dankt seinem Fahrer und will schon die Tür schließen, als Benson seine Hand hebt.

»Da ist noch etwas«, sagt Benson.

»Ja?« Mehr noch als seiner großen, nackten Füße unter dem Yukata ist er sich des Badezimmers hinter sich bewusst und fragt sich, ob Benson alles durchschaut.

»Als ich gerade mit den GHQ telefonierte, um den Stand der Dinge durchzugeben, bat mich Peggy vom Sekretariat, Ihnen zu sagen, dass das Visum durchgeht. General MacArthur hat seine Einwilligung gegeben, für alle Richterfrauen.«

»Vielen Dank, Benson.«

Die Nachricht von dem Visum für Dorien kommt zwar überraschend, aber sie verwundert ihn nicht. Irgendwie erscheint ihm das unvermeidlich, ja fast selbstverständlich. Er zündet sich eine Zigarette an und inhaliert tief. Der Rauch wölkt auf. Er sieht das Gesicht von Dorien vor sich, und das seiner Kinder, ganz deutlich jetzt. Er bemüht sich, seine Frau und seine Kinder von Michiko zu trennen, Dorien und Michiko voneinander zu trennen, sein ganzes Leben hier von dem in den Niederlanden zu trennen. Wenn er mit Michiko zusammen ist, kann er nicht mit Dorien zusammen sein.

»War das Sergeant Benson?«, fragt sie, als sie angezogen und mit gekämmtem Haar aus dem Badezimmer kommt.

Er bläst den Rauch seiner Zigarette weg. »Der Wagen wird repariert. Wir können bald fahren.«

»Das ist schön.« Mit einer liebreizenden Gebärde betastet sie mit flacher Hand ihr hochgestecktes Haar und gibt ihm dann den Kamm zurück, den sie von ihm geborgt hatte.

Erneut steigt eine Welle der Freude, des Verlangens in ihm auf. »Michiko«, beginnt er, »ich möchte, dass du weißt, dass dieser Tag mit dir ...«

Schnell, bevor er noch ein weiteres Wort hervorbringen kann, legt sie zwei kühle Finger auf seinen Mund. »Scht!« Sie nimmt seine Hand, führt sie an ihr Gesicht und presst sie an ihre Wange. Die Augen schließend, streift sie mit der Nase an seiner Hand entlang. Er beugt sich zu ihr hinunter und küsst sie auf die Stirn.

14

Sowie die beiden amerikanischen Soldaten ausgestiegen sind und sich umsehen, kommen die Bewohner des Dorfes in unschlüssiger Schweigsamkeit aus ihren Häusern. Seine Mutter bringt den Männern unter Verbeugungen und mit bebenden Händen Tee und kehrt unter weiterer Verbeugungen rückwärtsgehend zur Veranda zurück, wo Hideki mit Sada und seinem Vater zuschaut.

»Weshalb sind sie gekommen?«, will seine Mutter von ihm wissen. Er zieht die Schultern hoch.

»Wissen sie vom Schwarzhandel mit Kartoffeln?«, fragt sie sich laut. »Oder hat es etwas mit diesem Mann zu tun, der im Fluss gefunden wurde?«

»Vielleicht wollten sie mich nur zurückbringen und …«

»Wieso sollten sie?«, unterbricht ihn sein Vater. Die Wut seiner Worte zischt giftig zwischen seinen Zähnen hervor.

In dem Moment steigt der dritte Mann aus dem Jeep, klein, mager, mit einem Mund wie ein Bleistiftstrich im schmalen Gesicht. Ein braunes Lederholster auf der Hüfte, reckt er sich und dreht sich langsam auf dem Absatz herum. Sein leerer Blick wandert über die Häuser und die Menschen und bleibt an ihrer Veranda hängen. Als Hideki begreift, dass sein Interesse seiner Schwester gilt, gefriert ihm das Blut in den Adern. Ohne Sada aus den Augen zu lassen und ohne einen Gesichtsmuskel zu verziehen, murmelt der magere Mann etwas aus dem Mundwinkel. Der große, massige Soldat mit den strubbeligen Locken beugt sich in den Jeep hinein und holt ein Holster mit Pistole hervor. Der Ring an seinem kleinen Finger glitzert, als er das Holster an seinem Gürtel befestigt.

Sada verkriecht sich hinter ihrer Mutter, doch Hideki will es immer noch nicht wahrhaben und klammert sich an das letzte bisschen Hoffnung, dass seine Schwester sich täuscht und die Amerikaner zu etwas so Harmlosem wie einer Kontrolle hier sind. Er weiß, dass sein Geist ihm ein Schnippchen schlägt, es ist nicht das erste Mal, dass er auf diese Weise nach einem Ausweg sucht, einer Ausflucht wider besseres Wissen.

Er kann nicht länger den Kopf in den Sand stecken, als die Männer junge Frauen und Mädchen zusammenzutreiben beginnen, und als der magere Mann mit dem leeren Blick auf ihre Veranda kommt und seiner Schwester den Lauf seiner Pistole in den Rücken bohrt. Seine Schwester zittert am ganzen Leib. Seine Mutter fällt vor dem Mann auf die Knie, presst die Handflächen zusammen und verneigt sich so tief, dass ihr Kopf den Boden der Veranda berührt. »Bitte, lassen Sie sie in Ruhe. Wir haben niemandem etwas getan. Sie ist unsere einzige Tochter.« Der Mann schiebt sie weg, und als sie versucht, sich an seinem Hosenbein festzukrallen, tritt er ihr mit einer kurzen, schnellen Bewegung in die Seite. Seine Mutter krümmt sich und fällt gegen den Butsudan. Die Ahnentäfelchen mit den Namen seiner Vorfahren scheppern zu Boden. Wimmernd reckt seine Mutter die Hände zu dem Mann empor. »Sie heiratet bald. Bitte nicht sie.« Sie rappelt sich auf die Knie hoch und reißt ihr Hemd auf, entblößt ihre knochigen, krummen Schultern und die kleinen, faltigen Brüste. Mit einem Gesicht, das so starr und glatt ist wie eine bronzene Dämonenmaske, blickt der Mann kurz auf sie hinab. Dann schiebt er Sada mit dem Lauf seiner Pistole vor sich her zum Jeep.

Sein Vater ist der Erste, der sich in Bewegung setzt und hinter dem Mann und Sada hergeht. Auf seine Krücke gestützt folgt Hideki seinem Vater.

»Mister, stop!«, ruft sein Vater. »Mister!«

Ohne mit der Wimper zu zucken, als höre er es gar nicht, bugsiert der Mann Sada dorthin, wo schon die anderen Frauen und Mädchen zusammengetrieben worden sind. Dicht beieinanderstehend suchen sie mit flehentlichem Blick den Kontakt zu ihren Angehörigen. Doch auf den Veranden warten alle ab.

»Mister?« Sein Vater hat den Mann jetzt eingeholt.

Blitzschnell dreht sich der Mann um. Ein Äderchen pocht an seiner Schläfe. Das matte Blau seiner Augen wirkt jetzt dunkler, grau wie heraufziehende Gewitterwolken. Der Mann tritt einen Schritt vor und packt seinen Vater mit einer raschen Bewegung bei der Kehle. Sein Vater röchelt im Griff der eisernen Klaue. Als der Mann wieder loslässt, holt er aus und schlägt seinen Vater mit seinem Pistolenknauf seitlich auf den Kopf. Gleich darauf tritt ein Schuh seinen Vater in den Bauch. Er krümmt sich, fällt, bleibt liegen. Mit der Kopfbewegung eines Reptils richtet der Mann nun den Blick auf Hideki, der sich, seinen sich im Staub windenden Vater zu Füßen, an seine Krücke klammert. Machtlos und wie festgenagelt, unfähig, dem Mann auch nur in die Augen zu schauen.

Die drei Männer verschwinden, die Frauen und Mädchen vor sich hertreibend, im Wald. In der Dämmerung sind hinter den heiligen Zedern Schreie zu hören.

»Vater«, sagt er, »das Gewehr.« Hinten im Haus, unter den Dachbalken, hängt die alte Jagdflinte, mit der er seinen Vater einmal einen vor Hunger rasenden Bären töten sah. Sein Vater schüttelt den Kopf, wobei ein kleines Rinnsal Blut aus seinem verletzten Ohr herabläuft. Er scheint es selbst nicht zu merken.

Hideki setzt sich mit hochgezogenen Knien an die Hauswand. Das Warten beginnt, für ihn und seine Eltern, für alle anderen Männer, für die zurückgebliebenen Frauen und Kinder des Dorfes. Keiner rührt sich, bis auf Keiji, der wie ein Besessener auf und ab fährt. Die Frauen weinen leise, und die Männer starren auf die meterhohen Bambusstauden, damit ja keiner die Demütigung aus ihren Blicken ablesen kann. Je dunkler und stiller es wird, desto größer werden die Kränkung und die Machtlosigkeit. Der silberne Schein des Mondes steigt über den Wipfeln der Zedern auf. Der weiße Stern auf der Seitentür des Jeeps scheint losgelöst im Dunkeln zu schweben.

Jeff, denkt Hideki.

Als der Jeep mit zwei grellroten Rücklichtern im Abenddunkel aus dem Dorf fährt und das Motorgeräusch zwischen den Bergwänden verhallt, sind die Mädchen und die Frauen noch nicht aus dem Wald zurück. Mit anderen Dorfbewohnern zusammen gehen Hidekis Eltern den Hang hinunter und kehren mit ihnen in ihrer Mitte zurück wie in einem stillen Trauerzug.

Der Baumwollkimono seiner Schwester hängt zerrissen und mit Zedernnadeln und Schlamm verschmutzt an ihrem Leib. Ihre Unterlippe ist geschwollen, und sie hat eine Schnittwunde quer über der Wange. Sie ist barfuß, und seine Mutter muss ihr die Veranda hinaufhelfen. Auf der Innenseite ihrer Beine zeichnen sich Blutspuren ab. Hideki hilft seinem Vater beim Auflesen und Zurückstellen der Ahnentäfelchen in den Butsudan. Im Haus wäscht seine Mutter Gesicht und Körper seiner Schwester, die sich wie ein Kind saubere Kleider anziehen lässt. Halb wahnsinnig vor Zorn und Schuldgefühlen spitzt er die Ohren, um etwas von dem, was drinnen gesagt wird, aufzufangen. Doch es fällt kein Wort. Seine Kriegsjahre waren gnadenlos und ohne Gewinn. Was das Schicksal ihm noch nicht angetan hatte, hat er sich jetzt selbst angetan. Das Richtige zu tun heißt, die richtige Entscheidung zu treffen. Er hat die falsche getroffen. Warum, kann er nicht erklären. Er weiß nur, dass er sich nach etwas Besserem sehnt, schon lange, aber das Leben hat ihn nicht gelehrt, wie er es erreichen kann. Hass und Scham zerfressen ihn und verschmelzen zu einer nie gekannten Wut. »Was machen wir, Vater?«

Der alte Mann sitzt mit dem Rücken zu ihm, die Pfeife im Mund. »Ich versuche nachzudenken.«

»Du musst bei der Polizeiwache in der Stadt Anzeige erstatten«, sagt er laut.

»Muss ich das?« Wenngleich sein Vater merklich leiser spricht als er, spürt er, dass auch in dem alten Mann Wut gärt. »Vor einem halben Jahr hat ein amerikanischer Lastwagen deinen Onkel von der Straße gedrängt«, fährt sein Vater fort, »ganz ohne dessen Schuld. Von seinem Karren war nichts mehr übrig. Das Pferd musste an Ort und Stelle getötet werden. Der Militärlaster fuhr einfach weiter. Onkel hat lange hin und her überlegt, und dann ist er nach ein paar Tagen zur Polizeiwache gegangen. Drei Monate später haben wir ihn wiedergesehen.«

»Wo war er?«

»In einer stinkenden Zelle ohne Fenster.« Er seufzt. »So sieht es aus.«

»Wenn niemand zur Polizei geht, kommen sie womöglich wieder.«

»Ich halte es für wahrscheinlicher, dass wir sie nie mehr sehen.«

»Aber irgendetwas muss doch geschehen!«, entgegnet er. »Wir müssen doch etwas tun! Schau dir an, wie sie Sada zugerichtet haben!«

»Etwas tun?«, wiederholt sein Vater bitter. »So wie du, meinst du?«

Vom Hof hinter dem Schuppen steigt eine dicke, schwarze Rauchsäule in den Himmel auf. Mit einem Zweig stochert seine Mutter in dem Feuer, das den Kimono und die Unterwäsche seiner Schwester verzehrt. Die Haustür steht offen. Drinnen, im starken Geruch der Seifenlauge, kauert seine Schwester im Schneidersitz, seitlich angestrahlt von einer nackten Glühbirne an einem braunen Kabel. Ihr Körper wiegt vor und zurück. Als er ihre nackten Füße bemerkt, humpelt er hinein und bringt ihr ihre Strohsandalen.

Ohne etwas zu sagen, starrt sie auf die Zori. Ihre Gesichtszüge scheinen sich von Grund auf verändert zu haben, als sei ein neues Gesicht unter dem alten hervorgekommen.

Er setzt sich wieder nach draußen zu seinem Vater auf die Veranda. Der alte Mann kehrt ihm den Rücken zu und saugt an seiner Pfeife. Hideki starrt auf den Rauch, die schmalen Schultern. Sprich mit mir, denkt er. Doch sein Vater raucht und starrt und schweigt. Weit entfernt, unten im Tal, ist das Rauschen vom Fluss zu hören.

15

Der eisige Blick, mit dem Frau Haffner ihn empfängt, verheißt nichts Gutes. Sowie er zu seinem Unterricht auf dem Schemel am Steinway Platz genommen hat, reckt sie den Kopf mit der idiotisch hoch aufgetürmten Frisur und streckt das Kinn mit einer Überdosis tyrannischer Willensstärke nach vorn.

»Herr Brink. Ich habe Sie in den vergangenen Monaten als vernünftigen Menschen kennengelernt. Ich bin davon überzeugt, dass Sie Michiko keine Probleme bereiten wollen.«

Probleme? Bei diesem Wort schnürt sich sofort etwas in ihm zusammen.

»Falls Sie glauben, dass Sie ihr einen Gefallen tun, irren Sie sich.«

Er fragt sich, wie viel sie weiß. Er hält es für ausgeschlossen, dass Michiko die Intimitäten zwischen ihnen preisgegeben hat. Aber Frau Haffner, selbst eine Frau von Welt mitsamt Amouren, dürfte nach der Übernachtung in dem Gasthof am Fuji ihre Schlussfolgerungen gezogen haben.

»Ihr Probleme zu bereiten wäre das Letzte, was ich wollte«, verteidigt er sich. »Mir liegt einfach sehr viel an ihrer Gesellschaft. Ich hoffe, Sie verstehen ...«

»Verstehen? Sie erwarten Verständnis?«, unterbricht sie ihn. »Sie ist fünfundzwanzig und weiß nicht viel vom Leben, und Sie sind ein achtunddreißigjähriger verheirateter Mann.«

Er schweigt. Vielleicht stimmt es. Vielleicht hat Michiko ein Recht darauf, von der Leidenschaft eines älteren, verheirateten Mannes verschont zu bleiben.

»Für Männer, die sich nicht beherrschen können, gibt es andere Lösungen.«

Yuki, denkt er, Yuki, Kumi oder irgendein behördlich genehmigtes, sauberes Bordell, in dem sich westliche Männer gegen harte Dollar mit einem japanischen Mädchen vergnügen können und erwarten dürfen, dass sie den halbstündigen Spaß nicht mit einer Penizillinspritze in den Hintern büßen müssen. Das ist nichts für ihn, ausgeschlossen.

»Ich habe Sie, denke ich, nicht um Rat gebeten. Ich kann gut für mich allein entscheiden. Und das gilt auch für Michiko. Sie ist eine intelligente Frau.«

»Und eine *Japanerin*.«

Ein unangenehmer Tonfall hat sich eingeschlichen, der eines Ehestreits.

Was stört sie denn nun eigentlich? Dass Michiko mit ihm verkehrt oder dass er etwas an einer *Japanerin* findet?

»Es tut mir leid«, sagt sie, »aber ich kann keine Zeit mehr dafür erübrigen, Ihnen Unterricht zu geben.«

Kann nicht oder will nicht, denkt er.

»Und Sie können auch nicht mehr hier üben.« Ein kurzes Nicken, die Kaiserin hat gesprochen. Er hätte es wissen können, diese Frau duldet keine Einmischung außer ihrer eigenen. »Guten Tag.«

Er erhebt sich und verlässt nach einem letzten Blick auf den Steinway das Haus.

Als er in seinen Wagen gestiegen ist, macht er hinter einem der dunklen Fenster einen Schemen aus. Es könnte Michiko sein, aber auch die Haushälterin oder irgendjemand anders, womöglich sogar Frau Haffner selbst. Er wartet noch kurz ab, doch unversehens ist die Gestalt verschwunden. Mit einem Nicken bedeutet er Benson loszufahren.

Nach der Zurechtweisung bleibt Michiko von der Bildfläche verschwunden. Angesichts ihrer völligen Abhängigkeit von Frau Haffner wundert ihn das nicht. Aber vielleicht ist es gar nicht die Abhängigkeit, vielleicht, das ist ein beunruhigender Gedanke, vielleicht ist sie aufrichtig überzeugt, dass Frau Haffner recht hat. Er steigert seine Aktivitäten außerhalb der Arbeit, mehr Tennis, mehr Ausritte im Park, mehr Abendessen, Soireen, Konzerte, Cocktails und Empfänge. Sein Smoking macht Überstunden. Er vermisst sie nach wie vor, aber vielleicht, so sagt er sich, ist jetzt der richtige Moment, sich am Riemen zu reißen und Klarschiff zu machen. Zu Hause in den Niederlanden ist Dorien schon dabei, ihre Reise nach Tokio vorzubereiten, mit Zwischenstation in Batavia. Er nimmt sich vor, bis zum Eintreffen seiner Frau voll auf seine Aufgaben konzentriert zu sein.

Doch er hat Mühe, seine Gedanken bei den Sitzungen zu halten, und würde die blaugrauen Aktenmappen am liebsten wegwerfen. Sein Instinkt schreit ihm zu: Renn raus, spring in deinen Wagen und lass Benson zum Haus von Frau Haffner fahren. Er muss sich mit größter Gewalt dazu zwingen, im Aktenlesesaal am Tisch sitzen zu bleiben.

Endlose Tage des Graus, das sich, während er lustlos seine Gymnastikübungen macht und durch das Fenster seines Hotelzimmers in den Garten schaut, zur Dämmerung verdichtet. Bis er sich schließlich seinem inneren Schweinehund geschlagen gibt und im Hause von Frau Haffner anruft. Die Haushälterin oder Köchin ist am Apparat und richtet einige unverständliche Worte an ihn. Am nächsten Tag versucht er es erneut. Diesmal antwortet Frau Haffner selbst, in einem Ton unter dem Gefrierpunkt. »Michiko ist nicht zu sprechen.«

»Frau Haffner«, beginnt er, »ich habe sie seit unserer letzten Unterhaltung bei Ihnen im Haus nicht mehr gesehen. Es würde doch wenigstens von der gebührenden Höflichkeit zeugen, wenn ich ihr persönlich mitteile, warum sie nichts mehr von mir gehört hat.«

»Die Höflichkeit gebietet Ihnen, sie in Ruhe zu lassen.«

»Auch, ihr etwas zu erklären.«

»Sie kann auf Ihre Erklärungen gut verzichten.« Ihr Ton ist flach, unnachgiebig, sein Einwand geht ihr auf die Nerven, weil sie ohnehin alles besser weiß. »Verstehen Sie doch endlich: Sie will Sie nicht mehr sprechen.«

»Will nicht oder darf nicht?«, fragt er.

»Sie haben gehört, was ich gesagt habe. Rufen Sie nicht mehr an.«

Eines Samstags wartet er in seinem Wagen am Ende ihrer Straße. Von ihren Gesprächen her weiß er, dass sie jeden Samstagvormittag im Auftrag von Frau Haffner frische Blumen für die große Vase in der Eingangshalle besorgt. »Für eine Summe, mit der eine durchschnittliche Familie einen ganzen Monat auskommen muss«, hat sie ergänzend hinzugefügt. In ihrem beigefarbenen Cape und auf flachen Lederschuhen kommt sie auf sein Auto zugelaufen. Er lässt Benson um die Ecke biegen und steigt aus. Schwer zu sagen, wer von ihnen am meisten erschrickt. Sie über sein unerwartetes Auftauchen oder er über den regelrecht ängstlichen Blick in ihren Augen, sowie sie ihn bemerkt. Er rechnet kurz damit, dass sie sich umdrehen und vor ihm davonlaufen könnte.

»Komm«, sagt er, »steig ein.«

Zu überrascht, um sich zu weigern, steigt sie in den Wagen ein. Er umarmt sie, als sie losfahren. »Ich musste dich sehen«, sagt er. »Du hast mir gefehlt.«

Er schildert, was zwischen ihm und Frau Haffner vorgefallen ist. Wie er versucht hat, sie zu erreichen.

Sie darf im Haus nicht mehr ans Telefon gehen, erfährt er. Frau Haffner hat ihr zu verstehen gegeben, dass sie, sollte sie erneut Kontakt zu ihm haben, nicht länger bei ihr wohnen darf.

»Aber das ist die reinste Erpressung!«, schnaubt er.

Sie geht nicht darauf ein.

Er setzt sie bei dem Blumenladen ab und wartet, bis sie mit einem Bund Kirschblütenzweige wieder einsteigt. Die Blüten verbreiten einen milden Duft, während er ihr vorschlägt, sich zu einem festen Zeitpunkt zu treffen. Nach kurzem Überlegen bietet sie zögernd den Mittwoch an, den Tag, an dem Frau Haffner vom Mittag bis in den späten Abend außer Haus ist, um am Hof des Kaisers zu unterrichten. Gut, jeden Mittwoch wird er in der Straße des Blumenhändlers auf sie warten.

Am ersten Mittwoch machen sie einen Ausflug in einen Küstenort unweit von Tokio, wo sie am Meer entlangspazieren und er das Salz und das Aroma der Krabben, die mit der Flut an den Strand gespült wurden, auf den Lippen schmecken kann. In der Woche darauf landen sie in einer einfachen, aber sauberen Pension in Adachi, am Nordrand der Stadt. Sie befindet sich ganz in der Nähe eines kleinen Tempels, wo von den Entbehrungen des Krieges grau gewordene und von der harten Arbeit und den Rationierungen nach Kriegsende geschundene Menschen Seite an Seite stehen und beten. In dem kleinen Pensionszimmer schläft er noch einmal mit ihr. Die Fenster stehen offen. Das Bellen der auf dem Tempelgelände lebenden Straßenhunde hallt durch den Frühlingsabend.

Am dritten Mittwoch verspätet sie sich. Nervös wartet er in der Straße des Blumenhändlers und hofft, dass nichts dazwischengekommen ist. Direkt vor dem Blumengeschäft parkt ein anderes Auto. Ein kleiner, schlanker Mann in weißem Anzug und mit breitkrempigem weißem Hut auf dem kleinen Kopf kommt aus dem Laden, gefolgt von dem Blumenhändler, der zwei Bündel Blütenzweige zu dem geparkten Auto bringt. Der Mann im weißen Anzug ähnelt dem Japaner, der vor einiger Zeit bei ihm im Hotel auf dem gleichen Stockwerk wohnte, eine auffällige Erscheinung, nicht nur wegen seines Äußeren, sondern auch, weil das Hotel eigentlich keine japanischen Gäste aufnimmt. Das galt offenbar nicht für diese an eine Maus erinnernde, verhuschte Gestalt mit den wässrigen Augen. Brink hat sich einmal kurz mit ihm unterhalten, wobei ihm das perfekte Englisch des Mannes auffiel. Das war an dem Abend, als Frau Haffner mit einigen ihrer Schützlinge, unter anderem Michiko, im Hotel einen Liederabend gab. Von dem Japaner hörte er, dass Frau Haffner eine Berühmtheit sei und der Tokioter Elite Klavierstunden gebe.

»Ja, das ist er«, weiß Benson, als Brink sich bei seinem Fahrer nach dem Mann erkundigt. »Er wohnt schon seit einer Weile nicht mehr im Hotel, aber beim CIC sieht man ihn noch regelmäßig.«

Benson kennt die Fahrer der Richter, der Ankläger, der höchsten Militärs von den GHQ. Offenbar hat er auch Kontakt zu den Kollegen, die für das Counter Intelligence Corps fahren, die Abteilung des militärischen Abschirmdienstes, die Kommunisten, Nationalisten und korrupte Beamte jagt, ja eigentlich alle, die die amerikanischen Interessen und die Wiederaufbaustrategie gefährden könnten.

»Leute, die ihr eigenes Volk verraten«, murrt Benson, »das sind richtige Ratten.« Während Benson ihm die Gerüchte aus dem Fahrernetzwerk anvertraut, folgen Brinks Augen der zerbrechlichen Gestalt unter dem extravaganten Hut. Benson ist gut informiert. Das gibt Brink hinsichtlich seiner eigenen Position zu denken. Was wissen die anderen Fahrer wohl inzwischen über seinen Umgang mit Michiko? Eine plötzliche Bewegung am Seitenfenster lenkt seine Aufmerksamkeit auf sich. Erfreut, Michiko zu sehen, springt er aus dem Wagen, um ihr die Tür aufzuhalten. Der kleine Mann im weißen Anzug schielt unter seiner Hutkrempe hervor zu ihnen herüber. Er schaut auch noch, als sie eingestiegen sind, ja sogar noch, als sie an ihm vorüberfahren. Mit einem Ruck dreht Michiko das Gesicht weg.

»Was ist?«, fragt er.

»Herr Shikibu, er kommt zu Frau Haffner ins Haus. Er weiß, wer ich bin.« Ihr Gesicht ist plötzlich leichenblass.

»Er hat dich vielleicht gar nicht erkannt.«

»Aber wenn er mich erkannt hat, weiß er genug.«

Sie deutet mit einem Nicken auf den flatternden rot-weiß-blauen Wimpel. »Dieser Wagen, das ist schon fast so, als stünde dein Name dran.«

Sie fahren auf eine Anhöhe und machen einen Spaziergang. Er nimmt sie in die Arme. Ihr Schweigen lässt ihn ihre Besorgnis spüren. Sie blicken über ein Meer aus Bambusgras, dem der hindurchstreichende Wind ein trauriges Lied entlockt. Weit entfernt zieht ein Regenschauer über die Stadt, in Bahnen bricht Sonnenlicht durch die

Wolken, und es riecht nach nassen Sträuchern und Bäumen. Steintrümmer von den im Krieg umgestürzten Straßenlaternen liegen zu ihren Füßen.

Er bittet sie, ihm zu zeigen, wo das Viertel liegt, in dem sie früher gewohnt hat. Sie streckt den Arm aus und zeigt auf eine leere Fläche am silbrigen Fluss, einen Ort, an dem er kein einziges Gebäude ausmachen kann, als hätte dort nie etwas gestanden.

Am darauffolgenden Mittwoch kommt sie nicht. Nachts tut er kein Auge zu, und am Tag danach ist er nicht nur übermüdet, sondern auch gereizt und aufbrausend. Da geschieht etwas, womit keiner seiner Kollegen und er selbst wohl noch am allerwenigsten gerechnet hätte. Er spricht aus, was er schon so lange für sich behalten hat. Bei der Rundfrage im Richterzimmer äußert er seine Meinung, dass die Anklage *Verbrechen gegen den Frieden* nicht haltbar sei. Zunächst tritt darauf eine lange, tiefe Stille ein. Dann folgen die Angriffe. Von allen Seiten. Zum ersten Mal sieht er die gesamte angelsächsische Allianz gegen sich und den Russen und den Philippiner. Er hält ihnen mit seinen Argumenten stand, die er noch verhältnismäßig ruhig unterbreitet. Mag er auch unsicher sein, ob seine Offenherzigkeit angebracht war, daran, dass er recht hat, zweifelt er nicht einen Moment – eine riskante, labile Gefühlslage, die schwer auszubalancieren ist. *Verbrechen gegen den Frieden*, doziert er, seien im Gegensatz zu gewöhnlichen Kriegsverbrechen zur Zeit der Kriegshandlungen Japans noch nicht im Völkerrecht verankert gewesen. Und keiner von ihnen wolle doch, wie er annehmen dürfe, am goldenen *Nulla-poena*-Prinzip rütteln.

Das Argument, dass die gesetzliche Grundlage für die Verurteilung eines aggressiven Angriffskriegs im Pariser Vertrag enthalten sei, der von zweiundsechzig Ländern, darunter auch Japan, unterzeichnet worden sei, müsse er bei näherer Betrachtung verwerfen. Er habe den Vertrag gründlich studiert, ebenso wie andere internationale Verträge, auf die sich die Anklage stütze. Sie lieferten weder im

Einzelnen noch in der Gesamtheit eine gesetzliche Basis für die Anklage. Zu diesem Schluss gelangt, pflichte er dem Kollegen Pal bei.

Nach der Sitzung ist er erschöpft. Er kann kein Wort mehr herausbringen und geht, ohne sich von irgendwem zu verabschieden. Hinter dem Vorsitzenden Webb läuft er durch den Flur des Gerichtsgebäudes. Webb hat einen kurz rasierten Nacken. Er starrt auf die Stoppeln oberhalb des Hemdkragens und sieht nichts anderes. Bis er auf Webb aufläuft. Er murmelt eine Entschuldigung und tritt ins Freie. Auf dem Parkplatz wirft das wuchtige Gerichtsgebäude einen diagonalen Schlagschatten. Er selbst steht in der Sonne. Der Schweiß strömt ihm über die Stirn. Seine Krawatte schnürt ihm die Kehle ab. Er fischt das silberne Zigarettenetui aus seiner Tasche und zündet sich mit zitternden Händen eine an. Er denkt über seine letzten Worte während der Sitzung nach, den so unvorhergesehenen wie unüberlegten Keulenschlag, den er sich als Entgegnung auf die Bemerkung Lord Patricks selbst verpasst hat.

»Mein lieber Brink«, hatte der mit seiner sanften Stimme gesagt, »nur noch einmal zur Klarstellung, dass wir Sie auch alle richtig verstanden haben. Sie sehen nämlich ein bisschen müde aus. Anfangs hatten Sie keinerlei Bedenken in puncto *Verbrechen gegen den Frieden*, und jetzt, acht Monate später, sind Sie auf einmal kontra. Richtig? Aber was hat das jetzt noch für einen Sinn?« Seine Wimpern zitterten an den halb geschlossenen Augenlidern, und sein aalglatter Ton nahm unmerklich eine arrogante, boshafte Höhe an, aus der herab so mancher Widersacher in der Vergangenheit zerschmettert worden sein dürfte. »Die Diskussion wurde bereits geführt, der Beschluss mit nur einer Gegenstimme, der unseres *hochgelehrten* Kollegen aus Indien, längst gefasst.« In diesem Moment sah Patrick ihn zum ersten Mal voll an. »Sagen Sie, mein lieber Brink, was dachten Sie damit zu erreichen, abgesehen davon, dass Sie Aristoteles zu spielen versuchen?«

Er kann noch fühlen, wie ihm die Ohren nach dieser provozierenden Demütigung glühten. Es wäre klug gewesen, wenn er nun den Mund gehalten hätte, doch aufgrund seiner eigenartigen Stimmung tat er es nicht. »Wenn an der Anklage *Verbrechen gegen den Frieden* festgehalten wird«, erwiderte er mit stockender Stimme, »dann werde ich mich gezwungen sehen, eine abweichende Meinung zum Urteil zu schreiben.«

»Eine abweichende Meinung?« Lord Patrick lehnte sich auf seinem Stuhl zurück, und den Worten schien durch ihre Wiederholung ein zweites Leben eingehaucht zu werden, das sie durch Flure und Treppenhäuser des Gerichtsgebäudes hallen ließ. *Eine abweichende Meinung.* »Darf ich Sie daran erinnern, dass ausgerechnet Sie es waren, der ein Plädoyer für das Gebot der Verschwiegenheit gehalten hat?« Frostig über seine Lesebrille spähend, mit einer Miene, die nun offen das Boshafte zutage treten ließ, blieb Lord Patrick einen Moment stumm. »Sie wollen uns doch jetzt nicht allen Ernstes sagen, dass Sie die Einstimmigkeit zu brechen gedenken, oder?«

Auf dem Parkplatz tritt Pal auf ihn zu. Erst nach mehreren Sätzen kann Brink etwas von dem, was er sagt, verstehen: »... auf jeden Fall reinen Wein eingeschenkt. Es tut mir leid, wenn ich den Anstoß dazu gegeben haben sollte, denn Sie haben sich, fürchte ich, nicht beliebt gemacht.«

»Macht Ihnen die Hitze nichts aus?« Brink lockert seine Krawatte und öffnet den obersten Knopf seines Hemds. Sein Mund ist wie ausgetrocknet, er muss etwas trinken.

»Warum gehen Sie nicht aus der Sonne?«, fragt Pal.

Er nickt, rührt sich aber nicht vom Fleck.

»Sie haben die Argumente glänzend in Worte gefasst«, sagt Pal. »Das war hieb- und stichfest. Wenngleich es, fürchte ich, wenig Einfluss auf die anderen haben wird.«

Pal nickt und geht mit dem vollkommenen Gleichmut eines Menschen, der dazu gemacht ist, allein dazustehen und seine eigenen Wege zu beschreiten, zu seinem Wagen. Und Brink sucht sich auf der anderen Seite des Parkplatzes ein Fleckchen im Schatten eines hohen Militärlastwagens mit weißem Stern. Ichigaya, wo das Gerichtsgebäude steht, liegt auf einer Anhöhe. Er blickt auf die Straßen und Menschen unter ihm hinunter. Lange herrschte in seinem Leben angenehme Ruhe. Er fragt sich, warum er sich das jetzt angetan hat. Könnte das Abenteuer mit Michiko eine Rolle gespielt haben? Ein berühmter Psychiater hat mal in einer amerikanischen Zeitung geschrieben, dass sexuelle Frustration einer der wesentlichen Auslöser für den Krieg gewesen sei. Wenn diese Frustration zu etwas so Immensem wie einem Weltkrieg führen konnte, dann wohl erst recht zu seinen relativ unbedeutenden persönlichen Problemen. Gegen den Lastwagen gelehnt, zieht er kräftig an seiner Zigarette, ein letzter Zug, bevor er sie wegwirft. Er streift sein Jackett ab und legt es sich über den Arm. Aus der Innentasche schaut ein Zipfel des Briefs von Dorien hervor, den er heute Morgen erhalten hat.

Sie hat ein Flugticket. In zwei Tagen fliegt sie nach Batavia und wird nach einem kurzen Aufenthalt dort nach Tokio kommen.

Er seufzt. Dorien, Michiko, seine Kollegen. Hat er im Moment überhaupt noch auf irgendetwas oder irgendjemanden Einfluss? Mit dem Jackett über dem Arm und gelockerter Krawatte geht er zu seinem Wagen. Auf dem Parkplatz stehen Lord Patrick, Northcroft, Cramer und McDougall und tuscheln mit zusammengesteckten Köpfen.

Rücken, nichts als ihre Rücken zeigen sie ihm, als er im harten Licht an ihnen vorübergeht.

Zuerst erkennt er sie gar nicht, die junge Japanerin am Rande seines Blickfelds. Sie wartet in etwa zwanzig Metern Abstand vom Portier mit den goldenen Tressen. Sowie er aus dem Wagen steigt, setzt sie sich in Bewegung. Erst als er merkt, dass die Augen in dem bedrückten Gesicht ihn suchen, sieht er, dass es Michiko ist.

»Entschuldige«, sagt sie, als sie sich einander genähert haben. »Entschuldige, dass ich hierhergekommen bin.«

Er schaut sich rasch um und führt sie in die kleine Seitenstraße, die zur Rückseite des Hotels hinausgeht. Eine streunende Katze schießt hinter den Mülltonnen davon.

»Wo warst du gestern?«, fragt er.

»Frau Haffner, sie weiß es. Ich darf nicht mehr bei ihr wohnen.«

»Was? Sie setzt dich doch nicht vor die Tür?«

»Eine andere Sopranistin übernimmt meine Auftritte«, flüstert sie matt.

»Aber das kann sie dir nicht antun!« Seine Stimme überschlägt sich vor Entrüstung.

»Ich wollte dich sehen. Deshalb bin ich gekommen. Entschuldige.«

»Du brauchst dich für gar nichts zu entschuldigen.« Er legt die Hände auf ihre schmalen Schultern.

Jemand kommt um die Straßenecke gebogen. Es ist der amerikanische MP, der für die Bewachung des Hotels zuständig ist. Brink muss daran denken, wie er an derselben Stelle mit dem Mann gesprochen hat, als hier an dem Morgen die übel zugerichtete Leiche gefunden worden war. Der MP nähert sich ihnen auf seiner Runde und nickt ihm zu.

»Guten Abend, Richter.« Sein taxierender, scharfer Blick, darauf getrimmt, vom Schlechtesten auszugehen, bleibt an Michiko hängen. Junge Japanerin, Seitengasse, seine Hände auf ihren Schultern, keine mildernden Umstände.

Brink lässt ihre Schultern los und erwidert den Gruß des MP. »Guten Abend.«

Sowie der MP weitergegangen ist, verflucht er Frau Haffner für ihre Hartherzigkeit. »Diese Frau ist schlimmer als ein Diktator.«

Bevor er eine weitere Verwünschung ausstoßen kann, zu der ihn sein schlechtes Gewissen antreibt, ergreift Michiko das Wort.

»Bitte sprich nicht so über sie. Ich möchte sie nicht verteidigen, aber wenn du solche Dinge über sie sagst, zwingst du mich dazu. Es ist meine Sache. Es ist mir passiert. Ich bin das Risiko eingegangen. Sie hat mich ausgebildet. Sie hat mir eine Lebensgrundlage gegeben, als ich sie brauchte. Niemand sonst hat das für mich getan, nur sie allein.«

»Aber nun, da du das Leben nicht genau so einrichtest, wie sie es für richtig hält und verlangt, nimmt sie dir diese Grundlage wieder.«

»Ich habe einen Fehler gemacht. Frau Haffner ist eine selbstständige Frau. Sie hat Freundschaften und Liebesbeziehungen mit Männern. Aber ich bin nicht Frau Haffner.«

Eine Japanerin. Er erinnert sich, wie Frau Haffner die Worte ausgesprochen hatte. »Sie hat dich hinausgeworfen«, sagt er und kann sich gerade noch verkneifen, »die Rassistin« hinzuzufügen.

»Sie hatte mich gewarnt. Ich wusste, woran ich war.« Mit einem schmerzlichen Lächeln schlägt sie die Augen nieder.

Es schnürt ihm fast die Luft ab. »Michiko, Michiko, ich flehe dich an! Du bist ihr nichts schuldig, weil deine Eltern bei dem Bombenangriff ums Leben gekommen sind, weil du eine schöne Stimme hast, weil du eine wundervolle Frau bist.«

Sie kehren zum Eingang des Hotels an der belebten Straße zurück. Brink bittet den Portier, Benson ausrufen zu lassen. Schuldgefühle wegen dem, was Michiko widerfahren ist, nagen mit messerscharfen Zähnchen an ihm, doch zugleich regen sich Zweifel, ob er gut daran tut, mit ihr vor dem Eingang zu warten. Während er sich mögliche Szenarien vorstellt, kommt schon der glänzende Buick angefahren. Erst als der Wagen mit einem großen Bogen Richtung Hoteleingang schwenkt, sieht er den kleinen Union Jack vorn auf dem Kotflügel. Auf seinen Spazierstock gestützt steigt Lord Patrick aus. Ein Muster aus tiefen Querfalten zieht sich über seine Stirn. Unter seinen grauen Brauen hervor werfen die hellen Augen zuerst einen kurzen Blick auf Brink und danach auf Michiko. Ohne auch nur mit einem Nicken zu grüßen, tritt der alte Brite mit seinen blinkenden Manschettenknöpfen durch die Drehtür.

Im Norden der Stadt ziehen die geschwärzten kleinen Werkstätten, die Bäume und die Menschen bei dem kleinen Tempel wie in einem

Stummfilm an seinem geschlossenen Fenster vorüber. In einem
Gasthof nimmt er ein Zimmer für Michiko. Durch die geöffnete Eingangstür kann er sie draußen stehen sehen, während er für eine Woche im Voraus bezahlt. In der Hand hält sie eine kleine Tasche mit
allem, was sie in diesem Leben besitzt. Hinter ihr steht ein Baum mit
jungen, durchscheinenden Blättern. Ihre von diesen Blättern um-
rahmten Schultern und Arme, ihre schmalen Handgelenke, ihr blas-
ses Gesicht, das alles birgt eine geheimnisvolle Schönheit in sich. Er
denkt an den Brief von Dorien, der in seiner Innentasche brennt. Das
Thema Dorien ist heikel, zu heikel, um es anzusprechen. Er hasst sich
selbst für das, was er Michiko ausgerechnet jetzt sagen muss. Aber
eigentlich müsste er sich dafür hassen, dass er es überhaupt so weit
hat kommen lassen. Seine Sorgen. Sie vervielfachen sich und verlangen nach weiterer Gesellschaft; kommt her, hier lässt sich's gut aushalten, scheinen sie sich zuzurufen, bei einem wie Brink ist eure Zukunft gesichert.

In dem spärlich erleuchteten kleinen Speiseraum des Gasthofs sind
sie die einzigen Gäste. Brink ist müde, nach einer Nacht ohne Schlaf
und einem Tag voller Fehlschläge. Er ist seiner selbst müde. Sie trinken Tee. Wie viel von diesem warmen grünen Getränk mag er wohl
schon getrunken haben, wie viel von der bitteren Flüssigkeit, die ihm
nach wie vor nicht schmeckt, ist in seinen Körper geflossen und wird
noch von seinem Körper aufgenommen werden müssen als Gegenleistung für das Vergnügen, bei ihr sitzen zu dürfen? Eine ältere Frau
in Kimono stellt eine Reihe handbemalter Schüsselchen vor sie hin.
Keiner von ihnen rührt etwas von den Häppchen an. Sie weicht hartnäckig seinem Blick aus. Er streichelt ihre Hand. Sie zieht sie fast unmerklich zurück, und er kommt sich albern vor, wird fast verlegen.
    »Es tut mir leid, dass du solche Schwierigkeiten bekommen hast«,
sagt er nach einiger Zeit.
    »Es ist mein Leben, meine Sache.« Ihre Augen sind dunkel wie die
Nacht. Er kann nichts darin finden.

Er wagt nicht zu fragen, was sie jetzt vorhat. Soweit er weiß, hat sie in Tokio niemanden. Außer mir, denkt er schaudernd. Er denkt an das erste Mal, dass er sie sah, in dem großen Saal des Hotels, die Sopranistin mit der melancholischen Stimme, ihr schwarzes Kleid, die ebenmäßigen Gesichtszüge im Scheinwerferlicht. Liszts *Der Fischerknabe* sang sie an jenem Abend. Eine schöne, talentierte Frau. Daran hat sich nichts geändert. Das muss er sich, und das muss auch sie sich vor Augen halten. Irgendwie wird schon alles gut für sie ausgehen, auch ohne Frau Haffner. Auch ohne mich, denkt er im Nachsatz.

»Das Zimmer ist für eine Woche bezahlt«, sagt er.

»Vielen Dank.«

»Ich werde Geld für dich dalassen und dich jeden Abend besuchen.«

»Vielen Dank.«

»Hör auf, dich zu bedanken, bitte. Gibt es jemanden in Tokio, bei dem du unterkommen könntest?«

»Die Leute, mit denen ich in Kontakt stehe, kenne ich über Frau Haffner. Und das ist jetzt vorbei. Es gibt nur noch eine alte Frau aus meinem früheren Viertel, aber sie hat selbst kaum genug, um sich am Leben zu erhalten.«

»Ich möchte dir helfen. Ich werde dir helfen, so lange wie nötig.« In einem Moment wie diesem darf er nicht heucheln. Er muss die Karten auf den Tisch legen. Gerade weil er weiß, dass sie stark ist, wäre es nicht nur vergebliche Liebesmüh, sondern auch arrogant, ihr aus Mitleid die Wahrheit vorzuenthalten. »Ich habe einen Brief von meiner Frau erhalten.« Sowie er das »meiner Frau« ausgesprochen hat, spürt er, wie ihr Beisammensein an diesem Tisch unterhöhlt wird. »Sie hat ein Visum und kommt nach Tokio.«

»Das sind gute Neuigkeiten für euch beide.« Ihre Unterlippe bebt.

»Sie bleibt sechs Wochen.«

Sie sehen sich an. Er legt erneut die Hand auf die ihre, umfasst sie, knetet ihre Finger. Sie fühlen sich steif und kalt an.

»Es fällt mir schwer, das zu sagen, aber ich werde eine Zeit lang nicht für dich da sein können.«

»Ich verstehe.«

»Danach kannst du auf mich zählen.«

Sie schweigt. Draußen ist noch immer nicht alles Licht verschwunden. In der Ferne, beim Tempel, bellen die Straßenhunde. Michikos Schweigen lastet auf ihm. Er kann sich jetzt nicht davonstehlen. Er darf sie nicht in diesem hartnäckigen Schweigen allein lassen, das wäre grausam. Aber er weiß nicht, was er sagen soll.

»Ich habe Verwandte in Nagano«, durchbricht sie endlich die Stille. »Vielleicht könnte ich dorthin gehen.«

Er wartet noch einen Moment, aber sie belässt es bei dieser einen Bemerkung.

»Für eine Weile«, sagt er sanft.

16

Vor Sonnenaufgang huschen Sada und seine Mutter aus dem Haus. Mit Tüchern, Schüsseln und den kostbaren Kräutern der Frau vom Dorfrand gehen sie zum Badehäuschen am Fluss hinunter. Sie bleiben stundenlang fort. Sein Vater bricht wie jeden Tag mit den Glöckchen am Hosenbein und einer Thermoskanne Tee unter seiner Jacke in den Wald auf. Als seine Mutter und seine Schwester vom Badehäuschen zurückkehren, hilft Hideki beim Schrubben der Veranda, und auch den Fußboden im Haus nehmen sie sich vor, insbesondere die Stelle, an der Sadas Kimono von ihrem Körper geglitten ist. Die scharfe Sake-Lauge treibt ihm Tränen in die Augen. Wütende Fantasien im Kopf, schwingt er den harten Schrubber und zieht bleichende Bahnen im Holz.

Ein Priester vom Tempel hoch oben in den Bergen kommt den steilen Pfad zum Dorf herab, um weiße Papierstreifen in die Zweige der Bäume zu hängen und die besudelten Örtlichkeiten mit heiligem Wasser zu besprenkeln. Hideki beobachtet den Priester von Weitem, als dieser die Stelle reinigt, an der der Jeep gestanden hat. Da wird er sich plötzlich der Blicke der anderen Dorfbewohner bewusst, die voll Grauen auf ihn gerichtet sind. Nicht wegen seines Aussehens, sondern weil er es war, der die drei ausländischen Vergewaltiger ins Dorf geführt hat.

Warum musste ausgerechnet er an der Brücke stehen? Wie konnten sich seine paar Brocken Englisch so sehr gegen ihn wenden? Er glaubt nicht an eine Waage der Gerechtigkeit. Das Schicksal oder der Kosmos oder welche höhere Macht auch immer schert sich nicht um Gerechtigkeit. Er ist nur ein schlichtes Gemüt aus einem Bergdorf, zu unbedeutend im Universum, als dass es einen Plan für ihn hätte. Warum fühlt es sich dennoch so an, als werde er von »etwas« gestraft, für die Salven aus seinem Maschinengewehr an jenem Abend auf die dicht zusammenstehenden, fröstelnden Männer im Schnee?

Die Männer des Dorfes beschließen, von einer Anzeige abzusehen. Hideki will ja gern glauben, dass die japanische Polizei korrupt ist und nach der Pfeife der Besatzer tanzt, doch er hält diese Entscheidung für falsch. Aber seine Meinung tut nichts zur Sache. Nur der Vater von Keiji, der auch an der Front war, denkt wie er darüber. Zwischen den Zedern ist mit dem Körper seiner Frau auch seine Ehre geschändet worden. Das will er nicht auf sich beruhen lassen, doch die anderen Männer überreden ihn, sich dem Mehrheitsbeschluss zu beugen. Jeden Abend kommt der Balken vor die Tür, und die Fensterläden bleiben auch tagsüber geschlossen. Wenn nicht unbedingt nötig, verlässt niemand mehr sein Haus. Das ganze Dorf ist in seiner eigenen Angst und Schande gefangen. Mann, Frau, Kind, dicht aneinandergedrängt horchen sie nachts auf die Geräusche draußen und hoffen, dass es nur der Wind ist.

Am nächsten Sonntag, genau eine Woche später, gellt ein hysterisches Kreischen durchs Dorf. Auf den Pedalen seines Fahrrads stehend, kommt Keiji angefahren und schreit mit vor Anstrengung und Aufregung dunkelrot angelaufenem Kopf: »Jeep, Jeep, Jeep!«

Ohne Krücke humpelt Hideki auf die Veranda. Vom Tal her ist das Keuchen eines Autos zu hören, das sich den Berg hinaufmüht. Noch etwa drei Minuten, schätzt er, und der Wagen wird das Dorf erreicht haben.

»Keiji!«, ruft er dem Jungen nach. »Sag deinem Vater, er soll sein Gewehr laden!«

Er geht ins Haus zurück, greift zu seiner Krücke und tut, was er in Gedanken wieder und wieder durchgespielt hat. Mit zitternder Hand hebt er das Arisaka T-38 an seinem Tragriemen von den zwei rostigen Nägeln unter dem Dachbalken.

»Was hast du vor?«, fragt sein Vater.

»Sie kommen wieder.« In der Schublade des Holzschränkchens,

auf dem sein Foto steht, liegt das verrostete Bajonett. Er schiebt es auf den Gewehrlauf.

»Sie werden uns alle umbringen«, sagt sein Vater.

Er entriegelt das Gewehr und füllt das Magazin mit den 6.5-Millimeter-Patronen aus der Schachtel. Unter seinem Daumen fühlt er das Spannen der Feder. Er verriegelt das Gewehr und lässt eine Handvoll Patronen klimpernd in seine Hosentasche gleiten. Dann erst sieht er seinen Vater an. »Was schlägst du vor? Hoffen, dass es dieses Mal gut ausgeht?« Mit dem Tragriemen über der Schulter und der Krücke unter der Achsel humpelt er an seinem Vater vorbei, und als er draußen ist, trägt er seiner Mutter und Sada auf, in den Schuppen zu gehen und dort zu bleiben, bis er ihnen sagt, dass sie wieder herauskommen können. Er späht zur Straße hinüber. Dem Motorgeräusch nach zu urteilen, kann der Jeep jeden Augenblick hinter den Zedern auftauchen. In Panik fliehen Mütter, Töchter und Schwestern den Südhang der mit Butterblumen getüpfelten Anhöhe hinauf. Er bezweifelt, dass sie gut daran tun. Der Hang ist hier besonders steil, und sie kommen nur langsam voran, vielleicht zu langsam, um sich rechtzeitig im Bambushain auf dem Plateau verstecken zu können. Dann wissen diese Kerle genau, wo sie sind. Der Krieg hat ihn gelehrt, dass oft nicht der erste Fehler der ausschlaggebende ist. Der erste Fehler war, dass sie den Krieg verloren haben, aber der zweite, der ihn beinahe das Leben gekostet hätte, dass sie nach der Kapitulation dachten, nun sei wirklich alles vorüber, und nicht mit einer dermaßen tödlichen Ranküne von Maos Volksbefreiungsarmee rechneten. Diesmal war sein erster Fehler ein einziges Wort in einer fremden Sprache: *Welcome*. Vielleicht ist er jetzt dabei, einen weiteren Fehler zu machen, den größten seines Lebens. Die Sonne funkelt in der Windschutzscheibe des Jeeps, als dieser, durch die tiefen Schlaglöcher holpernd, auf dem letzten Stück der Steigung zwischen den Bäumen auftaucht. Er zieht eine ölige, blauschwarze Rauchwolke hinter sich her. Hideki humpelt von der Veranda und geht um das Haus herum an die Position, die er sich für seinen Plan ausgeguckt hat, das dichte Grün am Schuppen. Der

Kolben vom 38er pendelt gegen sein Bein. Er bahnt sich einen Weg ins Gestrüpp, die ihn streifenden Zweige und Dornen können seinem Gesicht nichts mehr anhaben.

Zwischen den Blättern hindurch kann er die Schuppentür im Auge behalten. Er hört den Jeep vorüberfahren und anhalten; Türen zuschlagen; Schritte auf der Veranda, im Haus. Er nimmt das Gewehr in die Hände. Seine Finger streichen über die in den Kolben gekerbten Schriftzeichen, den Namenszug seines Großvaters, der das Gewehr als junger Mann in der Stadt kaufte und es später seinem Vater vermachte, das Gewehr, mit dem sie Kaninchen, Hirsche und Bären schossen, nie auf einen Menschen. Im Haus bellt eine Stimme, er schaudert, als er sie wiedererkennt. Er hört Schläge, etwas Schweres – sein Vater, nimmt er an – fällt auf den Boden wie ein Sack Kartoffeln. Die Schritte verlagern sich von der Veranda in seine Richtung, genau so, wie er es sich in den vergangenen Nächten ausgemalt hat. Er lehnt seine Krücke an den Schuppen und drückt das Gewehr, schwer und tröstlich, an seine Schulter. Der warme Wind trägt den Duft der blühenden Wildblumen mit sich. Bienen in den Stauden summen um seinen Kopf herum. Mit seinem Ärmel wischt er sich den Schweiß von der Nase. Er hat keine Angst mehr, verspürt keine Wut. Er ist nur ganz einfach bereit zu töten. Nicht, weil man ihm den Befehl dazu erteilt hätte, nicht, weil er gelernt hätte, alle außer den eigenen Leuten als Vieh zu betrachten. Nein, weil er selbst zu dem Schluss gelangt ist, dass keine andere Wahl bleibt. Entweder sie oder er.

Der magere Mann mit dem langen Gesicht und den schmalen Lippen taucht in seinem Blickfeld auf, wie ein raubgieriges Tier auf den Schuppen zuschleichend. Seine Pistole steckt im Holster, er glaubt offenbar, wenig befürchten zu müssen in diesem Dorf von Männern, die keinen Finger rührten, als ihre Töchter und Frauen geschändet wurden.

In dem Moment, da seine Hand die Türklinke des Schuppens anfasst, ruft Hideki ihn. »Mister!«

Langsam dreht sich der Mann um. Die trüben, ausdrucksleeren

Augen blicken suchend umher, und als sie im Grün den Lauf mit dem Bajonett entdeckt haben, senkt sich ihr Blick auf Hidekis lahmes Bein, das keinen Bodenkontakt hat. Mit dem Gewehr in den Händen balanciert Hideki, vor Anstrengung zitternd, auf seinem gesunden Bein. *Welcome, fish, village, does this bus stop near the zoo?* Die fremden Wörter schießen ihm durch den Kopf, keines davon geeignet, in dieses glatte, maskenhafte Gesicht geschleudert zu werden. Der Blick des Mannes verharrt selbst jetzt, da ein Gewehr auf seine Brust gerichtet ist, in Ausdruckslosigkeit. Der Abzug drückt in das weiche Fleisch von Hidekis Finger. Da duckt sich der Mann mit einer schnellen, unerwarteten Bewegung wie beim Start eines Sprintwettkampfs und stürmt auf ihn los. Der Schuss trifft die Schulter des Mannes. Der fasst mit einem Schrei an die Stelle, wo sich ein roter Fleck in seinem Kakihemd abzuzeichnen beginnt. Knurrend dreht sich der Mann um die eigene Achse und schwankt von ihm weg Richtung Hinterhof. Mit pochenden Schläfen folgt Hideki ihm über blutbetupftes strohiges Sommergras. Die Hühner stieben hinter dem Bambusgatter ihres Geheges zu allen Seiten auseinander, und die Ziege rasselt an ihrer Kette, als er zum zweiten Schuss anlegt. Er könnte dem Mann, der quer durch die Beete des Gemüsegartens zu entkommen versucht, jetzt in den Hinterkopf schießen, doch er hat sich etwas anderes vorgenommen. Erst als der Mann zu seinem Holster greift, drückt er zum zweiten Mal ab, und Blut spritzt aus dessen Oberschenkel. Der Mann sinkt zusammen und wälzt sich blutend und fluchend im Mizuna-Salat. Hideki humpelt zu dem Mann hinüber, der sich hingesetzt hat und mit beiden Händen seinen Oberschenkel hält. Er kommt ihm so nah, dass er seinen säuerlichen Atem riechen kann. »He!«, schreit er den Mann an. »He!«

Es dauert einen Moment, bevor eine Reaktion erfolgt, aber dann ist der Moment gekommen: Das schmerzverzerrte Gesicht dreht sich nach oben. Der Mund mit den schmalen Lippen steht offen. Der Mann schaut an dem auf ihn gerichteten Bajonett entlang, und seine blutverschmierten Hände lassen das Bein los und strecken sich flehend zu

Hideki hin. Aus dem Mund quellen Worte, die Hideki nicht versteht. Vielleicht bittet der Mann um Gnade, vielleicht ruft er nach seiner Mutter. Kaum noch imstande, sein Gewicht auf dem einen Bein abzufangen und das Gewehr ruhig zu halten, bohrt er den Blick in den des Mannes, so tief wie möglich in diese unermessliche Leere, in die er in seinen Träumen hineingesogen wurde. Endlich füllen sich die Augen unter einem Schleier, dunkel wie nasser Schiefer, mit Angst. Hideki hebt das Gewehr etwas an, holt tief Luft und stößt das Bajonett mit voller Wucht in das weiche Fleisch unterhalb des Hosengürtels. Das Jammern des Mannes im Ohr, zieht er dessen Armeepistole aus dem Holster. Als er sich wieder aufrichtet, sieht er hinten am Berghang den Großen mit den Locken und den Kleinen mit dem Bürstenschnitt auf halber Höhe stehen bleiben, wie Jagdhunde, die einen Fasan gewittert haben. Sie spähen angespannt umher und versuchen auszumachen, von wo das Gejammer kommt. Sie scheinen sich kurz zu beraten und gelangen offenbar zu dem Beschluss, von der hinter dem Bambushain winkenden Beute abzulassen. Vom Hang herunter kommen sie geradewegs auf ihren Hinterhof zu.

Das Magazin vom 38er enthält noch drei Patronen. Hideki humpelt von dem stöhnenden Mann weg und lässt sich an der Seitenwand des Schuppens auf die Knie fallen. Auch wenn sein Leben davon abhinge, er könnte nicht eine Sekunde länger auf dem einen Bein stehen. Sein Atem fliegt. Das Wehgeschrei des Mannes im Gemüsegarten schwillt zum Lockruf für seine Kameraden an, die unter einem wolkenlosen Himmel vom Berghang herabeilen.

Good morning, good afternoon, good night.

Mit den Knien in der Erde füllt Hideki das Magazin mit den Patronen aus seiner Hosentasche auf. Er verriegelt das Gewehr und legt es auf seinen Schoß, um ein paar Sekunden von dem Gewicht befreit zu sein. Doch hinter ihm werden Schritte laut, und schnell nimmt er das Gewehr in beide Hände. Er dreht sich um. Eine Axt über der Schulter, läuft sein Vater mit großen Schritten an ihm entlang in den Gemüsegarten.

»Vater«, keucht er, »da hinten kommen noch zwei.«

Ohne sich von seinen Worten aufhalten zu lassen, rammt sein Vater die Axt in den Brustkasten des verletzten Mannes im Salatbeet. Ein trockenes Knacken ist zu hören, wie von einem Bündel Reisig unter einem Autoreifen. Die Axt schwingt schon wieder durch die Luft. Als die Schneide den Hals des Mannes trifft, zerplatzt etwas, und es ist urplötzlich still. Sein Vater lässt die Axt sinken und sieht Hideki an, fassungslos. Er bedeutet seinem Vater, sich hinter ihn zu stellen.

Die beiden Amerikaner tauchen mit gezückten Pistolen am Zaun des Hinterhofs auf, und der Kleine mit dem Bürstenschnitt tritt die Bambustür ein. Hideki drückt den Gewehrkolben an seine Schulter und nimmt den Oberkörper des kleinen Mannes ins Visier, der als Erster den Hof betritt. Doch noch bevor Hideki abdrücken kann, fällt ein Schuss. Verwirrt fragt er sich, ob auf ihn oder seinen Vater geschossen worden ist, doch da klappt der Affe mit den dunklen Locken über den Zaun. Der kleine Mann dreht sich mit seiner Pistole in der Hand um und schaut in die Richtung, aus der der Schuss kam.

Hideki schießt auf seinen Oberkörper. Der Mann fasst an den Kragen seines Oberhemds, als wollte er es auseinanderreißen, und fällt langsam und ohne einen Laut von sich zu geben um.

»Zieh mich hoch, Vater!«, zischt Hideki. Sein Vater hilft ihm auf und stützt ihn, während sie zu den beiden verletzten Männern gehen. Hinter den Bohnen wird das erhitzte Gesicht von Keijis Vater sichtbar, der hochhüpfend über den Zaun zu schauen versucht. Das Gewehr im Anschlag betritt er das Grundstück. Die beiden Männer winseln und winden sich. Keijis Vater und Hideki wechseln einen Blick, dann macht Keijis Vater kurzen Prozess. Aus nächster Nähe schießt er dem Affen in den Hinterkopf. Dem Kleinen jagt er eine Kugel durch die Schläfe.

Das Blut der Männer ergießt sich über das Gras und das Bohnenbeet seiner Mutter und tränkt die Pflanzen und ihre Wurzeln.

»Wo ist der andere?« Die Hände von Keijis Vater sind mit feinen, roten Spritzern überzogen.

Hideki deutet mit dem Kopf zur anderen Seite des Grundstücks.

»Tot?«, erkundigt sich Keijis Vater.

»Es ist getan«, antwortet er.

Still stehen sie sich gegenüber, schwer atmend, ohne klare Gedanken. Einen Bambusspeer in der Hand wie ein Indianer, kommt Keiji auf den Hof gerannt. Mit wildem Blick schaut er umher. Der große Kerl hängt immer noch über dem Zaun, und der Kleine liegt mit dem Gesicht nach oben auf dem Boden, die Augen halb geöffnet, die Arme in einer Haltung ausgebreitet, die an ein kleines Kind erinnert, das gleich von seiner Mutter in die Wiege gehoben wird.

»Sie müssen weg«, sagt Hideki zu Keijis Vater.

Keijis Vater nickt. Wieder sehen sie sich schweigend an und richten den Blick dann, als sei ihnen gleichzeitig ein und derselbe Gedanke gekommen, auf Keiji. Auf der Innenseite seiner Wange kauend, starrt der Junge wie in Trance auf die Leichen, auf das Blut, das dunkel, fast schwarz in der Erde versickert. Er schaudert und drückt sich an seinen Vater. »Junge.« Behutsam nimmt Keijis Vater das Kinn seines Sohnes zwischen Daumen und Zeigefinger und dreht dessen Kopf so, dass er ihm direkt in die runden, glühenden Augen schaut. »Hierüber darfst du nie mit irgendjemandem reden. Hast du verstanden?«

Keiji antwortet nicht, kaut nur und starrt.

Am Ende dieser Nacht sitzt Hideki auf der Veranda im Dunkeln. Die Leichen und der Jeep sind weggeschafft. Die Todesschreie verhallt. Aus den fernen Zedern erklingt der Ruf einer Eule. Sein Vater setzt sich neben ihn und legt ihm, ohne etwas zu sagen, die Hand auf den Kopf. Still bleiben sie so sitzen. Er erinnert sich daran, wie sein Vater früher, als er noch ein kleiner Junge war, manchmal die schwielige Waldarbeiterhand auf seinen Kopf legte. Weil er mit einem guten Schulzeugnis nach Hause gekommen war oder weil er seinem Vater im Wald beim Sägen geholfen hatte. So teilte ihm sein Vater auf seine Art mit, was er empfand. In dieser Nacht ruht die Hand, älter, steifer, härter, aber noch immer dieselbe, minutenlang auf seinem Kopf.

17

Klopf-klopf! Bäng-bäng! Überall hört man Bauarbeiten. Sie sind in seinem Wagen unterwegs zum Bahnhof. Michiko schließt die Augen. Durch das Fenster fällt gleißendes Licht auf ihr Gesicht. Die Sonne als zaghaftes Geschenk des Frühlings, man könnte sie fast genießen. Eine Woche lang hat Michiko in dem Gasthof gewohnt und auf ihn gewartet. Wie er versprochen hatte, kam er jeden Abend, aber nicht ein einziges Mal blieb er über Nacht. Es war sehr still in ihrer Unterkunft, und nur, wenn sie einen Spaziergang machte, bekam sie Menschen zu sehen. Sie traute sich nicht, weit zu gehen. Sie kennt die Geschichten von Verbrechen und Gesetzlosigkeit in den Vororten. Raubüberfälle, Vergewaltigungen, Morde, namenlose Opfer. Tokios Polizisten tragen zerlumpte Uniformen, haben keine Dienstfahrzeuge, mit denen sie in die Vororte gelangen könnten. Auch das ist ein Aspekt des Friedens. Nach so einem kurzen Spaziergang ist sie immer schnell wieder in ihr Zimmer zurückgekehrt, wie ein Vogel, der sich in sein Nest duckt. Ein sicheres Plätzchen auf der Welt, für eine Woche.

»Ich kann hier nicht bleiben«, hat sie zu ihm gesagt. Es war aussichtslos, noch länger in dem Gasthof zu wohnen, wo sie nichts anderes zu tun hatte, als auf ihn zu warten. Das hätte sie vollkommen abhängig von ihm gemacht, von dem Mann, der das Hotel bezahlte und sie abends aufsuchte, dem Mann, dessen Frau demnächst nach Tokio kommt und der, auch wenn er es nicht offen ausspricht, erleichtert ist, wenn sie »für eine Weile« verschwindet.

Er hat nichts dagegen einzuwenden gehabt.

An diesem strahlend hellen frühen Morgen gibt sie ihm den Zettel mit dem Namen des Dorfes in den Bergen. Sie fahren langsam durch die Stadt dem Bahnhof entgegen. Überall Hämmern und Poltern von Steinen, die aufeinandergeschichtet werden. Klopf-klopf! Bäng-bäng! Von frühmorgens bis spätabends. Der Besatzer arbeitet an Reformen in der Verwaltung, der Justiz, der Wirtschaft; der Besatzer baut die Demokratie auf. Man kann es jeden Tag in der Zeitung lesen und im Radio hören. Doch die Nachrichten, die diese Geräusche verbreiten, sind die schönsten. Brett für Brett, Stein für Stein wird das neue Japan aufgebaut. Neue Häuser und Gebäude für ein Land, in dem das Leben irgendwann wieder lebenswert sein wird; darauf konzentrieren sie sich. Mit Händen, Kränen, Hämmern, Meißeln. Jedem werden Opfer abverlangt, kleine, große. Wenn dies das Opfer ist, das ihr abverlangt wird, dann wird sie es akzeptieren. Wie könnte sie auch erwarten, dass mit dem Tod ihrer Eltern die Rechnung für sie bereits beglichen wäre, dass sie aus diesem Grund Anspruch auf einen Gastaufenthalt am Konservatorium in Frankfurt hätte? Keiner verdient Privilegien, schon gar nicht der, der sie erwartet. Sie hat erwogen, in Tokio zu bleiben, ohne Schutz von irgendwem, das Risiko einzugehen. Hier Arbeit zu suchen, einen Platz zum Leben. Aber es gibt keine Arbeit, es gibt kein Dach über dem Kopf. Es gibt nur lange Warteschlangen. Überall lange Schlangen von Menschen, die für Reis anstehen, den es nicht gibt, für bezahlte Arbeit, die es nicht gibt. Zerstörte Gebäude werden abgerissen. Staubwolken steigen aus den Trümmern auf. Wo Häuser standen, sind jetzt namenlose Massengräber. Möge Wind aufkommen. Den Staub verwehen. Die Asche, dieser schwerelose Fluch, muss weg. Die Asche von Asakusa, die Asche von Tokio, die Asche der Toten.

Er steckt den Zettel in die Innentasche seines Jacketts. Sie kann die Wäschestärke in seinem blütenweißen Oberhemd riechen.

»In ein, zwei Monaten sieht alles anders aus«, sagt er.

Anfangs hat er es so dahingesagt, von den Ereignissen, vom Zufall gelenkt, ohne genau zu wissen, worauf er hinauswollte, aber jetzt, da ihre Abreise unmittelbar bevorsteht und seine Frau zu ihm unterwegs ist, weiß er es. Und sie weiß es auch. Sie schiebt ihre Hände zwischen ihre Schenkel und presst diese so fest zusammen, dass sie das Blut in ihren Adern stocken fühlt. Sie nickt, ohne ihn anzusehen.

»Ich kenne inzwischen genügend Leute in Tokio«, fährt er fort. »Ich werde dir helfen, wenn du zurückkommst.«

Zurückkommen, denkt sie. Immer schön der Reihe nach: erst einmal fortgehen. »Zurück« bedeutet in diesem Moment nichts anderes als zurück in die Berge, in das Dorf, zu ihren Verwandten. »Zurück« heißt fort. Fort aus Tokio, fort aus ihrem Leben. Eine lange, stille Woche lang hat sie Zeit gehabt, darüber nachzudenken, was dieser Mann ihr bedeutet. Sie glaubt, dass sie ihn wirklich gernhat, da können Frau Haffner und Frau Tsukahara, die Köchin, tausendmal sagen, er sei ein Ehebrecher, der sie in die Gosse ziehen und ins Verderben stürzen werde. In einem anderen Leben hätten sie es zusammen gut haben können. Wären keine anderen Kräfte im Spiel, sondern nur er und sie, gäbe es eine gemeinsame Zukunft. Reue darüber, dass sie mit ihm geschlafen hat, dass er ihr erster Mann gewesen ist, verspürt sie nicht. Wohl aber tiefe Enttäuschung darüber, dass Frau Haffner, die selbst mehrere Liebhaber hat, ihren Umgang mit ihm zum Anlass dafür genommen hat, sie zu strafen. Frau Haffner wollte sie loswerden. Und nun – eine Wahrheit, um die sie beide nicht herumkommen – will auch er sie loswerden. Für eine Weile. Aber sie nimmt ihm nichts übel. Sie darf nichts von ihm erwarten. Er ist ihr gegenüber zu nichts verpflichtet. Was sie einander zu geben haben, war und ist nicht bindend. Auch wenn es neben der Bahnfahrkarte für die erste Klasse, die er ihr gekauft hat, alles ist, was sie hat.

Die Straßen werden voller und voller. Überall sind Menschen unterwegs. Von einem offenen Lastwagen mit zerbeulten und mit Rostschutzfarbe gefleckten Kotflügeln fallen Kisten. Sie müssen warten, während der klapperdürre Lastwagenfahrer, der noch immer seine Zivilschutzuniform trägt, eine Verbeugung vor Benson macht und mit erstaunlicher Kraft die vor ihnen auf die Straße gepurzelten Kisten wieder auf seinen Lastwagen hievt. Sie öffnet ein wenig das Fenster auf ihrer Seite. Auf dem Gehweg voller Löcher und Risse läuft ein Elternpaar mit zwei stoppelhaarigen kleinen Jungen in kurzen Hosen, die singend vor Vater und Mutter herhüpfen.

»Zehntausend Shaku hoch in den Bergen«, singen die kleinen Jungen mit fröhlichen, hellen Stimmchen. Sie halten sich an der Hand.

Sie kennt das Lied aus ihrer Kindheit. Die Lehrerin dirigierte es mit einem Holzlineal. Die ersten Lieder, die ersten Winke ihrer Berufung.

»Droben auf dem mächtigen Koyari«, tönen die Stimmchen.

»Tanzen wir alle den Tanz der Berge. Hay!«

Da laufen sie, in diesem Meer von Menschen auf der Suche nach etwas zu essen. Menschen, die an Türen klopfen, sich die Sohlen ablaufen, um am anderen Ende der Stadt wieder an andere Türen zu klopfen, von hier nach dort und wieder zurück.

Immer wieder zurück.

Aber diese kleinen Jungen sind auf dem Weg zu etwas, was sich lohnt. Sie schaut eine Weile zu den Eltern hinüber und versucht, sich ihr Leben vorzustellen.

Als sie merkt, dass er ihr Gesicht betrachtet, fühlt sie sich ertappt und schließt das Fenster. Sie richtet den Blick geradeaus. Es geht wieder weiter. *Droben auf dem mächtigen Koyari.*

Der Wagen hat vor dem Bahnhof angehalten und bleibt stehen, während sie beide schweigend auf der Rückbank verharren. Der im Wind aufwirbelnde Staub sieht im grellen Sonnenlicht aus wie Goldstaub. Bevor sie aussteigen, reicht er ihr eine kleine Schachtel in Geschenkpapier. Sie öffnet sie. Auf einem Kissen aus rotem Samt liegt ein goldener Ring mit einem hellblauen, durchsichtigen Stein. Er schiebt ihn ihr auf den Finger. Es ist ein so wunderschöner Ring, dass sie kein Wort herausbringt.

»Damit du an mich denkst, wenn du dort bist«, sagt er.

Zwei Polizisten verneigen sich tief, als sie aus dem Auto gestiegen sind. Er besteht darauf, dass sie sich an einem Stand noch etwas Reiseproviant besorgt. Er ermuntert sie, mehr zu nehmen, als sie benötigt, Pastetchen, Reisbällchen mit süßsaurem Gemüse und Obst. Überall sind jetzt Menschen. So viele, obwohl die frühen Züge, die vollsten, die schlimmsten, die Hamsterfahrtzüge, beladen mit Horden von Städtern, die auf Nahrungssuche ausziehen, schon weg sind. Die Leute versuchen, binnen einem Tag hinaus aufs Land und wieder zurück in die Stadt zu reisen, damit sie nirgends übernachten müssen, denn mit ein paar Pfund Reis, Süßkartoffeln oder gedörrtem Schweinefleisch im Proviantbeutel ist das nicht ungefährlich. Auch jetzt, am späten Vormittag, gibt es lange Schlangen abgerissener, verzweifelter Menschen, die mit den Zügen wegwollen. Mit hungrigen Augen rücken sie drängelnd und schubsend auf. Die Schwächsten werden an den Rand und nach hinten gedrängt. Für die ganz hinten steht in den Sternen, ob sie noch einen Zug erreichen werden. Manchmal kommen die Züge erst gar nicht, und so gut wie immer haben sie Verspätung und sind überfüllt. Trotzdem verteidigt jeder erbittert seinen Platz in der Schlange. Er lotst sie durch die Menge, die wie von selbst vor ihm auseinanderweicht. Die Treppen, die sie hinaufgehen, sind von auf Pappfetzen kauernden Menschen belagert, die jeden Glauben verloren haben. Männer, Frauen, Kinder, die Blicke leer und niedergeschlagen. Sie schämt sich ihm gegenüber für diese Menschen mit Würmern und Läusen. Bleibt nicht hier hocken, denkt sie, steht auf.

Mit der Fahrkarte für die erste Klasse lotst er sie an den Schlangen vorbei und durch die Sperre, wo die Kontrolleure sich tief vor ihm verneigen. Auf dem Bahnsteig wird an den Türen der schäbigen Dritte-Klasse-Waggons geschubst und gezerrt und geschimpft. Große Bündel werden durch die kaputten Fenster ins Innere gestopft. Beim einzigen und nahezu leeren Erste-Klasse-Wagen geht es erheblich ruhiger zu. Bevor sie einsteigt, nimmt er sie in seine Arme. Sie schmiegt sich an ihn und schließt die Augen. Für einen Moment bildet sie sich ein, sie fahre nicht weg, sondern komme an, und er habe sie erwartet. Und für diesen einen Moment versucht sie das Gefühl des Verlusts abzustreifen, das ihr Leben beherrscht.

»Auf Wiedersehen«, sagt sie, ohne ihn anzusehen.

Sie nimmt auf einer leeren, weichen Sitzbank Platz, das Päckchen Proviant auf dem Schoß. Die Blicke der anderen Fahrgäste, Amerikaner und Europäer, sind auf sie, die einzige Japanerin, gerichtet.

Er winkt ihr, und als sie den Blick von ihm löst, bemüht sie sich, nicht so auszusehen wie die hoffnungslosen Menschen auf den Bahnhofstreppen. Auf keinen Fall darf er in ihrem Gesicht eine Spur von dieser resignierten Mutlosigkeit entdecken. Sie schaut erst wieder aus dem Fenster, als sie sich sicher sein kann, dass er nicht mehr da ist.

Der Zug ist kaum abgefahren, als ein Schaffner kommt, um nach der Fahrkarte zu fragen, nur sie, sonst niemanden im Wagen. Sie zeigt sie ihm.

»Reisen Sie allein?«

Sie nickt.

»Dann dürfen Sie nicht hier sitzen.«

»Verzeihen Sie, Herr Schaffner, aber das ist doch eine Fahrkarte für die erste Klasse, oder?«

»Ja, aber wenn Sie allein reisen, dürfen Sie nicht hier sitzen.«

»Verzeihen Sie, Herr Schaffner, aber was meinen Sie mit ›allein‹?«

»Ohne Begleitung von jemandem, der sich als autorisiert ausweisen kann.«

Autorisiert? Er meint den Ausweis der Besatzer oder den Ausweis eines niederländischen Richters. Für Japaner verboten, ist es das, was er ihr eigentlich verdeutlichen will?

»Sie haben diese Karte sicher nicht selbst gekauft, sonst hätte man es Ihnen gesagt. Es tut mir leid, so sind die Vorschriften. Sie können mit dieser Karte aber schon allein in der zweiten Klasse fahren, nur hat dieser Zug keine Wagen der zweiten Klasse. Ich muss Sie ersuchen, beim nächsten Halt in einen der anderen Wagen umzusteigen.«

Sie verneigt sich vor dem Schaffner, sagt, dass es ihr leidtue, dass sie sich vertan habe, und dankt ihm für seine Erläuterung. Sie hasst ihn, mit seiner Mütze und seiner Lochzange, sie hasst diesen Zug ohne Zweite-Klasse-Wagen, und sie hasst all die als autorisiert ausgewiesenen Menschen, die sie jetzt angaffen. Sie verneigt sich erneut vor dem Schaffner und entschuldigt sich abermals.

Am nächsten Bahnhof gelingt es ihr mit größter Mühe, sich in einen der Dritte-Klasse-Wagen zu zwängen. Die kaputten Fensterscheiben sind mit Brettern vernagelt. Jeder Sitzplatz ist belegt, jeder Quadratdezimeter vom Gang ist okkupiert. Große Bündel blockieren den Durchgang, Menschen liegen und sitzen zwischen den dichtbesetzten Bänken auf dem Boden. An den Türen stehen die, die als Letzte hereingekommen sind, dicht an dicht. Da ist kein Platz für sie. Sie versteckt ihre Handtasche unter ihrem Mantel und zwängt sich zwischen den unrasierten, nach Schweiß stinkenden Männern hindurch, bis sie zwischen diesen Leibern stecken bleibt. Neben ihr kratzt sich ein älterer Mann in einem fort unter seinem Hemd. Er kratzt und kratzt und stöhnt dabei leise. Ein anderer Mann, den sie nicht sehen kann, weil er hinter ihr steht, presst seinen Unterleib an sie. Sie riecht seinen säuerlichen Atem und spürt sein Reiben und Stoßen im Rhythmus des rüttelnden Zuges. Der Zug knirscht und quietscht auf den rostigen Weichen. Irgendwo im Wagen ist das monotone Schreien eines hungrigen Babys zu hören. Sie steckt zwischen den Leibern dieser Kerle fest. Sie spürt, wie ihr das Proviantpäckchen aus den Händen gezogen wird, langsam, stetig, unaufhaltsam.

»Lass das«, herrscht sie den Dieb an, einen Mann mit tief liegenden Augen in einem finsteren Gesicht mit teilnahmsloser Miene. Aber sie kann sich nicht rühren, und ihr Proviant geht schon in andere Hände über, um dann hinter anderen Rücken zu verschwinden, als wäre er nie da gewesen. Sie schaut sich um, doch niemand hat die Absicht, sich für sie einzusetzen. Der alte Mann, der sich nach wie vor kratzt wie verrückt und von Zeit zu Zeit wild den Kopf schüttelt, schielt auf ihren Ring mit dem blauen Stein. Sie legt die andere Hand darüber und hält ihn fest. Ist das jetzt das Leben?, denkt sie. Ist das die

Antwort auf ihre Träume von Frankfurt, vom hohen C im *Rosenkavalier*, das sie erreichen möchte? Die eiskalten Blicke dieser Diebe. Mit der gleichen kalten Erbarmungslosigkeit pulverisiert das Leben die Pläne, die sie sich zurechtgelegt hatte.

Die Temperatur im Wagen steigt. Sie ist eine Japanerin unter ihresgleichen, drittklassig. Alles stinkt, alles ist schmutzig. Und auch wenn sie saubere Kleider und Lederschuhe ohne Löcher trägt, erwarten darf sie nichts.

18

Er steht jeden Tag früh auf, früher als nötig. Er frühstückt in seinem
Zimmer, geht die Akten für den jeweiligen Tag durch und fehlt bei
keiner einzigen Verhandlung. Und das, obwohl viele der Zeugenaussagen aus Wiederholungen von Gräueltaten bestehen, auf die dann
Wiederholungen von deren Leugnung folgen. Nach der Verhandlung kehrt er ins Hotel zurück, wo er im hintersten Winkel des Restaurants ganz für sich allein ein rasches Abendessen einnimmt. Anschließend tippt er die Notizen, die er sich während der Verhandlung
gemacht hat, ins Reine. Da sein Bett neben dem Schreibtisch steht,
kann er durchmachen, bis ihm die Augen zufallen, beziehungsweise
schnell eine plötzliche Eingebung zu Papier bringen, wenn er nachts
wach wird.

Für ein Tennismatch oder einen Ausritt im Park gönnt er sich
keine Zeit. Seinen Kollegen geht er so weit wie möglich aus dem
Weg, und wenn er mal mit einem von ihnen im Aufzug steht, weiß
er nicht, wie er sich geben soll. Weder im Hotel noch im Gerichtssaal möchte er auffallen. Er möchte niemandem lästig sein. Und er
möchte erst recht niemanden gegen sich aufbringen. Doch so bescheiden er sich auch gibt, seine Kollegen bleiben unverändert ab-
lehnend und distanziert. Sein Auftritt im Richterzimmer wird ihm
nicht verziehen, man zweifelt seither an seiner Vertrauenswürdig-
keit. Tagelang spricht er mit niemandem, und niemand spricht mit
ihm. Sein Kopf ist voller Gedanken. Er erstickt fast an unausgesprochenen Worten. »Du brauchst morgen nicht in die Schule zu gehen«,
hat seine Mutter an jenem fernen Winterabend gesagt, an dem man
die Leiche seines Vaters aus dem Kanal gefischt hatte. Sie ging davon
aus, dass er dem nicht gewachsen war. Ihr Weinen ließ ihn in jener

161

Nacht kein Auge zutun. Als sie endlich eingeschlafen war, stand er auf, schmierte sich seine Pausenbrote und packte seine Tasche. Wie jeden Tag ging er rechtzeitig aus dem Haus und radelte zur Schule. Mit Standhaftigkeit und Fleiß kommt er auch jetzt über die Runden.

Im Aktenlesesaal vermerkt er in seinem Notizblock die Äußerung eines japanischen Truppenarztes, der während der japanischen Besatzung in Niederländisch-Indien stationiert war: »Europäer sind Kulis, Untermenschen und verdienen kein Mitgefühl.« Darin tritt eine bittere universelle Wahrheit zutage, die vielleicht sogar der Kern der menschlichen Tragödie ist. In Europa, in Asien, in Südamerika, auf allen Kontinenten sind die Menschen im Grunde gleich. Mit ihren fundamentalistischen politischen und religiösen Überzeugungen und ihrem verbohrten Patriotismus, ihren instinktgesteuerten Entscheidungen, ihren Auffassungen von sogenannten minderwertigen Völkern, immer am Rande des Rassismus oder schon darüber hinaus. Dorien logiert derzeit auf der verwüsteten Plantage ihres Onkels in Batavia, der mit seiner Familie, bis auf seine jüngste Tochter, den Hunger und die Grausamkeiten der Lager überlebt hat – ebenden Horror, den der japanische Truppenarzt ungerührt beschönigt.

Müde vom anstrengenden Lesen und Schreiben starrt er auf die blaugrauen Umschläge der von ihm angeforderten Dokumente. Er ist frustriert, aber auch erleichtert, dass Michiko nicht mehr und Dorien noch nicht in Tokio ist, dass er ganz allein ist in der Stille des bis an die Decke mit Dokumenten angefüllten Raums, wo er versucht, sein Verständnis der Anklage zu verfeinern, seine Gedanken über die Zeugenaussagen zu vertiefen. Es ist warm geworden unter den summenden Deckenleuchten. Er zieht sein Jackett aus und hängt es ordentlich über die Rückenlehne seines Stuhls. Zum ersten Mal gestattet er sich, Doriens Kommen zu hinterfragen. Seit sechzehn Jahren kennen sie sich, seit dreizehn davon als Mann und Frau. Er glaubte, über Dorien und das Leben mit ihr bestens Bescheid zu wissen. Aber jetzt, während er den Füllfederhalter unter den Fingern auf der Tischplatte hin- und herrollen lässt, ist er sich seiner Sache nicht mehr so sicher.

In Gedanken kehrt er zurück auf den Tennisplatz des Leidener Mixed Lawn Tennisvereins für Studenten, zu dem schaukelnden Licht in den ihn säumenden Linden, zu dem prachtvollen Geräusch eines perfekt ausgeführten Schmetterballs, zum Geruch jenes Sommers, als er zweiundzwanzig Jahre alt war und zusammen mit Doriens Cousin Rudolf die Meisterschaft im Doppel gewann. Sie bekamen jeder einen Pokal mit einem Bronzemännchen darauf, das einen Ball schlägt. In seiner Studentenbude bei einem betagten Ehepaar unter dem Dach formierten sich einige bronzene Doppelgänger bereits zu einer hübschen Reihe. Auf Fotos aus jener Zeit ist er häufig in Tenniskleidung abgelichtet, das dicke, kurz geschnittene Haar gescheitelt, die sonnengebräunte Haut in schönem Kontrast zu seinen gesunden Zähnen. In dem strahlend weißen Lachen war schon sein gesteigertes Selbstbewusstsein sichtbar, ohne das er niemals mit jemandem wie Rudolf Umgang hätte haben können. Sie waren Kommilitonen und beide Mitglied der Studentenverbindung – *Virtus, Concordia, Fides*. Nach dem Finale machte Rudolf ihn mit Dorien bekannt.

Rudolfs Eltern hatten einen eigenen Tennisplatz hinter dem Haus, auf dem Rudolf und er am Wochenende regelmäßig spielten, manchmal richtige Turniere. Der schnell gelangweilte Rudolf hatte Spaß am Sport, aber pfiff auf das Leben, das er nicht sonderlich ernst nahm, und erst recht auf die Erwartungen seiner Eltern. Gegen ihn hob sich Brink vorteilhaft ab und war gern gesehen. Er kam mit Freuden. Das Haus war seit 1832 im Besitz der Familie und stand auf einem weitläufigen Grundstück mit Stallungen, Teichen und einer Gärtnerei. Die Sommerferien verbrachte auch Dorien hier. Eines Abends saß er allein draußen auf der Terrasse und rauchte eine Zigarette. Er hatte einen schönen Blick auf die abfallenden Rasenflächen und den Teich. Die Eichen in der Ferne und die Pferde, die mit gesenktem Kopf von der Weide zum Stall geführt wurden, zeichneten sich im Gegenlicht ab wie die in glühendes Orange getauchten

Silhouetten auf einem Gemälde von Monet. Dorien betrat die Terrasse und setzte sich zu ihm. Schweigend saßen sie nebeneinander und schauten auf den Nebel, der sich über dem Rasen erhob. Sie war es, die als Erste etwas sagte.

Das Schlurfen von Richter Pal reißt ihn aus seinen Erinnerungen. Mit einigen Aktenmappen unter dem Arm geht der hochgewachsene Mann kerzengerade an den Stahlregalen entlang. Sein eigenes Leben beginnt in letzter Zeit Ähnlichkeiten mit dem von Pal aufzuweisen. Pals Reserviertheit und Individualität sind in Tokio auf fruchtbaren Boden gefallen. Die Einsamkeit nimmt Pal mittlerweile als gegeben hin, er kennt es nicht anders. Wenngleich Brink einfach nicht begreifen kann, wie es ein Vater von elf Kindern und Großvater eines ganzen Kindergartens voller Enkel im fernen Ausland mit einem Übermaß an kollegialer Verachtung und Ausgrenzung anstelle des vertrauten Umgangs und der Geborgenheit in der Familie aushält. Der Familienmensch ist durch die Gewöhnung an die Isolation verdrängt worden. Brink vermutet, dass Pal insgeheim doch unter seiner Rolle des Paria leidet. Aber Pal ist stark, stark genug, um sich nicht zu einem bemitleidenswerten Opfer herabwürdigen zu lassen.

Hin und wieder eine Akte oder ein Buch im Regal studierend, nähert sich der Inder langsam seinem Tisch. Als er Pal zunickt, fasst sein Kollege das als Einladung auf, etwas zu sagen. Brink kommt der Gedanke, dass außer dem einen oder anderen Hotelangestellten er wahrscheinlich der Einzige ist, der gelegentlich mit dem indischen Richter spricht.

»Die nächste Woche wird insbesondere für Sie eine interessante Woche. Oder irre ich mich, Brink?« Er hat Haarschuppen auf seinem Revers.

»Wegen der Aussagen über Niederländisch-Indien, meinen Sie?«

»Indonesien.«

»Es dürfte für die Verteidigung nicht so leicht werden, die Anklage zu durchlöchern. Die ist sehr solide und gut fundiert. Das ist ja auch bedeutsam. Fast eine halbe Million Reichsgenossen sind während des Krieges und unter japanischer Besatzung gefallen.«

»Reichsgenossen.« Ein spöttisches Lächeln kräuselt Pals Lippen, als er das Wort wiederholt. »Die kolonialistische Semantik ist nicht zu übertreffen. Königin Victoria nannte sich ohne viel Federlesens ›Kaiserin von Indien‹. *Reichsgenossen* suggeriert Einheit, natürliche, unverbrüchliche Verbundenheit auf freiwilliger Basis. Aber die Tage dieser sogenannten Romanze sind gezählt. Indien und England, die Niederlande und Indonesien, das wird keinen Bestand haben. Die Amerikaner haben das begriffen. Ich bezweifle zwar, dass es sie wirklich interessiert, aber die Amerikaner sind pragmatisch.«

Pal hat recht. Auch hier in Tokio kann man etwas davon wahrnehmen, dass die Blüten des Kolonialismus im Welken begriffen sind. Wenn Brink in Tokio lebenden Landsleuten begegnet, verfallen sie immer wieder in nostalgische Schwärmereien von der Zeit, da auf den Plantagen auf Java noch alles in bester Ordnung war, die Terrassen der Häuser sauber gekehrt waren, die Baboes und Landarbeiter ihre Aufgaben singend erledigten. Eine neue Ära ist angebrochen, jeder weiß das, allen voran die Amerikaner mit ihrer offenen, zukunftsorientierten Einstellung, auch wenn nicht alle glücklich darüber sind. Doch mag Pal auch recht haben und er ihm das Feuer seines nahen moralischen Triumphs zugestehen, behagen tut ihm dieses Gespräch nicht. Ihm missfällt diese moderne, obligatorisch revolutionäre Rhetorik. Inder, Indonesier, Philippiner, Malaien, Tibeter, Kongolesen, es ist stets ein und dasselbe Mantra: Kolonialismus, Sklaverei, Rohstoffdiebstahl, Brüder und Schwestern, erhebt euch, zieht gegen dieses Unrecht zu Felde. Aber er, Brink, ist ein moderater Mensch, er fühlt sich in keiner Hinsicht verantwortlich für die mit Kassenbuch und Kanonen gen Osten ausgerückte Flotte der Vereinigten Ostindischen Kompanie, wäre übrigens auch der Letzte, der das Ganze beschönigte, aber deswegen glaubt er noch lange nicht, dass man ein paar hundert Jahre später ein relativ gut verwaltetes Land, in dem Hunger und Kinderkrankheiten bekämpft werden, von einem Tag auf den anderen in sich zusammenstürzen lassen und erwarten kann, dass schon von selbst etwas Schönes an seine Stelle treten wird.

»Ich hörte, dass einige Richterfrauen ein Visum beantragt haben. Ihre Frau auch?«

»Ja, sie ist bereits auf Java, bei Verwandten.« Er kann sich gerade noch verkneifen nicht herausfordernd hinzuzufügen: holländischen Ausbeutern, wissen Sie. »In einer Woche kommt sie nach Tokio. Und Ihre Frau?«

»Nein, ihre Gesundheit lässt das nicht zu. Sie muss demnächst operiert werden, Gallensteine. Ich werde dann für eine Weile nach Indien zurückkehren, um bei ihr zu sein.«

»Und das Tribunal?«

»Ich werde alle Akten lesen, wenn ich wieder da bin.« Er zögert kurz. »Darf ich Sie fragen ... Ich sehe Sie in letzter Zeit immer allein am Tisch sitzen. Ich, äh, verstehen Sie mich nicht falsch, und fühlen Sie sich bitte zu nichts verpflichtet, aber sollte Ihnen gelegentlich nach Gesellschaft sein, seien Sie versichert, dass Sie an meinem Tisch herzlich willkommen sind.«

Als er an diesem Abend das Restaurant betritt, mit dumpfem Kopf von seinem langen Tag im Aktenlesesaal, sucht er wie gewohnt nach einem Tisch für sich allein. Als er sich schon mit einer Ausgabe von *Stars and Stripes* unter dem Arm setzen will, bemerkt er, dass Pal zu ihm herüberschaut. Nach kurzem Zögern geht er zu ihm. Er fühlt die Blicke der Kollegen am angelsächsischen Tisch, bis vor Kurzem noch »sein« Tisch, im Rücken, als er sich einen Stuhl heranzieht.

Über seinem Coq au Vin bedenkt Pal ihn, da er nun endlich jemanden am Tisch hat, mit dem er reden kann, mit einem für seine Verhältnisse äußerst lebhaften, ja versessenen Blick. Er erzählt von dem Tag, da er als frischgebackener Student mit seinen Freunden völlig aus dem Häuschen auf die Straße gerannt ist, um die Neuigkeit zu verbreiten, dass Japan die russische Flotte geschlagen habe. Zum ersten Mal hatte eine asiatische Nation dem Westen widerstanden, ja nicht nur das, die Japaner hatten Kleinholz aus den Russen gemacht. Aus seiner Miene leitet Pal offenbar ab, dass ihn das Ganze relativ kaltlässt. »Wissen Sie«, fügt er daher hinzu, »Sie können das nicht verstehen; Sie können so weit in Ihrer Geschichte zurückgehen, wie Sie wollen, Sie werden nie auf einen Sklaven stoßen, zumindest nicht in Ihrem eigenen Stammbaum.«

Während Pal ein Stückchen Hühnerfleisch auf seine Gabel spießt, es in die dunkle Soße tunkt und ein Scheibchen Bratkartoffel darauflegt, versucht Brink sich vorzustellen, wie dieser ehrwürdige, steife Mann als junger Student euphorisch schreiend durch die staubigen Straßen Bombays gerannt ist. Will Pal ihm vermitteln, dass dieser Sieg Japans Anfang des Jahrhunderts seine Berufung begründete, ein höheres Bestreben, das über den persönlichen Aufstieg des bengalischen Studenten hinausging, der durch seine Herkunft wie kein anderer weiß, was es bedeutet, diskriminiert zu werden?

»Haben Sie später nie Probleme gehabt mit diesem großjapanischen Gedanken, dem Willen, die Nummer eins zu sein, besser als alle anderen Völker?«

»Aber gewiss«, sagt Pal. »Haben Sie Konfuzius gelesen?«

»Nein.«

»Interessieren Sie sich nicht für östliche Philosophen?«

»Ich habe ganz allgemein nicht viel übrig für diese schönen und immer schöneren moralischen Theorien und Systeme«, sagt er. »So atemberaubend intelligent sie auch formuliert sind, sie haben für die Praxis kaum Relevanz.«

»Nein?«, erwidert Pal erstaunt.

»Meinen Sie etwa, dass die Männer, die uns auf der Anklagebank gegenübersitzen, dass die sich darum geschert haben? Die einzige Weisheit, von der sie sich anregen lassen, ist die Machiavellis. List und Tücke, Mord und Unterdrückung sind notwendig, um an der Macht zu bleiben. Aber für die Auffassung, dass man in der internationalen Politik ohne militärische Macht nichts erreicht, braucht man nicht einmal Machiavelli.«

Seine Vorspeise, ein Krabbencocktail mit Früchten, wird von einer Bedienung in lilafarbenem Kimono gebracht. Als er kurz zum angelsächsischen Tisch hinüberschaut, begegnet sein Blick dem von Lord Patrick. Aus den Augen des Briten spricht unverhohlene Verachtung.

»Die Machtposition, die sich Japan erwarb«, sagt Pal, »ein zunächst erfolgreiches nationales Unterfangen, dem die internationale Expansion folgte, wuchs sich zu dem egoistischen Bestreben aus, die Einflusssphäre zu sichern und möglichst noch zu vergrößern. Aber das ist der klassische Fehler, den so gut wie alle großen Nationen begangen haben und begehen. Gandhi hat darauf hingewiesen.«

»Sie sehen also ein, dass es falsch war?«

»Das hätten Sie nicht erwartet, was, von einem so fanatischen, antiwestlichen, antikolonialistischen Inder?« Verdutzt registriert Brink, dass Pal zu Selbstironie fähig ist. Sein Kollege, der jetzt offenkundig in seinem Element ist, lässt ein raues, spöttisches Lachen folgen und sagt: »Aber nicht dass Sie denken, die Angeklagten wären damit auch schuldig.«

Pal trinkt einen Schluck Wasser, wobei sein Adamsapfel auf- und abhüpft, und danach herrscht wieder der vertraute Ernst in seiner Stimme vor. »Haben Sie sich schon eine Vorstellung davon gemacht, wie es jetzt weitergeht, im Hinblick auf Ihre eigene Rolle, meine ich?«

»Ich werde die Akten studieren und den Verhandlungen im Gerichtssaal beiwohnen, wo ich Sie übrigens in letzter Zeit regelmäßig vermisse.«

»Ich lese alle Mitschriften.«

»Haben Sie sich schon mal überlegt, was die anderen denken, wenn Ihr Platz am Richtertisch wieder einmal leer bleibt?«

»Sie denken: Pal fehlt bei den Verhandlungen. Pal ist ein Faulpelz.«

»Und?«

»Ich arbeite auf meinem Zimmer. Ich schreibe ein eigenes Urteil.«

Er glaubt, sich verhört zu haben. »Wie bitte?«

»Patrick, Webb, Cramer, McDougall und Northcroft haben das

Sagen. Sie bilden mit den anderen zusammen eine Mehrheit. Und als Mehrheit werden sie sich nicht um mich scheren. Um Sie übrigens auch nicht.«

»Das sagen Sie.«

»Patrick hat in London darauf gedrungen, dass ich gehe.« Pal wirft einen Blick zu Patrick hinüber. Es ist nicht zu übersehen, dass er den Briten verachtet. Zutiefst, Pal ist kein Mann von Halbheiten. In der Hinsicht stehen sich die beiden in nichts nach. »Aber weder in London noch in Delhi noch in Tokio ist man auf Querelen erpicht. Ich glaube nicht, dass sie mich wegschicken werden. Und ich habe auch nicht vor, englische Witze auswendig zu lernen, um sie bei denen am Tisch zum Besten zu geben. Ihnen steht das noch frei. Sie werden Sie bestimmt wieder in ihre Arme schließen, wenn Sie versprechen, ein braver Junge zu sein. Ihre Lacher sind Ihnen gewiss.« Pal sieht ihn an. »Einige der Angeklagten werden eine schwere Strafe bekommen, wahrscheinlich das Todesurteil. Ich werde mein Bestes tun, um das zu verhindern, aber ich bin Realist genug, um mir darüber im Klaren zu sein, dass es nichts fruchten wird.«

»Und das nennen Sie realistisch? Ich würde eher sagen: fatalistisch. Wenn Sie sich so wenig davon erwarten, können Sie besser gleich nach Hause fahren, um Ihrer kranken Frau beizustehen.«

»Ich akzeptiere meine Rolle als Außenseiter, als Minderheit. Von daher verschwende ich meine Energie nicht auf sinnlose Aktivitäten wie abgekartete Verhandlungen und Sitzungen.«

»Ein eigenes Urteil zu schreiben, scheint mir ein Paradebeispiel für Sinnlosigkeit zu sein.«

»Mit den ersten zweihundert Seiten bin ich ziemlich zufrieden.«

»Zweihundert? Mein Gott, wie viele sollen es denn noch werden?«

»Vielleicht sechshundert, vielleicht tausend.« Er gibt ein überhebliches und provozierendes Schnauben von sich.

Brink schüttelt den Kopf. »Und das, wo Sie wissen, dass es nicht den geringsten Einfluss haben wird.«

»Es wird geschrieben sein.« Pal grinst wie ein Honigkuchenpferd.

»Dass Sie jetzt schon an einem Urteil arbeiten, spricht, finde ich, nicht für Sie. Das Verfahren ist noch in vollem Gang, und Sie haben schon jetzt Ihre Schlüsse gezogen. Sie sind ein intelligenter Mensch, da muss Ihnen doch klar sein, dass das von Voreingenommenheit zeugt. Die wichtigste Frage des Prozesses, inwieweit die Angeklagten für die Kriegsverbrechen verantwortlich sind, ist meiner Ansicht nach noch nicht beantwortet.«

»Oh, ich denke, das Ergebnis wird keine Überraschungen bergen. Von den Gräueltaten auf dem Schlachtfeld kommt Ministern und Stabschefs grundsätzlich nichts zu Ohren. In einem Krieg sind das Randerscheinungen, Hintergrundgeräusche im großen, strategischen Denken. Minister und Stabschefs werden gegen solchen Schmutz abgeschirmt, darauf bauen sie. Und die Befehlshaber an der Front wollen auch nicht, dass ihre Vorgesetzten in der fernen Hauptstadt im Bilde sind. An der Front müssen Ergebnisse verbucht werden. Wie sie zustande gekommen sind, wird sich erst später herausstellen. Nennen Sie mir ein Beispiel, wo es anders gelaufen ist. Sieht man mal vom Abwurf der Atombomben ab. Als die amerikanischen Bomber durch die Wolken stießen, hatte man auf allen Ebenen, bis hin zum Präsidenten, eine ziemlich genaue Vorstellung davon, welche Folgen das für Nagasaki und Hiroshima haben könnte.« Er hält kurz inne und beugt sich dann, die Ellenbogen auf den Tisch gestützt, zu ihm herüber. »Das muss man den Amerikanern lassen, sie kommen mit allem durch.«

Als er das Restaurant verlässt, erwartet ihn Willink, der niederländische Botschafter in Tokio, mit einem großen Umschlag in der Hand in der Lobby. Sie nehmen in den Ledersesseln dort Platz. Willink legt den Umschlag mit seinem Hut obendrauf auf den Tisch und lehnt sich zurück. Er ist um die fünfzig, klein und breit und trägt einen wie angegossen sitzenden dunkelblauen Anzug mit weißem Hemd und passender Krawatte. Selbst wenn er ruhig dasitzt, verströmt er die Energie, die man von einem Mann erwarten darf, der, davon ist jedermann in Tokio überzeugt, auf dem Weg dazu ist, ein ganz Großer zu werden. Studium in Leiden, Außenministerium, Vizegouverneur in Batavia und jetzt Tokio als letzter Zwischenstopp vor der großen Aufgabe im Herzen der vaterländischen Politik. Willink hat die Aura eines Mannes, der über alles auf dem Laufenden ist und stets höflich und unaufdringlich die Interessen seines Landes vertritt. Wie alle anderen findet Brink den Mann mit dem blonden, silbergrau gesträhnten Haar sympathisch, obwohl nicht zu übersehen ist, dass Willink mit den Eigenschaften eines gewieften Diplomaten ausgestattet ist.

»Deine Frau wird mit ein paar anderen Niederländern zusammen am Dienstag eintreffen«, eröffnet Willink das Gespräch. »Ein schöner Anlass, um in der Botschaft etwas zu organisieren, dachte ich mir.« Willink unterbreitet ihm seinen Plan für eine Soiree mit den wichtigsten Niederländern und ein paar höherrangigen Vertretern der GHQ sowie, natürlich, einigen Richterkollegen. Der Botschafter begreift wie kein anderer, wie wichtig es ist, rasch und effizient Leute aus den einflussreichen und vermögenden Kreisen kennenzulernen. Brink dankt ihm für die Initiative, die seine Frau, mit der Selbstverständlichkeit einer privilegierten Stellung aufgewachsen, zu schätzen wissen wird, da ist er sich sicher.

Nachdem Kaffee und Cognac gebracht worden sind, nimmt Willink den Umschlag vom Tisch und hält ihn in die Höhe. »Das ist heute für dich gekommen.«

Brink erkennt das Logo des Außenministeriums. »Es geht wahrscheinlich um die Sonderzulage, die ich beantragt habe«, mutmaßt er.

»Nein.« Formvollendet hält Willink die Nase über den Rand des Cognacglases. »Das wird geregelt, kein Problem. Ich habe eine Kopie erhalten. Nein, es geht um etwas anderes, man macht sich Sorgen.«

»Um mich?«

»Dass du zu sehr allein dastehen könntest. Du darfst das nicht als Zweifel an deinen Fähigkeiten auffassen, man versteht sehr gut, wie schwierig es sein kann, so ganz ohne Anhang am anderen Ende der Welt, ohne Sparringspartner, die dieselbe Sprache sprechen und den gleichen Hintergrund haben.«

»Könntest du mir bitte verraten, wovon du sprichst, Willink?«

»Von deinen Einwänden gegen die Anklage.«

»Ich habe Kritik an einem einzigen Punkt der Anklage geäußert.«

»Und angedeutet, dass du möglicherweise eine abweichende Meinung zum Urteil öffentlich machen willst.«

»Das könnte eine Option sein. Die äußerste Konsequenz.«

»Deine Rede von einer abweichenden Meinung war ein harter Schlag. Für deine Kollegen und auch für Den Haag.«

Das also ist der Grund dafür, dass Willink ihn aufgesucht hat, nicht der Empfang von Dorien, sondern die Besorgnis des Außenministeriums.

»Der Umschlag enthält einen Brief vom Staatssekretär, an dich persönlich gerichtet, sowie, und das ist das Eigentliche, den Bericht von zwei Spezialisten auf dem Gebiet internationalen Rechts, den besten Leuten, die wir haben. Sie haben sich mit dem Punkt *Verbrechen gegen den Frieden* befasst.«

»Darum hatte ich nicht gebeten. Wie kommen sie dazu, so etwas zu tun?«

»Sie wollen dich unterstützen.«

Er macht Anstalten, etwas zu entgegnen, doch Willink hebt warnend die Hand. »Bevor du noch etwas sagst, Brink, würde ich dir empfehlen, erst einmal alles in Ruhe durchzulesen.«

Er kann nicht mehr an sich halten. »Du brauchst mir nicht zu sagen, was ich zu tun habe. Wer ist hier der Richter?«

»Ich habe größtes Vertrauen in dein richterliches Urteilsvermögen. Aber du musst verstehen, dass sie in Den Haag eine Menge Scherereien bekommen, wenn man sich über dich beschwert.«

»Ich würde gern mal wissen, wer sich über mich beschwert hat.«

»Das kannst du dir wohl denken. Wenn ich schon von meinen britischen und amerikanischen Kollegen hier in Tokio gefragt werde, was es damit auf sich hat, dass der indische Richter Pal so großen Einfluss auf dich zu haben scheint...«

Willinks Worte lösen in ihm eine Wut aus, die wie ein Feuer auflodert, das jeden vernünftigen Gedanken verzehrt. Vor dieser Wut muss er sich schützen. Er springt aus seinem Sessel auf und eilt zum Fahrstuhl. Doch als er auf den Knopf drückt, bleibt die Tür geschlossen. Er kann nicht weg, und Willink steht inzwischen neben ihm.

»Rem, persönlich möchte ich dir sagen, dass du nicht nur mein Vertrauen, sondern auch meine Sympathie besitzt.« Er flüstert ihm das zu, scheinbar ohne Skepsis. Seine Miene drückt Anteilnahme aus, die sandfarbenen Brauen bilden einen hohen, ernsten Winkel über den hellen Augen. Nichts von dem, was er sagt, ist von seiner einnehmenden, aufrichtigen Erscheinung zu trennen. »Ich weiß, dass du ein feiner Kerl bist, aber ich sehe auch, dass du in letzter Zeit vom Kurs abgekommen bist. Nicht nur innerhalb des Richtergremiums, sondern auch im persönlichen Bereich. Du bist nicht der einzige Mann hier, dem das passiert, glaub mir. Vielleicht hätte ich dich schon früher darauf ansprechen sollen, aber ich habe damit gewartet, weil ich wusste, dass deine Frau kommen würde. Und ich bin davon überzeugt, dass du durch ihren Besuch wieder zu dir finden wirst.«

In seinem Zimmer liest er den Bericht der beiden »Spezialisten«, der eine ein früherer Hochschullehrer von ihm, der andere der brillante Kollege, der die Einladung, nach Tokio zu gehen, dankend abgelehnt hat. In Den Haag wusste man ganz genau, wen man sich suchen musste, um ihn in seine Schranken zu verweisen. Ihre juristischen Argumente sind für ihn nichts Neues. Beide Kollegen kommen zu dem wenig überraschenden, selbstherrlichen Schluss, dass er keine Veranlassung habe, die Anklage *Verbrechen gegen den Frieden* zu beanstanden. Sie haben ihm sämtliche Argumente für die Richtigkeit der Anklage dargereicht wie funkelnd geschliffene Diamanten auf einem Samtkissen. Er braucht sie nur zu akzeptieren, und alles ist wieder beim Alten. Er versucht sich vorzustellen, wie das Außenministerium die beiden Koryphäen ausgewählt und kontaktiert hat. In Gedanken verfolgt er die Spur zurück: nach Den Haag, wo der Minister von seinem britischen Amtskollegen bedrängt wird, und noch einen Schritt weiter zurück, nach Tokio. Der Erste, der ihm einfällt, ist Lord Patrick. Und natürlich Willink, der ja durchschimmern ließ, dass er über Brinks Fehltritt im Bilde ist, womit er nur auf Michiko anspielen kann. Vielleicht hat Willink Frau Haffner gesprochen, die Welt der internationalen Crème de la Crème von Tokio ist klein. Auch Sergeant Benson könnte die Quelle gewesen sein. In dem Fall dürfte die amerikanische Spionageabwehr CIC ebenfalls Bescheid wissen. In der Informationskette ist es nur ein kleiner Schritt von den Amerikanern zur niederländischen Botschaft. »Ihr wärt gut beraten, wenn ihr ein Auge auf diesen Richter von euch hättet«, dergleichen könnten sie gesagt haben. ›Er verkehrt bei einer Deutschen und teilt das Bett mit einer Japanerin. Auf wessen Seite steht der eigentlich?«

Wer weiß, was schon alles über ihn in den Dossiers des CIC vermerkt ist. Immerhin weiß er jetzt, woran er ist. Den Haag fordert, dass er sich wieder in das Richtergremium eingliedert. Und Willink rät ihm, verhüllt, aber unmissverständlich, einen Strich unter seinen Umgang mit Michiko zu ziehen. Zwei Fragen, zwei Entscheidungen. Um ihn vor sich selbst zu schützen.

Hin- und hergerissen zwischen Wut und Verzweiflung tut er in dieser Nacht kein Auge zu.

19

Die Temperaturen steigen, sogar auf dem Gipfel des kahlen Bergs, wo sich der Schnee zurückzieht und Adler ihre Horste bauen. Hidekis Vater und Mutter stehen im Hinterhof mit dem Rücken zu ihm im bleichen Morgenlicht. Vor ihren Füßen liegt eine Papiertüte mit Saatgut, das sein Vater gestern aus der Stadt mitgebracht hat. Er hat noch etwas mitgebracht: den Orden, der schon seit Wochen im Rathaus auf Hideki wartete. Um die flache Schachtel am Schalter in Empfang zu nehmen, hatte sich sein Vater fein angezogen, die weite Bauernjoppe und seine einzige Hose ohne Flicken, hatte seine Haare eingeölt und die Wangen rasiert. Für die Jahre, die er in der kaiserlichen Armee gedient hat, ist Hideki der Kyokujitsu-sho verliehen worden, der Orden der Aufgehenden Sonne. Aber er könnte wetten, dass nicht die Medaille am rot-weißen Band das Thema ist, über das sich seine Eltern jetzt flüsternd unterhalten. Gestern Abend hat ihnen die Familie von Sadas Verlobtem einen Besuch abgestattet.

Von seinem Platz auf der Veranda aus fing er hin und wieder etwas von dem auf, was drinnen gesagt wurde, von den Müttern. Die Väter, seine Schwester und ihr Verlobter schwiegen vorwiegend.

»Wir müssen an seine Zukunft denken«, hörte er die Mutter von Sadas Verlobtem sagen. Darauf folgte nur ein Hüsteln und das Geräusch von Teeschalen, die hingestellt wurden.

Als sein Vater mit den anderen Männern zur Ausbesserung der Straße am Fluss unten im Tal aufgebrochen ist, geht er nach draußen, um nach seiner Mutter zu sehen. Über das Beet gebückt, macht sie mit der Rückseite eines Holzlöffels Mulden in die gelockerte Erde. Die Erinnerung an die drei Kerle in Kaki lässt nicht nur von der dunklen

Erde, sondern auch von der Luft darüber einen ekelerregenden Gestank ausgehen. Er bildet sich ein, Blut und Verwesung zu riechen. Seine Mutter drückt ein winziges Samenkörnchen in jede Mulde. Mit endloser Geduld bildet sie hübsche gerade Reihen. Zum Abschluss ihrer Arbeit harkt sie das Beet ganz leicht glatt, fast so, als streiche sie es. Er wartet, bis sie sich umdreht, hoffend, dass sie ihm etwas von dem Gespräch am vorigen Abend erzählen wird.

»Hast du schon gefrühstückt?«, fragt sie.

Er schüttelt den Kopf.

Und dann ist alles wie vorher und ist es doch nicht. Ein schöner Frühlingstag mit Sonne, die den Boden erwärmt. Seine Mutter, die ins Haus geht, um ihm Tee zu machen. Seine Schwester, die dort hinter dem Vorhang auf ihrem Futon liegt. Aber Sada ist krank von dem Kräutertrunk, den sie abends vor dem Schlafengehen einnimmt, und jetzt wohl noch kränker, vermutet er, denn es hat sich bestätigt, was sie schon lange befürchtet haben muss. Die Hände seiner Mutter zittern, während der Tee in einem Topf zieht. Alles scheint wie immer zu sein, solange sie noch tun können, als ob. Im Dorf wendet man den Blick ab, wenn man die Frauen und Mädchen sieht, die in den Zedernwald verschleppt wurden, schaut an ihnen vorbei, als seien sie gar nicht da. Denn man ist sich unsicher, wie die Frauen oder ihre Väter, Männer, Brüder es auffassen könnten, wenn man sie anschaut. Im Dorf hat sich viel Wut aufgestaut, Wut, die verpufft zu sein schien, nachdem sie sich die Kerle vorgeknöpft hatten, die aber jetzt, von Scham angefacht, wieder aufgelodert ist.

Sada kommt aus dem Haus gerannt, um sich auf dem Plumpsklosett zu übergeben. Er würde gern mit ihr reden, nicht nur über das, was ihr zugestoßen ist, sondern auch über China, über das, was er gesehen und getan hat, die nackte Wahrheit über sich selbst. Er war nicht anders als die anderen. Auch er hat sich am Blut der Feinde, den Gräben voller Leichen berauscht. Was damals seine Euphorie war, ist heute seine Ernüchterung. Ist er noch derselbe Mann wie damals? Seine Schwester kommt aus dem Klohäuschen, schrubbt am Brunnen ihre Hände und Handgelenke und wäscht sich das Gesicht. Ein Tuch um ihre Schultern geschlungen, läuft sie mit dunklen Rändern um die Augen ruhelos über das Grundstück, wie er sie auch unten am Fluss hat umherirren sehen, von allem und jedem abgewandt. Er kann es nicht mitansehen und humpelt zu ihr hinüber.

»Fühlst du dich krank?«

Sie nickt. Ihr Gesicht hat alle Farbe verloren.

»Die Kräuter?«

»Die Geister«, sagt sie matt. »Oder beides.« Sie driftet wieder in ihre Traumwelt ab.

Mit seinem Vater zusammen hat er sämtliche Ritzen und Spalten in den Wänden mit Lehm und Zeitungspapier abgedichtet, doch seine Schwester hat immer noch Zweifel, ob die Geister der Amerikaner sie nun nachts in Ruhe lassen werden.

»Sie hören nicht auf, bevor nicht alles kaputt ist, sie wollen Rache«, sagt sie.

Nach seiner Rückkehr aus dem Krieg hat er erfahren, dass Sada während seiner Abwesenheit in der Kriegsindustrie von Nagano zu leiden hatte. Doch Hunger und Erschöpfung in der Waffenfabrik waren wettgemacht worden durch den Verlobten, den ihr diese Zeit gebracht hatte.

»Kommst du mit zum Fluss?«, fragt er. »Nach den Forellenbecken sehen?«

Es dauert geraume Zeit, bis sie etwas erwidert. »Ich bin müde.«

Früher spielten sie zusammen am Fluss, warfen Steinchen, ließen sie über das Wasser hüpfen. Sie gingen mit der Tasche auf dem Rücken zusammen zur Schule, halfen in den Ferien auf den Reisfeldern. Barfuß stapften sie nebeneinander durch den saugenden Schlamm hinter dem Pflug und dem faulen Büffel her. Die Hosenbeine hatte er hochgekrempelt. Er erinnert sich an das Glitzern auf den unter Wasser stehenden Feldern. Seine Schwester, ihre sonnengebräunten Mädchenwaden, die Wärme jener Tage. Nichts davon stimmt mehr. Es wird nie wieder so sein.

In ihrem Gehege scharren die Hühner auf der Suche nach Schnecken am Drahtzaun entlang. Als er den Blick wieder auf Sada richtet, meint er wahrzunehmen, dass ihr Bauch unter dem Kleid schon ein bisschen runder geworden ist. Mit jeder Woche, in der die Kräuter nicht wirken, wird das, was in ihr wächst, größer und kräftiger. Im ersten Monat ist Sada abends im Dunkeln von einem überhängenden Felsen gesprungen, der höher war als sie selbst. Angespornt von seiner Mutter, die ihr das Äußerste abverlangte: »Noch einmal! Und noch einmal!« Am anderen Ende des Dorfes sprang die Jüngste der Verschleppten, ein dreizehnjähriges Mädchen, ebenfalls von einem Felsen. Sie hatte daraufhin eine Fehlgeburt, seine Schwester musste mit einem verstauchten Knöchel vorliebnehmen. Die Frucht in ihrem Schoß übersteht Sprünge, Gebete, Verfluchungen, Kräuter. Aber mit keinem Wort wird darüber gesprochen. Nur ja den Schein wahren.

»Ich möchte dir helfen«, sagt er. »Aber ich weiß nicht, wie.«

Im Vorbeigehen berührt sie kurz seine Schulter und verschwindet dann im Haus. *Zukunft*. Mit diesem Wort im Kopf bleibt er zurück. Was wollte die Mutter von Sadas Verlobtem damit ausdrücken? Im Gefüge von Mann und Frau sind alle völlig fixiert auf Reinheit und Keuschheit, die seine Schwester immer eingehalten hat; aber jetzt will man nur noch das Sündige sehen. Ja, wenn man auf der Seite steht, die das Urteil über die Sünde fällt, kann man sich schön sicher fühlen. Mit dem Wörtchen »Zukunft« geht die Sünde der Kerle in Kaki auf ihre Opfer über. Eine größere Ungerechtigkeit ist kaum vorstellbar.

ZWEITER TEIL

1

Brink wartet in der Lobby auf Dorien, die sich auf seinem Zimmer
für den Empfang in der niederländischen Botschaft umzieht. Der
Rezeptionist murmelt mit diskreter Professionalität unverständliche Sätze ins Telefon. Fühlte sich das Hotel bis zu diesem Tag an
wie ein warmes, gastfreundliches Ersatzzuhause, mit sauberer Bett-
wäsche, königlichem Frühstück und verlässlichem Personal zu seinen Diensten, ist ihm jetzt, da Dorien sich hier aufhält, als werde er
bis hinter die gläserne Drehtür und auf die Straße hinaus jede Sekunde überwacht. Vom Personal genauso wie von seinen Kollegen.
Er hat die Vorstellung, dass alles im großen schwarzen Buch seiner
Sünden festgehalten wird.

In rauschendem Kleid und mit hochgestecktem Haar tritt Dorien
aus dem Schatten einer hohen Kübelpflanze in die Lobby. Sie hält
mit einer Leichtigkeit und Lockerheit Einzug, als gehe sie hier schon
ewig aus und ein. Ihr Gesicht, dessen Haut vom Aufenthalt auf Java
gebräunt ist, scheint zu leuchten. Er erinnert sich wieder genau, was
ihn vor langer Zeit zu ihr hingezogen hat. Das waren ihre selbstbewusste Eleganz, ihre Herkunft, sein Stolz über die Eroberung einer
Frau, der von anderen, mit besserem Geburtsausweis als er, der Hof
gemacht wurde. Seine Liebe zu ihr gedieh lange auf einem Triumph-
gefühl.

»Wie findest du es?« Sie lässt die Hände über den Stoff des Klei-
des gleiten.

Für sie wäre es, wie er weiß, unerträglich, nicht für voll genommen zu werden. »Schön.« Er betrachtet den metallischen Glanz des
Stoffs. »Neu?«

»Von der Schneiderin von Julia van Trigt genäht.«

Sie hält den Kopf schief.

»Du bist prachtvoll«, sagt er und fühlt sich schuldig ob seiner Untreue.

In seinem Wagen fahren sie durch Tokio. Obwohl es nahezu dunkel ist, kann er es nicht lassen, sie auf die Anlagen des Kaiserpalasts hinzuweisen. Danach auf den Park, wo ein Entenpaar laut quakend auf dem schwarzen Wasser des Teichs landet.

»Reitest du hier aus?«, will sie wissen.

»In letzter Zeit nicht mehr.«

»Spielst du noch Tennis?«

»Auch nicht mehr.« Es gibt vieles, was sie noch nicht weiß.

Das von Scheinwerfern angestrahlte und schwer bewachte Gebäude der GHQ taucht vor ihnen auf. »Von diesem Gebäude aus lenken die Amerikaner das Land«, sagt er. »Weil sie ein schlechtes Gewissen haben wegen der Atombomben, geben sie sich ungeheure Mühe, dem Land wieder auf die Beine zu helfen.«

»Papa sagt, dass den Amerikanern vor allem der drohende Kommunismus im Magen liegt, China und Russland.«

Sein Schwiegervater, Brink hatte ihn fast vergessen, so lange hat er ihn schon nicht mehr gesehen, den eifrigen Beobachter politischer Kommentare, die er dann mit Aplomb im eigenen Kreis zum Besten gab – als hätte »Papa« das Ganze höchstselbst mit Präsident Truman ausbaldowert. Aber gut, in diesem Fall war sein Schwiegervater richtig informiert. Angst vor dem vorrückenden Kommunismus war vielleicht noch mehr als Schuldgefühle der Grund dafür, dass Japan mit seiner strategisch interessanten Lage zum bevorzugten Schützling der Amerikaner geworden war.

»Ich habe eine fabelhafte Idee«, sagt sie, während die Fassade der GHQ vorübergleitet. »Wenn ich deine persönliche Sekretärin werde, kann ich hier bei dir bleiben.«

»Ich habe schon eine Sekretärin«, sagt er, noch ohne Ernst.

»Du könntest das beantragen«, sagt sie.

»Und die Kinder?«

»Rienk kann so lange zu meinen Eltern ziehen, und die Kleinen bleiben zu Hause bei Frau van Doorn. Na?«, fragt sie strahlend.

»Ich werde es Chief Justice Webb unterbreiten, aber ich fürchte, die Antwort steht bereits fest.«

»Du klingst nicht gerade begeistert.«

»Ich fände es wunderbar, aber ich kenne die Praxis hier zu gut, um falsche Hoffnungen wecken zu wollen, Liebling.«

Er legt seine Hand auf die ihre. »Hat Rienk schon sein Zeugnis bekommen?«

»Der Junge ist so strebsam«, sagt sie. »Seine schlechteste Note ist eine Acht.«

Es freut ihn, dass sein Ältester so gut in der Schule ist, es freut ihn für Rienk, den wissbegierigen Sohn, dem alles zuzufliegen scheint und der doch so selten lacht.

Begeistert erzählt Dorien von dem aufsehenerregenden Buch einer französischen Autorin, von der er noch nie gehört hat, und von einem Ausflug mit ihren Eltern in einen Kurort in Luxemburg, wohin sie, wenn er wieder zurück sei, unbedingt einmal zusammen fahren müssten. Vieles von dem, was sie sagt, weiß er schon aus ihren Briefen, aber trotzdem hört er ihr mit ungeheucheltem Interesse zu. Es ist ein Genuss, ihrer Stimme zu lauschen. Ihm hat ein wenig vor ihrem Besuch gebangt. Einerseits sehnte er sich zwar danach, wieder mit ihr vereint zu sein, aber andererseits fürchtete er die Verwirrung, die das stiften könnte. Doch jetzt, zusammen mit ihr auf der Rückbank seines Wagens, weiß er wieder, wie es sich verhält. Seine Ehe mit Dorien ist das Fundament, auf dem er sein Leben errichtet hat.

Als sie die Eingangshalle durchqueren und auf den mit farbenfrohen Lampions beleuchteten Garten der Botschaft zulaufen, sieht er Webb, Northcroft und Patrick in Smoking und gesteiftem Abendhemd auf einem breiten Sofa nebeneinandersitzen. Er nickt ihnen zu, und zur Antwort flattert Webbs Hand mit brennender Zigarre in die Höhe. Die Kapelle, die spielt, ist recht durchschnittlich, und doch hat die in den Abendhimmel aufsteigende Stimmungsmusik von Klarinette und Schlagzeug etwas Bezauberndes. Willink taucht in blütenweißem Tropensmoking aus einer Gruppe auf.

»Frau Brink, willkommen, willkommen. Wie war Ihre Reise? Sie müssen mir alles über Ihren Aufenthalt auf Java erzählen.«

Im Nu plaudern Willink und Dorien über ihren Besuch bei der Frau des Generalgouverneurs in Batavia, über Cousins, Cousinen, frühere Kommilitonen, Freunde und Freunde von Freunden, über die ihrer beider Leben anscheinend durch Dutzende von Fäden miteinander verwoben sind. In Familien wie denen von Willink und Dorien hat man von Anfang an eine größere Zahl von Bekannten, als sie ein anderer in seinem ganzen Leben bekommen wird, mehr Besitz auch, als er, Brink, ihn sich je zusammenverdienen könnte, selbst wenn er es bis zum Generalanwalt des Obersten Gerichtshofs brächte. Ihr Haus, ihre Gemälde, das alte Vermögen, das am Horizont ihrer Zukunft Goldstaub aufwölken lässt, alles ist über Dorien in sein Leben gekommen. Außer einem scharfen Verstand, überzeugendem Arbeitseifer und erwiesener Fruchtbarkeit hat er nichts in die Ehe eingebracht.

»Dorien!« Die spindeldürre Louise Verolmen, die mit ihrem Mann in Tokio lebt, kommt mit ausgestreckten Armen auf sie zu. Während Dorien sich mit Louise unterhält, die jedes Mal, wenn er ihr begegnet, einen noch zerbrechlicheren und tuberkulöseren Eindruck macht, trinkt er seinen ersten Tom Collins des Abends. Dorien, die selbst für europäische Verhältnisse hochgewachsen ist, nur wenig kleiner als er, sieht im Vergleich zu dem Häuflein Frau neben ihr aus wie eine vor Gesundheit strotzende germanische Riesin. Jedes Mal, wenn er mit Michiko zusammen war, verschwand ein Stückchen Dorien, aber jetzt, da Dorien hier ist, so groß, so lebensecht, scheint sich Michiko mit einem Schlag aufzulösen.

Er schaut sich um. Seine Kollegen sitzen immer noch drinnen auf dem Sofa nebeneinander. Mit verstohlenen Blicken belauern sie ihn, während sie reden. Schmeichelhaft dürften ihre Kommentare wohl eher nicht sein.

Er bestellt sich einen zweiten Tom Collins beim Barmann, der eigens für diesen Abend vom amerikanischen Offiziersclub ausgeliehen worden ist und an einem hohen, mit einem weißen Leinentuch verkleideten Tisch fachkundig und mit Showtalent Cocktails mixt. Dieser Cocktail gehört zu den harmlosen kleinen Extravaganzen und Marotten, die Brink sich gestattet, seit er in Tokio ist, so wie die maßgeschneiderten Hemden, der Tweedanzug, der beige Hut. Als der »fleißige, gescheite und loyale Benjamin« der Runde hat er bestimmte Marotten sogar kultiviert. Den energiegeladenen Gang, mit dem er in verschwitzter Tenniskleidung oder Reitanzug durch die Lobby eilte, trug er lässig, aber bewusst, genauso zur Schau wie die unterkühlten Schlagfertigkeiten auf britische Art. Doch von diesem Image des populären jungen Richters ist gerade jetzt, da Dorien hier ist, wenig übrig. Er steht im Abseits, und sein Verhältnis zu Willink, der die Fahne für gesellschaftliches Ansehen schwingt, ist frostig. Desgleichen die Atmosphäre in der Botschaft, die er noch bis vor Kurzem so gern besuchte und wo man ihn mit aller Zuvorkommenheit empfing. Da steht er nun mit seinem kühlen Cocktail, wie der entthronte Fürst, der seinen einstigen Hof besucht. Und die Königin weiß noch von nichts.

»Ich höre, dass Kollegen hier sind«, sagt Dorien, als er sich wieder zu ihr gesellt hat.

»Sie sitzen drinnen auf dem Sofa.«

»Welcher ist Lord Patrick?«

»Der in der Mitte, Stock, silbergrauer Schnäuzer.«

»Worauf wartest du?«

Ihm ist, als schlage eine Woge des Elends über ihm zusammen.

Als er sie vorstellt, steht seine »abweichende Meinung« wie ein Stacheldrahtzaun zwischen ihm und seinen Kollegen. Doch so ungelegen ihm das in diesem Moment auch kommt, einlenken kann und will er deswegen nicht. Er bleibt einsilbig.

»Wie war Ihre Reise, Frau Brink?«, erkundigt sich Webb. »Sie sind doch mit dem Schiff von Niederländisch-Indien nach Tokio gekommen, nicht wahr?« Webbs Augenaufschlag und schwere Zunge verraten, dass er zu viel Whisky getrunken hat und nun das Ungehobelte des australischen Provinzlers hervorkommt, der er mal war.

»Das Meer war ruhig, die Reise komfortabel«, antwortet Dorien in vortrefflichem Englisch.

»Sie haben Verwandte dort, wie ich von Ihrem Mann gehört habe?«

Patrick und Northcroft mischen sich nun auch in das Gespräch ein. Es erleichtert ihn, dass seine Kollegen Dorien wohlmeinend, ja geradezu herzlich begegnen. Lord Patrick ist charmant und unterhaltsam wie immer. Er scheint Dorien zu mögen.

»Sie spielen doch Bridge, nicht?«, sagt Dorien. Das hat Brink ihr geschrieben, wohl wissend, dass es sie interessieren würde.

»Sie auch?«, fragt Patrick. »Dann müssen Sie uns die Freude machen, einmal mit uns zu spielen. Northcroft, McDougall und ich haben immer solche Mühe, einen vierten Spieler aufzutreiben.«

»Mein Mann verweigert sich dem Bridge leider standhaft. Auch mit mir mag er nicht spielen.« Sie wendet sich ihm lächelnd zu, um ihn ins Gespräch einzubeziehen.

»Das stimmt«, sagt er, »ich hasse das Kartenspiel im Allgemeinen und das Verlieren gegen meine Frau im Besonderen.« Anders als bezweckt, klingt er gequält wie ein Schauspieler, der auf der Bühne bemerkt, dass er den falschen Text gelernt hat.

Patrick schmunzelt, doch die übliche freundliche Ironie zwischen ihnen, die in seinem Leben hier immer etwas Instinktives und Flüssiges hatte, bleibt gestört. Jedes weitere Wort zwischen ihm und seinen Kollegen hat einen Beiklang, und er kann nur hoffen, dass es Dorien entgeht. Nach einer Weile entschuldigt er sich und sucht erneut Zuflucht an der Cocktailbar.

Es ist lange her, dass er sich in Doriens Gegenwart nicht wohl in seiner Haut gefühlt hat. Er erinnert sich daran, wie er oben an der Treppe stand, nachdem er mit dem Seilzug die Haustür unten für sie geöffnet hatte. Nach ihrem »Huhu!« sah er mit flatterndem Herzen vor Angst und Scham, wie sie die Treppe heraufgestiegen kam. Bis zu diesem Moment, da ihre Absätze auf den nackten Stufen klapperten, war es ihm stets gelungen, sie mit irgendeinem Vorwand von seiner armseligen Mansarde in Leiden fernzuhalten. Er schaute auf ihr welliges Haar und ihre das Geländer hinaufwippende Hand hinunter. Bei jedem weiteren Schritt wurde mehr von ihr sichtbar: die Schulter in der Seidenbluse, ein Schenkel unter dem Rock mit der goldenen Spange, eine Wange und, auf der letzten Treppe, ein freudiges Lächeln und das Päckchen mit roter Schleife, in dem sein Geburtstagsgeschenk steckte – ein englischer Tennispullover. Er stand hölzern da und wartete, bis sie die letzte Stufe genommen hatte und die Arme um ihn schlang und ihn mit keuchendem Atem vom Treppensteigen auf den Mund küsste, um ihm zu gratulieren. Wahrscheinlich war kein überzeugenderer Beweis ihrer Liebe zu ihm möglich. Doch in ihrer Umarmung, die einen Spaltbreit geöffnete Tür seines Zimmers mit dem Nachttopf unter dem Bett im Rücken, fragte er sich, ob er sich je gut genug für sie fühlen würde.

Er kippt den x-ten Cocktail des Abends hinunter und lässt den Blick schweifen, zu den dekolletierten Dämchen, die Sherry in sich hineinschütten, und zu ihren Zigarre rauchenden Gatten, die auf subtile Weise ihr eigenes Selbstwertgefühl herauskehren, während sie andere aufs Korn nehmen. Sein Alkoholkonsum erreicht die Grenze des Gefährlichen. Seine Stimmung ist von Besorgtheit in Missmut abgeglitten, die Art von Missmut, welcher sich nach Sondierung der Fehler anderer aufmacht, statt den eigenen auf den Grund zu gehen.

»Warum läufst du denn ständig weg?«, fragt Dorien, die hinter ihm auftaucht. Er dreht sich um, aber bevor er ihr antworten kann, hat sie ihn schon bei der Hand genommen.

Im Licht der Lampions tanzen sie einen langsamen Walzer, und danach folgt ein Quickstep, der ihm die volle Konzentration auf seine Füße abverlangt. Er balanciert schon den ganzen Abend zwischen einer alten Sicherheit, die ihm immer Halt gegeben hat, und der Leere infolge eines unbedachten Schritts, der ihn, obwohl noch nicht ganz zu Ende geführt, bereits verändert zu haben scheint.

»Das ist alles ganz unwirklich«, flüstert Dorien in sein Ohr, »dieser Abend hier in Tokio, wir, die miteinander tanzen.«

Das ist ihm aus dem Herzen gesprochen.

»Wie findest du die Musik?«, fragt sie.

»Geht so.«

»Du freust dich doch, oder?«

»Na, was meinst du!«, antwortet er und nimmt sie fest in seine Arme. Aber irgendwie fühlt er sich seltsam abwesend. Die laute Musik, die sich bewegenden Tänzer um ihn herum, die in der Dunkelheit duftenden Blumen, die schwankenden Lichter der Lampions, Northcroft und Patrick, die sich im Salon von Willink verabschieden, das Glitzern in Doriens Augen, der stete Strom der parallelen Ereignisse, bis hin zum vor so vielen Jahren begonnenen Leben von Dorien und ihm. Ihm ist, als würde er alles gleichzeitig registrieren, in sich aufnehmen, verarbeiten, ohne selbst daran teilzunehmen.

»Ist er eigentlich reich, der Lord Patrick?«, fragt Dorien, als die Musik aufgehört hat.

»Reich? Ja, ich glaube schon. Was meinst du, wollen wir gehen?«

Als Dorien sich von den Damen verabschiedet, nutzt Willink die Gelegenheit, um ihn beiseitezunehmen.

»Rem, du und deine Frau, ihr seid wirklich ein prachtvolles Paar. Alle sagen das.« Er legt die Hand auf Brinks Schulter. Die freundschaftliche Geste von einem Mann, der alles verstehen und verzeihen kann. Aber sie hat auch etwas Besitzergreifendes, ja Zwingendes.

Webb kommt auf ihn zu, schwerfällig und mit blutunterlaufenen Augen. »Brink, ich will nicht drum herumreden.« Er atmet schwer, und seine Stimme ist laut, zumal jetzt die Band nicht mehr spielt. »Ich brauche Ihnen nicht zu sagen, dass Sie sich in letzter Zeit wie ein Dummkopf aufgeführt haben. Nicht nur als Vorsitzender Richter, sondern als Freund gebe ich Ihnen den guten Rat, wieder Sie selbst zu sein. Dieses Theater von wegen ›abweichende Meinung‹... Nehmen das zurück, so schnell wie möglich, denn am Ende werden Sie es ohnehin tun.« Er klopft sein Jackett und seine Hosentaschen nach Zigaretten ab. Brink bietet ihm eine an und gibt ihm Feuer. »Nehemen Sie's mir bitte nicht übel, dass ich auch noch ein persönliches Wort an Sie richte«, Webb stößt einen Rauchkegel aus, »aber es ist von Herzen gut gemeint. Wo ich nun Ihre Frau kennengelernt habe, eine Schönheit und eine Dame, ja, wirklich, Sie wissen gar nicht, was für ein Glückspilz Sie sind, wo ich sie nun gesehen habe, kann ich nur eins sagen: Sie haben sich in tiefes Wasser begeben, Sie wissen, was ich meine, aber jetzt stehen Sie wieder am sicheren Ufer. Bleiben Sie dabei.«

Im Badezimmerspiegel studiert er sein Gesicht. Er fühlt sich leicht benebelt. Manche Menschen können trinken, manche nicht. Als er aus dem Badezimmer kommt, sind nur die kleinen Lämpchen am Bett an. Zum ersten Mal ist eine Frau in seinem Zimmer. Nervös bleibt er kurz stehen. Dann geht er zu ihr und legt die Arme um sie, und sie streichelt seine Hände.

»Muss ich mir Sorgen machen?«, fragt sie.

Hatte sie die unbesonnene letzte Bemerkung, die Webb mit seinem besoffenen Kopf gemacht hat, also doch mitbekommen?

»Weswegen?« Er versucht seine Stimme möglichst ruhig klingen zu lassen.

»Deinetwegen, hier in Tokio.«

Er holt schnaubend Luft und wartet ab.

»Was spielt sich zwischen dir und deinen Kollegen ab?«

Er seufzt und denkt über seine Antwort nach. »In einigen juristischen Fragen haben wir unterschiedliche Ansichten.«

»In Batavia habe ich Jo Mulderhoff-Haesbeek gesprochen. Ihr Bruder hatte gehört, dass irgendetwas im Argen ist. Stimmt es, dass Den Haag deinetwegen besorgt ist?«

»Dieser Bruder ist ein zweitklassiger Jurist«, wettert er, »der nicht verwinden kann, dass nicht er nach Tokio entsandt wurde, sondern ich. Und im Übrigen sollte die ganze Familie Mulderhoff-Haesbeek mal lieber vor ihrer eigenen Tür kehren. Die haben doch vor dem Krieg auch schon so gut Bescheid gewusst. Erinnerst du dich noch, wie euphorisch er aus Nürnberg zurückkam, als er Hitler hatte reden hören?«

Zu spät geht ihm auf, dass er auch sie damit trifft. Doriens Familie hatte vor dem Krieg eine an Bewunderung grenzende Sympathie für diese gut gebauten blonden Jungen von der Hitlerjugend gehegt, die in kurzen Hosen und mit wehenden Fahnen singend durch die Kornfelder marschierten. Darüber wurde nie wieder gesprochen. Dieses Stillschweigen bricht er nun, als wollte er sich bewusst distanzieren, und dabei hat er selbst auch keine ganz reine Weste. Während der Besetzung hat er die Ariererklärung unterschrieben und zugesehen, wie seine jüdischen Kollegen aus dem akademischen Leben verschwanden. Diese verdammten Cocktails.

»Ich dachte, du verstehst dich so gut mit deinen Kollegen. Wieso bist du jetzt gegen sie?«

Mit einem Lächeln versucht er sie zu beruhigen, aber ihre Miene hat sich verändert, es liegt nun eine kalte, ermahnende Verschlossenheit darin, die er vergessen hatte und nun wiedererkennt.

Er macht noch einen Versuch. »Einen bestimmten Punkt der Anklage kann ich nicht gutheißen, verstehst du?«

Eine Frage nach dem Warum bleibt aus. Und diese mangelnde Anteilnahme ärgert ihn. Ihr Schweigen zieht das seine nach sich, und die Stille füllt den ganzen Raum, von Wand zu Wand, vom Fußboden bis zur Decke, als sei sie ein Element wie Luft und Wasser. »So, du machst dir also Sorgen um mich«, sagt er dann zynisch, das Warten leid. »Oder nimmst du mir irgendetwas übel?«

»Natürlich nicht.« Sie befreit sich aus seiner Umarmung. »Rede nicht so mit mir, bitte.« Sie geht zum Bett und schlüpft unter die Decke.

Er zieht sich aus und hängt seine Sachen über den Stuhl. »Glaub mir, du brauchst dir keine Sorgen zu machen.«

Im Bett sind sie beide abwartend, es könnte passieren, dass die Intimität ihres ersten gemeinsamen Abends zur Pflichtübung wird. Er küsst sie auf den Hals und massiert ihre Schultern. Es ist eine erste Erkundung, eine rituelle Anfrage. Dorien beantwortet sie damit, dass sie ihm ihr Gesicht zudreht. Ihr Körper ist groß, weich, passiv. Er streichelt sie ausdauernd. Als er sich auf sie legt, ist ihr Mund halb geöffnet. Er küsst sie auf Lippen und Wangen. Ihre Wangenknochen sind feucht, er schmeckt das Salz. Sie nimmt sein Gesicht zwischen ihre Hände und presst den Unterleib an ihn, als er in sie eindringt. Er versenkt sich in ihren Körper und ihren Duft. Plötzlich stöhnt das Mädchen in ihr und flüstert seinen Namen.

Das erkennt er wieder. Und mit der Berührung ihrer beider Haut werden die vorherigen Zweifel an ihrer Verbundenheit irrational und unbedeutend. Später liegen sie auf dem Rücken, müde und ohne Verlangen, die Nacht breitet kühle Ruhe über sie. Als Dorien eingeschlafen ist, schmiegt er sich eng an sie. Er sieht ihr Haus vor sich, die Kinder in ihren Zimmern, es regnet, es schneit, und im Frühling fliegt eine Blaumeise durch die geöffneten Terrassentüren herein. Sein Aufenthalt in Tokio ist, auch wenn er länger dauert als vorhergesehen, nicht mehr als ein Intermezzo. Sie haben sich vor langer Zeit auf dem Tennisplatz kennengelernt und ein Versprechen abgelegt. Er küsst ihre Schultern. Die Schuldgefühle vom früheren Abend sind verflogen. Er hat eine japanische Frau gekannt – wie so viele, glaubt man dem, was Willink gesagt hat. Er ist vor dieser Zeit glücklich gewesen, er ist auch jetzt wieder glücklich, und er wird weiterhin glücklich sein. In wohliger, zufriedener Müdigkeit schließt er die Augen und lauscht dem Atmen neben sich.

2

Auf dem Hof ertönt nach einleitendem Geklapper das Schrillen einer Fahrradklingel. Keiji drückt das Gartentor auf und kommt auf ihn zugefahren, das Hemd hängt ihm aus der von seiner Mutter unzählige Male geflickten, genähten und wieder genähten Hose. Um seinen Hals hängt eine Trillerpfeife zum Verjagen von Bären und Schlangen. »Kann ich ihn mal sehen?«, fragt Keiji.

»Wen?«

»Den Kyoku_itsu-sho.«

Er geht ins Haus, um die Schachtel zu holen, und zeigt Keiji seinen Orden.

»Darf ich ihn mal in die Hand nehmen?«

»Hier.«

Komisch, denkt Hideki, Keiji scheint die Medaille an dem rotweißen Band stärker zu beeindrucken als mich, der fast mit seinem Leben dafür bezahlt hätte.

Vorsichtig, als wäre der Orden aus hauchdünnem Glas, legt Keiji ihn in die Schachtel zurück.

Der Mund des Jungen steht auf einer Seite ein bisschen offen, als er auf die saubere, schwarze Erde der frisch eingesäten Beete schaut.

»Wir haben gesiegt«, sagt er vor sich hin. Womöglich denkt er, Hideki habe den Orden dafür bekommen, dass er die drei Vergewaltiger umgebracht hat.

In letzter Zeit schreie der Junge laut im Schlaf, hat Hideki von Keijis Vater gehört. Wenn er davon wach werde, blase er im Dunkeln so lange auf seiner Trillerpfeife, bis sein Vater oder seine Mutter kämen und ihn beruhigten. Hideki hat Keiji bisher wenig von seinen Ängsten angemerkt. Nach wie vor ist er der Junge, der die Ratten beim

Schwanz packt, in Bäume klettert und mit seinem Rad an den tiefsten Schluchten entlangfährt.

»Miau! Miau!« Keiji ahmt den großen Kerl mit dem dunklen Lockenschopf nach, seine letzten Laute, als sie ihn wegschleppten – wie die einer sterbenden Katze. Keiji hat alles gehört und gesehen. Wie die Männer niedergeschossen wurden, wie sie auf dem Hof lagen, wie sie weggebracht wurden. Wenn er selbst hier das Blut und das aufgeplatzte Fleisch riechen zu können meint, warum sollte Keiji nicht ebendieser Geruch bis in seinen Schlaf verfolgen? Wie viele Menschen wissen, was eine drei Kilo schwere Axt aus gehärtetem Stahl anrichten kann? Wie viele Menschen haben je gesehen, was mit jemands Rippen, Gesicht, Schädel und Hals geschieht, wenn man ihre Schneide hineinschlägt? Eine Axt ist eine Axt, aber ein Mensch ist kein Baum. Keiji hat es gesehen, einschließlich des Moments, da sich der Kopf des größten der Schufte vom Rumpf löste, als sie ihn auf den Karren hoben. Die Grimasse auf dem vor seine Füße rollenden Kopf bewies, dass die Hölle keine bloße Erfindung ist.

Der Frühling zeigt sich von seiner heißesten Seite, schmort im Kompost, kratzt in den Kehlen. Unter den Dachkanten des Hauses hängen Bündel von Zwiebeln. Er spielt eine Partie Go mit Keiji. Auch mit größter Mühe gelingt es ihm kaum, den Jungen einmal gewinnen zu lassen. Sie gehen zum Fluss hinunter, der Junge wie ein Zirkusartist auf seinem Fahrrad balancierend und bremsend, um es wie ein Pferd zu zügeln, ohne zu fallen, und er in seinen Soldatenstiefeln humpelnd und mit der Krücke wie einem zusätzlichen Körperglied, das ihm aus der Achsel gewachsen ist.

»Wo ist dein Gewehr?«, will Keiji wissen.

»Zu Hause.«

»Du musst es mitnehmen.«

»Es ist nicht mein Gewehr, es gehört meinem Vater.«

»Sie hatten Pistolen. Peng! Peng! Wo sind ihre Pistolen?«

»Weg. Alles ist weg. Denk nicht mehr daran, Keiji.«

Unterwegs stammelt Keiji unzusammenhängende Worte und wiederholt mit monotoner Stimme, dass er später auch ein Gewehr haben möchte.

In der Schlinge, die sie gelegt haben, hat sich ein Kaninchen verfangen, doch der größte Teil des Tieres ist schon von einem Fuchs oder einem Bären abgefressen worden. Um nicht gefressen zu werden, muss man selbst ein Raubtier sein. Das Kaninchen ist der beste Beweis dafür. Immer auf der Flucht. Will man als Sieger vom Platz gehen, muss man Blut lecken. Fleischfresser kennen die hässliche Wahrheit.

»Guck mal«, flüstert Keiji.

An einem entfernten Hang stakst die alte Kräuterfrau zwischen den dicht stehenden Bäumen herum. Mithilfe eines langen Stocks, mit dem sie Sträucher und Laub wegschiebt, sucht sie nach Kräutern und Pflanzenwurzeln, die sie in einen Leinenbeutel unter ihrem Umhang stopft.

»Sie hat hunderttausend Yen unter ihrem Fußboden versteckt, aber sie gibt nie einen davon aus.«

»Woher weißt du das?«, fragt er den Jungen.

»Das sagen alle.«

Von ihren Stimmen aufgeschreckt, schaut die tausendjährige Hexe in ihre Richtung und hält inne, um ja nicht ihre Geheimnisse preiszugeben. Mehrmals hat seine Mutter die Kräuterfrau mit ihrer Ziege aufgesucht, um stets wieder etwas anderes, Stärkeres für seine Schwester zu kaufen. Er fragt sich, wie gut diese Kräuter eigentlich sind. Keijis Mutter schluckt die gleichen, und auch ihr Schoß ist immer noch gefüllt.

Sie kontrollieren die Forellenbecken und entfernen Zweige und Laub aus den Rosten. Dann sitzen sie nebeneinander auf einer trockenen Felsplatte und lauschen dem fernen Dröhnen der Vorschlaghämmer, mit denen die Männer an der Straße arbeiten.

»Meine Mutter möchte tot sein«, sagt der Junge.

»Was sagst du?«

»Ich hab gehört, wie sie das zu meinem Vater gesagt hat. ›Ich möchte tot sein‹, hat sie gesagt.«

»Nein, Keiji, da musst du dich verhört haben.«

»Guck mal da!« Keiji zeigt auf das Wasser, wo zwei rote Kiemen wie Funken zum Grund hinabschießen. »Die ist riesig.«

Der Junge lässt sich auf den Bauch fallen, den Kopf über dem flachen Wasser. Hideki richtet den Blick auf den Strudel weiter flussabwärts. Wenn es noch ein paar Wochen lang so warm bleibt, wird das Wasser im Flussbett ansteigen und das erste Schmelzwasser, das jetzt unter ihm dahinfließt, längst anderswo sein. Das Wasser strömt weiter. Aber die Zeit nicht. Die Zeit macht nicht mehr mit. Es ist nicht mehr so, dass ein Tag auf den anderen folgt. Heute könnte genauso gut gestern sein. Für ihn gibt es nur noch ein und denselben gleichförmigen Tag, der sich hinzieht, ein und dieselbe unbestimmte Stunde, die immer einen Schritt vor und einen Schritt zurück geht, sein Leben hinterlässt keine Spur, außer der seiner Krücke in der weichen Erde. Er nimmt eine Handvoll Pinienkerne in den Mund und zermahlt sie mit den Backenzähnen. Hör auf damit! Denk an was anderes! Bis jetzt ist alles anders gelaufen, als er je gedacht hätte. Nichts, aber auch gar nichts von dem, was geschehen ist, hätte man vorhersagen können. Er schließt die Augen und döst beim Plätschern des Flusses ein.

Als er wieder aufwacht, steht Keiji etwa zwanzig Meter weiter weg auf einem hohen Felsen am Wasser. Ein Sonnenstrahl, der durch das dichte Grün am Ufer dringt, trifft genau sein Gesicht. Er steht still wie ein Standbild aus Bronze da und sieht, ja, wirklich, weise und schön wie ein Engel aus, so als werde er von einer höheren Macht angerührt. Hideki setzt sich auf und winkt Keiji. Der Junge winkt zurück. Der Zauber ist gebrochen.

Bei der Brücke schauen sie den arbeitenden Männern zu, unter ihnen Keijis und sein Vater. Unermüdlich wie die Ameisen schlagen sie mit

Eisenstäben, Spitzhacken und Vorschlaghämmern auf mächtige Findlinge aus dem Fluss ein. Mit dem Schotter werden die Löcher in der Straße gefüllt, wo der Fluss während der schweren Regenfälle, die den Übergang von Winter zu Frühjahr markieren, über seine Ufer getreten ist. Die Straße ist für das Dorf lebenswichtig, in der trockenen Sommersaison muss das Holz aus den Wäldern auf ihr abtransportiert werden. Dort, wo der Fluss ein Stück herausgefressen hat, legt der Onkel mit vorbildlichem Ernst und chirurgischer Präzision den Schotter aus, über den dann feinerer Schutt gekippt wird. Unter einem der Findlinge kriecht eine Schlange hervor, die Keijis Vater mit einem treffsicheren Schwung zerteilt. Er spießt die beiden sich noch windenden grauen Stücke auf seine Spitzhacke und wirft sie in den Fluss.

Hinter sich hören sie plötzlich ein Auto. Nahezu synchron drehen sich Hideki und Keiji zu dem nahenden Jeep um. Zwei amerikanische MPs steigen aus, gefolgt von zwei Männern der japanischen Polizei. Der Baumstamm, auf dem Hideki mit dem Jungen sitzt, beginnt unter ihm zu schwanken, ihm stockt der Atem.

»Wohnen Sie hier?«, fragt einer der japanischen Polizisten Hidekis Vater.

Sein Vater verneigt sich und sagt: »Ja, wir wohnen oben im Dorf. Wir bessern die Straße aus.«

Einer der Amerikaner, einen Zahnstocher im Mund, kommt nun auch zu ihnen herüber. Von dort, wo er sitzt, kann Hideki den Amerikaner riechen, ein ekelhaft süßer Geruch, den er von seiner Fahrt im Jeep wiedererkennt.

Der Amerikaner und der japanische Polizist, der Englisch spricht, beraten sich kurz. Keiji steht von dem Baumstamm auf, doch Hideki fasst ihn entschieden beim Handgelenk und zieht ihn wieder herunter.

»Setz dich!«

Seit jenem Tag haben sie keine Amerikaner mehr hier gesehen. Bruchstückweise ist die Nachricht ins Dorf durchgesickert, dass nach dem Verschwinden der drei amerikanischen Soldaten Patrouillen unterwegs waren und mithilfe japanischer Dolmetscher Erkundigungen eingezogen wurden, aber nicht hier, nie so nah beim Dorf. Im Winter hat einmal ein japanisches Polizeiauto bei ihnen haltgemacht, nachdem auf dem Waldweg ein erfrorener Mann gefunden worden war. Jemand, der aus Tokio gekommen war, um Schmuck gegen Nahrungsmittel einzutauschen, und sich danach im Dunkeln verlaufen hatte. Er hält es nicht für wahrscheinlich, dass diese beiden amerikanischen MPs wegen eines erfrorenen Pechvogels ganz bis hier in die Berge heraufgefahren sind.

»Haben Sie hier Amerikaner gesehen, vom amerikanischen Militär?«, fragt der japanische Polizist. Seine oberen Schneidezähne stehen vor.

»Nein«, antwortet sein Vater mit tief gefurchter Stirn.

»Vor drei Monaten«, sagt der japanische Polizist.

Sein Vater schüttelt den Kopf. Die beiden amerikanischen MPs studieren alle Gesichter ganz genau, als hofften sie, dass sich jemand durch ein schuldbewusstes Zucken verraten würde. Hideki merkt, dass der Amerikaner mit dem Zahnstocher vor allem Interesse an Keiji hat. Er selbst wagt nicht, den Jungen anzusehen, aber er hofft, dass von Keijis Äußerem nichts anderes abzulesen ist als die übliche Naivität.

»Der Ladenbesitzer an der Fernstraße erinnert sich, dass ein Jeep bei ihm gehalten hat und drei amerikanische Soldaten darin saßen«, fährt der japanische Polizist mit den vorstehenden Zähnen fort. »Das ist mit dem Auto nur eine halbe Stunde von hier entfernt.«

»Wir haben niemanden gesehen.«

»Und den Jeep?«

Sein Vater schüttelt den Kopf. Und jetzt schließen sich die anderen Männer an, auch Keiji, doch er schüttelt so heftig den Kopf, dass es aussieht, als habe er einen Käfer im Ohr.

Der amerikanische MP, der Keiji nicht aus den Augen lässt, sagt etwas zu dem japanischen Polizisten.

»Komm mal her, Junge«, befiehlt der japanische Polizist. Hinter ihm stehen ein paar verkümmerte Kiefern auf felsigem Boden.

Keiji steht auf und geht zu den Männern.

»Wie heißt du?«, fragt der japanische Polizist.

»Keiji.« Krumm steht er da, in seiner geflickten Hose und seinen Strohsandalen.

Der amerikanische MP spricht den Namen mit falscher Aussprache nach und fügt noch einige Worte hinzu.

»Auf Englisch bedeutet das ›Käfig‹«, übersetzt der Polizist.

Der amerikanische MP zieht ein Päckchen Kaugummi aus seiner Hosentasche. Er hält es vor Keijis kugelrunde Augen und sagt wieder etwas.

Der Dolmetscher übersetzt: »Hast du hier Männer wie diese Männer gesehen, Amerikaner in Uniform? Und einen Jeep?«

Keiji hampelt, nach dem Päckchen Kaugummi gierend, vom einen Bein auf das andere.

»Hideki«, sagt er plötzlich und legt ein imaginäres Gewehr an. Dann dreht er sich um und schaut zu Hideki auf dem Baumstamm herüber. In der Stille, die nun eintritt, versucht Hideki den bitteren Blutgeschmack in seinem Mund runterzuschlucken. Die Amerikaner und die japanischen Polizisten schauen in seine Richtung. Ihm schwindelt vor Angst. Nach Hiroshima und Nagasaki braucht sich niemand mehr Illusionen über die Barmherzigkeit der Amerikaner hinzugeben.

Keiji hebt jetzt eine Hand und zeigt auf die Insignien auf der Brust des Amerikaners. »Hideki hat den Kyokujitsu-sho. Ich hab ihn gesehen.«

Als der japanische Polizist die Worte übersetzt hat, brechen die beiden amerikanischen MPs in Gelächter aus. Und zögernd fallen ihre japanischen Begleiter ein. Der Amerikaner gibt Keiji das Päckchen Kaugummi und streicht ihm über den Kopf.

»Wenn Sie etwas hören oder sehen«, sagt der japanische Polizist zum Schluss, »melden Sie es bitte beim Polizeirevier.«

Die Planken der Brücke rattern unter den schweren Reifen des Jeeps, als dieser davonfährt. Staub senkt sich zwischen die großen Steine im Fluss, die Vorschlaghämmer und rostigen Eisenstäbe, die überall herumliegen. Keiji, das Päckchen Kaugummi in der Hand, starrt dem Jeep regungslos nach. Ein dunkler Fleck breitet sich von seinem Schritt über die Innenseiten seiner Hosenbeine aus, und es tropft auf den frischen Schotter.

»Miau!«, klingt es leise aus seinem Mund. »Miau! Miau!«

3

In den Wochen, die Dorien bei ihm ist, teilt er seine Zeit zwischen ihr und der Arbeit auf. Als Erstes nimmt er sich frei, um mit Dorien in seinem Wagen eine Rundreise über Honshu zu machen und ihre Wunschliste mit Sehenswürdigkeiten abzuarbeiten, wie etwa den großen Buddha von Kamakura und die Gärten von Kyoto. Unterwegs übernachten sie in Hotels, die von den GHQ geprüft und sicher, sauber und sogar nach westlichen Maßstäben komfortabel sind. Dorien schätzt die Hotels, die Tempel und die Naturschönheiten, über die sie zur Vorbereitung ihrer Japanreise viel gelesen hat. Aber die sehnigen gelben Männlein, die mit Schaufeln und Hacken auf der Schulter über die Felder und am Straßenrand entlang gehen, flößen ihr Angst ein, eine instinktive physische Aversion, genährt von den Geschichten, die sie in Niederländisch-Indien gehört hat. Er merkt das, wenn sie draußen umhergehen oder bei einem Tempel plötzlich die einzigen Ausländer sind. So höflich und freundlich die örtliche Bevölkerung ihr auch begegnet, sie fühlt sich unbehaglich in deren Nähe. Aus dem Gleichgewicht bringen sie auch die Armut und Verwahrlosung, um die er sie in einem großen Bogen herumzuführen versucht, doch das Unangenehme ist überall und unvermeidlich. Ihr Unbehagen überträgt sich auf ihn. Nun, da sie ihn darauf aufmerksam macht, ist es ihm nicht mehr möglich, es nicht zu sehen. Die hungrigen Kinder mit Schwären im Gesicht, die klapperdürren, zahnlosen Weiblein in ihren Lumpen. Er möchte es ihr ersparen, seiner sensiblen, kultivierten Dorien, die für alles Aufstrebende, Höhere gemacht ist, jenseits der durch das augenfällige Leiden so unerbittlich aufgezeigten Grenzen. Erst als sie wieder in Tokio sind, scheinen sich ihre Gemüter zu beruhigen. Dort steht alles Mögliche auf dem Programm, ein Empfang und Liederabend in der französischen Botschaft, ein High Tea bei Frau MacArthur zu Hause. Er kauft Karten für eine Kabuki-Vorstellung im kaiserlichen Theater und für das Konzert einer populären Bigband, die in der amerikanischen Offiziersmesse auftritt, wo sie bis in den späten Abend hinein wie Teenager miteinander tanzen.

So kostbar ihm die Stunden mit Dorien sind, für die Webb ihm wohlwollend beliebig lange freigegeben hat, insgeheim sehnt er sich nach dem geregelten, emotionslosen Dasein eines vernünftigen Mannes zwischen seinen Büchern und Akten. Dementsprechend erleichtert fühlt er sich an den Tagen, da Doriens Programm von den niederländischen Damen in Tokio ausgefüllt wird und er im Richterzimmer seine Robe vom Bügel zieht. Im Gerichtssaal herrscht das Tribunal, diktiert von der Prozessordnung. Er liebt deren strenge Eindeutigkeit. Im Gerichtssaal ist er wieder der Richter. Ein Mann des Gesetzes mit klaren Auffassungen, ein Mann, der sich auskennt, ein Mann, der nicht daran dächte, Webb zu fragen, ob seine Frau als seine Sekretärin hierbleiben könnte. Zum Glück hat sich Dorien inzwischen mit dem Gedanken angefreundet, wieder in die Niederlande zurückzukehren.

4

Am Nachmittag erwacht Hideki auf dem flachen Felsen am Fluss. Noch halb dösend, fängt er die Stimmen von Kindern auf, die bei der Stromschnelle im Wasser spielen. Er richtet sich auf und schirmt die Augen gegen das Sonnenlicht ab. In Unterwäsche planschen Jungen und Mädchen im Wasser, die Kleinen, bibbernd vor Kälte, nah am Ufer. Keiji lässt sich mit einem Schrei auf einem prallen Reifenschlauch stromabwärts treiben bis dorthin, wo der Fluss über den Steinen untief wird. Hideki fragt sich, ob die Kinder wissen, dass dieser überdimensionale Schwimmring aus schwarzem Gummi von einem ausgebrannten, unter Erde und Laub versteckten Jeep stammt. Es wäre besser gewesen, wenn dieser Schlauch auch mit in den Abgrund gewandert wäre. Aber sein Onkel hat darauf bestanden, dass sie die Reifen bewahren sollten. Keiner hat gefragt, warum. Sein Onkel ist jemand, der immer etwas gebrauchen kann, selbst oder gerade im unmöglichsten Moment.

Er denkt daran zurück, wie sie die Leichen im Dunkeln auf dem Karren seines Onkels weggebracht haben. Mit einer Taschenlampe ist Hideki vor dem Pferd hergegangen, während die anderen Männer den Karren auf dem steilsten Stück des Weges anschoben. Er ging voran, in seinem Nacken den Tod wie einen habgierigen, nimmersatten Dieb. Denn genau das tut der Tod, er folgt ihm, nach China, in sein eigenes Dorf; wo er auch ist, wo er auch geht und steht.

Die ganze Nacht waren sie beschäftigt, und erst gegen Morgen kehrten sie ins Dorf zurück. Dort war es stiller denn je. Sogar die Hähne schwiegen. Die Männer gingen auseinander, jeder mit seinen eigenen Gedanken, in sein eigenes Haus, hinter geschlossene Läden.

Sada betritt das aus sich überlappenden rohen Zedernbrettern errichtete Badehäuschen. Frühmorgens ist sie mit ihrer Mutter zusammen im Tempel gewesen, um zu beten und Räucherstäbchen abzubrennen. Beten und sich abschrubben, beten und sich abschrubben. Sauber von außen und sauber von innen, obwohl Letzteres einfach nicht gelingen will.

In China gab es einen Korporal, einen mächtigen Kerl mit braunen Zähnen und Schultern wie ein Möbelpacker, den sie »Der Bär« nannten. Ihm hat Hideki sein Leben zu verdanken. Der Bär ging voran, an der Front, aber auch in den besiegten Provinznestern. Er trat Türen ein, riss Mädchen die Kleider vom Leib, brachte sie mit seinem massigen Leib zu Fall. Der Bär war nicht der Einzige. Es waren chinesische Mädchen, keine japanischen. Es war nicht seine Schwester, die das Gerammel wimmernd über sich ergehen ließ. Nun, da Sada sich im Badehäuschen abschrubbt, fragt er sich, wie das eine mit dem anderen zu vereinbaren ist, sein Retter mit dem Vergewaltiger.

Seine Mutter wäscht, auf den Fersen hockend, die Wäsche und schlägt auf den Steinen das Wasser aus den nassen Sachen. Sie gibt nicht auf, glaubt noch immer an das Wunder von Räucherstäbchen und Kräutern und Bädern. Sieht sie denn nicht, was jeder sehen kann? Dass vier Monate Raubbau eine Kranke aus ihrer Tochter gemacht haben, ein verschlissenes, altersloses, mitleiderregendes Wesen mit übersäuertem Magen und fiebrig-starren Augen, in denen eine abscheuliche Frage zu lesen ist.

So hat ihn das Mädchen an jenem Abend in Tokio angesehen, als sie die nasse, dunkle Straße zu Toru hin überquerte. Etsu, das war ihr Name. »Bleib hier!«, hätte er sagen sollen. »Geh nicht mit ihm mit.«

Erst als die Sonne hinter den Bäumen verschwunden ist, seine Mutter und seine Schwester und auch die Kinder längst nach oben ins Dorf zurückgekehrt sind, klettert er mühsam von dem Felsen hinunter. Er fädelt die drei gefangenen Forellen auf eine Schnur, die er durch ihre Kiemen zieht. Sein Bein und seine Hüfte schmerzen, als er losgeht.

Auf der Straße zum Dorf wird es erst richtig steil. Auf halber Höhe lehnt er sich in der abgekühlten Luft an einen Baum, um zu Atem zu kommen. Da nimmt er einen Punkt wahr, der sich durch den im Tal aufsteigenden Abendnebel bewegt. Er muss ihn weiter beobachten. Die Gestalt verschwindet zwischen den Bäumen, kommt wieder zum Vorschein, verschwindet in einer Wegbiegung, kommt wieder daraus hervor, größer jetzt, es ist eine Frau, meint er ausmachen zu können, ein immer größer werdender Fleck in Beige und Schwarz. Ja, es ist eine Frau, aber keine aus dem Dorf. Ihre Haare, ihre Kleidung, ihre Haltung, alles verrät eine andere Herkunft. Vielleicht kommt sie aus der Stadt, um Nahrungsmittel einzutauschen.

Es dauert noch einige Minuten, bis sie bei ihm ist. Sie hat ein hübsches Gesicht. Gepflegte Kleidung und schwarze Lederschuhe vervollständigen das Bild.

»Guten Abend«, sagt sie. Ihr Blick springt von seinem Gesicht zu den Fischen, die vor seiner Brust hängen.

»Guten Abend«, erwidert er.

»Ist es noch weit?«, fragt sie.

»Wohin?«

»Ins Dorf.«

»Nein«, sagt er. »Es ist nicht mehr weit.«

»Ein Glück«, seufzt sie. »Ich bin schon seit Stunden auf den Beinen.«

»Kommen Sie, um etwas zu tauschen?«, fragt er.

»Tauschen? Nein, ich will zu meiner Familie.«

5

Sie bleiben einen Abend im Hotel und essen im Restaurant. Danach zieht er sich, während Dorien ihr Versprechen einlöst und mit Patrick, Northcroft und McDougall im kleinen Saal Bridge spielt, mit dem Roman von Evelyn Waugh, den sie ihm mitgebracht hat, in den Garten zurück. Der Himmel hat eine Türkistönung angenommen.

»Was für ein schöner Abend«, lässt sich eine bekannte Stimme vernehmen.

Es ist Pal, der mit den Händen auf dem Rücken zum Himmel emporschaut. Schwalben tauchen nach Insekten, die im Licht der Gartenlampen zu neuem Leben erwacht sind und leichte Beute darstellen.

Brink nickt.

»Gefällt es Ihrer Frau in Tokio?«

»Und ob. Wir kosten jede Stunde aus, die sie hier ist.«

»Ich habe gehört, dass Sie Ihren Standpunkt in Sachen *Verbrechen gegen den Frieden* revidiert haben.«

»Woher wissen Sie das?« Er kann es sich selber denken: Webb. Der Einzige, dem er es erzählt hat.

»Sie wollten das doch nicht etwa geheim halten, möchte ich meinen?«

»Nein, aber ich hätte es gerne bei der nächsten Sitzung gesagt.«

»Aufsehenerregende Neuigkeiten verbreiten sich schnell.« Pals Augen tasten sein Gesicht ab.

»Ich bin unlängst auf etwas Interessantes gestoßen. Ein juristisches Argument, das den Anklagepunkt *Verbrechen gegen den Frieden* untermauert.«

»Überraschend. Erst sind Sie dafür, dann dagegen, und jetzt sind Sie wieder dafür. Hm.«

»*Ich* bin nicht mit vorgefassten, unumstößlichen Meinungen hergekommen«, pariert er.

Pal bedenkt ihn mit einem spöttischen Blick. »Das haben Sie auf jeden Fall klar zu erkennen gegeben.«

Brink zwingt sich zur Ruhe und legt dar, wie er zu seiner neuen Ansicht gelangt ist, die eigentlich seine alte ist, jetzt aber auf der Grundlage anderer, besserer Argumente. Nicht denen der anderen Richter, die sich auf den Pariser Vertrag und die Nürnberger Prozesse als Präzedens berufen, und nicht denen der klugen Köpfe, die ihm auf Geheiß von Den Haag auf die Sprünge helfen wollten. Nein, es handelt sich um eine von ihm selbst, autonom formulierte Argumentation, auf die noch keiner gekommen ist. »Im Falle eines *bellum iustum*, eines gerechten Krieges, trägt der Sieger, in diesem Fall sind das die Alliierten, die Verantwortung für den errungenen Frieden. Angeklagte wie Tojo, die eine Gefahr für diesen Frieden darstellen, weil sie, erhielten sie die Gelegenheit dazu, alles wieder ganz genauso machen würden, müssen auf Grundlage der Anklage *Verbrechen gegen den Frieden* verurteilt werden können.«

Höflich lässt der Inder ihn sein Verslein aufsagen, hört finster, trocken, mit entspanntem Mund zu. Er lässt die theoretische Untermauerung mit Verachtung über sich ergehen. Nimmt inhaltlich nicht dazu Stellung, sondern wendet, als Brink geendet hat, den Blick wieder dem Himmel zu und sagt nur: »Hm.«

»Ich werde das alles im Richtergremium noch detaillierter erläutern.«

Statt ein juristisches Gegenargument anzuführen, mokiert sich Pal mit einer persönlichen Frage: »Höre ich da Erleichterung?«

»Erleichterung? Das ist mein Standpunkt.«

»Ihre Regierung, Botschafter Willink, Webb, die Kollegen, alle werden Ihnen dafür erkenntlich sein. Was so ein Kniefall nicht alles bewirken kann.«

»Das ist kein Kniefall!«

»Nein?«, fragt Pal ruhig.

»Nein!«, schmettert er mit bebender Stimme zurück. Du bornierter Besserwisser, denkt er bei sich.

Sein Herz klopft wie wild vor Ärger. Pal erscheint ihm nicht mehr eigensinnig und herausragend, sondern unversöhnlich und frustriert, in diesem ewigen Schlabberanzug mit den Schuppen auf den Schultern. Brink lechzt danach, wieder mit seinem Buch allein zu sein. Er nimmt sich vor, nicht mehr am Tisch des Inders zu essen, wenn Dorien in die Niederlande abgereist ist. Sein Blick fällt auf den in die dunkle Haut eingegrabenen schmalen goldenen Ehering an Pals Hand.

Pal ist ihm gnädig. »Wir werden sehen«, sagt er in weniger gestrengem Ton. »Ich wollte Sie nicht angreifen. Guten Abend.«

Später an diesem Abend lauscht er dem hellen Zirpen der Grillen, von denen er noch nie eine mit dem Auge entdecken konnte. Im schwächer werdenden Licht zeichnen sich die hohen Farne, die kleinen Wasserläufe und die in Schlangenlinien angelegten Wege ab. Der graue Dunstschleier, der sich zu erheben scheint, verstärkt das melancholische Gefühl von Endlichkeit. Er sitzt nur so da und hat noch keine Seite gelesen. Bis die Stimme Doriens ihn aus seiner Meditation weckt. Strahlend und hoch aufgerichtet kommt sie mit Patrick und Northcroft in den Garten gelaufen und bringt die Herren mit zu ihm an den Tisch. Man redet, lacht. Er ist überrascht, dass die Kollegen seine Gesellschaft suchen.

»Oha, Brink, Ihre Frau ist mir eine«, sagt Patrick und verdreht die Augen. »Ich hatte das Glück, dass sie meine Partnerin war, aber Northcroft und McDougall haben eine Abreibung bekommen, die sie nicht so schnell vergessen werden.« Patrick sieht ihn so entspannt an, als hätte es nie irgendwelche Animositäten gegeben. Brink fragt sich, ob er und Northcroft inzwischen auch von Webb darüber informiert wurden, dass er seinen Standpunkt revidiert hat. *Er ist wieder mit im Boot.* Allem Anschein nach, ja.

»Ich spiele schon seit zwanzig Jahren, aber so schlechte Karten wie heute Abend hatte ich noch nie«, rechtfertigt sich Northcroft.

»Ach, natürlich, die Karten«, sagt Patrick mit schiefem, verschwörerischem Schmunzeln Richtung Brink. »Die Ehrlichkeit gebietet mir zu betonen, fährt er mit gespieltem Ernst fort, als könne er angesichts Northcrofts unnachgiebiger Miene keine Milde walten lassen, »dass Sie selbst mit den besten Karten Ihrer zwanzigjährigen Laufbahn nicht die geringste Chance gegen uns gehabt hätten. Frau Brink und ich waren in jeder Hinsicht überlegen.«

Northcroft nickt mit gefurchter Stirn. Auf den ersten Blick würde man in ihm eher einen emsigen höheren Finanzbeamten vermuten als einen Richter des Tribunals. Er klopft seinen Pfeifenkopf mit einer so einstudierten ruhigen Würde aus, dass man fast annehmen möchte, er habe eigens dieser Handlung wegen angefangen zu rauchen. Sie täuscht ein wenig darüber hinweg, dass es ihm an Rückgrat und Gewicht mangelt.

»Verstehen Sie jetzt, warum ich nicht spiele?«, fragt Brink rhetorisch. »So kann ich hier als der stolze Gatte sitzen. Sonst wäre ich es, der bedeppert dreinschauen würde.« Er wirft einen Seitenblick auf Northcroft.

Das Blitzen in Patricks hellen Augen und sein sonniges Lächeln erfüllen Brink mit einem tiefen Glücksgefühl. Seine Schlagfertigkeit kommt wieder so an wie früher, und die Kollegen und seine Frau wirken gebannt wie die Zuschauer in dem Kabuki-Theater, das er mit Dorien besucht hat.

»Ich habe meiner Schwester, die seit dem Tod ihres Mannes bei mir wohnt, das Bridgespielen beizubringen versucht ...«, Patrick hält kurz inne und fährt dann fort, »doch dann hatte ich Erbarmen und habe es gelassen.«

»Erbarmen?« fragt Dorien.

»Man sollte einer Kuh nicht das Schlittschuhlaufen beibringen.«

»Und wie ist es, mit Ihrer Schwester zusammen unter einem Dach zu wohnen?«, will Dorien wissen.

»Ach, der Landsitz ist ziemlich groß, und ich bin ein alleinstehender Mann.«

»Waren Sie nie verheiratet?«, fragt Dorien.

Selbst nach einem Jahr mit Lord Patrick hat Brink diese Frage instinktiv vermieden. Seine Frau aber hat diesen besonderen, felsenfesten Glauben an sich, der es ihr ermöglicht, solche Fragen zu stellen, und das schon sehr bald. Ohne dass man es ihr übel nimmt oder auch nur befremdet ist.

»Nein«, antwortet Lord Patrick. »Nach dem Ersten Weltkrieg lag ich mit Fieber im Bett, während die anderen Eroberungen machten. Tuberkulose in Lunge und Nieren. Das lahme Bein war auch nicht gerade von Vorteil, und dann war die Zeit plötzlich um, bevor ich das richtige Mädchen finden konnte.«

»Aber es muss doch irgendwann einmal jemanden gegeben haben?«

Patrick sitzt jetzt ganz vorn auf der Stuhlkante, seine Hände ruhen auf dem Pferdekopf seines Stocks. »Ja, da war einmal eine junge Dame, Laura.«

»Und danach?« Offenbar möchte Dorien nicht weiter nach Laura fragen, weil sie es für zu schmerzlich hält.

Lord Patrick blickt vor sich hin. »Nichts, nach ihr war nichts mehr.«

»Ach!«, seufzt Dorien.

Mit leisem Auflachen treibt Lord Patrick ihr das romantische Mitgefühl aus. »Nichts für ungut, Sie sind ja auch Mutter, aber ehrlich gesagt, wenn ich bei Freunden oder Kollegen zu Hause manchmal die lieben Kleinen sah, du lieber Himmel, denen bin ich tunlichst aus dem Weg gegangen.« Patrick schaut fröhlich von Dorien zu Brink, und die Ironie flackert so lustig im Gesicht des alten Richters, dass seine Worte ihre Lachlust wecken, bevor er sie ganz ausgesprochen hat. »Nennen Sie mich ruhig kalt, wenn Sie wollen, aber wissen Sie, in solchen Momenten habe ich mich höchst glücklich geschätzt, in der Gesellschaft meiner Schwester und nicht in der solcher kleiner Diktatoren zu sein.« Er lehnt sich auf seinem Stuhl zurück, zieht seine Weste herunter und streicht sie glatt. »Aber gut, mal abgesehen von den Kindern, Sie, Brink, sind ein verdammter Glückspilz mit dieser Frau.«

»Kennen Sie die Geschichte von der Frau von Grotius, Maria?« Die erwartungsvollen Blicke Doriens und seiner Kollegen stimulieren ihn fortzufahren. Er spürt, dass seinen Worten wieder Wert beigemessen wird, und ist froh, dass er sich die Geschichte für einen Moment wie diesen aufbewahrt hat. In Gedanken hat er sie Patrick, der solche Anekdoten liebt, schon einmal erzählt. »Grotius war auf Schloss Loevestein inhaftiert – sollten Sie einmal in die Niederlande kommen, führe ich Sie gern dorthin –, aber gut, er war also in diesem Schloss eingesperrt, weil er sich mit Prinz Maurits angelegt hatte. Maria, Grotius' Frau, ersann eine List und schmuggelte ihn in einer Bücherkiste aus dem Schloss heraus. Ein paar Jahre später schrieb er *De iure belli ac pacis*, sein großes Werk über das Kriegsrecht. Und wo wären wir Richter des Tribunals heute ohne dieses Buch, frage ich Sie.«

»So«, sagt Northcroft trocken, während er sich eine frische Pfeife anzündet, »da sehen Sie mal, woran Sie sind, Patrick, Sie als eingefleischter Junggeselle, der ohne eine listenreiche Frau auskommen muss.«

»Sie vergessen meine Schwester«, erwidert Patrick, »wenngleich ich bezweifle, dass sie auf die Idee mit der Bücherkiste gekommen wäre.«

Sie lachen.

Diese beiden, er muss sie einfach als seine Freunde betrachten, die nur das Beste für ihn wollen, die ihn vor einer Dummheit bewahren möchten. Sie haben gesehen, wie er sich, Pal folgend, zum ärgerlichen Outcast der Runde zu entwickeln drohte und sich eine Menge Scherereien mit seiner eigenen Regierung einhandelte. Es war nur noch die Frage gewesen, welches gestellte Bein ihn ins Straucheln gebracht hätte, aber dass er gestürzt wäre, wenn er so weitergemacht hätte, stand für sie fest. Sie wollen nicht, dass er zu Fall kommt, das vermitteln sie ihm jetzt mit ihrer Herzlichkeit.

»Hast du noch mal darüber nachgedacht?«, fragt Dorien, als sie allein sind.

»Worüber?«

»Die Aktien.«

»Ach so, nein, eigentlich nicht. Aber wenn du es für eine gute Idee hältst, hast du meine Unterstützung.« Es ist ohnehin dein Geld, denkt er.

»Der Mann von Louise Verolmen meint auch: Die beste Zeit für eine Kapitalanlage ist die nach einem Krieg.«

»Er muss es ja wissen, sein ganzes Leben steht im Zeichen des Anhäufens von immer mehr Geld.«

»Rem, er ist ein erfolgreicher Geschäftsmann, er nutzt seine Chancen. Sein Unternehmen hat einen großen Auftrag für den Wiederaufbau des Hafens von Nagasaki an Land gezogen.«

Das war auch eine Seite des Krieges. Städte bauen, Häfen anlegen, Fabriken errichten, zuerst alles mit Bomben und Kanonen zerstören und dann wieder neu anfangen. Und natürlich Aktien daran erwerben.

»Hast du was gegen ihn?«, fragt Dorien.

»Ach wo.« Er ist diesem Verolmen mit seinen Schweinsäuglein einige Male begegnet, doch schnell wurde deutlich, dass der Mann an ihm lediglich Interesse hatte als Verbindungsglied zu Leuten, die ihm etwas bringen konnten.

»Wie war es eigentlich bei Louise?«, fragt er.

»Wir sind auf der Ginza gewesen. Ich habe Souvenirs für die Kinder gekauft.«

Die Bedienung im lilafarbenen Kimono bringt den von ihnen bestellten Kaffee in einer handbemalten Keramikkanne.

»Sie sind hübsch, diese japanischen Serviererinnen«, sagt Dorien, als sich die junge Frau nach einer tiefen Verbeugung in leise raschelnder Seide entfernt.

»Ach«, sagt er.

»Louise glaubt, dass so mancher Mann, der allein hier ist, eine japanische Geliebte hat.« Sie lächelt ihn an, aber anders als vorher, so als würden plötzlich ein paar Fäden zwischen ihnen zerschnitten.

»Das scheint vorzukommen.«

»Wenn im Hafen die Schiffe mit ihren Ehefrauen an Bord einlaufen, flattern einer Menge Kerle die Nerven.«

Mit einer Furche zwischen den Augenbrauen trinkt sie ihren Kaffee, während er sich fragt, was diese geschwätzige Louise sonst noch alles erzählt hat.

»Herman Sluyters van Geen, der Assistent des Anklägers, scheint sich sogar in der Öffentlichkeit mit einer japanischen Eroberung gezeigt zu haben.«

»Der ist doch längst wieder in die Niederlande zurückgekehrt.«

»Aber es wird immer noch darüber gesprochen. Das müsstest du doch wissen, oder?«

Er zuckt die Achseln. Soll das eine verkappte Warnung an seine Adresse sein? Das wäre nicht ausgeschlossen. Willink erzählt es seiner Frau, und Willinks Frau erzählt es wiederum Louise Verolmen. Man braucht nur ein Streichholz dranzuhalten, und so ein Gerücht entflammt wie ein Strohfeuer. Er schweigt, und nun schweigt auch Dorien. Das Zirpen der Grillen schließt sie ein. Dorien war nie rasend eifersüchtig, und sie könnte sich wahrscheinlich mit einem Abenteuer von ihm abfinden, vorausgesetzt, dass es geheim bleibt und ihrer Reputation und ihrer Familie nicht schadet. Soll er ihre Bemerkung so auffassen? Ich weiß davon, ich habe so meine Vermutungen, aber sorg dafür, dass du die Diskretion wahrst. Diese Diskretion verlangt jetzt von ihm, dass er schweigt.

Für einen Moment ist da wieder diese eisige Unnahbarkeit. Dann ist dem Ganzen offenbar Genüge getan, und die Miene seiner Frau hellt sich wieder auf. Sie stellt ihre Tasse auf die Untertasse zurück und sagt in fröhlichem Ton: »Deine Kollegen sind verdammt interessante und amüsante Kerle. Wusstest du das?«

Er nickt. Und ob er das weiß.

In der letzten Woche von Doriens Aufenthalt ist sein gutes Verhältnis zu den anderen Richtern wiederhergestellt. Die Ausführungen zu seinem revidierten Standpunkt haben in der Sitzung großen Anklang gefunden. An seiner Stellung zweifelt er jetzt nicht mehr. Er spricht wieder mit allen. Das ist der Weg, der lange, gerade Weg seines Lebens. Tagsüber wohnt er den Verhandlungen bei, und abends absolviert er mit Dorien ein abwechslungsreiches gesellschaftliches Programm. Im Hotelzimmer schlafen sie anschließend miteinander. Dorien hebt mit mütterlicher Gebärde ihre volle Brust an seine Lippen. Mühelos schenken sie einander Befriedigung. Wenn sie mit dem Rücken zu ihm eingeschlafen ist, denkt er über das Mysterium ihres Hierseins nach. Vielleicht hatte Willink doch recht, als er bemerkte, dass seine Frau genau zur rechten Zeit komme. Er muss zugeben, alles hat sich zum Guten gewendet. Was für eine besondere Frau, und er ist nicht der Einzige, der das findet.

Er träumt, dass Benson ihn auf einer kurvenreichen Straße in die Berge fährt. Das Auto klimmt mit heulendem Motor zu den Wolken empor. Dorien sitzt neben ihm, sie lächeln einander zufrieden an, doch in der nächsten Kurve ist es Michiko, die auf ihrem Platz sitzt. Bei jeder Straßenbiegung wechseln sich Dorien und Michiko ab. Mitten in der Nacht schreckt er an der Bettkante aus dem Schlaf, Doriens Knie und Arme in Beinen und Rücken. Er bleibt still liegen, bis ihn seine Muskeln schmerzen und er sich immer steifer fühlt. Er hat alles darangesetzt, die beiden Frauen voneinander zu trennen. Der Gedanke, dass sie unverhofft aufeinandertreffen, ein und dieselbe Luft einatmen könnten, ist unerträglich. Vorsichtig schiebt er Dorien etwas von sich weg. Sie dreht sich auf ihre andere Seite. Er legt die Hand auf ihre Hüfte, die Formen einer Bronze von Rodin. Doch auch jetzt, da sein verkrampfter Körper mehr Platz hat, gelingt es ihm nicht, wieder einzuschlafen. Im Badezimmer lässt er kaltes Wasser über seine Hände strömen. Wieder im Bett, ist er hellwach. Zum Stillliegen verurteilt, wartet er den Morgen ab.

So geht es in diesen letzten Nächten ständig. Er wird am äußersten

Rand des Bettes wach, und sein Körper fühlt sich an wie von Stahlpfeilen durchbohrt. Er steht auf, um seine Muskulatur zu lockern, doch wenn er wieder neben Dorien liegt, kehren die Schmerzen bald zurück. Vor lauter Verzweiflung setzt er sich im Morgenmantel an den Schreibtisch und fällt dort mit dem Kopf auf den Armen in Schlaf.

»Was hast du denn nur?«, fragt sie nach dem dritten Mal.

»Ich konnte nicht schlafen«, antwortet er.

Am Abend darauf kommen sie von einem Essen bei Willink in der Botschaft zurück. Er hält ihr die Zimmertür auf, und diese Geste hat nicht mehr die gleiche Bedeutung wie vorher. Immer ist es für ihn eine symbolische Geste gewesen, eine Art Ritual, eine Beschwörung: ihr die Tür aufhalten und zusammen irgendwo hineingehen, in ihr Haus, ihr Schlafzimmer, und dann diese Tür hinter ihnen beiden schließen. Drinnen dreht Dorien ihm den Rücken zu und beginnt, ihre Ohrringe abzunehmen. Beim Anblick des Bettes, bei der Aussicht darauf, wieder eine Nacht am Rand der Matratze zu verbringen, von hinten durch Knie, Arme und süßen Atem festgekeilt, packt ihn die Verzweiflung. Während sie sich ausziehen, spürt er schon das Erstarren seiner Gliedmaßen, als hörte das Blut auf zu strömen.

Sie lieben sich, aber es kostet ihn Mühe, er bringt nicht viel zustande.

Sowie Dorien schläft, gerät sein Körper in diese eigenartige Verkrampfung. Eine bleierne Schwere presst sich in ihm zusammen. Das lange, passive Aushalten der Schmerzen lässt ihn mit weit geöffneten Augen die verborgenen Mechanismen der Gegenstände und Schatten im Zimmer abgehen. Hat er zu lange allein geschlafen und ist die Gesellschaft eines anderen Körpers nicht mehr gewohnt? Oder sind es erste Anzeichen einer Muskelerkrankung? Er steht auf und zieht sich leise an. Mit dem Aufzug fährt er nach unten und läuft in den Garten. Die Lichter sind jetzt ausgeschaltet, die Tische und Stühle feucht vom Tau. Er breitet eine Zeitung auf einer Bank aus, döst darauf ein, wird wach und döst erneut ein. Ein Putzmann schreckt ihn auf und entschuldigt sich tausendmal, als er den verehrten Herrn Richter wie einen Clochard mit hochgeschlagenem Kragen auf dem Bänkchen zwischen den Palmen und Bananenstauden bemerkt. Klamme Kälte sackt ihm in die Knochen, als hätte er unter nasser Wäsche gelegen. Auch jetzt ist er wie gerädert, aber anders, nicht so wie sonst, wenn seine Lage am Bettrand ihn bis in den Morgen hinein martert.

»Du warst aber früh auf«, sagt Dorien vom Bett aus, als er das Zimmer betritt. Besorgt fragt sie: »Hattest du wieder Probleme?«

Er nickt und verschwindet im Badezimmer. Er lässt das Wasser der Dusche so heiß über seinen Körper strömen, dass es fast nicht auszuhalten ist.

Als Doriens Aufenthalt zu Ende geht, bringt er sie an einem nebligen frühen Morgen zum Flughafen. Vor der Passkontrolle umarmen sie sich lange.

»Versprich mir«, sagt Dorien, »dass du dich vom amerikanischen Truppenarzt untersuchen lässt. Vielleicht hast du dir ja irgendeine hier grassierende Krankheit eingefangen.«

Sie küssen sich noch einmal. Und dann flüstert sie ihm etwas ins Ohr. »Mach keine Dummheiten.«

»Das verspreche ich«, sagt er. Und ihm ist, als legte er erneut sein eheliches Treuegelöbnis ab.

Bevor er noch etwas sagen kann, löst sie sich aus seiner Umarmung und geht durch die Passkontrolle.

Ein letztes Mal dreht sie sich um und winkt ihm. Sie kämpft mit den Tränen. Meine liebe Dorien, denkt er. Hinter der beschlagenen Scheibe, die die Passagiere von den Besuchern trennt, zerfließt ihr Bild zum Schemen einer großen Frau, die sich mit eiligen Schritten von ihm entfernt.

Vor dem Flughafengebäude starrt er, benommen vor Müdigkeit, in den sich langsam verziehenden Nebel, der dunkelgrauen Wolken weicht. Es ist kühler geworden, ein Tag, der Wind bringt, vielleicht auch Regen. Der Morgen fühlt sich so hohl an, wie er sich selbst fühlt. Er blinzelt gegen den grobkörnigen Staub und steigt in den Wagen.

»Zum Hotel?«, fragt Benson.

Er nickt.

Aufs Zimmer zurückgekehrt zieht er sich aus und schließt die Vorhänge. Er hängt das Schildchen Do not disturb draußen an die Tür, legt den Telefonhörer neben den Apparat. Dann schläft er, sechzehn Stunden am Stück.

6

Ihre Decke ist rau und zerfranst. Weniger als einen Meter von ihr entfernt schläft ihre Cousine Sada. Hinter dem Wandschirm liegen ihre Tante und ihr Onkel. Michiko hört ihr Atmen und Hüsteln, die Bewegung eines Beins im Schlaf. Von draußen dringt ein Klopfen herein, das der hohle Bambus macht, der gegen die Dachtraufen schlägt, und von fern das Rauschen des Flusses, der sich durch eine tiefe, enge Schlucht zwängt. Ihre Tante und ihre Cousine haben sie den ganzen Abend angestaunt, als könnten sie nicht glauben, dass sie es wirklich ist, Cousine Michiko aus Tokio. Sie waren davon ausgegangen, dass sie allesamt bei den Bombenangriffen umgekommen seien, ihre Eltern und sie, genauso wie die meisten anderen Bewohner Asakusas. Sie hat ihnen erzählt, wie sie verschont geblieben ist, weil sie an jenem Abend bei Frau Haffner singen musste und der Luftalarm sie daran hinderte, nach Hause zurückzukehren.

Ob das die Frau aus dem Westen sei, die sie bei sich aufgenommen habe?

Sie nickte. Keiner fragte, warum sie nicht mehr dort wohnen konnte, wahrscheinlich aus Höflichkeit. Wie überhaupt vornehmlich geschwiegen wurde.

Hat sie für Erstaunen gehalten, was eigentlich Erschrecken war? Erschrecken über ihr Kommen. Vielleicht machen sie sich Sorgen. In Tokio konnte es fatal sein, wenn man einen zusätzlichen Mund zu stopfen hatte, und hier ist es vielleicht nicht anders.

Über ihr ziehen sich Schatten zwischen den niedrigen Balken des Häuschens zusammen, das zu dieser nächtlichen Stunde klein und brüchig wirkt. Sada scheint einen bitteren Geruch zu verströmen. Plötzlich, als würde eine geheime Luke geöffnet, wird Michiko sich der Augen bewusst, die sie in der Dunkelheit zwar nicht ausmachen kann, die sie aber mit Sicherheit ansehen. Das unter der Decke hervorschauende Gesicht Sadas ist nicht mehr als ein dunkler Fleck, aber sie spürt ihren so eng mit der Dunkelheit verwobenen Blick. Sie ist sich unschlüssig, ob sie etwas sagen soll, wagt es aber nicht. Sie dreht sich um und wartet den Morgen ab.

Die Erste, die aufsteht, ist ihre Tante. Sie schiebt kleine Stückchen Holzkohle und Papier in den Herd und macht Feuer. Dann stellt sie einen alten Wasserkessel auf die Kochplatte. Genau wie meine Mutter, denkt Michiko, die war auch immer als Erste auf und ging als Letzte ins Bett. Nie, nicht einmal, wenn sie krank war, ging ihre Mutter vor ihrem Vater schlafen, denn ihr Vater arbeitete in der Fabrik, und das konnte seine pflichtbewusste Ehefrau allerhöchstens dadurch wettmachen, dass sie den Eindruck vermittelte, ein Tag habe kaum genügend Stunden, um die übrigen Aufgaben zu bewältigen. Bevor ihr Vater aus dem Haus ging, half ihre Mutter ihm in die Schuhe. Nachdem er abends schlafen gegangen war, putzte sie diese Schuhe und stellte sie mit den Spitzen zur Straße für den nächsten Morgen bereit.

Ihre Tante hat ihr ein paar Sachen zum Anziehen gegeben, einen alten, verwaschenen und viele Male geflickten Arbeitskimono aus Baumwolle und abgetretene Zori.

»Bessere haben wir nicht«, sagt die Tante.

»Sie sind prima, Tante, vielen Dank.« Sie ist zu allem bereit, damit ihre Tante nur ja nicht die verwöhnte Nichte aus der Stadt in ihr sieht.

Die Atmosphäre im Haus ist bedrückt. Ihre Tante macht den Eindruck, als quäle sie etwas, und Sada, zwei Jahre jünger als sie selbst, hat dunkle Ringe um die Augen. Es wird wenig gesprochen. Die Männer sitzen auf der Veranda. Sie fragt sich, ob es an ihrer Anwesenheit liegt oder ob das hier in den Bergen nun einmal so ist. Sie darf nicht vergessen, dass auch sie unter dem Krieg gelitten haben. Das könnte eine Erklärung für die Beklemmung sein, die sie spürt.

In einem Holzeimer holt sie Wasser von der Pumpe auf dem Hof. Im Dorf ertönt das heisere Krähen eines aufgebrachten Hahns. In der Ferne schwimmen die Berge im Morgennebel. Für sie sind es x-beliebige Berge, aber ihren Eltern bedeuteten sie so viel mehr. Das von Bambus gefilterte Sonnenlicht zeichnet Streifen auf ihre Hände. Ihr Cousin kommt, schwer auf seine Krücke gestützt, aus dem Schuppen, in dem er geschlafen hat. Der entstellte Teil seines Gesichts erinnert im Morgenlicht an Krokodilhaut. Gestern hat sein Aussehen sie abgeschreckt, jetzt ist sie darauf vorbereitet, doch es bleibt schwer, ihm ins Gesicht zu blicken.

»Guten Morgen, Michiko.«

»Guten Morgen, Hideki.«

Hinter ihr kommt Sada aus dem Haus gelaufen. Die Arme vor dem Bauch, hastet sie ohne einen Blick oder ein Wort zum Plumpsklo.

In einem Käfig unter dem Dachrand des Schuppens beginnt ein Waldlaubsänger mit leuchtend blauer Brust in höchsten Tönen zu zwitschern. Vom Plumpsklo dringen Würgelaute herüber.

Hideki sieht sie an. Auf der Hut, wie es scheint.

»Ist sie krank?«, fragt sie leise.

Ohne zu antworten, senkt er den Blick. Sein struppiges Haar ist kurz geschnitten, und auf dem unversehrten Teil seines Gesichts wachsen ein paar Stoppeln, die Schnäuzer und Bart darstellen sollen. Er deutet mit einem Nicken zu dem Vögelchen, das erneut eine hohe Melodie zu Gehör bringt. »Selbst gefangen.«

Als sie am späten Vormittag mit Hideki allein im Haus ist, nimmt ihr Cousin ein Kuvert mit einem Foto aus dem Schränkchen. Es ist eine Schwarz-Weiß-Aufnahme von ihr mit ihren Eltern. Gemacht im Hinterzimmerchen des Ladens eines Fotografen in Tokio, vor einem auf Papier gemalten Hintergrund. Ihre Haare sind mit Weidenlaub geschmückt, und sie trägt einen Kimono mit Delfinen – hellrosa war er, wie sie sich erinnert, und die Delfine silbern. Siebzehn Jahre alt war sie damals, ein paar Tage vorher hatte sie die Zulassungsprüfung für das Konservatorium bestanden. Das Foto zittert in ihren Händen. Das gleiche Foto hat bei ihnen zu Hause in einem Rahmen gestanden, bis zum Tag der Brandbomben. Sie wusste nicht, dass ihre Eltern das Foto auch an ihre Familie in den Bergen geschickt haben.

»Mein Vater arbeitete bei der Textilfabrik in Asakusa, er hat es dort bis zum Vorarbeiter gebracht. Später sollte er in die Verwaltung wechseln. Und meine Mutter hatte einen kleinen Lebensmittelladen bei uns im Haus. Sie waren zuerst gar nicht davon angetan, dass ich aufs Konservatorium wollte.«

»Früher waren Sada und ich immer neidisch, wenn wir dieses Foto angeschaut haben«, gesteht Hideki. »Da dachten wir: Warum sind wir nicht in das schöne, große Tokio gezogen? Warum müssen wir hier in diesem Nest bleiben?« Er blickt auf das Foto. »Ich wollte bei euch vorbeigehen. Ich saß eine Woche lang in Tokio fest, weil unsere Verschiffung nach China sich verzögerte, und da dachte ich: Das ist die Gelegenheit. Aber außer den Offizieren durfte keiner das Kasernengelände verlassen. Als ich jetzt aus dem Krankenhaus kam, bin ich dort gewesen. Alles weg.«

Sie nickt, bezaubert von der Sanftheit seines Blicks.

»Wie war euer Leben vorher?«, will er wissen.

»Wir waren glücklich.«

Beiläufig, als fürchte er, sie womöglich zu kränken, gibt Hideki ihr Ratschläge zu den kleinen Arbeiten, die seine Mutter ihr aufträgt. Sie möchte sie tadellos ausführen, nicht nur, um sich für die Gastfreundschaft zu revanchieren, sondern auch, weil sie weiß, wie man hier über ihresgleichen denkt. Die Lebensmittelknappheit und die anhaltenden Verteilungsprobleme haben zu einer Verkehrung der Rollen geführt: Keine Frage, wer jetzt auf wen herabblickt, wer der Unterlegene ist.

Sie spült an der Pumpe das Geschirr, füttert die Ziegen und die

Hühner, räumt den Mist weg und wirft ihn auf den Haufen im hintersten Winkel des Grundstücks, klopft mit einem Stock die Futons aus und rollt sie fest zusammen. Als sie fertig ist, macht sie mit Hideki einen kleinen Spaziergang durch das Dorf, an den windschiefen, wurmstichigen kleinen Häusern entlang. Hideki kann sein eines Bein, das linke, nicht strecken und knickt dadurch, schwer auf seine Krücke gestützt, immer zu dieser Seite hin ein. Begleitet werden sie von Keiji, einem Jungen mit kugelrunden Augen, der auf seinem verrosteten Fahrrad hinter ihnen herfährt. Überall begegnet sie neugierigen Blicken, und Hideki kommt nicht darum herum, sie, verlegen und ungelenk, wie er ist, seinen Dorfnachbarn vorzustellen. Keiji tut sich damit weniger schwer und ruft laut und begeistert seine Mutter, die im Garten eines Häuschens arbeitet, das auf einer Seite von Blauregen überwuchert ist. Die Frau hat ein schönes, ebenmäßiges Gesicht und trägt ein kleines Mädchen, noch kein Jahr alt, in einem Tuch auf dem Rücken. Sie hat Michikos Eltern gut gekannt, wie sich herausstellt, vor allem ihre Mutter, und erinnert sich auch noch an Michiko als Kind. Der Bauch der Frau scheint prall gerundet zu sein. Das kleine Mädchen im Tragetuch sieht Michiko mit verträumtem Blick an. Eines auf dem Rücken und eines im Bauch, denkt sie, und starrt fasziniert auf die Wölbung unter dem Hemd.

»Wie lange bleibst du?« Die Frau schirmt ihre Augen gegen die Sonne ab, die gleißend vom wolkenlosen Himmel scheint.

»Ich weiß noch nicht«, antwortet sie. »Was für prachtvolle Rosen Sie haben.«

»Magst du Blumen? Ich werde Keiji ein paar Ableger bringen lassen. Dann kannst du sie selbst pflanzen.«

»Vielen Dank.«

Als sie wieder zum Haus zurücklaufen, ist sie sich bei jedem Schritt ihrer Strohschuhe bewusst. »Eine sympathische Frau«, sagt sie zu Hideki. »Ist sie schwanger?«

»Ja, sie ist freundlich«, antwortet er.

Anders als erwartet, hat sie mehr Kontakt mit Hideki als mit Sada. Ihr Cousin ist es, der immer wieder ihre Gesellschaft sucht. Ihre Cousine ist krank, was ihr fehlt, bleibt im Ungewissen, daraus wird ein Geheimnis gemacht, aber fest steht, dass Sada viel drinnen ruhen muss. Wenn sie mal nach draußen kommt, um auf das Plumpsklo zu gehen oder ein bisschen frische Luft zu schnappen, hat es den Anschein, als sperre sie sich gegen ein Gespräch. In ihren Augen liegt mal eine stille, sanfte Traurigkeit, mal etwas so Düsteres, dass Michiko schlucken muss.

Eines Morgens, als Michiko mit dem Badebottich voll schwappendem Wasser das Haus betritt, zieht sich ihre Cousine gerade das Unterhemd über den Kopf. Da entdeckt sie mit einem Schock die Wölbung des jungen Bauches, und im selben Moment glaubt sie alles zu verstehen.

»Nennst du das sauber?«, fragt ihre Tante und hält den Kochtopf schräg, damit Michiko auf den Boden schauen kann. Sie hat die dunklen Streifen einfach nicht herausbekommen, so sehr sie es auch mit einer Bürste aus steifen Schweineborsten versucht hat. Wie dicke Pinselstriche schienen sie in den Boden eingebrannt zu sein.

»Ich hab sie nicht weggekriegt.« Sie verneigt sich vor ihrer Tante.

»Hast du mit Sand gescheuert?«

Sie schüttelt den Kopf.

»Sie wusste nicht, dass sie Sand dazu nehmen muss«, sagt Hideki.

»Es ist mein Fehler, es tut mir leid.« Sie verneigt sich erneut, jetzt noch tiefer.

»In diesem Topf muss ich heute Suppe kochen, verstehst du?«

Sie verneigt sich und verneigt sich und verneigt sich. »Ja, Tante.«

»Ich möchte ja mal wissen, wie die in Tokio einen Kochtopf ausschrubben.«

»Mutter«, sagt Hideki nun lauter, »sie wusste es einfach nicht.«

»Die Leute in der Stadt sind schuld am Krieg und dem ganzen Elend. Und jetzt betteln sie hier um Süßkartoffeln oder ein Stückchen gedörrtes Schweinefleisch.« Da fällt ihr Blick auf die Ableger und den Rosenstrauch mit Wurzelballen, die Keiji vorbeigebracht hat.

»Was ist das?«

»Die habe ich von Keijis Mutter geschenkt bekommen. Ich wollte dich fragen, ob ich sie hinten im Garten einpflanzen darf.«

»Du willst sie selbst in die Erde setzen?« Es klingt rhetorisch und spöttisch, und so ist es auch gemeint. »Wenn du dir die Hände schmutzig machen möchtest, miste lieber den Ziegenstall aus.«

Nach diesen Worten marschiert die Tante, den Kochtopf wie einen Siegerpokal in den Armen, ins Haus zurück.

Es ist schon Nachmittag und warm, als sie mit Hideki zusammen das Dorf verlässt. Sie passieren die Bienenkörbe unter den Apfelbäumen und keuchen den Waldweg zum Plateau mit dem Bambushain hinauf. Es kribbelt in ihrer Nase. In einem fort muss sie niesen. Sie machen kurz halt, um zu Atem zu kommen, und dann geht es weiter. Hidekis Schulter wird von der Krücke hochgedrückt wie ein Pumpenschwengel. Sie hört sein schweres Atmen und fragt, ob sie nicht besser ins Dorf zurückkehren sollten. Resolut schüttelt er den Kopf. Eigensinnig, dickköpfig, denkt sie, als sie seiner stockenden Erzählung über die Zeit in China und wie er verwundet wurde lauscht. Ausgerechnet jetzt, da er außer Atem ist, spricht er mehr als die ganze Zeit vorher. Je weiter sie sich vom Dorf entfernen, desto offenherziger wird er. Er hat wohl lange darauf warten müssen, jemanden zu finden, mit dem er reden kann. Auf dem Plateau blicken sie, die Sonne schräg hinter sich, über das Dorf und den Flickenteppich der kleinen Felder, auf denen Frauen einträchtig gebeugt jäten und das Pferd seines Onkels an einem langen Seil Runden um den Metallpfosten dreht, an dem es festgebunden ist.

Aufgebracht, als sei es erst gestern passiert, erzählt Hideki, wie er in Tokio in einem Keller unter einem Hotel von einem Mann beraubt und hilflos zurückgelassen wurde.

»Wo war das Hotel?«, fragt sie.

Er zieht die Schultern hoch. »Da war eine gläserne Drehtür, und draußen stand ein Portier in einer Uniform mit goldenen Tressen und Epauletten. Es war ein Backsteingebäude.«

»Das muss das Imperial Hotel gewesen sein.«

»Ja, so hieß es. Kennst du es?«

»Jeder in Tokio kennt es. Ich bin ein paarmal dort aufgetreten.«

»Es war auch ein Mädchen dabei, an jenem Abend.«

»Was für ein Mädchen?«

»Ich weiß nicht. Sie ging durch den Hintereingang hinein. Dieser Mann, dieser Toru, hatte das Ganze arrangiert. Alles dort ist schlecht und verrottet. Nie im Leben gehe ich noch einmal dorthin.«

Schlecht und verrottet, sie versteht, was er meint, sie wagte im Zug niemandem in die Augen zu schauen, sie konnte nur hoffen, dass sie ihren Ring und ihr schwarzes Kleid, das sie in einer Tasche unter ihrem Mantel versteckt hatte, in Sicherheit bringen würde. »*Ich gehe zurück.*« Sie streckt ihre Hand aus und betrachtet den blauen Stein ihres Rings, der im Sonnenlicht funkelt. »Das steht fest.« In den vergangenen Tagen hat sie versucht, sich jedes Wort, das der Richter gesagt hat, jeden Blick, den er auf sie gerichtet hat, zu vergegenwärtigen. Sie lebt von diesen Erinnerungen.

»Ich verstehe nicht, dass du das willst.«

Irgendwo in der Provinz hatte der Zug eine Weile gehalten. Ein Lastwagen war am Rande der Gleise in den Graben gefahren, der Fahrer hing mit blutüberströmtem Gesicht aus der zerborstenen Windschutzscheibe. Von der Ladefläche kletterten Plünderer, Männer und Jungen, teilweise noch Kinder, die Arme voller Reissäcke und Konservendosen, so viel sie tragen konnten. Keiner kümmerte sich um den Fahrer. Der Krieg nach dem Krieg. Die Spielwiese des Bösen endet nicht an der Stadtgrenze. Das müsste er doch wissen.

»In China sind Sachen passiert!«, sagt er, als könne er ihre Gedanken erraten. »Mehr als hundert Mann, immer zwei aneinandergefesselt. Sie mussten dicht zusammenrücken. Ich habe so lange geschossen, bis sie alle am Boden lagen und meine Ohren taub waren und ich nur noch ein lautes Pfeifen darin hören konnte. Zuerst hing nur der Pulvergeruch in der Luft, aber dann stieg mir ein grässlicher Kackegestank in die Nase.«

»Du hattest deine Befehle«, sagt sie.

»Sie trugen keine Uniformen, es waren gewöhnliche Männer und Jungen. Sie müssen schon eine ganze Weile dagestanden haben, ging mir auf, als ein Bulldozer ihre Leichen in den Fluss schob, sie müssen die ganze Zeit gewusst haben, was ihnen drohte, lange bevor unsere Lastwagen ankamen.«

»Du hast das nicht gewollt. Das ist der Krieg.«

»Wenn ich im Bett liege, sind die Dinge, an die ich mich erinnere, wirklicher als ... als das hier.« Er zeigt auf die gepflügten Felder, das sich schlängelnde Band der Baumreihen entlang dem Fluss. »Es gab auch gute Kerle«, sagt er. »Die besten, die mir je begegnet sind. Es war nicht nur schlimm. Ich bin froh, dass es vorbei ist, aber ich habe auch Heimweh. Nach den Abenden und Nächten, in denen wir Karten gespielt haben und der Verlierer ein Schälchen Sake trinken musste. Wir saßen in irgendeiner schummrigen Spelunke, wir kamen von überallher, von Okinawa sogar, und jeder erzählte Geschichten. Wir waren alle in der gleichen Lage.« Er starrt auf die sanft gewellten Hügelrücken. »Komm.«

Über das Plateau gelangen sie auf den Pfad, der den mit wilden Azaleen bewachsenen Osthang hinunterführt. An dessen Fuß, an den Zedernwald grenzend, liegt der kleine Dorffriedhof versteckt. Michikos Nase beginnt immer heftiger zu kribbeln, als wimmelten Ameisen darin herum, und ihre Augenlider brennen. Die Zedern, die Zedernpollen sind das, wird ihr klar. Als Kind bekam sie davon auch immer entzündete Schleimhäute. Sie laufen zu den Gräbern ihrer Großeltern und Urgroßeltern, mit den hohen weißen Ahnentafeln. Hier hätten auch die Tafeln *ihrer* Eltern stehen können, wenn man ihre Leichen gefunden hätte. An diesem Ort im blauen Schatten ihrer geliebten Berge. Ihr Cousin und sie knien nieder, neigen den Kopf, beten.

»Deine Mutter nimmt es mir übel, dass ich gekommen bin, denke ich manchmal.« Sie hat es lange für sich behalten, aber jetzt, als sie den Friedhof verlassen und wieder zum Dorf zurückgehen, muss es aus ihr heraus.

»Nein, das ist es nicht.«

»Was dann? Hat es etwas mit deiner Schwester zu tun?«

Er hebt den Kopf und sieht sie an.

»Ich weiß, was mit ihr ist«, fährt sie fort.

»Sie ist krank«, murmelt er und weicht ihrem Blick aus.

»Schwanger.«

»Ich kann nicht darüber sprechen.«

»Das brauchst du auch nicht. Ihr Bauch spricht für sich. Und das von Woche zu Woche mehr. Wie weit ist sie?«

»Fünf Monate«, sagt er leise.

»Hat ihr Verlobter sie sitzen gelassen?«

Er nickt.

»Nicht nur in der Großstadt sind die Menschen verrottet«, kann sie sich nicht verkneifen zu bemerken. »Deshalb trinkt sie dieses widerliche grüne Gebräu, das deine Mutter für sie macht. Jetzt verstehe ich alles.«

»Nein, du verstehst noch nichts.«

Bevor sie etwas sagen oder fragen kann, geht er davon, den Kopf eigensinnig schief in den Nacken gelegt, das Hemd auf der Seite seiner Krücke von der Schulter angehoben. Das Hosenbein schlackert um das dünne, verkrüppelte Bein.

»Hideki!«, ruft sie. Aber er hört nicht auf sie.

Wie ein gequältes, lahmendes Pferd humpelt er davon.

Die Tante sitzt auf der Veranda und konsultiert mit Sada den Almanach. Ihre Stimmen sind leise, und die Tante bricht mitten im Satz ab, als Michiko nach dem Füttern der Hühner zum Haus zurückkehrt. Doch aus dem, was sie aufgefangen hat, kann sie schließen, dass die Tante das geeignetste Datum für eine Fehlgeburt zu bestim-

men versucht. Der Almanach bietet Lösungen, das war anfangs bei
der Suche nach einem günstigen Gestirn für Sadas Heirat so, und
jetzt, da sich das erledigt hat, bei der nach dem besten Zeitpunkt,
um den Bastard vorzeitig aus seinem warmen Bad im Mutterschoß
zu treiben.

»Michiko«, tönt es, als sie die Veranda hinaufgeht. Sie erstarrt
und macht sich auf eine der kleinen Gemeinheiten und Sticheleien
gefasst, mit denen die Tante ihr zusetzt. »Rühr die Suppe um. Mit
einem Holzlöffel, langsam und bis auf den Boden, damit sich alles
löst. Meinst du, das schaffst du?«

Drinnen auf dem Herd köchelt etwas in dem gusseisernen Topf.
Als sie darin rührt, kommen gegarte Stückchen Schweinekopf an die
Oberfläche. Sie versinken zwischen Möhrenscheibchen und Zwie-
belringen und steigen wieder auf, ein ausgekochter Wangenknochen
mit Augenhöhle, ein Ohr, ein langes Kieferstück mit Zähnen drin.
Die fleischigen Stücke verströmen einen ekelhaften Gestank, der sich
in ihren Nasenlöchern einnistet. Sie hält die Luft an und schließt die
Augen. Die fettigen Dünste aus dem Topf schlagen sich auf ihrem
Gesicht nieder. Sie unterdrückt den aufkommenden Brechreiz.
Draußen ist das geheimniskrämerische Geflüster der Tante zu hören.

Beim Abendessen bekommt sie die Suppe kaum hinunter. Das
Fleisch ist von den Knochen gelöst und in kleine Stückchen geschnitten worden, doch allein bei seinem Geruch bekommt sie schon das
Würgen. Sie übersteht die Mahlzeit so gerade eben ohne Malheur
und geht anschließend nach draußen zur Pumpe, um sich das Gesicht zu waschen. Aus dem hölzernen Schöpflöffel trinkt sie etwas
kaltes Wasser. Hideki ist, wie sie weiß, im Schuppen, und noch vor
wenigen Tagen wäre er in einem solchen Moment herausgekommen, um mit ihr zu reden. Sie überlegt, ob sie zu ihm gehen soll,
entscheidet sich aber dagegen und schaut stattdessen nach ihrem
Blumengärtchen. Die Ableger sind schon ein wenig gewachsen, und
der Rosenstrauch sieht gut aus. Auf Hidekis Anweisungen hin hat sie
den Wurzelballen in ein tief ausgehobenes, mit Ziegenmist, Kompost

und schwarzer Erde gefülltes Loch gesetzt. Über ihrer unkrautfreien kleinen Rabatte, einem anderthalb Meter langen Streifen, schwebt eine dicke Wolke summender grüner Fliegen im späten Sonnenlicht. Sie pflückt ein verdorrtes Blättchen und einen kleinen Zweig von der schwarzen Erde.

»Michiko?«

Hinter ihr steht ihre Cousine und wagt ein zaghaftes Lächeln.

»Ja, Sada?«

»Ich würde gern einen kleinen Spaziergang mit dir machen.«

Sie verlassen das Grundstück durch das hintere Gartentor und spazieren in der untergehenden Sonne am Fuß des Hügels entlang. Am Dorfrand treiben sich ein paar Hunde herum, die sich schemenhaft unter den Bäumen abzeichnen.

»Du denkst bestimmt, dass wir etwas gegen dich haben«, sagt Sada. »Und in gewissem Sinne ist das auch so.«

Michiko bekommt plötzlich weiche Knie.

»Du weißt, was los ist«, fährt ihre Cousine fort. »Du hast meinen Bauch gesehen.«

Sie nickt.

»Du denkst natürlich, ich war unvorsichtig.«

»Das geht mich nichts an.«

»Vor gut fünf Monaten sind drei Männer ins Dorf gekommen, drei amerikanische Soldaten. Sie fuhren einen Jeep, sie waren bewaffnet. Sie nahmen fünf Frauen mit in den Zedernwald, und ein dreizehnjähriges Mädchen. Der Mann, der sich mich ausgesucht hatte, zog mich an den Haaren, schlug mich am ganzen Leib, trat mir in den Bauch. Noch nie im Leben hatte ich solche Schmerzen, solche Angst. Ich muss ohnmächtig geworden sein, denn mit einem Mal hatte er mir die Kleider vom Leib gerissen. Es war dunkel zwischen den Bäumen. Ich dachte: Ich lebe noch. Für einen Moment hatte ich die Hoffnung, dass noch nicht alles verloren sei. Ich lag auf dem Rücken. Dann sah ich sein Gesicht über mir. Ich fing an zu weinen. Er sah mich an, während ich ihn anflehte, mir nichts zu tun. Sein Gesicht war völlig teilnahmslos, als wäre ich gar nicht da. Er rauchte eine Zigarette. Er rauchte sie auf und warf sie weg. Ich konnte keinen Laut mehr hervorbringen, alles stockte in meiner Kehle. Dann öffnete er seine Hose.« Sie hält kurz inne. Michiko sieht es vor sich, die Zedern, die Zweige und Nadeln unter dem nackten Körper, die Zigarette im Mund des Mannes. Die Gerüche und Geräusche des frühen Abends umgeben sie, Harz, Vogelgezwitscher, das Bellen eines Hundes.

»Ein Kind in deinem Bauch sollte ein Geschenk sein.« Sada schüttelt langsam den Kopf, ein eigentümliches Lächeln um die Lippen. »Das hier«, sie zeigt auf ihren Bauch, »das ist das Werk eines Dämons.«

»Sada, das tut mir so schrecklich leid für dich.« Michikos Stimme bricht, und kaum noch verstehbar sagt sie: »Ich hatte ja keine Ahnung.«

»Du hast deine Eltern verloren«, sagt Sada. »Denk nicht, dass uns das nicht nahegeht. Aber alles in unserem Leben ist jetzt schwarz.« Jäh und roh fasst Sada Michikos Handgelenk, führt die Hand zu ihrem Bauch. »Fühl mal!« Neben dem Nabel ihrer Cousine bewegt sich etwas. Erschrocken zieht Michiko ihre Hand zurück. »Solange das hier lebt«, sagt ihre Cousine, »können wir nicht unser Leben leben. Wir atmen, schlafen und essen, aber wir leben nicht.« Sie seufzt. »Wir sind tot – und dann kommst du.«

Als sie ins Dorf zurückkehren, ist eine ältere Frau mit einem Tuch um den Kopf dabei, Gemüseabfälle auf den Komposthaufen in ihrem Garten zu werfen. Sie ist ganz nah, doch sowie sie sie bemerkt, schlägt sie die Augen nieder.

»Keiner weiß, wie er mit der Situation umgehen soll«, erklärt Sada, »es ist allgegenwärtig. Eine der Frauen ist davon erlöst, sie hat sich im Stall am Dachbalken erhängt. Ob sie schwanger war, habe ich nie erfahren. Zwei Frauen sind nicht schwanger geworden, die Mutter von Keiji schon.«

»War sie auch dabei?« Eines auf dem Rücken, und eines im Bauch, erinnert sich Michiko.

»Das dreizehnjährige Mädchen hatte eine Fehlgeburt. Aber auch wenn das nicht passiert wäre, hätte sie nach ihrer Schwangerschaft noch eine Zukunft gehabt.«

»Mit dem Kind eines amerikanischen Vergewaltigers?«

Sada stößt ein kurzes, hämisches Lachen aus. »Ha! Von einem Kind kann natürlich keine Rede sein.«

»Wenn es am Leben bleibt, schon.«

Sada schüttelt in heftiger Verneinung den Kopf.

Sie sind wieder zurück und stehen vor dem Gartenzaun. Vom Spaziergang erschöpft, bleibt Sada stehen. Ihre Augen quellen trübe aus dem totenbleichen Gesicht hervor.

»Danke, dass du mich ins Vertrauen gezogen hast«, sagt Michiko leise.

»Ich habe dir zu danken. Für die Geduld, die du mit mir und meiner Mutter hast.«

Sie kehren zusammen zum Haus zurück, und Sada geht hinein, aber Michiko bleibt noch einen Augenblick auf der Veranda stehen. Ihr Onkel sitzt dort wie jeden Abend und raucht seine Pfeife. Er scheint sie nicht zu bemerken. Er raucht und starrt vor sich hin, zum Zedernwald hinüber, einer Mauer der Stille.

7

Alles tropft und glitzert nach dem Regen der Nacht. Auf dem Dach-
first des Schuppens äugen Krähen nach den nassen Beeren im Garten
seiner Mutter. Hideki klatscht in die Hände, um sie zu verscheuchen.
Krächzend fliegen sie auf. Im silbernen Morgenlicht hängt Michiko
die Wäsche auf ein Trockengestell aus Bambusstäben. Sada reicht ihr
die ausgewrungenen Kleidungsstücke an. Das Verhältnis zwischen
den beiden ist spürbar besser geworden. Das tut Michiko sichtlich
gut, sie wirkt ausgeglichener, als hätte sich ihre Ruhelosigkeit gelegt.
Und er ist erleichtert, denn nun kann er wieder ungehindert mit seiner Cousine reden. Ohne die Gespräche mit ihr wüsste er sich keinen
Rat mehr. Sie kennt sich im Leben aus, besser als seine Schwester und
seine Eltern. Sie hört ihm zu und fühlt sich befreit. Er hört ihr zu und
hat Eingang in eine andere, unbekannte Welt. Die des großen Hauses mit dem paradiesischen Garten von der ausländischen Dame, die
den Kindern, Neffen und Nichten des Kaisers Musikunterricht gibt.

»Ich habe heute Nacht geträumt, ich wäre in Tokio«, sagt Michiko.
Sada ist jetzt drinnen, und er lehnt auf seiner Krücke am Hühnergehege, während Michiko in dem klebrigen Stroh kniet, um die Eier
aufzulesen.

»Ich musste mir die Haare waschen und mein schönes Kleid für
einen Auftritt bereitlegen.« Sie richtet sich mit den Eiern in ihrer
Schürze auf. Die Hühner schießen gackernd an ihren schlammbespritzten Zori entlang davon. »Und dann wurde ich hier wach. Ich
darf mich nicht beklagen, ich weiß, aber ich vermisse mein Leben.«

»Ich habe eine Frage«, sagt er. »Diese Dame hat dich in ihrem Haus
aufgenommen. Sie ist gut zu dir gewesen. Warum hat sie dich dann
vor die Tür gesetzt?«

Sie starrt an ihm vorbei, hinüber zu den dichten Wäldern am Berghang, wo die Geräusche von seinem Vater und den anderen Männern des Dorfes zu hören sind, die Baumstrünke ausgraben und Äste absägen, um das Totholz zu entfernen, wie es Generation für Generation gemacht wurde.

»Es gab da einen Mann, der zur Klavierstunde kam. Einmal die Woche, manchmal auch zweimal. Wir lernten uns kennen. Frau Haffner war dagegen. Letztlich war das der Grund, weshalb ich weg-musste. Weil ich mich weiterhin mit diesem Mann getroffen habe.«

»Ist es der Mann, der dir den Ring geschenkt hat?«

Sie nickt und nimmt eines der Eier in die Hand, studiert es, als stelle das Daunenfederchen, das an der Schale klebt, sie vor ein faszi-nierendes Rätsel.

»Warum sorgt er nicht für dich? Wenn er dir so einen schönen, teuren Ring schenkt, muss er dich lieben.«

»Ich möchte nicht, dass er für mich sorgt. Er ist verheiratet.« Sie legt das Ei vorsichtig in ihre Schürze zurück. »Er hat Frau und Kin-der in Europa.«

»Ein *Westler*?« Hideki weiß nicht mehr, was er sagen soll. Von Lie-besdingen versteht er nichts, und von Männern aus dem Westen schon gar nicht. Manche japanischen Männer, die es sich finanzi-ell erlauben können, halten sich neben ihrer Ehefrau noch eine Ge-liebte. Womöglich lieben diese Männer ihre Geliebte mehr als die eigene Frau. Mehr, als Sadas Verlobter sie geliebt hat. Ihre geplante Eheschließung war ein Bündel von Vereinbarungen gewesen. Eine davon wurde gebrochen. Ohne die Schuld seiner Schwester, aber darauf kam es nicht an.

Solange es nicht drauf ankommt und nicht viel dazugehört, sind Menschen zu Zugeständnissen, Mitgefühl, Hilfe bereit, doch sobald es schwierig wird, kennen sie kein Erbarmen mehr: Sada observiert, Michiko verbannt.

Das aufdringliche Schrillen einer Fahrradklingel unterbricht ihn in seinen Gedankengängen. Keiji, in einer alten Uniformjacke seines

Vaters, steht mit seinem Rad am Gartenzaun. Er schwenkt ein Bambusschwert, und sein Blick heftet sich auf die Stelle, wo der Große mit den dunklen Locken mit seinem massigen Leib über den Zaun gekracht ist. Hideki fragt sich, ob Keiji jetzt auch daran denkt.

»Sie sind größer geworden.« Jeden Tag wiederholt Keiji dieselben Worte. Die Rose hat samtige rote Blätter bekommen.

Um zu verhindern, dass er Keiji den ganzen Tag auf dem Hals hat, schenkt Hideki ihm nicht viel Beachtung. Die Morgenbrise weht die Uniformjacke auf, die Keiji um den Leib schlabbert. Sein Gesicht ist so gut wie ausdruckslos, während er erneut das Bambusschwert schwenkt, jetzt über seinem Kopf. Plötzlich, als hätte er ein geheimes Zeichen erhalten, radelt er mit klackender Zunge weiter.

»Weißt du schon, wann du nach Tokio zurückgehst?«, fragt er Michiko.

»In nächster Zeit«, sagt sie.

»Hier hast du ein Dach über dem Kopf, hier hast du zu essen.« Und Angehörige, *mich*, denkt er im Nachsatz.

»Das ist ein Glück«, sagt sie. »Aber bleiben kann ich hier nicht. Ich bin mir nur noch nicht so ganz schlüssig.«

»Worüber?«

»So allgemein«, sagt sie, und er kennt sie inzwischen gut genug, um zu begreifen, dass sie nicht weiter über das Thema sprechen möchte.

»Dieser Mann«, erkundigt er sich, »was macht er in Tokio?«

»Er ist der niederländische Richter bei den Kriegsverbrecherprozessen.«

Kriegsverbrecherprozesse, das Wort spukt ihm den ganzen Tag im Kopf herum, beim Angeln am Fluss, beim Aufstieg zurück zum Dorf am späten Nachmittag in der tief stehenden Sonne, die wie ein Eidotter heiß und drückend über dem Hügel hängt.

Nach dem Abendessen sitzen sie zusammen auf der Veranda. Er starrt auf das Räucherstäbchen, dessen glühende Spitze in der Dämmerung leuchtet. Drinnen hören sein Vater und seine Mutter die Nachrichten im Radio, ihre jüngste Anschaffung, eingetauscht gegen einen Sack Süßkartoffeln und etwas Pökelfleisch von fragwürdiger Qualität. Michiko und er können die Nachrichten mitverfolgen. »Die Tokioter Prozesse ziehen sich erneut in die Länge.« Den Rest können sie nicht verstehen, denn sein Vater redet dazwischen.

»Diesen verdammten Krieg haben wir nicht gebraucht«, hören sie ihn schimpfen. »Und dieses Theater in Tokio auch nicht. Guck dir doch den Schlamassel im ganzen Land an. Ist das denn noch nicht genug?«

Michiko sieht Hideki mit vielsagendem Blick an. Auch das verbindet sie von nun an. Der Mann von dem Ring, Hideki versucht sich ihn vorzustellen. Ein Weißer an einem Klavier, in einem Gerichtssaal. Ein Phantom, das über das Schicksal von Generälen und Ministern, Japanern, zu entscheiden hat. Er selbst hat das Urteil über die drei Amerikaner gefällt und es mit Keijis Vater zusammen vollstreckt. Er sollte nicht stolz auf seine Gewalttat sein, aber er ist es doch. Irgendetwas in ihm ist also ein Ungeheuer. Immer noch. Was könnte es sonst sein?

Aber die entscheidende Frage ist, ob er richtig gehandelt hat. Er steht hinter dem, was er getan hat. Warum also sollte er nicht stolz sein dürfen?

Bevor er sich in den Schuppen zurückzieht, geht er ein Stück durchs Dorf, was er am liebsten heimlich im Dunkeln tut, wenn ihn niemand sehen oder ansprechen kann. Keijis Fahrrad liegt vor seinem Haus auf dem Boden. Hideki hat den Jungen den ganzen Tag ignoriert. Aus den Augenwinkeln nimmt er hinter dem Haus Silhouetten wahr. Eine tiefe, gedämpfte Männerstimme und die gehauchte, flehentliche Antwort von Keijis Mutter. »Ich kann das nicht«, hört er Keijis Vater sagen. Im nächsten Moment löst sich eine der Silhouetten im Dunkel auf. Zurück bleibt das stille Weinen von Keijis Mutter.

Trotz ihrer Probleme kann Michiko von Glück reden, dass sie

noch in Tokio war, als er diesen Kerlen im Jeep den Weg nach oben ins Dorf zeigte. Wäre sie hier gewesen, dann hätte man auch sie in den Zedernwald geführt. Keijis Mutter und seine Schwester sind beide schöne Frauen, Michiko aber mindestens ebenso, und für einen Westler wahrscheinlich noch attraktiver. Dass das zum Schicksal werden konnte, das schönste Gesicht, der schönste Hals, der schönste Busen, die schönsten Beine. Die Schönsten, die Pechvögel.

Nach wie vor ist er schockiert über die Gewaltsamkeit, mit der die Frauen geschändet wurden. Noch stärker aber wird mit der Zeit seine Verwunderung über die Zählebigkeit dieser Schufte. Mögen sie auch in der Finsternis des Todes verwesen, so ganz haben sie sich noch nicht geschlagen gegeben. In den Bäuchen von Sada und von Keijis Mutter rüsten sie sich für ihre Rückkehr auf die Welt.

Mit plötzlicher Heftigkeit vermisst er seine alten Kameraden. Die Wärme und Geborgenheit. Die schlüpfrigen Lieder, die sie immer sangen. Das tiefe Schnarchen in der Nacht. Das Gefühl von Vollkommenheit, das er in jenen Tagen empfand, als sie, fern von zu Hause, unbesiegbar schienen und mit ihren schweren Stiefeln den Staub im Mondschein tanzen ließen.

Unter den ersten Sternen kehrt er nach Hause zurück und läuft geradewegs zum Schuppen. Hinter der Tür vom Plumpsklosett erbricht jemand seinen Mageninhalt.

Seine Schwester. Weil sie schön ist.

8

In ihrem geflickten Nachthemd schlüpft Michiko unter das Moskitonetz, das sie jeden Abend mit ihrer Cousine an den Haken hängt und unter dem sie wie Schwestern dicht nebeneinander schlafen. Sie kniet sich auf ihren Futon und sagt: »Ich habe kaltes Wasser für dich mitgebracht.«

Sada richtet sich mühsam auf und trinkt einen Schluck, gibt ihr die Schale zurück und legt sich mit einem tiefen Seufzer wieder hin.

Michiko streckt sich neben ihr aus. Über ihren Köpfen summen die Mücken, die blutdürstig und gereizt das Netz nach einem Zugang zu ihren Körpern absuchen.

»Wie fühlst du dich?«

»Schlecht«, sagt ihre Cousine mit schwacher Stimme. »Aber schlimmer wäre es, wenn ich mich gut fühlen würde.«

»War dir gleich von Anfang an übel?«

»Erst nach dem Einnehmen der Kräuter.«

Sie wünschen sich eine gute Nacht, und Michiko dreht sich auf die Seite, von Sadas dickem Bauch abgewandt. Das Mondlicht fällt durch einen Spalt in den Fensterläden auf den Fußboden. Sie schmeckt noch die Magensäure auf ihren Lippen, obwohl sie ihren Mund gründlich ausgespült hat, nachdem sie sich in einem Schwall ins Klo erbrochen hatte. Seltsamerweise hat sie jetzt wieder Appetit. So ist es seit einer Woche dauernd, ihr ist übel, und im nächsten Moment hat sie Appetit, manchmal beides gleichzeitig. Sie stellt sich die Süßkartoffeln in gezuckerter Sojasoße von Frau Tsukahara vor. Ihre süßsauer eingelegten Würzelchen. Und die durch Sesamkörner gerollten gerösteten Reisbällchen. Davon könnte sie jetzt eine ganze Schüssel voll vertilgen. Sie legt die Hand auf ihren Bauch, und ein kurzer, heftiger Schauder durchläuft sie. Ihre Monatsblutung ist zum zweiten Mal ausgeblieben. Ihre Übelkeit gewinnt von Tag zu Tag an Boden. Es führt kein Weg mehr darum herum.

Das macht ihre Rückkehr nach Tokio nicht leichter. In der Hauptstadt haben die alten Regeln des Anstands und Mitgefühls ihre Gültigkeit verloren, schon für eine alleinstehende junge Frau war das Überleben dort fast unmöglich, und erst recht für eine junge Frau mit Baby. Erneut schaudert sie. Es scheint erst so kurze Zeit her zu sein, dass sie friedlich auf einem Futon mit Seidenborte schlief. Hier in den Bergen ist alles gleichförmig. Nackte Gipfel, nackte Leben voll Angst vor Veränderung. Sie ist hier geboren worden, und doch hat es sich vom ersten Moment an so angefühlt, als habe das alles hier nichts mit ihr zu tun.

Er, der Vater des Kindes, das in ihr wächst, ist in Tokio. Seine Frau wird inzwischen wieder nach Europa abgereist sein. Denkt er an sie? Sehnt er sich nach ihr, wie sie sich nach ihm sehnt? Krank vor Verlangen, begehrt zu werden, schließt sie die Augen. Er ist anständig, daran zweifelt sie nicht, und er hat versprochen, ihr zu helfen, wenn sie zurückkehrt. Aber als er das sagte, spielte ihre Schwangerschaft noch keine Rolle. Wenn sie das Dorf verlässt und nach Tokio zurückkehrt, wird es endgültig sein, es führt dann kein Weg mehr zu ihrer Familie zurück. Ist sie sich ihrer Sache, ist sie sich seiner sicher genug, um das Risiko einzugehen? In der Dunkelheit dreht sie den Ring an ihrem Finger herum, als hätte er Zauberkraft. In diesem Augenblick fühlt sie sich so schwach, dass sie jede beliebige höhere Macht bitten möchte, sie wieder in die Zeit zurückzuführen, da ihre Eltern noch lebten. Aber sie darf nicht klein beigeben. Sie muss an dem festhalten, was sie sich vorgenommen hat, an den Dingen, die wichtig sind und ihr etwas bedeuten. Ohne sich von irgendwem oder irgendwas davon abbringen zu lassen. Sie hatte einen Plan. Und den hat sie noch immer. Auch wenn die Umstände nicht mehr dieselben sind. Sie muss ihm einen Brief schreiben, ihm erzählen, dass sie noch hier im Dorf ist. An seiner Reaktion wird sich zeigen, ob sie es wagen kann. Morgen wird sie ihm schreiben. Einen kurzen Brief.

Hinter ihr geht die unruhige Atmung ihrer Cousine in ein Ächzen und Keuchen über, die zyklische Unruhe, gespeist von Albträumen, die Sada jeden Abend gleich hinter der Schwelle zum Schlaf erwarten. Sie windet sich, strampelt mit den Füßen. Immer noch schlafend fängt sie leise an zu weinen. Michiko dreht sich auf die andere Seite und fasst die Hand ihrer Cousine. Es gibt keinen Trost, es gibt kein Heilmittel, die Erinnerung taucht immer wieder zwischen den dunklen Bäumen auf. »Sada«, flüstert sie, während ihre Cousine sich schluchzend hin- und herwälzt.

Nach und nach wird Sada ruhiger und stößt endlich den tiefen, erlösenden Seufzer aus, auf den Michiko gewartet hat. In Gedanken kehrt sie auf den Bahnsteig in Tokio zurück. Wie er sie ansah, als sie schon im Zug saß, im Erste-Klasse-Abteil. Durch die Scheibe hindurch spürte sie diesen Blick von ihm, aber sie weigerte sich, ihn zu erwidern. Sie musste ihre Würde wahren, daran war ihr alles gelegen. Das ist das Letzte gewesen, was er von ihr gesehen hat. Eine Frau hinter der Scheibe des Wagens, die ihn nicht ansehen konnte. Eine Frau, von der er, wenn sie morgen nach Tokio zurückkehrte, um ihn über ihre Schwangerschaft zu informieren, vielleicht denken würde, sie wolle ihn in die Falle locken.

»Lieber Rem« oder »Liebster«? Auf jeden Fall wird ihr Brief kurz sein. Bloß nicht betteln und wehklagen und sich damit selbst zerstören.

9

Hideki kehrt von den Äckern am Dorfrand zurück, wo er Wache gehalten hat. Je näher die Erntezeit rückt, desto mehr Diebe schleichen herum, die es auf die Feldfrüchte abgesehen haben. Sie wechseln sich in der Bewacherrolle ab, doch er ist der Einzige, der sich freiwillig anbietet, für ihn eine der raren Möglichkeiten, sich nützlich zu machen. »Danke, Hideki«, ist Balsam für seine Ohren.

»Händchen zu, Händchen auf und einmal klatschen; Händchen zu …« Kindergesang und Händeklatschen wehen ihm entgegen, als er sich dem Haus seines Onkels nähert. Auf der Veranda sitzt Michiko mit einem Grüppchen Kinder im Halbkreis um sich herum. Seit einigen Wochen übt sie hier traditionelle Kinderlieder mit den Kleinen ein, die noch nicht zur Schule gehen. Auch Keiji sitzt, groß, wie er ist, dazwischen und macht mit erhitztem Gesicht mit. »Händchen zu, Händchen auf und hoooch …« Keijis Hände reichen am weitesten hinauf, und mit unverhohlenem Stolz blickt er auf die anderen Kinder hinunter.

Im Schuppen hinter dem Haus liegt sein Onkel der Länge nach neben dem Holzkübel mit Sake.

Die Kinder singen jetzt ein Lied, das er früher in der Schule gelernt hat, über Schneeflocken, die unaufhörlich fallen, und den Hund, der frohgemut über den Hof springt, und die Katze, die sich vor dem warmen Ofen zusammengerollt hat. Lieder aus einer unglaubwürdig gewordenen Welt. Man kann nur hoffen, dass sein Onkel nicht aufwacht, denn wenn er getrunken hat, singt er auch gern. In seinen sakeseligen Strophen voll Trillern und Heultönen marschieren Kinder mit Schwertern durch die eroberten Gebiete, wo sie stolz die Fahne mit der roten Sonne auf weißem Grund hissen.

Michiko sitzt aufrecht im Lotussitz, und ihre reine Stimme ist deutlich aus denen der Kinder herauszuhören. Bei jedem Atemzug bläht sich ihr Bauch unter dem Baumwollkimono. Man könnte meinen, dass auch sie »eine von den Frauen« ist. Sein Onkel und seine Tante haben große Opfer dafür gebracht, dass es Michiko einmal besser gehen sollte, doch alles kommt anders als erwartet. Die Nackenschläge des Lebens. Sie kommen, wenn man am wenigsten darauf vorbereitet ist. Man rappelt sich ungläubig wieder auf, nur um erneut niedergeschlagen zu werden. Für Michiko gibt es trotz allem eine Zukunft, auch wenn sie hierbliebe – was er hofft. »Es war ein Fehler von ihr zurückzukommen«, hat sein Vater kürzlich geseufzt. Aber sein Vater irrt sich. Vielleicht kann sie Lehrerin in der Schule unten an der großen Straße werden, die von den Kindern aller umliegenden Dörfer besucht wird. Er wird ihr helfen, sich ein eigenes Haus zu bauen.

Das Singen hat aufgehört, und die Kinder erheben sich. Da passiert etwas, es gibt Streit, es wird gespuckt, geschrien, Keiji teilt einen harten Stoß aus. Der zwei Köpfe kleinere Junge, der gerade noch neben ihm stand, liegt weinend am Boden. Michiko hilft ihm auf und tröstet ihn.

»Nein! Nein! Nein!«, schreit Keiji. Er springt von der Veranda und stürmt auf seinem Fahrrad davon.

»Er hat etwas zu Keiji gesagt«, erklärt Michiko den Vorfall, »etwas über seine Mutter.« Sie gehen zusammen zum Haus seiner Eltern. »Stimmt es, dass Keiji dabei war, als diese Soldaten getötet wurden?«

Er schweigt.

»Und dass er weiß, was danach mit ihnen geschehen ist?«

»Hat er dir das erzählt?«

»Ja. Aber stimmt es?«

»Ich fürchte, ja.«

»Mir tut Keiji wirklich leid. Der Kleine hat zu ihm gesagt, dass in seiner Mutter ein weißer Dämon mit großer Nase wachse.«

»Die Kinder plappern nur die Dummheiten ihrer geschwätzigen Eltern nach.«

Sie sehen, wie Keijis Mutter den Jungen in der Tür festhält und auf ihn einredet, das Gesicht nah an seinem, der dicke Bauch zwischen ihnen. Unvermittelt reißt sich der Junge los und rennt von ihr weg.

»Wo sind sie geblieben, die Soldaten?«, fragt Michiko.

»Beseitigt«, sagt er kurz.

»Wo?«

»An einem Ort, wo man sie nicht finden wird, solange sich niemand verplappert.«

»Und die Kinder, was geschieht mit den Kindern, wenn sie ...«

Er lässt sie nicht ausreden. »Für die ist kein Platz.«

Die Spreu werde vom Weizen getrennt. Ob sie das denn nicht verstehe? Das sei die Realität der Berge, seit Jahrhunderten. Uneheliche Kinder, mongoloide Kinder, die würden verschwinden, für die sei kein Platz in der Gemeinschaft. Alle wüssten das, niemand spreche darüber. Wie sollten sie da den Beweis für die allergrößte Schande dulden können? Das müsse sie doch einsehen.

Der Schock, den seine Worte bei ihr auslösen, ist groß. Sie bleibt stehen, die Augen auf ihn gerichtet. Die Sonne ist schon warm, und Hideki hat noch alles an, was er für die Nacht im Schuppen braucht. Mit seinem Taschentuch tupft er sich den Schweiß vom Nacken.

Die Kleinen verschwinden johlend und einander nachjagend zwischen den Zedern. Außer ihnen wagt sich niemand dorthin, als schliche dort ein menschenfressender Tiger umher. Für die Kinder ist es einfach nur ein Wald, in dem man Verstecken spielen kann, ein harmloser Ort mit kühlendem Schatten, heiligen Bäumen. Hideki sieht immer nur die teilnahmslosen Augen vor sich, stumpf und dunkel wie nasser Schiefer. Er hat den Mann gezwungen, ihn anzusehen, bevor er mit dem Bajonett auf ihn einstach. Er war das Letzte, was der Mann sehen sollte, ihn, den Lahmen mit dem verunstalteten Gesicht, den Mann, der das letzte Fünkchen Hoffnung zerstörte.

»Michiko ...« Wie sie ihn anlächelt, während sie eigentlich an diesen Mann in Tokio denkt.

10

»Sada«, sagt Michiko, »so geht das nicht weiter.«

Sie gießt einen Eimer warmes Wasser über Nacken und Rücken ihrer Cousine im Badezuber. Sadas Rückenwirbel schimmern wie eine Knopfreihe durch die nasse weiße Haut. Schon seit Wochen isst ihre Cousine kaum noch etwas. Nicht, weil ihr übel ist, sondern weil sie sich weigert. Das bisschen, was sie runterwürgt, wenn ihre Mutter sie dazu ermuntert, ja fast schon zwingt, verschwindet im Nu wieder im Klo. Die vorspringenden Schlüsselbeine, die Rippen, die einen schmalen Schatten auf den prallen Bauch werfen, die mageren Beine, sie zeugen von ihrem Ringen, von der letzten Runde des Kampfes, den sie sich mit dem ungeborenen Kind liefert.

»Sada, du musst wieder essen.«

»Ich hab keinen Hunger.« Ihre trockenen Lippen sind von Rissen durchzogen. »Noch dreiundzwanzig Tage. Ich habe nachgerechnet.«

»Die wenigen Reserven, die du noch im Körper hast, gehen an das Kind. So ist die Natur.« Sie hört sich an wie ein Arzt, der auf einen uneinsichtigen Patienten einredet. »Und dann stirbst du.«

Michiko kniet neben ihrer Cousine und seift ihr mit einem Schwamm den mageren Arm und die Schulter ein. Sie schweigen. Die dunklen Wasserränder im Holz des Zubers, die Haken, an denen ihre Kimonos hängen, ihre Zori, die dicht nebeneinander auf dem Boden stehen – all das reglos, aber doch sehr präsent.

»Es geht«, sagt Sada leise, »es muss gehen.«

Erneute Stille, und Michiko überlegt, was sie sagen, was sie gegen diese Wut und diesen Hass vorbringen könnte. Sinnlos, dieser Hass, denkt sie, ein selbstzerstörerisches Ungeheuer. Sie bemüht sich, nicht zu hassen. Weder sich selbst noch Frau Haffner, noch den Mann, von dem sie nichts gehört hat, seit sie ihm einen Brief schrieb. Mühsam erhebt sie sich von ihren Knien. Auch ihr Bauch ist angewachsen, der Nabel quillt hervor. Auch sie hat nachgerechnet. Neunzig Tage noch für sie. Sie geht um den Zuber herum und kniet sich nun vorsichtig auf dieser Seite hin. Draußen ist der Fluss zu hören, der Niedrigwasser führt. Die Luft riecht nach nahendem Regen und verwelkten Blumen, nach dem Ende des Sommers, doch es ist noch mild. Ihr Vater sagte immer, dies sei in den Bergen der schönste Teil des Jahres. In letzter Zeit hat sie sich mit dem Gedanken anzufreunden versucht, dass sie ihre Rückkehr nach Tokio verschieben muss. Anfangs hoffte sie jeden Morgen wieder auf einen Brief von ihm. Wochen vergingen, ein weiterer Monat. Die Zeit verrann, ohne dass sie etwas davon mitbekam, da war nichts als Leere, und als sie begriff, dass nichts mehr daraus werden würde, fühlte sie sich so entkräftet, dass es ihr unmöglich gewesen wäre, von hier wegzugehen. Sie wurde lethargisch, ergab sich in die Ziellosigkeit, das Gefangensein. Noch neunzig Tage. In gewisser Weise hat sie sich an ihr Leben hier gewöhnt, an ihren Cousin, ihre Cousine, ihre kleine Gesangsklasse, ihre eigene kleine Blumenrabatte, ja sogar an die Berge. Mit der Halsstarrigkeit, die einen dazu bringt, sich mit Dingen zu arrangieren, die schwer zu überwinden sind.

Als ihre Cousine aus dem Zuber steigt, ist sie an der Reihe. Sie lässt sich bis zum Kinn in das laue Badewasser gleiten. Sie legt die Hand auf ihren schwimmenden Bauch und fühlt, wie es sich in ihr bewegt, wie immer, wenn das Wasser sie schwerelos macht. Die Tritte unter ihrer Hand, einem harten, unregelmäßigen Herzschlag gleich.

Ihre Cousine trocknet sich mit ruppigen Bewegungen ab, wobei ihr das nasse, ungepflegte Haar wie ein Vorhang vors Gesicht fällt. Sie bestraft sich, denkt Michiko, für etwas, was nicht ihre Schuld ist.

»Cousine«, sagt sie, »versprich mir, dass du heute Abend wenigstens ein bisschen Reis isst.«

Sada kniet sich zu ihr, reibt den Schwamm über das Stück Seife und seift Michikos Nacken und Schultern ein, bis sie mit cremigem Schaum bedeckt sind.

»Wenn ich an meinen Verlobten zurückdenke«, die Stimme Sadas an ihrem Ohr klingt flüsternd, fast raunend, »denke ich nicht mehr an denselben Mann. Er hat sich verändert. Und wenn ich an mich selbst zurückdenke, sehe ich auch eine andere. Das ist vielleicht noch die größte Gemeinheit, dass sogar meine Vergangenheit nichts mehr wert zu sein scheint.«

»Die Ehre unserer Familie ist dahin.« Sie sitzen zum Abendessen auf dem Boden, und es ist einer der seltenen Momente, da ihr Onkel das Wort ergreift. Meistens hüllt er sich beim Essen in Schweigen und beschränkt sich darauf, jeden Bissen Reis zu registrieren, der in Michikos Mund wandert, als fürchte er, dass sie seine großherzige Fürsorge missbraucht. Im Vergleich zu Sada kommt sich Michiko selbst wie ein Vielfraß vor.

»Wir werden alles dafür tun, sie wiederherzustellen«, fährt ihr Onkel fort. »Es wird vielleicht zwei, drei Generationen dauern.« Es tritt eine lange Stille ein, in der Michiko tiefes Mitleid mit ihrer Cousine empfindet, die den Blick gesenkt hält. Sie wirft einen Seitenblick auf Hideki, der still und stur vor sich hin schaut. Auch er scheint sich alles andere als wohl in seiner Haut zu fühlen. »Was unrein ist«, tönt die Stimme ihres Onkels drohend, »muss weg. Das Opfer muss gebracht werden.«

Nach dem Essen ziehen sich Hideki und sein Vater auf die Veranda zurück, und Sada wäscht sich an der Pumpe auf dem Hof oder versucht wahrscheinlich, die paar Bissen, die sie hinuntergewürgt hat, außer Sichtweite ihrer Mutter wieder loszuwerden. Michiko hilft ihrer Tante beim Abtrocknen und Wegräumen der Schüsseln und Löffel, beim Kehren des Fußbodens. Auf dem Abendwind treibt der hohe Gesang der Zikaden ins Haus herein.

»Michiko«, sagt ihre Tante flüsternd, als wolle sie nicht, dass die Männer draußen es hören, »ich rechne es dir hoch an, dass du dich so um Sada kümmerst.« In ihrer Stimme schwingt wahrhaftig ein Anflug von Zärtlichkeit mit. »Du bist wie eine Schwester zu ihr.«

Michiko verneigt sich, überrascht über diese ungewohnte offene Anerkennung.

»Als Schwester deiner Mutter fühle ich mich für dich verantwortlich. Ich muss dich etwas fragen. Von wem ist das Kind, das du trägst?«

Verdattert lässt sie den Besen aus den Händen gleiten und sieht ihre Tante an.

»Von einem japanischen Mann?« Der Ton ihrer Tante verrät, dass sie mehr weiß, als sie vorgibt.

»Nein, Tante.«

»Einem Weißen?«

Sie starrt auf den Besen zu ihren Füßen. Ohne aufzuschauen, sagt sie: »Aber nicht von einem Amerikaner.«

»Hier wird kein Platz dafür sein«, sagt ihre Tante. »Verstehst du das?«

In der Stille, die eintritt, ist das Räuspern ihres Onkels auf der Veranda zu hören. Sie spürt, wie ihr Mut und ihre Hoffnung sinken, tiefer und tiefer.

Ihre Tante kramt in dem Schränkchen, in dem die Lebensmittel aufbewahrt werden, und hält ein verstöpseltes Fläschchen in die Höhe. »Hier«, sagt sie mit einem Gesicht, als nehme sie großen Anteil an den Sorgen, über die Michiko mit keinem Wort gesprochen hat. »Nimm dies. Vielleicht hast du mehr Glück als Sada.«

Michiko schüttelt den Kopf. Jetzt erst begreift sie, dass die Worte ihres Onkels weniger für Sada als für sie bestimmt waren.

»Es wird dir große Probleme ersparen«, sagt ihre Tante, »und nicht nur dir. So ein Kind hätte kein Leben, ein Bastard, von einem Weißen.«

Auf der Veranda sind Sadas Schritte zu hören. Michiko zögert. Die dunklen Augen ihrer Tante, so schrecklich nah, halten ihren Blick fest. Sie spürt, wie ihr das Fläschchen in die Hand gedrückt wird. Sie hält es fest. An ihrer Cousine vorbei zwängt sie sich durch die Tür nach draußen.

Sie steht hinten bei ihrem Gärtchen, das sie in den letzten Wochen, da der Regen ausbleibt, abends bewässert. In der Dämmerung starrt sie auf den Rosenstrauch, dessen Blütenblätter vertrocknet und braun gerändert sind. Am Himmel wird ein orangeroter Fleck von dunklen, fast schwarzen Wolken verschluckt. Sie fragt sich, ob es feiner Regen ist, was sie auf ihrem Gesicht fühlt.

Sie zieht den Korken heraus und schnuppert an dem Fläschchen. Der bittere Geruch beschwört das Bild von der tausendjährigen Hexe herauf, die mit ihrem langen Stock die schattigen Hänge absucht.

So lange hat sie an ihrer Bildung, ihrer Befreiung gearbeitet; und alle, die Westler in Tokio und ihre Familie in den Bergen gleichermaßen, scheinen sie für das, was dabei herausgekommen ist, zu verurteilen: eine Japanerin mit einem zur Hälfte westlichen Bastard im Bauch. In all ihrer rauen Einfachheit will die Tante vielleicht nur das Beste für sie. Denn welche Aussichten hat sie und hat ein Kind, dessen Vater ein Weißer ist, ein Mann, der nicht auf ihren Brief antwortet? Ausgedient hat sie für ihn. Sie darf sich nicht länger etwas vormachen. Ihr Onkel und ihre Tante mögen nicht feinfühlig sein, aber sie sorgen für klare Verhältnisse: In ihrer Mitte ist nur ohne Kind Platz für sie. Das Fläschchen in ihrer Hand ist so klein, so leicht, so harmlos. Es ist nur halb voll, wahrscheinlich hat ihre Cousine das eingenommen, was fehlt, ohne Ergebnis. *Vielleicht hast du mehr Glück.* Sie starrt auf das Fläschchen, bis es zu einem Ding geworden ist. Den Inhalt gießt sie auf die ausgetrocknete Erde.

11

Mehr noch als der eigene Rhythmus bestimmt der Rhythmus der Verhandlungen und der Sitzungen im Gerichtsgebäude Brinks Leben, eine kleine Welt für sich. Jeden Tag wieder die gleichen Geräusche und Gesichter, jeden Tag wieder die metallische Stimme des Marshal of the Court: »All rise!« Und dann gehen sie hinein, er als Zweiter, jeden Tag wieder gegenüber von den immer blasseren und aufgedunseneren Gesichtern der Angeklagten im grellen Lampenlicht, Woche für Woche, immer wieder. All rise! Eine Sicherheit, die ihn leitet.

Heute ist auch Pal mit von der Partie. Ebenso wie die Frau von MacArthur und MacArthur junior, der kleine Sohn, der mit roten Backen in der ersten Reihe der voll besetzten Zuschauertribüne sitzt. Schon frühmorgens stehen lange Schlangen vor dem Gerichtsgebäude. Das öffentliche Interesse hat in letzter Zeit eigentlich abgenommen, in den Medien wird kaum noch über die Prozesse berichtet. Es sei denn, es gibt Turbulenzen, wie etwa den Protest der Verteidigung am Vorabend der Plädoyers. Kollektiv hatten die Anwälte gegen die in ihren Augen zu geringe Zahl von Zeugen, die sie aufrufen durften, vom Leder gezogen sowie gegen die spärliche Zahl der ihnen zur Verfügung gestellten Dolmetscher: drei für das komplette Verteidigerteam gegenüber einhundertdrei für die Ankläger. Doch an diesem Tag ist der Zulauf so groß, dass einige Journalisten im Gerichtssaal keinen Platz mehr bekommen. Grund dafür ist Tojo – »das Böse in Person«, wie ein britischer Radiojournalist ihn charakterisierte –, der heute aussagen wird. Die Faszination des Bösen für den rechtschaffenen Bürger ist ein bekanntes Phänomen, nicht nur bei den Medien. Dass die blutige Alternative fesselnder ist als die humane, weiß Brink aus seiner Erfahrung als Richter. Wie er auch weiß, dass Angeklagte oft nicht halten, was man sich von ihnen verspricht. In Tokio ist es nicht anders: So skandalös die Verbrechen, deren sie angeklagt sind, so langweilig die tadellosen Herrschaften mittleren Alters auf der Anklagebank. Bis auf Tojo. Der scheint seinen Taten in nichts nachstehen zu wollen. Die Fotografen und Journalisten der großen Agenturen rangeln um die besten Plätze in der Presseloge. Zwei Justizwachtmeister führen mit mürrischer Ungeduld einen protestierenden Reporter ab, der nicht über die richtige Akkreditierung verfügt. Tojo, der General, der Ministerpräsident, der Stratege, der den großen japanischen Traum umsetzte, welcher zum Albtraum wurde. Das Monster, das für zwölf Millionen Opfer verantwortlich sei, wie es in den amerikanischen Zeitungen ständig wiederholt wird. Nach Meinung der japanischen Nationalisten ist er dagegen der heldenhafte Visionär, der leider den Kürzeren gezogen hat. Doch für ihre Meinung gibt es in diesen Tagen kein Podium. Tojo begann seine Laufbahn in den Fußstapfen seines Vaters in der kaiserlichen Armee. Er stieg bis zum Stabschef auf, wurde Kriegsminister und schließlich Premier. Schon als hoher Militär gab er seine Aversionen gegen den Westen zu erkennen. Namentlich den in seinen Augen dekadenten Materialismus der amerikanischen Gesellschaft verachtete er. Sein politischer Traum war ein vereintes Groß-Asien, unter der Führung Japans. Um diesen Traum zu verwirklichen, mussten zuerst einmal die Pazifikflotte der Amerikaner ausgeschaltet und die Rohstoffe Niederländisch-Indiens erobert werden. Als Kind scheint Tojo ein kurzsichtiger Knirps gewesen zu sein, hat Brink irgendwo gelesen.

Während er den immer noch kleinen Mann mit der studentischen runden Nickelbrille, dem vollen Schnäuzer und der eiförmigen Glatze studiert, fällt ihm etwas ein. Hitler, Stalin und dieser Tojo, gnadenlose Diktatoren, sie haben außer ihrem megalomanen Narzissmus und ihrer Überzeugung, dass die Götter auf ihrer Seite sind, noch etwas gemeinsam: Sie erstrahlen im richtigen Moment, es geschieht etwas, wenn sie sich erheben, um sich blicken, zu sprechen anheben. Der Mythos hängt in der Luft. Eine nicht greifbare Magie lässt das Stimmengewirr im Saal wie von selbst verstummen.

Tojo erhöht die Spannung dadurch, dass er sich zuerst einmal bedächtig die Nase schnäuzt, bevor er die Eröffnungsfrage des Hauptanklägers Keenan beantwortet. So viel unverhohlene Verachtung für den Gerichtshof hat noch keiner in diesem Saal demonstriert. Keenan, der Eisenbeißer, der die großen Gangster von Chicago hinter Gitter gekriegt hat, ist nicht nur verärgert, sondern fassungslos, als Tojo sein Taschentuch fein säuberlich zusammenfaltet und in die Gesäßtasche seiner Uniformhose steckt, den Kopf ein wenig schief legt und sich räuspert. Jede Bewegung, jeder wohlüberlegte Blick aus seinen spöttischen Äuglein ist mit theatralischer Intensität aufgeladen und folgt einem raffinierten Timing, das den Moment des Sprechens hinauszögert.

Nach einer Stille, die eine Ewigkeit gedauert zu haben scheint, spricht Tojo ins Mikrofon: »Ich glaube, dass ich Ihre Frage nicht richtig verstehe. Könnten Sie sie präzisieren?« Er richtet den Blick auf Keenan, danach auf den Richtertisch. Es ist ein Blick, der Offiziersaufstände niedergeschlagen, ganze Kabinette tyrannisiert hat. Einen Moment lang sieht Tojo Brink direkt ins Gesicht, bevor er den Blick über die anderen Richter wandern lässt. Diese Anklage ist verachtenswert, sagen die Augen Tojos, *Sie* sind verachtenswert; die Annahme, dass Sie, ein Häuflein Marionetten in Robe, mich zur Verantwortung ziehen können – *mich*, Tojo! –, zeugt nicht nur von einer haarsträubenden Selbstüberschätzung, sondern vor allem von einem Mangel an historischem Bewusstsein. Brink kann nicht anders, als eine gewisse Bewunderung für die Unerschrockenheit dieses Mannes zu empfinden, der keine Tür in seiner Zelle hat, damit man ihn rund um die Uhr im Blick haben und verhindern kann, dass er seinem Leben ein Ende setzt. Als die amerikanischen MPs ihn nach der Invasion zu Hause verhaften wollten, schoss er sich mit einem Gewehr in den Bauch. Dieser missglückte Selbstmordversuch, nicht mal

250

in der Tradition der Samurai mit dem Schwert ausgeführt, hat ihm ein wenig von seinem Glanz genommen. Doch hier im Gerichtssaal stellt er sich selbst wieder auf den Sockel. Der größte Schurke, der größte Schläger, voll Verachtung für seine Gegner und den Galgen. Außer seinen Anhängern genießen auch die Medien seine Vorstellung. Tojo, ein Liebling der Titelseiten. Und für das Tribunal ist es nicht weniger als ein Glück, dass die amerikanischen Truppenchirurgen ihn am Leben erhalten haben, denn mehr als alle anderen soll er sich vor Gericht verantworten. Was Hitler der Welt vorenthalten hat, soll Tojo ihr im vollen Scheinwerferlicht schenken: dass er physisch anwesend ist und man seine Verurteilung mitansehen kann.

»Dann werde ich meine Frage anders formulieren, *Herr* Tojo«, sagt Keenan mit unterdrückter Wut, »ich nenne Sie nicht *General*, denn wie Sie wissen, gibt es die japanische Armee nicht mehr ...«

Der Schlagabtausch hat begonnen. Keenan stellt einige Fragen zum Vorfeld des Krieges. Japan war zuerst in China eingefallen und so zum Gegner der Vereinigten Staaten und ihrer Verbündeten geworden und hatte dann dem mächtigsten Land der Welt den Krieg erklärt.

»Trotz der Bemühungen der Vereinigten Staaten, den Krieg zu verhindern, haben Sie die Verhandlungen mit den Amerikanern bewusst verschleppt, um unerwartet angreifen zu können«, wirft Keenan Tojo vor.

»Wir haben lange verhandelt, das ist korrekt. Wir waren voll guten Willens. Aber die Verhandlungen traten auf der Stelle, eröffneten keine Perspektive. Die Vereinigten Staaten setzten Japan das Messer an die Kehle. Wegen der uns auferlegten Sanktionen hatten wir keinen Zugang zu Öl und Gas. Einerseits wurde Japan ökonomisch die Luft abgewürgt, andererseits verstärkte man die angloamerikanische militärische Präsenz im Pazifikraum. Das Land war in Gefahr. Wir hatten keinen anderen Weg als den Krieg.«

»Sie stellen es zu Unrecht so dar, als sei der Krieg unvermeidlich gewesen.« Keenan blättert in den Papieren seiner schwarzen Dossiermappe und wird lauter. »Die Fakten belegen, dass Sie die Verhandlungen gezielt sabotiert und verschleppt haben. Sie hatten sich für die gewaltsame Lösung entschieden, für die Verletzung aller internationalen Verträge: einen feigen Überraschungsangriff, bei dem die amerikanische Flotte in Pearl Harbor zerbombt wurde. Und danach haben Sie durch das menschenunwürdige Auftreten der japanischen Truppen der gesamten Zivilisation den Krieg erklärt.«

Tojo bleibt von Keenans großen Worten ungerührt. Wie der Inbegriff des japanischen Selbstbilds – treu, ehrlich, stoisch und überlegen – wartet er, bis Keenan geendet hat. »Unser Ziel war, eine neue, gerechte Weltordnung zu schaffen«, entgegnet er. »Die allen Nationen und Völkern und Rassen das Recht auf Frieden und Freiheit geben sollte, und nicht nur den Ländern des Westens.«

Aus den Akten kennt Brink Tojos frühere Erklärungen. Der Mann sagt nichts Neues, doch heute erwacht das Papier zum Leben.

»Diese Ihre gerechte Weltordnung«, setzt Keenan das Duell mit verächtlichem Schnauben fort, »ich werde Ihnen sagen, wie die aussah: In chinesischen und philippinischen Dörfern wurde von japanischen Truppen zuerst das Essen gestohlen, danach wurden die Frauen vergewaltigt und zum Schluss alle Männer, Frauen und Kinder getötet. Ich möchte das als Ideologie der Barbarei bezeichnen. Für die Sie mitverantwortlich waren.«

»Über derartige Handlungen, falls sie denn stattgefunden haben, waren meine Kabinettsmitglieder und ich nicht informiert.«

»Aufgrund der Zeugenaussagen wissen wir bis ins Detail über all diese Grausamkeiten Bescheid, die in einem solchen Ausmaß und nach immer gleichem Muster verübt wurden, dass nur eine Schlussfolgerung möglich ist: Regierung und Militärführung haben die Verbrechen geduldet, wenn nicht sogar im Geheimen angeordnet.«

»Auf dem Schlachtfeld geschehen die schrecklichsten Dinge«, erwidert Tojo, »in jedem Krieg. Das leugne ich nicht. Solche Auswüchse sind nicht zu verhindern. Aber ich habe während dieses Prozesses, der doch nun schon geraume Zeit im Gang ist, noch keinen einzigen überzeugenden Beweis gehört oder gelesen, der auch nur ein Kabinettsmitglied der Beteiligung überführt hätte.«

Damit berührt Tojo einen heiklen Punkt. Brink stellt fest, dass Keenan bei all seiner männlichen Kraftmeierei im Bemühen darum, zu belegen, wer nun genau für die Kriegsverbrechen verantwortlich ist, immer unsicherer wirkt.

»Das war eine Strategie«, sagt Keenan. »Sie müssen darüber unterrichtet gewesen sein. Sogar auf den Titelseiten der Zeitungen wurde über die Gräueltaten berichtet.«

»Nicht in Japan. Und Sie wissen genauso gut wie ich, dass Zeitungen zu Kriegszeiten in erster Linie Propaganda verbreiten.«

»Sie versuchen, sich Ihrer Verantwortung zu entziehen. Auf dem Schlachtfeld sind Männer mit dem Äußersten der menschlichen Existenz konfrontiert, es geht um Leben und Tod. Unter diesen Umständen können sie in psychische Verwirrung geraten, und es finden Exzesse statt. Das ist inakzeptabel, aber mehr oder weniger verständlich. Doch für die, die in sicherer Entfernung von den Gefahren des Schlachtfelds nach rationalem Kalkül operieren, kann es kein Verständnis geben. Sie begehen die eigentlichen Barbareien.«

Tojo nickt und scheint sich zum ersten Mal mit seinem Kontrahenten einig zu sein. »Die Atombomben auf Hiroshima und Nagasaki sind ein gutes Beispiel dafür.«

Es wird still, und einen Moment lang ist kein anderes Geräusch zu hören als das Umschlagen der Seiten.

»Herr Tojo«, sagt Keenan, »ich weise Sie darauf hin, dass *Sie* hier angeklagt sind. Es geht um Ihre Taten, für die Sie keine Verantwortung übernehmen.«

»Dann haben Sie mich falsch verstanden. Ich übernehme die volle Verantwortung für die Regierungspolitik, für alle Entscheidungen, die unter meiner Führung getroffen wurden. Unter anderem den Beginn des Krieges. Sie kennen meinen Standpunkt: Der Krieg war Selbstverteidigung; ich betrachte ihn als notwendig, berechtigt und rechtmäßig.«

»Und empfinden Sie Reue über das, was geschehen ist?«, will Keenan wissen.

»Ich bedaure das Leid«, antwortet Tojo, »aber ich kann keine Reue über Dinge empfinden, die ohne mein Wissen und gegen meinen Wunsch stattgefunden haben. Mein Bedauern gilt allein Japan und dem japanischen Volk.« Er nimmt seine Brille ab und reibt sich die Augen. »Weil wir den Krieg verloren haben.«

Sowie Webb die Verhandlung vertagt hat, wird Keenan von Journalisten eingekreist. Er stellt sich im Blitzlicht der Kameras auf. Brink bleibt bei der Tür noch kurz am Richtertisch stehen und hört zu. Er weiß, dass Keenan auf ein Todesurteil für Tojo, ja am liebsten für möglichst viele der Angeklagten erpicht ist, was seiner Reputation als Eisenbeißer in den Vereinigten Staaten zugutekommen würde. Dort lautet die vorherrschende Meinung: *Give them a fair trial and hang them.* Keenan setzt darauf, dass die Richter ihm seinen Triumph, die Krönung seiner Arbeit, bescheren werden. Die Chancen des Hauptanklägers stehen zwar nicht schlecht, doch Brink weiß, dass es auch anders ausgehen kann. Zumal den Angeklagten ein Heer fähiger Anwälte beisteht, auffälligerweise hauptsächlich Amerikaner, die trotz ihres geringen Spielraums eine massive Verteidigung auffahren. Hinzu kommt, dass sich, ohne dass Keenan oder sonst wer im Bilde wäre, bei den nichtöffentlichen Sitzungen der Richter ein Streit entsponnen hat. Immer fanatischer treten Bernard und Webb gegen die Todesstrafe ein, weil der Kaiser, in ihren Augen der Haupttäter, aus der Schusslinie bleibt. Keenan wird freilich nicht lockerlassen. Er wird seine Assistenten anpeitschen, die Plädoyers der Verteidigung zu zerpflücken und zu entkräften, notfalls die Archive noch einmal auf den Kopf zu stellen, damit möglichst viele der Angeklagten, mindestens aber Tojo, am Strick baumeln werden.

Auf die Frage, was er von Tojos Auftritt halte, sagt der Hauptankläger zum Kreis der Journalisten: »Es ist an der Zeit, dass diese Sorte Vertragsbrecher, Kriegstreiber und Anstifter zu aggressiven, bestialischen Taten in der Blöße ihrer wahren Natur vorgeführt werden.«

Mit seinen breiten Schultern und seinem markanten Kinn wirkt er hart wie Granit, doch im tiefsten Innern muss Keenan, genau wie Brink, wissen, dass seine Mission heute kaum von Erfolg gekrönt war.

Als er nach dem Abendessen durch die Lobby zum Fahrstuhl geht, um sich wieder in sein Zimmer zurückzuziehen, sprechen ihn Webb und Bernard an.

»Wie beurteilen Sie die heutige Verhandlung, Brink?«, fragt Bernard. Lange hat sich der stutzerhafte Franzose zurückgehalten, wohl weniger aus Bescheidenheit denn aus stummem Protest gegen die angelsächsische Hegemonie beim Tribunal. In einer ihrer ersten Richtersitzungen hatte er vorgeschlagen, neben dem Englischen auch das Französische als Verkehrssprache zu benutzen. Ein aussichtsloser Vorstoß. Aber in letzter Zeit kommt er wieder aus seinem Schneckenhaus hervor und macht sich bemerkbar. Meistens an der Seite von Webb, der einen Mitstreiter gut gebrauchen kann.

»Keenan konnte Tojo nicht beikommen«, urteilt Brink, »das war unverkennbar.«

»Tojo war Herr der Lage, das werden die Zeitungen morgen schreiben«, sagt Bernard. »Aber Tojos Position war auch leichter als die Keenans. Er hat eine Show aufgeführt.«

»Nein«, widerspricht Brink seinem Kollegen, »keine Show, denn er glaubt an alles, was er sagt, genau wie Robespierre zu Zeiten seiner Schreckensherrschaft, und das macht ihn gleichermaßen gefährlich. Aber er will sich nicht rechtfertigen. Wozu die Unschuldsmaske aufsetzen? Er hat sein Los bereits akzeptiert. Jetzt kommt es ihm nur noch auf eines an: zu zeigen, dass er nicht den Schwanz einzieht.«

»Seine Anwälte beneide ich nicht«, murmelt Webb.

Da gibt er dem Australier recht. Tojo hat einige der fähigsten amerikanischen Anwälte, die alles daransetzen, zu beweisen, dass Tojo als Premier durch den schweren wirtschaftlichen Druck des Westens genötigt war, einen Krieg anzufangen. Sie legen sich auch für die anderen Angeklagten ins Zeug, kennen sich besser im angelsächsischen Recht aus als ihre japanischen Kollegen, sind aufgrund ihrer Erfahrung auch besser für einen Prozess dieser Größenordnung ausgerüstet. Und was die amerikanischen Anwälte vor allem wertvoll macht, ist die Tatsache, dass sie nach den Schwachpunkten der Anklage suchen, während es ihren japanischen Kollegen vor allem um die Ehre des japanischen Volkes geht. Denen ist es wichtiger, Verständnis für die Taten ihrer Landsleute zu wecken, als dass sie zu deren Entlastung beitragen würden.

»Kein Gran Reue zeigt er«, sagt Brink, »und damit macht er es seinen Anwälten so gut wie unmöglich, ihn vor dem Strang zu bewahren.«

»Dem Strang?«, erwidert Webb. »Greifen Sie da nicht ein bisschen zu weit voraus, Brink? Sie vergessen die Rolle des Kaisers.«

Webb wieder. Als Vorsitzender Richter hat er das größte Hotelzimmer und auch das größte Arbeitszimmer im Gerichtsgebäude, größer als das Keenans. Brink hat ihn gelegentlich dort aufgesucht. Hohe Decke, große Fenster. Auch der Schreibtisch hat imposante Abmessungen. Genau wie Webbs glatte Stirn und seine behaarten Hände. Alles an ihm ist groß, nur nicht seine Autorität. »Die Charta ist in diesem Punkt eindeutig«, weist Brink Webb zurecht, »der Kaiser kommt auf der Liste der Beschuldigten nicht vor.«

»Wir könnten versuchen, ihn nicht als Beschuldigten, sondern als Zeugen im Gerichtssaal zu hören.«

»Der Kaiser bleibt dem Gerichtssaal fern, dafür sorgt MacArthur, und er macht auch kein Geheimnis daraus.«

»Wir müssen es versuchen«, sagt Webb. »Die Argumente sind auf unserer Seite. Kein einziger Japaner würde je etwas gegen den Willen und den Wunsch des Kaisers tun. Das räumt sogar Tojo ein.«

»Jeder weiß doch, wie der Kaiser, auf seinem weißen Pferd sitzend, den jungen Piloten seinen kaiserlichen Segen dafür gab, dass sie ihre Selbstmordflüge unternahmen«, ergänzt Bernard.

»Solange Kriege geführt werden«, sagt Brink, »haben Fürsten und Päpste den Truppen ihren Segen gegeben.«

»Es geht darum, dass das Bild vom friedliebenden Kaiser, der lieber keinen Krieg gesehen hätte, ein falsches Bild von den Tatsachen vermittelt«, entgegnet Webb. »Und dass die Männer, die in seinem Auftrag oder mit seiner Zustimmung Millionen von Menschen ermorden oder verhungern ließen, keinen fairen Prozess bekommen, wenn die allerhöchste Autorität unangetastet bleibt. Ich hoffe, dass wir auf Sie zählen können, wenn wir eine Möglichkeit sehen, den Kaiser als Zeugen vorladen zu lassen.«

Ohne sich zu einer Antwort verleiten zu lassen, verabschiedet sich Brink von seinen Kollegen, die unterdessen Jaranilla ins Visier genommen haben. Der Nächste, der bearbeitet werden muss. Er sieht noch, wie der Philippiner, die Augen hinter den Brillengläsern vor Erstaunen geweitet, als Webb ihn anspricht, den Mund öffnet, als wolle er etwas sagen, der Australier ihm aber zuvorkommt und ihm die Hand auf die Schulter legt, während er auf ihn einredet. Brink schaut den drei Männern nach, die wie dicke Freunde in Richtung Bar gehen.

Auf seinem Zimmer tippt er die Notizen, die er sich im Gerichtssaal gemacht hat, ins Reine. Er hat alle Zeit, Zeit für sich. Er arbeitet wie immer gewissenhaft, wie bei allem, was er tut. Ob es die allabendlichen Kniebeugen sind, das Einseifen von Kinn und Wangen am Morgen oder das Packen seiner Tasche für die Sitzung – mit einer gewissen Nervosität bei dem Gedanken, wie leicht er seine Selbstbeherrschung verlieren und alles wieder aufs Spiel setzen könnte. Er ist sich einer Schwäche bewusst, etwas Gefährlichem in sich. Es hat dieses Abenteuer gegeben, von dem er sich selbst geheilt hat. Ein Alkoholiker muss auch, um vom Alkohol wegzukommen, bei jedem seiner Schritte übertrieben vorsichtig sein. Das ist seine Pflicht, und es gibt keinen anderen Weg. Er weiß jetzt, dass er nie etwas anderes in Erwägung gezogen hat. Es dauert höchstens noch ein halbes Jahr bis zu den Urteilen. Er wird keine Fehler mehr machen.

Als er fertig ist und sein abendliches Bad genommen hat, hört er sich auf dem Bett liegend eine Schallplatte mit der fünften Symphonie von Mahler an. Die Musik ergreift ihn, rührt aber auch etwas auf, was er gerade zu verdrängen versucht. Diese wehmütigen Celli. Er sollte sich das lieber nicht anhören, aber er kann einfach nicht darauf verzichten. Hin und wieder spielt er mit dem Gedanken, den Hoteldirektor zu bitten, ob er auf dem Klavier spielen könnte, wenn der Saal nicht benutzt wird. Nein, das muss sich totlaufen, Schluss damit. Er steht vom Bett auf und nimmt mit einer brüsken Bewegung den Tonarm mitten in der Symphonie von der Platte.

12

Die Luft im Haus ist kalt und feucht. Einer der Fensterläden ist aus dem oberen Scharnier gerissen worden und klappert bei jedem Windstoß. Michiko wartet, bis das Wasser in der gusseisernen Wanne kocht. Sie rührt in dem dampfenden Wasser, wringt die Wäschestreifen aus, hängt sie über eine Bambusstange vor dem Herd, alles genau so, wie es ihr aufgetragen worden ist. Die Tante kniet neben dem Futon ihrer Tochter. Die eingefallenen Hungerwangen Sadas und ihre tief in den Höhlen versunkenen Augen lassen es fast so aussehen, als sitze ihre Mutter an einem Totenbett. Ein Stöhnen steigt von Sadas gesprungenen Lippen auf und ihr ganzer spindeldürrer Körper zieht sich zusammen. Sowie die Wehen einsetzten, vor vielen Stunden inzwischen, hat die Tante die Läden geschlossen und die Männer hinausgeschickt.

»Mama!« Die Stimme ihrer Cousine ist schwach wie ein Mäusepiepsen. Sie wird von der nächsten Schmerzwelle erfasst und wirft wild den Kopf hin und her.

Die Hebamme des Dorfes trifft ein, mit nassen Haaren und ihrer Tasche, aber unwilliger Haltung. Sie verneigt sich und grüßt. »Gute Nacht. Es tut mir leid, dass ich so spät bin.«

»Willkommen«, sagt die Tante, »wir sind wirklich froh, dass Sie da sind.«

»Ich dachte, ich würde vielleicht gar nicht gebraucht. Verzeihen Sie.«

Die Tante nickt. »Wir haben lange damit gewartet, Sie rufen zu lassen.«

Und die Hebamme hat ihrerseits lange gewartet, bis sie den Hilferuf erhörte, denkt Michiko. Vor Stunden ist der Onkel zum ersten

Mal bei ihr gewesen, und als sie einfach nicht auftauchte, hat er sie nochmals bestellt. Es ist offensichtlich, dass es ihr lieb gewesen wäre, wenn diese unreine Geburt ohne ihr Zutun vonstattengegangen wäre.

Die Hebamme zieht ihren nassen Mantel aus und wäscht sich Hände und Unterarme mit Seife. »Zehn Minuten ausgekocht?«, fragt sie, als Michiko ihr einen Wäschestreifen reicht, um sich die Hände abzutrocknen. Michiko nickt.

»Hier.« Die Hebamme zieht eine Metallschale aus ihrer Tasche und drückt Michiko den glatten, kalten Gegenstand in die Hand. »Mit abgekochtem Wasser ausspülen und zur Hälfte füllen.« Sie kniet sich neben der Tante hin, die ihr Platz macht. »Wann ist die Fruchtblase geplatzt?« Sie zieht das Betttuch weg.

»Heute früh«, antwortet die Tante.

»Und die Wehen?«, will die Hebamme wissen.

»Kurz davor.«

»Das Erste dauert immer lange.« Die Stimme der Hebamme senkt sich zu einem geheimnistuerischen Flüstern. »Das andere war in einer Stunde da, habe ich gehört. Die brauchte keine Hilfe. Es war auch ihr drittes.«

Keijis Mutter ist vor einer Woche niedergekommen. Zwei Tage lang hat sie sich hinter geschlossenen Fensterläden im Haus verschanzt. Im Dorf schwirrten die Gerüchte. Als Keijis Mutter wieder nach draußen kam, sah Michiko sie die Wäsche aufhängen. Sie grüßte sie, und Keijis Mutter nickte ihr zu. Michiko weiß nicht, ob es ein Junge oder ein Mädchen war. Und auch nicht, was mit dem Kind geschehen ist, nur dass niemand außer Keijis Mutter und Vater es gesehen zu haben scheint.

Die Hebamme legt die Hand auf den prallen Bauch. »Du liebe Güte, wie mager sie ist!« Sie tastet den Bereich rund um den Nabel ab. Dann spreizt sie Sadas Beine und beugt sich über sie. »Ich fühle jetzt mal, wie es bei dir aussieht, Liebes.« Sie schiebt die Hand in sie hinein und urteilt murmelnd über das Becken: »Ausreichend Platz.« Sie dreht die Hand ein wenig und dringt noch tiefer in den Geburtskanal ein, mit nachdenklichem, konzentriertem Blick. Dann zieht sie die Hand wieder heraus und studiert den blutig durchäderten Schleim an ihren Fingern, schnuppert daran, nickt. »Gut. Es ist ins Becken eingetreten.« Sie beugt sich zu Sada. »Es dauert jetzt nicht mehr lange, Liebes. Noch ein bisschen tapfer sein, und alles ist vorüber.«

Sie richtet sich auf und sieht Michiko an. »Tasche!« Michiko bringt ihr die Tasche und schaudert, als sie zwischen den Utensilien eine große Metallzange erblickt. Die Hebamme lässt sie das eine und andere herausnehmen, ein Tiegelchen Rapsöl, ein Fläschchen, eine Schere, ein Stöckchen, um das sie einen Wäschestreifen wickelt. Die Zange soll in der Tasche bleiben. Mit einem Löffel flößt die Hebamme Sada etwas von der Flüssigkeit aus dem Fläschchen ein. Sie stöpselt es wieder zu, fordert Sada auf, den Mund zu öffnen, und schiebt ihr das Stöckchen zwischen die Zähne, während Sada knurrend und den Kopf hin- und herwerfend der nächsten Wehe trotzt. Der lose Fensterladen klappert unter einem heftigen Windstoß. »Brr! Was für ein Wetter!« Die Hebamme schmiert ihre Hände sorgfältig mit dem Öl aus dem Tiegel ein.

Es kostet noch eine gute Stunde höllischer Schmerzen und Schreie, ehe das verschmierte Köpfchen mit den verklebten Härchen sichtbar wird. Die Hebamme hebt das Kind in die Höhe, und auf seinem Schwebflug ins Leben begrüßt es seine Umgebung mit einem kurzen, trockenen Schluchzer. Es atmet. Die Hebamme legt es auf eine Decke und schneidet die Nabelschnur durch. Mit hastigen, geschäftsmäßigen Griffen wickelt die Tante es danach ein. Nur das Köpfchen schaut noch hervor.

»Was ist es?«, keucht Sada, die sich ein wenig aufrichtet, um das Kind sehen zu können. Auf ihrem Gesicht liegt ein öliger Glanz.

Unterdessen säubert die Hebamme Sadas Unterleib.

»Hol den Onkel«, instruiert die Tante Michiko, »sag ihm, dass er kommen soll.«

»Mutter«, versucht Sada es erneut. »Was ist es?«

»Ein ... Junge.«

Sada beginnt zu schluchzen. »Lass ihn mich im Arm halten.«

»Nein. Schnell, Michiko, hol den Onkel!«

Das Baby beginnt nun auch herzzerreißend zu weinen, wie als Erwiderung auf seine Mutter.

»Mutter«, Sadas Stimme zittert, »ich flehe dich an.«

Michiko bleibt stehen. »Tante, sie hat so sehr gelitten.«

»Ich habe dich gebeten, den Onkel zu holen.«

»Verzeih mir, Tante, aber das ist ihre einzige und letzte Gelegenheit.«

Die Tante zögert kurz und ringt sich dann durch. Schweigend legt sie das kleine Bündel in die Arme Sadas, die sich über das Gesichtchen des Kindes beugt und dessen Züge studiert.

»Geht bitte aus dem Licht«, sagt sie leise.

Die Frauen gehen ein wenig zur Seite, sodass das Licht der Lampe auf das zerknitterte Gesichtchen fällt. In Totenstille schauen sie auf das hochrote Köpfchen an Sadas magerer Brust. Draußen trommelt der Regen auf die Dachpfannen.

»Michiko!«

»Ja, Tante.« Sie eilt zur Tür. Als sie draußen steht, hört sie gerade noch die durchdringende Stimme ihrer Tante. »Es ist Zeit, Sada.«

Zusammen mit ihrer Tante blickt sie ihrem Onkel nach, der das kleine Bündel unter seinem Mantel trägt. Ein heftiger Windstoß wellt das hohe Gestrüpp am Hang hinter dem Haus. Als sich der Wind kurz legt, können sie drinnen Sadas Schluchzen hören.

»Sie hat etwas bekommen, sie wird gleich einschlafen«, sagt die Tante. »Wir müssen stark sein.«

»Wo bringt der Onkel es hin?«, fragt sie.

»Es gibt nur eine Möglichkeit.«

»Welche?«

Sie dreht sich zu Michiko um. »Dies ist uns in den Weg gekommen. Wir haben nicht darum gebeten. Jetzt tun wir, was nötig ist. Gegen den Teufel, der seinen Samen in fruchtbare, reine Erde pflanzt.« Der Blick der Tante wandert von Michikos Gesicht abwärts zu ihrem vollen Bauch. »Denk nicht, ich wüsste nicht, dass du die Tinkturen weggießt. Dass du möglichst viel Gemüse und Kirschen isst und dass du deinen Bauch jeden Abend mit Ziegenfett einreibst. Aber das ist ein Fehler. Wie es auch ein Fehler war hierherzukommen. Ich habe im Almanach nachgeschlagen. Ein ungünstigerer Zeitpunkt, in die Berge zurückzukehren, war gar nicht vorstellbar.«

Sie folgt ihrer Tante ins Haus und hilft ihr, Sada auf die andere Seite des Zimmers umzubetten, wo ein sauberer Futon für sie bereitliegt. An der Stelle, wo Sada ihr Kind geboren hat, schrubben sie den Fußboden mit einer Sake-Lauge. Den befleckten Futon bringt sie nach draußen. Sada zittert vor Kälte, und Michiko breitet eine zusätzliche Decke über sie.

Als sich der Geruch des Reinigungsmittels verflüchtigt hat, schließt die Tante Fenster und Läden. Dann schließt sie auch die Tür und löscht das Licht. Sie kniet sich neben ihre Tochter und küsst sie auf die Stirn. »Ruh dich schön aus. Von morgen an beginnst du aufs Neue.« Müde geht die Tante um den Wandschirm herum und legt sich auf ihrem Futon zur Ruhe.

Michiko hockt sich zu Sada, die die Arme steif gegen die Brust gedrückt hält. Sie streicht ihr über die feuchte, erhitzte Stirn. Sie streichelt ihre Cousine so lange, bis diese eingeschlafen ist. Wenn Sada erwacht, wird sie nicht einmal trauern dürfen. Michiko nimmt ihren Mantel vom Haken und geht hinaus.

Sie läuft den Hügel hinauf, immer weiter nach oben, den Blick auf den kahlen Berg gerichtet, der von Jahrhunderten Eis und Schnee und Wind glatt geschliffen ist. Sie atmet die Luft tief ein. Weiter und weiter steigt sie, die Hand auf ihren Bauch gepresst, der Kälte entgegen. Der Pfad wird steiler und schmaler, ist kaum noch ein Sims über dem Dorf und den Zedern. Ihr Atem geht schwer, und Seitenstiche zwingen sie, sich auszuruhen. Mit schwindelndem Kopf setzt sie sich auf einen vom Blitz gespaltenen, umgestürzten Baumstamm. Seit ihrer Ankunft im Dorf ist sie der überwältigenden Größe der Berge nie so nahe gekommen. Unter ihr liegt das Dorf mit seinen Häusern. Der Rauch eines Feuers in einem der Hinterhöfe weht herauf. Sie sieht die Landschaft mit ihren Plateaus bis in die Tiefe, und das durchbrochene Silberband des Flusses. Die Felsformation hinter ihr, bewachsen mit struppigen Sträuchern, deren knorrige Wurzeln sich auf der Suche nach Ritzen, aus denen sie Wasser ziehen können, über die Steine winden, schirmt sie gegen den Nordwind ab. Hier oben ist nirgendwo ein Zeichen menschlichen Lebens zu erkennen. Etwas so Unberührtes hat sie schon lange nicht mehr gesehen. Vielleicht sieht sie es jetzt auch, weil sie allein ist, endlich ganz allein.

Um den Berggipfel kringelt sich ein Nebelring, als stünde er in Brand. Bis auf das Geräusch des Windes ist es still. Sie starrt vor sich hin, gedankenlos. Irgendwo in ihrem Innern erwacht eine Melodie zum Leben. Sie summt, bis ganz von selbst Worte aufkommen. »So bist du ...«

In den letzten Monaten ihrer Zusammenarbeit mit Frau Haffner haben sie zur Vorbereitung ihrer Reise nach Europa viel Oper geprobt. Leise beginnt sie zu singen. »So bist du meine Tochter nimmermehr ..«

Wie mächtig sich die Worte in ihrem Innern regen. Sie wollen heraus, suchen nach Befreiung. Ihre Kraft – sie hatte vergessen, was die mit ihr macht. Singen, im Singen aufgehen, als träume sie, nach irdischen Maßstäben die Erfahrung, die sie dem Himmel am nächsten bringt. Sie sehnt sich danach, in ihr schwarzes Kleid zu schlüpfen, sehnt sich nach der Konzentration auf der Bühne, den Gesichtern im Zuschauerraum. Es ist ihr gelungen, sich so klein zu machen, dass sie in die Welt der Komposthaufen, der schlammbespritzten Schuhe und der Hühnergehege eines abgelegenen Dörfchens passt, doch ihre Sehnsüchte sind noch da. Und in ihrer Einbildung wartet sie mit zitternden Händen, dass Prinz Tamino auftritt, mit Perücke, geschminkt, von ihrer ewigen Vereinigung singend, während ein Bühnenarbeiter mit beiden Händen das Seil hält, bereit, die Kulisse des Tempels gegen die der idyllischen Berglandschaft auszutauschen.

Eine Bewegung weit unter ihr zieht ihre Aufmerksamkeit auf sich. Es ist ihr Onkel, in einem weiten, flatternden Mantel. Über seine gekrümmte Schulter schaut er wie ertappt zu ihr herauf. Sie hört auf zu singen. In einer Wegbiegung verschwindet er, zum Dorf hinuntergehend, hinter den langzüngigen Farnen. Die Melodie in ihrem Kopf ist weg. Sie wartet, verdrängt alles andere und wartet so lange, bis sie wiederkehrt. »So bist du …«

13

Hideki hilft Keiji, sein Fahrrad zu reparieren. Sie schmieren ein Zahnrad und nehmen die Kette ab, reinigen und spannen sie.

»Warum ist Sada nach Nagano gezogen?«, will Keiji wissen. In dem hingebungsvollen, aber fruchtlosen Bemühen, den rotbraunen Rostfraß im Metall zu entfernen, reibt der Junge ununterbrochen mit einem alten Lappen über den Lenker.

»Sie hat dort Arbeit gefunden.«

»Meine Mutter sagt, sie will auch woanders wohnen. Aber mein Vater will nicht. Und ich auch nicht. Wofür ist eine Jizo-Figur?«

Jizo? Instinktiv ist Hideki auf der Hut. Jizo, der Gott, der sich der Seelen toter Kinder annimmt, die in die Hölle gekommen sind, der Seelen abgetriebener Kinder und auch der Seelen von Kindern – und das ist der Grund für seine Wachsamkeit –, die nicht begraben wurden, wie es sich gehört, und deshalb zum ewigen Umhergeistern im Kosmos verdammt sind.

»Das ist eine Figur von einem Schutzgott der Toten«, sagt er. »Wieso?«

»Mein Vater war böse, weil meine Mutter eine gekauft hat und ihr ein rosa Mäntelchen genäht hat.«

Hidekis Schwester wohnt seit einiger Zeit in einer Baracke auf dem Gelände einer Fabrik, in der Lampen hergestellt werden. Er hofft, dass es ihr besser geht, dass sie dort nicht mehr wie zu Hause Nacht für Nacht vom Weinen ihres Kindchens gequält wird, weil dessen Seele im Jenseits abgewiesen wurde. Er selbst hat das Weinen nicht gehört. Aber es ist allgemein bekannt, dass sich die Seelen, die nicht von Jizo vor den Dämonen beschützt werden, über kurz oder lang bei ihrer Familie melden.

»Wie geht es deiner Mutter, Keiji?«

»Sie watschelt nicht mehr wie ein Pinguin.«

Er fragt sich, ob auch Keijis Mutter nachts dieses Weinen hört, und dreht die Schrauben vom Hinterrad fest. »Hier, fertig.«

Keiji hockt sich hin und bindet ein Stück Schnur um sein unteres Hosenbein, damit es nicht in die gefettete Fahrradkette gerät. Dann prescht er davon wie ein Radrennfahrer, dem olympisches Gold winkt. Hideki fragt sich, ob der Junge die nun fast ein Jahr zurückliegenden Ereignisse abgeschüttelt hat. Was nur recht und billig wäre. Dass er selbst von umhergeisternden Seelen heimgesucht wird, erwartet er nicht. Aber er hat schon das Gefühl, aus der Alltäglichkeit vertrieben worden zu sein. Es muss doch irgendeinen Weg dorthin zurück geben, selbst für ein Hinkebein mit hässlicher Visage und dem Kopf voller Gräuel. Aber wie? Er kommt einfach nicht weiter, sosehr er auch über diese Dinge nachdenkt. Nur wenn er schläft, hat er die intensive, ans Glückselige grenzende Erfahrung neuer, erhellender Einsichten, die sich am Rand seines Bewusstseins bewegen.

Im Haus ertönt ein Schrei. Er greift zu seiner Krücke und humpelt eilig zur Veranda. Als er die Tür aufstößt, vernimmt er ein Peitschen, gefolgt von einem schrillen Schmerzenslaut. Es dauert eine lange, verwirrende Sekunde, bis er die Szenerie, die sich vor ihm auftut, deuten kann.

Auf dem Fußboden liegt Michiko, halb auf ihrem mächtigen Bauch, halb auf der Seite, das Gesicht ausdruckslos. Über ihr steht seine Mutter, eine Gerte in der erhobenen Hand. »Dieser Hochmut von dir!« Tiefe Linien durchfurchen das Gesicht seiner Mutter, ein Spuckebläschen zerplatzt auf ihrer Unterlippe. Erneut holt sie wütend mit der Gerte aus, die Michikos Kimono in Schulterhöhe trifft. Der Schmerz zuckt durch Michikos Körper. Sie presst die Lippen zusammen. »Du sollst gehorchen und tun, was sich gehört.«

Er zwängt sich zwischen seine Mutter und Michiko.

»Geh weg, Sohn!«, zischt seine Mutter ihn an. »Das hätte schon viel früher geschehen müssen, aber dein Vater ist ein Schwächling.«

»Halt!«, sagt er.

Sie stehen sich gegenüber, er auf seine Krücke gestützt, seine Mutter mit der Gerte in der erhobenen Hand, schnaubend wie ein wildes Pferd. Das Missfallen spritzt ihr förmlich vom Gesicht. Diesen Ausdruck kennt er: Sie hat ihr Möglichstes getan, auf die richtige und beste Art und Weise, und sitzt da mit einer vergewaltigten Tochter und einem invaliden Sohn. Nun ist es die ungehorsame Nichte aus der Stadt, die ihren Unmut und Zorn erregt. Er nimmt es seiner Mutter nicht übel. Sie kann die Welt nur auf eine Weise sehen, ihre Weise. Aber er wird nicht zulassen, dass sie Michiko noch einmal wehtut.

»Wenn du schlagen willst, schlag mich. Hier!« Er hält ihr seine Hand hin. »Schlag!« Als sie keine Anstalten macht, etwas anderes zu tun, als mit der Gerte zu drohen, zieht er sie ihr aus der zitternden Hand und schlägt sich selbst damit, zuerst auf die Hand, dann auf den Arm, und zum Schluss peitscht er seine unversehrte Wange. Er spürt die glühenden Striemen.

»Deine Schwester ist ohne ihre Schuld durch die Hölle gegangen. Und sie«, seine Mutter wirft einen verächtlichen Blick auf Michiko, »sie hat es sich selbst eingebrockt.«

Er hilft Michiko auf und geht mit ihr hinaus. Im Schuppen sieht er sich die roten Striemen auf ihren Schultern und ihrem Rücken an. Der Anblick macht ihn ganz benommen. Er bittet Michiko, sich auf seinen Futon zu legen, und salbt die geschundene Haut vorsichtig mit Fett ein. Michiko liegt still da, den Mund geöffnet. Wie ein Fisch auf einem Felsen, denkt er. Sie will nach Tokio zurück, das weiß er. Sie will weg, aber sie wagt es nicht. Sie hat keinen Plan.

»Ich bin nicht vergewaltigt worden«, sagt sie. »Das habe ich deiner Mutter gesagt. Deshalb ist es was anderes. Das kann sie nicht ertragen. Aber es ist die Wahrheit, auch wenn die sie wütend macht.«

In den Augen seiner Eltern wiederholt sich alles – zuerst ihre Tochter und jetzt ihre Nichte –, und sie scheinen die Anspannung und Frustration kaum noch verkraften zu können. Dass sich Michiko nicht dazu äußert, was sie vorhat, macht es nicht besser.

»Du könntest als Lehrerin in der Schule an der großen Straße arbeiten. Du könntest einen japanischen Mann heiraten und eheliche, erwünschte Kinder bekommen, so viele du möchtest. Alles ist noch möglich.«

Sie schweigt. Er weiß, dass sie ihn aus Höflichkeit und Nachsicht anlächelt, und es versetzt ihm einen Stich der Eifersucht – wie wenn der beste Kamerad nicht mehr über deine Witze lacht, sondern über die eines anderen –, weil sie mit ihren Gedanken wieder bei diesem Mann in Tokio ist. Warum begreift sie nicht, dass das, was er und seine Familie ihr zu bieten haben, genug, ja mehr ist?

»Du kannst hier im Dorf bleiben. Mein Vater kann beim Onkel ein gutes Wort für dich einlegen. Sein Grundstück ist groß, darauf würde leicht noch ein Häuschen passen. Mein Vater und ich werden es dir bauen.«

»Das ist nicht, was ich möchte. Nicht so.«

»Aber du bist hier. Du wirst bald niederkommen. Das sind die Fakten.« Erst jetzt bemerkt er den feuerroten Striemen quer über seine eigene Hand.

»Du findest, dass ich mich beugen soll, weil ich keine andere Wahl habe, weil ich keinen anderen Ort habe, wohin ich gehen kann«, sagt sie, »aber ich bin nicht wie du.«

»Was meinst du damit?«

»Du willst zugrunde gehen.«

»Warum sollte ich das wollen?«

»Weil du leiden willst. Du gibst lieber dir selbst die Schuld an allem als den Generälen, den Ministern oder meinetwegen auch dem Kaiser.«

Sie hat sich aufgesetzt und ordnet ihr Hemd. Ihr Gesicht ist dem seinen jetzt ganz nah. Stärker als je zuvor fühlt er, dass er alles für sie geben würde.

Sie sagt: »Aber du hast noch nie jemandem absichtlich etwas angetan. Du nimmst die Schuld anderer auf dich und am liebsten auch noch das Leiden anderer. Wer hat dich gebeten, das zu tun?« Sie lässt eine Stille eintreten und denkt kurz nach. »Unter den Umständen zu leiden, das akzeptiere ich, aber ich hüte mich davor, an mir selbst zu leiden.«

14

Eine Stunde vor Sonnenaufgang verlässt Michiko das Haus. Im schwankenden Lichtbündel von Hidekis Taschenlampe scheint »ihr Gärtchen« auf. Die vertrockneten Pflanzenstängel liegen kreuz und quer auf der gefrorenen Erde, der Rosenstrauch ist zu einer nackten Klaue runtergestutzt. Ihr Cousin trägt eine Armeemütze mit Ohrenklappen, einen Wollschal bis unter die Nase, eine Überhose und wie immer seine abgetretenen Soldatenstiefel, die neue Sohlen aus Reifengummi bekommen haben. Mit jedem Schritt hinterlässt er Spuren seiner Tat. Als sie weit genug vom Dorf entfernt sind, warten sie auf einem umgestürzten Baumstamm sitzend das erste Tageslicht ab. Es ist eisig kalt. Das Kinn auf der Brust, späht sie in die Öffnung ihres Capes. Ein Kind, kaum einen Tag alt, schaut mit wachen Äuglein zu ihr auf. Nach acht Stunden des Pressens und der Schmerzen musste die Hebamme einschreiten. Die Metallzange, mit dem es geholt wurde, hat zwei kleine rote Flecken auf dem zarten Schädel hinterlassen. Das Kind gleich nach der Geburt herzugeben war undenkbar, ausgeschlossen. Nicht nur das wusste sie durchzusetzen, sondern auch, dass Hideki und nicht ihr Onkel sie zu dem bewussten Ort bringen würde.

»Wir nehmen den kurzen Weg«, sagt er und erhebt sich. »Es ist aber steil.«

Sie fröstelt und zieht sich die Kapuze ihres Capes über, als sie weitergehen.

Sie zwängen sich durch den schmalen Eingang der Schlucht, über große Felsblöcke, die im Spätherbst herabgerollt sind, und folgen von dort dem Pfad nach oben. Der Pulverschnee auf den höchsten Zypressen weht wie weißer Nebel über sie hinweg. Die Bäume drängen sich bis zum Plateau hinauf, wo das Rauschen eines unsichtbaren Wasserfalls laut wird. Mit dampfendem Atem verschnaufen sie kurz, und erneut schaut sie unter ihr Cape. Kaum zu glauben, aber der Junge schläft friedlich, voll Vertrauen. Schräg über ihnen, hoch oben auf der Nordseite des Berges, liegen die ersten Placken Schnee und Eis. Unten im Morgennebel übertönt das Wiehern eines Pferdes den Chor der Hähne. Hideki wartet, bis sie ihm ein Zeichen gibt, und klettert weiter. Jeder seiner Schritte ist eine unumgängliche, selbst gesuchte Strafe. Unumgänglich, weil der, der da verbissen vor ihr herkeucht, gegen seinen Willen und seine Natur ein ums andere Mal, wie auch jetzt wieder, in Dinge hineingezogen wird. Im vergangenen halben Jahr hat sie viel mit ihm geredet, wahrscheinlich mehr als mit irgendwem sonst in ihrem Leben. Aber jetzt hüllen sie sich beide in Schweigen, während das Rauschen des Wassers immer lauter wird und näher kommt. Sie hatte den Wasserfall ganz vergessen, doch sowie sie ihn sieht, weiß sie wieder, dass ihr Vater sie einmal hierher mitgenommen hat. So verläuft ihr Leben, Schrittchen für Schrittchen aufgebaut und mit einem Schlag abgerissen, und unlogisch, unzusammenhängend, wie es ist, macht es sowohl einen Sprung nach vorn als auch einen zurück, zu dem Mädchen mit seinem Vater und von dort zur Mutter mit dem neugeborenen Kind. Am Wasserfall entlang gehen sie über einen mit Moos und Farnen überwucherten Pfad. Unter ihrem Cape erklingt leises Weinen, das Hideki mit einem Ruck stehen bleiben und sich erschrocken über seine Schulter zu ihr umschauen lässt. Sie spürt das Prickeln der einschießenden Milch in ihren Brüsten, doch sie geht weiter, bis sie nach einigen Minuten eine Felswand erreichen. Hie und da steht ein Baum, größer als die in den Waldstücken des Dorfes. Dort wird kein einziger Baum unbemerkt alt, aber hier oben auf der Lichtung konnten sie offenbar unbeaufsichtigt wachsen oder verkümmern, ohne dass Axt und Säge zum Zuge gekommen wären.

Hideki bleibt eine Weile stehen, so tief in Gedanken, als habe er vergessen, dass sie bei ihm ist. Unter ihrem Cape schwillt das Weinen des Babys an.

»Hier?«, fragt sie. »Ist dies der Ort?« Das Wort, das sie in den vergangenen Monaten umgetrieben hat. Jetzt, da es ausgesprochen ist, steigt ihr ein bitterer Geschmack in der Kehle hoch, als hätte sie etwas Scheußliches aus ihrem Innern heraufbefördert.

Er mustert sie, sein Gesicht unter der Mütze ist weiß, angespannt, die Augen halb geschlossen, als starre er in einen Hagelschauer. »Der Eingang ist dort.« Er humpelt zu einer riesigen Zeder, schlüpft daran vorbei und schiebt mit seiner Krücke das dichte Gestrüpp an der Felswand zur Seite, sodass die dunkle Öffnung einer Höhle frei wird.

»Wie habt ihr die drei hierher bekommen?«, fragt sie.

Er zeigt auf einen Weg, der aus einer anderen Richtung zu der Lichtung führt. »Auf dem langen Weg, zwei Stunden nach oben, eine Stunde nach unten.«

Das Schreien des Kindes wird schrill und flehend. Michiko sucht sich einen trockenen Fleck zum Hinsetzen und lässt das Cape von ihren Schultern gleiten. Zuerst öffnet sie ihre Jacke, dann den oberen Teil ihres Kimonos. »Er muss trinken.« Sie dreht den Rücken zum Wind.

Hideki keucht und schwitzt, er will es hinter sich bringen, so schnell wie möglich, doch er nickt. Schwer auf seine Krücke gestützt, humpelt er zu einem umgefallenen Baumstamm, wo er sich, diskret von ihr abgewendet, hinsetzt. Mit den Zähnen zieht er die Klinge aus seinem Taschenmesser und beginnt, einen Zweig anzuspitzen, eine Angewohnheit von ihm, wie sie inzwischen weiß.

Das Kind nuckelt mit weit geöffneten Augen und rhythmisch einfallenden Wangen, die weiß sind, makellos wie Porzellan. Mit dem Finger reibt Michiko vorsichtig über die kleinen roten Stellen, die Abdrücke von der Geburtszange. Man erwartet, ja verlangt von ihr, dass sie diesen namenlosen kleinen Jungen, ihr Kind, mit dem Mittel betäubt, das die Tante ihr in einem Fläschchen mitgegeben hat, und ihn in der Höhle zurücklässt. Hier, wo nichts ist als harter Stein, abgebrochene Zweige und vertrocknete Zedernnadeln. Die Schwangerschaft, die bittere Enttäuschung über das Ausbleiben einer Reaktion auf ihren Brief, die erschöpfende Niederkunft und der Zwang von ihrem Onkel und ihrer Tante haben ihr die Kraft geraubt. Sie ist zu zermürbt, um das Schreckbild von der verwahrlosten Frau abzuwehren, die mit einem hungrigen Baby auf dem Arm in den Abfallhaufen und Müllcontainern der Stadt nach Essbarem sucht.

Noch immer gewährt Hideki ihr Zeit. Seine Geistesabwesenheit ist Schein, wie sie weiß. Wie er mit dem Messer ausholt, wie er in stilles Nachdenken versunken ist, verrät, dass die Grenze dessen erreicht ist, was er aushalten kann. Sie möchte etwas zu ihm sagen, doch ihr versagt die Stimme. Nachdem das Kind getrunken hat, schließt sie ihre Kleidung wieder und läuft, das kleine Bündel an sich gedrückt, zur Felswand. Als sie sich rückwärts durch das Gestrüpp gearbeitet hat, sieht sie am Baum einen kleinen Holzsarg stehen, nicht größer als ein Schuhkarton, mit einem Zedernzweig und einem Kerzenstummel darin. Ein winziger Jizo, in einen rosafarbenen Mantel gehüllt, schaut mit seinem kugelrunden Glatzkopf zu ihr auf. Die Mutter von Keiji, ist ihr erster Gedanke, als sie den geheimen kleinen Altar sieht.

Sie steht vor der dunklen, scharfkantigen Höhlenöffnung. Bückt sich, um hineinsehen zu können. Ein penetranter Geruch schlägt ihr entgegen. Im Innern der Höhle geht es nach weniger als einem Meter steil abwärts, wie in einen Abgrund. Dort also, irgendwo unter ihr in der Dunkelheit, am tiefsten, dunkelsten Punkt, wo Käfer wimmeln und sich Schlangen kringeln. Sie schaudert bei der Vorstellung und schließt die Augen. Ein kalter, stinkender Luftzug aus dem Innern des Berges senkt sich auf ihr Gesicht. Sie kann das Kind nicht hier zurücklassen. Zusammen, denkt sie.

15

Mit treffsicheren Bewegungen zieht er das Messer über den Zweig. Drei Pfeile mit frischen Spitzen liegen inzwischen neben seinen Stiefeln. Alles geht weiter, doch der Strom der Zeit ist kaum spürbar. Du ziehst deine Stiefel an, du spitzt einen Zweig an, du wartest. Das ist alles dein Leben. Er will nicht denken. Man muss nur lange genug weiterschnitzen, dann gerät man wie von selbst in eine Art Trance, löst sich der Geist vom Körper. Früher hat er seinem Vater mit der großen Blattsäge geholfen, jeder zog an einer Seite, hin und her, die endlose Wiederholung der Bewegung, in der sich alle Gedanken auflösten. »Es war ein Fehler von ihr zurückzukehren.« Die Worte dröhnen noch in seinem Kopf. Michikos Gesichtsausdruck, als sie diesen Ort erreichten, so rührend hilflos, macht es ihm unmöglich, sie anzusehen. Mindestens eine halbe Stunde ist vergangen, seit sie hinter ihm dem Kind die Brust gegeben hat. Die Trance muss sich einer Spannung geschlagen geben, die so heftig ist, dass er die Berge laut anschreien könnte. Er klappt sein Messer zu und schaut sich zum ersten Mal um. Nichts rührt sich außer dem Wind, der über das Plateau pfeift, Schnee aus dem Norden verheißend. Hideki betet, dass sie ihre Aufgabe vollbracht hat, und klopft sich die Holzspäne von der Hose. Im selben Moment, als er aufstehen will, kämpft sich Michiko raschelnd durchs Gestrüpp. Ihre Arme unter dem Cape tragen das Gewicht des Kindes. Sie schüttelt den Kopf. Der hohe Baum hinter ihr scheint sie aus den Wolken heraus zu beobachten.

»Wir bleiben zusammen«, sagt sie.

Einen kurzen Augenblick zweifelt er, ob er sie richtig verstanden hat, aber dann sagt sie:

»Ich gehe fort.«

»Wie? Wohin?«

Ohne zu antworten blickt sie zum Pfad hin. »Führt der zur Fernstraße?«

Er weiß, dass er sie nicht zurückhalten kann. Er nickt.

»Du bist gut zu mir gewesen«, sagt sie und geht, die Arme um die Wölbung in ihrem Cape geschlungen, von ihm weg. Ohnmächtig bleibt er stehen und schaut ihr nach. Sein Magen rebelliert. Der entstellte Teil seines Gesichts glüht, als stünde er erneut in Flammen. Als er sie nicht mehr sehen kann, humpelt er im rauen Wind zum Anfang des Pfads. Eine Hand auf dem Griff seiner Krücke, die andere auf seinen Bauch gepresst, bleibt er stehen. Seine Haare unter der Mütze sind schweißnass. Er späht den Pfad hinunter. Über seinem Kopf schieben sich fast schwarze Wolken ineinander und verdrängen das Licht vom Himmel, was es schwierig macht, etwas zu erkennen. Bis in die Knochen fühlt er, was er gestern schon im Radio gehört hat, dass das Barometer fällt. Seine Augen folgen der Biegung mit den alten Schneerändern dort, wo die Sonne nicht hinkommt. Er sieht gerade noch ihren Rücken im Gewirr von Sträuchern verschwinden. Nun ist er allein mit dem Wind und der Erinnerung an die Worte seines Vaters. Alles ein einziger großer Fehler.

16

Die Kreuzverhöre der Angeklagten verlaufen bis auf das Tojos vorhersehbar. Wenn die Angeklagten morgens den Gerichtssaal betreten, ist aus dem stolzen Schritt der Machthaber, der Alphamännchen, in den Jahren der Haft ein gekrümmtes Schlurfen geworden. Ihre Erklärungen sind emotionslos und unpersönlich, und wenn sie es nicht sind, werden sie dazu in der Übersetzung der Dolmetscher, die klingen, als lese ein Roboter aus dem Melderegister vor. Einige der Angeklagten gehen so weit, dass sie selbst nicht sprechen. Sie lehnen es sogar dankend ab, irgendeine Frage zu beantworten. Anfangs meinte Brink in dieser Weigerung, sich zu erklären oder zu rechtfertigen, eine ausgefuchste Strategie zu erkennen. Aber in letzter Zeit neigt er eher dazu, zu glauben, dass es den Angeklagten wirklich gegen die Ehre geht, ein gutes Wort für sich selbst einzulegen, und sie bereit sind, die Strafe, die man über sie verhängt, zu akzeptieren. Umso mehr bewundert er ihre amerikanischen Anwälte, die sich trotz all dieser Widerstände unvermindert ins Zeug legen, damit die Strafen möglichst gering ausfallen.

Zwei Beschuldigte, Togo und Shigemitsu, beide Exminister, sind seiner Meinung nach unschuldig. Sie mögen vielleicht feige und naiv gewesen sein, doch das macht sie noch nicht der Kriegsverbrechen schuldig, deren sie angeklagt sind. Seine Richterkollegen vertreten den Standpunkt, dass jedes Regierungsmitglied Verantwortung für den Krieg und die in ihm begangenen Verbrechen trägt. Er bestreitet das und macht einen Unterschied zwischen einem Minister, der einer Regierung mit dem Ziel beitrat, den Krieg schnellstmöglich zu beenden, und einem Minister, der den Krieg gerade propagierte. Um seine Kollegen von seiner Sicht zu überzeugen, hat er damit begonnen, ein Memorandum aufzusetzen. Der Erste, mit dem er sich dafür näher befasst, ist Shigemitsu, in seinen Augen Tojos Gegenpol. Als junger Mann hat sich Shigemitsu im diplomatischen Dienst zum Botschafter in China und in Russland hochgearbeitet. 1942 trat er als Außenminister der Regierung bei. Die Ankläger haben nicht ein einziges Dokument vorgelegt, das auf Shigemitsus Billigung der Kriegsverbrechen oder seine Mitverantwortung hinweisen würde. Im Gegenteil, aus den präsentierten Unterlagen geht vielmehr hervor, dass er bei Premier Tojo darauf gedrungen hat, einen Bericht über das Unwesen der japanischen Truppen in den besetzten Gebieten anfertigen zu lassen. Dass aus den Befunden dieses Berichts dann keine Konsequenzen gezogen wurden, ist nicht ihm, sondern dem Premier und den obersten Befehlshabern der Streitkräfte anzulasten. Nach allen Erklärungen von Zeugen und Experten muss inzwischen als erwiesen gelten, dass man in Shigemitsu einen ehrenhaften Politiker sehen sollte, der gegen den Krieg war und auch gegen den Dreimächtepakt, den Japan mit Deutschland und Italien schloss. Wenn die Russen es nicht auf ihn abgesehen hätten, weil er Botschafter in Moskau war, würde er gewiss nicht auf der Anklagebank sitzen.

Brink kann der Versuchung nicht widerstehen, diese Erkenntnis Richter Sarjanow vorzuhalten, als ihm der Kollege in Uniform der Sowjetarmee mit seinem Dolmetscher nach dem Abendessen in der Lobby über den Weg läuft. Nachdem der Dolmetscher seine Worte übersetzt hat, schnellen Sarjanows buschige Brauen in die Höhe. Er macht eine missbilligende Gebärde und sagt etwas. Sein Dolmetscher übersetzt: »General Sarjanow ist nicht Ihrer Meinung und lässt fragen, ob Sie darauf aus sind, sich Probleme einzuhandeln.« Das ist Sarjanows Stil, grobes Geschütz auffahren, wenn ihm etwas nicht genehm ist. Und sein armer Dolmetscher darf die Kastanien aus dem Feuer holen.

»Sagen Sie ihm, dass jeder Prozess auch ein Kampf ums Recht zu sein hat«, antwortet Brink. »Von uns Richtern wird verlangt, dass wir unterscheiden zwischen Tojo und solchen wie Shigemitsu, die das Pech hatten, zur falschen Zeit auf dem falschen Posten zu sein.«

Während Sarjanow sich die Übersetzung anhört, erinnert sich Brink an das eine Mal, da er so unbesonnen war, die Einladung seines Sowjetkollegen anzunehmen, und bei diesem im Zimmer landete. Nach jedem Schluck Whisky hielt Sarjanow sein Glas hoch und sagte »Bottoms up« – womit ihre Kommunikation ohne Vermittlung eines Dolmetschers auch schon an ihre Grenzen stieß.

Sarjanow lässt nun wissen, dass »ein Mann, der stolz darauf ist, die Irrtümer anderer zu erkennen, offensichtlich nichts anderes hat, worauf er stolz sein kann«.

Worauf der Russe ihn fröhlich dazu einlädt, zusammen an der Bar etwas zu trinken, wahrscheinlich um dort einen seiner Witze über Kosaken und Milchmädchen zum Besten zu geben. Brink entschuldigt sich und kehrt in sein Zimmer zurück, wo er einen Brief an Dorien schreibt, mit einer Zusammenfassung seiner Aktivitäten der letzten Tage und einer Reaktion auf die Nachricht, dass Bas, sein Jüngster, gut auf ein neues Medikament gegen Atemnot anspricht. Er schließt mit den Worten: »Du fehlst mir.«

Nachts fährt er aus dem Schlaf hoch. Sein schweißgetränktes Betttuch ist wie ein Fangnetz um ihn herumgewickelt. Er befreit sich daraus und steht auf, um Wasser zu trinken, legt sich wieder hin, kneift die Augen fest zu, aber kann nicht mehr schlafen. Er denkt an den Brief an Dorien, der fertig für den Versand in die Heimat auf seinem Schreibtisch liegt. Warum er daran denkt, ist ihm ein Rätsel. Er geht ihn im Geist Wort für Wort durch und sucht nach dem Grund für das Empfinden, dass er sich etwas vorzuwerfen hat, weil etwas unerledigt geblieben ist.

Er wartet auf den Morgen, doch als es so weit ist, kann er sich nicht aufraffen, zu seinem üblichen Spaziergang mit McDougall aus dem Bett zu kommen. Die Stille in seinem Zimmer setzt ihm zu. Er befiehlt sich selbst, aus dem Bett zu steigen, doch es funktioniert nicht. Er hat das Gefühl, bestohlen worden zu sein, und er selbst ist der Dieb.

Als er endlich aufsteht, starrt er auf den Brief an Dorien auf seinem Schreibtisch. Dann macht er die Schreibtischschublade auf. Unter seinen Notizblöcken und Dossiermappen zieht er ein Kuvert hervor. Er nimmt einen Brief heraus, einen Brief an ihn, der obenan ein Datum trägt, das fast sechs Monate zurückliegt. Nur einmal hat er ihn gelesen, gleich nach Eingang, und dann hat er ihn in seinem Schreibtisch begraben. Wie er auch sein Gefühl verschlossen hat, in seinem Zimmer verborgen, in seinem Leben allein. Aber jetzt ist er nicht mehr allein. Sie ist da, sie ist auch da. In der schönen, gleichmäßigen Handschrift, mit der sie die Sätze aufgezeichnet hat, in den Worten, mit denen sie den Brief schließt: »Ich werde warten, bis ich eine Antwort von dir erhalten habe. Du fehlst mir, Michiko.«

Als er den Brief versteckt hatte, war die Hoffnung, ja die Überzeugung da gewesen, dass er wieder »er selbst« werden würde, der wahre Brink – dass nur der andere Mann, der sich heilen musste, leiden würde. Aber was, wenn dieser andere der Wahre ist?

Das »Du fehlst mir« hallt hartnäckig in seinem Kopf nach wie in seinen Studentenjahren ein auswendig gelernter Gesetzesparagraf. Er sieht sie am Bahnhof in dem Zug sitzen. Wie sie starr geradeaus blickt. In dem Moment hätte er alles für einen einzigen Blick von ihr gegeben, einen Blick, der ihn freigesprochen hätte.

17

Das letzte Tageslicht über der Lichtung zerstäubt. Der Wipfel der großen Zeder biegt sich und schießt wieder hoch, die Äste ächzen unter den Vorläufern des nahenden Sturms. Unten schließt seine Mutter die Fensterläden, und sein Vater legt schwere Steine auf die Dachplatten. Das Dorf zurrt sich fest. Aufwirbelnder Staub kommt ihm in die Augen, als er mit Keiji vor der großen Höhle steht.

»Da!« Keiji zeigt auf die ungefähr zwei Meter breite Lücke im Gestrüpp an der Felswand.

Hideki sieht jetzt mit eigenen Augen, was Keiji ihm mitteilen wollte: Das Gestrüpp ist gekappt worden, um die Öffnung der Höhle freizulegen.

Das letzte Mal hat er mit Michiko hier gestanden. Er denkt lieber nicht an sie. Obwohl immer noch die Hoffnung in ihm lebt, dass sie es geschafft hat. Seine Mutter hat entdeckt, dass das Foto von Michiko und ihren Eltern weg ist, genauso wie ihr schwarzes Kleid, ihr einziges Gepäckstück, als sie ins Dorf kam.

Sie fehlt ihm, morgens, wenn er aufsteht und ins Haus geht, wo sie nicht mehr ist, abends beim Essen, wenn er auf ihren leeren Platz am Tisch blickt. Ohne die Gespräche mit ihr findet er sich nicht mehr zurecht. Die Wahrheit ist, dass er sich wohl nie daran gewöhnen wird, dass sie nicht mehr hier ist. Was das betrifft, wäre es besser gewesen, wenn sie nie hergekommen wäre.

»Sie hatten eine Axt«, tönt die Stimme Keijis neben ihm.

»Was haben diese Polizisten sonst noch gemacht?«, erkundigt er sich.

»Zuerst haben sie das Gestrüpp weggehackt, und dann haben sie mit ihren Taschenlampen in die Höhle geleuchtet.«

»Haben sie etwas gesehen?«

Der Junge schüttelt den Kopf.

»Haben sie noch etwas gesagt?«

»Nein.«

»Sie müssen doch etwas gesagt haben. Haben sie dich etwas gefragt?«

Wieder schüttelt Keiji den Kopf. »Meine Mutter hört nachts ein Baby weinen. Sie sagt, dass dem Baby kalt ist.«

Er überhört die Bemerkung. »Woher wussten sie, dass sie hier bei der Höhle suchen mussten? Irgendwer muss ihnen doch etwas erzählt haben.« Er mustert den Jungen eindringlich, bis dieser die Augen niederschlägt.

»Mein Vater sagt, dass das nicht sein kann«, murmelt Keiji.

»Was nicht?«

»Dass sie ein Baby weinen hört.«

Keiji würde es gar nicht merken, wenn er sich verplappert hätte. Fest steht, dass er überall dabei war. Als die Ingenieure vom staatlichen Bergbau vor einigen Wochen den Jeep in der Schlucht entdeckten, und auch jetzt wieder. Aber das will nichts heißen, irgendwie ist der Junge immer überall dabei. Hideki versucht, einen Zusammenhang zwischen den unglückseligen Ereignissen zu erkennen, die kurz hintereinander stattgefunden haben. Zuerst Michikos Verschwinden, dann der Fund des Jeeps und jetzt die Entdeckung der Höhle. Die Fortsetzung ist unschwer zu erraten: Sie werden wiederkommen, um in die Höhle hinabzusteigen. Und sowie sie die drei Toten gefunden haben, ist alles vorbei. Sein Atem ist sauer vor Angst. Er fasst sich an den Magen und schließt die Augen, um nachzudenken.

»Kommen die Amerikaner?«, fragt Keiji.

»Was?« Er öffnet die Augen, ärgert sich über den törichten Gesichtsausdruck unter der hohen Stirn.

»Das hat mein Vater gesagt, dass die Amerikaner wiederkommen.«

»Gut möglich«, murmelt er.

Er starrt auf die dunkle Höhlenöffnung. Die Amerikaner dürften es nicht auf die leichte Schulter nehmen, dass drei ihrer Männer abgeschlachtet wurden, egal, was das Motiv dafür war. Er denkt an seinen Vater, an Keijis Vater, an seinen Onkel. Er denkt an sich selbst. In einer kurzen, klaren Vision sieht er vor sich, wie sie einer nach dem anderen aus ihren Häusern gezerrt werden. Eine Mischung aus Angst und Wut führt ihn zu jenem frühen Morgen im ländlichen China zurück, zu den von Truppenkolonnen kaputtgefahrenen Hügeln im Norden eines Flusses, an dessen Namen er sich nicht mehr erinnern kann. Tagelange schwere Gefechte, unaufhörliches Mörserfeuer, Dutzende tote Kameraden überall auf den Feldern. Und dann der Schock: dieser eine Soldat, der an einem Telegrafenmast hing. Maos Rote hatten ihn lebendig gehäutet und weithin für sie sichtbar da oben zurückgelassen.

»Und dann?«, fragt Keiji.

Eine bleierne Schwere lähmt seine Glieder, und er kann sich kaum noch auf den Beinen halten.

»Und dann, Hideki?«, wiederholt der Junge.

»Ich weiß es nicht«, sagt er schroff.

»Wir können siegen. Mit unseren Gewehren können wir sie besiegen.«

»Der Krieg ist vorbei, Keiji. Sie haben gesiegt.«

»Nein, wir. Wenn wir die Gewehre holen …«

Der Junge sieht ihn an, als sei er völlig davon überzeugt, dass er am Ende doch seinen Willen bekommen wird, wenn er nur nicht lockerlässt.

»Nein, Keiji!« Er beugt sich nah zum Gesicht des Jungen hinunter. »Jetzt musst du mir mal gut zuhören. Der Krieg ist vorbei, und wir haben verloren. Alle wissen das. Der Kaiser selbst hat es im Radio gesagt. Schreib dir das jetzt endlich mal hinter die Ohren.«

Der Junge grinst ihn nervös an. Er zieht die blassen Handgelenke in die Ärmel seiner Jacke und blinzelt mit den Augen, als schaue er plötzlich in die Sonne. Hideki tut es schon leid, dass er ihn so angefahren hat, aber er ist zu böse, um es zu berichtigen. Nasse Schnee-flocken wirbeln pfeilschnell um ihn herum und schmelzen auf Kei-jis Haaren. Ach, der arme Junge. Die dummen runden Augen, der knochige Körper. Keijis fester Glaube, ein Held zu sein, ist noch im-mer nicht erschüttert. Nicht nur seine Kindheit, sondern auch sein Erwachsenendasein wird in der unverminderten Verwunderung da-rüber vergehen, warum niemand einsieht, dass er, Keiji, ein Samu-rai ist.

»Wir haben gesiegt«, wispert der Junge vor sich hin, und es hat kurz den Anschein, als würde er anfangen zu weinen.

»Komm, Keiji, wir müssen gehen.«

18

Als er den Beschluss gefasst hat, in das Dorf in den Bergen zu fahren, scheint ihn nichts mehr davon abhalten zu können. Es ist ein günstiger Moment, die Verteidiger haben ihre Plädoyers gehalten, weshalb fünf Tage lang keine Verhandlungen stattfinden werden. Wie vorgeschrieben, informiert er Webb in dessen Arbeitszimmer über seine Reisepläne und verspricht, rechtzeitig zu den Schlussreden der Ankläger, der nächsten Phase des Prozesses, wieder zurück zu sein. Webb will natürlich wissen, was er vorhat, aber Brink lässt sich nicht weiter aus.

»Und die Schneestürme?«, fragt Webb.

Auf dem Rückweg zum Hotel wird der Himmel über seinem Wagen von Blitzen gespalten, krachend schlagen sie in die Höhenrücken um Tokio ein. Auf der Straße hasten Menschen von Geschäft zu Geschäft, um sich noch rasch mit Lebensmitteln einzudecken, während die Ladenbesitzer schon Bretterwände vor ihre Schaufenster nageln.

Auf seinem Zimmer verfolgt er die amerikanischen Rundfunkbulletins. Im Norden wütet ein Schneesturm, der landeinwärts Richtung Tokio rast. Er studiert die Militärkarte mit den Straßen, Tunneln und Bahnstrecken der Präfektur Nagano, die er im Aktenlesesaal aufgetrieben hat. Draußen fegt der heulende Wind Dachziegel herunter, reißt Fensterläden aus ihren Scharnieren, rupft selbst gebaute Hütten aus alten Brettern und Wellblechplatten auseinander. Die Luft ist voll Staub und Kälte und Unheil. In der Stadt und auf der gesamten Insel Honshu sei das öffentliche Leben lahmgelegt, meldet das Radio.

Er ist dazu verdammt, drinnen zu bleiben und abzuwarten.

Muss er das, diesen Sturm, der den Schnee mit Geschwindigkeiten von neunzig Stundenkilometern über die Stadt jagt und Eiskristalle durch die Ritzen seiner klappernden Fenster presst, als Zeichen werten, als Fingerzeig der Elemente, der ihn vor einer Dummheit bewahren soll?

Er will weg. Er muss weg. Er kann nicht weg. Zwei lange Tage zwingt ihn das Unwetter, im Hotel zu bleiben, doch sowie die ersten Züge wieder fahren, lässt er sich von Benson zum Bahnhof bringen. Er hat beschlossen, nicht mit dem Wagen zu reisen. Seine genauen Pläne behält er für sich. Niemand soll sein Tun und Lassen überwachen können. Lieber eine unbequeme Reise mit öffentlichen Verkehrsmitteln als eine komfortable mit einem Spion der GHQ am Lenkrad. In seiner Innentasche hat er einen Zettel mit dem Namen eines Dorfes, von Michiko in japanischen Schriftzeichen notiert, die er nicht entziffern kann. Er sitzt im Zug, ohne genau zu wissen, wohin er fährt und was ihn dort erwartet. Ist er verrückt geworden? Ist er jetzt der wahre Brink? Oder ist er es gerade nicht?

Langsam fährt der Zug durch Tokio. Die Gnade der dicken Schneeschicht ist, dass alles, was der Krieg hässlich gemacht und zerstört hat, zugedeckt wird. Während die Vororte an ihm vorübergleiten, fühlt er sich, zum ersten Mal allein unterwegs und so fern von seinem eigenen Land, als totaler Fremdling.

Durch den Schnee auf den Weichen und das Chaos an den Bahnsteigen, auf denen sich gestrandete Passagiere drängen, dauert die Fahrt doppelt so lange wie vorhergesehen. Am späten Nachmittag steigt er in einen Bus um, wo er neben einem alten Mann mit runzligem Gesicht und Gummistiefeln an den Füßen sitzt. Auf dessen Schoß ruht ein Jutesack, in dem sich hin und wieder etwas zu bewegen scheint, ein Huhn oder ein Kaninchen, wie er lieber mal annimmt. Brink ist der einzige Westler unter den Fahrgästen. Niemand scheint von ihm Notiz zu nehmen, aber er weiß es besser, er kann die heimliche, ablehnende Neugierde spüren. Er denkt an die Radierun-

gen in den ethnografischen Büchern, die er im Aktenlesesaal eingesehen hat, Illustrationen von auf Stangen gespießten Häuptern von
Christen, unzweideutige Belege dafür, was die Japaner von Auslän-
dern hielten, die so unternehmungslustig und tollkühn waren, ins
Innere des Kaiserreichs vorzudringen.

Diesen Weg hat sie auch genommen, vor ihm, vor mehr als einem
halben Jahr. Zuerst mit dem Zug, dann mit dem Bus. Er stellt sich
vor, sie könne ihn sehen, wirklich sehen. Sie wisse, dass er in diesem
Bus unterwegs ist. Unterwegs zu ihr. Weil er um Vergebung bitten
möchte. Weil er nach dem früheren Glück suchen möchte, das er sich
hat entgleiten lassen. Als er sie zum ersten Mal gesehen hat, damals,
als sie Liszts Der Fischerknabe sang, mit diesem warmen, melancholischen Sopran, war er bewegt von ihrer Stimme. Aufrecht stand sie im
Scheinwerferlicht. Sie trug ein schwarzes Samtkleid, ihr hochgestecktes Haar glänzte. Als er ihr das nächste Mal begegnete, hat er sie nicht
wiedererkannt. Das wurmt ihn noch stets.

Es ist bereits dunkel, als sie in irgendeinem kleinen Ort an der
Landstraße haltmachen. Alle bis auf ihn steigen aus. Der Fahrer verdeutlicht ihm, dass der Bus nicht weiterfährt. Er zeigt ihm seinen
Zettel mit dem Namen des Dorfes. Der Fahrer bewegt den Zeigefinger über Brinks Armbanduhr und hält dann acht Finger hoch. In acht
Stunden oder um acht Uhr am nächsten Tag, glaubt er aus der Panto-
mime schließen zu können. Auf jeden Fall muss er den Bus verlassen.
Der Fahrer kommt hinter ihm her und zeigt auf ein niedriges Haus,
das wegen der dicken Ladung Schnee auf dem Dach wie eine Skihütte
aussieht, hinter deren Fenstern weiches, warmes Licht scheint. Das
Haus daneben ist höher und hat schwer unter dem Sturm gelitten,
ein Baum hat das Dach durchbohrt.

Es ist eisig kalt. Der Mond ist nicht zu sehen, aber die Sterne
leuchten so hell, dass es scheint, als weiche die dunkle Leere, in der
sie blinken, vor ihnen zurück. Der gefrorene Schnee knarrt, als er mit
der Hand am Hut auf das Haus zuläuft.

Im Licht von Petroleumlampen und Kerzen sitzen Grüppchen von Männern, darunter zwei in Polizeiuniform, auf Kissen an den typischen niedrigen Tischen. Sie unterhalten sich leise und trinken aus kleinen Schalen. Es riecht nach nassen alten Kleidern, ungewaschenen Körpern und fetter Hühnerbrühe, aber es ist wenigstens warm. Ein Mann in Baumwollkimono kommt auf ihn zu und heißt ihn mit einer Verbeugung willkommen.

»Zimmer, schlafen.« Er hat die japanischen Wörter geübt, doch der Antwort des Mannes, ein Singsang aus hohen, fast geflüsterten Lauten, kann er nicht entnehmen, ob die Botschaft angekommen ist.

Er deutet auf seine Brust und wiederholt: »Zimmer, schlafen.«

Der Mann nickt und sagt Ja. Das japanische Ja versteht Brink, aber er weiß inzwischen auch, dass Japaner jede Frage mit Ja beantworten, auch wenn sie Nein meinen.

Der Mann verneigt sich und redet weiter. Brink hat keine Ahnung, was er ihm zu verdeutlichen versucht.

»Verzeihen Sie«, erklingt eine Stimme hinter ihm. »Wirt fragt, ob Sie Reis dabeihaben.«

Er dreht sich um und sieht einen Polizisten mit geöltem, glatt zurückgekämmtem Haar, in dem der Abdruck von seiner Mütze erkennbar ist.

»Reis?«, fragt Brink.

»Gäste bezahlen halb mit Geld, halb mit Reis. Reis ist heute mehr wert als Yen.« Seine oberen Schneidezähne stehen vor. An seiner verschlissenen Uniformjacke fehlen zwei Knöpfe, sodass er sie offen lassen muss.

»Nein, ich habe keinen Reis, aber können Sie ihm sagen, dass ich den Reisanteil mit Yen kompensieren werde?«

Der Polizist sagt etwas auf Japanisch zu dem Wirt, und der Wirt antwortet, enttäuscht, wie es scheint, und verneigt sich abermals.

»Wirt hat Zimmer«, übersetzt der Polizist, »bittet um Ihren Pass für Registrierung.«

Er gibt dem Wirt seinen Ausweis, mit dem dieser nach hinten

läuft, um die Daten ins Hotelregister einzutragen, eine Anordnung der amerikanischen Besatzer.

»Vielen Dank«, sagt er zu dem Polizisten. »Sie sprechen gut Englisch.«

»Ich habe Englisch studiert. Im Krieg habe ich im Kriegsministerium Briefe und Zeitschriften aus dem Englischen übersetzt.«

»Ich möchte morgen so früh wie möglich mit dem Bus weiterfahren. Wann fährt der erste?«

»In welche Richtung?«

»Nach Norden ...« Er fasst in seine Innentasche, um den Zettel herauszuziehen, und gibt ihn dem Polizisten. »Hier muss ich hin, ist das weit?«

»Ah!« Der Mann nickt einige Male, kneift die Augen ein wenig zusammen und mustert ihn jetzt neugierig. »Nein, nicht weit, halbe Stunde mit dem Bus.«

»Schön«, sagt er.

»Dann zwei, drei Stunden zu Fuß, schlechter, steiler Weg, viel Schnee in den Bergen. Schwierig.« Der Mann gibt ihm den Zettel zurück.

»Vielen Dank«, sagt er und nickt höflich mit geneigtem Kopf.

Der Polizist verneigt sich noch tiefer. »Gern geschehen.«

Vier Männer in Polizeiuniform springen in stramme Haltung, als er am nächsten Morgen mit roten Wanzenstichen am Hals den Gasthof verlässt. Einer von ihnen ist der Polizist, der Englisch spricht.

»Guten Morgen, Herr Richter.«

Offenbar haben sie den mysteriösen Westler anhand des Hotelregisters überprüft.

Der Polizist deutet auf einen kleinen, etwas älteren Kollegen, der, nach den Streifen auf seiner Uniform zu urteilen, einen höheren Rang hat. »Das ist mein Chef, Herr Eijiro Kume, er heißt Sie in seinem Distrikt herzlich willkommen.«

Der Polizeichef verneigt sich kurz und schnell und stößt einige heisere Laute aus, wobei sein Atem in der frostigen Morgenluft dampft.

»Herr Eijiro Kume bietet Ihnen an, Sie im Polizeiauto zum Dorf zu fahren.«

Er erwägt das Angebot, das den Fortgang seiner Reise vereinfachen würde. Andererseits kommt es ihm idiotisch vor, mit einem kleinen Polizeiaufgebot bei Michiko aufzukreuzen.

Er schüttelt den Kopf. »Vielen Dank, aber ich fahre mit dem Bus.«

»Es wäre Herrn Eijiro Kume eine große Ehre«, drängt der Mann vorsichtig. »Der Weg zum Dorf ist nicht nur anstrengend, sondern auch schwer zu finden, und wie soll das gehen, da Sie ja kein Japanisch sprechen?«

Er trifft eine Entscheidung. »Können Sie Auto fahren?«

»O ja, ich habe meinen Führerschein seit mehr als drei Jahren.«

»Fragen Sie Ihren Chef bitte, ob Sie mich bringen dürfen, Sie allein, weil Sie fahren können und auch Englisch sprechen.«

Kurz darauf fahren sie die zweispurige Straße entlang, und er kann sich ein Bild davon machen, welchen Schaden das Unwetter angerichtet hat. Dächer sind von Häusern gerissen worden und liegen irgendwo mitten auf dem schneebedeckten Feld, Fenster sind vom Wind eingedrückt worden, Telegrafenmasten abgeknickt.

»Es war der schwerste Schneesturm seit zwanzig Jahren«, verdeutlicht der Polizist.

»Kommen Sie aus dieser Region?«

»Nein, von Okinawa. Die erste Insel, die die Amerikaner erobert haben.«

»Was macht jemand wie Sie hier?«

»Vor dem Krieg wollte ich mein Examen machen und nach Amerika auswandern. Aber jetzt ist alles anders. Ein bescheidenes Leben ist immer noch besser als bloße Träume.« Er verstummt kurz und räuspert sich. »Und Sie? Warum wollen Sie in das Dorf?«

»Dort ist jemand, den ich besuchen möchte.«

Es tritt eine Stille ein. Der Wagen biegt in einen schmalen, steilen Weg ein. Bambusstauden liegen umgeschlagen auf dem verschneiten Hang, als wäre eine Dampfwalze darüber hinweggerollt, die einen groben weißen Teppich aus dem Ganzen gemacht hat. Brink kratzt an den Stichen auf seinem Hals.

»Haben Sie einen Namen?«

»Ja, ich habe ihren Namen. Michiko.«

»Ah!«, sagt der Mann, und es scheint, als sei er erleichtert.

Das Aussprechen ihres Namens, der Gedanke, dass sie auf dem Weg in das Dorf sind – ein aufgeregtes Prickeln schießt durch sein Blut. Er erinnert sich an das eine Mal, da sie zusammen durch die herbstlichen Wälder zu dem Bergsee gefahren sind. Wenn er diesen Tag jetzt beschreiben sollte, würde er vor allem die Spiegelung der Hügel in dem glatten Wasser herausstellen und die rote Glut des Ahornlaubs auf den Hängen, und dann die zufriedene Entspanntheit, als er neben ihr auf dem Holzsteg bei den Fischerbooten stand und die Aussicht genoss.

Das Auto holpert durch ein tiefes Schlagloch, er wird hin- und hergeschüttelt. »Entschuldigung, noch eine Viertelstunde, geht es noch?«

Erneut stellt er sich vor, sie könne ihn sehen, könne sehen, wie er holpernd und hin- und hergeschüttelt durch die Berge näher kommt. Er hat sie geliebt. Das wusste er damals schon, das weiß er auch heute. Aber er war nicht stark genug für das Wagnis, sie bei sich zu behalten. Er wird es ihr erklären. Er hofft, dass sie es versteht.

19

Seine Eltern sind still, noch stiller als sonst beim Abendessen. Ihr Schweigen verrät ihre Sorgen: zuerst der Jeep, dann die Höhle. Er spürt seine eigene Angst, die schon zu ihm gehörte, lange bevor er im Lager war und der Bewacher mit dem runden gelben Kopf einen warmen, wie Salzsäure ätzenden Urinstrahl auf sein rohes Gesicht richtete. Er kaut auf seinen Würzelchen, sieht den Höhleneingang vor sich und denkt nach, wie er es in den vergangenen Tagen unaufhörlich getan hat.

Nach dem Essen zieht er sich in den Schuppen zurück und schaut, eine Decke um die Schultern, durch das schmutzige Fenster auf den hell leuchtenden Schnee draußen im Hof. Hier stehen und nichts tun, hier abwarten, bis es so weit ist, zu spät ist ... Wie kann er sich selbst noch ernst nehmen, wenn er nicht an einen anderen Ausgang glaubt? Es muss etwas geschehen. Einer muss etwas tun. Aber was und wie? Das Leben hat keine eindeutigen Ziele, nicht einmal eine eindeutige Richtung, bis auf den Tod. Das einfache Bild von Gut und Böse, Feigheit und Mut, das ihm als Kind vermittelt wurde, hat keinen Bestand gehabt. Er braucht eine andere Geschichte, eine Geschichte, die zu ihm gehört und in die er hineinpasst. Noch eine ganze Weile steht er vor dem kleinen Fenster, das unter seinem Atem beschlägt. Lässt sich in diesen Zustand zeitloser Umnebelung fallen, wie er ihn als Kind an der monoton hin- und hergezogenen Blattsäge erfuhr. Dann plötzlich, in einem lichten Moment, sieht er alles ganz klar. Seine Kindheit im Dorf, den Krieg, die Maschinengewehrsalven vom offenen Lastwagen auf diese armen Teufel, bis hin zu dem Flammenmeer, in dem er selbst fast das Leben gelassen hätte, auch seine Ängste, ja sogar sein armseliges Selbstmitleid, alles. Sein ganzes

Leben ist auf diesen Moment zugesteuert. Seine Sinne sind geschärft, alles erscheint ihm ganz logisch, er fühlt sich punktgenau wie ein Florett auf ein Ziel ausgerichtet. Er wird beweisen, dass er dem gewachsen ist.

Nachts schleicht er sich ins Haus seiner Eltern, um einen Stift, ein Blatt Papier und ein Kuvert zu holen. Er zieht sich wieder in seinen Schuppen zurück, setzt sich auf seinen Futon, bläst sich in die Hände, um sie zu wärmen, und beginnt zu schreiben: »An den Hauptkommissar der Polizei des Distrikts Nagano.« Er überlegt, welche Formulierung er wählen soll. »Der Unterzeichnende, Hideki Yoshimura, ehemaliger Gefreiter der kaiserlichen Armee, erklärt hiermit, dass er ...«

Er gibt sich die größte Mühe mit seinen Schriftzeichen, sie sollen sauber und überzeugend aussehen, der Brief eines Mannes, der an sich glaubt. Als die Tinte getrocknet ist, schiebt er das zweimal gefaltete Blatt in das Kuvert. Mit dem Kuvert unter seinem Kissen fällt er endlich in Schlaf.

Seine Eltern protestieren, wie nicht anders erwartet, aber ihre Einwände prallen an seiner Entschlossenheit ab. Er legt seinem Vater ans Herz, genau zu tun und zu sagen, was er sich ausgedacht hat, wenn die Amerikaner ins Dorf kommen, um ihn und die anderen Männer zu befragen. Seine Mutter füllt einen Proviantbeutel mit etwas Kleidung und in Zeitungspapier gewickelten Süßkartoffeln und Würstchen aus Rehfleisch als Wegzehrung. Während sie mit ernstem Stirnrunzeln ihren Almanach konsultiert, ob er einen guten Moment für seinen Aufbruch gewählt hat, nimmt er die meisten Kleidungsstücke wieder aus dem Beutel heraus. So wenig wie möglich mitnehmen. Die Sterne stünden günstig, befindet seine Mutter, und wenngleich er kein großes Vertrauen in die Prophezeiungen ihres Almanachs setzt, macht ihr Segen ihm Mut. Sie schenkt ihm zwei Hundert-Yen-Scheine aus dem Geldkästchen. Er setzt seine Mütze auf, steigt in seine Soldatenstiefel und umarmt seine Mutter ein letztes Mal. Bevor er das Haus verlässt, drückt sie ihm noch schnell einen weiteren Hunderter in die Hand.

Draußen wartet Keiji, einen Schal um den Kopf gewickelt. Er lehnt über dem Lenker seines Fahrrads und späht in die Ferne, als ließe er seine Gedanken auf den unendlichen Flächen des Nichts weiden. Hideki muss zweimal seinen Namen rufen, ehe der Junge aufschaut.

»Keiji, ich gehe weg.«

»Wohin?«

»Nagasaki«, lügt er. Sollte sich der Junge verplappern, hätte das dieses eine Mal einen Nutzen.

»Warum?«

»Da wohnt ein alter Kamerad von mir aus der Armee. Er hat einen kleinen Betrieb aufgemacht, und ich kann bei ihm arbeiten.«

»Und wenn die Amerikaner kommen?«

Der Junge folgt ihm. An der Holzbrücke macht er kurz auf einem der Felsblöcke Rast. Er starrt auf den Strom. Er hat keine Eile. Er muss nirgendwohin, er muss nur das Dorf verlassen und ihm fernbleiben. Das ist leicht. Hinter dem Kamm im Nordosten verbirgt sich ein steiler Berghang und von dort an ist der Wald so dicht, dass sich nur Klammeraffen dort zu Hause fühlen würden. Vielleicht zieht er sich eine Zeit lang in diese unübersehbaren Wälder zurück. Vielleicht zieht er weiter, ganz bis ans andere Ende von Honshu. Er weiß es einfach noch nicht. Diese Entscheidung verschiebt er, bis er den Brief abgegeben hat.

»Keiji«, sagt er, als er sich nach einer Weile wieder erhebt. »Ich muss jetzt gehen.«

In den runden Augen des Jungen blinken Tränen.

»Aber vorher habe ich noch eine spezielle Mitteilung für dich.« Aus seiner Innentasche zieht er den Kyokujitsu-sho hervor. »Du bist ein guter Junge, und dazu mutig.« Er denkt über die nächsten Worte nach, während der Junge auf den Orden an dem rot-weißen Band starrt. Sie sollen Keiji ein besonderes Gefühl vermitteln, erhebend für ihn sein, ihm den Abschied erträglich und nicht sinnlos machen. Er räuspert sich und steht gerade.

»Das japanische Volk kann nur durch Mut und Selbstaufopferung überleben. Spätere Generationen werden die Erzählungen von deinem Mut hören, und die Menschen werden sagen: ›Keiji war ein Held.‹ Und sie werden dich unter den Kirschblüten ehren, und sie werden unter dem Vollmond für deine Seele beten. ›Keiji‹, werden sie sagen, ›war ein Held der Nation.‹ Deshalb möchte der Kaiser, dass du diesen bedeutenden Orden erhältst.« Mit einer Sicherheitsnadel heftet er den Orden an Keijis Jacke. Er legt die Hand auf die Schulter des Jungen.

»Geh ins Dorf zurück, sag nichts, rede mit niemandem über das, was passiert ist. Behalt unser Geheimnis für dich. Versprichst du das?«

Der Junge nickt. Mit den Fingern streicht er über das rot-weiße Band auf seiner Brust. »Wir werden siegen, nicht?« Es klingt fast flehend.

Er schluckt. Vielleicht sieht er den Jungen nie wieder. »Ja, Keiji, wir werden siegen. Aber jetzt musst du gehen. Das ist ein Befehl. Nicht weinen, Keiji.«

Der Junge schüttelt das tränennasse Gesicht und dreht sich um. Er schiebt sein Fahrrad das steile Stück vom Flussbett an hoch. Hideki sieht ihm nach, bis er zwischen den schneebedeckten Bäumen verschwunden ist. Er will schon gehen, kniet dann aber noch einmal am Ufer nieder. Er legt sich auf den Bauch, schöpft mit hohlen Händen Wasser aus dem Fluss und trinkt davon. Das Wasser ist so kalt, dass es an den Zähnen schmerzt. Es schmeckt nach Steinen, Moos, den Bergen. Er schließt die Augen, um es noch besser kosten zu können. Über das Rauschen des Flusses hinweg fängt er das Motorgeräusch von einem Auto auf. Er bleibt liegen und wartet, bis das Auto die Brücke erreicht hat und die Planken unter seinen Reifen donnern. Zwischen dem ihn verdeckenden Gestrüpp hindurch blickt er über seine Schulter. Es ist ein Polizeiauto. Am Lenkrad sitzt ein Beamter in Uniform und neben ihm ein hochgewachsener Mann mit Hut. Als das Heulen des Motors in der Steigung allmählich verhallt, steht Hideki auf. Er schultert seinen Proviantbeutel und humpelt über die Brücke. Jetzt schon spürt er, wie sich die Welt für ihn verändert, erneut verändert.

20

Von der Brücke an geht es steil bergauf, eine Haarnadelkurve folgt der anderen. Der Wald wird dichter. Als die Reifen des Polizeiautos auf der vereisten Straße durchdrehen, müssen sie zu Fuß weiter. Über den Schneeskulpturen der Bäume schreien große Greifvögel, als riefen sie ihre Beute auf, sich zu zeigen.

Der Weg führt sie zwischen zwei senkrecht aufragenden Felswänden hindurch, und nach einer Biegung tut sich ein atemberaubender Blick in die Tiefe der Schlucht auf. »Dort unten«, sagt der Polizist, der anhält, um etwas zu zeigen, »wurde der amerikanische Armeejeep gefunden. Der Jeep und drei Soldaten waren schon seit über einem Jahr spurlos verschwunden, der Jeep war unter Laub und Zweigen versteckt. Die Amerikaner wollen wissen, ob es ein Unfall war oder ob die drei Deserteure sind.«

Brink starrt in die Tiefe hinab, aber er sieht nichts als Schnee und noch mal Schnee.

»Jetzt ist alles zugedeckt.« Der Mann sieht ihn forschend an, als erwarte er eine Reaktion. »Sind Sie wegen der drei amerikanischen Soldaten hier?«

»Nein«, sagt er. »Davon wusste ich nichts.«

»Ah!«, sagt der Polizist. »Ich dachte, ein wichtiger Richter aus Tokio, der ganz bis hierherkommt ...«

»Ich habe mit dem Tokioter Tribunal zu tun, etwas anderes geht mich nichts an.«

»Ah!«, erwidert der Mann nickend, aber etwas in seiner Stimme sagt Brink, dass er nicht überzeugt ist.

Mit halb erfrorenen Füßen und Ohren kommt er im Dorf an, das mit seinen schiefen, wurmstichigen Holzhäuschen mit den schneebedeckten überhängenden Dächern aussieht wie aus einem Bilderbuch. Er schlägt den Kragen hoch und stampft mit den Füßen, damit sie warm werden. Frauen und Kinder kommen aus den Häusern, um ihn zu bestaunen. Der Polizist spricht einen Jungen an, der auf einem alten Fahrrad durch den Schnee pflügt. Im Nu weiß er, welches Haus es ist. Brink ist übel vor Spannung, als er die Veranda betritt.

Im Haus zieht er, dem Beispiel des Polizisten folgend, die Schuhe aus und nimmt an einem niedrigen Tisch auf dem Fußboden Platz.

»Das hier ist die Tante von Michiko«, sagt der Polizist und zeigt auf die ältere Frau, die dabei ist, die Fensterläden zu schließen, als dürfe die Außenwelt nicht wissen, dass sie Gäste hat. Sie macht Tee und verneigt sich, bevor sie sich zu ihnen kniet. Er fühlt, wie sich seine kalte Gesichtshaut zusammenzieht, und seine Beine befällt ein unbezwingliches Zittern. Er nickt der Frau freundlich zu, doch sie sieht ihn nicht an. Sie macht einen zähen Eindruck. Er hat das Gefühl, dass er von jetzt an nur noch abwarten kann und keine einzige Entscheidung mehr selbst in der Hand hat.

Der Polizist stellt Fragen, und die Frau antwortet, allem Anschein nach ungern. Die ganze Zeit weicht sie dem Blickkontakt mit Brink aus und vermittelt ihm das Gefühl, er existiere nicht für sie.

»Sie sagt«, übersetzt der Polizist, »dass Michiko aus Tokio hierhergekommen ist. Sie hat mehr als ein halbes Jahr hier gewohnt. Sie hat hier neben der Tochter der Tante geschlafen. Michiko war wie eine Tochter. Aber sie ist nicht mehr hier.«

»Seit wann?« Seine Stimme überschlägt sich.

Der Polizist übersetzt seine Frage, während Brink unaufhörlich mit dem Finger über den Rand seiner Teeschale streicht, ohne einen Schluck zu trinken.

»Sie ist vor einer Woche gegangen.«

Gegangen? Er fühlt, wie sich sein Herz in der Brust zusammenzieht. »Wohin?«

Der Polizist trinkt von seinem Tee und stellt die Schale auf den Tisch. »Ihre Tante weiß nicht, wohin.«

Es ist schwer vorstellbar, dass Michiko hier gelebt hat. Brink raucht auf der Veranda eine Zigarette, während der Polizist im Dorf nachfragt.

Die Sonne steigt gerade hinter den weißen Baumwipfeln hervor und breitet gleißendes Licht über die Dächer der kleinen Häuser. Das Geräusch gefrierenden Schnees scheint tief aus der Erde zu kommen. Sie hat lange ausgeharrt, Michiko, lange genug, um zu dem Schluss zu kommen, dass alles ein großer Irrtum war, seine Umarmung unter dem Mount Fuji, seine Worte in dem kleinen Restaurant am See, alles. Kann man einen Menschen tiefer verletzen, als er es getan hat? Er hat ihr das Gefühl gegeben, dass er sie ausgenutzt hat, genau das, wovor Frau Haffner sie gewarnt hatte. Er hat sie verführt, sich mit ihr vergnügt. Bis es ihm nicht mehr passte. Er hat sie in diesem Nest in Unsicherheit gelassen, sie selbst den bitteren Schluss ziehen lassen. Was kann sie anderes gedacht haben, als dass es vorbei ist, als er ihren Brief nicht beantwortete? Dass er jetzt hier ist, beweist das Gegenteil, beweist, dass sie es, auch wenn alles gegen ihn spricht, falsch gesehen hat. Dass er hergekommen ist, liefert den Beweis dafür, aber nicht ihr, denn sie ist fort. Ein einziger Brief, ein paar freundliche Zeilen, wer weiß, wie es dann gelaufen wäre.

»Und?«, fragt er den Polizisten, als dieser wieder bei ihm auf der Veranda anlangt.

»Nichts.« Der Mann sieht ihn ernst an. »Jeder möchte wissen, wer Sie sind.«

»Haben Sie es erzählt?«

»Dass Sie Richter in Tokio sind? Ja, natürlich!« Es klingt fast stolz.

Brink erhebt sich, und im selben Moment erscheint Michikos Tante in der Haustür, einen Holzeimer in der Hand. Zum ersten Mal sieht sie ihn an, sieht ihm direkt ins Gesicht. Sie kommt auf ihn zu, setzt den Eimer ab und stellt sich, klein, wie sie ist, unbehaglich dicht vor ihn hin. Dann packt sie ihn mit einer Wucht am Kragen seines Mantels, als schlüge ein verletztes Tier mit der Tatze nach ihm. Ihr Gesicht ist blutleer, und sie hat dunkle Ränder um die weit auseinander stehenden Augen, die schwarz und hart wie Kohle sind. Ihrem Mund mit den schiefen, gelben Zähnen entfahren zischende Laute.

»Was sagt sie?«, fragt er.

»Dass Sie nichts im Dorf zu suchen haben«, übersetzt der Polizist und setzt seine Rede mit einigen für die Frau bestimmten Worten auf Japanisch fort.

Die Frau lässt Brinks Kragen los, aber ihrem Blick entkommt er nicht. In diesen Augen blitzt ein wütendes Licht. Wie viel weiß diese Frau? Ist sie darüber im Bilde, was er ihrer Nichte angetan hat, wie er sie sitzengelassen hat? Ein verheirateter Mann! Ein Ausländer! Sie ist noch nicht fertig mit ihm. Erneut redet sie auf ihn ein. Er fühlt ihren warmen Atem auf seinem Gesicht, windet sich im Griff dieses Blicks. Er wartet auf die Übersetzung seines Dolmetschers, doch der lässt es so stehen. Stattdessen richtet er, wie es sich anhört, ermahnende Worte an die Frau.

»Was?«, fragt Brink.

»Kommen Sie, wir sind hier fertig, wir gehen.«

»Ich möchte wissen, was sie gesagt hat.«

»Ah!«, stöhnt der Polizist mit leiser Ungeduld. Er schnauft, zögert. »Sie fragt, Herr Richter, ob Sie nicht schon genug Schlechtigkeit gebracht haben. Die Tante von Michiko sagt: ›Nehmen Sie Ihre Schlechtigkeit und gehen Sie!‹«

Auf dem Weg zurück zum Auto, der Weg ist stellenweise kaum mehr als ein schmaler Sims aus Schnee und Eis am Rand tiefer Schluchten, sind sie beide geraume Zeit still. Mit angehaltenem Atem und einer Geschichte, an die er selbst glaubte, ist er zu diesem abgelegenen Ort gekommen, und eine alte Frau mit giftigen Augen hat ihm seine Geschichte aus den Händen geschlagen. Im Osten vertreibt das Sonnenlicht die tiefen Schatten auf den höchsten Bergen, und aus dem

Schnee erheben sich Felshaufen. Weit unter ihm schäumt der wilde Fluss, und er muss an die Worte Webbs in der Hotelhalle kurz vor seiner Abreise denken. »Machen Sie sich nicht allein auf den Weg«, sagte der Australier. »Machen Sie keine Dummheit.«

»Und jetzt, Herr Richter?« Die Stimme des Polizisten unterbricht sein Gegrübel.

»Ich weiß es nicht«, sagt er. »Ich weiß nicht mehr, was ich tun soll.«

Der Mann schweigt.

»Wissen Sie«, sagt Brink, »ich liebe diese Frau.« Der Frost dringt ihm bis ins Mark.

»Ich habe Ihnen ja erzählt, dass ich von Okinawa komme«, der Mann nimmt seine Mütze vom Kopf, streicht mit der Hand das geölte Haar glatt und setzt die Mütze wieder auf, »ich gehe nicht mehr nach Okinawa zurück. Da ist jetzt alles von den Amerikanern. Amerikanischer Militärstützpunkt, amerikanische Restaurants, amerikanische Läden, amerikanische Autos. Meine Exverlobte tanzt mit den Amerikanern. Alles hat sich verändert. Als Junge träumte ich davon, nach Amerika zu gehen, aber jetzt ist Amerika auf Okinawa. Ich muss bleiben, wo ich jetzt bin, und jeden Tag diese Uniform anziehen. Anders geht es nicht. So einfach ist das. Verstehen Sie mich?«

»Nicht ganz.«

»Sie sind Richter, Sie müssen zurück nach Tokio und die Arbeit machen, die ein Richter macht. Das ist besser, als nach etwas zu suchen, was nicht da ist.«

Es ist nur noch ein kleines Stück. Die Kälte steigt als durchsichtiger Dunstschleier von dem mit geriffeltem Eis bedeckten Weg auf. Brink denkt an seinen Vater, der in einer Fantasie lebte. Mehr war da nicht. Am Tag vor seinem Selbstmord hatte er beim Autohändler in Eindhoven einen neuen Buick mit Ledersitzen bestellt. Er hatte zehntausend Gulden Schulden, damals ein Vermögen, die Gerichtsvollzieher waren ihm auf den Fersen, und er steckte tief in der Klemme, aber er unterschrieb mit seinem vergoldeten Füllfederhalter einen Kaufvertrag.

Sie haben den Polizeiwagen erreicht und sehen sich über das Dach hinweg an. Er habe wahrscheinlich recht, sagt er zu dem Polizisten, und steigt ein.

»Michikos Tante war so feindselig«, sagt er, als sie fahren. »Ich kann ihren Hass jetzt noch fühlen.«

»Nicht Hass. Sie hat nichts gegen Sie persönlich, sie traut Ihnen nur nicht.« Er lacht auf. »Die Leute in dem Dorf trauen niemandem.«

Brink würde das gern glauben, aber er weiß Dinge, die der Polizist nicht weiß, und das macht es schwierig. »Ist das typisch ... japanisch?«, fragt er.

»Nein, nein! Diese Menschen«, sagt der Polizist, als sie am Fluss die ratternde Holzbrücke überqueren, »sind einfache Leute, Bergmenschen. Sie ...« Er zögert, als hätte er mit seinen Worten eine Frage angeschnitten, in der er sich unsicher fühlt.

»Ja?«, sagt er.

»Sie haben viel mitgemacht. Die amerikanischen Soldaten von dem Jeep sind ins Dorf gekommen und haben die jungen Frauen in den Wald mitgenommen. Töchter, Ehefrauen.« Er schüttelt den Kopf.

»Mitgenommen? Sie meinen, vergewaltigt?«

»Ja. So ist es.«

»Haben sie Ihnen das erzählt?«

»Keiner hat etwas gesagt, aber ich weiß genug. Nächste Woche werde ich mit amerikanischen MPs ins Dorf fahren und weiter ermitteln.«

»Wie sind Sie dahintergekommen, hinter diese Vergewaltigungen?«

»Die amerikanische Armee hat für Hinweise eine Belohnung ausgesetzt, zehntausend Yen.«

»Aber Sie sagten doch, dass keiner etwas gesagt hat.«

»Bis auf eine alte Frau, die außerhalb des Dorfes wohnt. Die Leute glauben, dass sie eine Hexe ist, sie braut Kräutertinkturen und lebt ganz allein, nur mit ihrem Geld und ihrer Ziege.«

Der Polizist erzählt, dass staatliche Bergingenieure den Jeep bei Probebohrungen nach Bodenschätzen bemerkt haben. Und dass er selbst damals die Frau, die unweit der Schlucht wohnt, befragt hat, zusammen mit seinem Chef. Mit triumphierender Genugtuung schildert er, wie sie die Frau zuerst mit der Belohnung geködert und danach unter Druck gesetzt haben. Bei der Erinnerung daran lacht er sich ins Fäustchen. Die Kräuterfrau habe aus dem Nähkästchen geplaudert, über die Vergewaltigungen im Dorf und das, was sie nachts bei der Höhle gehört und gesehen habe.

»Nächste Woche kommen die amerikanischen MPs mit Pionieren, die können mit Seilen und Lampen klettern wie die Affen. Ich habe eine Theorie. Die Amerikaner vergewaltigen die Frauen; die Amerikaner werden umgebracht und in die Höhle geworfen; der Jeep verschwindet im Abgrund. Nächste Woche wissen wir, ob meine Theorie richtig ist. Die Wahrheit liegt in der Höhle.«

In Gedanken hat er schon ausgerechnet, dass Michiko zur Zeit der Vergewaltigungen und dem Verschwinden der Soldaten nicht hier in den Bergen, sondern noch in Tokio war. Was mag sie davon gewusst haben? Die Erzählung des Polizisten bringt ihn auf eine Idee.

»Entschuldigen Sie, aber wäre es möglich, dass wir noch einmal zurückgehen?«

»Zurück? Ins Dorf, meinen Sie?«

»Zu dieser alten Frau. Vielleicht weiß sie etwas über Michiko. Vielleicht kann sie noch eine Belohnung gebrauchen.«

Das verwahrloste Häuschen, es ist eher eine Hütte aus Lehm und Bambus, steht an einem Hang, etwa fünfzig Meter von der Straße entfernt. Aus dem Schornstein steigt Rauch auf, aber die Frau ist nicht zu Hause. Durch einen Spalt in den Fensterläden sehen sie eine riesige Ziege, die gelbäugig, mit ungerührt mahlenden Kiefern in einem Bretterverschlag auf einem Bett aus Stroh liegt. Auf dem Fußboden sind Bündel getrockneter Kräuter auf alten Zeitungen gestapelt, und über dem Herd hängen beblätterte Zweige zum Trocknen.

»Vielleicht sucht sie gerade Brennholz«, sagt der Polizist. Er schaut den Pfad hinauf und hinunter und lässt den Blick über die Fußspuren im Schnee wandern. »Vielleicht dort«, er deutet mit dem Kopf, »bei der Lichtung.«

Sie folgen den Fußspuren bis dorthin, wo die Bäume immer weiter auseinanderweichen und das Sonnenlicht plötzlich freies Spiel hat.

»Hier geht es schneller«, sagt der Polizist, wieder mit dem Kopf zu einem kurzen Steilhang deutend. Brink wappnet sich, um nur ja nicht auszugleiten. Der Polizist fordert ihn mit einem Nicken auf voranzugehen. Er stemmt sich hoch, klettert ein Stück weit, rutscht weg und krabbelt auf allen vieren zur Lichtung hinauf.

»Ah!«, hört er hinter sich, als er sich, oben angelangt, aufrichtet, geblendet vom grellen Weiß des Schnees im Sonnenschein. Er dreht sich zu dem Polizisten um, der ihm den Rücken zugewandt hat. Bei dem Häuschen zuckelt eine alte Frau mit Kopftuch umher.

»Da ist sie«, murmelt der Polizist.

Brink will wieder hinuntersteigen, doch der Hang ist steil, gefährlich steil für seine glatten Ledersohlen, wie er gerade feststellen konnte. Suchend sieht er sich nach einer leichteren Abstiegsmöglichkeit um. Jetzt erst nimmt er wahr, wo er sich befindet, auf einer Lichtung, wo einige weit auseinander stehende Baumriesen eine Felswand säumen.

Als Erstes fällt ihm der höchste Baum auf, der sich in den klarblauen Himmel reckt. Dann die Öffnung im Gestrüpp vor der Felswand. Im orangefarben geäderten Gestein zeichnet sich ein dunkles Loch ab.

»Ist dort die Höhle?«, fragt er den Polizisten, der immer noch weiter unten steht und nicht sehen kann, was er sieht.

»Ja«, lautet die Antwort.

Vom gleißenden Licht gepeinigt, lässt Brink den Blick über die Lichtung schweifen. Da sieht er jemanden auf dem Stamm eines umgestürzten Baums sitzen. Eine einsame, zerbrechliche Gestalt, bei der

Höhle im Schnee wartend. In Erwartung von etwas Großartigem, wie es scheint, der Stimme Gottes, einer Offenbarung. Sanft und friedlich. Langsam dreht sich die Gestalt zu ihm um.

Eher Verwunderung als Überraschung liegt in der Luft. Jeder Zentimeter zwischen ihm und dem Unbekannten flirrt und vibriert, zwei Figuren, die der Zufall in einer unbekannten Geschichte zusammengeführt hat. Einen Augenblick lang fragt sich Brink, ob es Michiko sein könnte, ein Geschenk, weil seine Intuition ihm eingegeben hat, noch einmal umzukehren. »Gerufen«, ist das Wort, das ihm dazu einfällt. Die Gestalt wendet leicht den Oberkörper, und hinter dem Baumstamm kommt ein länglicher Gegenstand hervor, ein Stock oder Ast, so sein erster Eindruck. Die geheimnisvollen Bewegungen in dem kristallklaren Licht bezaubern ihn, und es ist plötzlich totenstill, so wie es an jenem frühen Morgen gewesen sein muss, als die Kinder Hiroshimas zu einem Flugzeug am Himmel hinaufschauten und etwas herunterkommen sahen, das auf ihre Stadt fiel, worauf für einen kurzen Moment kein einziges Geräusch zu hören war. Der Mann, feingliedrig zwar, aber es muss doch ein Mann sein, umfasst etwas. Es ist kein Ast, kein Stock, sondern ein Gewehr, das er jetzt mit beiden Händen hält, als schwebte es. Er setzt den Kolben an seine Schulter und zieht den Hals ein. Mit schief gelegtem Kopf zielt der Mann – auf ihn, das ist offensichtlich, auch wenn es Brink einfach nicht in den Sinn will, dass dies tatsächlich geschieht; es ist zu unerwartet, der Übergang zu abrupt, zu ungereimt.

Die Sonne scheint Brink ins Gesicht. Er hechelt, erstickt fast, steht stocksteif in der Kälte. Wie hypnotisiert starrt er auf das Gewehr, die dunkle Linie des Laufs. Er will etwas sagen, rufen, und hebt die Hand, eine Gebärde irgendwo in der Mitte zwischen »Hallo« und »Halt!«. Seine Beine zittern. Ein Schuss ertönt, und im nächsten Moment fasst sich Brink an die brennende Schulter. Noch bevor der zweite Schuss ertönt, lässt er sich reflexartig fallen. Flach am Boden, die Wange in den Schnee gedrückt, schnappt er vor Schmerzen nach Luft.

Als er die Augen wieder öffnet, liegt der Polizist neben ihm und robbt sich weiter vor. Die Dienstpistole funkelt in seiner Hand. Er zielt, ein Auge zugekniffen, und schießt. Zwei Knalle, Pulvergeruch, ein leises Ächzen, und dann ein einziger trockener Schluchzer.

»Gut«, sagt der Polizist nach einiger Zeit angsterfüllten Abwartens.

Brink hebt den Kopf ein wenig an, um zu schauen. Über dem Baumstamm hängt der Mann, das Gesicht vornüber im Schnee. Das Gewehr liegt einen Meter von ihm entfernt.

Der Polizist läuft hinüber, dreht den Körper um und lässt ihn auf den Rücken fallen. Die Vorderseite der Jacke ist von einer Kugel durchbohrt, und aus dem Einschussloch strömt Blut. Neben dem Loch hängt eine Medaille an einem rot-weißen Band. Über den starren runden Augen des Mannes ist die zweite Kugel eingeschlagen. Ein kleiner Strahl Blut rinnt als dunkler Strich über die hohe Stirn zur Nase und bildet mit den schwarzen Augenbrauen ein Kreuz. Es sieht fast so aus, als hätte ihm jemand das Zeichen aufs Gesicht gemalt.

Entsetzt schlägt Brink die Augen nieder. »Es ist noch ein Kind«, stößt er mit versagender Stimme hervor.

Der Polizist flüstert heiser: »Ein Junge aus dem Dorf, ich habe mit ihm gesprochen.«

Die Hand mit seiner Dienstpistole hängt an seinem Bein herunter. Reglos und in bleierner Stille blicken sie auf den Leichnam, der langsam im Schnee ausblutet.

21

Als die Dunkelheit einfällt, muss sich Hideki mit einem geschütz-
ten Plätzchen hinter einem hohen Stapel Baumstämmen im Wald
begnügen. Aus trockenen Zweigen und Tannenzapfen macht er ein
kleines Feuer. Es beginnt zu schneien, aber nur leicht, das ist nicht
weiter schlimm. Im Windschatten sitzend, starrt er in die Flammen
zu seinen Füßen und kaut langsam auf den Hirschfleischwürstchen.
Vor ihm hängt eine alte, entkräftete Kiefer schräg und halb ent-
wurzelt in den Armen gesünderer Exemplare. Er döst kurz ein, wie
lange, weiß er nicht. Als er die Augen öffnet, schneit es nicht mehr.
Das Feuer ist ausgegangen. Er verspürt keine Kälte, und er weiß,
dass das tückisch sein kann. Jetzt muss er aufstehen, weitergehen. Er
hat lange genug ausgeruht. Doch er bleibt im silbernen Mondlicht
sitzen, das durch die Bäume auf den schneebedeckten Boden fällt
und bizarre Spitzenmuster darauf wirft. Hideki sieht sich selbst, wie
aus großer Entfernung. Er muss aufstehen, er muss weg von diesem Ort. »Du willst zugrunde gehen«, hatte Michiko zu ihm gesagt.

Alles ist schön und ruhig. Absolute Stille. Zum ersten Mal, denkt
er, zum ersten Mal in meinem Leben. Ihm wird langsam wärmer.
Wenn ich jetzt nicht aufstehe, ist es aus. Als er sich aufrichtet, merkt
er, wie steif und kalt er in diesen wenigen Stunden geworden ist
und dass es nicht viel länger hätte dauern dürfen. Erst nach langem Schlurfen kann er sich wieder einigermaßen normal bewegen. Er denkt an das Polizeiauto mit dem Weißen neben dem Fahrer. Sein Brief muss abgeliefert und rechtzeitig gelesen werden. Von
der Polizei und von den Amerikanern. Erst dann wird sein Plan aufgehen.

Die ganze Nacht hindurch schleppt er sich mit kurzen Ruhepausen weiter. Dann geht die Sonne schräg hinter ihm auf, und ein Meer von Licht und Wärme breitet sich über die vor ihm liegende große Fernstraße aus und vertreibt die tiefen, langen Schatten, sodass die ersten Häuser mit ihren rauchenden Schornsteinen sichtbar werden. Nun, da er an diesem Punkt angelangt ist, die Straße zum Polizeirevier erreicht hat, wird ihm bewusst, dass er ganz auf sich allein angewiesen sein wird. Bis zu diesem Moment war es, abgesehen von den körperlichen Anstrengungen, noch relativ einfach. In der Theorie, wenn es noch nicht wirklich darauf ankommt, ist es nicht schwer, mutig und selbstlos zu sein, aber jetzt nähert er sich dem Punkt, da das Vorhaben in die Tat umgesetzt werden muss. Er malt sich das letzte Stück aus. Etwa acht Kilometer weiter die Straße hinunter bis zu dem Haus, wo Lebensmittel, Viehfutter, Petroleum und Busfahrkarten verkauft werden. Dort den Bus nehmen, vier Haltestellen bis zu dem kleinen Platz, zu Fuß noch ein paar hundert Meter zum Polizeirevier. Er isst die letzten Würstchen, bindet sich gegen die Glätte frische Schnüre um seine Soldatenstiefel und setzt seinen Weg am Straßenrand fort. Nach einiger Zeit wird er von einem amerikanischen Armeelastwagen überholt, der zu seinem Schrecken ein Stück weiter weg anhält. Er kann die Soldaten unter der Plane hinten auf der Ladefläche sitzen sehen, die Blicke auf ihn gerichtet. Auf der Beifahrerseite des Führerhauses springt ein Riese von einem Kerl mit rosigen, glatt rasierten Wangen und mehreren Streifen am Uniformärmel in den Schnee.

Hideki ist stehen geblieben und wartet auf seine Krücke gestützt ab. Der Soldat kommt mit großen, zielgerichteten Schritten näher. Einen Moment lang fürchtet Hideki, jetzt gehe es ihm an den Kragen. Doch dann sagt er sich, dass das nicht sein kann, noch ist niemand in die Höhle hinabgestiegen, auch dieser Weiße im Polizeiauto nicht. Danach sah er auch nicht aus, mit seinem Hut auf dem Kopf. Du bist jetzt nichts anderes als ein invalider Veteran am Straßenrand. Ein x-beliebiger armer Teufel, reiner Zufall, dass sie gerade jetzt hier an dir vorüberfahren. Er bekommt recht, und mehr als nur das. Wenig später wird er von ein paar starken Armen auf die Ladefläche gehievt und kann mitfahren. Die in ihre gefütterten Winterkragen geduckten Männer machen ihm Platz, und man bietet ihm eine Zigarette an. Die Stimmen klingen so munter wie das Lied, mit dem immer die Englischlektionen im Radio anfingen. *Come, come, English!/ Come, come everybody/How do you do and how are you?*

Unter der Besatzungsmacht wird Land umverteilt, und Streiks sind legal geworden, auch Demonstrationen. Die Amerikaner wollen, dass Japan zu einer Demokratie wird. Das Volk geht an die Wahlurnen und wählt seine Führer, und das Ganze ist kein abgekartetes Spiel. Sein Vater ist der Meinung, dass all diese Neuerungen nur dazu dienen sollen, Japan untergehen zu lassen. Ist die Demokratie gut oder schlecht? Er weiß es nicht. Sind die Amerikaner gut oder schlecht? Aus den Augenwinkeln beobachtet er sie. Sie sind weit weg von zu Hause, diese Burschen in seinem Alter, man hat sie hierhergeschickt. An einem Teekiosk stehen Männer mit Mützen auf dem Kopf und dampfendem Atem vor dem Ausschank. Was mögen seine Eltern jetzt tun, in diesem Moment? Was Michiko? Draußen nimmt die Zahl der Häuser und Menschen zu. Als sie im Ort angelangt sind, hält der Lastwagen mit ächzenden Bremsen, und der Mann, der ihm die Mitfahrgelegenheit angeboten hat, hilft ihm auch wieder von der Ladefläche herunter und verabschiedet sich von ihm.

»Okay?«, fragt der Soldat.

Er verneigt sich. »Okay.« Er verneigt sich noch einmal. »Thank you.« Er schämt sich. Er müsste ihn hassen, aber das kann er nicht.

Als Kind kam er manchmal hierher, wenn Jahrmarkt war oder das Erntefest mit den Lampions. Gute, fröhliche Erinnerungen, in denen der kleine Ort viel weniger verfallen und trist aussieht, als er es jetzt tut. Hideki kauft sich eine Fahrkarte für den Bus und sucht sich einen Platz schräg gegenüber vom Polizeirevier, auf der anderen Seite der Straße, wartet, zögert den Moment hinaus, damit die Zeitspanne zwischen der Ablieferung des Briefes und der Abfahrt des Busses so gering wie möglich ist. Einwerfen und weg! Er befühlt das Kuvert unter seinem Hemd. Sein Herz klopft wie verrückt. Neben der Polizeistation ist eine Schreinerei, wo ein Mann seines Alters das Holz für einen Fensterrahmen hobelt. Schreiner werden kann fast jeder, aber alles zu geben, was man hat, so wie die Helden von früher, die Samurai, von denen er in der Schule gelernt hat, das ist etwas anderes. Sie hatten eine Berufung. Sie waren bereit, alles, bis hin zu ihrem eigenen Leben, für eine höhere Sache zu opfern. Er darf es sich nicht zu schön ausmalen, das war eine andere Zeit, eine andere Welt, eine Welt, in der er vielleicht keinen einzigen Tag überleben würde. Der Schreiner schaut in seine Richtung. Schnell schlägt Hideki die Augen nieder, mit dem Gefühl, dass ein einziger Blick genügen könnte, um ihn zu vernichten.

Noch eine Minute, denkt er, und fängt an, die Sekunden zu zählen. Noch eine Minute, und er wird seine Erklärung, in der er gesteht, dass er, er allein, diese Kerle umgebracht und verscharrt hat, in den Briefkasten schieben. Wer außer ihm würde das auf sich nehmen? Keiner. Wie die alten Helden. Der Schreiner in der Werkstatt fährt mit der Hand über das glatte Holz des Rahmens. Er wird in diesem Ort, in dem wahrscheinlich seine gesamte Familie lebt, auch sterben. Er beneidet diesen Schreiner, obwohl er überhaupt nichts über dessen Leben weiß. In seinem Herzen ist nicht mehr viel Mut übrig, so viel weiß er schon. Samurai? So ein Held ist er nicht. Bis jetzt sind es bloße Worte: Aufopferung, Mut... Sie bedeuten nichts, überhaupt nichts, bis es so weit ist. Noch fünf, vier, drei, zwei...

Er zieht seine Krücke aus dem Schnee, humpelt auf die andere Straßenseite und schiebt das Kuvert in den Briefkasten. So schnell er kann, humpelt er dann die Straße hinunter Richtung Bushaltestelle. Es ist vorbei. Seine ersten Schritte als Flüchtiger.

Es hat begonnen.

Spätabends kommt er auf einem kleinen und dunklen Bahnhof an. Einige Dutzend Wartende, überwiegend Männer, haben sich unter dem Vordach für die Nacht eingerichtet. Glänzende Augen unter Kappen und Mützen. Schmutzige Gesichter, aus denen er hinter kleinen Feuern hervor beäugt wird. Alle sind still und für sich, bis auf ein Grüppchen unrasierter Kerle in dreckigen alten Uniformjacken. Sie sitzen um ein ausgedientes Ölfass herum, in dem die Flammen tanzen, und ihre Stimmen tönen laut und rau, während sie eine Flasche kreisen lassen. Er setzt sich möglichst weit von ihnen entfernt mit dem Rücken gegen die Bahnhofswand. Die Stromleitungen ticken in der Dunkelheit. Im Dorf liegen die Männer jetzt in ihren Betten und schlafen, Türen und Läden geschlossen, im Herd noch die letzte Glut. Ihr Leben geht einfach weiter. Sein Vater wird noch mindestens zwanzig Jahre lang den Berg hinauf und in den Wald gehen, um Holz zu hacken, zu sägen und aufzustapeln. Es kommt ihm ungerecht vor. Aber so will er nicht denken. Wer war es, der »Welcome« gesagt hat? Wer ist in den Jeep gestiegen? Wessen Leben war sinnlos geworden, weil er bis zu seinem Tod bei den Frauen zurückbleiben würde, wo er allmählich verblöden und sich in die Nutzlosigkeit ergeben würde, während die Männer zur Arbeit gingen? Seine Gedanken sind auf ein falsches Gleis geraten, ein Abstellgleis. Er schaut zurück, gerade jetzt, wo er nach vorn blicken sollte. Zieht er morgen weiter Richtung Westen, Richtung Nagasaki, oder gerade in die entgegengesetzte Richtung?

Eine Frau mit einem offenbar leeren Jutesack über der Schulter kommt auf ihn zu und bleibt bei ihm stehen.

»Wartest du auf den Güterzug?«, erkundigt sie sich.

»Nein«, sagt er.

»Sie sagen, dass er Verspätung hat. Vielleicht gar nicht kommt.«

Ihre Augen sind dunkel wie die Nacht selbst. Er kann nichts darin erkennen.

»Was dagegen, wenn ich mich zu dir setze?« Sie wirft einen Blick über ihre Schulter. »Von den Kerlen da halt ich mich lieber fern.«

Er nickt, und als sie sich gesetzt hat, schiebt sie ihre Mütze, die bis fast auf ihre bleistiftstrichdünnen Augenbrauen hinuntergerutscht war, ein wenig hoch.

»Wohin fährst du?«, fragt sie.

»Weiß nicht. Noch nicht.«

»Wenn der Güterzug kommt, brauchen sie ungefähr eine Viertelstunde, um auf dem Rangiergleis ein paar Kohlenwaggons anzukoppeln. Du musst im richtigen Moment reinklettern und darfst keine Angst haben, dich schmutzig zu machen. Dann kannst du gratis nach Tokio fahren.«

»Da fahre ich auf keinen Fall hin.«

»Es gibt auf dem Weg dorthin genügend andere Orte«, gibt die Frau zu bedenken.

»Vielleicht kaufe ich mir morgen eine Fahrkarte«, sagt er, »wenn ich weiß, wo ich hinwill.«

»Kaufen?« Ein bitteres, lautloses Lachen. »Ich habe schon seit zwei Tagen nichts mehr gegessen.«

Aus seinem Proviantbeutel fischt er das Päckchen mit den Süßkartoffeln von seiner Mutter. Er gibt ihr eine, nimmt selbst eine halbe, und wickelt die andere Hälfte wieder in das Zeitungspapier ein. Sie isst ganz langsam, als wage sie kaum, darauf zu kauen. So haben sie es im Krieg vom Gesundheitsministerium gelernt: Behalten Sie das Essen so lange wie möglich im Mund, bevor Sie es runterschlucken.

»Du bist ein guter Mensch«, sagt sie schließlich. »So was spüre ich.« Sie rückt ein Stückchen näher zu ihm heran.

»Danke.«

In dem Ölfass explodiert etwas, und die Kerle am Feuer lachen laut, aber im nächsten Moment scheinen sie Streit zu bekommen, denn einer von ihnen schreit und fuchtelt wild herum. Hideki fühlt die Hand der Frau über sein Bein streichen, und ihr in der Dunkelheit fast unsichtbares Gesicht reckt sich zu seiner Wange hoch. Sie öffnet den Mund, der nach der Süßkartoffel seiner Mutter duftet, und küsst ihn sanft auf die verbrannte, gefühllose Haut der entstellten Gesichtshälfte. Ein Schauder durchläuft seinen Körper, als stehe er plötzlich unter Strom.

»Komm«, sagt sie leise und steht auf.

Er zögert kurz, erhebt sich dann aber und folgt ihr um die Ecke des Bahnhofsgebäudes, wo sie aus dem Blickfeld der anderen sind. Sie setzt sich auf den gefrorenen Schnee, und ihre Hand wandert hinab, um das Kleid und die Unterwäsche hochzuschieben und zuerst die lange Hose und danach die Unterhose hinunterzustreifen, die sie dann mit den Füßen ausstrampelt. Sie streckt die Hand aus und zieht ihn zu sich herunter, rollt ihn auf sich drauf. Sie öffnet seine Hose, umfasst sein Glied und hilft ihm in sich hinein. Ihr beschleunigter Atem ist nah an seinem Ohr. Er muss sich zusammenreißen, um nicht laut aufzuschreien, als seine Knie über den eisigen Schnee scheuern. Er küsst sie auf den Mund, und ihre Hand streichelt das Narbengewebe über seinem Jochbein. Mit einem Schlag liebt er sie so sehr, wie er noch nie jemanden geliebt hat. Die Zuneigung, die in ihm aufwallt, ist so mächtig, so wild und zugleich so voller Zärtlichkeit, dass er sie überall gleichzeitig zu küssen und anzufassen versucht. Ihr Unterleib presst sich an ihn, als er seinen Samen in sie ergießt. Als er von ihr heruntersteigen will, spürt er, wie sich ihre Gliedmaßen erneut unter ihm anspannen. »Bleib noch kurz liegen.« Ihre Hand wischt über den entstellten Teil seines Gesichts, ihre Fingerspitzen erkunden vorsichtig und doch lüstern jede Unebenheit der Region, die sonst nie jemand berührt, nicht einmal er selbst.

»Ist dir nicht kalt?«, fragt er.

Sie schüttelt den Kopf, leise, mit einem trockenen Kehllaut, als schlucke sie etwas hinunter. »Es ist gut.«

»Ich liebe dich«, flüstert er und weiß, dass das lächerlich ist, denn am nächsten Tag wird er sich nicht mehr erinnern können, wie sie aussieht.

»Du bist lieb.« Immer noch streichelt ihre heilende Hand sein Gesicht. »Ist das im Krieg passiert?«

»China.«

313

»Wie war es dort?«

»Wir haben gekämpft, wir haben schlüpfrige Lieder gesungen. Wir waren Soldaten.«

Sie kehren wieder an ihren Platz auf der Vorderseite des Gebäudes zurück. Einer der Kerle am Feuer schaut über seine Schulter in ihre Richtung und murmelt etwas zu seinen Kumpanen, worauf ihr Lachen metallisch über den Bahnsteig schallt.

Sie legt den Kopf an seine Schulter, und den Blick auf das Stellwerkhäuschen gerichtet döst er ein.

Das Geräusch eines in seinen Bremsklötzen knirschenden Zuges weckt ihn. Sie ist bereits wach und sitzt still wie ein Porträt im Bilderrahmen da und starrt ihn an. Sowie der Zug ächzend und quietschend auf einem Nebengleis zum Halt gekommen ist, springt der Maschinist aus der Lokomotive. Zwei Bahnarbeiter mit Öllampen in der Hand halten einen Schwatz mit ihm. Dann laufen die Männer mit in der frostigen Kälte dampfendem Atem gemeinsam zum hintersten Waggon.

Die Frau erhebt sich und klopft ihre Kleider ab. »Und? Hast du dich entschieden?« Sie wirft den Jutesack über ihre Schulter.

»Ich glaube nicht.« Beim Zug ist das Ruckeln von Kupplungen zu hören und danach ein Hammer, der auf Metall gerammt wird.

»Schade«, sagt sie, »ich hatte gehofft, dass wir vielleicht zusammen ... Pass gut auf dich auf.« Sie verschwindet in der Dunkelheit am Bahngleis, und im nächsten Augenblick ist es, als wäre sie nie da gewesen.

Er vergräbt die Hände in den Achseln seines Mantels und dreht sich auf die Seite, das gute Bein unten, den Rücken zum Wind. Ein Pfiff ertönt, gefolgt vom anlaufenden Motor der Lokomotive. Er hofft, dass es bald hell wird, dann ist sein Kopf vielleicht wieder klar, klar genug, um eine Entscheidung zu treffen.

DRITTER TEIL

1

Am Ende des Nachmittags ist es noch ruhig in den engen Seiten-
gassen von Ginza. Es sind die stillen, grauen Stunden zwischen Lie-
ferverkehr und wuseliger Betriebsamkeit am Tag und der lauten,
sinnenfrohen Vergnügungskultur am Abend. Zwei getrennte Büh-
nen mit zwei verschiedenen Vorstellungen. Früher als üblich geht
Michiko auf das weiß getünchte Gebäude zu. Abends flackert an der
Fassade in Neonschrift: »Club Paris«. Dann sendet dieser Schriftzug
eine rot glühende Einladung aus, aber jetzt gleicht er zwei Schlangen
aus totem Glas. Sie mustert die Straßenjungen, die die Fotos hinter
der Scheibe begaffen, in der Mitte, zwischen denen der Tänzerinnen
in ihren gewagten Höschen, ihr Bild. Sie kann unschwer erraten, wel-
chem Foto das Interesse der Jungen gilt.

Drinnen hängt ein ätzender Geruch, die Duftwolke des Mannes
mit dem Zerstäuber, der einmal die Woche kommt, um das Ungezie-
fer zu bekämpfen. An der kleinen Bar markiert ihr Chef, Herr Bando,
die Füllhöhe der Flaschen mit dem Fusel, der als Whisky durchgehen soll und aus Gott weiß was gemacht ist, damit er am Ende des
Abends genau bemessen kann, ob er auch ja keinen Yen zu wenig
eingenommen hat. Der Barmann, der an diese unverhohlene Miss-
trauensbekundung gewöhnt ist, spült Gläser und begrüßt sie mit
einem schlichten Nicken.

Sie wartet, bis ihr Chef endlich das müde Gesicht hebt, auf dem
sogleich grimmige Genugtuung hervorbricht. »Du bist früh dran
heute«, sagt er, »langweilt sich unsere Michiko etwa?«

»Ich hoffte, dass ich Sie kurz sprechen könnte.«

Sie steht unter dem hohen Fenster, das abends die Neonglut
durchlässt. Doch jetzt verleiht das hereinfallende Tageslicht der

ausgetretenen Tanzfläche und der Bühne ein ärmliches Aussehen, nackt wie ihre Unterschenkel, als sie ihren Mantel ausgezogen hat. Vor drei Monaten ist sie zum ersten Mal hier eingetreten, um sich als Sängerin zu bewerben. Herr Bando hatte eine Steinpfeife mit Zigarette zwischen den gelben Zähnen, kniff ein Auge halb zu und blies ihr den schweren Rauch ins Gesicht. Er ließ sie etwas vorsingen. Sie gab den Toukyou Bugi Ugi zum Besten und einen amerikanischen Schlager, den sie aus dem Radio kannte. Danach forderte er sie auf, ihre Beine und ihre Formen zu zeigen. Er verdeutlichte, dass sie ihr schwarzes Kleid über dem Busen und den Hüften stramm ziehen und sich auf dem Absatz herumdrehen sollte. Während dieser Pirouette zog er sie, in den Rauch seiner Zigarette gehüllt, mit trägem Blick aus.

Von den Musikern hörte sie später, dass ihre Vorgängerin wenige Tage zuvor fristlos entlassen worden war, weil sie gegen die Regeln verstoßen und sich privat mit einem Gast verabredet hatte. Michiko ist also offenbar genau im richtigen Moment hier eingetreten.

Sie wartet, bis Herr Bando fertig ist und auf ihre Seite der Theke kommt. Seine Wangen sind rosig wie Apfelbäckchen, sein Leib ist plump und schwerfällig, und man würde ihn für einfältig halten, wenn da nicht dieses gelegentliche Flackern unter den schweren Schlupflidern wäre.

»Es tut mir leid, dass ich Sie damit behelligen muss, Herr Bando«, sagt sie mit ihrem Mantel über dem Arm, »ich weiß, dass es eigentlich nicht gestattet ist, aber wäre es vielleicht möglich, bitte, dass ich meinen Wochenlohn früher bekomme?«

Sein kritischer Blick wandert über ihr schwarzes Kleid nach unten, aber sie kommt ihm zuvor. »Ich habe es kürzen lassen, sehen Sie?« Sie dreht sich halb um und streckt ihr Bein aus.

»Weiter hoch.« Sein missbilligender Gesichtsausdruck lässt keinen Raum für Zweifel.

Sie schiebt den Rocksaum so weit von den Knien weg, bis sich sein Gesicht entspannt.

»So!« Er macht einen Strich auf die Außenseite ihres Schenkels. »Damit du's dir merkst. Obenrum ist es auch nicht gut.«

»Nein?«

»Du musst es aufschneiden lassen. Oder zieh das Kleid von Yoko an. Die braucht es nicht mehr.«

Yokos Kleid ist durchsichtig, man kann Brüste und Bauch und Beine durch den Stoff hindurch sehen. Sie sagt: »Das Kleid von Yoko passt nicht zu mir.«

»Wann kapierst du es endlich, Michiko?«

»Ich bin Sängerin.«

»Ich verrate dir nichts Neues, wenn ich sage, dass die Geschäfte in letzter Zeit nicht mehr so gut laufen. Den Jungs von der Musik hab ich schon Bescheid gegeben, dass sie ab nächster Woche nur noch am Wochenende auftreten. Die Gäste kommen wegen der Tänzerinnen. Nicht wegen deiner schönen Stimme. Ich habe eine Jukebox mit Schallplatten bestellt, genauso eine, wie das Golden Gate sie hat.«

»Und ich?«

Er steckt eine Zigarette in die Steinpfeife und zündet sie an. »Am Wochenende kannst du singen.« Er bläst den Rauch durch die Nasenlöcher aus. »Bis auf Weiteres, mal sehen. Tut mir leid, aber du wirst verstehen, dass ich dich nur für die Abende bezahlen kann, an denen du arbeitest.«

»Aber davon kann ich nicht leben.«

Er pult mit dem Fingernagel zwischen den Zähnen herum, und sein Blick wandert von ihr weg.

»Herr Bando, könnte ich bitte meinen Wochenlohn bekommen?«

»Ah, dein Wochenlohn.« Da ist dieses Flackern in seinen Augen. »Welcher Tag ist heute, Michiko?«

»Freitag.«

»Und wann ist Zahltag, Michiko?«

Er spielt mit ihr, sie ist sich dessen bewusst. »Samstag. Aber, sehen Sie, ich muss morgen früh Medikamente kaufen. Nur dieses eine Mal.«

Er schüttelt den Kopf, und der blaue Rauch seiner Zigarette kräuselt sich um ihn herum. »Für das ganze Geld, das ich verloren habe, weil ich einem der Mädchen oder Musiker ›nur dieses eine Mal‹ einen Vorschuss gegeben habe, und dann sind sie nie wieder aufgetaucht, könnte ich jetzt einen hübschen Wagen fahren.«

Sie gibt es auf und will zur Garderobe hinter der Tanzfläche, als er ihr mit einer Handbewegung bedeutet, dass er noch nicht fertig ist.

»Herr Shikibu ist ein guter Kunde. Er kommt nicht wegen der Musik, er kommt nicht wegen der Getränke, er kommt nicht wegen der Tänzerinnen. Herr Shikibu kommt deinetwegen.«

»Ich finde ihn ...«

»Wenn er da ist, ist der ganze Abend für uns gerettet. Du bleibst so lange bei ihm sitzen, bis er zu verstehen gibt, dass es genug ist.«

»Meinen Sie wegen gestern Abend? Aber ich musste auftreten.«

»Deine Lieder können warten. Ich will das nicht noch einmal sehen, dass du schon nach einem Getränk aufstehst.«

»Aber ...«, setzt sie an und schluckt den Rest ihrer Worte hinunter. Wenn sie nur fünf Minuten bei Herrn Shikibu sitzt, kann sie nur noch eines denken: ein Bad nehmen.

»Das ist keine Bitte, ich hoffe, du hast das kapiert. Heutzutage verlangt jeder Yen, jedes Körnchen Reis eine Gegenleistung.«

Sie fühlt, wie sich ihre Gesichtshaut über den Wangenknochen spannt.

»Ich bin nicht käuflich.«

Mit müder Herablassung taxiert er sie. »Nimm dich in Acht, Michiko, je verzweifelter du bist, desto tiefer sinkt dein Wert.«

In der kleinen Garderobe riecht es nach Desinfektionsmittel. Weil kein Fenster zum Lüften da ist, lässt sie die Tür halb offen stehen und setzt sich auf das wacklige Holzbänkchen vor dem Spiegel. Außer ihr ist niemand da. Sie öffnet ihr Kästchen und pudert sich das Gesicht, tuscht Augenbrauen und Wimpern, umrandet ihre Augen mit schwarzem Lidstrich. Die Lippen schminkt sie glänzend rot. Hinter ihr hängt das Kleidchen von Yoko an einem Gestell mit Hüten, Röcken und Straußenfedern. Sie kontrolliert ihr Werk im Spiegel. Sie weiß, dass Kummer und Enttäuschung ihre Züge leblos machen, die Mundwinkel schlaff, die Augen fahl, und dass sie auf der Bühne nur ein Schatten der selbstbewussten Sängerin sein wird, zu der Frau Haffner sie einst geformt hat, mit zurückgezogenen Schultern und erhobenem Kinn. So, wie sie sich jetzt fühlt, wird sie im Bühnenlicht aussehen wie ein banges Kind in Blitz und Donner.

Innerlich die tauben Himmel anschreiend, das Schicksal herausfordernd, kehrt sie Tag für Tag zu diesem Ort zurück, zu diesem Leben, das nicht zu ihr passt. Sie sucht nach dem Blick, mit dem sie dem Publikum gerade ins Gesicht sehen könnte. Sie weiß, dass sie es in sich hat, dass sie eigenständig für sich sorgen kann, egal, unter welchen Umständen.

Im Saal klingelt das Telefon, drei-, viermal. Niemand außer dem Chef darf auf diesem Apparat angerufen werden, und selbst anrufen darf man ausschließlich nach Erlaubnis vom Chef und innerhalb Tokios, zu einem Tarif von hundert Yen pro Minute, nach oben abgerundet. Die Kosten werden vom Chef persönlich in seinem kleinen Notizkalender vermerkt, ebenso wie alle anderen Beträge, um die ihr Lohn gemindert werden kann. Sie versucht, ihre Sollseite möglichst niedrig zu halten. Nur ein einziges Mal hat sie von dem Telefon Gebrauch gemacht, heimlich, mit Billigung des Barmanns, der bereit war, ein Auge zuzudrücken, als der Chef nicht da war. Ein seltener Moment der Schwäche, sie musste es versuchen.

»Hallo?« Eine unbekannte Japanerin nahm den Anruf entgegen.

»Bin ich mit dem Haus von Frau Haffner verbunden?«, fragte sie, schon fürchtend, sie könnte die falsche Nummer gewählt haben.

»Ja, das stimmt. Mit wem spreche ich?«

»Michiko, ich würde gern Frau Haffner sprechen.«

»Einen Augenblick.«

Sie hörte den Schweiß zwischen ihrem Ohr und dem Hörer quietschen, während sie wartete.

»Die gnädige Frau kann nicht ans Telefon kommen«, hieß es, als die Stimme sich wieder meldete. »Und Sie möchten sie bitte nicht mehr belästigen.«

Hinter ihr werden Schritte laut. Die Tür geht ganz auf, und Arika und Fumiko, die beiden Tänzerinnen, die mit Prospekten auf der Ginza herumgestelzt sind, kommen mit zusammengeklappten Sonnenschirmen herein. Der kleine Raum ist mit einem Schlag voll und warm. Arikas praller Po in dem hautengen Kleidchen aus rosa Glitzerstoff ist so nah an ihrem Gesicht, dass ihr der strenge Körpergeruch in die Nase steigt.

»Wir haben eine Gruppe GIs angesprochen«, sagt Arika und dreht sich um. Sie behauptet, sie sei dreiundzwanzig, aber das will nichts heißen, denn auch Michiko hat sich bei ihrer Bewerbung um drei Jahre jünger ausgegeben. »Ich kannte einen von ihnen aus dem International Palace«, fährt Arika fort, »Jim heißt er, und er kommt heute Abend mit seinen Freunden.«

Das International Palace war die staatliche »Amüsierfabrik« mit Restaurants, Bars, Dancehalls und, vor allem, mit Hunderten Zimmerchen, abgetrennt durch an Schnüren aufgehängte Decken, der reinste Taubenschlag, der in so imposantem Maßstab aufgezogen worden war, um zu verhindern, dass sich die Besatzer an der japanischen Frau vergriffen, an der anständigen japanischen Frau, wohlgemerkt. Arika hat in einer der Baracken auf dem Gelände dort gewohnt. Aber der ganze Laden ist pleitegegangen, weil den amerikanischen Truppen wegen der massiven und hartnäckigen Verbreitung von Geschlechtskrankheiten unter den Soldaten, gegen die selbst die vorgeschriebenen gynäkologischen Kontrollen und Penizillinspritzen nichts ausrichteten, der Besuch auf Befehl von oben untersagt wurde – *Off limits, VD!* Im Club Paris arbeitet Arika als Tänzerin und Animiermädchen. Falls gewünscht, zieht sie sich auch mit einem Kunden auf das Zimmer über dem Saal zurück.

»Puh!« Arika streift die Stöckelschuhe ab und zieht sich das Kleid über den Kopf. Sie löst den BH, hebt den Arm und studiert die Stoppeln in ihrer Achselhöhle.

»Vielleicht wird es voll heute Abend«, sagt Fumiko. Mit den Fingern wischt sie sich eine klebrige Haarsträhne von der Stirn. Sie hat ein längliches, hageres Gesicht, und ihre schief übereinander gewachsenen oberen Schneidezähne stehen etwas vor. Wenn sie lacht, schlägt sie die Hand vor den Mund. In ihrem Blick liegt eine wilde Angst, wie sie Michiko bei sich selbst und Hunderten, Tausenden Schicksalsgenossen auf der Straße wiedererkennt. Von allen Menschen, die der Krieg in Mitleidenschaft gezogen hat, haben Mädchen wie Fumiko wohl das geringste Selbstbewusstsein, vermutet Michiko. Die Hand vor dem Mund wird nie groß genug sein.

»Michiko, warum kommst du nächstes Mal nicht mit uns mit?«, fragt Fumiko, die sich eine Zigarette angezündet hat.

»Das ist so festgelegt. Die Tänzerinnen kommen früher und machen die Prospekte.«

»Ach«, sagt Fumiko, und Michiko sieht im Spiegel, wie die Tänzerinnen einen raschen Blick wechseln, woraus sie schließt, dass sie dieses Thema schon einmal besprochen haben. »Es würde dir Spaß machen, die Läden an der Ginza sind so toll, mit schönen Sachen aus Amerika und Singapur.« Fumiko schnippt die Asche von ihrer Zigarette in ihre gehöhlte Hand. Ihr Lippenstift hinterlässt einen deutlichen Abdruck auf dem Filter.

Michiko kennt diese Geschäfte und die Menschen dort. Sie war früher in diesen Geschäften, sie stand mit einem Bein in dieser Welt.

»Die Amerikaner sind so freundlich, wenn man sie anspricht, viel freundlicher als unsere Männer. Immer bekomme ich eine Zigarette. Und du sprichst doch so gut Englisch.« Michiko vermutet, dass ihr eine Falle gestellt wird, und wartet ab.

Gerade diese Amerikaner machen ihr Angst. Es gelingt ihr zwar noch, die jungen Männer mit ihrer animalischen Lebenslust von den Brandbomben auf Asakusa zu trennen, aber nicht von dem, was sich im Zedernwald abgespielt hat.

»Vielleicht«, Arika geht mit dem Gesicht ganz nah an den Spiegel heran, »will Michiko nicht mit uns zusammen gesehen werden. Aber was sie nicht kapiert, ist«, Arikas Augen nehmen einen gerissenen Ausdruck an, ohne jedes Mitgefühl, »dass es keine Rolle spielt, ob du Lippenstift trägst und was du anhast, Stöckelschuhe und enge Kleidchen oder nicht, die Leute sind ja nicht blöd.«

Nach dieser Provokation, die ihr wie ein Handschuh ins Gesicht geworfen wird, kann sich Michiko nicht länger beherrschen. »Was willst du damit sagen?«

»Sie riechen es, Schätzchen. Und wenn du zwei Mäntel übereinander anziehst.«

Nein!, denkt sie. Arika hat keine Ahnung, wovon sie spricht. Aus ihrem armseligen, hinterwäldlerischen Fischerdorf verschleppt und als Hure verkauft, hasst Arika sich selbst, und noch mehr hasst sie ihre Kollegin, die klassische Sängerin ist und nie nach oben aufs Zimmer geht. Was weiß eine wie sie schon von ihrem Leben?

»Schätzchen«, sagt Arika jetzt leise zu Fumiko, während sie erneut ihre Achselhöhle im Spiegel studiert, »reichst du mir bitte mal die Rasierseife?«

In der Türöffnung erscheint der Barmann, einen Cowboyhut in jeder Hand.

»Sind sie das?«, kreischt Fumiko und kichert hinter vorgehaltener Hand.

Er nickt. »Der Chef sagt: Die erste Nummer vor der Pause.«

Als Arika und Fumiko, die Cowboyhüte auf dem Kopf, von der Bühne abgehen, haben sich schon einige japanische Gäste an der Bar niedergelassen. Allein an einem Tisch sitzt der Mann aus Nagasaki, wie immer mit dieser leisen Trübsal in den Augen. Zweimal im Monat ist er geschäftlich in Tokio. Erst nachdem er sein Geld in einer der Spielhallen verpulvert hat, sodass kaum noch etwas an ihm zu verdienen ist, kommt er in den Club Paris. Michiko betritt die Bühne und beginnt mit dem Toukyou Bugi Ugi.

324

»Kimi to odoro yo koyoi mo tsuki no shita de/Toukyou bugi ugi rizumu ukiuki ... Dancing with you tonight again under the moon/ Tokyo boogie woogie, a cheerful rhythm ...«

Ein amerikanischer GI steckt den Kopf um den Vorhang am Eingang, grinst und verschwindet wieder. Sie bewegt sich mit ihrem Auftritt jetzt nahe am Abgrund, noch so ein abschätziger Kundschafter, und es ist aus. Das Blatt wendet sich während ihres zweiten Schlagers, als ein Trupp gut aufgelegter amerikanischer Soldaten mit kurz geschorenen Schädeln einfällt, die, noch bevor sie die Bar erreicht haben, von Arika und Fumiko überwältigt werden. Kurz darauf stehen die Mädchen, die inzwischen ihr Clubdress, kurze Kleidchen und Stöckelschuhe, tragen, mit den Soldaten vor der Bühne und tanzen zu ihrer Musik. Insgesamt singt sie sechs Nummern, alle amerikanisch. Für die alten Lieder ist kein Platz mehr. Genauso wenig wie für die alten Parolen. »Auch wenn wir jeden Tag Gras fressen müssen, auch wenn wir tausendmal sterben müssen, wir werden nicht aufgeben.« Sie fand diese Rhetorik immer lächerlich. Der Krieg ist vorbei, eine neue Zeit ist angebrochen, und sie singt neue Lieder, doch rückwirkend haben die alten Parolen für sie an Bedeutung gewonnen.

Kindlich schmal gebaut sitzt Shikibu in blütenweißem Anzug und mit ebenso makellos weißem, breitkrempigem Hut auf dem kleinen Kopf an einem Ende der Theke. Niemand scheint genau zu wissen, wer er ist und womit er sein Geld verdient. Arika behauptet, dass er aus einer bedeutenden Industriellenfamilie stamme und dass die Fabriken seines Vaters von den Amerikanern zerbombt worden seien. In einer anderen Geschichte, die die Runde macht, hat sein jüngerer Bruder ihn während des Krieges verdrängt und sich das Immobilienimperium des Vaters unter den Nagel gerissen. Michiko kennt Herrn Shikibu schon aus der Zeit, da er ins Haus von Frau Haffner kam. Um zu reden, über Gott weiß was. Auf jeden Fall über das eine Mal, als er sie vor dem Blumenladen in das Auto des Richters hat einsteigen sehen. Sie schlüpft in eine andere, banalere, dreistere

Version von sich, als sie sich auf den Barhocker neben ihm setzt. Er bietet ihr ein Getränk an, und sie bestellt sich einen grünen Likör. Er selbst nimmt einen Whisky, einen echten, der für besondere Gäste unter dem Tresen bewahrt wird.

»Vernünftig«, sagt er, »nimm niemals Eis ins Getränk. Trink nur reines Mineralwasser oder Wasser, das zwei Minuten gekocht hat. Es gibt wieder neue Cholera-Ausbrüche, mehr, als die Behörden zugeben.«

»Ich habe es im Radio gehört.« Man darf sogar Gemüse nur noch essen, wenn es gut durchgekocht wurde, eine der Vorschriften, an die sie sich strikt zu halten versucht. Im Moment kann sie nur hoffen, dass die geringe Dosis Alkohol in der wässrigen Verdünnung ihres grünen Likörs ausreicht, um die möglichen Krankheitskeime darin unschädlich zu machen.

Der Chef kommt vorüber und verneigt sich im Vorbeigehen ungewöhnlich demütig vor Shikibu, was sie sich damit erklärt, dass Shikibu, wie man sich erzählt, nach der Kapitulation zu verhindern wusste, dass Bando im Gefängnis landete.

»Der Mann weiß nicht, was er will«, sagt Shikibu, als ihr Chef außer Hörweite ist. »Er kann sich nicht entscheiden, ob Kabarett oder Puff«, er richtet den Blick auf Arika und Fumiko, die sich in inniger Umarmung mit den GIs über die Tanzfläche schieben, »Japaner oder Amerikaner, es geht alles durcheinander. Ein Mann, der sich nicht entscheiden kann, ist verloren.«

Er taxiert sie, als wolle er ihr eine Reaktion entlocken. »Was tust du hier?«, fährt er fort, als sie nichts sagt. »Du hast etwas Besseres verdient.«

Sie fragt sich, ob er das ernst meint oder ob er sich über sie lustig macht, sein Lächeln gibt da keinen Aufschluss. »Du bist es wert.«

Seine wässrigen Augen bleiben auf sie geheftet. »Wenn Sie meinen.« Ihre Stimme klingt eingeschüchtert.

»Hast du Angst?« Es gelingt ihm kaum, die Musiker zu übertönen. Ihr Spiel scheint ihn zu ärgern.

»Wovor?«, fragt sie.

»Vor mir.«

»Warum sollte ich Angst vor Ihnen haben?«

»Vor der Zukunft?«

»Nein.«

Wieder dieses leise Lächeln, mit dem er ihr das Gefühl vermittelt, er könne mitten in sie hineinsehen.

Er beugt sich zu ihr herüber, und in seine Stimme schleicht ein seltsam mächtiger Ton. »Das solltest du aber.« Er setzt sich wieder auf, trinkt einen Schluck von seinem Whisky und starrt vor sich hin. »Auf jede brauchbare Sängerin mit passablem Orchester und anständiger Gage kommen mindestens hundert Flittchen, die in einem viel zu knappen Kleid die Hüften schwingen und mit Syphilis dritten Grades im Krankenhaus krepieren.« Als er sein Glas auf der Theke abstellt, schaut seine wertvolle Armbanduhr unter dem Jackettärmel hervor. Shikibus Augen sind jetzt so feucht, dass es aussieht, als weine er, und sein Mund steht auf der einen Seite ein bisschen offen. »Ich kann dir helfen.«

Etwas Besseres, es vergeht kein Tag, ohne dass sie diese Vision vor Augen hat. Der Gedanke ist töricht, und doch glaubt sie, dass das Schicksal es letztlich gut mit ihr meint, sie nur auf die Probe stellt, wartet, bis sie bereit ist. Auch wenn dieser Aufschub immer unerträglicher wird, sie muss das alles erst durchstehen. Die Kunst liegt darin, weiter daran zu glauben.

»Ich helfe mir lieber selbst«, sagt sie, Gleichgültigkeit vorschützend. Für ihr Gefühl ist das die einzige Möglichkeit, die Unterhaltung mit diesem Mann zu ertragen.

»Nennst du das helfen?«, fragt er. »An einem Ort wie diesem?« Missbilligend folgt sein Blick Arika, die mit einem der GIs, Jim wahrscheinlich, die Treppe zu dem Zimmer hinaufgeht.

»Gerade noch hast du im Land der Ehre und Reinheit gelebt«, Shikibus Stimme klingt kraftlos, »dem Land der Götter und deren direkter Abkömmlinge, und im nächsten Moment kniest du vor einem Ausländer.« Sie weiß eigentlich nicht recht, ob er nur irgendetwas deklamiert, oder ob er meint, was er sagt. Er holt tief Luft, es pfeift in seiner Lunge. »Auden war ein englischer Dichter«, fährt er fort, »er beschrieb das Böse als etwas Normales und Menschliches, das in deinem Bett schläft und mit an deinem Tisch sitzt.« Er verstummt und reibt sich mit den Fingerspitzen über die Stirn. »Dichter lieben schöne Worte, und meistens liegen sie damit völlig daneben. Auden nicht.«

Von wem redet er? Von ihr, von den Amerikanern oder von sich selbst – etwas Normales, das ein paarmal die Woche an der Bar des Club Paris auftaucht? Sein Angewidertsein ist überdeutlich, doch seit er weiß, dass sie hier arbeitet, kommt er immer wieder.

»Du traust mir nicht, hm?« Er nickt langsam. »Sehr gut. Traue niemandem, zumindest solange du noch eine Wahl hast.«

»Wenn ich einen Stift hätte, würde ich mir das aufschreiben.« Sie hat sich wieder in der Gewalt.

»Verstehst du, was das bedeutet?« Sein bleiches Gesicht hat plötzlich einen giftigen Ausdruck, er spürt wahrscheinlich, dass er sie nicht mehr so fest im Griff hat.

Sie seufzt und wartet die Antwort ab, ohne ihn anzusehen.

»Wohl nicht.« Seine Worte klingen, als erteile er ihr resignierend eine letzte Warnung.

Er bietet ihr noch ein Getränk an und danach ein weiteres, das sie artig annimmt. So sitzt sie ihre Zeit ab, und es wird nichts mehr aus einem Auftritt nach der Pause. Sie lässt immer häufiger Stille eintreten und hört nur noch halb, was Shikibu sagt. Er murmelt, dass er beim Matsui Cabaret an der Ginza ein gutes Wort für sie einlegen könnte. Sie nickt und zieht sich allmählich immer weiter in sich zurück. Dieses Sammelsurium von Sinneswahrnehmungen, Fumiko, die einem GI um den Hals hängt und alle naselang mit der Hand vor dem Mund dieses schrille Gackern von sich gibt, Arika, die die Treppe herunterkommt, gefolgt von Jim mit dem breiten Grinsen eines Weltmeisters, die Musiker, die ihre zweite Runde mit der gleichen Liedfolge wie vor der Pause abspulen und nach dem letzten Schlussakkord eilig wie Schüler bei Unterrichtsende ihre Instrumente zusammenpacken, der Barmann, der die Gläser spült und poliert, ihr Chef, der die Flaschen unter die Lupe nimmt, um anhand seiner Markierungen den Konsum zu kontrollieren. Hier geschieht so vieles gleichzeitig, hier sind so viele Begierden und Erwartungen im Raum, da ist für ihre eigenen einfach kein Platz. Bald ist Polizeistunde. Nicht mehr lang. Sie schlägt die Beine übereinander, und Shikibu starrt auf ihre Knie. Wenn sie die Straße entlanggeht, wird sie in letzter Zeit anders angesehen, anders als früher. Sie hat gedacht, dass sie sich das nur einbildet, aber nach Arikas gehässiger Bemerkung beginnt sie zu glauben, dass es wirklich so ist. Sie wittern es.

Am Ende des Abends zieht Shikibu seinen goldenen Clip mit Geldscheinen, Dollar und Yen, neuen Yen, aus der Innentasche seines Jacketts und begleicht die Rechnung samt großzügigem Trinkgeld.

Der Barmann verneigt sich tief und bedankt sich mehrmals.

»Geldgier«, sagt Shikibu, »ist eine Quelle des Unglücks.« Er wendet sich dem Barmann zu, der sich erneut verneigt, als danke er Shikibu nicht nur für das Trinkgeld, sondern auch für diese Worte, doch Michiko weiß nur zu gut, dass sie für sie bestimmt sind. »Lies das mal in den heiligen Büchern nach«, fährt Shikibu mit seiner leisen Stimme fort. »Aber bis zu dem Tag, da wir höhere Ziele gefunden haben, dreht sich alles um Geld, alles, und wenn wir uns noch so sehr bemühen, das Gegenteil zu glauben.«

In der Garderobe hockt Arika über einem Holzbottich mit Wasser, um sich untenherum zu waschen. »Eine Sängerin, die nicht singt, was ist denn das für eine Sängerin?« Sie schöpft mit der hohlen Hand etwas Wasser aus dem Bottich und benetzt den schattigen Bereich zwischen ihren Schenkeln.

»Nur mein zweiter Auftritt ist ausgefallen«, sagt Michiko, »aber ich hätte lieber den ganzen Abend gesungen.«

Eine Dose *Macaroni and Sausages* zwischen den Sachen beim Spiegel zieht ihre Aufmerksamkeit auf sich.

»Sein Auto steht noch vor der Tür«, weiß Fumiko.

»Er wartet«, sagt Arika. »Wie viel würde er wohl dafür geben, wenn du mitfährst, Michiko?«

»Ich fahre nicht mit ihm mit.«

»Ist es wahr, dass sein Haus zehn Badezimmer hat und einen Garten mit Springbrunnen?«, fragt Fumiko mit der ihr eigenen Freudlosigkeit.

Diese Dose, davon könnte man zu dritt satt werden. Würstchen, Fleisch. Michiko schluckt den Speichel hinunter, der ihr im Mund zusammengelaufen ist. »Wem gehört die?« Sie zeigt darauf.

»Die hat Jim mir mitgebracht. Hier hat ein Mädchen gearbeitet, kaum eine Woche lang, eine ganz Liebe, sie wollte Stripteasetänzerin werden ... Sie hat gezittert wie Espenlaub, als sie am Ende des Abends in sein Auto eingestiegen ist.«

»Und dann?«, will Fumiko wissen.

Arika zieht die Schultern hoch. »Nach dem Abend ist sie nicht mehr wiedergekommen. Die hatte keine Ausdauer.« Sie erhebt sich und trocknet ihre Beine ab.

Michiko malt sich aus, dass sie die Dose schnappt und damit wegläuft, nach Hause, wo sie den Inhalt warm macht, und dann essen sie zusammen, was Richtiges.

Der Barmann steckt den Kopf zur Garderobentür herein, und sein Blick verharrt einen stillen Moment auf dem nackten Unterleib Arikas.

»Michiko, zum Chef kommen.«

Das Lokal ist leer, bis auf Herrn Bando, der an der Bar sitzt und das eingenommene Geld zählt, einen hübschen kleinen Stapel Banknoten. Sie hat keine Ahnung, warum er sie hat rufen lassen, und wartet, bis er fertig gezählt hat und den Umsatz wie jeden Abend mit einer fließenden Bewegung in der Innentasche seines Jacketts verschwinden lässt. Sie ist auf der Hut. Die Beziehungen untereinander, die geheimen Allianzen und Strategien bilden ein Labyrinth geheimnisvoller Wege der List und Tücke, in dem sie sich nicht verlaufen darf.

»Hier«, ihr Chef reicht ihr zwei Hundert-Yen-Scheine, »ein Vorschuss für dieses eine Mal. Nicht den anderen sagen.«

»Darauf können Sie sich verlassen, vielen Dank.«

Er nickt ihr gutmütig zu. »Es war in Ordnung heute Abend.« Zum ersten Mal, seit sie hier arbeitet, bringt er vorbehaltlos und ohne unterschwelligen Zynismus zum Ausdruck, dass er mit ihr zufrieden ist.

Durch den Spalt im Vorhang sieht sie draußen in der Neonglut den Wagen stehen, mit einem riesigen Kerl am Lenkrad und der schmalen Gestalt unter dem weißen Hut auf dem Rücksitz.

In der Garderobe sucht sie ihre Sachen zusammen und verlässt das Gebäude über den Hinterhof, wo die leeren Flaschen und Kisten stehen.

Das erste Stück des Heimwegs führt durch enge Gassen mit Dancehalls, Bars, die keine Polizeistunde kennen, und Freudenhäusern, die genauso schnell wieder verschwinden, wie sie aufgemacht haben. Sie schaut über ihre Schulter, um sich zu vergewissern, dass Shikibus Wagen ihr nicht folgt. Warum will er sie, ausgerechnet sie? Ihre Abneigung kann ihm doch nicht entgangen sein, dass sie schauspielert, wenn sie neben ihm sitzt und den grünen Likör runterkippt. Oder heizt gerade das seine Begierde an, ihren Ekel zu bezwingen? Nach und nach wird es stiller und dunkler, nur vereinzelt brennt noch eine Laterne. Zu dieser Stunde streunen höchstens noch Katzen und Hunde umher. Aus den Wellblechhütten ist das Schnarchen von Männern zu hören. Der Mond und die Sterne sind in einen Rauchschleier gehüllt, die Eisenbalken eines eingestürzten Gebäudes schweben unwirklich in der Finsternis. Bei den Baracken einer Maschinenfabrik, am Rande eines Bombenkraters, treiben sich Mädchen herum, die für ein bisschen Essen alles versprechen.

Von den zweihundert Yen, die sie in ihrer Unterhose versteckt hat, kann sie morgen die Medikamente für Frau Takeyama kaufen, und wenn noch etwas übrig bleibt, auch noch etwas zu essen, eine willkommene Aufstockung der Ration von einer einzigen Tasse Reis pro Tag.

»Helfen wir einander mit lachenden Gesichtern«, noch so eine Parole aus dem Krieg. Sie muss sich selbst helfen. Diese zweihundert Yen, das ist ihr lachendes Gesicht.

Sie ist auf dem letzten, dunkelsten, stillsten Abschnitt ihres Heimwegs nach Asakusa angelangt, den tausend eiligen Schritten über ihre eigene Angst hinweg. Sie wehrt die Spukbilder ab, von ein paar zwielichtigen Kerlen, die plötzlich aus den Trümmerhaufen hervorstürzen, oder dass die Scheinwerfer eines amerikanischen Jeeps auf sie zukommen. Nur noch ein kleines Stück, nicht schlappmachen. Das Sehnen ihrer vollen Brüste unter ihrem Mantel. Lautlos durch die Dunkelheit schleichend, schwarz wie ein Schatten, zählt sie die Schritte. Weniger als vierhundert jetzt noch. Wie eine nächtliche Wüste unter den Sternen erwartet sie die offene Weite der verbrannten Fläche von Asakusa. Sie erfährt jetzt eine solche Geschmeidigkeit, eine solche Leichtigkeit in ihrem Gang, dass es scheint, als schöpfe sie immer mehr Energie, je näher sie ihrem Zuhause kommt. Nur noch wenige Minuten, und sie ist in Sicherheit. Seltsam vertraut und friedlich mit dem süßen Atem neben sich auf dem Futon.

2

Gegen Abend schiebt Hideki seinen Karren mit neuen Schätzen
heimwärts, Bretter, Steine, ein Stück Regenrohr. Er lädt die Sachen
ab, Nägel und Schrauben, die er gefunden hat, verschwinden nach
Größe sortiert in Schachteln. Er reibt sich die von der Arbeit hart
gewordenen Hände und lauscht mit leicht schief gelegtem Kopf
seiner inneren Stimme, die ihm Maße, Winkel und Verbindun-
gen zuflüstert. Monatelang hat er in den Ruinen und auf Bau-
stellen herumgestöbert. Während er sich unter dem ausrangier-
ten Material umschaute, speicherte er alles ab, was die Kerle dort
mit Bohrern, Hämmern und Wasserwaagen anstellten. Er zwängt
sich durch die Stapel aus Balken, Brettern und Dachplatten, zieht
mit einer Zange noch einige Nägel aus Dielen und schlägt sie mit
einem Hammer gerade. Die milde Abendluft streicht an ihm entlang, der Himmel über der verbrannten Fläche färbt sich rosa, und
Stiller Archipel reibt sich schnurrend an seinem Hosenbein. Das
Geheimnis des Namens der Katze hat Herr Kimura mit ins Grab
genommen. Die selbstbewusste Eleganz dieses freien Tiers mit den
durchsichtig hellgrünen Augen, dem mageren, aber geschmeidigen
Leib und dem wie Samt schimmernden getigerten Fell ist beeindruckend.

Das Häuschen, das hier früher einmal gestanden hat, hat er nie
gesehen, aber bis vor wenigen Jahren wohnten sein Onkel und seine
Tante mit ihrer Tochter Michiko darin. Davon geblieben sind nur
Asche und Staub; die Flammen sind gelöscht, die Schreie verstummt,
und geweint wird schon lange nicht mehr. Er wird hier ein neues
Haus bauen. Er betreibt seinen eigenen Wiederaufbau, verfolgt sein
eigenes Programm; simple, nützliche Taten, verrichtet von einem

simplen, nützlichen Mann – mehr, als nützlich zu sein, verlangt er nicht. Er ist glücklich.

Er wäscht sich Hände und Gesicht in der Hütte von Herrn Kimura, wo er jetzt schläft, eingeklemmt zwischen einem Schränkchen mit Töpfen und Pfannen und einer Kiste mit Kleidern, die nicht mehr in die Hütte von Frau Takeyama passen, seit Michiko da ist. Der alte Herr Kimura ist Ende des Winters gestorben, eine oder zwei Wochen bevor Hideki mit Lumpen am eingefallenen Leib Tokio erreichte. Seine Flucht aus den Bergen hatte ihn zunächst nach Ueda geführt, wo sich jedoch ein militärisches Hauptquartier der Besatzungsmacht befand. Überall Jeeps und Uniformen, so ziemlich der ungeeignetste Ort für einen Mann, der wegen Mordes an drei amerikanischen Soldaten gesucht wird. Danach war er auf Honshu umhergestreift, anfangs als zahlender Fahrgast der Bahn, später als blinder Passagier in Güterwaggons, manchmal, wenn er das Glück hatte, eine Mitfahrgelegenheit zu bekommen, auf der Ladefläche eines Lastwagens. Er hatte kein Ziel, musste nirgendwohin, nirgendwo bleiben. Er war der Sündenbock, der über die gefrorene Erde irrt, damit das Bergdorf ruhig atmen kann. Nachdem er seine letzten fünfzig Yen für ein Stückchen Walfischfleisch ausgegeben hatte, von dem ihm hundeelend wurde, gelangte er fast wie von selbst nach Tokio, in die Stadt des Gestanks und des Unheils, von der er sich eigentlich so weit wie möglich hatte fernhalten wollen, die aber auch der einzige Ort mit einem Fünkchen Hoffnung war. Vielleicht konnte er dort seine Cousine finden. Sie hatte von Frau Takeyama erzählt, und falls sie in Tokio war, würde die alte Frau wissen, wo.

Es roch nach dem Ende des Winters in der Stadt, als er am Bahnhof aus einem Waggon mit Eisenerz kletterte. Schmelzender Schnee, der Geruch von Holzöfen, muffige, finstere Gestalten, die auf den Treppen hockten und lagen, zusammengekauert, dicht beisammen, ohne aufzuschauen. An jenem Abend mit einem Himmel voll nassen Schnees, der nicht schwebte, sondern schnurgerade herunterkam und sich in den Pfützen auf der Straße auflöste, humpelte er müde und frierend zu den Hütten. Die Sohle seines einen Stiefels war einige Tage davor bei seiner Flucht vor der Bahnpolizei draufgegangen, und jetzt war sein Fuß pitschnass. Am schlimmsten aber war der Hunger. Wochenlang hatte er von seiner Ankunft geträumt, manchmal am Rande zur Halluzination. Nun, da es so weit war und er sich den armseligen Bauten näherte, an die er seine Hoffnung geknüpft hatte, fürchtete er sich nur noch schrecklich vor dem Moment, da er bei der alten Frau anklopfen würde, davor, was sie sagen könnte und was mit ihm passieren könnte, wenn sie keine Ahnung hätte, wo Michiko war.

Die Tür der kleinen Hütte öffnete sich knarrend und ruckend. In der dämmrigen Öffnung erschien die krumme Gestalt von Frau Takeyama, die einen Ausschlag im Gesicht und an den Händen hatte. Hinter ihr, auf einem Kissen auf dem Boden, lag ein schlafendes Baby auf seiner Seite, bis ans Kinn zugedeckt und mit einem hellblauen Mützchen auf dem Kopf. Im flackernden Schein einer Öllampe sah Hideki den Butsudan an der Wand aus rostigem Wellblech. Auf dem Hausaltar stand das Foto, das Michiko, bevor sie weggegangen war, aus dem Schränkchen seiner Mutter mitgenommen hatte.

3

Kijus Gesichtchen ist samtig und hat einen rosigen Schimmer; der Mund des sechs Monate alten Jungen, weich gezeichnet wie der Strich eines Tuschepinsels, saugt an Michikos Brust, und die mollige kleine Hand befühlt ihre Schulter. Dieses morgendliche Stillen ist der schönste Moment des Tages. Am späten Nachmittag kündigt das selige Nuckeln den Abschied, ihre Trennung an. Die letzten Augenblicke, bevor sie die Hütte verlässt, sind Ewigkeiten der Pein und des kaum zu unterdrückenden Ekels.

Das auf dem Herd angewärmte Bügeleisen verbreitet einen leichten Brandgeruch in der Hütte. Draußen bügelt Frau Takeyama Michikos schwarzes Kleid auf einem Brett, ein heikles Unterfangen, da das Kleidungsstück vom vielen Waschen und Umändern schon fast auseinanderfällt. Die Vitaminpräparate und Medikamente haben gewirkt. Die alte Frau hat sichtlich an Kraft gewonnen und steht wieder aufrecht, die entzündeten Stellen an ihren Händen und in ihrem Gesicht sind fast abgeheilt. Als Michiko mitten im Winter bei ihr ankam, hat Frau Takeyama einen kleinen Schrank mit Töpfen und Geschirr nach draußen in den Schnee gestellt, um Platz für sie und Kiju zu schaffen. Es waren noch fünf Tage bis zur nächsten Lebensmittelration, aber sie hat bis zum letzten Körnchen Reis alles mit ihnen geteilt. In einer Stadt, in der sich die Menschen wegen einer verschimmelten Winterrübe gegenseitig umbringen, geschehen noch Zeichen und Wunder. Als sie Arbeit gefunden hat, war sie an der Reihe. So haben sich ihre Leben in den vergangenen Monaten miteinander verflochten: Michiko sorgt für ein Einkommen, Frau Takeyama hütet das Kind, wenn sie zur Arbeit ist. Ihre größte Angst, noch größer als die während der tausend nächtlichen Schritte bis zum Haus, schlägt immer am Morgen zu, wenn Kiju satt ist und sie selbst ihr Frühstück genießt, während sich Frau Takeyama leise mit ihr unterhält. Was, wenn sie nicht mehr für Kiju, Frau Takeyama und Hideki sorgen kann?

Nach dem Frühstück befreit sie Kiju von der schmutzigen Windel, wischt ihm den Po ab und wäscht ihn mit dem braunen Wasser aus dem Hahn, von dem sie keinen Tropfen trinken können, bevor es nicht gründlich abgekocht wurde. Sie betrachtet das in einem Gähnen kraus gezogene Gesichtchen, in dem sie die Züge seines Vaters erkennt. Er war ihr erster Mann, und sie möchte, dass die Gedanken, die dazugehören, unversehrt bleiben, nicht von dem, was danach passiert ist, gefärbt und ins Negative verkehrt werden. Sie will den Vater ihres Kindes nicht verurteilen oder gar hassen, denn der Hass ist ein Monster, das nicht nur sie, sondern auch den Sohn, der jetzt noch mit seinen rosigen Füßchen in der Luft strampelt, verschlingen wird. »Heute will ich auf dem Shinbashi-Markt einen neuen Topf kaufen«, sagt sie.

»Gib doch dein Geld nicht dafür aus, Liebes«, entgegnet Frau Takeyama.

»Und Süßkartoffeln, die neuen, die bringe ich auch mit. Und Sojasoße.«

»Womit habe ich dieses Glück verdient, Michiko, eine alte Frau wie ich?« Sie nimmt das Kleid vom Bügelbrett und hält es hoch. In den letzten Kriegstagen, nach den Bomben auf Hiroshima und Nagasaki, als alle dachten: Und jetzt ist Tokio dran, wurden auf der Straße Zyankalikapseln verteilt. An alte Männer, an Frauen, auch an junge Mütter mit Kindern. Frau Takeyama hatte erwogen, das Gift zu schlucken. Sie hatte ihre Familie verloren, und laut Radio war das Ende der Welt nahe. Jetzt hängt sie das Kleid an den Rand einer Dachplatte. Es schaukelt in der schwülen Morgenluft, tief ausgeschnitten und dreißig Zentimeter kürzer als ursprünglich. Kein einziges Mal hat Frau Takeyama sie gefragt, warum sie das Kleid immer weiter einkürzen und wieder und wieder ändern sollte, nicht einmal, als sie einen tiefen V-Ausschnitt hineinmachen sollte. Michiko ist die Sängerin, die immer erfolgreicher wird, immer mehr Geld verdient.

Sie lässt Frau Takeyama in diesem Irrglauben.

Der Shinbashi-Markt, der Schwarzmarkt, ist der einzige Ort in Tokio, wo man wirklich alles bekommen kann. Töpfe, Pfannen, Wasserkessel, Schuhe, Kimonos, Schaufeln, Sojasoße, Bratöl, Salz. Reis, Gemüse, Obst. Seetang, Eier, Sardinen. Meter für Meter, Stand für Stand, alles auf Schilfmatten ausgebreitet. Jeder weiß, dass der Markt illegal ist und die Händler, die hier den Ton angeben, Verbrecher sind, jeder weiß aber auch, dass es nirgendwo sonst brauchbare Lebensmittel zu kaufen gibt. Heute hat sich das Glück ausnahmsweise einmal nicht von ihr abgewendet. Sie bewegt sich inmitten von Menschen, die in der Mehrzahl nur sehnsüchtig und zugleich wütend all die unerreichbaren importierten Köstlichkeiten bestaunen können. Am größten der fürfhundert Stände macht sie den Anfang: Sie sucht eine Pfanne aus, lässt Gemüse und Obst abwiegen, zeigt auf Sardinen. So dürfte es von ihr aus noch Stunden weitergehen. Bevor sie bezahlt, reicht sie dem Inhaber des Stands die Visitenkarte von Shikibu. Mit seinem spitzen, kinnlosen Gesicht sieht der Mann aus wie eine Ratte. Als er die Karte studiert, wandelt sich schlagartig sein ganzes Wesen. Er lächelt sie an und verneigt sich wieder und wieder. Mit dem Betrag, den er nennt, gewährt er ihr, wie sie rasch überschlägt, einen beträchtlichen Preisnachlass. Der Mann erkundigt sich, ob es so recht sei. Sie nickt, und er steckt sicherheitshalber noch ein in Papier eingeschlagenes Pastetchen in eine ihrer Taschen.

Als sie mit ihren Einkäufen den Markt verlässt, fühlt sie sich so unbeschwert, als könnten ihr die vielen materiellen Belastungen ihrer Existenz nichts mehr anhaben; sie ist zurück im Land der Kirschblüten, und sei es nur für diesen einen Tag. Heute fordert sie die Entschädigung für ihre Selbsterniedrigung ein. Nicht nur ihr Kleid, auch ihre Auftritte sind gekürzt worden und finden nur noch am Wochenende statt. Die übrigen Abende sitzt sie an der Bar und

singt höchstens einmal ein Lied zwischen den Tanznummern von
Arika und Fumiko. Sie tritt dann in einem traditionellen Kimono
auf und singt von einem Mädchen vom Lande, das durch den Strom
watet. Mittendrin lässt sie den Kimono von ihren Schultern gleiten
und singt in dem durchsichtigen Kleidchen von Yoko weiter, das sie
darunter trägt. Das Wasser wird tiefer und tiefer, und sie muss das
Kleidchen immer höher heben, bis sie kurz vor dem Schlussakkord
ein mit silbernen Quasten besetztes Höschen enthüllt. Doch die
meiste Zeit sitzt sie an der Bar und trinkt mit Gästen, mit Shikibu,
wenn er da ist, das versteht sich inzwischen von selbst. Er reklamiert
sie den ganzen Abend für sich, bietet ihr Getränke an, zückt seinen
goldenen Clip mit Geldscheinen. Dann und wann steckt er ihr ein
paar Hundert-Yen-Scheine zu. Dann und wann legt er eine Hand auf
ihren Schenkel und redet auf sie ein. »Du kannst mit deinem Kind
bei mir wohnen«, hat er ihr vor ein paar Tagen ins Ohr gewispert.
»Mein Haus ist groß genug.« Sie hat ihm nie etwas von ihrem Kind
erzählt, aber er scheint inzwischen viel, wenn nicht alles über sie zu
wissen. Er bearbeitet sie. Mit endloser Geduld, bis er sie genau dort
hat, wo er sie haben will. Was auf dem Spiel steht, ist ihr zur Genüge
klar. »Du hast einen großen Fehler gemacht mit diesem Ausländer.
Einen zweiten Fehler kannst du dir nicht erlauben.« Sie hat ihn noch
nicht abgewiesen, aber sie ist auch noch nicht in sein Haus mitge-
gangen. Nur minimal gibt sie nach. Eine Fahrt in seinem Auto, ein
Kuss auf ihre Wange, die Unverfrorenheit dieser Berührung hatte
elektrische Funken durch ihren Nacken gejagt. Irgendwo wird das
Ganze zwangsläufig aus dem Gleichgewicht geraten, darüber ist sie
sich im Klaren. Dort, wo er zu wenig bekommt oder sie zu viel gibt.
Manchmal kann sie deswegen nicht schlafen, dann fühlt sie sich be-
sudelt, obwohl sie noch nicht zu weit gegangen ist und ihr Alter Ego,
die Freche, Harte auf den hohen Absätzen, so weit wie möglich von
sich fernhält.

Während sie den Markt hinter sich lässt, verbannt sie das alles aus
ihrem Kopf.

In einer Seitenstraße bemerkt sie die beiden Männer, die mit großen, beunruhigenden Schritten hinter ihr herkommen. Sie geht schneller, aber es gelingt ihr nicht, die Männer abzuschütteln. Als sie zu ihr aufschließen, jeder auf einer Seite, spürt sie, dass es um sie geschehen ist.

Ein Schlag auf ihre Schulter. Der eine Mann hat sie gepackt. Er hat ein flaches, ausdrucksloses Gesicht. Ein zerrissenes Hemd hängt ihm aus der Hose. Sein Kumpan auf der anderen Seite zerrt an der Tasche in ihrer Hand. Dieser Mann ist größer, dünner, sehr dünn, aber er hat ein frisch gewaschenes Gesicht und Jochbeine, die wie gemeißelt aussehen.

»Finger weg!«, herrscht sie ihn an. Auf der gegenüberliegenden Straßenseite hocken einige Männer bei einem Lieferwagen mit Achsenbruch. Und auf ihrer Straßenseite, etwa dreißig Meter entfernt, geht eine Frau mit einem Kind auf dem Rücken. »Hilfe!«, schreit sie in dem Moment, da der gut aussehende, magere Mann ihr Handgelenk umfasst und ihr mit der anderen Hand die Tasche entreißt.

Sie wehrt sich heftig, tritt um sich und holt, selbst erstaunt, dass sie dazu überhaupt imstande ist, auf ihre Schuhspitzen hochfedernd nach dessen Gesicht aus. Ihr Schlag macht keinen Eindruck. Der Mann dreht ihr den Arm auf den Rücken, während sein Kumpan ihr mit einem harten Ruck die andere Tasche aus der Hand zu ziehen versucht.

»Gib her!« Wütend zischt der Hässliche sie durch die Zähne an, und seine Lippen kräuseln sich geringschätzig, als er hinzufügt: »Hure!«

Ein kräftiger Schubs in den Rücken befördert sie auf den Boden. Sie schreit laut auf, braucht jedoch nicht zu erwarten, dass ihr irgendjemand hilft. Machtlos, benommen von dem Sturz, liegt sie auf der Straße. Ihre Brust hebt und senkt sich schnell unter dem stockenden Atem. Sie kann sich ein wenig aufrichten und sieht die Männer mit den beiden gefüllten Taschen die Straße hinunterlaufen. Nicht rennend, sondern mit den gleichen großen Schritten, mit denen sie

sie eingeholt haben. »Hilfe!«, schreit sie erneut, heiser vor Aufregung, und dann lauter: »Diebe!«

Nichts geschieht. Sie beginnt zu schluchzen, heult wie ein kleines Kind. Sie schämt sich für sich selbst. Steh auf, denkt sie, steh auf. Doch die Ohnmacht erfasst ihren ganzen Körper, und sie bleibt schlapp auf der Straße sitzen und starrt auf den sich ausbreitenden Blutfleck auf ihrem Knie. Es ist gefährlich, etwas zu besitzen. Wie voreilig, nein, dumm, über ein Pastetchen beglückt zu sein, solange man es sich noch nicht in den Mund gesteckt hat. Hör auf zu flennen. Steh auf.

Hinter ihr schwillt Motorlärm an, und im nächsten Moment kommt ein Jeep mit weißem Stern auf der Tür vorbei. In hohem Tempo fährt er bis zum Ende der Straße, wo er die beiden Diebe einholt und mit quietschenden Bremsen hält. Auf der Beifahrerseite springt ein junger Amerikaner heraus. Die beiden Diebe rennen jetzt los, doch der amerikanische Soldat setzt ihnen nach wie ein Athlet auf der Aschebahn, zieht seine Pistole aus dem Holster und schießt in die Luft. Ein lauter Knall, der große Mann mit dem hübschen Gesicht bleibt stehen, aber sein Kumpan sucht sein Heil in der Flucht, rennt weiter und verschwindet um die Ecke.

Der Fahrer des Jeeps ist jetzt auch ausgestiegen. Dem Dieb werden Handschellen angelegt, und er wird in den Jeep gestoßen. Es kann ihr gar nicht grob genug zugehen. Dann kommt der, der die Verfolgung übernommen hatte, mit der Tasche in der Hand, die der große Dünne ihr entrissen hatte, zu ihr herüber. Sie rappelt sich hoch.

»Geht's?« Er hat rötliches Haar, bauschig wie blühender Bambus, Augen, so hell wie Flusskiesel.

Sie verneigt sich. »Ja, vielen Dank«, stößt sie hervor, leise zitternd, als hätte sie Fieber. Ihre Kehle fühlt sich an wie verbrannt.

»Können wir Sie nach Hause bringen?«

»Das ist nicht nötig, vielen Dank«, sagt sie.

Der Soldat nickt noch einmal und geht zum Jeep zurück. Allein zurückbleibend, beginnt sie nun am ganzen Körper zu zittern. Die

Hand, in der sie die Tasche hält, ist aufgeschürft. Sie starrt auf die Schrammen und dann auf den blauen Stein des Rings, der ihren angeschwollenen Finger einschnürt. Lebhaft rührt sich die Versuchung, zum Markt zurückzugehen und einem der Schwarzhändler das Funkeln unter die Nase zu halten. Bemüht, ihre Gedanken zu ordnen, bleibt sie stehen, bis ihr bewusst wird, dass die Männer bei dem Lieferwagen mit Achsenbruch sie mit verschlossenen Gesichtern anstarren.

Sie klopft sich den Schmutz von ihrem Mantel und macht sich auf den Heimweg.

4

Als sie in Northcrofts Limousine vom Hotel wegfahren, sehen sie Blakeney gerade mit Aktentasche unter dem Arm aus seinem Wagen steigen. Brink sitzt in Smoking zwischen seinen Kollegen Northcroft und Lord Patrick auf der Rückbank, alles andere als komfortabel. Sie sind auf dem Weg zu einem Empfang des neuseeländischen Außenministers, der für einige Tage in Tokio weilt.

»Ist Blakeney denn noch nicht weg?«, fragt Patrick, den silbernen Pferdekopf seines Stocks zwischen den mageren Knien. »Ich dachte, die Burschen von der Verteidigung seien schon alle nach Hause abgereist.«

»Sie sagen, dass er nicht in die Vereinigten Staaten zurückkehrt, nicht jetzt und auch nicht nach dem Tribunal«, weiß Northcroft. Sein dünnes, braunes Haar kräuselt sich über die Stirn. »Er will eine Japanerin heiraten.«

»So ein fähiger, gebildeter Mann«, murmelt Lord Patrick, »und doch so dumm.«

»Für junge Männer war das Angebot hier in den vergangenen zwei Jahren knapp«, sagt Northcroft, »nur wenige westliche Frauen, die meisten überdies verheiratet. Hunger ist der beste Koch.«

»Hunger?«, wiederholt Patrick. »Wenn Blakeney in die Vereinigten Staaten zurückginge, könnte er jeden Tag Steak essen statt trockenen Reis.«

»Solche Kerle gibt es«, sagt Northcroft. »Ein Cousin meiner Frau ist mit einer Maori verheiratet, er lebt jetzt auf einer kleinen Insel und hat sich einen Bart stehen lassen.«

»Spielen Sie noch Tennis mit Blakeney, Brink?« Patricks silbergrauer Schnäuzer wippt ein wenig in die Höhe, als er die Lippen zusammenpresst.

»Seit dem Malheur mit meiner Schulter nicht mehr.« Seine Kollegen wissen nicht mehr, als dass er auf seinem winterlichen Ausflug in die Berge einen kleinen Unfall hatte.

»Schade. Das wäre eine schöne Gelegenheit, mal ein gutes Gespräch von Mann zu Mann mit ihm zu führen.«

»Wieso?«

»Na, Sie kennen doch alle Argumente.«

Es bleibt einige Sekunden lang still im Wagen, und Brink starrt auf seine blitzblanken, formschönen Schuhe. In letzter Zeit hat er immer weniger Vergnügen an seiner Smokingjacke, an der Samtfliege und der scharfen Bügelfalte in seiner Hose. Er war sich unschlüssig, ob er mitgehen sollte, die Versuchung, auf seinem Zimmer zu bleiben und sich in die Nikomachische Ethik von Aristoteles zu vertiefen, war groß. Ach, läge er doch jetzt auf seinem Bett mit dem Buch, auf das er im Aktenlesesaal gestoßen ist. Ob die erneute Lektüre nach so vielen Jahren zu neuen Einsichten führen würde? Aber Northcroft hat darauf gedrungen, dass er mitkommt.

»Mag sein, dass Blakeney nicht nach Hause will«, sagt Patrick, »wir doch aber ganz gewiss. So allmählich ist Licht am Ende des Tunnels zu sehen, und das wurde auch Zeit. Diese endlosen Verhandlungen und Beratungen sind überstanden, und wenn wir es klug anstellen mit den einzelnen Urteilen, kann nicht einmal das Gestümpere von unserem hochverehrten Chief Justice verhindern, dass wir in drei, höchstens vier Monaten zu Hause sind.«

»Mir scheint, dass nicht alle mit der vorgesehenen Herangehensweise einverstanden sind«, bemerkt Northcroft.

»Pal?«, fragt Patrick.

»Natürlich, aber er scheint nicht der Einzige zu sein.«

Mit aller Deutlichkeit wird Brink jetzt klar, warum Northcroft darauf bestanden hat, dass er nicht nur zu dem Empfang kommt, sondern auch mit ihm und Patrick zusammen dorthin fährt. Offenbar wissen sie, dass er sich bei Webb über den von Patrick und Northcroft vorgeschlagenen Arbeitsplan für die Abfassung der Urteile beschwert hat. Die Fahrt in der Limousine steht im Zeichen eines »guten Gesprächs«, wie er es mit Blakeney hätte führen sollen, um den Amerikaner dazu zu überreden, sich für Steak anstelle von trockenem Reis zu entscheiden. Ihm glühen die Ohren, und er rutscht, zwischen seinen beiden Kollegen eingeklemmt, unbehaglich auf dem Ledersitz hin und her.

»Wir können uns kein Theater mehr erlauben«, sagt Northcroft schroff. »Auch MacArthur ist es leid. Er verlangt, dass die Urteile bis November da sind.«

»Es muss möglich sein, auf einen Nenner zu kommen, ohne dass wir erst endlos darüber beraten müssen. Was meinen Sie, Brink?«, fühlt Patrick vor.

»Ich bin ganz Ihrer Meinung, dass wir nicht unnötig Zeit vertun sollten«, ist seine Antwort.

»Es scheint Einwände dagegen zu geben, dass Sarjanow den russischen Teil der Urteile schreibt«, sagt Northcroft.

»Das kann ich mir gut vorstellen. Bedenken, dass Sarjanow die Beweislast gegen bestimmte Angeklagte durch eine ... getönte Brille sieht.« Patricks Worte, die Brinks Einwände zusammenfassen, scheinen eine Einladung an ihn zu sein, sich auszusprechen.

»Da ist was dran.« Er hält mit seiner Meinung hinter dem Berg, unsicher, ob Northcroft und Patrick seine Bedenken nicht nur nachempfinden, sondern sie auch stützen. Das schließt er keineswegs aus. Seine beiden erfahrenen Kollegen wissen genauso gut wie er, dass der Russe seine Arbeit nicht mit den verbundenen Augen der Justitia tun, sondern sich den dienstlichen Weisungen Stalins fügen wird.

»Andererseits«, sagt Patrick, »ist es ja auch nicht unlogisch, dass Sarjanow viel daran gelegen ist, das sein Land betreffende Teilurteil in die Hand zu nehmen. Er ist natürlich am besten informiert, so wie Sie es in Sachen Niederländisch-Indien sind. Die Anklage ist doch auch von Anklägern aus dem jeweils betroffenen Land abgefasst worden.«

»Das spricht umso mehr dafür, das Urteil von einem Richterkollegen aus einem anderen Land schreiben zu lassen«, entgegnet Brink.

»Welchen Teil würden Sie gern schreiben?«, will Patrick von ihm wissen. »Das Zeitschema, das Sie von Pearl Harbor ausgearbeitet haben, ist sehr überzeugend, das muss eine Heidenarbeit gewesen sein.«

»Ich fürchte, nicht alle Kollegen werden darüber begeistert sein, dass die Anklage ›Mord‹ im Falle von Pearl Harbor infolgedessen nicht haltbar ist.«

»MacArthur am allerwenigsten«, sagt Patrick. »Aber wäre das etwas für Sie, Pearl Harbor?«

»Wenn Sarjanow den russischen Teil übernimmt«, sagt er, »dann werden Angeklagte, die es nicht verdient haben, schwere Strafen entgegensehen, vielleicht sogar dem Tod durch den Strang.«

Patrick taxiert ihn unter seinen grauen Wimpern hervor. »Shigemitsu und Togo, meinen Sie, nehme ich an.«

Es ist inzwischen als sein Steckenpferd bekannt, dass er einen Unterschied macht zwischen den bürgerlichen Politikern, die die Kriegsmaschinerie stilllegen wollten, und der Militärclique, die für den Weg der Gewalt eintrat. Er nickt. »Was mich betrifft, verdienen sie einen Freispruch.«

»Immer mit der Ruhe, Brink!«, erlaubt sich Northcroft die Stimme ermahnend zu erheben. »Sie trugen Verantwortung in den Kriegskabinetten. Sie sagten Ja zum Krieg.«

Er ist bemüht, sich nicht über Northcroft zu ärgern, doch sein Kollege ist nun nicht mehr zu bremsen und erhöht Lautstärke und Tempo mit der Aufdringlichkeit eines Handelsvertreters. »Sie wussten von den Gräueltaten der Soldaten in den eroberten Gebieten oder müssten davon gewusst haben … Wenn Sie behaupten … Ich würde es nicht gern auf meine Kappe nehmen, dass sie freigesprochen werden.«

»Sie sind in unseren Augen vielleicht nicht mutig gewesen, aber vergessen Sie nicht, dass zur damaligen Zeit ein allzu kritischer Ton eines Politikers zu seiner Liquidation führen konnte, dafür gibt es Beispiele.« Die Worte seines Memorandums regen sich wie von selbst, und da er nun schon mal dabei ist, wollen sie auch heraus. »Dennoch hat sich Shigemitsu mehrmals unmissverständlich gegen die aggressiven Pläne der militärischen Führung ausgesprochen. Dokumente belegen, dass er sich dafür einsetzte, den Frieden zu wahren, und ein großer Befürworter von Verhandlungen zur Verbesserung der Beziehungen zu Russland und den Vereinigten Staaten war. Während des Krieges hat er versucht, die Falken zum Einhalten zu bewegen, und er hat sich aktiv dafür eingesetzt, den Krieg schnellstmöglich zu beenden. Auch gibt es Beweise dafür, dass er die Gräueltaten in den besetzten Gebieten zur Sprache gebracht und dazu aufgerufen hat, etwas dagegen zu unternehmen. Ich würde es nicht gern auf meine Kappe nehmen, dass ein gemäßigter Politiker, der für den Frieden war, eine schwere Strafe bekommt, weil er versucht hat, ein Gegengewicht gegen die Schurken in der Regierung zu bilden.«

Northcroft holt tief Luft, um zu einer Replik anzusetzen, doch die sanfte Stimme von Patrick kommt dem Neuseeländer zuvor. »Soll Sarjanow doch erst einmal das Konzept für ihr Teilurteil schreiben, dann wissen wir, worüber wir reden. Danach kann jeder von uns darauf reagieren.«

»Ich fürchte, dass es dann zu spät sein wird«, entgegnet Brink mit leiser Stimme.

»Es gibt keinen anderen Weg, die Arbeit dieses Tribunals zu einem guten Ende zu bringen«, sagt Northcroft. »Wir sind der Welt gegenüber zu etwas verpflichtet. Wir müssen zusehen, dass wir das Ganze ohne weitere Verzögerungen über die Bühne bringen, nach zweieinhalb Jahren.«

»Ich fürchte, dass nichts daran vorbeiführt, mit dem vollständigen Richtergremium darüber zu beraten«, beharrt er dickköpfig. »Auch wenn das mehr Zeit erfordert.«

»Es ist de facto bereits entschieden.« Patrick zieht in ruhiger Verachtung die Mundwinkel herunter.

De facto? »Ich weiß von nichts.«

»O Gott«, stöhnt Northcroft ungeduldig.

»Mit wem haben Sie sich schon alles beraten?«, will Brink wissen.

»Ich glaube nicht, dass Webb mit diesem Lauf der Dinge einverstanden ist.«

»Das glaube ich auch nicht.« Patrick lässt eine kurze Stille eintreten. »Pech für Webb.«

»Er ist der Vorsitzende.«

»Ein Urteil lässt sich auch ohne den Vorsitzenden schreiben«, sagt Northcroft. »Ein Mehrheitsvotum genügt.«

An diese weitreichende Möglichkeit hat er noch nicht gedacht, aber in der Tat, nun, da Northcroft es sagt: Die Charta des Tribunals lässt es zu, dass Beschlüsse mit einfacher Mehrheit gefasst werden. Und das gilt sogar für die Urteile. Er fühlt sich schachmatt gesetzt und weiß einen Moment lang nicht mehr, was er sagen soll. Eines muss er ihnen lassen, sie bedienen sich einer raffinierten psychologischen Kriegführung.

»Hören Sie, Brink«, sagt Patrick mit müder Herablassung, »wir ziehen Sie nur deswegen ins Vertrauen, weil wir Sie warnen wollen. Es gibt Kollegen, die keinerlei Verständnis mehr für irgendeine Verzögerung haben.«

Es zieht in der Narbe an seiner Schulter, und heißer Schweiß prickelt auf seinem Brustbein.

»Sie stehen auf dem Standpunkt: Entweder Sie machen mit, oder Sie sind draußen.«

Jetzt ist es heraus. Was hat er anderes erwartet? Nun weiß er wenigstens, woran er ist. Er blickt vor sich hin und versucht nachzudenken. Sie fahren auf der Ginza, der breiten Prachtstraße, wo großes Gedränge herrscht, auch von Autos, von denen es im letzten halben Jahr deutlich mehr im Straßenbild gibt. Sie kommen am Postamt vorüber, wo er immer seine Pakete mit den Kleidern für Dorien und dem Spielzeug für die Kinder aufgibt. Unter den Passanten fallen ihm drei Japanerinnen mit ziegelroten Sonnenschirmen über dem Kopf auf. Stöckelschuhe, kurze Röcke. Als sich eine der Frauen umdreht, erkennt er blitzartig die Statur, das zarte Gesicht hinter der grellen Aufmachung und Schminke. Sie hat etwas in der Hand, einen Zettel, den sie einem Weißen hinhält, doch der will ihn nicht annehmen und geht weiter. Northcroft ist jetzt voll in Fahrt, doch Brink hört ihn gar nicht mehr, sondern schaut sich durch das Rückfenster nach Michiko um. Schemenhaft nimmt er die Passanten und die Geschäfte wahr, sieht die Sonnenschirme sich entfernen, kleiner und kleiner werden, Punkte in der wuseligen Menge. Er will aussteigen, er muss zu ihr. Aber er sitzt im Smoking eingezwängt zwischen seinen beiden Kollegen, und der Wagen fährt weiter.

»Also mit Ihnen oder ohne Sie«, tönt die Stimme von Northcroft nah an seinem Ohr.

Sie überqueren eine stark befahrene Kreuzung, Sekunden, Minuten vergehen und treiben ihn schier zur Verzweiflung, bis sie endlich hinter einem amerikanischen Militärlaster halten müssen, aus dem Soldaten aussteigen. Erneut schaut er sich um.

»Hören Sie überhaupt, was ich sage?«, fragt Northcroft, der sich jetzt auch halb umdreht, neugierig geworden, was Brinks Aufmerksamkeit erregt hat, aber die Sonnenschirme sind längst nicht mehr zu sehen.

»Ja, ich höre Sie. Ich will aussteigen!«

»Ich bitte Sie, Brink«, empört sich Patrick, die Hand so krampfhaft um den Pferdekopf geklammert, dass die Knöchel wie leichenblasse Inselchen aufscheinen. »Sie benehmen sich wie ein verzogenes Kind. Seien Sie ein Mann, verdammt!«

Der Wagen setzt sich wieder in Bewegung, langsam noch.

»Fahrer, halten Sie an! Ich steige hier aus.« Der Wagen kommt zum Stehen. Brink wendet sich Northcroft zu, der auf der Gehwegseite sitzt. »Entschuldigen Sie, aber wären Sie bitte so freundlich …«

Nach kurzem Zögern steigt Northcroft aus und hält ihm die Tür mit fast übertriebener Höflichkeit weit auf.

Brink nickt Patrick zu und rutscht schnell seitwärts hinaus. »Danke«, sagt er zu Northcroft.

»Brink?« Northcrofts Miene ist nicht mehr feindselig, sondern besorgt.

»Ich weiß«, sagt er, »ich habe verstanden: Entweder mit mir oder ohne mich, die einfache Mehrheit genügt.«

Mit großen Schritten läuft er zurück. Als er die Kreuzung überquert hat, kann er nicht mehr an sich halten und rennt zwischen den Passanten hindurch. Es ist, als falle er durch den weiten, trüben Himmel über Tokio. Er rennt und rennt über die Ginza. Dass er seine Kollegen perplex zurückgelassen hat, die nun wer weiß was von ihm denken werden, ist ihm gleichgültig. Er hätte nicht gedacht, dass er dazu imstande sein würde. In der Ferne schaukeln die Sonnenschirme wie rote Flecken über einem Meer aus Köpfen. Außer Atem nähert er sich dem ersten Sonnenschirm, doch noch bevor er ihn erreicht hat, stellt er fest, dass das Gesicht darunter, breit, eckig, nicht das von Michiko ist. Er geht an der ihn anlachenden aufgetakelten Frau mit den gepuderten Wangen vorbei und entweicht ihrer ausgestreckten Hand, um zur zweiten Sonnenschirmträgerin zu gehen, die etwa zehn Meter weiter mit dem Rücken zu ihm steht, Schultern und Kopf durch den roten Kreis aus Reispapier aus seinem Blickfeld geschnitten. Als er bei ihr angelangt ist, im Geiste ihren Namen sagend, beschreibt der Sonnenschirm unvermittelt eine halbe Drehung und enthüllt ein Gesicht im Profil. Es ist länglich und hager, und zwischen den blutrot geschminkten Lippen ziehen die schief übereinander und ziemlich weit vorstehenden oberen Schneidezähne seinen Blick auf sich. »Hi, Mister!«, sagt das unbekannte Mädchen, während sie ein schrilles Lachen ausstößt und die Hand vor den Mund schlägt. Sie drückt ihm einen Zettel in die Hand. Er macht auf dem Absatz kehrt und schaut sich um. Einen dritten Sonnenschirm kann er nicht entdecken.

5

Er ist der Cousin von Michiko, der Onkel von Kiju und, mit ein bisschen Fantasie, der Sohn von Frau Takeyama, die wie eine Mutter zu ihm ist.

Er hat wieder ein Zuhause, wieder eine Familie.

»Ich habe etwas«, sagt er, als er abends in die Hütte von Frau Takeyama tritt. Gegen sechs Schrauben hat er ein Stück Seife eingetauscht. Frau Takeyama legt Kiju bäuchlings auf den Tatami, nimmt das Stück Seife von Hideki entgegen und schnuppert daran wie ein Jagdhund. »Mandel. Du sorgst jeden Tag für eine Überraschung.« Sie bückt sich zu dem kleinen Herd hinunter und pustet, während der Rauch ihr Tränen in die Augen treibt, auf die Kohlen unter dem Holz. Jeden Abend sind sie zusammen, er, die alte Frau und das Baby.

Michiko ist dann schon zur Arbeit. Er nimmt sich ein Beispiel an seiner Cousine und beklagt sich nicht. Michiko weiß sich durchzuschlagen und erhält sie alle drei am Leben. Kann man sich eine höhere Form von Reinheit vorstellen? Tagsüber, wenn sie zu Hause ist, verbringt sie ihre ganze Zeit mit Kiju. Nun, da es wärmer wird, steht die Tür offen, und sie sitzt vor der Hütte in der Sonne, vertreibt mit einem Stück Pappe die Fliegen, die um den Kopf ihres Söhnchens schwirren. Hideki setzt sich zu ihr und verbrennt sich fast den Mund an dem heißen Tee, den Frau Takeyama ihm gemacht hat. Über ihre Arbeit spricht Michiko so gut wie gar nicht, lieber tauscht sie sich mit ihm über die K-Rationen aus, die Essenspakete, die ursprünglich für die Frontsoldaten der Besatzungsmacht bestimmt waren, aber noch immer, so lange nach dem Krieg, im Straßenverkauf auftauchen. Sie gehen den Inhalt durch: Kekse, Käse und Schinken in Dosen, so nahrhaft und reichlich, dass man versteht, warum die

Amerikaner den Krieg gewonnen haben. Manchmal sehen sie sich zusammen die Zeichnungen von dem Haus an, das er bauen möchte. Ein Wohnzimmer, drei Schlafzimmer und eine Veranda, in Bleistiftstrichen von seiner Hand.

Er sitzt neben Kiju auf dem Tatami. Die hellen Augen des Kleinen schauen fragend zu ihm auf. Haku Sato, einer seiner Kameraden, mit dem er in Kriegsgefangenschaft war, war kurz vor dem Krieg Vater geworden und trug das Foto von seinem neugeborenen Söhnchen in einer Plastikhülle bei sich. Manchmal zog er es hervor und schaute lange auf das Baby, das nun schon viel älter war. Inzwischen muss der Junge sechs Jahre alt sein, denkt Hideki. Haku Sato hatte Sternkunde studiert und war ein sanftmütiger, in sich gekehrter, schlanker Mann. Dem Leben im Lager war er noch weniger gewachsen als dem an der Front. In einer eiskalten Nacht erhängte er sich an den Schnürsenkeln seiner Stiefel. Seltsam, wie das Leben geformt wird durch Menschen und Dinge, die darin auftauchen und daraus verschwinden. Erinnerungen an Geschehnisse und Personen, die man in einem immer größer und schwerer werdenden Netz hinter sich herschleppt, Kameraden in der Kriegsgefangenschaft, vergewaltigte Schwestern, Waldlaubsänger mit blauen Federn, ein Baby auf einem Foto.

»Es ist gleich fertig«, sagt Frau Takeyama. Der Geruch der Tofu-Tempura, die sie in dem neuen Topf ausbackt, lässt ihm das Wasser im Mund zusammenlaufen. Er legt die Hände auf die Knie und nickt. Ein Schlafzimmer für Michiko und Kiju, eines für Frau Takeyama und eines für ihn. Getrennt durch Holzwände, und jedes mit einem kleinen Fenster in der hinteren Wand.

In seinem Traum diese Nacht ist es fertig. Die Böden sind gekehrt, die Futons in den Schlafzimmern ausgerollt. Aber er ist allein. Er steht auf der Veranda und wartet. Weit und breit niemand. Im nächsten Moment regnet es in Strömen, und über die offene Fläche kommt ein Mädchen gelaufen. Er erwartet, dass es Michiko ist. Ihr geblümter

Rock klebt wie ein nasser Lappen an ihren dünnen Beinen. Mit der Hand hält sie sich ein Stück Pappe über den Kopf. Jetzt erkennt er sie, aber ihr Name will ihm nicht einfallen. Der Regen schlägt kleine Krater in den Straßenstaub. Fieberhaft zerbricht er sich den Kopf über ihren Namen, an den er sich erinnern muss, bevor sie bei ihm ist. Sonst geht alles schief.

Als er von einem Piepsen geweckt wird, ist die Nacht blauschwarz. Der Schwanz von Stiller Archipel peitscht wütend über den Boden. Das Tier wird seine Beute nicht mehr entkommen lassen. Wir sind keine Tiere, denkt er, wir sind von einer höheren Ordnung. Michiko gibt ihr letztes Geld für Frau Takeyamas Vitaminpülverchen und Antibiotika aus. Aber ein Chinese mit Ohrenklappen pisst durch die Gitterstäbe auf Hidekis verbranntes Gesicht. Der Militärchirurg und die Bazooka, das scheinen Gegensätze zu sein, aber vielleicht ist die eine Geschichte ohne die andere nicht vollständig ... Eine piepsende Maus in der Nacht, und seine Gedanken fliegen wer weiß wohin, mehr braucht es dafür nicht. Dieses ewige Grübeln, so sinnlos und festgefahren. Aufhören jetzt.

Etsu, so hieß sie. Ist dieses haltlose Denken also doch noch zu etwas gut. Er legt die Hände hinter den Kopf und starrt in die Dunkelheit. »Etsu«, murmelt er.

6

Die Neonlettern an der Fassade verleihen seinem weißen Galahemd und seinen Händen ein unnatürliches Glutrot. Vor die Scheibe gebeugt späht er auf ihr Foto, gewürgt von der Fliege um seinen Hals, die Stirn feucht und pochend, als hätte er Grippe. Den eigenen Schweißgeruch in der Nase, schiebt er den Vorhang vor dem Eingang beiseite.

Er nimmt an einem Tisch Platz und lauscht den Musikern, die die obligatorischen populären Melodien spielen, während zwei Japanerinnen – es sind die, die er zuvor an der Ginza Prospekte hat verteilen sehen – auf einer Bühne tanzen. Sie haben ihre Sonnenschirme aus Reispapier gegen Cowboyhüte getauscht und werfen im Scheinwerferlicht ihre nackten Beine hoch. In dem schummrigen Saal sitzen einige Männer allein an Tischen, die meisten von ihnen Japaner. An der beleuchteten Bühne ein Trupp amerikanischer Soldaten, die übertrieben mit den Fingern schnippen und dem Barmann Bestellungen zurufen. Hinter ihm an der Bar sitzen noch einige Gäste.

Als die Tänzerinnen den Applaus ihrer Bewunderer entgegengenommen haben, setzt der Drummer zu einem leisen Trommelwirbel an.

»Meine Damen und Herren«, sagt der Saxofonist ins Mikrofon, »Club Paris hat die Ehre, Ihnen die schönste Sängerin Tokios vorzustellen: Michiko!« Nachdem der Mann seine Ankündigung auf Japanisch wiederholt hat, geht die Bühnenbeleuchtung aus.

Die plötzliche Dunkelheit fordert seine Einbildungskraft heraus. Er sehnt den nächsten Moment herbei, und fürchtet ihn gleichermaßen. In dem Tempel, den sie vor langer Zeit zusammen besuchten, erzählte Michiko ihm vom buddhistischen Kreislauf des

354

Lebens, in dem der Mensch gefangen sei. In einem Rad waren dort der Hahn, die Schlange und das Schwein als Symbole der Gier, des Hasses und der Verblendung dargestellt. Erst später ging ihm auf, was sie nicht erzählt hatte: Dass jedes Tier in dem Rad einem anderen nachjagt, um es zu fressen, während es zugleich fürchten muss, selbst verschlungen zu werden. Auf einmal, wie durch ein Wunder, steht sie da, angestrahlt, hinter dem Mikrofon, in einen glänzenden Kimono mit springenden Forellen und den Silberstreifen eines Bachlaufs gehüllt. In ihrem dicken schwarzen Haar steckt eine Nadel mit einer Perlentraube am Ende. Er muss sich beherrschen, um nicht von seinem Stuhl aufzuspringen und zu ihr zu stürmen. Sie singt ein japanisches Lied, vom synkopierten Rhythmus her unverkennbar ein Boogie-Woogie, gefolgt von einem ihm unbekannten amerikanischen Schlager, den die Amerikaner Wort für Wort mitgrölen. Neue Gäste nehmen um ihn herum Platz, und der Barmann durchschneidet mit seinem vollen Tablett den tief hängenden Zigarettenqualm. Sie stimmt ihr nächstes Lied an, wieder auf Japanisch, er kann es nicht verstehen, aber es hat etwas Darstellendes, Erzählendes. Ihrer Mimik und ihren Bewegungen nach zu schließen, bewegt sie sich durch Wasser. In der Mitte der Nummer lässt sie mit einer geschmeidigen Bewegung den Kimono von ihren Schultern gleiten. Darunter kommt ein durchsichtiges schwarzes Kleidchen zum Vorschein. Ihre Hände, fahlbleich, wandern abwärts, die Finger strecken sich zum Saum, den sie zwischen Daumen und Zeigefinger hochzieht, sodass erst die glatt gerundeten Knie entblößt werden, dann der Ansatz ihrer schlanken Oberschenkel und diese schließlich in ihrer ganzen Zartheit. Die Beine, die in dem Gasthof neben den seinen gelegen haben. Er erinnert sich an ihre Umarmung auf dem Felsplateau unter dem Fuji, an jenem fernen, heiteren Tag, da er sich seiner Gefühle so sicher war. Das Kleidchen wird noch weiter geschürzt und lässt ein kleines Dreieck aus silberfarbenem Glitzerstoff sichtbar werden. Zwei kleine Quasten hüpfen auf ihren Hüften.

Liszt und Brahms hat sie gesungen! Eine Einladung vom Frank-

furter Konservatorium hatte sie in der Tasche! Dieses silberne Dreieck mit den hüpfenden Quasten stellt ihn unter Anklage. In dem
Kapitel der Nikomachischen Ethik, das er zuletzt gelesen hat, führt Aristoteles den Begriff der ausgleichenden Gerechtigkeit ein: Jemand,
der von einem anderen benachteiligt wurde, soll eine Kompensation im Umfang des erlittenen Nachteils erhalten. Das ist das Wort,
das in ihm aufkommt: Kompensation. Er wird es wiedergutmachen.
Michiko verbeugt sich vor dem Publikum. Sie sieht jetzt kurz in
seine Richtung, aber ob sie ihn bemerkt hat, weiß er nicht. Es geht
ihm natürlich um mehr als nur um einen Ausgleich, denkt er, während sie den Kimono vom Boden aufhebt und durch den Vorhang auf
der Rückseite der Bühne abgeht. Er ist nicht über die Straße gerannt,
hierhergekommen, um ein Missverhältnis zu berichtigen, nein, er
hat sie gesucht, er musste sie suchen, weil es seine Bestimmung war,
sie wiederzufinden.

Er bestellt sich noch etwas zu trinken und schaut den Mädchen
zu, die ihre Westernkostüme gegen Röckchen und Stöckelschuhe getauscht haben. Amerikanische Freizügigkeit auf Japanisch. Sie tanzen
wild mit den Soldaten, die so viel größer sind als sie. Auch Michiko
hat sich umgezogen, als sie in den Saal zurückkommt. Sie trägt jetzt
ein kniekurzes schwarzes Kleid mit einem tiefen V-Ausschnitt. Ihr
Blick streift ihn flüchtig, und jetzt ist er sich sicher, dass sie ihn gesehen hat. Ein Aufleuchten des Erkennens, der Erinnerung, doch es
ist mehr als das, er meint auch Erleichterung wahrzunehmen. Er erhebt sich, und als sie bei seinem Tisch angekommen ist, erwartet er,
dass sie stehen bleiben, ihn ansprechen, die Hand ausstrecken wird,
aber sie sieht ihn nicht einmal an. Sie geht an die Bar und setzt sich
auf einen Hocker, ohne auch nur die Augen zu ihm aufzuschlagen.
Er sinkt auf seinen Stuhl zurück und heftet den Blick auf sie, wartet
auf eine Bestätigung, eine einzige Geste, doch sie sieht an ihm vorbei
und über ihn hinweg, als wäre er nicht da. Sie straft ihn mit Gleichgültigkeit.

Niemals hätte er ihr das Gefühl vermitteln dürfen, dass ihre Abreise aus Tokio ihm gerade recht war. Niemals ihren Brief unbeantwortet lassen dürfen. Seine Ängstlichkeit muss sie als Missachtung aufgefasst haben. Später hat er sich selbst verachtet, weil er war, wie er war. Sie muss wissen, dass er hier ist, um das wiedergutzumachen.

Von der Bühne schmettern der Saxofonist und der Drummer ihre Rhythmen in den Saal. Einmal schaut sie doch zu ihm herüber, nur einen Augenblick lang, und in dem Höllenlärm spielt sich zwischen ihm und ihr eine wortlose Szene ab wie in einem Stummfilm. Nur dieser eine Blick von ihr zu ihm und der unverwandte Blick von ihm zu ihr. Die gegenseitige Spannung steigt, als wären sie beide von einem Zauberstab berührt worden und alles würde aufs Neue in Gang gesetzt. Auf der kleinen Tanzfläche sind die Körper der Tänzerinnen und der Amerikaner immer enger ineinander verschlungen.

Er steht auf, geht zur Bar und stellt sich neben sie. An ihrer anderen Seite sitzt ein kleiner Mann in weißem Anzug und mit weißem Hut auf dem Kopf.

»Michiko, kann ich mit dir reden?«

»Worüber?«

»Ich habe dich gesucht.«

Sie schweigt. Ihre Schlüsselbeine werfen einen leichten, samtigen Schatten auf ihre Haut.

»Ich bin in Nagano gewesen, im Dorf, aber du warst schon weg.«

Der Ausdruck ihrer Augen verändert sich etwas, doch im nächsten Moment hält ihr Blick ihn schon wieder auf Abstand. Vielleicht ist die Begegnung mit ihm, so unerwartet, unter diesen beschämenden Umständen, unerträglich für sie.

»Ich bin besetzt.« Sie trinkt einen Schluck von dem grünen Zeug in ihrem Cocktailglas. »Das hier ist meine Arbeit, ich trete auf, und ich bekomme Getränke.«

»Darf ich dir etwas zu trinken bestellen?«

»Das wäre unhöflich. Dieser Herr hier hat mir schon etwas angeboten.«

Er schaut an ihr vorbei zu dem Mann hinüber. Sein Gesicht ist

bleich, sein Körper zerbrechlich wie der eines Kastraten mit Tuberkulose, aber seine Augen sind hart.

»Vielleicht solltest du besser gehen«, sagt sie.

»Aber ich bin deinetwegen gekommen.«

»Warum?«

»Du hast mir gefehlt.«

Sie schluckt, und er erinnert sich, wie zärtlich ihre ersten Berüh-
rungen waren.

»Hast du meinen Brief erhalten?«, fragt sie leise.

Er nickt. »Es tut mir leid.« Er weiß, dass seine Entschuldigung
dürftig ist. »Ich möchte dir helfen.«

Sie scheint jetzt genug zu wissen, genug von ihm zu haben. »Wer
hat dich um deine Hilfe gebeten?«

»Du ... hier ...«, er lässt den Blick einmal kurz durch den Raum
schweifen, »arme Michiko.«

Ihr Gesichtsausdruck wird wieder hart, sie zieht sich zurück, noch
weiter. »Du bist im Irrtum. Guten Abend.« Sie wendet sich ab und beginnt, auf Japanisch mit dem Mann neben ihr zu reden. Worte, die er
nicht versteht, die auch nicht für ihn bestimmt sind. Sie schließt ihn
aus. Er beherrscht sich, aber am liebsten würde er schreien, brüllen,
Gläser von der Theke fegen. Während er bezahlt, fällt sein Blick auf
ihre Hand. Das Funkeln des blauen Steins schenkt ihm Hoffnung.

Draußen wartet er auf der anderen Straßenseite im Schatten eines
Hauseingangs und feilt im Geiste an Worten, die alles erklären sollen und die er schon früher an diesem Abend hätte aussprechen wollen, wenn sie ihm die Gelegenheit dazu gegeben hätte. Es fühlt sich
so an, als sei er dadurch, dass er eine Weile allein war, dass er ihren
Brief nicht beantwortet hat, in die Vergangenheit zurückversetzt
worden und sehe sein Leben vor der Begegnung mit ihr in einem
anderen Licht. Wenn er morgens in den Spiegel schaut, sieht er nicht
mehr den Mann, der mit zwei Koffern, einem englischen Wörterbuch und einem Übermaß an Ehrgeiz in Tokio ankam, nicht mehr

den Mann, der am Sonntagnachmittag zu seinen Schwiegereltern zum Tee ging.

Kameradschaftlich die Arme um die Schultern gelegt, verlassen die amerikanischen Soldaten das Lokal und entfernen sich. Der schmale Mann mit seinem mondänen weißen Anzug und Hut steigt in einen Wagen mit Chauffeur, und als er vorüberfährt, das Gesicht verschwommen hinter der beschlagenen Scheibe, fällt Brink ein, woher er ihn kennt. Er hat vor langer Zeit als einziger Japaner im Imperial Hotel gewohnt, auf demselben Stockwerk wie er. Bei dem Liederabend im großen Saal des Hotels erfuhr er von diesem Mann, dass Frau Haffner eine berühmte Musiklehrerin sei, die sogar am Hof des Kaisers unterrichtete. Der Mann verschwand dann von der Bildfläche, bis Brink ihn bei dem Blumenladen wiedersah, wo er sich mit Michiko verabredet hatte. Er erinnert sich an Michikos Bestürzung darüber, dass der Mann sie in den Buick hatte steigen sehen. Merkwürdig, dass ebendieser Mann Michiko heute Abend »besetzt« hat.

Die letzten Gäste kommen heraus, dann die Musiker, die Tänzerinnen, der Barmann; einer nach dem anderen verschwindet in der Dunkelheit. Brink wartet bereits zwei Stunden, als das Neonlicht ausgeht und ein etwas ungeschlachter Mann in einem zu engen schwarzen Jackett auftaucht. Der Mann steckt einen Schlüssel ins Schloss und kontrolliert, ob die Tür fest verschlossen ist.

Brink tritt hinter ihn. »Michiko? Wo ist Michiko?«

Der Mann taxiert ihn, zur handfesten Verteidigung bereit. »Michiko weg«, stößt er heiser hervor.

»Weg? Ich habe sie nicht nach draußen kommen sehen.«

»Andere Seite«, sagt der Mann, schon etwas selbstsicherer.

»Wo wohnt sie?«, fragt er.

Der Mann überhört seine Frage, tut, als sei er Luft für ihn. Wortlos schiebt er sich an ihm vorbei.

Brink folgt dem Mann in einem kleinen Abstand, verliert ihn in den dunklen Gassen, wo Häuser und Müllberge für eine unsägliche Enge sorgen, jedoch schon bald aus den Augen. Ohne Wagen mit

Fahrer, in seinem Smoking an jeder Ecke von aufdringlichen, neben ihm herlaufenden Strichmädchen angesprochen, ist er darauf bedacht, den finsteren Gestalten, denen er begegnet, aus dem Weg zu gehen. Fetzen eines von Zechern gesungenen Liedes flattern durch die Luft. Schmutzige Gesichter lauern hinter Fensterläden und beäugen ihn. Japaner können gefährliche Irre sein. Seine Gerichtsdossiers haben den Glauben an ihre Grausamkeit weitestgehend bestätigt. Millionen von Opfern haben sie auf dem Gewissen. Da macht eines mehr oder weniger nichts mehr aus. Endlich erreicht er die hell erleuchtete Ginza, wo ein alter Mann mit Pferdekarren steht, den grauen Kopf an den des eingespannten Tiers gelegt. Er flüstert dem ausgemergelten Pferd zärtliche Worte zu.

Der Mond steht hoch am Himmel. Es ist frischer geworden. Brink schlägt den Kragen seiner Smokingjacke hoch und späht die lange, stille Straße nach einem Taxi ab. »Du bist im Irrtum«, hat sie gesagt. Er weigert sich, das zu glauben. Er hat sie wiedergefunden, das ist ein Anfang. Er kommt an einem großen Schaufenster vorüber, in dessen Scheibe er sich als verschwommener Fleck gespiegelt sieht. Plötzlich bleibt er stehen und tickt mit dem Fingernagel gegen das kalte Glas. »Ga-ra-su.« Drei Silben, die sich aus seinem Mund wie eine Zauberformel anhören. Garasu, Glas.

7

»Geht es, Liebes? Brauchst du etwas?« Frau Takeyama kniet sich zu ihr und stellt eine Schale heißen Tee vor sie.

Es ist warm, gerade noch hell. Ein Ziegelstein in der offen stehenden Tür verhindert, dass sie zuweht. Michiko liegt mit Kiju neben sich auf dem Futon. Wie gestern schon geht sie auch heute nicht zur Arbeit. Über der leeren, verbrannten Fläche wirbelt der launische Wind den schwarzen Staub auf wie einen Heuschreckenschwarm.

Michiko hat Frau Takeyama gesagt, dass sie krank sei. Es gibt Begegnungen, die sind ohne vorherige Ankündigung einfach unmöglich. Ein regelrechter Anschlag war das. Wo sie ihn gerade begraben hatte, ist er plötzlich aus dem Publikum auferstanden. Wiederauferstehung im Smoking. Dieser allererste Moment des Erkennens ... Ein Schleier zog vor ihre Augen, und fast wäre sie zusammengebrochen.

Frau Takeyama scheuert die Töpfe mit Sand und gibt der Geranie Wasser. Sie dreht die Konservendose, in der sie steht, sodass Michiko die roten Blütenblätter sehen kann. Sie kümmert sich um sie, redet mit ihr oder lässt sie in Ruhe, wenn sie merkt, dass sie lieber allein ist. Heute erstickt die alte Frau sie mit all ihrer Güte, mit dieser letzten Blüte der Saison. Zwischen ihnen hängt die große Besorgnis, wie es nun weitergehen soll, da sie die letzten spärlichen Lebensmittelvorräte angebrochen haben.

Morgen ist Samstag, Zahltag, Michiko wird nichts anderes übrigbleiben. Aber sie kann nicht, traut sich nicht hin. Eine weitere Begegnung mit dem Richter würde ihr ganzes Leben auf den Kopf stellen.

Als hätte sein Auftauchen nicht schon genug angerichtet, bekam sie, nachdem er das Lokal verlassen hatte, auch noch die giftige Wut Shikibus zu spüren. Mit funkensprühenden Augen hielt er ihren Blick gnadenlos gefangen. »Du hast schon einmal einen großen Fehler gemacht, hüte dich vor einem weiteren.« Sie hat dem Richter die kalte Schulter gezeigt. Hat Shikibu dennoch gespürt, dass er ihr nichts, aber auch gar nichts bedeutet, er, der ihr schon so lange und geduldig den Hof macht und sie aushält?

Als Kiju schläft, erhebt sie sich. Zum ersten Mal seit zwei Tagen geht sie nach draußen. Es ist inzwischen Abend geworden. Aus dem hüfthohen Unkraut auf der Brache tauchen zwei Gestalten auf, die sie nicht hat vorüberkommen sehen, als sie in der Hütte war. Sie sehen sich ständig um und bewegen sich schnell. In letzter Zeit zieht es immer mehr Menschen auf diese Fläche, ehemalige Bewohner, die ihre Häuser wiederaufbauen, aber auch solche mit finsteren Absichten. Wegen dieses Zustroms von zwielichtigen Vertretern sind sie stärker auf der Hut. Sie beschleunigt ihre Schritte, bis sie an der Stelle angelangt ist, wo früher ihr Elternhaus stand. Mit einem Ruck dreht sich Hideki zu ihr um, erschrocken, gekrümmt, wie ein Verdammter aus der Mythologie. »Hast du die beiden gesehen?«, fragt er.

Sie nickt. »Es schien, als fühlten sie sich verfolgt.«

Er denkt kurz über ihre Worte nach. »Vielleicht von der Polizei.« Seine Finger fahren auf der Suche nach Nägeln über ein Dielenbrett. »Ich habe beinahe genug für den Fußboden, nächste Woche könnte ich die Pfosten teeren und eingraben.«

»Das hört sich gut an.«

Er hebt etwas vom Boden auf. »Hier.« Er reicht ihr eine Papiertüte. »Kerzen.«

Man wird nicht recht schlau aus ihm, wahrscheinlich weil er immer so in Gedanken versunken ist. Manchmal tauschen sie sich aus, der eine sagt etwas, und der andere antwortet darauf. Aber es kommt auch oft vor, dass er sie bittet zu wiederholen, was sie gerade gesagt hat, obwohl sie kein Wort gesprochen hat. In den ersten Monaten nach seiner Ankunft war er so antriebslos und niedergeschlagen, dass sie ihn gar nicht ansehen konnte. Er hockte nur da und starrte vor sich hin wie ein selbstquälerischer Mönch. Jetzt geht er völlig in seinen Plänen für den Hausbau auf. Doch seine Einsatzfreude kann auch ausarten, wenn er einmal Feuer gefangen hat, das haben sie im Dorf zu spüren bekommen. Irgendetwas in seinem Charakter scheint ihn dafür empfänglich zu machen, sich unmögliche Aufgaben zu stellen. Auch wenn diese zu seinem eigenen Untergang zu führen drohen, lässt er sich nicht davon abbringen. Weder durch andere noch durch das Schicksal. Vorsichtig hat sie bemerkt, dass es für einen allein – insgeheim dachte sie dabei: für einen, der kaum auf seinen Beinen stehen kann – vielleicht zu hoch gegriffen sei, ein Haus zu bauen. Aber mittlerweile hat sie sich mit seinem Vorhaben angefreundet, ja begrüßt es und malt sich das Häuschen manchmal genauso lebhaft aus wie er. Egal, was dabei herauskommt, Hidekis Enthusiasmus ist allemal wichtiger.

»Hier in der Gegend ist nichts mehr zu holen«, sagt er. »Hast du noch eine Idee?«

Er betrachtet sie als Kundschafterin, eine, die täglich in die Stadt geht und Bericht erstattet, eine, die weiß, wo gebaut und abgerissen wird. »Ich hab gehört, dass in Ginza ganze Häuserblocks abgerissen werden. Weißt du etwas darüber?«

»Stimmt«, sagt sie und fügt schnell hinzu: »Aber das ist zu weit weg.«

Hideki ist ein Gefangener der verbrannten Fläche. Er würde es mit seinem Leben bezahlen, wenn man ihn aufgriffe. Frau Takeyama und sie gewähren ihm Unterschlupf, erhalten ihn am Leben, auch das ist strafbar. Wie lange wird das noch gut gehen, wie lange können sie noch so leben? Sie weiß, dass er die Grenzen seines Gefängnisses in letzter Zeit immer weiter ausdehnt. Es scheint nur eine Frage der Zeit zu sein, dass sich sein Expansionsdrang gegen ihn kehrt.

Beiläufig hat sie bei Shikibu vorgefühlt, ob er ihr zu gefälschten Ausweispapieren verhelfen könne, denn sie weiß, dass er ihren Chef vor dem Gefängnis bewahrt hat, und im Vergleich zu anderen Dingen, die er für sie »deichseln« könne, wie er angeboten hat, wäre diese Gunst ein Klacks.

»Für wen?«, hat er tonlos gefragt.

»Für meinen Cousin.«

»Was hat er zu verbergen?«

»Nichts.«

»Dann braucht er auch keine falsche ID-Karte.«

Später hat er ihren Notizzettel mit Hidekis Daten dann doch in seine Anzugjacke gesteckt. Aber das war, bevor das plötzliche Auftauchen des Richters ihn in Rage gebracht hat.

Ein warmer Wind säuselt in der Dämmerung, als sie mit Hideki zusammen zu Frau Takeyama zurückkehrt, die Kiju gehütet hat.

Michiko bückt sich und zieht einen der Kerzenstummel aus der Tüte. Sie zündet ihn an, lässt etwas Wachs auf ein Blechtellerchen tropfen und drückt den Stummel darin fest. Die kleine Hütte wird in sanftes Licht getaucht. Der Duft hier drinnen, vom schlafenden Kind, von der alten Frau und vom angetrockneten Schimmel in den Wänden, ist ihr zutiefst vertraut, ist zu einem Teil von ihr geworden wie die Lieder, die in ihren Träumen zum Leben erwachen.

»Wie weit ist es zu Fuß nach Ginza?« Hideki steht hinter ihr vor der offenen Tür.

Sie schaut zu ihm auf, aber er scheint inzwischen an etwas anderes zu denken. »Zu weit natürlich!«, sagt sie kurz angebunden. Ein solches Risiko sind ein paar miese alte Bretter und rostige Schrauben nicht wert, denkt sie. »Schlaf gut«, sagt sie, sanfter jetzt.

Aber er ist schon verschwunden.

8

Ein Mann mit Krücke und Krokodilhaut im Gesicht fällt auf, davon muss er wohl ausgehen. Zumal er das Empfinden hat, dass alle ihn anstarren, alle es wissen: Da läuft er, das ist er! Seit seiner Ankunft in Tokio war er zurückhaltend, abwartend. Sein Aktionsradius beschränkte sich auf die Baugelände im Umkreis von Asakusa. Auf seiner Irrfahrt im Winter war er von zwei Männern der Bahnpolizei angehalten worden. Natürlich wollten sie seine ID-Karte sehen. Er erklärte, dass ihm alle seine Habseligkeiten gestohlen worden seien, samt seinem Geld und der Karte. In der frostigen Kälte notierten sie den Namen und die Adresse, die er mit angstvoll dampfendem Atem angab – falsch natürlich –, und ließen ihn laufen. Das hätten sie nicht gemusst, sie hätten ihn auch ihren Kollegen von der Gemeindepolizei übergeben können, aber wahrscheinlich hatten die Männer wie er in der Armee gedient und hatten Mitleid mit dem durchgefrorenen Veteranen, oder vielleicht wollten sie einfach eine Tasse heißen Tee trinken und ihn deswegen so schnell wie möglich loswerden. Jedenfalls hatte er gerade noch einmal den Hals aus der Schlinge gezogen, wie ihm später bewusst wurde, denn seine Personenbeschreibung dürfte zu dem Zeitpunkt bereits in den meisten Polizeistationen auf Honshu bekannt gewesen sein.

Er ist sich ziemlich sicher, dass er in der richtigen Gegend unterwegs ist. Hier gibt es unzählige Gebäude wie das kleine Haus, an das er sich von jenem Abend her erinnert, da sie mit einem Stück Pappe über dem Kopf in sein Leben trat. Die Fülle der einander gleichenden Baracken macht es aber auch schwierig. Er irrt umher, straßauf, straßab, und bleibt hin und wieder vor einem Häuschen mit angefressenen Wänden und Brettern vor den Fenstern stehen. Aber nie ist es das Haus, das er sucht. Gerade als er aufgeben will, fällt sein Blick auf ein weiß getünchtes Gebäude, oder besser gesagt auf die roten Glasletter an der Fassade: »Club Paris«. Schockartig erfasst er, dass dies das Lokal sein muss, in dem Michiko auftritt. Er schaut sich die Fotos hinter der Scheibe an; das in der Mitte, von Michiko in kurzem Höschen, kann er kaum ansehen. Vorsichtig zieht er den Vorhang vor der Tür ein wenig zur Seite, um hineinzuspähen. Eine alte Frau mit spitzen Schultern kehrt den Fußboden auf. Glitzernde Staubteilchen tanzen um ihr Kopftuch. Panisch fragt er sich, was er hier tut, angesichts eines dunklen Geheimnisses, das nicht für die Blicke eines törichten Cousins bestimmt ist. Als die alte Frau zu ihm aufschaut, lässt er den Vorhang fallen und geht weiter.

Zuerst wächst in ihm die Verwirrung, dann die Enttäuschung über Michiko, weil sie dort arbeitet, dort arbeiten kann. In den letzten Wochen ist sie still und lustlos gewesen, so sehr sogar, dass sie einige Tage zu Hause geblieben ist. Wenn er morgens ein wenig mit ihr zu plaudern versuchte, sah sie ihn kaum an. Sie hat ihn angelogen. Las Vegas, Golden Gate, Pigalle, die anbiedernden fremden Namen ärgern ihn. Wohin er auch blickt, überall gehen Männer mit Filzhüten und Frauen mit karierten Röcken und weißen Söckchen in Stöckelschuhen, im Stil der USA. Warum laufen sie alle den Amerikanern nach wie dressierte Affen? Sehen sie denn nicht, dass sie sich lächerlich machen? Sie glauben wahrscheinlich, so veränderte sich ihr Leben, aber sie verwechseln Veränderung mit Nachäfferei. Wir sind Japaner, denkt er. Auf die Weise kommen wir nie einen Schritt weiter. Michiko hat ihn getäuscht. Aber sein Gekränktsein darüber macht, während er die Straße hinunterhumpelt, Mitleid Platz, Mitleid darüber, dass sie mit diesem Geheimnis leben muss.

Auf einem Handkarren liegt ein Haufen alter Krempel, Bretter, Wellblechstücke, kaputte Kisten. Intuitiv lässt er den Blick darüberwandern, bis er an einem Handbohrer mit Holzgriff hängen bleibt, genau das, was er braucht. Einen Hammer, einen Vorschlaghammer, ein Brecheisen und Schraubenzieher verschiedener Größen hat er bereits – gefunden, eingetauscht oder auf irgendeinem anderen Weg organisiert –, was in seinem Werkzeugkasten jedoch noch fehlt, ist ein Bohrer. Er spricht den Jungen, der neben dem Karren steht, darauf an. Der Junge erzählt ihm, dass der dafür zuständige Mann nicht da sei und er nicht wisse, wann er zurück sein werde. Hideki geht weiter, und als er sich an der Straßenecke noch einmal umschaut, sieht er, wie sich der Junge gerade ein altes Fahrradschutzblech von dem Karren schnappt, unter den Arm klemmt und schnell damit wegläuft. Er zögert, kehrt dann aber zu dem Karren zurück, vergewissert sich, dass er von niemandem beobachtet wird, und nimmt sich den Bohrer. Hastig versteckt er ihn unter seinem Hemd, erstaunt und auch ein kleines bisschen stolz, dass er zu so etwas imstande ist, und macht sich, so schnell er kann, aus dem Staub.

Er biegt um ein paar Ecken und gelangt in eine Gasse, die auf einen großen Platz führt, wo eine Menge aus Hunderten von Menschen versammelt ist. Die verbrannten Bäume auf dem Platz sind kahl, die Sockel der Monumente tragen keine Statuen, das Unkraut an den Rändern steht kniehoch. Vor dieser lädierten Kulisse trippeln Tauben herum, weiße Tauben, wie das lebende Sinnbild des Friedens, doch die Vögel ahnen nicht, wie lächerlich sie wirken. Ermattet lässt er sich auf dem Boden nieder, um auszuruhen, und schaut sich um. Ein Mann ohne Beine sitzt auf einem Brett mit Rädern und bewegt sich mit den Händen vorwärts. In einer Rabatte ohne eine einzige Pflanze oder Blume liegt ein Mann mit klaffender Wunde in der unrasierten Wange inmitten von Unrat und schläft. Bei so viel Abfall fällt man nicht auf. Hideki kichert über diesen Gedanken. Zum ersten Mal an diesem Tag fühlt er sich sicher.

Die Menge auf dem Platz hört einem Mann zu, der auf einem Bretterpodest aus zwei großen Kisten steht. Er hat eine schöne, klare Stimme, aber mehr noch als deren Klang ergreift Hideki die Stille der Zuhörerschaft. Wie Mais auf dem Feld stehen die Menschen dicht an dicht. Langsam, aber sicher konzentriert er sich auf die Worte, über die Unterdrückung von Fabrikarbeitern und Bauern, die Vernachlässigung von Kriegsinvaliden, über die Stunde der Wahrheit. Der Mann kündigt eine neue Zeit an, eine Zeit der Freiheit und Gerechtigkeit. Jubel steigt aus der Menge auf. Hideki erhebt sich und humpelt mit seiner Krücke näher. Ein Mann mit kleiner Nickelbrille und grauem Spitzbart nickt ihm gutmütig zu. Auch die Frau, die zu dem Mann gehört, nickt freundlich, und beide machen ihm Platz, damit er sich zwischen sie stellen und zuhören kann.

Der Sprecher auf dem Podest verkündet die Forderungen der Revolution – mehr Reis, mehr Freiheit –, doch interessanter findet Hideki, dass er dazu aufruft, Mut zu haben und wieder an eine bessere Welt zu glauben, in der die Vorherrschaft von Bankiers und Waffenfabrikanten beendet werden kann. Dieses Land gehöre ihnen allen, sagt er. Hideki denkt an seinen Vater, an sein Dorf, an ihre Wälder, die in Lastwagen abtransportiert werden, an ihre Berge, deren Kostbarkeiten in Güterwaggons verschwinden. Zum ersten Mal in seinem Leben begreift er, warum sie in seinem Dorf für immer unwissende arme Schlucker bleiben werden. Die Menschen hier um ihn herum begreifen das auch. Parolen werden gerufen. Leise, fast flüsternd, skandiert er sie mit. Es hat etwas Befreiendes, auszurufen, dass die Unterdrückung überwunden wird, die Faust zu ballen gegen die Zaibatsu und ihre Unternehmenskonglomerate, Läuterung zu finden im Feuer der Demonstranten, die die Zukunft einfordern. Bis zu diesem Tag ist nie an die gute Seite seines Charakters appelliert worden. Die muss vorhanden sein. Heute zweifelt er nicht daran.

Als die Menschen auseinandergehen, entdeckt er keine vier Meter entfernt Toru, den Schuft, der ihm sein Geld gestohlen und ihn in diesem unterirdischen Loch zurückgelassen hat. Er trägt ein sauberes Oberhemd mit hochgekrempelten Ärmeln und eine nagelneue Hose. Torus Blick schießt unruhig hin und her, findet dann eine Richtung, als beobachte er jemanden in der Menge. Sie prallen beinahe zusammen. Aus der Art, wie Toru ihn ansieht, leitet Hideki ab, dass er ihn wiedererkennt, doch Toru geht einfach weiter, als existiere er gar nicht. Hideki fragt sich, was einer wie Toru bei dieser Demonstration zu suchen haben kann. In einer spontanen Anwandlung folgt er ihm. Es gibt etwas, was er ihm schon sehr lange sagen möchte.

Doch Toru unterhält sich inzwischen mit zwei Kerlen in weiten, für diesen Sommertag viel zu warmen Anzügen, und Hideki beschließt, noch kurz zu warten. Die Männer scheinen sich zu beraten, bis Toru mit dem Kopf in eine bestimmte Richtung deutet und sich die beiden, Schulterpolster an Schulterpolster, mit zielgerichteten Schritten entfernen. Hideki zögert nicht länger und legt die letzten Meter bis zu Toru zurück.

»Na, da bist du ja wieder«, sagt Toru, noch bevor er selbst ein Wort hervorbringen konnte.

»Du kennst mich also noch?«

»Wie sollte ich dich vergessen können, Kamerad?« Torus Augen blitzen, und um seine Lippen kräuselt sich ein zynisches Grinsen. Nicht die Spur von Schuldbewusstsein oder Beschämung, nichts, was auf das geringste Unbehagen hinweist. Hideki ist sich sicher, dass er noch nie einem so selbstbewussten Menschen begegnet ist.

»Wie war noch mal dein Name?«

»Hideki.« Er bedauert seine Antwort, sowie sie heraus ist, doch die Wahrheit ist impulsiv.

Offensichtlich abgelenkt schaut Toru an ihm vorbei, und als Hideki sich umdreht, sieht er, was Torus Aufmerksamkeit erregt. Die beiden Männer stehen bei dem Mann mit dem grauen Spitzbart und dessen Frau. Der Mann redet mit ihnen. Seine Gesichtsfarbe hat einen grünlichen Schimmer, wie bei jemandem, der seekrank ist. Menschen scharen sich um sie, werden jedoch unsanft auf Abstand gehalten. Der Mann mit dem grauen Spitzbart wird abgeführt.

»Was passiert dort?«, fragt Hideki.

»Ach«, sagt Toru, »wahrscheinlich eine Kontrolle.« Und ohne ein weiteres Wort, als sei ihre Begegnung hiermit wie selbstverständlich beendet, geht er mit den Händen in den Taschen davon. Hideki humpelt hinter ihm her, und als er ihn eingeholt hat, kann er es sich nicht mehr verkneifen: »Bestiehlst du immer noch invalide Soldaten?«

Ohne mit der Wimper zu zucken, ohne auch nur seine Schritte zu verlangsamen, antwortet Toru: »Nicht alle sind arm dran, falls du das meinst.«

»Sonst hast du dazu nichts zu sagen?«

»Was? Oh, es tut mir leid. Es waren harte Zeiten.«

»Du bist mir 1920 Yen schuldig.«

Toru kann darüber nur lachen. »Hattest du dir das aufgeschrieben?«

»Ich möchte, dass du es mir zurückzahlst.«

»Ach ja?« Es klingt, als lasse er ihn nur aus Nachsicht aussprechen, kurz, aber nicht viel länger.

»Ja.«

»Sonst?«

»Sonst gehe ich zur Polizei.«

»Viel Erfolg.« Toru bleibt stehen und zieht ein Päckchen Golden Bat aus seiner Hosentasche, steckt sich eine Zigarette zwischen die Lippen und bietet Hideki auch eine an. Aber der schüttelt den Kopf. Er will keine Zigarette, er will sein Geld.

»Ich habe keinen Cent bei mir«, sagt Toru, »du hast wieder mal Pech.«

Mit einem Benzinfeuerzeug aus rostfreiem Stahl zündet sich Toru seine Zigarette an und klappt den Feuerzeugdeckel an seinem Oberschenkel zu. Als er weitergeht, bleibt Hideki nichts anderes übrig, als ihm zu folgen.

»Was wolltest du bei dieser Demonstration?«, will Toru wissen.

»Ich? Ich kam zufällig vorbei. Und du?«

»Auch so etwas. Wie fandest du die Rede?«

»Er hat zutreffende Dinge gesagt.«

»Findest du? Erinnerst du dich noch an die Ansprachen, bevor wir in unserer neuen Uniform verabschiedet wurden? ›Ihr seid die wahren Hüter von Japans Geist und Ehre. Euer Kampf ist der Beginn des Triumphs ...‹« Er schüttelt den Kopf. »Und wir haben das auch noch geglaubt.«

Das ist wahr, auch diese Rhetorik hatte ihn angezogen, aber darf er nie wieder an etwas glauben, weil er sich damals getäuscht hat?

Als hätte Toru seine Gedanken gelesen, fährt er fort: »Wenn die Roten das Sagen kriegen, kommen ihre Freunde, die Chinesen, und dann ... Du bist doch dort gewesen. Du weißt doch, was es bedeutet, unter Chinesen zu leben. Na ja, *leben*.«

Sie kommen an den hohen öffentlichen Gebäuden am Rand des Platzes vorüber und laufen über Schatten, die dunklen Teppichen gleichen. Sie biegen in eine Seitenstraße ab, und dann in noch eine. Wenn ihn nicht alles täuscht, sind sie in dem Viertel mit den schmalen Gassen und den Bars unterwegs, in dem er am früheren Vormittag schon umhergestreift ist.

»Erinnerst du dich noch an das Mädchen, das an dem Abend dabei war?«, fragt er.

»Mädchen?« Toru schnippt seine Kippe weg.

»Ja, du hast ein Mädchen abgeholt und dann zum Hotel gebracht.«

»Kann sein.«

»Du hast sie, glaube ich, hier irgendwo in der Gegend getroffen. Etsu.«

»Etsu? Hieß sie so?«

»Ja, Etsu. Das hat sie mir gesagt.«

»Diese Mädchen behaupten wer weiß was.«

»Nein«, widerspricht er halsstarrig, »ich bin mir sicher, dass sie mir die Wahrheit gesagt hat. Etsu muss ihr wirklicher Name sein.«

»Wenn du das sagst.«

»Weißt du noch, wo das Haus war, bei dem wir sie abgeholt haben?«

Toru wirft ihm einen Seitenblick zu und bleckt die Zähne. »Warum? Schuldet sie dir auch Geld?«

Er zerbricht sich den Kopf, welchen glaubwürdigen Grund er für seine Frage anführen könnte, einen, der ihn in Torus Augen nicht lächerlich macht, doch bevor er einen gefunden hat, wird seine Aufmerksamkeit auf den Karren mit altem Krempel gelenkt, bei dem ein Mann mit schmutzigem, unrasiertem Gesicht und alter Armeemütze auf dem schmalen Kopf steht und sich mit einem Beamten von der Gemeindepolizei unterhält. Als der Mann mit dem Finger aufgeregt in seine Richtung zeigt, wird Hideki klar, dass er in der Falle steckt. Stocksteif bleibt er stehen.

»Jetzt fällt mir wieder etwas ein, diese Kleine, die ich zum Hotel bringen sollte ...« Toru bricht ab und schaut über seine Schulter zurück zu Hideki. »Was ist denn mit dir los?«, fragt Toru. »Hast du einen Geist gesehen?« Aber dann bemerkt er den sich nähernden Polizisten. »Ich verstehe, du willst mich für das Verbrechen des Jahrhunderts anzeigen.«

Der Polizist verneigt sich vor Toru, und Toru und Hideki verneigen sich vor dem Polizisten.

»Guten Tag.« Der Polizist wendet sich an Toru, ein wenig unsicher, wie es scheint. »Dieser Herr«, er deutet mit einem Nicken auf den Mann neben ihm, »sagt, dass der Herr, der bei Ihnen ist, etwas von seinem Karren genommen hat.«

»Geklaut, er hat einen Bohrer geklaut«, knurrt der Mann.

Toru dreht sich zu Hideki um. Drei Augenpaare haben ihn nun im Visier. »Das ist nicht wahr«, stößt Hideki leise hervor. Der Bohrer unter seinem Hemd glüht an seiner Haut, und die Hitze verbreitet sich bis zu seinem Hals hinauf.

»Meine Tochter hat dich gesehen, du Lügner«, sagt der Mann. »Der Karren stand vor meinem Haus, und sie hat einen Mann mit Krücke und einem Gesicht ... einer hässlichen Visage wie deiner ...«

»Das war ich nicht«, murmelt er matt.

»Soll er nur mit zu meinem Haus kommen«, schlägt der Mann vor, »dann wird meine Tochter schon sagen, ob er es ist oder nicht.«

»Herr Polizist«, mischt sich Toru nun ins Gespräch ein, »wann soll denn das passiert sein?«

»Vor einer halben Stunde«, antwortet der Mann mit der Mütze, »ich war gerade kurz im Lager und ...«

»Wir sind seit gut drei Stunden zusammen und kommen geradewegs aus Shibuya.«

Der Polizist verneigt sich vor Toru. »Shibuya, sagen Sie?«

»Die lügen, dass sich die Balken biegen. Soll er doch mitkommen, dann werden Sie es hören, Herr Polizist.«

»Wir haben es eilig«, sagt Toru, »wir haben eine Verabredung. Können wir das jetzt bitte zu einem vernünftigen Ende bringen, Herr Polizist?«

»Was hatten Sie gedacht?« Die Stimme des Polizisten klingt müde.

»Darf ich fragen, was genau Sie vermissen?« Mit einem eisigen Lächeln taxiert Toru den Mann. »Was ist von Ihrem Karren genommen worden?«

»Ein Bohrer, das habe ich doch gesagt«, tönt es in schroffem Stakkato.

Toru lässt den Blick über den Krempel auf dem Karren wandern. Dann zieht er ein Bündel Geldscheine aus seiner Gesäßtasche und bietet dem Mann zwei Hunderter an.

»Es war ein perfektes Werkzeug«, protestiert der Mann, der es offenkundig gewohnt ist, um jeden Yen zu feilschen.

»Perfekt?«, wiederholt Toru hämisch.

»Und jetzt?«, fragt der Mann den Polizisten, als er merkt, dass Toru den Betrag nicht zu erhöhen gedenkt. »Was geschieht mit dem?« Er nickt in Hidekis Richtung.

Der Polizist begreift, dass etwas von ihm verlangt wird, und seufzt mit leichtem Widerwillen. »Ich werde Ihre Personalien aufnehmen und einen Bericht schreiben.« Er streckt die Hand aus. »Ihre Identitätskarte bitte.«

Hideki beklopft ausführlich seine Taschen, in einer ebenso nervösen wie durchsichtigen Komödie. »Es tut mir leid, Herr Polizist, die liegt zu Hause.«

Es wird still. Der Besitzer des Karrens belauert ihn.

»Sie wissen, dass ein Bußgeld darauf steht, wenn Sie sich nicht ausweisen können.« Die Stimme des Polizisten klingt zum ersten

Mal barsch. Für ihn, als Vertreter der Obrigkeit, ist jetzt offensichtlich eine Grenze überschritten. Die Sache mit dem Bohrer war wohl noch entschuldbar, aber dass Hideki seine ID-Karte nicht vorzeigen kann, ist wesentlich schwerwiegender.

»Es tut mir leid, Herr Polizist.« Genau das hat er die ganze Zeit befürchtet. Er hätte sich niemals hierherwagen dürfen. Und schon gar nicht diesen Bohrer entwenden dürfen. Heute hat ihm die Stunde geschlagen, und er selbst ist sein Henker.

»Dann bleibt mir nichts anderes übrig, als Sie mit auf die Wache zu nehmen.«

»Wie hoch ist das Bußgeld?« Zum zweiten Mal nimmt Toru das Bündel Geldscheine aus seiner Gesäßtasche und gibt auch dem Polizisten, ohne die Antwort abzuwarten, zwei Hunderter. In der darauf eintretenden Stille ist völlig ungewiss, in welche Richtung der Zeiger ausschlagen wird, wie der Polizist Torus Eingreifen auffasst. Er scheint es selbst auch nicht so recht zu wissen, nickt dann aber und lässt das Geld in der Brusttasche seiner Uniformjacke verschwinden. Gott segne den unterbezahlten, korrupten Staatsdiener! Ohne ein weiteres Wort zückt der Polizist sein Notizbuch. »Name?«

»Haku Sato.« Das ist der Name seines Kameraden, der Selbstmord begangen hat, der Name, der ihm als Erstes einfiel, als er von der Bahnpolizei angehalten wurde. Ein zweites Mal muss sein toter Kamerad ihn retten.

Mit einem Bleistiftstummel kritzelt der Polizist den Namen in sein Büchlein, und darunter das angegebene Geburtsdatum und die Adresse. Sowie er sein Notizbuch weggesteckt hat, setzt er die Miene des unbestechlichen Beamten auf. »Ich merke mir das. Wenn ich Sie ein weiteres Mal ohne Identitätskarte antreffe, werden Sie mich nicht so leicht wieder los.«

Toru und er gehen weiter, beide still, in Gedanken, er jedenfalls. Toru bricht als Erster das Schweigen: »Man merkt, dass das Tokioter Polizeikorps im letzten Jahr viermal gesäubert worden ist.«

»Danke«, sagt er leise.

»Haku!«, höhnt Toru. »Was ist denn plötzlich mit Hideki passiert?«

»Haku ist mein erster Name, aber alle nennen mich bei meinem zweiten, Hideki.«

»Du bist ein erbärmlicher Lügner. Aber was soll's. Haku, Hideki, ach, heutzutage lebt die halbe Bevölkerung unter einem anderen Namen.«

Hideki tupft sich mit seinem Taschentuch den Schweiß von Stirn und Nacken.

»Jetzt sind wir quitt, Kamerad«, sagt Toru.

»Ja«, sagt er, »wir sind quitt.«

Bei einem kleinen Speiselokal angekommen, erkundigt sich Toru, ob er schon etwas gegessen hat.

Hideki ist auf der Hut, dass er nur ja nicht wieder reingelegt wird, und sagt, dass er keinen Cent dabei habe.

»Redest du immer nur von Geld?«, fragt Toru.

Drinnen riecht es nach Hühnerbrühe und Zigaretten. Sie setzen sich an einen der niedrigen Tische am offenen Fenster. Er blickt auf die draußen vorübergehenden Menschen, während Toru beim Wirt, der ihn gut zu kennen scheint, für sie beide bestellt.

»Was machst du zurzeit?«, fragt Toru, als das Essen, salzig marinierte Tintenfischinnereien, Hühnerbrühe und Reis mit gegrilltem Wolfsbarsch, gebracht worden ist.

»Ach, nicht viel«, antwortet er und atmet die göttlichen Aromen des üppigen Mahls ein.

»Wo wohnst du?«

»Itabashi«, lügt er.

»Das ist verdammt weit weg für einen mit Krücke und ohne Geld für den Bus.«

Dieser Bursche durchschaut dich total, denkt er, der ist dir immer mindestens einen Schritt voraus.

»Du bist ein vorsichtiger Mensch, hm?«, feixt Toru. »Was hast du zu verbergen?«

»Nichts. Und du, was machst du zurzeit, wenn du nicht gerade Soldaten bestiehlst?«

»Handel ... Kleidung, Lebensmittel, Uhren, eigentlich alles Mögliche, es lief bis jetzt hervorragend, aber in letzter Zeit wird es mir zu link.«

»Die Kontrollen?«

»Nein, die sind harmlos. Die Ausländer. Sie reißen den Schwarzmarkt an sich. Und die Jungs fuchteln gleich mit Maschinengewehren herum.« Torus Plauderton plätschert jovial dahin. Kein Wunder, dass er ihm beim ersten Mal auf den Leim gegangen ist. »Sollen diese Formosaner, Singapurer und Koreaner sich ruhig gegenseitig um die Ecke bringen für die paar Cent«, sagt Toru. »Dieser Junge hier macht nicht mehr mit.«

»Und nun, wovon lebst du dann jetzt?«

»Ich bin in einen anderen Sektor übergewechselt.« Er grinst. »Hast du das im Radio gehört? Eine Million Urnen von gefallenen Kameraden sind nicht von ihrer Familie angefordert worden. Das Amt für Demobilisierung hat keine Ahnung mehr, welche Asche in welcher Urne ist, und falls sie es doch wissen, können sie keine Angehörigen auftreiben. Eine Million Urnen, davon könnte man eine ganze Feuerwehrkaserne bauen.«

Die beiden Männer, die er bei der Demonstration auf dem großen Platz gesehen hat, kommen herein und begrüßen Toru.

Einer der beiden, ein beleibter Kerl, bleibt mit einem Grinsen im Gesicht an ihrem Tisch stehen. »Er ist fast gestorben vor Angst«, teilt er Toru mit, »wir mussten mit offenen Fenstern zur Wache fahren, es hat so nach Scheiße gestunken, dass es kaum auszuhalten war.«

Die Männer ziehen ihre Jacken aus, nehmen in ihren schweißnassen Hemden an einem anderen Tisch Platz und geben zügig ihre Bestellung auf.

Er denkt an den Mann mit dem Spitzbärtchen, der auf ihn den Eindruck eines anständigen, liebenswürdigen Menschen machte.

Warum sollte jemand wie er auf die Wache gebracht werden? Er beugt sich über seine Schüssel Reis mit gegrilltem Fisch.

»Sind die beiden von der Polizei?«, fragt er leise.

»So könnte man es nennen.«

»Warum tragen sie keine Uniform?«

Toru wischt sich mit dem Handrücken übers Kinn. »Eine Uniform wäre bei der Arbeit, die sie machen, nicht wirklich hilfreich.«

»Kriminalpolizei?« Er kann es nicht lassen. »Was war mit dem Mann, den sie abgeführt haben?«

Toru schaut kurz zur Seite, um sich zu vergewissern, dass die Männer nicht mithören, aber sie sind in eine lebhafte Unterhaltung verwickelt.

»Es gibt die verschiedensten Gefahren«, erklärt Toru gewichtig, »Messerstecher und Feuerteufel, aber auch Ultranationalisten, die dem Kaiser zu neuen Ehren verhelfen wollen, Kommunisten, die für Mao spionieren, Extremisten, die das Hauptquartier des amerikanischen Generalstabs in die Luft sprengen wollen. Manche Gefahren sind real, andere erfunden, es ist nicht leicht, das zu unterscheiden. Schon gar nicht für die Amerikaner.«

Hideki hat seit Ewigkeiten nicht mehr so gut gegessen, und dankbar für das Mahl ist er bereit, Toru, der sich mit seiner Erzählung offenbar aufzuspielen versucht, ein aufmerksamer Zuhörer zu sein.

»Weißt du, wie die Amerikaner Japan sehen?«, fragt Toru.

»Sie wollen Japan verändern«, weiß er. »Mit *Sex, Sport* und …«, er kommt nicht auf das dritte Wort mit S, von dem er gehört hat.

»*Screen*«, ergänzt Toru. »Sex, Sport, Screen. Das ist nur eine Geschichte, ein Werbeslogan, Amerikaner lieben packende Slogans. Aber ihr wirkliches Konzept geht von Angst aus, der Angst einer Gesellschaft, die permanent bedroht wird.«

»Durch diesen Mann, der verhaftet wurde?«

»Durch Einzelne, die in einem größeren, internationalen Rahmen arbeiten oder auch nicht. Ist dir mal das Wort ›subversiv‹ zu Ohren gekommen?« Toru steckt sich mit seinen Stäbchen ein Stück Fisch in den Mund und schmatzt genüsslich. »Wenn du zum Beispiel in aller Öffentlichkeit sagst, dass die Zaibatsu zur Rechenschaft gezogen werden müssen, dann fällt das unter subversives ...«

»Die Amerikaner wollen aber doch gerade die Macht der großen Unternehmerfamilien brechen, oder?«

»Du bist nicht auf dem neuesten Stand, mein Freund. Anfangs haben sie die Unternehmensimperien demontiert, aber mittlerweile sind die Amerikaner wieder die besten Freunde der Zaibatsu. Sie haben eine Heidenangst vor dem wachsenden Einfluss der Gewerkschaften. Und deshalb haben sie jetzt Politiker, Schriftsteller, Intellektuelle auf dem Kieker. Dieser Mann, der auf dem Platz verhaftet wurde, arbeitet an der Universität.«

»Und du, was hast du damit zu tun?« Hideki wendet das Gesicht den beiden Männern an dem anderen Tisch zu.

»Ob ich ein Kollege von den beiden da bin?« Toru grinst über diesen Gedanken. »Nein, ich bin kein kleiner Beamter, ich bin mein eigener Herr.« Mit einer Papierserviette wischt er sich ein paar Reiskörnchen vom Mund. »Informationen sind das A und O, Namen.«

»Du lieferst diese Namen?«

»Ergebnisse.« Er beugt sich ein wenig vor. »Hast du noch Kontakt zu alten Kameraden, die in China in Kriegsgefangenschaft waren?«

»Nein.« Ihn beschleicht ein gewisses Unbehagen.

»Aber du musst doch irgendjemanden kennen! Irgend so einen Arsch, der nicht dort krepiert ist, nicht mit lahmem Bein zurückgekehrt ist, sondern mit einer Speckschicht auf dem Rücken und dem roten Büchlein von Mao im Kopf. Das sind Infiltranten, Landesverräter, täusch dich nur ja nicht.«

Er tut so, als denke er tief über Torus Frage nach.

»Die Faschisten sind niedergeschlagen«, sagt Toru, »aber die Roten gewinnen an Boden, Russland, China, Europa ... Die Amerikaner sind vorausschauend ... Die Kommunisten, denen gehört die Zukunft, und da lauert die Gefahr. Denk noch mal gut nach, du kennst doch bestimmt ...«

»Du verschwendest deine Zeit.« Seine Ablehnung klingt schroffer als beabsichtigt.

»Komm schon, Kamerad, schau dich doch mal an: mit deinem Gummibein und deinem Wachskopf. Ich möchte wetten, dass du am Boden bist. Schau doch, was sie dir angetan haben.«

Meint Toru etwa, dass die Götter ihn schon zur Genüge gestraft haben und er deswegen von der Verantwortung dafür, was er anderen antut, freigesprochen ist, dass er ruhigen Gewissens jemanden verpfeifen kann?

»Oder bist du dir etwa zu gut dafür?« Toru beugt sich mit dem Oberkörper über den Tisch, streckt mit einer schnellen, katzenhaften Bewegung den Arm nach ihm aus und greift durch den Stoff seines Hemdes hindurch zu dem Bohrer. »Ein Dieb mit falschem Namen.« Er lässt ihn los und setzt sich wieder gerade auf. »Allein schaffst du's nicht, Kamerad. Allein würdest du jetzt auf der Polizeiwache Blut und Wasser schwitzen.«

Ein Riese mit Stiernacken erscheint in der Tür des Restaurants. Er wirft einen prüfenden Blick durch das Lokal und kommt dann mit unerwartet leichtfüßigen, flinken Schritten an ihren Tisch. Er tippt Toru auf die Schulter und nickt wortlos in Richtung Fenster. Draußen steht ein glänzend weißer amerikanischer Schlitten. Toru erhebt sich mit sichtlichem Widerwillen und läuft, nun weit weniger in seinem Element, hinter dem Kleiderschrank her zu dem Wagen. Ein Fenster geht herunter. Auf der Rückbank sitzt ein schmaler Mann mit weißem Hut. Seine Gesichtszüge haben etwas Zartes, fast Feminines. Toru verneigt sich tief und bleibt in dieser Haltung stehen. Ohne irgendeinen Ausdruck im glatten Gesicht spricht der Mann in kurzen Sätzen, die Hideki nicht verstehen kann, aber die, was immer auch ihr Inhalt sein mag, mit Torus Arroganz kurzen Prozess machen. Selbst um Torus Phlegma ist es geschehen. Er zieht ein Mäppchen, das er an einer Kordel um den Hals trägt, unter seinem Hemd hervor und nimmt etwas heraus, eine Karte oder einen Zettel, scheint es. Der Mann nimmt es von ihm entgegen, und damit ist die Unterredung beendet, denn im nächsten Augenblick fährt der Wagen davon.

»Der große Toru«, hört Hideki einen der Männer am Nebentisch sagen.

»Pieps, pieps, macht die Maus, die auf die Nachsicht der Katze hofft...« Die Männer lachen in sich hinein.

Als Toru sich wieder zu ihm setzt, zieht er das Päckchen Golden Bat aus seiner Brusttasche und klopft eine Zigarette heraus. Er bietet Hideki auch eine an, und jetzt nimmt er sie. Während Toru ihm mit zitternder Hand das Benzinflämmchen hinhält, bemerkt Hideki dessen veränderten Gesichtsausdruck.

»Impotenter Hund!«, flucht Toru zwischen den Zähnen hervor.

»Die Zähne gezeigt, Toru?« Den frotzelnden Ton kennt Hideki noch von der Armee. »Du wolltest ihm das Foto doch nicht geben, oder? ›Geht keinen was an‹, sagtest du doch!«

»Du kannst mich mal!«, zischt Toru, und die Männer blinzeln sich belustigt zu. »Hast du ihn gesehen?«, fragt er Hideki. »In seinem großen Schlitten. Wie der Mann redet, dieses Stimmchen... Als würde dich ein Kind durch die Scheiße ziehen.«

»Wer war das?«, fragt er.

»Jemand, der denkt, dass er unverletzlich ist.« Torus Stimme klingt erstickt. Er zieht gierig an seiner Zigarette und bläst den Rauch in einem Kegel über die Oberlippe hoch.

Die beiden Männer zahlen und kommen an ihren Tisch. Einer von ihnen geht neben Toru in die Hocke. Er streicht sein fettiges Haar glatt und gibt Toru mit leiser, eindringlicher Stimme zu verstehen: »Es hat schon so einige gegeben, die versucht haben, ihn zu übergehen.« Er schüttelt langsam den Kopf.

»Wir werden sehen«, entgegnet Toru.

Als die Männer das Restaurant verlassen haben, scheint sich Toru wieder so weit zu beruhigen, dass Hideki seine Frage zu wiederholen wagt. »Wer war der Mann in dem Auto?«

»Shikibu. Sein Vater hatte Fabriken, in denen während des Kriegs fürs Verteidigungsministerium gearbeitet wurde. Die Amerikaner waren kaum in Tokio gelandet, da hat er schon seinen eigenen Vater verraten. Er hat ein paar Jahre in Amerika studiert und wusste alles über die einflussreichen Familien. Genau im richtigen Moment kam er in Kontakt zum ranghöchsten Mann beim amerikanischen Nachrichtendienst. Das war sein Glück. Die Fabriken, die früher seinem Vater gehört haben, gehören jetzt ihm. Diese Stimme, man sollte ihm die Zunge abschneiden ...«

Nicht dass Hideki jetzt alles klar wäre, aber er begreift genug, um sich eine Vorstellung von Torus »Sektor« zu machen. Desto mehr sorgt er sich nun um seine eigene Sicherheit. Denn derselbe Mann, der ihn gerade vor dem Gang auf die Polizeiwache bewahrt und ihm damit vielleicht das Leben gerettet hat, könnte, wenn er mitbekäme, dass er einem flüchtigen Dreifachmörder von amerikanischen Soldaten gegenübersitzt, ohne mit der Wimper zu zucken zu seinem Verräter werden. Er muss hier weg, aber wie stellt er das an, ohne sich verdächtig zu machen? Toru hat Sake bestellt. Als sie mit den Schälchen anstoßen, nimmt er sich vor, nur einen kleinen Schluck zu trinken, noch ein paar Minuten abzusitzen und sich dann bei Toru für seine Gastfreundschaft zu bedanken. Er wird diese Zeit überstehen, ohne Fehler zu machen, wird einfach nur zuhören, was dieser eigentümliche Mann zu sagen hat, der schamlos, ja sogar stolz dazu steht, dass er fähig ist, den Weg der Gerechtigkeit zu korrumpieren, das Gute gegen das Böse einzutauschen, oder wenn es mehr abwirft, das Böse gegen das Gute. Mit Gewissensbissen hält er sich nicht auf. Wenn er sich für etwas entschuldigt, ist es eine leere Geste.

Unterdessen wettert Toru weiter über den Mann mit dem weißen Hut. Wie dieser es ihm und anderen unmöglich macht, direkten Kontakt zur Public Safety Division zu unterhalten, und dabei hätte er, Toru, wenn er selbst Englisch sprechen könnte, die Leute vom CIC längst in der Tasche ... Hideki hört schon nicht mehr zu. Im Geiste rekonstruiert er den Weg, den er heute Morgen genommen hat und den er gleich in entgegengesetzter Richtung zurücklegen wird. Draußen kommt Wind auf, und das könnte auf nahenden Regen hindeuten.

»Deshalb war er der einzige Japaner, der im Imperial Hotel gewohnt hat«, fängt er auf.

Das Imperial Hotel. Diesen Namen kennt er. Es ist der Ort, wo Toru ihn in dem zerbombten Keller ausgeraubt und seinem Schicksal überlassen hat. Auch Toru scheint dieser Gedanke zu kommen. Er erhebt sein Sake-Schälchen, und als sie erneut anstoßen, sagt er: »Tut mir leid, dass ich dich damals so zurücklassen musste.«

Musste? Das ist dreist. Hideki geht aber nicht darauf ein, da er fest entschlossen ist, kein neues Gesprächsthema anzuschneiden, wo er sich anschickt, nach Hause aufzubrechen. Er stellt sein Schälchen hin und holt tief Luft, in Vorbereitung seiner Abschiedsworte. In Gedanken steht er schon draußen, als Toru sagt: »Das Mädchen ...« Er scheint sich unschlüssig zu sein, ob er fortfahren soll, entscheidet sich aber dafür: »Das Mädchen hatte er bestellt.«

»Du meinst ... Etsu?«

Toru nickt. »Am nächsten Morgen ist sie tot hinter dem Hotel gefunden worden. Auf dem Revier haben sie mir Fotos von ihr gezeigt.«

Er kann nicht glauben, dass er richtig verstanden hat. »Was für Fotos?«

»Die willst du gar nicht sehen. Man hatte mich festgenommen, weil jemand aus der Spülküche vom Hotel so schlau war, meinen Namen fallen zu lassen. Gott sei Dank haben sie gleich darauf einen der Pagen verhaftet, sonst hätten sie es mir angehängt.«

Hideki verspürt einen Druck im Kopf, als brodle und dampfe es darin und er sei kurz davor zu zerplatzen. »Warum«, fragt er heiser, »warum hat er sie umgebracht?«

Toru zuckt die Achseln. »Muss es einen Grund geben? Er wurde verhaftet, er ist dafür aufgekommen ... Ich hab die Mädchen abgeliefert, er sorgte für den Rest. Bis dahin war es immer gut gegangen.«

»Ausgerechnet das Mädchen ...«, stöhnt er

»Jeden Tag werden tote Mädchen auf der Straße gefunden.« Toru steckt sich einen Zahnstocher in den Mund. »Der Tod dieses einen Mädchens unterscheidet sich nicht von dem irgendeines anderen. Was ich nie verstanden habe, ist, was dieser Arsch Shikibu von ihr wollte.«

»Du wusstest doch ganz genau, wozu du sie dorthin gebracht hast.«

»Er scheint keinen hochzukriegen.«

Draußen fallen die ersten Regentropfen. Hideki erhebt sich, mühsam, die Schmerzen in seinem übervollen Kopf sind unerträglich, und sein Körper ist vom langen Sitzen auf dem Boden steif wie ausgetrocknetes Leder. Er verneigt sich vor Toru. »Vielen Dank für das Essen. Für alles.«

»Wo gehst du hin?«

»Nach Hause.«

»Denk an die alten Kameraden, die in China in Kriegsgefangenschaft waren. Such sie auf, quatsch mit ihnen. Das ist doch nicht schwer. Sobald du etwas hast, kommst du hier ins Restaurant und fragst nach mir.«

»Du kennst mich nicht.« Hideki schiebt sich seine Krücke unter die Achsel.

»Nein?« Auf Torus Gesicht erscheint wieder dieser abwertende Ausdruck, auf den er ein Patent zu haben scheint. »Auf Wiedersehen.«

Als er nach draußen tritt, regnet es schon etwas heftiger. Toru ruft ihm durch das offene Fenster noch etwas nach. Er geht weiter. Binnen wenigen Minuten sind sein Gesicht und seine Hände nass. Die Konturen des Bohrers zeichnen sich in seinem feuchten Hemd ab. Hier sieht man ihn nie wieder.

In der Hütte von Herrn Kimura ist es nach dem Regen abgekühlt. Hideki hat seine Schuhe ausgezogen und starrt, auf dem Futon liegend, zur Tür hinaus. Der Himmel hat die Farbe von poliertem Kupfer. Auf dem Rückweg hat er die schrecklichsten Ängste ausgestanden, dass es noch schiefgehen und man ihn verhaften würde. Er hatte Angst vor dem Polizisten gehabt, und Toru, den er für furchtlos hielt, hatte seinerseits Angst vor diesem Mann gehabt. Vor wem mochte sich dieser Mann fürchten? Er denkt an den Obergefreiten mit dem Spitznamen »der Bär«, der ihn vor langer Zeit wie ein glimmendes Brikett aus dem Feuermeer auf der Ladefläche gehievt und mit Wasser übergossen hatte. Ein Mann, der niemanden fürchtete und vor dem alle anderen zitterten, dessen Mut sich aus den Todesschreien der chinesischen Soldaten und dem Wimmern chinesischer Mädchen zu speisen schien. »Die beste Methode, die eigenen Ängste zu beschwören, ist, anderen Angst einzujagen, Hideki.« Es war ein gut gemeinter Rat gewesen.

Aus der Hütte von Frau Takeyama tritt Michiko nach draußen, mit sauberen, gekämmten Haaren und einer Tasche mit den von ihm reparierten Stöckelschuhen in der Hand. Sie hat Kiju gestillt und sich umgezogen. Sie ist bereit für das, was sie tun muss und tun wird, heute genauso wie gestern und dem Tag davor, genauso wie morgen und übermorgen. Nicht mehr lange, und Frau Takeyama wird ihn zum Essen rufen. Er ist in Sicherheit, er darf sich nicht beklagen.

9

Er ist noch ein kleiner Junge und sitzt neben seinem Vater in dem Oldsmobile mit den leuchtenden Zeigern, Zählern und Uhren im Armaturenbrett. Die gewölbte Motorhaube blinkt wie ein Stern. Das Leder der Sitze riecht neu. Sein Vater trägt einen Anzug ohne den kleinsten Knitter und eine Seidenkrawatte. Sie sind zusammen unterwegs, wohin, weiß er nicht. Er lässt sich faul in den weichen Sitz sinken, von der Federung des Wagens geschaukelt, und starrt auf die vorübergleitenden Felder Brabants hinaus. Er liebt die Felder, er liebt seinen Vater.

Er ist kurz eingenickt, als er auf seinem Bett die ihm zugesandten Entwürfe für die Teilurteile durchgelesen hat. Was er nicht nachvollziehen kann, ist, dass er seinen Vater in dem Traum lieb hatte, aufrichtig lieb hatte. Er kann noch fühlen, wie es ihn durchrieselte, als sein Vater ihm über den kurz geschorenen Jungenschopf strich. Ihm ist, als hätte er sich nicht an sich selbst erinnert, sondern an einen anderen, der er nie war.

Er steht vom Bett auf und legt die Schallplatte, bei der er eingeschlafen ist, noch einmal auf. Es ist eine Aufnahme von Beethovens zweitem Klavierkonzert, die er kürzlich hier in Tokio aufgetrieben hat. Mit gedrosselter Lautstärke jetzt, denn es ist schon nach elf. Er zündet sich eine Zigarette an und streckt sich, eine Hand hinter dem Kopf, auf dem Bett aus. Die Musik ist überall, in ihm und um ihn herum. Er glaubt nicht an Gott oder das Zeremoniell der Kirche, das ihm zugegebenermaßen gelegentlich fehlt. Doch er braucht Mysterium und Verzückung, um dieses Leben nicht einfach nur zu ertragen, sondern den Gegebenheiten Bedeutung zu verleihen. Seine Arbeit, die Gesetzbücher, der Gerichtssaal, er könnte nicht ohne. Aber ohne Musik erscheint alles sinnlos. Er denkt über seinen Traum nach. Was mag sein Vater von ihm halten, gehalten haben; nun, da er wach ist, liegt sein Vater, beziehungsweise das, was noch von ihm übrig ist, wieder im hintersten Winkel des Friedhofs – so sind die Spielregeln im Land der Wachenden. Richter in Tokio, mit General MacArthur in der Zeitung abgebildet, am angelsächsischen Tisch mit Northcroft und Lord Patrick. Sein Vater hat nie erfahren, dass er Richter werden wollte, dass er sich hoch und heilig vorgenommen hatte, eines Tages ein ehrenwerter Herr zu sein. Er lernte die richtigen Leute kennen. Oberstaatsanwälte, Bankiers, Aufsichtsratsvorsitzende, Mitglieder des Obersten Gerichtshofs. Ihre Welt wurde zu seiner Welt. Jahr für Jahr kletterten sie eine Stufe höher, Jahr für Jahr wurden sie ein bisschen reicher und dicker. Wer am häufigsten in der Zeitung genannt wurde, stand ganz oben. Er ist einer von ihnen, er kennt das Spiel, und deshalb kommt er gut mit Männern wie Northcroft und Patrick aus. Von jeher wollte er dem Klub angehören, doch nun, da er es geschafft hat, da er nicht nur die Wahl in den nationalen, sondern auch in den internationalen Klub überstanden hat, kündigt er seine Mitgliedschaft, lehnt er dankend ab.

Na ja, dankend abgelehnt… Rausgeworfen hat man ihn. Sie schreiben an den Urteilen. Ohne ihn. Sie beraten sich im Richterzimmer. Ohne ihn. Sie frühstücken am angelsächsischen Tisch. Ohne ihn. Er erhält Entwürfe, die er kommentieren darf. Und das tut er. Bis tief in die Nacht arbeitet er ellenlange Memos aus, in denen er sich über sachliche Unrichtigkeiten auslässt, auf die Rechtsprechung und Paragrafen in Gesetzbüchern verweist und auf die Schriften der Erzväter des Rechts, auf Aristoteles und, immer wieder, auf Grotius. In seinem Zimmer stapeln sich Notizen und Berichte. Es riecht nach Papier. Er hat alle Fakten beisammen. Er bringt es auf mehr Arbeitsstunden als seine Kollegen, die die Urteile schreiben und sich am Ende des Nachmittags in der Lounge einen Sherry gönnen. Lord Patrick hat ihm zugesagt, dass sie alle seine Memos beherzigen werden. Dieses Versprechen ändert nichts an der Tatsache, dass er nicht mehr mitspielt.

Seine Verbannung aus dem Richterzimmer hat ihn, so kränkend sie sein mag, weniger beschäftigt, als er erwartet hätte. Die Sache mit Michiko spielt eine dringlichere, stachligere Rolle in seinem Leben. Am Tag, nachdem er sie wiedergefunden hatte, ist er erneut in den Club Paris gegangen. Sie war nicht da. Am nächsten Tag ging er noch einmal hin. Wieder war sie nicht da. Er erkundigte sich bei den Mädchen, die dort arbeiteten, beim Barmann, beim Inhaber des Lokals, aber niemand konnte oder wollte ihm weiterhelfen. Er wird einfach nicht schlau aus der japanischen Höflichkeit, man verneigt sich, gibt aber keinen Millimeter nach.

Zum zweiten Mal hat er sie verloren. Hat dieser Schlag dazu beigetragen, dass er innerhalb des Richtergremiums noch stärker zum Quertreiber wurde als ohnehin schon? Der Einfachheit halber sagt er sich, dass es autonomer Mut ist, der ihn auf Gegenkurs zu den Kollegen gehen ließ und lässt. Das behaupten Toren gern von sich selbst, er hat oft genug erlebt, dass ein Angeklagter, der ganz offensichtlich eine Riesendummheit gemacht hatte, darauf bestand, nicht dumm und verbrecherisch gewesen zu sein, sondern mutig. Die Süße der erträumten Bewunderung seitens seiner Kollegen in Tokio und seitens seiner Frau und seiner Schwiegereltern in den Niederlanden, die bittere Angst vor der Ablehnung durch Lord Patrick, Willink von der Botschaft und den Außenminister in Den Haag, das alles hat er diesem Mut geopfert – oder dieser Torheit.

Jemand hämmert an die Wand. Sein neuer Zimmernachbar ist ein berühmter amerikanischer Filmproduzent, der in Tokio drehen will, ein netter Kerl eigentlich, der aber Beethoven offenbar nicht zu schätzen weiß. Er stellt den Plattenspieler aus. Im Badezimmer wäscht er sich das Gesicht und kämmt sich die Haare. Er zieht sein Jackett an und verlässt das Zimmer.

Ein letztes Mal noch.

Das junge Ding an der Bar des Club Paris, bei dem er sich nach Michiko erkundigt, denkt, es gehe ihm um »ein Mädchen«, nicht um »das eine Mädchen« und kein anderes, und sie wittert ihre Chance. Sie lacht und rutscht näher zu ihm hin. Er bietet ihr etwas zu trinken an, um unter dem scharf taxierenden Blick des Wirts der Hausordnung Genüge zu tun. Sie ist nicht unsympathisch, nicht hässlich, aber wie bei den anderen Mädchen im Lokal ist er sich bewusst, dass Vulgarität ihr Leben deformiert hat. Sie erzählt ihm, dass sie Michiko nicht mehr gesehen habe.

»Bleibt sie öfter mal eine Weile weg?«, fragt er.

»Niemand bleibt mal weg«, sagt sie. »Weg ist weg, für immer.« Sie kichert und fragt geschäftsmäßig: »Was machst du?«

»Filmproduzent«, sagt er.

»Film? Für Kino?«

Er nickt.

Ihr entzückter Aufschrei lässt ihn gleich bereuen, dass er nicht »Buchhalter in der niederländischen Botschaft« gesagt hat.

»Wo wohnt Michiko?«, fragt er.

»Warum fragst du?«

»Sie muss doch irgendwo wohnen. Es ist sehr wichtig.«

»Für Film?«

Er könnte ihr erklären, dass er nur einen Scherz gemacht hat, aber ihr dümmlicher Gesichtsausdruck hält ihn davon ab. Vergebliche Liebesmüh. »Ja, für den Film«, sagt er. Es tritt eine lange Stille ein, in der er zu den Westerntänzerinnen auf der Bühne hinüberschaut.

»Asakusa sie wohnt, vielleicht«, verlautet es neben ihm. Das Mädchen nimmt ein letztes Schlückchen von dem orangefarbenen Getränk und hebt kurz ihr leeres Glas. Gehorsam nickt er dem Barmann zu.

»Asakusa?« Der Name sagt ihm etwas, aber das tun viele Straßen und Viertel.

Sie bleckt lachend die Zähne, während der Barmann ihr einschenkt, und wiederholt das eine Wort: »Vielleicht.«

Jetzt entsinnt er sich, dass Michiko ihm von Asakusa erzählt hat. Es ist das Viertel, in dem ihre Eltern wohnten, bevor die Bombenangriffe dort alles dem Erdboden gleichmachten. Als er hoffnungsvoll nach einer Adresse fragt oder etwas anderem, was ihm weiterhelfen könnte, bleibt das Mädchen ihm die Antworten schuldig, und er beschließt, es dabei bewenden zu lassen. Er zahlt und schließt im Geiste das Kapitel in diesem Club ab. Den Weg hierher kann er sich jetzt sparen, das ist die positive Seite seines Misserfolgs. Er hat schon seinen Hut aufgesetzt. »Was denkst du, warum ist sie nicht mehr gekommen?«

»Warum?«

»Ja. Ist sie entlassen worden, ist sie krank …?«, verdeutlicht er.

»Vielleicht krank«, antwortet das Mädchen. »Du tanzen?«

»Nein, ich muss ins Hotel zurück. Sie ist also krank, meinst du?«

»Wer?«

»Michiko. Ist sie krank?«

»Vielleicht«, sagt sie.

Vielleicht, immer wieder das Gleiche, alles, was dieses Mädchen sagt, ist fraglich. Ein Ja oder Nein will er hören. Aber Eindeutigkeit ist offensichtlich zu viel verlangt. Vergebliche Liebesmüh, er wusste es.

Aber dann sagt sie: »Oder vielleicht Baby.«

Er zweifelt kurz, ob er sie richtig verstanden hat. »Baby?«

»Vielleicht Baby Michiko krank.«

Im Bruchteil einer Sekunde ist alles verändert, die Musik, die Tänzerinnen, das Licht über der Bar. »Hat Michiko ein Baby?«, fragt er. »Wie alt? Wie alt ist das Baby?«

Sie zieht die Schultern hoch. »Baby klein.«

In sein Hotelzimmer zurückgekehrt zieht er sich aus und legt sich aufs Bett. Baby, anfangs nur ein Wort wie ein Wespenstich, aber jetzt schon etwas Anwesendes, Atmendes, ein kleines Wesen, irgendwo, wo, weiß er nicht. Er muss herausfinden, wie alt das Kind ist, um ausrechnen zu können, ob es von ihm ist. Die Möglichkeit eines anderen Vaters rückt die sture Zurückweisung Michikos, als er im Club auftauchte, und ihr anschließendes Verschwinden, in ein neues Licht.

Er schaudert bei dem Gedanken, selbst wenn dieser andere Mann ein für alle Mal von der Bildfläche verschwunden wäre, und fragt sich, was schlimmer wäre: das Kind eines anderen – oder sein Kind?

10

Sie ist sich nur halb bewusst, wohin ihre schnellen Schritte auf den hohen Absätzen sie führen, aber ihre Beine wissen genau, wohin sie auf diesen Straßen laufen. Sie kommt an dem Plakat vorüber, das in den vergangenen Tagen jedes Mal ihre Aufmerksamkeit auf sich gezogen hat, wenn sie es auf dem Weg zur Arbeit passierte. »Liederabend: Schubert, Liszt, Rossini.« Darunter die Namen der Ausführenden, der von Frau Haffner am größten und als erster genannt. Sie geht durch den Künstlereingang hinein und steigt die Treppe hinauf. Im ersten Stock schaut sie aus dem Fenster. Die Wolken sind im Westen in weiches Orange getaucht, die Sonne verglüht dazwischen wie ein Stück Kohle, der Himmel ist übersät mit vom Meer zurückkehrenden Vögeln. Sie nickt dem Bühnenmeister und der Kassiererin zu, die zusammen Tee trinken. Sie verneigen sich, erkennen sie noch wieder. Ihre Mienen sind verwundert, nicht unfreundlich. Vielleicht bildet sie es sich ein, aber als sie weitergeht, meint sie die heimlichen Blicke, das abschätzige Getuschel zu spüren.

Im Halbdunkel der Kulissen bleibt sie stehen. Herr Noguchi, der Stimmer in seinem graublauen Arbeitskittel, schlägt auf dem Konzertflügel immer wieder dieselbe Note an, spielt einen Lauf und schlägt die nächste Note an. Der hochgewachsene, hagere Cellist Honda, der am Konservatorium zwei Jahre über ihr war und mit dem sie oft zusammen aufgetreten ist, blättert in seinen Noten. Sie fragt sich, welche Stücke sie heute Abend spielen werden, was die auf dem Plakat angekündigte Sopranistin singen wird. Liszt? *Der Fischerknabe?* Frau Haffner hat immer das Repertoire für sie ausgesucht, sie auf dem Flügel begleitet. Sie hat originelle Programme zusammengestellt, mit Liedern, an die sich nicht jede wagte.

Bei ihr gingen gebildete Leute ein und aus, manche von ihnen wirkliche Experten, aber mit dem musikalischen Wissen von Frau Haffner konnte es keiner aufnehmen. Stets ist sie der selbstverständliche Mittelpunkt gewesen. Sie kannte die wichtigsten Geschäftsleute, Politiker und Schauspieler, die Professoren der Tokioter Musikschule, die Direktoren der Konservatorien und Opernhäuser in Frankfurt, Wien und London. Deren Namen und Telefonnummern standen in ihrem Adressbuch, sie wusste, wie deren Kinder hießen. Was wusste sie eigentlich nicht?

Michiko hat die Atmosphäre genossen, das Glitzern der Karaffen aus Bergkristall, der Silbertabletts, die auf europäische Art pyramidenförmig gefalteten Servietten auf den für die anschließenden Soupers blütenweiß gedeckten Tischen. An solchen Abenden beflügelten die Köstlichkeiten – marinierte Hirschkeule, gegrillter Fisch –, die auf den Tisch kommen würden, ihre Fantasie, und oft bekam sie vor dem Schlafengehen in der Küche von Frau Tsukahara Reste davon serviert.

Honda hat sich gesetzt und beginnt ein Stück auf seinem Cello zu spielen. Sie schließt die Augen und nimmt den sonoren Klang in sich auf. Ha, Schuberts *Wiegenlied*! In Gedanken flattert sie zu dem Punkt voraus, da der Sopran einsetzt. Sie muss der Versuchung widerstehen, einfach mitzusummen. Die ersten Noten und Worte sprudeln in ihr auf. Die Melodie, die Musik, der Text, alles weise, unerklärbar tief. Sie schluckt und kämpft mit den Tränen.

»Willkommen, Frau Michiko.« Hinter ihr steht der alte Bühnenmeister mit einer Rolle Stromkabel über der Schulter. Er verneigt sich. »Es ist gut, Sie wiederzusehen, Frau Michiko.«

»Vielen Dank, Herr Shigura.« Sie verneigt sich, beglückt, dass ihr sein Name genau im richtigen Moment eingefallen ist. »Wie geht es Ihnen?«

»Danke, gut. Treten Sie jetzt wieder hier auf?«

»Nein«, sagt sie. »Ich trete nicht mehr auf.«

»Das ist schade.« Er nickt nachdenklich, und einen Moment lang sieht es so aus, als wolle er es dabei belassen, aber dann fährt er fort: »Aber vielleicht verstehe ich das ...«

Der Cellist hat mit dem Einspielen aufgehört, aber der Stimmer schlägt unverdrossen die nächste Note auf dem Flügel an. Sie sieht den alten Bühnenmeister an, fürchtet, dass sie ihn falsch eingeschätzt hat, und wappnet sich für das, was jetzt kommen könnte. Er versteht es. Sie riechen es.

Er beugt sich mit seinem kahl werdenden Schädel zu ihr herüber. »Japan braucht Schulen und Krankenhäuser mehr als ...« Er nickt in Richtung Bühne. »Die Arbeiter werden ausgenommen, und die Kinder haben Hungerbäuche.«

»Ja«, sagt sie, erleichtert über seine schlichte, harmlose Bemerkung. »Die Zeiten sind hart.«

»Aber nicht für jeden.«

Was sie mit seiner Bemerkung über die Überflüssigkeit von Konzerten anfangen soll, weiß sie nicht. Es hat eine Zeit gegeben, da war sie davon überzeugt, dass Musik das alltägliche Elend erträglicher mache und ausgleiche; das fühlte sie bis ins Mark, das war eine existenzielle Überzeugung.

Auf der Bühne erscheint eine junge Frau in langem schwarzem Kleid und mit hochgestecktem Haar. Sie wechselt einige Worte mit dem Cellisten und stellt sich in die Mitte der Bühne. Ein Scheinwerfer springt an und hüllt die junge Frau in helles Licht. Aus dem Halbdunkel der Kulissen hervor verschlingt Michiko die strahlende Frau in Schwarz mit den Augen, während diese geduldig abwartet, bis sich der Techniker geäußert hat und der Scheinwerfer wieder erlischt.

Eine Schlange von Männern und Frauen in Abendkleidung wartet draußen vor der Kasse. Das ist ihre Welt. Noch immer. Diese Feststellung ist so selbstverständlich, dass das Gefühl von Wehmut und Verlust, das sie im Halbdunkel der Kulissen überkommen hat, von ihr abfällt.

Es ist ein milder, nicht zu warmer Sommerabend. In den letzten Wochen, seit der Richter aufgetaucht ist, hat sie gedacht, alles in ihrem Leben passiere einfach, wie eine Art Wirbelwind, der von nichts gesteuert oder aufgehalten wird und alles mitreißt, was ihm im Weg steht. Aber jetzt sieht sie zum ersten Mal seit langer Zeit wieder ein Muster in ihrem Leben, eine Ordnung, auch wenn sie sich diese nicht so eins, zwei, drei gefügig machen kann.

Sie muss weitergehen, sie darf nicht zu spät kommen, denn dann wird die Chefin vom Golden Gate in ihrem Notizbuch ein Kreuzchen hinter ihren Namen machen, und ihr Lohn wird einbehalten. Sie beschleunigt ihre Schritte. Sie dachte, sie sei traurig, es sei eine Dummheit gewesen, das Theater zu betreten. Aber dem ist nicht so.

Das Golden Gate befindet sich in einem Gebäude, in dem früher ein vornehmes Teehaus war, wo süße Leckereien serviert wurden. Jetzt steht »Music Hall« an der Fassade, und statt naschsüchtiger japanischer Dämchen kommen Bier trinkende amerikanische Soldaten hierher. Die Belegschaft des Lokals besteht aus einer älteren Frau für die Garderobe und die Toiletten, zwei Kellnern, einem Portier mit Uniformmütze und vier Mädchen, von denen sie eine ist. Amerikanische Platten aus der Jukebox schallen in den Saal. Manchmal singt sie laut mit, dann ist sie Sängerin. Manchmal wird sie zum Tanzen eingeladen, dann ist sie Tänzerin. Sie hat das geübt, vor dem großen Spiegel in dem Zimmerchen über dem Saal, wenn niemand zuschaute. Sie hat versucht, die Bewegungen der anderen Tänzerinnen zu imitieren. Die Lockerheit dieser amerikanischen Tänzer ist schwieriger, als sie gedacht hat. Jetzt sitzt sie mit dunklem Lidstrich um die Augen an der Bar und trinkt die Liköre, zu denen sie eingeladen wird. Sie hütet sich davor, den anderen Mädchen gegenüber hochmütig zu sein, aber sie will sich auch auf keinen Fall von der Gefügigkeit, die sie ausstrahlen, ersticken lassen.

Als die Greifautomatik der Jukebox mit einem mechanischen Ticken die nächste Platte heraussucht, tritt Shikibu ein. Sie hat ihn seit vier

Wochen nicht gesehen und hoffte schon, mit dem Club Paris auch ihn hinter sich gelassen zu haben. Die Chefin gleitet von ihrem angestammten Barhocker, um ihn mit gefalteten Händen zu begrüßen. »Willkommen, Herr Shikibu«, flötet sie mit hohem Stimmchen.

Er nickt, ohne sie anzusehen. Dann räuspert er sich und sagt in diesem überheblichen, belehrenden Ton: »Meinen Sie nicht auch, Frau Kawabe, dass man behaupten darf, die Abhängigkeit von Almosen, die Ausbeutung durch Prostitution, Geschlechtskrankheiten, Säuglingssterblichkeit, spurloses Verschwinden, die höchsten Mord- und Selbstmordraten und eine generelle Aussichtslosigkeit sind nur einige der Probleme, mit denen gewisse junge Frauen ohne Familie konfrontiert werden?«

Die Chefin zieht die Schultern hoch, da sie offensichtlich nicht weiß, wie sie seine Bemerkung verstehen soll. Wie sollte sie auch, die so steif formulierte Botschaft ist ja nicht für sie bestimmt, auch wenn sie das annimmt. »Wir versuchen, unseren Mädchen weitmöglichst beizustehen, Herr Shikibu«, lässt sie rechtfertigend verlauten.

Er hält den Kopf ein wenig schief und blickt starr und abwesend an ihr vorbei, sein Blick ruht auf den Flaschen hinter der Bar, sein Gesicht verrät keinerlei Regung, als sähe er etwas, was ihn alles vergessen lässt, Frau Kawabe, die Bar, seinen eigenen Monolog. Frau Kawabe zieht sich rückwärtsgehend und sich verneigend zurück und richtet sich wieder auf ihrem Barhocker hinter dem Kassenbuch ein.

Mit immer noch ausdrucksloser Miene setzt sich Shikibu neben Michiko an die Bar. »Hier bist du also.« Auf seiner Hand sind Kratzer, als sei jemand mit Schlittschuhen darüber hinweggefahren.

»Wie Sie sehen.«

Er bestellt etwas zu trinken, auch für sie. Sie setzt ein nicht allzu freundliches Gesicht auf. Unter seiner Hutkrempe hervor schielt er zur Tanzfläche hinüber, wo die Mädchen mit amerikanischen Dorfstoffeln mit breiter Brust und behaarten Armen tanzen. Sie spürt seinen Ekel vor der girrenden Sinnlichkeit, mit der sich die Mädchen umarmen, herumwirbeln und wie Heuballen hochwerfen lassen.

Der junge Kellner bedient ein Grüppchen Amerikaner, die an einem Tisch sitzen und trinken und plaudern. Er grinst über das ganze Gesicht, verneigt sich tief. »Johnny is good guys!«, ruft er aus, als sie ihm Geldscheine über den Tisch zuschieben. »Thank you, sir!«

»Wenn sie unter sich sind«, sagt Shikibu, »nennen die Amerikaner uns Affen. Affen auf Knien, eine Stadt auf den Knien.«

»Und Sie?« Sie streicht ihre Haare hinter die Ohren. »Sie arbeiten doch mit ihnen zusammen, oder?«

»Ich bin Unternehmer. Ich tue, was nötig ist. Auf die Knie muss ich vor niemandem.«

Dann fischt er einen Zettel aus seiner Innentasche, hält ihn sich nah vors Gesicht und beginnt im Flüsterton vorzulesen. »Vierundzwanzig Jahre alt, ein Meter achtundsiebzig, linke Gesichtsseite entstellt, geht an Krücke, Blutgruppe A ...«

Der Blick aus seinen wässrigen Augen richtet sich jetzt auf sie. Kaum hat er sie wiedergefunden, spielt er schon ein Spielchen mit ihr.

Er liest weiter, wispert ihr ins Ohr. »Geboren in der Präfektur Nagano, Rang: Sergeant der Artillerie, Kyokujitsu-sho-Orden ...« Erneut taxiert er sie, jetzt aus nächster Nähe.

Sie spürt, wie ihr das Blut aus Kopf und Hals weicht und Richtung Magen strömt.

»Korrekt?«, fragt er.

»Wie man's nimmt.«

Er lächelt. Es ist dieses unangenehme Lächeln, allwissend und zugleich verschleiernd. »Sie wissen, dass er in Tokio ist. Sie haben seine Spur. Ich frage mich, ob die falsche ID-Karte überhaupt noch einen Sinn hat.«

»Ich muss versuchen, ihm zu helfen, verstehen Sie?«

»Nein.«

»Es gibt sonst niemanden, der ihm helfen kann.«

»Hast du den Richter noch einmal getroffen?«

»Nein. Deswegen arbeite ich jetzt hier. Weil ich ihn nicht mehr sehen will.« Dich auch nicht, denkt sie, bis auf jetzt, vorausgesetzt, dass du in der Lage bist, etwas Gutes zu tun.

»Manche Leute sieht man besser nie mehr wieder.« Er starrt in sein Glas. »Eigentlich könnten sie besser ganz vom Erdboden gefegt sein, bevor sie noch mehr Schaden anrichten.« Er nimmt ein Schlückchen von seinem Whisky, hält das Glas gegen das Licht hoch, betrachtet es kritisch, stellt es auf die Theke und schiebt es dann mit runtergezogenen Mundwinkeln von sich. »Sie haben drei ihrer Soldaten in einer tiefen Höhle gefunden. Da hört für sie der Spaß auf. Ist dir eigentlich klar, was mit dir passiert, wenn sie ihn zu fassen kriegen?« Sie starrt auf ihre Hände. »Es bleibt nicht mehr viel Zeit.« Er schweigt jetzt, und sie weiß, dass sie dran ist. Er wartet genau so lange, bis sie etwas sagt.

»Können Sie …« Ihr Atem stockt, die Bar mit den Flaschen und Lämpchen verschwimmt vor ihren Augen.

»Kann ich *was*?«, fragt er, während er sie unverwandt ansieht.

»Warum?«, flüstert sie. »Warum antworten Sie nicht einfach?«

»Geh morgen mit ihm zu einem Fotografen und lass Passfotos machen.« Er zückt seinen goldenen Clip und gibt ihr drei Hundert-Yen-Scheine. »Bring die Passfotos morgen Abend mit hierher.«

»Danke.«

»Du wirst hier um acht Uhr von meinem Fahrer abgeholt.«

»Morgen kann ich nicht«, ist der einzige Einwand, der ihr einfällt. Abgeholt werden, in sein Haus gehen, das will sie nicht.

»Dann übermorgen.«

Sie wagt noch einen untertänigen Versuch zu widersprechen. »Und meine Arbeit?«

Er hebt die Hand, als erteile er einen Befehl, dem sich niemand zu verweigern hat. »Frau Kawabe wird nichts dagegen haben.« Er beugt sich nah zu ihr herüber. Er hat Pusteln auf der Wange. »Ich wünsche dich hier nie wieder zu sehen. Das ist das letzte Mal, dass ich hier bin.« Ohne den Barmann anzusehen, legt er ein paar Geldscheine auf die Theke.

»Bis übermorgen, Mädchen.« Es klingt fast freundlich.

»Ich kann dem Fahrer die Fotos auch mitgeben«, versucht sie es noch.

»Nein«, sagt er. Das ist alles. Die Arme stramm am Leib verlässt er die Bar.

11

Das Krächzen von Krähen erfüllt den violetten Morgenhimmel. Steif und kalt liegt er zwischen seinen Baumaterialien auf dem Rücken und starrt vor sich hin, bis es hell wird. Seit ihm nachts Sachen gestohlen worden sind, hält er hier Wache. Er darf den Hausbau nicht länger hinausschieben, ermahnt er sich selbst, er muss so schnell wie möglich Pfosten eingraben, Bretter festnageln, Wellblech verschrauben. Verhindern, dass Diebe sich damit aus dem Staub machen. Ehe man sich's versieht, ist es Herbst und zu kalt und zu nass, um im Freien unter einer dünnen Decke zu wachen. Er rappelt sich hoch, um sich an die Arbeit zu machen. Doch aus der Gewohnheit, die mächtiger ist als sein Wille – er weicht nicht davon ab, nicht einen Tag –, beginnt er, seine jüngste Beute zu sortieren. Nägel und Schrauben, er legt sie nach Größe geordnet in die dafür bestimmten Schachteln. Er überlegt kurz und leert die Schachteln dann auf ein Stück Sperrholz. Zuerst zählt er die Nägel: 140 lange, 121 kurze. Danach die Schrauben: 73 lange, 64 kurze. Er legt sein Werkzeug aus: Hämmer, Beitel, Schraubenzieher, Zollstock, Klappspaten, Handbohrer, Schleifstein, alles im gleichen Abstand voneinander. Er starrt auf seine Reichtümer, ihr Besitz macht ihn glücklich, aber verletzbar. Nichts ist sicher. Auch bei Frau Takeyama muss immer jemand dableiben, um zu verhindern, dass der kleine Herd und die Futons verschwinden. Er gibt die Schrauben und Nägel in die Schachteln zurück und das Werkzeug in die große Kiste, Deckel zu. Dann setzt er sich auf die Kiste und denkt über die Pfosten und die Löcher dafür nach. Wenn er sie einen Meter tief gräbt, müsste das genügen.

Bei der Hütte steht ein Auto, ein Polizeiauto. Er kniet sich hin und lugt hinter einem Steinhaufen hervor zu den beiden Polizisten und

Frau Takeyama hinüber, die ihr Kopftuch umgebunden hat. Sie reden, und dann steigen die Polizisten in das Auto. Langsam kommen sie in seine Richtung gefahren. Er lässt sich flach auf den Boden fallen und kriecht hinter die Steine. Als sie an ihm vorüber sind und das Motorgeräusch des Autos verklungen ist, bleibt er noch eine Zeit lang reglos liegen und fragt sich, was wohl der Grund für ihren Besuch war. Stechende Kopfschmerzen machen sich bemerkbar, während er die Möglichkeiten durchgeht. Er richtet sich auf, das Auto ist weg, mit der Krücke unter der Achsel humpelt er so schnell er kann zur Hütte.

Frau Takeyama dreht sich erschrocken zu ihm um, und auch Michikos Gesichtsausdruck ist ängstlich, als er sich nähert.

»Komm schnell rein«, sagt seine Cousine. Vorsichtig, als betrete er dünnes Eis, geht er in die Hütte hinein. Er lässt sich neben dem Holzzuber nieder, den er vor einigen Wochen gefunden hat und in dem jetzt Kiju gebadet wird. Zusammengekauert wie ein Hund, der Strafe verdient hat, wartet er ab, was Michiko sagen wird.

»Wir müssen reden.«

»Was wollten sie?«

»Sie wollten wissen, ob jemand bei uns wohnt.«

Er nickt langsam, ist im Zweifel, ob das jetzt die Wirklichkeit ist oder der stets wiederkehrende böse Traum. Darin wird er von Polizisten angehalten und spinnt sich eine Geschichte voller Lügen und Halbwahrheiten zurecht. Und die Geschichte droht ihm zu entgleiten, sodass er sie mit noch mehr Worten zu retten versucht. Aber er scheitert damit, wie er letztlich mit allem scheitert.

»Sie werden wiederkommen.«

»Haben sie das gesagt?« Eine große Spinne verschwindet zwischen den Fußbodenbrettern. Hideki zupft an dem morschen Holz und bohrt den Finger hinein. Das Haus, das er bauen möchte, wird von besserer Qualität sein.

»Sie fragten, ob wir wüssten, welche Strafe darauf steht, einem flüchtigen Verbrecher Unterschlupf zu geben.«

Er streicht ein Weilchen über die störrischen Haarbüschel auf seinem Kopf. Die Schmerzen hinter seinen Augen sind nicht mehr auszuhalten. In der pochenden Stille fühlt er die Angst, die Michiko und Frau Takeyama und er selbst aneinander weitergeben. Nur Kiju bleibt davon verschont. Der patscht fröhlich krähend mit flachem Händchen aufs Wasser. Es spritzt bis in Hidekis Gesicht. Er starrt auf das dünn behaarte Köpfchen des Jungen, so hell, so weich. Er rappelt sich hoch.

»Was hast du vor?«, fragt Michiko, zu ihm aufschauend.

»Ich packe meine Sachen.«

»Und dann?«

Er zuckt die Achseln. »Weg.« Er muss sie von der Angst erlösen.

Die alte Frau mustert ihn abwartend. Ihr Gesicht ist kreidebleich. In den zitternden Händen hält sie eine Teeschale. »Es muss ein Versehen sein, sie suchen einen Mörder.« Ihr Blick tastet sein Gesicht ab.

»Es ist kein Versehen, Frau Takeyama.« Dieses Wort, »Mörder«, eine größere Schande kann er sich kaum vorstellen. Aber ihr zu erklären, wie es sich verhält, das lässt er lieber gleich bleiben, denn nicht nur seine Zunge, sondern auch sein Verstand ist wie betäubt. Gebt mir eine Geschichte, denkt er, eine Geschichte ohne Worte, die alles erklärt und gut genug ist, um die anderen vor meinen Dummheiten zu schützen.

»Es war kein Mord«, sagt Michiko. »Diese Männer hatten sechs Frauen vergewaltigt, darunter ein dreizehnjähriges Mädchen und Hidekis Schwester, und sie kamen wieder, um es noch einmal zu tun.«

»Natürlich ist Hideki kein Mörder«, sagt Frau Takeyama, »wie könnte er das sein?«

»Es tut mir leid, Frau Takeyama«, flüstert er. »Ich hätte niemals hierherkommen dürfen.«

Er geht in die Hütte von Herrn Kimura, um seine Sachen zusammenzusuchen.

»Wohin gedenkst du zu gehen?«, fragt Michiko, die sich in die

Türöffnung gestellt hat. »Auf dem nächsten Bahnhof bist du doch geliefert.«

»Dann soll es eben so sein.«

Ihre Augen sprühen Funken. »Versuch bitte zur Abwechslung mal, dir eine Lösung einfallen zu lassen, bei der du nicht das Opfer bist.«

»Es gibt keine Lösung.«

»Idiot!« Ihre Stimme ist rau und verzweifelt. »Wasch dir das Gesicht!«

Er sieht sie verständnislos an.

»Verzeih«, sagt sie nun sanft, »hier ist ein Kamm. Wasch dir das Gesicht und kämm dir die Haare.«

12

In Hemdsärmeln sitzt Brink mittags an seinem Schreibtisch. Sein Zimmer ist blau vor Zigarettenqualm. Er raucht zwei Schachteln Lucky Strike am Tag und hat sogar seinen täglichen Spaziergang aufgegeben. Links vom Aschenbecher liegen die getippten Notizen zu seinen eigenen Recherchen im Aktenlesesaal und rechts die offiziellen Transkriptionen der Erklärungen und Kreuzverhöre von Shigemitsu und Togo, den beiden Expolitikern, die seiner Überzeugung nach einen Freispruch verdienen, weil nicht bewiesen ist, dass sie für die Kriegsverbrechen verantwortlich waren. Er hofft immer noch, dass er seine Kollegen von der notwendigen Unterscheidung zwischen den Befehlshabern der Streitkräfte und den Falken im Kabinett auf der einen Seite und den gemäßigten Politikern, die den Krieg beenden wollten, auf der anderen überzeugen kann. Vor einigen Tagen hat er die Urteilsentwürfe der Mehrheitsgruppe erhalten. Nach deren Studium muss er zu dem Schluss kommen, dass es für die beiden Expolitiker nicht gut aussieht. Ihnen droht eine schwere Strafe, womöglich die schwerste. Zum x-ten Mal geht er mit gezücktem Bleistift die Transkriptionen der Verhöre und Erklärungen Togos durch, obwohl er sie inzwischen auswendig kennt. Auch jetzt wieder macht ihn der harsche, unverschämte Ton betroffen, den Keenan, als Hauptankläger, gegen den feingliedrigen, intellektuellen früheren Außenminister angeschlagen hat. Er hat ihn als Lügner, als Feigling, bezeichnet, er hat ihm vorgeworfen, sich hinter »diplomatischem Gefasel« zu verstecken. Togo in seiner zurückhaltenden, sanften Art hat mit nicht versiegender Höflichkeit auf alle Fragen Keenans geantwortet. Am nächsten Prozesstag hat Keenan Togo erneut mit seinen Fragen gefoltert. Wieder hat Togo erklärt, dass bei den gescheiterten Verhandlungen mit den Vereinigten Staaten nicht er, sondern der Premier und der Verteidigungsminister die Bedingungen festlegten. Der Überraschungsangriff der Streitkräfte auf die amerikanische Flotte in Pearl Harbor sei gegen seinen Willen durchgeführt worden. Tag um Tag hackte Keenan auf Togo ein. Der Angeklagte blieb überzeugend bei seinen Aussagen, doch das will nichts heißen, wie Brink weiß. Auch dass Togo einen ehrenwerten, kultivierten Eindruck macht, nicht. Oder dass er mit einer Deutschen jüdischer Abstammung verheiratet ist. Argumente für Togos Unschuld hat Brink in den Akten gefunden. Der Mann hatte sich schon lange vor dem Krieg gegen bewaffnete Auseinandersetzungen ausgesprochen, was ihn mit seiner Regierung in Konflikt gebracht hatte. Und wie Shigemitsu hatte auch er das Dreimächteabkommen mit Deutschland und Italien abgelehnt. Aus diesem Grund wurde er als Botschafter aus Berlin abberufen. Seinen Einzug ins Kabinett als Außenminister hatte er ausdrücklich an die Bedingung geknüpft, dass man den Verhandlungsweg beschreiten und die militärischen Bestrebungen weitmöglichst zurückschrauben würde. Brinks Überzeugung nach hat die Anklage keine ausreichenden Beweise für Togos Schuld geliefert. Aber vielleicht hat er etwas Wesentliches übersehen oder falsch interpretiert, wodurch er zu einem anderen Schluss gelangt ist als die Mehrheit seiner Kollegen in ihrem Urteilsentwurf? Sollte er etwas übersehen haben, dann ist dies seine letzte Chance, ein noch stärkeres Argument zu finden als alle, die er bereits vorgebracht hat, ein Faktum, das ihm überzeugend und unwiderlegbar recht gibt und mit dem er bei den endgültigen Beratungen über die Urteile Togo und Shigemitsu den Kopf retten kann.

Sein Telefon klingelt. Er nimmt ab. Unten in der Lobby ist Besuch für ihn.

Das muss Willink sein, der »auf einen kurzen Schwatz« vorbeischauen wollte. Er hat keine Lust dazu, kann sich aber nicht drum herumdrücken, dafür hat er den Botschafter in letzter Zeit schon zu oft und zu brüsk abgewimmelt.

Die Briefe und Anrufe, mit denen Willink ihn in den letzten Wochen bedrängt, zielen immer offener darauf ab, ihn davon abzubringen, seine abweichende Meinung schriftlich festzuhalten und den Urteilen beizugeben. Noch etwas, was ihn neben seinem Kreuzzug für die beiden Expolitiker zum Abweichler stempelt. Er hat sich diese Rolle nicht ausgesucht, aber er sieht keine andere Möglichkeit. Die Mehrheitsgruppe hat ihn kaltgestellt. Wenn er will, dass man erfährt, wie *er* über die Schuldfrage urteilt, kann er das also nur durch die Publikmachung einer abweichenden Meinung erreichen. Willinks Schlussoffensive gegen sein Vorhaben bestand in der »gut gemeinten« Warnung, dass Den Haag ihn abberufen werde. Natürlich bluffte der Botschafter, das war sonnenklar, denn niemand – schon gar nicht diese Haager Pappkameraden – war in dieser allerletzten Phase vom »Prozess ohne Ende« noch auf einen Skandal erpicht. Er hat Willink geraten, sich nur keine Sorgen um ihn zu machen. Das tue er selbst auch nicht. Daraufhin brachte ihm der Botschafter höchstpersönlich einen Brief des Rektors seiner Universität in Leiden. Der Tenor des Schreibens war eindeutig: Der Senat der Universität habe angesichts seiner »Haltung« in Tokio große Bedenken gegen seine Rückkehr an die Fakultät. Innerlich hat Brink geflucht, sich aber Willink gegenüber nichts von seiner Wut anmerken lassen. Er hat stur am letzten Teil seiner bereits einundvierzig Seiten umfassenden abweichenden Meinung weitergeschrieben. Nichts soll ihn von ihrer Vollendung und Publikmachung abhalten können, so viel steht fest. Wenn auch nicht für Willink, scheint es, aber der Mann macht auch nur seine Arbeit.

Es ist nicht Willink, der in der Lobby auf ihn wartet. An einem Tisch am Fenster entdeckt Brink stattdessen Michiko. In den vergangenen Wochen hat er sich damit abgefunden, dass es für sie zwischen ihnen vorbei ist. Denn als er wiedergekommen war, um sich reuig vor ihr auf die Knie zu werfen, hatte sie kein Wort für ihn übriggehabt. Er geht an Lord Patrick und Northcroft vorüber, die zusammen mit

Cramer bei ihrem letzten Tee des Tages sitzen und allem Anschein nach Webb im Auge behalten, der der Presse Rede und Antwort steht.

Brink nimmt mit dem Rücken zu seinen Kollegen gegenüber von Michiko Platz. Sie sieht blass aus, ihre Lippen haben kaum Farbe. Sie sieht ihn an, als sei er ein Fremder.

»Entschuldige, dass ich dich hier belästige«, sagt sie.

»Ich habe dich gesucht«, sagt er. »Meine einzige Hoffnung war, dass du wusstest, wo ich bin.«

»Du sagtest, dass du mir helfen wolltest.«

»Das will ich noch immer.«

Sie zögert und legt ihre Hand auf den Tisch. An ihrem schmalen Finger funkelt der goldene Ring mit dem blauen Stein. Brink bestellt Tee bei einer der Serviererinnen. Er hat so eine Vermutung, was sie ihm erzählen will, das Kind, aber er wartet ab, möchte ihr nicht den Wind aus den Segeln nehmen.

»Es ist nicht so einfach«, seufzt sie.

Er nickt und legt seine Hand über den Ring. Sie zieht ihre Hand fast unmerklich zurück. »Ich glaube, ich verstehe das«, versucht er ihr zu helfen.

»Ja?« Ihre Augen sind plötzlich dunkel, verschlossene Tore zu dem Rätsel, was sie für ihn empfinden mag.

»Das Kind?«, sagt er.

»Kind?« Ihre Verwirrung zeichnet feine Linien in ihre Stirn.

»Wie alt ist es?« Seine Geduld zieht jetzt schon den Kürzeren gegen seine Neugier.

Sie schließt die Augen, als müsse sie ihnen kurz Ruhe gönnen. »Das dürfte für dich nicht so schwer zu erraten sein«, sagt sie schroff.

»Ist es meins?«

Sie öffnet die Augen wieder. »Nein, es ist meins, er ist meins.«

»Aber ...«

»Du bist der Vater.«

»Warum hast du mir in dem Brief nicht geschrieben, dass du schwanger warst?«

»Hätte das einen Unterschied gemacht?«

»Vielleicht.«

»Es dürfte keinen Unterschied machen.«

Die Bedienung bringt den Tee und ein Tellerchen mit Importkeksen. Sie schenkt ihnen beiden ein. Über die dampfenden Tassen hinweg sieht er Michiko an.

»Lebst du mit dem Kind allein?«, fragt er, als das Mädchen wieder weg ist.

»Deswegen bin ich nicht hier.«

»Verzeih, aber ich möchte es gern wissen, Michiko, mit wem lebst du zusammen?«

»Mit meinem Cousin aus Nagano und mit einer alten Nachbarin von früher.«

»Wo du mit deinen Eltern gewohnt hast, in Asakusa?«

Sie nickt.

»Lass mich dir bitte helfen.«

»Deshalb bin ich hier.«

»Ich kann dich finanziell unterstützen, dich und das Kind. Du brauchst nicht in einem… Du brauchst diese Arbeit nicht zu machen.«

Da erscheint Willink, mit dem Hut in der Hand. Sie begrüßen einander.

»Es tut mir leid«, sagt Brink kurz, »aber ich habe jetzt keine Zeit.«

Willink lässt den Blick auf Michiko ruhen. Er nickt ihr zu, nicht unfreundlich, eher neugierig, und sie nickt zurück. Brink ist sich unschlüssig, ob er sie einander vorstellen soll, wartet aber zu lange, und dann ist der Moment vorbei.

»Ich habe noch nicht zu Abend gegessen«, sagt Willink, ganz heitere Entspanntheit vorwendend. »Wenn du so weit bist, kannst du mich im Restaurant finden, oder soll ich kurz warten, und du bist mit von der Partie, auf Kosten des Königreichs?«

»Nein, danke.«

»Gut, dann also bis später.«

»Entschuldige, dass ich dich in Verlegenheit bringe«, sagt sie, als Willink weggeht.

»Das tust du nicht. Ich bin glücklich, dass du hier bist, ich weiß nur nicht so recht, wie ich mich verhalten soll, das ist alles.«

Sie öffnet ihre Handtasche und nimmt ein zusammengefaltetes Blatt Papier heraus, faltet es auseinander.

»Mein Cousin, er braucht eine neue ID-Karte. Hierauf stehen alle Personalien, sein Name, Geburtsdatum, Geburtsort, alles.«

Nicht begreifend, was sie von ihm erwartet, und mit wachsender Verwunderung, als es ihm allmählich zu dämmern beginnt, hört er sich an, was sie erzählt. Ihr Cousin könne die Karte nicht selbst beantragen. Jemand mit Autorität, jemand, der Zugang zu den GHQ habe, müsse die Antragstellung für ihn übernehmen.

»Ich?«, stößt er voll Unglauben hervor.

»Das ist es, worum ich dich bitten wollte. Kein Geld, keine Versprechen, nur dies.«

Als er wissen möchte, warum der Cousin es denn nicht einfach selbst tun könne, antwortet sie, dass sie Brink nicht bitten würde, wenn das im Bereich der Möglichkeiten läge. Ihr Cousin müsse eine neue Identität bekommen. Schnellstens. Die Personalien auf dem Papier, das sie ihm zugeschoben habe, seien die eines jungen Mannes, der etwa gleich alt sei. Er sei an Bauchtyphus gestorben. Sie kenne seine Eltern, und die würden den Tod ihres Sohnes nicht den Behörden melden.

»Warum braucht er denn eine neue Identität?«

»Er wird von der Polizei gesucht.«

»Weswegen?«

»Wegen etwas, was in seinem Dorf in Nagano geschehen ist, aber er hat nichts Unrechtes getan.«

In Gedanken kehrt er in jenen abgelegenen Ort in den Bergen zurück und sieht sich wieder in der eisigen Kälte auf seinen zu dünnen Schuhen durch den Schnee pflügen, auf der Suche nach ihr. Der Polizist hat ihn später, als er wieder in Tokio war, noch angerufen, um

408

sich nach seiner verletzten Schulter zu erkundigen. Bei der Gelegenheit bekam Brink das Neueste zu hören: Man hatte die drei Leichen der vermissten Soldaten in der Höhle gefunden. Der Mordverdächtige war flüchtig.

Ihr Wiedersehen hat eine unerwartete, eigenartige Wendung genommen. Er würde alles tun. Ist bereit, um Gnade zu flehen, um das Glück, das ihm entschwunden ist, als er sie mit diesem Zug wegfahren ließ. Warum bittet sie ihn nicht um etwas, was er bewerkstelligen kann, warum bittet sie ihn nicht, *sie* zu retten statt einen Mörder? Dass es nicht um sie und ihn geht, ist nicht weniger als eine Enttäuschung nach der Euphorie des plötzlichen Wiedersehens. Hat sie ihn je wirklich geliebt?

»Ich sehe nicht, was ich da tun könnte und wie.«

»Für jemanden wie dich muss das doch eine Kleinigkeit sein. Du könntest sagen, dass du jemandem helfen möchtest, den du aus dem Hotel kennst, dessen Sohn zu krank ist, um aufs Meldeamt zu kommen.«

»Hat es etwas mit diesem Mord an drei amerikanischen Soldaten zu tun?«

Jetzt ist sie es, die überrascht aufschaut. »Sie haben im Dorf mit Waffengewalt die Frauen vergewaltigt, darunter ein dreizehnjähriges Mädchen, sie haben sie vor den Augen ihrer Familien geschlagen und gedemütigt. Auch meine Cousine, die Schwester des Cousins, haben sie vergewaltigt und misshandelt.«

»Das ist abscheulich, aber ...«

»Ich bin noch nicht fertig. Sie kamen eine Woche später wieder, um die Frauen erneut zu vergewaltigen. Das hat er verhindert. Er ist ein guter Mensch.«

Er nickt langsam. »Das glaube ich dir gern, und ich schließe nicht aus, dass ein Richter ebenfalls zu dieser Schlussfolgerung kommen würde.«

»Ein Richter? Was meinst du damit, dass er sich stellen soll?«

»So funktioniert das.«

»Er würde zum Tode verurteilt werden. *So* funktioniert das. Ist es falsch, das Gesetz zu übertreten, um Menschen zu beschützen, die das selbst nicht können, weil ihre *Beschützer* selbst die Gewalttäter sind?«

»Nein«, sagt er, »das ist nicht falsch.« Er zündet sich eine Zigarette an und inhaliert tief. Webb posiert für einen Pressefotografen, der mit Blitzlicht ein Porträtfoto von ihm macht.

»Sind das deine Kollegen?«, fragt sie.

Er nickt.

»Wenn solche Männer glauben, dass sie Tausende Kilometer von zu Hause entfernt Gott spielen und über das Leben anderer verfügen dürfen, darf er dann nicht seine eigene Mutter und seine Schwester beschützen?« Sie nimmt ihre Tasse Tee in die Hand, stellt sie jedoch wieder zurück, ohne zu trinken.

»Das ist unter bestimmten Umständen ein Recht«, sagt er.

»Schau mal nach draußen.«

»Was?«

»Auf die andere Straßenseite.«

Auf der anderen Straßenseite lehnt ein Mann, der aussieht wie ein Bettler, an der Steinfassade eines hohen Hauses. Seine eine Schulter hängt schief wie eine abgesackte Dachrinne und wird von einer Holzkrücke gestützt.

»Ich habe ihn gebeten mitzukommen, damit du mit eigenen Augen siehst, von wem ich spreche.«

Diese violette Glut, dieser Schwamm aus totem Fleisch auf der entstellten Gesichtshälfte. Der Mann sieht eher wie jemand aus, der selbst nur knapp und mit dem größtmöglichen Schaden einen Mordanschlag überlebt hat, als wie jemand, der imstande wäre, drei amerikanische Soldaten ins Jenseits zu befördern.

»War er schon Invalide, als das passierte?«

»So ist er aus dem Krieg zurückgekehrt. Er verachtet sich selbst, aber eigentlich ist er ein großartiger Mensch.«

»Was ist das?«, fragt er. »Ein großartiger Mensch?«

»Jemand, der Dinge, die eigentlich wider seine Natur und seine Auffassungen sind, tun kann, weil es notwendig ist.«

Ihre Anspielung entgeht ihm nicht, und die Stille, die sie eintreten lässt, schließt ihn ein, als stecke er in einem Netz, das nach und nach fester zugezogen wird.

»Ich bin froh, dass ich dich wiedersehe«, bringt er erstickt hervor.

»Ich auch, dass ich dich wiedersehe«, erwidert sie.

»In den letzten beiden Jahren habe ich gute Kontakte zum Hotelmanager aufgebaut. Eine junge Japanerin, die Englisch und Deutsch spricht, würde er bestimmt einstellen. Ich habe mit ihm darüber gesprochen. Es gibt Möglichkeiten. Vielleicht wäre das etwas für dich.«

»Zuerst dies«, sagt sie. »Ich bin nicht meinetwegen hier.«

»Ich muss mir das überlegen.«

»Dafür ist keine Zeit mehr.«

Ihr Blick ruht auf ihm mit der Gefasstheit eines still akzeptierten Kummers. In der Zeit, da sie sich nicht gesehen haben, hat sie sich verändert, ist selbstbewusster, stärker geworden. Härter auch. Dies ist nicht mehr die Frau, die er zum Bahnhof brachte.

»Und?«, fragt sie.

Er findet keine Worte und starrt sie nur an, hilflos seine Teetasse drehend. Schon einmal hat er sie hängen lassen und damit das Gift des Zweifels genährt. Er spürt sehr wohl, das Maß ist voll. Unter seinem Hemd trieft der Schweiß. »Ist dir eigentlich klar, was du da von mir verlangst?«

»Wenn du es nicht tust, kann ich das verstehen.«

Sie scheint ihn befreien zu wollen, und er ergreift die Gelegenheit. Er schüttelt den Kopf. »Ich bin Richter.« Er stirbt tausend Tode und wirft noch einen Blick nach draußen, auf den Invaliden mit der Krücke, der dort wartet wie ein obdachloser Landstreicher. »Ich kann das nicht.«

»Mit Können hat das nichts zu tun«, sagt sie.

13

Die Grube, die er gegraben hat, ist einen halben Meter tief und genau groß genug, um ausgestreckt darin liegen zu können. Sie ist mit einer Segeltuchplane abgedeckt, die er an den Rändern mit Steinen und Brettern beschwert hat, damit sie fest liegen bleibt. Wer auf seiner Baustelle suchen sollte, würde nicht vermuten, dass er sich zwischen aufgestapelten Steinen, Pfosten und Brettern unter der Plane versteckt. Er fragt sich, ob sein Mantel und seine Mütze mit Ohrenklappen ihn in der Nacht ausreichend warm halten werden. Und ob es nur für dieses eine Mal sein wird.

Falls Michiko mit einer ID-Karte zurückkehrt, ist es vielleicht mit einer oder höchstens zwei Nächten getan. Aber dann? Ob sich die Polizisten, wenn sie wiederkämen, um ihn, diesen Krüppel, hinter dem sie her sind, zu vernehmen, mit einer falschen ID-Karte abwimmeln lassen? Davon darf er nicht ausgehen. Er könnte aber wieder umherreisen, bräuchte die Kontrollen auf Bahnhöfen und auf der Straße nicht mehr zu fürchten, während hierzubleiben nach wie vor ein großes Wagnis wäre. Auch für Michiko, Kiju und Frau Takeyama.

Er muss eine Entscheidung treffen, doch vorerst muss er abwarten und, vor allem, auf der Hut sein. Wachsam sein, selbst im Schlaf, jede Minute, jede Sekunde. Wie damals an der Front, als Maos Truppen den Vormarsch seiner Einheit unterbanden und sie sich gegen deren Sperrfeuer in der kalten Erde eingraben mussten. »Der Kaiser wird uns beschützen«, hat er in diesen nicht enden wollenden bangen nächtlichen Stunden vor sich hin gemurmelt. Frau Takeyama hat ihm ein Päckchen Klebreis und einen Krug abgekochtes Wasser für sein Versteck mitgegeben. Danach ist sie schnell wieder in ihre

Hütte gegangen, wo sie sich schon den ganzen Tag mit Kiju verbarrikadiert und durch die Ritzen in der Wand gespäht hat, als erwarte sie, dass jeden Moment ein Polizeiwagen kommen könnte.

Er muss stärker werden, darf nicht anhänglich sein, sich nicht in Sicherheit wähnen. Die vergangenen Monate hier, mit all den schönen Zukunftsfantasien, haben ihn irregeleitet und verweichlicht. Er muss härter werden, ein Soldat in der Soldatennacht. Seine Finger umklammern den Griff des Schraubenziehers unter seinem Mantel. Sand schiebt sich in seinen Nacken, als er sich unter der dunklen Plane etwas anders hinlegt. Die Polizei ist im Anmarsch, oder die Männer in den weiten Anzügen, sie haben es alle auf ihn abgesehen. Er schließt die Augen. Ist es Zufall, dass sie ihm plötzlich auf den Fersen sind? Irgendwo in seinem Hinterkopf ertönt ein falsches Lachen, und das klingt sehr nach Toru. Ein solcher Blindgänger wie er, Hideki, wird immer den Kürzeren ziehen. Verdient es, gefasst zu werden, zu hängen, weil er so hoffnungslos dämlich ist. Andere haben den Krieg, die Bombenangriffe, den Hunger und die Qualen der Kriegsgefangenenlager auch mitgemacht, manche sind genau wie er böse zugerichtet heimgekehrt, und ihnen ist es sehr wohl gelungen, wieder an ihr altes Leben anzuknüpfen. Sie verdienen ihr Geld auf dem Schwarzmarkt, finanzieren sich ihr Studium, unterhalten ihre Familie, haben sich mit den Amerikanern angefreundet. Warum er nicht?

Toru weiß nur, dass er in Itabashi wohnt, wie er ihm auf die Nase gebunden hat, und Itabashi ist ein ganzes Ende von Asakusa entfernt. Der Polizist, der nach seiner ID-Karte gefragt hat, vielleicht ist der es gewesen. Vielleicht ist ihm auf der Wache die auffällige Personenbeschreibung eines flüchtigen Amerikanermörders aus der Präfektur Nagano ins Auge gefallen ... Und damit hat die Suche begonnen.

Die Plane hängt ein bisschen durch. Der Geruch vom Segeltuch wird immer erstickender, und er zieht es etwas zur Seite. Ein kleines Eckchen Nacht tut sich auf. Am schwarzen Samt des Himmels funkelt ein Licht. Er zieht die Plane noch etwas weiter weg, bis er den Mond sehen kann, voll und hell. Er atmet tief ein und füllt seine Lunge mit der kühlen Abendluft. Der gleiche Mond wie über dem kahlen Berg seines Dorfes, der gleiche Mond wie damals in China. Haku Sato hat ihn einmal bei Vollmond gefragt, welcher Himmelskörper seiner Meinung nach größer sei, die Sonne oder der Mond. Er hat geantwortet: Sie sind ungefähr gleich groß, und Haku hat geschmunzelt. Die Sonne sei vierhundertmal größer, erzählte er, aber sie sei viel weiter entfernt und sehe deshalb nicht größer aus als der Mond. Hakus größter Wunsch war es, einmal eine totale Sonnenfinsternis zu sehen, bei der sich der Mond genau vor die Sonne schiebt. Anschaulich hat er Hideki beschrieben, wie das Licht in dem Moment nur noch an den Rändern des Monds hervorblitzt, einem Ring aus Brillanten gleich.

Haku wird diese magische Verdunklung nie miterleben, aber er vielleicht schon, und dann könnte er Kiju die Frage stellen, wer von beiden größer ist, die Sonne oder der Mond.

Er trinkt einen Schluck Wasser und drückt den Korken wieder in den Hals des Kruges. Stimmen werden laut. Schnell zieht er den Zipfel der Plane über sich, doch es gelingt ihm nicht, sie wieder so anzubringen, dass sie die Grube vollständig abdeckt. Er spitzt die Ohren. Die Stimmen kommen näher. Eine Männerstimme, und in der anderen meint er die von Frau Takeyama zu erkennen, aber der ist nichts Beunruhigendes zu entnehmen. Oder doch? Nach einer kurzen Stille hört er die Frau leise weinen. Frau Takeyama? Blitzartig sieht er es vor sich, die Polizisten, die die alte Frau zwingen, sie zu seinem Versteck zu führen. Er kann nicht länger still auf dem Rücken liegen bleiben. Er dreht sich auf die Seite, will sich unwillkürlich zusammenkrümmen, doch die Grube ist zu klein, um die Knie anziehen zu können. Er erwartet, wieder die tiefen Töne der Männerstimme zu hören, doch stattdessen dringt nun die Stimme Michikos an sein Ohr. Aus der Höhe und dem Rhythmus ihrer Stimme versucht er die Art der Unterhaltung abzuleiten. Er fängt ein einzelnes Wort aus ihrem Mund auf: »Kraft.« Und dann, langsam, sich nähernde Schritte, ein Schlurfen über Sand und Bretter.

»Hideki?« Die Stimme Michikos.

Er schlägt die Plane zurück und stützt sich auf seinen Ellbogen. Eine brennende Kerze mit der gehöhlten Hand abschirmend, ragt sie über ihm auf. »Geht es, Cousin?«, fragt sie.

»Wo ist Frau Takeyama? Warum weint sie?«

»Das war Frau Washimi. Sie ist mit ihrem Mann hier. Heute Nachmittag haben sie ihren Sohn begraben. Möge seine Seele in Frieden ruhen.«

Herrn und Frau Washimi hat er in letzter Zeit regelmäßig gesehen. Sie haben an derselben Stelle, an der ihr altes Haus verloren gegangen ist, mit dem Bau eines neuen Hauses begonnen. Ihren Sohn hat er nie kennengelernt, der junge Mann existierte für ihn nur in den Erzählungen Michikos, die ihn noch aus ihrer Kinderzeit kannte.

»Ist es geglückt?«, fragt er.

Michiko schüttelt den Kopf. Lähmende Mutlosigkeit kriecht ihm in die Glieder.

»Noch nicht«, sagt sie, »aber das wird schon. Halt noch bis morgen durch.«

Er erwidert nichts.

Sie zieht die Plane straff und legt einen Stein auf die Ecke.

Wieder allein, in die Dunkelheit und die Stille zurückgezogen, kommen die Zweifel, die er schon abgestreift zu haben glaubte. Sie bestürmen ihn so geballt, als hätten sie in einem Hinterhalt auf diesen Moment gewartet. Er schließt die Augen. Eines Tages, und dieser Tag ist sehr nah, muss er diese Gedanken zu Ende denken, bis er seine Schlüsse daraus zieht. Diese ID-Karte, er hat sie schon vor sich gesehen, mit dem Passfoto darauf, das er hat machen lassen. Ein neuer Ausweis, ein neuer Name, ein neues Leben, aber welches? Er will nicht weg. Er hat niemanden, zu dem er gehen könnte. Er darf die anderen nicht mit in seinen Untergang ziehen.

Er öffnet die Augen, aber es bleibt dunkel. Mit scheuerndem Sand im Nacken starrt er in eine schwarze Tiefe. Wie Staubteilchen werden seine Gedanken darin aufgesaugt. Eine unbekannte Kraft, einem stillen Gebet gleich, zieht ihn in die Leere. Er ist hin- und hergerissen zwischen Widerstand und Ergebung, zwischen Festhalten und Loslassen.

Mitten in der Nacht hört er etwas ticken. Jäh ist er wieder hellwach. Er ist allein, und vom Kaiser braucht er keinen Schutz zu erwarten. In der Dunkelheit ist er auf sein Gehör und seinen Geruchssinn angewiesen. Erneut ertönt das Ticken, wie von Regen. Er horcht, er schnuppert und registriert andere Sinneswerkzeuge, auf der anderen Seite der Plane, die auch horchen und schnuppern.

Ihm schwindet das letzte bisschen Mut. Er hält die Luft an. Die Plane biegt sich in der Mitte durch und berührt sein schweißnasses Gesicht. Ein heiserer Schrei entfährt seinem trockenen Mund.

»Miau!« Der Ruf ist zärtlich und so nah, dass er von ihm selbst auszugehen scheint.

Er seufzt und versucht seine Atmung wieder unter Kontrolle zu bringen. Der Boden unter ihm dünstet Feuchtigkeit aus. Er flüstert, er flüstert Koseworte für die Katze.

Er zwängt seine Hand unter der Plane hervor und streckt sie in die kühle Nachtluft. Ein weiches Fell streichelt seine Finger.

14

Das Golden Gate hat noch zu, die Jukebox schweigt. Als Einzige sitzt Michiko an der Bar und wartet, das Kuvert mit den Passfotos von Hideki in der Hand, bis sie abgeholt wird. Sie fragt sich, was sie wohl stärker aus der Fassung bringt – wenn der Fahrer Shikibus vorfährt, oder wenn er nicht auftaucht.

Im Saal wechselt einer der Kellner einige Glühbirnen über der Tanzfläche aus, und als er damit fertig ist, kehrt er an die Theke zurück: »Man hört dir gar nicht an, dass du aus Nagano kommst.«

Sofort ist sie auf der Hut, denn sie hat niemandem, schon gar nicht diesem Schnösel, mit dem sie nie ein Wort redet, erzählt, dass sie in Nagano geboren ist. »Wieso?«, fragt sie nach.

Er streift sich seine schwarze Weste über. »Heute Nachmittag waren zwei Typen von der Kriminalpolizei hier. Sie haben die Chefin alles Mögliche gefragt.«

»Was wollten sie denn wissen?«

»Ob dein Cousin hier gewesen ist … Stimmt es, dass er Invalide ist?«

»Was hat sie geantwortet?«

»Dass sie nicht mehr von dir weiß, als dass du eigentlich Sängerin bist und deine Eltern bei den Bombenangriffen von '45 umgekommen sind.«

Er schiebt sich durch den schmalen Eingang hinter die Theke und beginnt, Gläser ans Spülbecken zu stellen, wobei er hübsche gerade Reihen bildet. »Was hat denn dieser Cousin von dir ausgefressen?«

»Es gibt keinen Cousin.«

Heute Morgen ist ein Polizeiauto in Asakusa aufgetaucht, und ein paar Stunden später sind also Ermittler hier an ihrer Arbeitsstelle gewesen. Vielleicht hatte Shikibu recht, als er sagte, dass es womöglich schon zu spät sei. Oder steckt er etwa selbst dahinter, will er sie spüren lassen, dass sie keinen anderen Ausweg mehr hat und er ihre einzige Hoffnung ist?

Der Junge blinzelt, als sehe er in die Sonne. »Du bist doch eigentlich Sängerin, eine richtige Sängerin.«

»Ja, eine richtige«, sagt sie.

»Würdest du das nicht lieber machen?«

»Was meinst du wohl! Das hier ist nur vorübergehend.«

»Ich wollte an der Technischen Hochschule studieren. Aber zu Hause fehlt das Geld dafür. Jetzt bin ich hier.« Er schaut sich um, als nehme er alles zum ersten Mal richtig wahr.

»Es kommt nicht darauf an, wo du jetzt bist«, sagt sie. »Noch ist es für nichts zu spät.«

Der Junge nickt ihr zu, fast dankbar.

Als sie in seinem Alter war und am Konservatorium studieren wollte, versuchten ihre Eltern, sie davon abzubringen, weil sie andere Pläne hatten, eine andere Zukunft für sie anstrebten. Die Aussicht, dass ihre Tochter Sängerin sein würde, sprach sie ganz einfach nicht an. Im Nachhinein erscheint in der Welt von damals alles als so übersichtlich und selbstverständlich, selbst die Dinge, die in dem Moment ungemein komplex waren. Am Tag vor der Einschreibung war sie den ganzen Abend im kalten Regen draußen herumgelaufen. Ihre Eltern hatten sich Sorgen gemacht, weil sie sonst nie spät nach Hause kam, und ihr Vater ging sie suchen. Er fand sie am Sumida, wo große Tropfen auf der Wasseroberfläche tanzten. Sie war von Kopf bis Fuß durchnässt. Ohne ein Wort zu sagen, zog ihr Vater ihr den nassen Mantel aus und hängte ihr seinen um die Schultern. Dann legte er den Arm um sie und führte sie nach Hause. Ihre Mutter half ihr in trockene Kleider und rubbelte vor dem Ofenfeuer mit einem Handtuch ihre Haare trocken. Sie blieb bis tief in der Nacht allein am Feuer sitzen und kam zu dem bitteren Schluss, dass ihr nichts anderes übrigblieb als zu gehorchen, wenn ihre Eltern das von ihr verlangten.

Am nächsten Morgen, als ihr Vater sein Haar scheitelte, bevor er zur Arbeit ging, sprach er nur einen einzigen Satz: »Es ist gut.« Zwei Monate später begann sie ihre Ausbildung am Konservatorium.

Um Punkt acht Uhr erscheint Shikibus Fahrer in der Tür, ein Koloss von einem Mann mit kurzem, breitem Nacken, wie immer in schwarzem Anzug und mit Chauffeursmütze auf dem Quadratschädel. Seine Schlitzaugen blicken in ihre Richtung. Sie steht auf, streicht ihr Kleid glatt und geht hinaus. Mit ironischer Höflichkeit verneigt er sich und hält ihr die Wagentür auf.

Noch nie ist sie allein in dem Auto mitgefahren. Immer hat Shikibu neben ihr gesessen. Sie duckt sich in den Sitz, dicht an die Tür, außerhalb des Blickfelds des Fahrers im Rückspiegel. Schweigend lenkt er den Wagen durch die dunklen Straßen. Sie weiß nicht viel mehr von ihm, als dass er aus Korea stammt und gebrochen Japanisch spricht, wenn er denn überhaupt mal was sagt. Für seine Funktion ist Sprache auch kaum erforderlich. Er fährt den Wagen und schirmt Shikibu ab. Einmal, als sie an einer Kreuzung hielten, hat eine Männerhand mit Ring gegen die Scheibe auf Shikibus Seite geklopft. Ein schriller, aufdringlicher Laut, der sie zusammenfahren ließ. Auf der Straße stand ein Mann mit zurückgekämmten, langen Haaren, der Shikibu in aufgeregtem Ton verdeutlichte, dass er ihn sprechen müsse. Shikibu reagierte gar nicht darauf, schaute nicht einmal zu dem Mann hin, der in Begleitung einiger weiterer zwielichtig aussehender Gestalten war. Shikibu trommelte mit seinen kleinen Fingern auf dem Leder des Sitzes und nickte dem Koreaner kurz zu, der seinen Chef über den Rückspiegel im Auge behielt, mit dem bereitwilligen Blick eines abgerichteten Hundes.

Mit einer für seinen Körperumfang erstaunlichen Leichtigkeit war der Koreaner ausgestiegen. Plötzlich herrschte völlige Stille. Mit einer kurzen, schnellen Bewegung schlang der Koreaner seinen mächtigen

Arm um den Hals des Mannes. Sie sah das abgedrückte Gesicht dunkelrot anlaufen, die Haare über die Stirn fallen. Im nächsten Moment sackte das verzerrte Gesicht an der Scheibe entlang nach unten und verschwand aus ihrem Blick. Der Koreaner stieg wieder ein, legte die Hände aufs Lenkrad, schaute kurz über seine Schulter, ob er freie Fahrt hatte, und fuhr gelassen los.

Der Koreaner zündet sich eine Zigarette an, was sie noch nie bei ihm gesehen hat. Sie ist nichts anderes als ein Päckchen, das rechtzeitig abgeliefert werden muss. Wie viele dieser Päckchen mag er wohl schon befördert haben?

Um auf andere Gedanken zu kommen, zieht sie die Passfotos aus dem Kuvert und betrachtet das ernste Gesicht ihres Cousins, der in doppelter Ausführung in Schwarz-Weiß zurückblickt. Von den vier Fotos, die der Fotograf abgezogen hat, brauchte sie nur zwei für die ID-Karte mitzunehmen. Im Licht der Fotolampen sieht die lädierte Haut seines Gesichts aus, als handelte es sich um einen ins Papier geätzten Fleck. Alles hat seinen Preis, und Sicherheit ist nicht gerade der preiswerteste Artikel auf der Liste. Sie muss an Hidekis Gesichtsausdruck denken, als sie sich vor dem Fotogeschäft voneinander verabschiedet haben, seine traurigen Augen.

»Geh gleich zurück und versteck dich«, hat sie gesagt. »Lass dich nicht blicken, bis ich dir sage, dass du wieder hervorkommen kannst.«

Er nickte, mit gespannten, trockenen Lippen. Sie sah ihm nach, als er mit seinem schleppenden Gang und seiner Krücke zwischen den Menschen auf der Straße verschwand. Noch nie hat sein Anblick sie so sehr deprimiert. Tief in ihr regte sich die Befürchtung, dass er bis an sein Lebensende auf sie bauen würde.

Sie schaut nach draußen und erkennt die Straßen mit den großen, eleganten Häusern im westlichen Stil, den breiten, von gesunden Bäumen gesäumten Gehwegen. Dies ist das Viertel, in dem vor der Besetzung die Menschen aus den besseren Kreisen wohnten, bis sie ihre

Häuser an US-Generäle und westliche Diplomaten mit ihren Familien abtreten mussten. Sie kommen an dem kleinen Laden vorüber, in dem sie jede Woche für fünfhundert Yen frische Blumen kaufen musste. Fünfhundert! Als sie in die Straße einbiegen, in der das Haus von Frau Haffner steht, malt sie sich kurz aus, dass sie vor ihrer Tür halten und sie aussteigt und ins Haus geht, und alles, was mit ihr passiert ist, wäre vorbei, ausradiert, sowie sie die Tür hinter sich schließt.

Auf der Holzveranda des Hauses, in dem sie gewohnt hat, flackern Dutzende kleiner Kerzen. Und hinter dem Fenster ihres einstigen Zimmers schimmert sachtes Licht. Als sie weiterfahren, schlägt die Angst zu. Sie muss sich in die Gewalt bekommen. Wenn sie bei ihm ist, darf sie keine Furcht erkennen lassen. Kalter Schweiß rinnt ihr die Waden hinunter.

Sie halten vor einem hohen Zaun aus schwarzen Gitterstäben, deren vergoldete Spitzen wie Flammen im Scheinwerferlicht auflodern. Auf den Farnen im Garten funkeln Tautropfen wie Quecksilberkügelchen. Sie kennt dieses Haus, unzählige Male ist sie hier entlanggekommen. Es ist das größte Haus im Viertel, und es steht so weit zurück versetzt, dass man von der Straße nur ein Stück vom obersten Stockwerk und dem Dach hinter den Bäumen ausmachen kann. Es wurde damals umgebaut, da war ein Kommen und Gehen von Lastwagen mit Material.

Das schrille Knirschen der Handbremse lässt sie zusammenzucken. Der Koreaner reicht ihr etwas nach hinten. Es ist ein Paar amerikanischer Import-Nylonstrümpfe, stellt sich heraus, als sie die Zellophanverpackung entgegengenommen hat, wofür die Mädchen vom Golden Gate jedem Joe oder Jim zu Willen sein würden.

»Er möchte, dass du sie anziehst.« Seine Lippen kräuseln sich verächtlich, und sein Blick schießt aus zu Schlitzen geschlossenen Augen abfällig über sie hinweg.

»Jetzt?«, fragt sie, doch er ist schon ausgestiegen und läuft im grellen Scheinwerferlicht zum Tor. Er bückt sich, zieht einen Stift in die Höhe und schiebt die eine Hälfte des Eingangstors zur Seite.

Die Wagentür hat er offen stehen lassen. Das tiefe Brummen des Motors vermischt sich mit dem Rauschen der Bäume im Garten. Die dunklen Silhouetten neigen sich raschelnd zueinander hin und scheinen sich etwas zuzuflüstern. Nervös befühlt sie das Zellophan. Sie zittert am ganzen Leib.

Der Koreaner läuft auf die andere Seite des Tors. Wenn sie hier hineingeht, gibt sie alles aus der Hand. Die letzten Augenblicke im Wagen sind Ewigkeiten der Angst und des Ekels, sie ist sich selbst so zuwider, dass sie die Übelkeit kaum unterdrücken kann. Sie schaut zu dem roten Ziegeldach hinüber, zu dem großen goldfarbenen Fisch im erleuchteten Teich, der aus seinem Maul einen Wasserstrahl in die Höhe speit. Mit den Zähnen reißt sie das Zellophan auf.

Zwischen den Säulen hindurch, die die Veranda im ersten Stock stützen, geht sie auf ihren Stöckelschuhen die Stufen aus Naturstein hinauf. Das Nylon, das ihre Beine umschließt wie eine zweite Haut, vergoldet die Konturen ihrer Schenkel und Fesseln. Zwei Palmen in Kübeln flankieren die mit Holzschnitzereien verzierte hohe, zweiflügelige Eingangstür. Hinter der Tür werden Schritte laut. Lange hat sie ihn auf Abstand zu halten gewusst. Sie hat ihre Rolle gut gespielt. Aber er ist besser. Er ist besessen, das ist der Unterschied. Die Tür öffnet sich.

»Willkommen.« Im Vestibül mit Wänden und Fußboden aus Marmor hilft er ihr aus dem Mantel. Ohne den breitkrempigen Hut auf dem Kopf wirkt er in dem hohen, hallenden Raum noch schmaler. Sein Haar ist dünn und glänzt von der parfümierten Fettcreme, mit der er es frisiert hat.

Er führt sie im Haus herum, das viel größer ist als das von Frau Haffner. Schon das kam ihr gigantisch vor. Zimmer über Zimmer, mehrere Schlafzimmer und Badezimmer, ein Arbeitszimmer, eine Bibliothek, die meisten Räume mit westlichen Möbeln und Gemälden ausgestattet, die geradewegs aus einem alten europäischen Landhaus oder Schloss zu kommen scheinen. Kein Kratzer, keine Schliere oder Blase in der Politur. Er erzählt, sein Großvater habe Mitte des vorigen Jahrhunderts ein großes Stück Land mit Wäldern und Wasserflächen am Stadtrand gekauft. Damals seien noch Hirsche und Wildschweine dort herumgelaufen. Die meisten Tümpel und Bachläufe seien zugeschüttet oder umgeleitet worden, danach habe man Straßen angelegt, und die Apotheose sei sein Auftrag an Architekten und Gartengestalter für eine Villa mit Park gewesen.

Die Führung endet draußen am erleuchteten Teich mit der Fontäne. Unter dem Glitzern der schaukelnden Wasseroberfläche schwimmen große gefleckte Karpfen. Mit sichtlichem Vergnügen streut er aus einer Dose, die am Teichrand steht, etwas Futter aufs Wasser. Die Fische kommen sofort herbeigeschwommen, um die Flocken mit ihren beweglichen, Gummiringen gleichenden Mäulern aufzuschlabbern. »Ich füttere sie jeden Morgen. Eigentlich dürfen sie nur einmal am Tag etwas zu fressen haben, aber es ist zu nett, das musste ich dich sehen lassen. Dreizehn sind es, es waren vierzehn, ein Geschenk vom Leiter des CIC zu meinem Einzug in dieses Haus. Ein amerikanischer Militärlaster mit einer gefüllten Badewanne auf der Ladefläche hat sie abgeliefert.« Die Karpfen schieben sich nebeneinander und streiten um die besten Plätze, bis in ihrem Gedränge schließlich das letzte Futterflöckchen verschwunden ist.

Wieder im Haus, führt er sie in einen Salon mit dunkler Wandtäfelung und Bücherschränken bis zur verzierten Decke hinauf. Unter einem Spiegel mit vergoldetem Rahmen brennt ein Feuer im Kamin.

»Das meiste hier kommt aus Frankreich und Italien.« Er starrt in die Flammen des Feuers.

»Hat Ihre Familie Kunst und Antiquitäten aus dem Westen gesammelt?«, fragt sie.

»Von ihrem alten Mobiliar ist nichts mehr übrig. Ich habe alles ersetzt. Es ist jahrhundertealt, aber neu.«

»Es ist wunderschön«, sagt sie. »Das ganze Haus ist beeindruckend.«

»Es ist groß.« Er sieht sie an. Das Kaminfeuer scheint durch seine Ohren hindurch. »Früher wohnte ich hier mit meinen Eltern und meinem Bruder zusammen. Da war es schon viel zu groß. Und für einen alleinstehenden Mann erst recht.« Sein dünnes, fettiges Haar ist wie ein Strauß schwarzer Gummibänder über seine Kopfhaut gespannt. In seinen Augen entdeckt sie zum ersten Mal Schmerz, eine tiefe Sehnsucht, eine Sanftheit, die schon unzählige Male den Kürzeren gezogen haben muss gegen das Finstere, das in ihm krächzt.

»In diesem Zimmer wurden Admiräle und Generäle empfangen und Minister aus vielen Kabinetten.« Mit einem Schlag hat sein Gesichtsausdruck wieder das übliche Aussehen distanzierter Unergründlichkeit. »Mein Vater kannte sie alle: Minister Hirota, der bei den Prozessen von Anfang an den Mund gehalten hat; Admiral Kishiro Sato, der nicht lange gefackelt und erst seine ganze Familie umgebracht und dann Hand an sich selbst gelegt hat; und auch Tojo kam hierher, als er noch Ministerpräsident war und als ehrenwerter und anständiger Mann galt. Jetzt sind sie die Bösen, und die Bösen von damals sind die Guten, aber eines Tages werden die Bösen von heute wieder die Guten sein. Schon Heraklit wusste: Für Gott ist alles schön und gut; nur die Menschen sind der Meinung, das eine sei recht, das andere unrecht.«

Er zeigt auf ein kleines Sofa mit vergoldeten Schnitzereien. Die dicken Kissen aus rotem Samt sind mit goldenen Borten abgesetzt. »Nimm doch bitte Platz.« Sein Blick wandert über ihre in Nylon gehüllten Beine.

Sie bleibt stehen. »Wo wohnen Ihre Eltern jetzt?«

»Meine Mutter lebt nicht mehr. Und mein Vater wohnt, oder besser gesagt sitzt in Sugamo.«

»Im Gefängnis?«

»Bei seinen Freunden, obwohl ihnen jeder Kontakt untersagt ist.«

Sie muss an die Erzählungen über ihn denken, dass er einen Tag nach der Kapitulation seinen eigenen Vater an die Amerikaner verriet.

»Das Haus würde jetzt meinem Bruder gehören«, fährt er fort, »wenn es nach meinem Vater gegangen wäre. Mein Bruder war ein guter Reiter, am liebsten nackt und ohne Sattel. Das gefiel meinem Vater. Ich war der Schwächling mit Asthma. Als ich vierzehn war, schickte mich mein Vater zur Kur in die Alpen, und als ich achtzehn war, zum Studium in die Vereinigten Staaten, aber eigentlich ging es ihm darum, dass ich ihm und seinen Freunden nicht mehr unter die Augen kam.«

»Hier sind die Fotos«, unterbricht sie ihn. Sie hält das Kuvert hoch und wartet, bis er zu ihr kommt, um es anzunehmen.

»Setz dich.« Seine Aufforderung klingt jetzt nicht mehr wie eine Einladung.

Sie setzt sich und legt die Hände auf ihre Knie.

»Das ist ein französisches Liegesofa, eine sogenannte Récamiere, aus dem Jahre 1705, die Schnitzereien stellen Schwertlilien dar. Sagt dir das etwas?«

»Nein«, sagt sie, »aber ich habe die Vermutung, dass Sie mich nicht lange in Unwissenheit lassen werden.«

»Bravo!« Er bleckt die Zähne zu einem hörbaren Lachen, eine Seltenheit. »Schwertlilien waren das Symbol der französischen Monarchie.« Unter halb geschlossenen Lidern hervor betrachtet er sie und das Sofa mit Wohlgefallen. »Es ist mein jüngster Neuerwerb, und ich war mir noch nicht schlüssig, was ich davon halten soll, aber jetzt sehe ich, dass es vollkommen ist.« Er zieht die Passfotos aus dem Kuvert und sieht sie sich an. »Er ist ein paar Jahre zu spät dran, dein Cousin, sonst hätte er ein Ehrenkreuz dafür bekommen. Pech, dass sein Timing so schlecht ist. Möchtest du Tee?«

»Nein, danke.«

In einer Ecke der Zimmerdecke bimmelt ein Kupferglöckchen. »Entschuldige mich bitte, der Abteilungsleiter vom Meldeamt dürfte eingetroffen sein, mit Leimtopf und Stempeln, wie ich annehme.« Nicht nur seine Möbel, auch seine Wortwahl scheint einer vergangenen Zeit zu entstammen. Sie klingt gesucht und manieriert. Er verneigt sich kurz und verlässt den Raum. Von ihrem Sofa aus studiert sie den Bücherschrank, der Titel enthält, die auch bei Frau Haffner im Haus standen. Philosophen, Architekten, klassische Romane, Biografien von klugen Köpfen und Künstlern.

Eine ältere, westliche Frau in schwarzer Dienstbotenuniform mit Spitzenkrägelchen und weißer Schürze bringt Tee. Nachdem sie das Tablett auf einem Beistelltisch abgesetzt hat, zieht sie sich lautlos zurück. Die flache Teetasse, hauchdünn und fast durchsichtig, hat ein elegantes Blumenmuster. Als sie den Finger hinter den vergoldeten Henkel hakt und die Tasse von der Untertasse hebt, spürt sie, dass der zarte, fast schwerelose Gegenstand zu einer anderen, fernen, erlesenen Welt gehört. Das Ticken der Stutzuhr auf dem Kaminsims beginnt ihr auf die Nerven zu gehen. Die Teetasse zittert in ihrer Hand, und sie stellt sie rasch auf das Tablett zurück. Daneben liegt eine Zeitung: »Regierung verspricht Versorgungsprobleme anzupacken«, liest sie. Und: »Urteile Tribunal stehen kurz bevor.« Sie unterdrückt die Anwandlung, die Zeitung zur Hand zu nehmen, und bleibt stocksteif auf dem Sofa sitzen, denn sie hat das Gefühl, dass sie die ganze Zeit beobachtet wird. Sie möchte jetzt nicht an die Begegnung im Imperial Hotel erinnert werden. Nur eine Front zurzeit. Irgendwo hinter ihr erwacht das Brummen einer Fliege. Das Geräusch verstummt, sowie die Tür aufgeht und Shikibu hereinkommt, die ID-Karte in der Hand. Umsichtig schließt er die Tür hinter sich und legt die Karte auf einen Kabinettschrank aus Nussbaum mit fragilen Beinchen. Hinter den Glastüren funkeln mit Spirituosen gefüllte Karaffen aus Bergkristall.

»Möchtest du etwas trinken?«, fragt er. »Ich habe den besten Pfefferminzlikör von Tokio.«

Sein schmachtender Blick wandert über ihre Beine. Wieder bedeckt sie ihre Knie mit den Händen.

»Möchtest du?«

»Nein.«

»Ich habe eine Fabrik in Osaka übernommen«, sagt er, »die chemische Industrie hat Zukunft. Insektizide, Kunstdünger, Farbe, Plastik, Nylon. Hast du etwas dagegen, wenn ich mich zu dir setze?« Ohne ihre Antwort abzuwarten, nimmt er neben ihr auf dem Sofa Platz. »Du hast dich nicht geschminkt«, murmelt er, »du beginnst zu verstehen.«

Sie atmet wieder durch den Mund. Die Angst, die in ihr hochschlägt, muss sie unterdrücken, verbergen. Der Hund, der den Schwanz einzieht, wird als Erster gebissen. Ihre Macht über ihn, soweit diese denn besteht, liegt in ihrer frechen Lässigkeit, im, wenn auch gespielten, Stolz, mit dem sie ihm gegenüber auftritt. Zweifellos hätte er es nur zu gern, dass sie ihre Kaltschnäuzigkeit ablegt, doch sie ist sich sicher, dass sie sich nur so vor ihm schützen kann. Sie muss sich genauso verhalten, als sitze sie neben ihm an der Bar, mit den klebrigen Gläschen gefärbten Likörs, dem Dröhnen der Musik, dem Stimmengewirr der Gäste. Aber das hier ist sein Haus, seine königliche Récamiere, auf der er jetzt den Kopf an ihre Schulter schmiegt. Der starke Geruch seiner Haarcreme kribbelt in ihrer Nase.

»Du bist eine besondere Frau, das wusste ich schon, als ich dich bei Frau Haffner sah. Glaubst du an Bestimmung?«

»Ist das eine Prüfung?«, fragt sie.

Er lächelt. »Ich schließe nicht aus, dass wir lernen können, gut miteinander auszukommen.« Er legt die Hand auf ihr Knie und taxiert sie mit seinem achtsamen Blick, als studiere er einen Kanarienvogel im Käfig.

»Was hast du für Pläne?«, fragt er.

Darauf weiß sie keine Antwort. Wenn es um die Michiko an der Bar des Golden Gate ginge, würde sie sich schon etwas ausdenken. Aber jetzt, da es um sie selbst geht, braucht sie eine Weile. »Meine Pläne gehen niemanden etwas an«, sagt sie schließlich.

»Warum machst du es dir selbst so schwer?« Die Winkel seines kleinen Mundes bewegen sich abwärts. »Die Amerikaner haben das Sagen, das Schwein hat sich zum Diner eingeladen und steht mit allen vieren mitten auf dem Tisch. Wenn du in der Welt der Schweine überleben willst, brauchst du einen Plan.«

Er lässt sich vom Sofa gleiten und umfasst mit beiden Händen ihre Fußgelenke. Er schließt die Augen, während seine Hände ihre Waden hinaufwandern. Mit allen Fingern befühlt er ihre Knie, wie ein Blinder, der das Gesicht eines Fremden abtastet. Mit Nase und Wange fährt er an ihrem Nylonstrumpf entlang. Schnuppert zwischen ihren Schenkeln. Ein trockener Schluchzer entfährt ihm.

»Fass mich an«, stößt er erstickt hervor.

Sie legt die Hand auf seine Schulter. Ihr Körper zittert jetzt so heftig, dass das Futter seines Jacketts mitvibriert. Die Stutzuhr tickt, als schwinge das Pendel in ihrem Gehörgang hin und her. Mit einem Ruck setzt er sich auf und schaut zu ihr hoch.

»Warum zitterst du?« Jetzt, da er so vor ihr hockt, mit dem aufgerichteten kleinen Kopf, weiß wie gewaschenes Tintenfischfleisch, ist das Bild für sie zum ersten Mal komplett: das ewige Kind, für das Zurückweisung eine Gegebenheit ist und Argwohn Überlebensstrategie.

Sie klemmt die Hände in die Achseln, um das Zittern abzustellen. »Mir ist kalt«, sagt sie, aber es ist schon zu spät für eine Ausrede. Sie spürt, was jetzt kommen wird, sieht es seinem verzerrten Gesicht an, entnimmt es dem rauen Klang seiner Stimme, als er sagt: »Ich verstehe.«

Er steht auf, streicht langsam und penibel seine Hose glatt und knöpft den mittleren Knopf seines Jacketts zu. Einen Augenblick lang bleibt er so stehen, in Gedanken versunken, im vollen Schein der Kronleuchter. Wortlos tritt er an den Kabinettschrank und schenkt sich ein Glas Cognac ein. Er nippt daran und wartet eine Weile, ehe er den Cognac runterschluckt. Dann nimmt er die ID-Karte zur Hand und betrachtet sie prüfend.

»Du hast viel für ihn übrig, für deinen Cousin, nicht wahr?«

Wohl wissend, dass er ihr eine Falle stellt, lächelt sie nur.

»Wie viel?«

»Wie meinen Sie das?«

»Mir scheint, die Frage ist klar.« Er hält die ID-Karte in die Höhe, seine Augen sind hart und dunkel, er schwingt sich wieder zum Rachegott auf.

Ist das jetzt der geeignete Moment, zu ihm hinüberzugehen, oder soll sie noch kurz damit warten?

»Darum ging es doch, oder? Ich würde es zu schätzen wissen, wenn du ehrlich bist. Worauf wartest du?« Er wedelt mit der Karte. Eine selbstverständliche, zwingende Gebärde von jemandem, der es gewohnt ist zu befehlen, zu bestimmen, wann etwas anfängt und wann es vorbei ist.

Sie erhebt sich von dem Sofa. Das Blut steigt ihr zu Kopf wie eine an den Strand brandende Welle. Das Zimmer verschwimmt, und als sie zu ihm hinübergeht, fängt sie im Spiegel einen Blick auf ihr asch-graues Gesicht auf.

Sowie sie bei ihm ist, lässt er die Hand mit der Karte an seinem Hosenbein herabsinken. »Fühlst du dich zu gut für mich?«

»Nein, ich schätze Sie für das, was Sie für mich tun.«

»Wie soll ich das auffassen? Als mildernde Lüge?«

Die Karte schwebt jetzt plötzlich vor ihrem Gesicht. Sie streckt die Hand aus, nimmt sie und steckt sie in ihre Handtasche. »Danke.«

»Schade«, wispert er.

»Ich muss jetzt gehen. Es ist schon spät.«

»Es war deine eigene Entscheidung zu kommen. Es ist auch deine eigene Entscheidung zu gehen. Mein Fahrer bringt gerade den Mann vom Meldeamt weg, ich erwarte ihn jeden Moment zurück.«

»Das ist nicht nötig. Ich komme schon allein nach Hause.«

»Das erscheint mir unvernünftig, zu dieser Zeit. Aber nichts und niemand hält dich zurück. Pass gut auf dich auf, Mädchen.«

Seine Stimme klingt nachsichtig. Er dreht ihr den Rücken zu. Sie wartet noch kurz, kommt sich vor wie in einem dieser Kinderträume, wo sich eine Fluchtmöglichkeit bietet, weil der Drache gelangweilt oder abgelenkt ist, aber man kann nicht weg, weil man bis zur Mitte im Sumpf steckt. Sie löst die Sohlen vom Fußboden und begibt sich zur Tür. Legt die Hand auf die Klinke und drückt sie runter, doch die Tür gibt nicht nach. Sie dreht sich um. Sein Blick ist kalt und leer, und durch ihre Augen dringt er in sie ein, drückt ihr die Kehle zu, schreckt ihr Herz auf, wandert von ihrer Brust zu ihrem sich zusammenziehenden Bauch hinunter und von dort zu ihren Beinen, auf denen sie vor der verschlossenen Tür unbezwinglich wankt.

Sie schlägt die Augen nieder, hört ihn in dem Kabinettschrank kramen, mit schnellen Schrittchen zu ihr herüberkommen. Als sie wieder aufschaut, hat er den Schlüssel in der Hand.

Sie macht ihm an der Tür Platz, und er steckt den Schlüssel ins Schloss. Dann mustert er sie von der Seite. Schweigend hält er den Blick auf sie gerichtet oder eher ein wenig an ihr vorbei, als stünde hinter ihr noch eine Michiko und dieser anderen gälte sein Interesse. Die Stutzuhr tickt, und Schweiß perlt zwischen ihren Schulterblättern hinunter zu ihrem unteren Rücken.

»Warum behandelst du mich, als wäre ich ein Schwachkopf?«, sagt er leise.

»Das ist gewiss nicht meine Absicht«, bringt sie kaum hörbar hervor. Ein Anfall von Übelkeit durchzieht ihren Leib, sie hat keine Kraft mehr in den Gliedern. »Machen Sie die Tür auf, bitte.« Für einen Moment sieht sie sich mit seinen Augen: Die Frau vor der geschlossenen Tür, mit schweißglänzender Stirn, die Frau auf umknickenden Stöckelschuhen, in säuerlichen Angstgeruch gehüllt.

Er nimmt die Hand von dem im Schloss steckenden Schlüssel und dreht sich zu ihr um. Aus allernächster Nähe studiert er ihr Gesicht, als wollte er jeden Quadratmillimeter ihrer Verwirrung in sich aufnehmen. Sie fühlt seinen Atem auf ihrer Haut. Auf seiner Stirn schwillt eine pochende Ader an.

»Ich wollte Sie nicht beleidigen«, sagt sie.

»Beleidigen? Denkst du etwa, das läge in deiner Macht?« Sein Mund ist jetzt sehr klein, zusammengekniffen, als hätte er in eine Zitrone gebissen. »Eine Hure!«

Sie ballt die Hände, die Fingernägel schneiden in ihre Handflächen. Sie holt tief Luft und konzentriert sich dabei auf ihren Bauch,
als wolle sie auf der Bühne zu einer Arie ansetzen. »Genug«, sagt sie,
»wir haben uns nichts mehr zu sagen.«

Sie versucht, an ihm vorbei zur Tür zu treten. Da fährt er ihr jäh
mit der Hand an die Kehle. Mit geblähten Nasenflügeln und ge-
krümmten Schultern hebt er die freie Hand, ein Funkeln wischt
durch den Raum. Ihr Atem klingt, als saugte sie mit einem Strohhalm das letzte Restchen Flüssigkeit vom Boden eines Glases. Er
holt nach ihr aus. Sie wehrt den Schlag ab und fühlt, wie irgendetwas Messerscharfes das Fleisch ihres erhobenen Arms aufreißt. Als
er erneut zuschlägt, fällt ihr Blick auf die gespitzten Metallringe um
seine Fingerknöchel. Sie dringen in ihre Haut ein. Von der Wucht des
Schlages wird sie zu Boden geworfen. Ein heftiger Schmerz schießt
durch ihre Schulter. Sie versucht, von Shikibu wegzukriechen, doch
die Faust mit dem Schlagring geht auf ihre Seite nieder, auf ihre
Hüfte, auf ihren Bauch, auf ihr Gesicht. Sie schiebt sich von ihm weg,
aber er packt sie bei den Fußgelenken, zerrt sie wüst an sich. Seine
blutunterlaufenen Augen quellen aus der weißen Fratze hervor. Sie
tritt nach ihm, er lässt nicht los. Die Wange an den Boden gedrückt,
sieht sie etwa drei Meter von sich entfernt die Beinchen vom Kabinettschrank. Noch einmal tritt sie nach hinten, wieder vorbei, doch
beim nächsten Mal trifft sie ihn. Am Widerstand macht sie die Wucht
aus, mit der sie sein Schienbein trifft. Er ächzt. Es gelingt ihr, sich
hochzurappeln, doch er ist schon wieder bei ihr, um schnaubend
zum nächsten Schlag auszuholen. Die Schmerzen sind unerträglich.
Er wirft sich auf sie und drückt das Knie auf ihre Brust. Sie liegt auf
dem Rücken und sieht in sein Gesicht, feuerrot, die fettigen schwarzen Strähnen baumeln vor seinen Augen. Sie streckt den Arm aus,
um ihn von sich wegzuhalten. Der Schlagring streift ihr Handgelenk,
geht ins Leere, und Shikibu verliert das Gleichgewicht. Sie windet
sich unter ihm hervor. Zieht sich benommen am Kabinettschrank
hoch. Schnell, in einem Atemzug, rupft sie den Stöpsel von der Cog-

nacflasche und schüttet ihm den Inhalt mitten ins Gesicht, als er auf sie zugestürmt kommt. Er schimpft und flucht und jault noch, als sie schon die Tür erreicht hat und in den Flur hinausstolpert. Von ihrer Wange rinnt Blut in ihren Mund, ein süßer Geschmack. Sie reißt die Eingangstür auf und stürzt in den Abendwind hinaus.

15

Nachts steht er fluchend am Fluss und starrt über das dunkle Wasser.
Er wäre zu allem bereit, um Michiko die Schmerzen und das Elend
zu nehmen, doch gerade das ist unmöglich. Sie hat versucht, ihm zu
helfen. Böse zugerichtet und gebrochen ist sie in Frau Takeyamas
Arme gesunken, als sie endlich zurück war. Seit dem Ende des Krieges hat er viel und lange nachgedacht und an der Seele des törichten
Idioten mit Maschinengewehr geschliffen, der er gewesen ist. Doch
nach wie vor watet er im größten Schmutz herum. Ein kleines Boot
mit einer Öllampe auf der Back stampft gegen den Wind an. Er hört
die Ruderblätter im Wasser gurgeln. Das Licht des Lämpchens wird
immer kleiner, entfernt sich wie ein für das Seelenheil der Ahnen zu
Wasser gelassener Papierlampion mit Kerze. Er tritt an den Uferrand.
Das Wasser wird ihn umfangen, aufnehmen, und binnen drei Minuten wird alles vorbei sein.

Der andere Weg besteht darin, weiterzumachen, von hier nach
dort und von dort wieder weiter, stets aufs Neue die eigene Haut zu
retten, stets aufs Neue für sich zu entscheiden. Wohl oder übel wird
er dabei die Hilfe anderer in Anspruch nehmen müssen. So wie er es
zuerst bei seinen Eltern und danach bei Michiko und Frau Takeyama
getan hat. Sie haben ihn beschützt, und zum Dank halst er ihnen
seine Probleme auf. Er will nicht mehr für sich eintreten, Angst um
sich haben, sondern gelassen akzeptieren, was unvermeidlich ist und
es von Anfang an war. Drei Minuten Angst und Schmerzen auf dem
Grund des Flusses, vielleicht nicht mal Schmerzen, und es wird vorbei sein. In ein paar Tagen wird die Wasserpolizei eine Leiche aus
dem Fluss fischen und die ganze Affäre um die drei ermordeten Amerikaner in einem abgelegenen Dorf in der Präfektur Nagano gehört –

Fall zu den Akten gelegt – der Vergangenheit an. Michiko stellt andere über sich selbst. er kann von Glück reden, dass er jemanden wie sie kennengelernt hat. Er ist ihr etwas schuldig. Sein Auftrag ist noch nicht vollbracht. Er kehrt dem Wasser den Rücken zu.

Während der letzten Stunde einer schlaflosen Nacht frischt ein kalter Wind vom Meer auf, angefüllt mit Asche und grobem Staub. An seinem Fleckchen zwischen dem Baumaterial dreht seine rissige Hand in endloser Wiederholung die Kurbel des Schleifsteins herum. Vom Kopf des Schraubenziehers schießen Funken über seine knochigen Handgelenke. Das flache, rechteckige Stückchen Metall, das in einen Schraubenschlitz passt, wird langsam zu einer scharfen Spitze. Als er fertig ist, sticht er sie in einen Flaschenkorken und birgt den Schraubenzieher unter seinem Mantel. Sein Geist ist klar, die Kopfschmerzen sind seiner Konzentration gewichen.

Er zieht seine Krücke unter den Arm und humpelt den Weg zur Hütte von Frau Takeyama hinunter.

Drinnen spielt Kiju mit den glatten Holzklötzen, die er für den Jungen gemacht hat. Michiko liegt unter einer Decke auf ihrem Futon. Zögernd bleibt er im Türrahmen stehen, außerstande, den Anblick ihres zerschlagenen Gesichts zu ertragen.

»Alles ist missglückt.« Ihre Stimme ist kaum hörbar. »Sie werden kommen. Dieser Mann wird alles tun, um mir zu schaden. Und es gibt niemanden, der uns beschützen könnte.« Ihre Pupillen sind geweitet, und ihre Schläfen glänzen von Schweiß. »Du musst gehen.«

Er kniet sich zu ihr, legt die Finger an den Ärmel ihres Kimonos und überlegt, was er ihr sagen möchte. Die Schmerzen lassen sie hohlwangig aussehen. Noch nie, seit er sie kennt, wirkte sie so entwürdigt. »Es tut mir leid«, sagt er leise. Dann nimmt er den Jungen in die Arme und zieht ihn kurz an sich. Draußen bricht die Sonne durch den Nebel, und ihre Strahlen tauchen die leere Fläche in ein nervös flirrendes Licht. Die alte Frau drückt ihm ein mit Drachenschnur verknotetes Päckchen in die Hand. »Etwas zu essen für unterwegs.« Lange und tief verneigt er sich vor Frau Takeyama.

Anderthalb Stunden braucht er, um das Viertel zu erreichen. Er hat eine Entscheidung getroffen, weil sonst andere über ihn entscheiden werden. Er hat seine Waffe geschliffen, die bewährten Kräfte von Hass und Wut mobilisiert. Ein Mal noch Krieger sein, seine letzten Schritte durch Schmutz und Schlamm. Kommt doch, ihr Männer in weiten Anzügen, ihr Marxisten, Faschisten, Rotarmisten, Informanten, zerlumpten Polizisten. Dieser Krüppel hier wird sich retten, viel Zeit benötigt er nicht. Seine Hände zittern nicht. Er hat nichts zu fürchten, nichts zu verlieren. Er hat sein Schicksal akzeptiert. Es ist keine Tragödie zu sterben, auch nichts Besonderes. Heute werden auch Tausende andere den Tod finden. Männer, Frauen, Kinder. Japaner, Chinesen, Australier. Sein Leben stellt nicht viel dar, das hat es nie getan. Aber sein Ende wird als Lächeln kommen.

Sein Plan: Klingeln, nach dem Mann fragen, ruhig bleiben, den Korken vom Schraubendreher ziehen, zustechen.

Das Tor steht offen, und hinter einem sprühenden Springbrunnen macht er das riesige Haus aus. Er muss schlucken und läuft ein Stück weiter, um alles noch ein letztes Mal zu überdenken. Vielleicht öffnet jemand anderes. Vielleicht ist der Mann nicht zu Hause. Vielleicht vermurkst er das Ganze auch selbst.

Hinter dem Zaun des benachbarten Gartens ist ein Mann an der Arbeit. Er steht auf einer kleinen Leiter und stutzt eine Hecke. Ein unsichtbarer Vogel zwitschert hoch und hell, ein sich wiederholender, fordernder Lockruf. Hideki bleibt stehen und sieht dem Mann zu. Als dieser seine Arbeit kurz unterbricht, nickt er grüßend. »Guten Morgen«, sagt er freundlich.

»Guten Morgen«, erwidert Hideki.

Der Mann fährt mit seiner Arbeit fort. Abgeschnittene Zweige fallen auf einen kleinen Haufen. Hideki hätte sich gern kurz unterhalten, aber der Mann geht völlig in seiner Beschäftigung auf.

Hideki schaut noch ein Weilchen zu, doch dann läuft er unvermittelt zu dem großen Tor zurück.

In sanftem Herbstlicht schimmert der Garten ihm entgegen. Hidekis Haut fühlt sich klebrig an, seine Nasenflügel zittern, seine gespickte Achsel glüht. Er muss einen klaren Kopf bewahren. Am Rande seines Blickfelds zeichnet sich ein Hut ab, der am Teich auf dem Rasen liegt, aber er lässt sich nicht ablenken, sondern hält den Blick fest auf die Tür gerichtet. Je schneller es geschehen ist, desto besser. Er ist bereit zu tun, wozu er gekommen ist, bereit zu gehen. Als er die Stufen hinaufgestiegen ist, entdeckt er, dass die Tür nur angelehnt ist. Hinter ihm steigert sich das Sprühen des Springbrunnens zu einem unbändigen Rauschen. Er zögert, dreht sich um und schaut sich von seiner erhöhten Position aus um. Am Teich, in der Nähe des Huts, liegt eine umgefallene Dose mit einem Häufchen Flocken daneben. Und im Teich ist etwas, das seine Aufmerksamkeit erregt, ein schaukelndes weißes Laken, so sein erster Eindruck, aber als er noch einmal genau hinsieht, macht er unter der Wasseroberfläche die Konturen eines menschlichen Körpers aus, einen Mann in weißem Anzug, mit dem Kopf nach unten. In dem rosa gefärbten Ring um ihn herum schwimmen große Fische, die die Umrisse seines Körpers erkunden und mit ihren weichen Mäulern sein Gesicht abtasten. Die Spiegelung auf dem Wasser des Teichs, die glitzernden Sträucher, der morgendliche Chor der Vögel, das fasziniert und verwirrt zugleich. Unschlüssig, was sein nächster Schritt sein soll – klingeln, ins Haus schlüpfen, oder zuerst untersuchen, an wessen Ohrläppchen die Karpfen knabbern –, bleibt Hideki grübelnd stehen. Ein plötzliches Geräusch unterbricht ihn in seinen Überlegungen, und als er aufschaut, fährt ein glänzender weißer Schlitten mit trockenem Knirschen unter den Reifen durch das Tor. Der Fahrer, ein wahrer Riese in schwarzem Anzug, steigt aus. Hideki erkennt ihn sofort: Einen wie den gibt es nur einmal. Der Mann strebt mit einer gefüllten Papiertasche von einem Lebensmittelgeschäft der Eingangstreppe zu, doch als er den Hut auf dem Boden bemerkt, bleibt er stehen. Nach einem prüfenden Blick zum Teich setzt sich sein mächtiger Körper mit einem heftigen Ruck in Bewegung. Die Papiertasche lässt er fallen. In voller Montur steigt der Mann in den Teich. Er watet durchs Wasser, das ihm bis zur Taille reicht. Die Karpfen schießen davon und suchen Deckung unter den Seerosenblättern. Bei dem Körper angelangt, lässt er sich hinunter, bis die Wasseroberfläche sein Kinn berührt. Er richtet sich wieder auf und hebt den Körper in dem weißen Anzug über sein unruhiges, in Scherben zerfallendes Spiegelbild. Der Körper, schlaff und schmal, scheint so federleicht zu sein wie der eines Kindes, mit Erwachsenensachen verkleidet, in den Armen eines Riesen ruhend, der mit seinen mächtigen Schenkeln durch das Wasser pflügt. Über dem weißen Hemdkragen zeichnet sich eine tiefe, dunkelrote Kerbe ab, wo die Kehle durchgeschnitten ist. Der Mund hängt offen und ist bis auf zwei Reihen rot gefärbter Zähne leer. Auf dem weißen Gesicht liegt die Grimasse des Todes.

Der Mann legt den Leichnam auf den steinernen Teichrand und klettert heraus. Wasser trieft aus seinen Kleidern, als er sich kniend über die aufgeschnittene Kehle und das zungenlose rote Loch des Mundes beugt. Plötzlich richtet er den Stiernacken auf und späht mit seinen blitzenden Äuglein um sich.

Als sich ihre Blicke treffen, springt der Mann geschmeidig auf. Einen Moment lang mustert er Hideki, doch dann verliert er das Interesse an ihm und sucht mit dem Blick aufs Neue den Garten ab, als fürchte er, etwas Wichtiges übersehen zu haben.

»Wo ist er?«, schnaubt der Mann. »Wo ist Toru?«

So, wie er den Mann erkannt hat, erkennt der Mann ihn. Auch von einem wie ihm läuft kein Zweiter herum.

»Ich weiß nicht, wo er ist.« Seine Stimme zittert. »Ich bin allein.«

Der Mann hat inzwischen die Treppe erreicht, streift sich das nasse Jackett vom Leib und steigt die Stufen zu der Stelle hinauf, wo Hideki auf seiner Krücke lehnt. Hinter Hideki steht die Tür einen Spaltbreit offen, und einen beklommenen Herzschlag lang erwägt er, hineinzuhuschen und die Tür hinter sich abzuschließen. Deine letzte Chance, denkt er. Was wird es: Nimmst du dein Urteil an, oder kämpfst du in bangem Zweifel um eine Gnadenfrist? Er bleibt im Sonnenlicht stehen, das durch die Bäume des Gartens sticht und sein Gesicht wärmt. Ein eigentümliches Gefühl von Geborgenheit überkommt ihn. Das letzte Restchen Angst schlägt er wie eine Fliege von sich weg, als die imposante Statur ihren Schatten auf ihn wirft. Er weiß, wie es endet. Er ist bereit, er hebt nicht einmal die Hand, um die Hammerfaust abzuwehren, als diese auf sein Gesicht zufährt. Der Schlag explodiert mit einem scharfen Schmerz hinter seinen Augen, und während er benommen zu Boden taumelt, klammert er sich an einem letzten Bild fest. Dem des Leichnams auf dem Teichrand.

16

Als Brink nach einem hastigen Abendessen allein dem Aufzug zustrebt, springt Willink wie ein Löwe aus seinem Hinterhalt aus einem der Ledersessel in der Lobby auf. An der Haltung des Botschafters liest Brink ab, dass er ihn dieses Mal nicht entkommen zu lassen gedenkt.

»Ich habe gerade Kaffee bestellt, darf ich dich kurz an meinen Tisch einladen?«

»Ich möchte noch meine Notizen durchgehen. Für die letzten Beratungen morgen.«

»Du siehst schlecht aus, mein Lieber. Dieses Theater mit Leiden, da schaffen wir Abhilfe. Wir haben Kontakt zum Rector magnificus, und so, wie es jetzt aussieht, behältst du einfach deine Anstellung als Hochschullehrer.«

»Das ist schön«, erwidert er mit flacher Stimme, »aber darüber mache ich mir keine Sorgen.«

»Deine Frau schon, soweit ich verstanden habe.«

»Dorien? Woher willst du denn das wissen?«

»Tja, Rem, die Entfernung zwischen Japan und den Niederlanden ist in gewisser Hinsicht kleiner, als du denkst.«

Das Gespräch hat kaum begonnen, und er fühlt sich schon in die Ecke gedrängt. Die falsche Einstellung.

»Übrigens steht vielleicht auch etwas anderes in Aussicht. Genf, die Vereinten Nationen. Das Außenministerium muss jemanden nominieren. Sie suchen einen Mann mit Sachverstand auf dem Gebiet internationales Recht, der gut Englisch spricht und Auslandserfahrung hat.« Willink lässt eine Stille eintreten und sieht ihn jetzt voll an. »Was meinst du, wäre das nicht etwas für dich und Dorien, so ein Abenteuer in der Schweiz?«

»Das weiß ich nicht. Im Moment habe ich andere Dinge im Kopf.«

»Solltest du Interesse haben, warte nicht zu lange, denn auf so einen Posten sind viele scharf, wie du dir denken kannst.«

»Ich überlege es mir«, sagt er. »Danke, dass du an mich gedacht hast.«

»Das ist doch selbstverständlich. Habe ich richtig gehört, dass in der morgigen Richtersitzung die Höhe der Strafen bestimmt werden soll, die Urteile inhaltlich aber feststehen?«

»Die Urteile sind bereits geschrieben, das trifft zu. Aber ich erwarte, dass außer der Bestimmung der Strafmaße noch Raum dafür sein wird, einige Urteile inhaltlich anzupassen. Und von dieser Möglichkeit werde ich Gebrauch machen, das ist meine letzte Chance.«

»An der Aktenkenntnis dafür dürfte es dir jedenfalls nicht mangeln. Ich sprach diese Woche Webb, und der sagte, dass du der einzige Mann in Tokio bist, der alle fünfundfünfzigtausend Seiten der Prozessakten gelesen hat.«

»Ich hoffe, das wird für Webb und andere ein Grund sein, meiner Meinung Gewicht beizumessen.« Er erläutert kurz seine Argumente für einen Freispruch Shigemitsus und Togos: ihre Versuche, den Krieg zu verhindern, und als das nicht gelang, ihn so schnell wie möglich zu beenden.

»Erwartest du wirklich, dass die beiden freigesprochen werden?«

»Es ist von großer Bedeutung, dass das geschieht. Das Urteil sollte davor bewahren, dass Politiker, die den Frieden anstreben, es sich in Zukunft womöglich zehnmal überlegen, ob sie in Kriegszeiten einer Regierung beitreten, weil sie damit ungeachtet ihrer guten Absichten eine schwere Strafe riskieren.«

»Nimm's mir nicht übel, wenn ich es so sage, aber du hörst dich an, als seist du in die Verteidigerrolle geschlüpft.«

»Weil ich nicht für den Tod eines Unschuldigen verantwortlich sein will?«

»Du kannst gegen die Todesstrafe stimmen. Gegen alle vorgeschlagenen Todesstrafen.«

»Einige Angeklagte verdienen in diesem speziellen Fall die schwerste Strafe.«

»Findest du. Wie Kollegen von dir gleichermaßen überzeugt sind, dass vielleicht andere als die, die du im Visier hast, sie verdienen. Ist das nicht das Eigentliche? Elf Richter aus elf Ländern, die trotz unterschiedlicher Ansichten zu einem gemeinsamen Urteil kommen?«

»Gemeinsam? Falls du damit ›einstimmig‹ meinst, dann liegst du falsch. Schon seit Pal seine Absicht geäußert hat, eine abweichende Meinung zu verfassen, war das ausgeschlossen.«

»Pal wird nicht ernst genommen, außer von den japanischen Ultranationalisten. Wichtiger ist, was du tust.«

»Das weißt du bereits. Webb wird beim Verlesen der Urteile bekannt geben, dass Richter Brink aus den Niederlanden eine abweichende Meinung hat und dass diese, genau wie die Pals, dem Urteil beigefügt ist.«

»Jetzt noch *ein* Mal, Rem.« Willinks Gesicht trägt die professionelle Maske verhaltenen Ärgers. »Du brauchst deine abweichende Meinung doch nicht publik zu machen! Nicht jetzt. Warum genügt es nicht, deine Auffassungen später, zu einem geeigneteren Zeitpunkt zu veröffentlichen?«

Er holt tief Luft. »Du verstehst noch immer nicht, worum es geht.« Er nickt und will schon weglaufen, aber Willink tritt einen Schritt zur Seite und versperrt ihm den Durchgang.

»Du bist der Richter der Niederlande in Tokio. Benimm dich entsprechend. Was sollen deine Landsleute denken, die in den japanischen Lagern Niederländisch-Indiens so sehr gelitten haben, wenn ihr Richter sich vor allem für den Freispruch der Angeklagten einsetzt?«

»Nur für die Angeklagten, die es verdienen. Und ich bin nicht *ihr* Richter.«

»Auch in internationaler Hinsicht können wir es uns nicht erlauben, dass sich unser Mann zum Gespött des Tribunals macht.«

»Gespött?« Das Wort explodiert in ihm wie eine Granate, und ihm wird kurz schwindlig.

»Ja, was dachtest du denn?« Willink ist mit dem höflichen Zeremoniell durch, und nun geht er zum offenen Affront über. »Ein Richter, der zuerst einen Antrag auf Einstimmigkeit zur Abstimmung bringt und später selbst derjenige ist, der diese Einstimmigkeit verletzt, ein Mann, der sich gerade mit den rechtschaffensten seiner Kollegen anlegt, ein Mann, der vor allem bestrebt ist, für Kriegsverbrecher einen Freispruch zu bewirken, ein Mann, der sich öffentlich eine japanische Mätresse hält.«

Brink ringt um Fassung, sein Mund ist trocken. Mit wem hat Willink seinen Plan ausgeheckt? Vereinte Nationen, Genf, zuerst das Zuckerbrot, dann die Peitsche. Mit äußerster Beherrschung, gegen die aufsteigende Wut ankämpfend, sagt er: »Wir vertun beide unsere Zeit, Willink.«

»So öffentlich, dass man sich fragt, ob er es darauf anlegt, dass seine Frau dahinterkommt.«

Er gibt sich alle Mühe, noch ein letztes bisschen Aufrichtigkeit beim Botschafter zu entdecken, doch vergebens. »Sag mal ehrlich, hast du dir das alles selber ausgedacht?«

Willinks hellgraue Augen unter den überhängenden Brauen funkeln. »Ich meine es nur gut mit dir, aber wenn du darauf bestehst, dass deine abweichende Meinung den Urteilen beigefügt wird, kann ich nichts mehr für dich tun.«

»Du hast schon mehr als genug getan, mehr, als ich es je von einem Botschafter erwarten würde. Ihr habt den Ruf, in erster Linie Sherry zu trinken und Golf zu spielen, aber jetzt, da ich dich kenne, bin ich eines Besseren belehrt. Guten Abend.«

In dieser Nacht ist er noch lange wach. Er will nicht über Willink nachgrübeln, nicht über Dorien, nicht über Michiko. Laut liest er, was er sich für die Beratungen notiert hat, und verdrängt damit alle anderen Gedanken. Was zählt, worauf es ankommt, ist, dass er morgen seinen Text frei und überzeugend vortragen kann. Danach, und keine Sekunde früher, beginnt der Rest seines Lebens mit den dazugehörigen Sorgen. Sein Zimmer ist blau vom Zigarettenqualm. Er öffnet das Fenster und starrt in den Garten. Im Scheinwerferlicht fällt Nieselregen in schrägen Bahnen herab.

Er bedenkt, dass seine Kollegen und er morgen zum letzten Mal im Richterzimmer zusammenkommen werden. Wenn sie dieses wieder verlassen, ist ihre Aufgabe vollbracht. Wie beschließt man etwas zu elft, wie gelangt man zu einem gemeinsamen Urteil? Selbst wenn man diesen ganzen Aktenberg, die gesamte Last der Beweise empirisch prüfen könnte wie in der Physik oder Chemie, wäre man in letzter Instanz immer noch auf das menschliche Urteil angewiesen, auf den Richter, der abwägt und schließlich verfügt. Darum geht es, und genau das ist es, was ihn an der Juristerei, am Amt des Richters angezogen hat. Kraft Wissen und Einsicht, auf den Schultern der Väter der Gesetze, die das Recht ausfeilten, nach einem gewissenhaften und gerechten Urteil zu streben. Aber nun, da die meisten seiner Kollegen andere Schlüsse ziehen als er, ist sein Glaube an das System und seine eigene Rolle darin ins Wanken geraten. Mit fünf oder vier Kollegen, vielleicht genügten auch schon drei, die genauso dächten wie er und die Autorität eines Lord Patrick hätten, wäre alles anders gelaufen. Die Frage ist: Wäre das Urteil damit gerechter ausgefallen?

Er fühlt, wie müde er ist. Zum letzten Mal packt er seine Aktentasche. Er denkt an die alten Männer mit den blassen Gesichtern in ihren Zellen, in denen immer Licht brennt. Auch für sie wird in einigen Stunden alles endgültig sein. Sie waren zu achtundzwanzig, als die Prozesse begannen, inzwischen sind es drei weniger. Es ist ernüchternd, dass ihre mögliche Verurteilung zum Tod durch den Strang einen natürlichen Tod nicht ausgeschlossen hat. Einer ist einer Lungenentzündung erlegen, der zweite einer Herzschwäche. Und der dritte Angeklagte ist ins Irrenhaus eingeliefert worden und nicht mehr schuldfähig. Manche halten ihn, den Irren, für den Gewieftesten von allen.

Er duscht und rasiert sich im Badezimmer und zieht sich an. Als

Erster betritt er den Frühstücksraum. Er isst am entlegensten Tisch in der Ecke und ist weg, bevor seine Kollegen erscheinen.

Der Morgen ist diesig und nasskalt. Sein neuer Fahrer, ein freundlicher, wenn auch etwas zu beflissener junger Japaner, hält ihm die Wagentür auf. Sergeant Benson ist vor zwei Monaten nach Oklahoma zurückgekehrt. *Alle* sind nach Hause zurückgekehrt. Na ja, alle, die hier nichts mehr zu suchen haben.

Sein Fahrer spricht ein bisschen Englisch, aber viel mehr, als dass er an der Technischen Hochschule studiert hat und Vater einer Tochter ist, wird Brink wohl nicht über ihn erfahren, selbst wenn die Prozesse noch ein Jahr dauern würden. Er schaut nach draußen. Unzählige Male ist er diese Strecke gefahren und gelaufen. Nach und nach hat er immer weniger zerlumpte Menschen gesehen, die ihre Tage wie Kakerlaken inmitten von Schmutz und Trümmerhaufen verbrachten. Es gibt auch immer weniger Schmutz und Trümmerhaufen.

Am Haupteingang werden zwei Japaner mit Hut von amerikanischen MPs weggeschickt. Daran hat sich nichts geändert. So lief es am ersten Prozesstag, so läuft es noch immer. Sein Fahrer sieht auch, wie man die beiden adretten Herren barsch auf den Seiteneingang verweist, aber er wird nichts dazu sagen. Denn täte er das, ginge er ein Risiko ein. Und die Japaner, so viel hat Brink inzwischen schon begriffen, gehen nicht gern Risiken ein, tun lieber nichts Unbesonnenes. Bedächtigkeit und Vorsicht gehen ihnen über alles. Bis die Banner geschwenkt werden, die Kanonen donnern. Er vermutet, dass sein Fahrer und dessen Generation es besser machen will als ihre Eltern. Das ist vielleicht das Wesentliche dieser ersten Friedensjahre, dass die Möglichkeit besteht, es besser zu machen, nicht die gleichen Fehler zu begehen wie die Vorgänger. Auch er wollte es besser machen als sein Vater, *hat* es auch besser gemacht. Er hat schon Verantwortung übernommen. Als Michiko ihn bat, ihr zu helfen, hat er das abgelehnt, weil er nicht anders konnte.

Eine halbe Stunde vor Beginn der Sitzung lässt er sich auf seinem angestammten Platz im Richterzimmer nieder. Er ist allein. Ein Justizangestellter bringt ihm Kaffee. Er packt seine Tasche aus und legt seine Aufzeichnungen und seinen Stift bereit. Der Nächste, der hereinkommt, ist der Vorsitzende Webb, sichtlich überrascht, dass jemand noch früher da ist als er. Webbs gezeichnetes Gesicht verrät, dass auch er auf dem Zahnfleisch geht. Sie begrüßen sich, und Webb verteilt elf kleine Papierstapel auf dem Tisch. Seine Hand zittert ein bisschen. Sein Atem riecht nach Whisky. In den vergangenen Tagen stand Webb in allen Zeitungen und war auf jedem Radiosender zu hören. Er blies für die anstehenden Ereignisse ins Horn, aber eigentlich war es die immer gleiche einstudierte Leier: Der größte Prozess der Geschichte sei so gut wie vollbracht, die Zusammenarbeit der Richter sei hervorragend gewesen. Trotz aller Kritik an seiner Person, weil der Prozess sich so lange hinzog, hat Webb es doch hübsch zu Ende gebracht.

Brink zieht den kleinen Papierstapel zu sich heran. Obenauf eine Liste der Angeklagten. Hinter jedem Namen ein Kästchen, wo das Strafmaß eingetragen werden soll. Es gibt drei Möglichkeiten: Eine Zahl für die Jahre der Haftstrafe, ein »a« für Freispruch und ein »d« für Todesstrafe.

In Nachdenken versunken gräbt Webb die Finger in die Wangen und zieht sie herunter, wobei er kurz die Haut unter seinen Augen strafft. Er wird hinter keinen einzigen der Namen ein »d« schreiben, weiß Brink. Die Standpunkte zum Für und Wider sind bekannt. Es ist an Brink, einige seiner Kollegen davon zu überzeugen, dass auch ein »a« auf das Formular gehört.

Die anderen Richter kommen herein, einige in Grüppchen, andere allein, stiller als gewöhnlich. Die Blicke Brinks und Lord Patricks kreuzen sich. Der alte Brite nickt ihm zu. Eine Strähne seines dünnen, silbergrauen Haars ist über die Stirn gekämmt und klebt an der Schläfe. Dann ertönt Webbs Stimme vom Kopf des Tisches. »Ich sehe, dass alle da sind. Meine Herren Richterkollegen ...«

Die Sitzung dauert schon mehr als vier Stunden, als sie bei Shigemitsu anlangen. Brink steht auf und ergreift das Wort. »Shigemitsu trat im April 1943 als Außenminister ins Kabinett ein«, beginnt er. »Er behielt dieses Amt bis zum Ende des Krieges. Er trägt keinerlei Verantwortung für die Geschehnisse, die zum Ausbruch des Krieges führten. Die entscheidende Frage ist, ob die Tatsache, dass er zu Kriegszeiten einen Ministerposten angenommen hat, notwendigerweise zu dem Schluss führen muss, dass er für den Ausbruch des Krieges und die Verbrechen, die während des Krieges begangen wurden, verantwortlich ist. Um diese Frage beantworten zu können, müssen wir uns die Vorgeschichte ansehen.«

»Hat der Herr Professor vor, uns eine Vorlesung zu halten?«, erkundigt sich Patrick.

»Nein, ich werde erläutern, wie Japan in den Krieg verstrickt wurde, und aufzuzeigen versuchen, dass Shigemitsu schon 1931, seit der japanischen Invasion in China, gegen den Krieg war und es auch immer geblieben ist.«

»Wir haben Ihr Memo gelesen«, sagt Northcroft. »Oder haben Sie dem noch etwas Maßgebliches hinzuzufügen?«

»Ich bitte Sie lediglich, sich noch einmal meine Argumente anzuhören. Wie Sie wissen, ist dies die letzte Möglichkeit, etwas für einen Unschuldigen tun zu können.«

Er hat zwanzig Minuten lang ununterbrochen das Wort, zitiert aus Briefen, Telegrammen, Tagebüchern und Protokollen, die belegen, dass sich Shigemitsu, ebenso wie Togo, bemüht hat, die militärische Clique, die faktisch das Sagen im Land hatte, in ihre Schranken zu verweisen. Patrick sieht ihn kein einziges Mal an. Die Kollegen, mit denen er schon Blickkontakt hat, lassen ihn, der eine höflich, der andere interessiert, wie es scheint, sein Anliegen vortragen. Northcroft hat die Lippen aufeinandergepresst, und sein Gesichtsausdruck gibt deutlich zu verstehen, wie der Neuseeländer über das Ganze denkt: Hier verplempert jemand wertvolle Zeit. Als Brink geendet hat, tritt Stille ein. Er erwartet eine Diskussion, doch bei seinem Blick in die Runde halten alle den Mund. Dann ist die Stimme Northcrofts zu vernehmen, der sich nicht an ihn, sondern an Webb wendet. »Gut, ich schlage vor, dass wir zum nächsten Punkt übergehen.«

Es ist schon fast dunkel, als Brink das Gerichtsgebäude verlässt. Ihm ist, als hätte er ein Grab zugeschaufelt. Er steigt hinten in seinen Wagen ein, aber er will nicht zum Hotel; der Gedanke an seine Kollegen, die in der Lounge bei einem Gläschen Port oder Sherry zusammensitzen, schreckt ihn ab. Er lässt seinen Chauffeur ans Meer fahren und steigt dort aus. Muschelschalen knirschen unter seinen Schuhen, als er über den Strand läuft. Er setzt sich auf ein umgedrehtes Boot und lauscht den dunklen Wellen. Er denkt über seine Ausführungen nach, die nicht verhindern konnten, dass den beiden ehemaligen Ministern, für die er sich so sehr eingesetzt hat, schwere Strafen auferlegt wurden. Shigemitsu sieben Jahre Haft, Togo zwanzig. Ein dritter Angeklagter, der seiner Meinung nach einen Freispruch verdient hätte, Hirota, ist sogar zum Tod durch den Strang verurteilt worden. Brink fragt sich, ob er mehr hätte erreichen können, wenn er sich nicht abgesondert, sondern von innen heraus operiert hätte. Er selbst hat fünfmal ein »d« auf seinem Formular notiert. Diese Entscheidung hatte er schon viel früher getroffen.

Nach der Sitzung hat Webb ihn eingeladen, mit in die Kirche zu fahren. Webb hat niemanden zum Strang verurteilt, das Gebot »Du sollst nicht töten« nicht übertreten. Die juristischen Fragen waren verteufelt komplex, auch für Webb, aber in diesem Moment beneidete Brink den Australier um sein schlichtes und unkompliziertes Herz, in dem nie Platz für Zweifel an der Existenz Gottes war. Webb wusste sich der Liebe Christi versichert und konnte umgehend in der Kirche für all das um Vergebung bitten, was unter seinem Vorsitz falsch gelaufen ist. Für Brink gibt es in der Kirche Webbs nichts zu holen. In seinen Augen ist der Glaube nicht nur ein Lügner, sondern auch ein Monopolist, der sich sämtliche Tugenden aneignet: Sanftmut, Barmherzigkeit, Aufrichtigkeit, ja sogar Reue. Dem kann er nur seinen eigenen Glauben gegenüberstellen, an anständige, gerechte Gesetze und deren Anwendung sowie an die Bestrafung derer, die sie übertreten.

Ein süßlich-modriger Geruch nach trocknendem Tang weht ihm entgegen. Er zündet sich eine Zigarette an und schaut zu den Sternen am Himmel hinauf. Vor seinem geistigen Auge taucht sein Vater auf. Ein hämisches Lächeln um die Lippen, das ihm die herausfordernde Frage zu stellen scheint: Was wirfst du mir eigentlich vor? Ja, was? Dass er sich davongestohlen hat, als es ihm nötig erschien, gekniffen hat, weil es ihm an Mut fehlte? Brink hat sich nicht getraut zu tun, worum Michiko ihn gebeten hat. Er hat sich nicht dafür entschieden, Michikos Cousin zu retten. Das hatte triftige Gründe. Aber die nützen ihm jetzt überhaupt nichts. Sein ganzes Leben lang hat er groß von Integrität, Mut und Lauterkeit getönt, doch das Bild, das er jetzt von sich hat, fällt ungnädig aus. Er sieht sich nicht so, wie er zu sein versucht, sondern so, wie er vielleicht im Grunde seines Wesens wirklich ist: feige. Der Sohn seines Vaters. Sind die alten Schwächen also über Schleichwege doch wiedergekehrt?

Abends im Hotel füllt sich seine Einsamkeit mit grauer Melancholie. Er lässt sich eine Flasche Whisky aufs Zimmer bringen, die er bei gelöschtem Licht in stetem Tempo leert. Dazu hört er das Klavierkonzert von Beethoven und legt die Platte wieder und wieder auf, sobald sie abgespielt ist. Das Hämmern an seiner Wand lässt ihn kalt.

17

Der Fluss, das Wasser, immer wieder. Im einen Moment liegt er bäuchlings auf einem Felsblock, und seine Hand schaukelt in der Strömung. Das Rauschen, das Licht, alles friedlich, vollkommen. Im nächsten Moment liegt er auf den Kieseln am Grund, und die roten Kiemen von Forellen schießen über ihm dahin. Er schnappt nach Luft. Er versucht sich hochzustemmen, aber er kann sich nicht bewegen. Eine entfernte Stimme, Schritte, ein stechender Schmerz in seinem Arm. »Good morning.« Undeutlich und dumpf wie durch Wasser dringt die Stimme an sein Ohr. Er hört ein Raspeln wie von einem Streichholz, das an der Reibefläche der Schachtel angerissen wird. Ein schwaches Glimmen flackert auf. Er blinzelt, und zwischen den verklebten Wimpern sickern Lichtblitze herein. Eine Frau in weißer Kleidung steht mit dem Rücken zu ihm da. Unscharf erst, dann deutlicher, in eine Flut von Licht getaucht, das durch eine rechteckige Fläche hereinfällt und sich über sie ergießt. Sie befestigt etwas, ein langes Stück Stoff, vielleicht einen Vorhang.

Er schließt die Augen und sinkt wieder auf den Grund des Flusses hinab.

»Are you here?« Er öffnet die Augen. Über ihm schwebt ein Gesicht wie ein weißer Ballon. »What's your name?« Dieselbe Frau? Das Licht fällt jetzt anders herein, nicht mehr von der Seite, sondern von der Decke herab, aus einer Lampe. Ein charakteristischer Geruch hängt in der Luft, der irgendwo tief in seinem Gedächtnis abgespeichert ist.

Er liegt in einem Bett. Er spürt nichts, kann nichts bewegen. Sein Körper ist schlapp. In einer Ader seines Unterarms steckt eine Nadel mit einem durchsichtigen Schlauch daran. Über seine Brust läuft ein weiterer Schlauch zu seiner Nase. Dieser Geruch und diese Schläuche, die Zeit ist zurückgedreht, er befindet sich in der Vergangenheit. Er liegt wieder im Krankenhaus. *Come, come sing along. What's your name; how are you; does this bus stop near the zoo?*

Da ist das Gesicht wieder, nicht so jung, helle Augen. Krankenschwester, das ist das Wort.

»Are you here?« Sie wickelt etwas um seinen Oberarm und kneift in einen kleinen Gummiball. Es fühlt sich an, als pumpe sie seinen Arm auf wie einen Fahrradreifen.

»Are you here?«

Er blinzelt.

Sie liest etwas von einem Metallkästchen ab, und gleich darauf leert sich sein Arm mit einem Zischen. »What's your name?«

Er denkt kurz nach und schließt die Augen. Noch eine Weile hört er die Stimme der Frau, aber er kann sie nicht verstehen und hält die Augen fest geschlossen, bis es völlig still ist.

Ein Waldlaubsänger, in ein Netz verstrickt, die Brust aus blauen und roten Federn hebt und senkt sich – Blau und Rot verfließen zu einem Schleier, der sich langsam auflöst, seine Hand, die sich vorsichtig in das Netz schiebt, um das Vögelchen herauszunehmen. Das Netz wackelt. Sein ganzer Körper zuckt. Er will dem nicht nachgeben. Fast hat er den gefiederten kleinen Leib, muss ihn fühlen, in seiner Hand fühlen, aber er schafft es nicht, es gelingt ihm nicht zu bleiben.

Als er zu sich kommt, stehen zwei Schwestern und ein Arzt an seinem Bett. Der Arzt ist ein großer Weißer mit ergrauenden Schläfen, und eine der Schwestern ist die Frau, die er schon gesehen hat, er nimmt an, dass sie Amerikanerin ist. Sie rüttelt an seiner Schulter.

»He's awake.«

Die andere Schwester, eine Japanerin, erteilt ihm Anweisungen, während der Arzt ihm mit einem Lämpchen in die Augen leuchtet und mit einem Stethoskop Herz und Lunge abhorcht. »Tief einatmen«, ermuntert sie ihn, »gut so, und jetzt wieder ausatmen.«

Am Fußende seines Bettes tuscheln sie noch kurz, und dann verlässt der Arzt mit der amerikanischen Schwester das Zimmer. Die Japanerin bleibt bei ihm zurück und kontrolliert den durchsichtigen Beutel mit Flüssigkeit, der über seinem Bett hängt.

»Es ist eine Rippe gebrochen, die Ihren rechten Lungenflügel perforiert hat. Sie haben innere Blutungen, wahrscheinlich der Magen, aber der Blutdruck hat sich gebessert. Sie sind operiert worden.«

»Wann?«

»Vor drei Tagen. Sie können von Glück reden, dass Sie hierhergebracht worden sind, Major Scott ist der beste Chirurg in Tokio.«

Glück? Der Geist, der genug hat, aber der Körper, der weitermachen will, unaufhörlich. »Wer hat mich hergebracht?«

»Zwei amerikanische Soldaten sind in einem Jeep vorübergefahren. Ein Gärtner hat sie angehalten. Sie lagen auf der Straße.«

Langsam kommt die Erinnerung zurück, das große Tor, der Teich mit den Karpfen, der ertrunkene Mann in dem weißen Anzug.

»Wissen Sie noch, was passiert ist?«

Der Riese, der mit klatschnassem Hemd, das ihm am Leib klebte, die Treppe heraufkam. »Nein.«

»Sie haben viel Blut verloren und einen Schock erlitten. Wie heißen Sie?«

Er peinigt sein Hirn auf der Suche nach der richtigen Antwort. Seinen eigenen Namen anzugeben ist ausgeschlossen. Er ist drauf und dran, sich den seines toten Kameraden zu borgen, doch er schluckt ihn runter. Falls sie diesen Namen überprüfen sollten, was sie im Krankenhaus können, bekäme er Probleme.

»Denken Sie gut nach«, sagt sie, »wie heißen Sie?«

»Ja, ja«, sagt er.

Sie schlägt die Decke zurück und zieht sein Krankenhaushemd ein wenig hoch, um seinen Oberschenkel frei zu machen. Sie schnippt mit dem Fingernagel gegen den durchsichtigen Teil einer Spritze. »Das pikst jetzt ein bisschen.«

Er nickt und wappnet sich. Die kalte Nadel gleitet in sein Fleisch.

18

Beide Hände schwer auf den Rand des Zubers gestützt, stemmt sich Michiko hoch. Die medizinischen Kompressen treiben im Badewasser, ihr starker Geruch hängt in der erwärmten Luft unter den Dachplatten. Sie haben ihre Wirkung getan: Die Wunden sind mit gelbrosa Krusten bedeckt, die Schwellungen in ihrem Gesicht klingen ab, eine Infektion ist ihr erspart geblieben. Bei ihr heilt alles schnell, das war schon als Kind so. Sie hat zwar noch Schmerzen, aber das Schlimmste ist überstanden. Die Tür ist einen Spaltbreit geöffnet. Draußen balanciert Kiju, dick eingemummelt gegen die Kälte, auf einem Bein und klammert sich an der Hand von Frau Takeyama fest, während er den anderen Fuß hebt und voller Verwunderung untersucht. Nicht mehr lange, und er kann alleine stehen. Neben dem kleinen Herd tupft sie ihr Gesicht und ihre Schultern mit einem sauberen Tuch ab. Sie hat eine gute Nacht gehabt, die erste, in der sie ein bisschen schlafen konnte und die Schmerzen erträglich waren, solange sie auf ihrer guten Seite lag. Zum ersten Mal auch hat sie an diesem Morgen nicht gleich beim Aufwachen an das gedacht, was ihr zugestoßen ist, sondern einfach eine Weile den zarten Schatten unter Kijus schönen Wimpern betrachten können. Eines Tages wird nicht mehr davon zurückbleiben als ein paar Narben und eine düstere Erinnerung.

Im gefütterten Kimono mit abgewetztem dickem Mantel darüber tritt sie nach draußen. Es ist kalt, aber trocken. Sie sieht, dass die letzte Geranienblüte verdorrt und durchbrochen ist wie Spitze. Kiju sitzt auf einer Matte und spielt mit seinen Holzklötzen. Frau Takeyama hält ihren schwarzen Fetzen in die Höhe und unterzieht die Löcher und Risse im Stoff einem prüfenden Blick.

»Ich habe es gewaschen und kann versuchen, es zu reparieren, aber die Nähte werden zu sehen sein, und es fehlt auch ein Stück, das muss ich mit einem Flicken hinterlegen.«

»Verbrennen Sie es.«

»Bist du dir sicher?«

Sie nickt. Gemeinsam tragen sie den Zuber mit dem Badewasser nach draußen. Ein heftiger Schmerz flammt in ihrer Seite auf, aber sie lässt sich nichts anmerken, und sie kippen das Wasser hinter der Hütte aus. Vorsichtig setzt sie sich zu Kiju und nimmt ihm das Mützchen ab, um ihm die Haare zu bürsten.

Herr Washimi, hochgewachsen, hager, jeder seiner schleppenden Schritte von Kummer gezeichnet, nähert sich mit einem Korb in der Hand. Er verneigt sich vor ihnen und kniet nieder.

Auf dem kaputten Futter seines Mantels breitet er seine Tauschware aus. Vier Eier, ein Tütchen mit zweihundert Gramm Reis, ein Weißkohl und ein Stück Dörrfleisch.

»Gut?«

»Gut«, sagt Michiko.

Nachdem Frau Takeyama die Sachen in Sicherheit gebracht hat, macht sie Anstalten, mit Herrn Washimi mitzugehen, doch Michiko sagt, dass sie das heute übernimmt. Bevor sie aufbrechen, wendet sie sich noch einmal an Frau Takeyama. »Verbrennen Sie es jetzt.«

»Darf ich mich umsehen?«, fragt Herr Washimi.

Sie nickt. Konzentriert, die kurzsichtigen Augen zu Schlitzen zusammengekniffen, sucht er zwischen den Stapeln herum. Er nimmt ein langes Brett in die Hände, lässt den Blick prüfend darüber hinwegfahren und legt es wieder zurück. Seit einigen Tagen tauschen Frau Takeyama und sie Hidekis Hinterlassenschaft gegen Lebensmittel ein. Michiko hat berechnet, dass sie sich damit etwa zwei Wochen über Wasser halten können. Den Lohn, der ihr noch zusteht, wird sie im Golden Gate abholen, aber dort arbeiten kann sie nicht mehr.

Herr Washimi gibt murmelnd zu verstehen, dass er eine Wahl

getroffen hat. Die herausgesuchten Pfosten und Bretter liegen beisammen. »Hättest du etwas dagegen, wenn ich mich auch kurz beim Werkzeug umsehe?«

»Bitte, gern.«

Der Lohn wird für eine weitere Woche reichen, aber dann ist Schluss. Drei Wochen, um zu genesen und sich etwas einfallen zu lassen, etwas Neues.

Herr Washimi hat zu einem Handbohrer gegriffen, den er so nah ans Gesicht hält, dass es aussieht, als wollte er gleich seine gelben Zähnchen hineinschlagen. »Dieser hier, was meinst du?«

Sie zögert, es fällt ihr schwer, den Wert eines Werkzeugs zu bestimmen. Herrn Washimis Haltung sagt ihr, dass sie nicht zu niedrig greifen sollte.

»Morgen bringe ich eine Extraportion Fleisch mit und Milchpulver für den Kleinen. Habt ihr noch genug Salz?«

»Dreihundert Gramm Milchpulver«, sagt sie, »was meinen Sie?«

Jetzt ist es Herr Washimi, der im Geiste eine Rechnung aufmacht. Er nickt. »Gut.«

Er zurrt die Pfosten und Bretter mit einem Stück Schnur zusammen und hievt sie auf seine Schulter. Den Bohrer nimmt er in die Hand. »Heute Morgen war Polizei bei uns an der Tür.« Seine Augen schießen wie die eines Vogels hin und her. »Du weißt, dass wir, seit wir das Haus verloren haben, bei meiner Schwester wohnen.«

Sie nickt. Sie hat oft mitgehört, wenn Frau Washimi bei Frau Takeyama ihrem Herzen Luft gemacht hat wegen ihrer knauserigen und zänkischen Schwägerin.

»Sie haben uns mitgeteilt, dass unser Sohn einen Unfall hatte.«

Sie sieht Herrn Washimi verständnislos an. Sein Sohn, mit dem sie zusammen zur Schule gegangen ist, wurde vor wenigen Tagen kremiert.

»Sie sagten, dass er im Krankenhaus liegt. Beinahe hätte ich gesagt: Das ist unmöglich. Aber dann fiel mir ein, dass ich deinen Cousin schon seit ein paar Tagen nicht mehr gesehen habe.«

Ihr beginnt zu dämmern, worauf er anspielt. Ihre schuldbewusste Fantasie hat ihr in den vergangenen Tagen Bilder von Hideki vorgegaukelt, der allein durch die Straßen irrte, draußen in der Kälte schlief. An die Polizei hat sie auch gedacht, aber die Möglichkeit, dass er in einem Krankenhaus sein könnte, ist ihr nicht in den Sinn gekommen. »Was haben Sie ihnen gesagt?«, fragt sie.

»Ich habe ihnen gedankt, dass sie mir Bescheid gegeben haben.«

»Danke.«

»Versprich mir eines, Michiko, finde heraus, was los ist. Ich weiß nicht, ob sie wiederkommen, aber wenn sie es tun, werden sie, fürchte ich, nicht noch einmal so freundlich sein.«

Herr Washimi zuckelt mit seinen Sachen den Weg hinunter. Sie setzt sich auf die Werkzeugkiste und blickt über die Fläche. An immer mehr Stellen erheben sich Gerüste von im Bau befindlichen Häusern. Sie lauscht auf das hartnäckige Hämmern und Klopfen. Sie hätte es ihm gegönnt, aber sie hat auch geahnt, dass aus Hidekis Hausbauplänen nicht viel werden würde. Herr Washimi läuft den staubigen Weg Richtung Fluss hinunter, ohne sich seiner Kraft und seines Mutes bewusst zu sein. Ihm wird es gelingen, das neue Haus. Ein Mann, der instinktiv die richtigen Entscheidungen trifft, auch wenn die Polizei ihm Fragen stellt. Michiko wendet das Gesicht zur anderen Seite. Weit entfernt sitzt Frau Takeyama mit Kiju vor der Hütte. Über ihnen quillt dicker, schwarzer Rauch aus dem schiefen Schornstein.

19

Nach der stundenlangen Verlesung der Urteile durch Webb verlässt
Brink mit seinen Kollegen den Gerichtssaal. Er hängt zum letzten
Mal seine Robe weg, zieht seinen marineblauen Wintermantel aus
Kammgarn an und nimmt seinen Hut. Auf den Fluren rennen Journalisten zum Hauptausgang, um vor Redaktionsschluss ihre Berichte
unter Dach und Fach zu bringen. Er geht allen aus dem Weg und
verlässt das Gebäude zur Parkplatzseite hin. Die Angeklagten werden gerade einer nach dem anderen von schwer bewaffneten MPs
in den gepanzerten Transporter geführt, der sie zum Gefängnis zu-
rückbringt. Brink bleibt kurz stehen, um zuzuschauen, wie die ge-
schlagenen Monster in Handschellen abgeführt werden. Einst waren
sie zartwangige kleine Jungen in kurzen Hosen, Kinder, die Hütten bauten und Fangen spielten. Irgendwann nahm ihr Leben eine
Wendung, die ihr Schicksal besiegelte. Der eine traf wissentlich die
falschen Entscheidungen, der andere wurde zum Spielball der Geschichte und war wehrlos den Ereignissen ausgeliefert, die er weder
vorhersehen noch beeinflussen konnte. Als der Letzte im Transporter verschwunden ist, steigt Brink in seinen Wagen und bittet seinen
Chauffeur, nach Asakusa zu fahren.

Er studiert das Formular, das er bei den GHQ geholt hat. Nicht
dass er entziffern könnte, was darauf steht. Die japanischen Schriftzeichen ... Anfangs hat er schon erwartet, dass er ein paar davon erler-
nen würde, aber er muss einräumen, dass die Schrift für ihn herme-
tisch versiegelt geblieben ist. Vor einigen Tagen hat ihn siedend heiß
Bedauern erfasst, dass er Michiko unverrichteter Dinge ziehen ließ.
Er beschloss, sich beim Hotelmanager zu informieren, einem hilfsbe-
reiten Amerikaner, mit dem er sich gut versteht. Der Mann ist Chef

von mehr als hundert japanischen Angestellten, für die er regelmäßig den ganzen Papierkram erledigt. Er hat Brink zur Telefonnummer des richtigen Mannes bei den GHQ verholfen. Der Rest war eigentlich ziemlich einfach, abgesehen vom Gegenstand seiner Bemühungen, einem Mann, der des dreifachen Mordes verdächtig ist.

Er steckt das Formular wieder weg und schaut nach draußen. Die Gerechtigkeit hält keine klare Linie ein. Für Verbrechen, begangen in den Verhandlungen zwischen zwei Nationen, müssen die Schuldigen genauso wenig büßen, wie Verbrechen in der Privatsphäre zwischen zwei Personen geahndet werden. Ein Fahrraddieb kommt vor Gericht, ein Despot, der Millionen von Männern, Frauen und Kindern einem ebenso perversen wie obskuren Ideal opfert, wird mit einem Standbild in jeder Provinzstadt seines Reiches belohnt. Dennoch gibt es in Brinks Augen kein besseres System, kein besseres Verfahren als das der Gerichtsbarkeit.

Ein invalider Japaner, der für den Tod von drei amerikanischen Soldaten verantwortlich ist, wird nie vor Gericht gestellt werden. Dafür wird Brink sorgen. Es ist das Letzte, wozu er sich imstande gehalten hätte, aber so ist es.

Nach zweieinhalbjährigem Prozess hat er fünf Angeklagte zum Tode verurteilt; einen Einzelnen wird er laufen lassen, ohne dass es überhaupt zum Prozess kommt. An seinem Fenster gleiten Straßen vorüber, die immer leerer und kaputter werden, als führe er gegen den Lauf der Zeit zurück in die Vergangenheit, zurück zu seiner Ankunft in Tokio.

»Hier beginnt Asakusa«, sagt sein Chauffeur.

»Ich möchte in den Teil nah am Fluss, wo die Häuser durch die Bombenangriffe abgebrannt sind.«

Sein Fahrer nickt beflissen und sieht ihn über den Rückspiegel an.

Als sie kurz darauf eine baumlose Fläche erreichen, mit wucherndem Unkraut, Grüppchen zusammengezimmerter Hütten und dem Gerippe eines im Bau befindlichen Hauses hier und da, lässt Brink ihn anhalten. Er erklärt seinem Fahrer, was der Zweck seines Besuchs ist, und bittet ihn, sich zu erkundigen, wo Michiko wohnt. Äußerlich ungerührt hört der junge Mann sich an, was er sagt. Brink spürt seine Verwunderung, spürt diese unterschwellige, leicht melancholische moralische Unbeugsamkeit der Japaner, die dem Ausländer, wie er inzwischen nur allzu gut weiß, allerlei exotische Angewohnheiten, unschickliche Bedürfnisse und komische Marotten andichten – eine unversiegbare Quelle für Patzer auf dem Gebiet von Ethik und Etikette. Wahrscheinlich denkt sein Fahrer, der unentschlossen aussteigt, dass er es jetzt mit einer dieser seltsamen westlichen Entgleisungen zu tun hat. Und da könnte er womöglich sogar recht haben.

Brink sieht, wie sein Fahrer auf zwei Frauen zugeht, die vor einer Hütte kauern und über einer Holzschüssel große Knollen raspeln. In der Türöffnung krabbeln Babys, deren Gesichtchen schmutzig aus dem Kragen ihrer zerlumpten Jäckchen hervorlugen. Warum ist Armut immer so hässlich? Die Frauen zeigen in eine bestimmte Richtung, und nicht lange danach steigt sein Fahrer – allem Anschein nach vergnügt – wieder ein.

»Die beiden Häuser dort links, da ist es«, sagt er.

Noch bevor sein Fahrer den Wagen starten kann, steigt er aus. Mit dem glänzenden Schlitten vorzufahren, hält er für unpassend. Die beiden aus Abbruchholz und verrostetem Wellblech errichteten Hütten – sie »Häuser« zu nennen, ist ein gewaltiger Euphemismus – stehen kaum einen Meter auseinander. Das Holz weist Löcher und Risse auf, Fenster gibt es nicht, aus dem Dach ragt ein beängstigend nach hinten geneigtes, rauchendes Schornsteinrohr. Die Tür der einen Hütte steht einen Spaltbreit offen. Kohlgeruch dünstet ihm entgegen. Er bleibt an der Tür stehen, so heftig fühlt er sich abgestoßen – und dabei scheint heute noch die Sonne. Man könnte es Fremdschämen nennen, was in ihm vorgeht, genau wie damals, als er sie auf dieser Bühne wiedersah. Natürlich wollte sie das auch nicht. Wie kann er es wagen, hier aufzukreuzen, ohne sie um Erlaubnis zu fragen, ohne Rücksicht auf ihr Selbstwertgefühl zu nehmen, noch dazu mit den eitlen Empfindlichkeiten eines Lackaffen, fragt er sich, von der eigenen Haltung angewidert. Aber unverrichteter Dinge wieder umkehren wird er nicht. Wie die Angeklagten, die seit heute wissen, was ihnen bevorsteht, muss er hier durch; der Moment ist gekommen, er muss den Schritt tun, kraft der Liebe, die sie ihm in der Vergangenheit geschenkt hat. In seiner Innentasche steckt das Formular, das nicht nur ihren Cousin retten, sondern auch ihn selbst davor bewahren soll, sein Gesicht zu verlieren.

Die Tür öffnet sich etwas weiter, und eine alte Frau mit Lumpen am dürren Leib tritt aus der Hütte. Sie hat einen Topf in den Händen und sieht ihn erstaunt an.

»Michiko?«, fragt er so ruhig und freundlich wie möglich.

Misstrauen verfinstert ihr ausgezehrtes Gesicht.

»Michiko?«, wiederholt er, sich ihres wachsenden Unbehagens bewusst. Sie schaut zur Seite, und er folgt ihrem Blick, sieht jedoch nichts als einen leeren, staubigen Weg und weit entfernt einen einzelnen Baum, kahl und verkohlt. Dann ertönt eine Kinderstimme hinter der zweiten Hütte. Er geht hinüber und schaut um die aus alten Türen errichtete Seitenwand. Da sitzt sie auf einer ausgebreiteten Matte windgeschützt in der Herbstsonne. Er erkennt die Frau in dem geflickten Wintermantel und der verschossenen Kimonohose kaum wieder. Ihr dunkel glänzendes Haar ist fettig und unordentlich hochgesteckt. Zwischen ihren Knien sitzt ein in graue Lappen gehülltes Kind mit Mützchen auf dem Kopf.

Sie erschrickt über sein plötzliches Auftauchen, aber er erschrickt nicht weniger über die Schrammen und Blutergüsse in ihrem Gesicht.

»Was ist mit dir passiert?«, fragt er.

»Was tust du hier?« Der kleine Junge verkriecht sich auf ihrem Schoß. Das Gesichtchen ist rosig und rund wie das eines barocken Puttos – und hat westliche Züge, wie er feststellt.

»Ich musste dich sehen.«

»Warum?«

»Die Prozesse sind beendet.«

»Das weiß ich.«

Er sieht sich selbst mit ihren Augen, den feinen Herrn in seiner teuren Kleidung, den Richter, der fünf Japaner zum Tod durch den Strang verurteilt hat und jetzt aus einer verworrenen Feinfühligkeit heraus, mit der niemandem gedient ist, Abschied nehmen möchte, bevor er wieder nach Hause zurückfliegt. Nun, da er bei ihr ist, merkt er, dass er ihr nicht viel zu sagen hat. Sie ihm ebenso wenig. Er fischt das Formular aus seiner Innentasche, tritt einen Schritt auf sie zu und gibt es ihr, steif, formell – wie ein Gerichtsvollzieher, der einen Zahlungsbefehl überreicht, urteilt er selbstkritisch.

»Was ist das?«

Während sie das Formular studiert, fällt sein Blick auf die gerade Linie verschorfter Wunden, runde, dunkle Punkte in der zarten Haut ihres Unterarms.

»Wenn du mir das ausgefüllt und mit zwei Passfotos zurückgibst, sorge ich vor meiner Abreise dafür, dass du diese ID-Karte bekommst.« Er wünschte, es wäre anders, aber seine Stimme und Haltung atmen Aufgesetztheit, das Gehabe des Mannes, der selbst an diesem ärmlichen und verwahrlosten Ort noch glaubt, allen sagen zu müssen, wo es langgeht. Er begreift, dass er sich verkleinern muss, bereit sein, Abstriche zu machen, aber er weiß einfach nicht, wie.

»Danke«, sagt sie.

»Was ist mit dir passiert?«, fragt er noch einmal.

»Ein Unfall. Willst du da stehen bleiben?«

Er setzt sich auf die Matte und legt den Hut auf seinen Schoß. In der Sonne ist es hier draußen gerade so eben auszuhalten, aber es wird frieren, sobald die Nacht da ist.

Er schaut das Kind an und das Kind ihn. Die Augen des Jungen vermitteln einen lebendigen Eindruck. Brink sieht die langen, dunklen Wimpern, die rosigen Lippen, blubbernd auf der Suche nach Worten. Sohn, denkt er. Mein Sohn. Die ihm so unverhofft zugefallene Vaterschaft erfüllt ihn weder mit besonderer Zuneigung noch mit Stolz. Stolz könnte nur das Kind sein, das der Welt, ob erwünscht und vernünftig oder nicht, sein Dasein aufgedrängt hat. Es ist da, als Nächstes in der Linie, und thront, von den Armen der Mutter umschlungen, auf deren Schoß. Neid, ganz kurz überkommt ihn Neid, welche unangefochtene Stellung der Junge im Leben Michikos einnimmt.

Ein Rabe landet auf dem verrosteten Dach und äugt mit frecher Neugier zu ihnen herab. Auf dem Weg geht ein drahtiger Mann auf Sandalen vorüber, einen langen Stock quer über den Schultern, an dessen Enden rechts und links ein vollgeladener Korb hängt. Flüchtig und um einiges verstohlener als der Vogel mit seinen wachen Äuglein blickt der Mann in ihre Richtung. Mit unergründlichem Gesichtsausdruck geht er weiter. Schauen und still urteilen, denkt Brink, sich vor allem keine Blöße geben. Muss er Michikos reservierte, »japanische« Haltung so interpretieren? Als Weigerung, ihm ihre tieferen Gefühle zu zeigen? Aber was für Gefühle? Sie ist nicht von ihm abhängig, er aber schon von ihr. Er hat sie aufgesucht. Ihre Gesichtszüge sind verhärtet, das ist unübersehbar, aber sie trägt immer noch seinen Ring.

Der kleine Junge ist von ihrem Schoß geklettert und traut sich näher. Seine Fingerchen untersuchen die Schnürsenkel in Brinks Schuhen. Brink schaut dem andächtigen Gefinger zu, registriert die sichtliche Genugtuung des Kindes, als es, selbst über seinen Erfolg verwundert, die Schnürsenkel aufzieht. Sein erster Zaubertrick. Brink erinnert sich, wie er als kleiner Junge einmal krank war und bei seiner Mutter in der Küche herumlungerte. Das war, bevor sie zu dieser schweigenden, nervenkranken Zeitbombe wurde. Summend backte sie Pfannkuchen für ihn, die er sich, schlapp und fiebrig bei ihr auf dem Schoß sitzend, in kleinen Häppchen in den Mund stecken ließ. Er vermisst den Geruch von zerlassener Butter und Zucker, er vermisst sie, zum ersten Mal in seinem Leben. Er vermisst sogar seinen Vater, dieses Arschloch, das hypnotisierende Pendeln der Krawatte über seinem Bettchen, wenn sich sein Vater spätabends noch kurz über ihn beugte. Als er den Blick wieder aufrichtet, schenkt Michiko ihm ihr erstes Lächeln, und er entsinnt sich wieder, wie zart und weich ihre Hingabe war und wie wundersam geborgen er sich bei ihr gefühlt hat. Endlich entspannt sich sein Körper.

Die Sonne zieht sich langsam zurück, und als Michiko vollständig in den Schatten gerät, setzt sie sich zu ihm herüber.

»Wann reist du ab?« Sie hält den Kragen ihres Mantels zu.

»Nächste Woche«, sagt er. »Es tut mir leid, dass ich deinen Brief nicht beantwortet habe. Ich hatte Angst. Angst vor dem, was geschehen könnte.«

Sie rutscht etwas nach hinten und lehnt sich mit dem Rücken an die Wand. Er tut es ihr nach und fühlt sich nun komfortabler. Sie lässt ihren Kragen los und sucht seine Hand. So sitzen sie eine Weile still im letzten Streifen Sonnenlicht. Er seufzt, und tief in seinem Innern tut sich etwas; es hat mit seiner Haltung zu tun, dieser vor langer Zeit angelernten Haltung.

»Aber ich bin in das Dorf gefahren, um dich zu suchen. Schließlich und endlich.«

»Es ist gut.«

»Nein«, sagt er und schaut auf das Kind, das zu seinen Füßen herumspielt, »wie könnte es gut sein?«

»Ich habe den Jungen, ich habe Frau Takeyama. Wir drei haben einander.«

Mit einem Mal sieht er sie durch die Schrammen und Blutergüsse hinweg, tritt wieder das schöne Gesicht hervor, die Intelligenz im Augenaufschlag, das entschieden Vornehme. Auch er, mit dem Rücken an einer schmutzigen Hütte, ist überraschenderweise ganz er selbst. Froh, dass er mal für einen Moment keinerlei Schein aufrechtzuerhalten braucht. Nicht den vom Richter des Tribunals, nicht den vom Mann aus dem Westen mit dem japanischen Mädchen. Er möchte ihr sagen, wie viel sie ihm bedeutet, noch immer, aber sie erhebt sich und nimmt das Kind auf den Arm.

»Es wird kalt«, sagt sie.

Er nickt und rappelt sich auch auf, Rücken und Beine steif vom langen Sitzen.

»Ich frage mich, ob du weißt, dass du immer noch nicht aufrichtig bist«, sagt sie, als sie einander gegenüberstehen.

»Nicht?«

Sie sieht ihn nur schweigend an.

»Vielleicht nicht ständig«, sagt er und räuspert sich, aber er weiß für den Moment nichts mehr zu sagen. Er fühlt, wie klein sein Leben ist.

»Ich sorge dafür, dass das Formular und die Fotos morgen da sind«, sagt sie leise.

»Sehe ich dich noch?«

»Es wird an der Rezeption liegen.« Ihr Blick ist jetzt in sich gekehrt, friedvoll.

Mit dem Kind zwischen ihnen küsst sie ihn auf die Wange, und er weiß, dass er kurz davor ist, sie erneut gehen zu lassen.

»Wie heißt er?«, fragt er.

»Kiju«, sagt sie und verschwindet um die Wand der Hütte herum. Er lauscht auf ihre Schritte, mit diesem kerzengeraden Rücken und dieser Leichtigkeit. Ihr Duft, er kann ihren Duft noch riechen, wie den Beginn dessen, was ihr gemeinsames Leben hätte sein können.

Im PX in Ginza, wo es alles zu kaufen gibt, aber ausschließlich für amerikanisches Personal und Privilegierte wie ihn, lässt er sich von seinem Fahrer bei der Auswahl von Lebensmitteln beraten. In der Damenabteilung kauft er einen dicken Mantel, Strickjacken, gefütterte Röcke, Schuhe. Danach sucht er ein paar Kindersachen aus. Mit gefülltem Kofferraum kehrt er zum Hotel zurück. Bevor er aussteigt, trägt er seinem Chauffeur auf, nach Asakusa zurückzufahren und die Sachen abzuliefern.

»Verstanden?«, fragt er.

»Ja«, antwortet sein Fahrer.

Er denkt daran, dass man nie eine Frage stellen sollte, die mit »Ja«

beantwortet werden kann. Weil Jasagen für Japaner eine elementare Form von Höflichkeit ist und nichts weiter zu bedeuten hat. »Was immer auch zu dir gesagt wird«, präzisiert er seinen Auftrag, »du lässt die Sachen bei ihr zurück und nimmst sie nicht wieder mit.«

Brink steigt aus und wartet die Abfahrt des Wagens ab. Er schaut ihm nach, bis er im Verkehr verschwunden ist.

20

Er scheint in tiefen Schlaf versunken zu sein, als sie in ihrem neuen Mantel den hohen Raum betritt. Auf Zehenspitzen tritt sie an sein Bett und schaut ihn ein Weilchen an. Ein durchsichtiger Schlauch verbindet einen Plastikbeutel über seinem Bett mit seinem Arm. Das Narbengewebe auf seinem Gesicht glänzt im Lampenlicht wie Perlmutt. Vor gut einer Woche ist er »mehr tot als lebendig« eingeliefert worden, wie sie von der Krankenschwester weiß. Seine dunkelvioletten Augenlider zittern wie Schmetterlingsflügel, bevor sie sich öffnen. Es dauert etwas, bis ihm bewusst wird, dass sie dort steht.

Sie beugt sich über ihn, küsst ihn auf die Stirn und flüstert: »Du hast gut gepokert.« Sie richtet sich wieder auf und zieht die ID-Karte aus ihrer Manteltasche. Sie hält sie ihm vors Gesicht, damit er die Personalien lesen kann.

»Und wieder mal bist du es, die mich rettet«, sagt er mit leiser Stimme. Seine Haare stehen senkrecht in die Höhe, seine trockenen Lippen sind gesprungen, und er schaut vom Kissen zu ihr auf wie einer, für den Unbeholfenheit eine gegebene Größe ist und Schuld die Achse seiner Seele.

»Wie geht es dir?«, fragt sie.

»Ich bekomme dreimal am Tag zu essen. Amerikanisches Brot, amerikanisches Fleisch, amerikanische Bohnen.«

»Nicht schlecht«, sagt sie. »Die Schwester sagt, dass du übel dran warst.«

»War ich das nicht schon vorher? Wenn der amerikanische Arzt gewusst hätte, wer da auf seinem Operationstisch liegt, hätte er sich wahrscheinlich nicht so viel Mühe gegeben.«

Sie lächelt.

»Dein Gesicht sieht besser aus als beim letzten Mal, wo ich dich gesehen habe«, sagt er.

»Jetzt deines noch.«

»Dieser Mann in dem weißen Anzug ...« Er holt vorsichtig Luft, und ein nervöses Lächeln flackert in seinem Gesicht.

»Was ist mit ihm?«

»Er ist tot.«

Er erzählt ihr nichts Neues. Sie hat es schon im Golden Gate gehört, als sie ihren Lohn abgeholt hat. »Bist du bei ihm gewesen?«

»Ja, aber er lag schon im Karpfenteich. Er kann dir nichts mehr tun.«

Und dir auch nicht, denkt sie. Denn lebte er noch, würde er alles daransetzen, Hideki verhaften zu lassen. Und sei es nur, um sie damit zu treffen. »Morgen kommst du auf die Station, sagt die Schwester, und nächste Woche darfst du raus.«

Er nickt. Eine Weile sehen sie sich schweigend an, und in der unbeholfenen Stille bleibt das Unausgesprochene zwischen ihnen hängen wie die strenge Krankenhausluft im Raum.

»Das wird schon. Ich glaube, ich gehe dann nach Oshima.«

»Warum dorthin?«

»Vor allem, weil es weit von Tokio entfernt ist.«

»Da ist was dran.« Vielleicht ist eine ferne kleine Insel keine schlechte Wahl. Vorläufig.

»Was macht Kiju?«, will er wissen.

»Alles gut.« Sie unterdrückt die Anwandlung, stolz hinzuzufügen, dass Kijus Vater sein Retter ist. Nur zu gern würde sie ihn in diesem Moment in den Himmel heben, für seinen unverhofften Besuch, die ID-Karte, ihren Mantel und die anderen Kleidungsstücke, den Vorrat an Konserven mit Gemüse und Fisch und Fleisch, für alles. Aber das wäre unklug. Was das Ohr nicht vernimmt, kann der Mund nicht weitererzählen. Sie sagt: »Gestern konnte er zum ersten Mal ohne fremde Hilfe stehen.«

»Dann ist er schon weiter als ich.«

466

»Schau dir die Angaben auf der Karte genau an, und sorg dafür, dass du sie auswendig weißt.«

»Wird gemacht. Keine Sorge.«

»Schick mir eine Nachricht, wenn du einen festen Platz gefunden hast.« Schnell fügt sie noch hinzu: »Bei Gelegenheit.«

»Mach ich.« Er grinst breit. »Bei Gelegenheit.«

»Ich muss wieder nach Hause.« Sie küsst ihn aufs Haar. »Falls du noch bei irgendetwas Hilfe brauchst ...«

»Nicht nötig«, unterbricht er sie, »nicht noch einmal.«

Sie läuft am Glashäuschen des Pförtners vorüber nach draußen, in die flimmernde Stadt hinein. Es dauert geraume Zeit, bis ihr Kopf wieder zur Ruhe gekommen ist. Hideki muss sich jetzt selbst helfen. Sie weiß, dass er es versuchen wird. Er muss sein Bestes geben. Begreifen, dass er es wert ist, gerettet zu werden, es wert ist, sich selbst zu retten. Sie erinnert sich an ihre Scham, als sie mit ihm vom Imperial Hotel nach Asakusa zurückkehrte, unverrichteter Dinge, nachdem der Richter seine Hilfe verweigert hatte. Hideki sagte nichts, aber sie war sich seines Mitleids mit ihr und seiner Verachtung für Kijus Vater zutiefst bewusst. Unvermittelt macht sie kehrt und eilt ins Krankenhaus zurück.

Eine Schwester kommt gerade mit einer Metallschale mit Spritze darin aus seinem Zimmer. »Er muss jetzt ruhen«, sagt sie.

Sie verneigt sich. »Nur eine Sekunde«, sagt sie. »Ich habe etwas vergessen.«

Der Vorhang vor seinem Fenster ist zugezogen. Im Halbdunkel des Raums hebt er den Kopf und sieht sie mit vor Erstaunen geweiteten Augen an. »Es war Kijus Vater, der die ID-Karte für dich besorgt hat«, sagt sie.

Dann dreht sie sich schnell um und huscht aus dem Zimmer, einem Schemen gleich, als wäre sie nie da gewesen.

Auf der Straße hört sie jemanden ihren Namen rufen. »Michiko!« Es ist Herr Honda, der magere Cellist. Er trägt Hut, und seine Beine sind steif wie Eisendraht. »Was für ein Glück, dass ich dich treffe, ich wollte dich sprechen, aber keiner wusste, wo du wohnst.« Seine leicht gekrümmte Haltung verleiht ihm etwas Entschuldigendes, Einnehmendes. »Ich bin in einem neuen Ensemble. In drei Wochen beginnt unsere erste Tournee auf Honshu und Hokkaido, sieben Städte, zwölf Auftritte insgesamt. Es ist schon in den Zeitungen angekündigt. Auch eine Sängerin ist mit dabei, aber die ist vor einigen Tagen ins Krankenhaus eingeliefert worden, weil sie Blut gespuckt hat, wahrscheinlich Tuberkulose. Kurz und gut, da ist dein Name gefallen.«

»Ich bin lange nicht mehr aufgetreten.«

»Das Programm besteht aus bekanntem Repertoire, es wird dich nicht vor unüberbrückbare Probleme stellen.«

Er schiebt die Hand in seinen Mantel und zieht ein Kärtchen hervor.

»Die Organisation und die geschäftliche Seite sind in Händen von Herrn Nakaya, den du noch vom Konservatorium kennen dürftest. Er ist dort weggegangen und hat sich als Impresario niedergelassen.« Er gibt ihr das Kärtchen. »Hier stehen seine Adresse und seine Telefonnummer drauf. Ich empfehle dir, rasch Kontakt mit ihm aufzunehmen.«

»Vielen Dank.«

Herr Honda lüpft seinen Hut und geht weiter, ohne zu ahnen, was er ausgelöst hat. Sie sucht Halt an einer Hauswand und wartet, bis sie sich wieder etwas erholt hat. Mit dem Ärmel trocknet sie ihre Tränen und eilt zum Bahnhof der Ginza-Linie.

21

Mitten in der Nacht nimmt er in Angriff, was er schon viel zu lange hinausgeschoben hat, und sortiert seine Aktenordner und vollgeschriebenen Notizblöcke. Was weg kann, wirft er neben seinem Schreibtisch auf einen Haufen. Was mit in die Niederlande muss, legt er, zusammen mit den Briefen von Dorien und seinem Plattenspieler und den Platten, in einen Kabinenkoffer, den er eigens angeschafft hat, denn er kehrt mit weit mehr Gepäck zurück, als er gekommen ist. In den wandern auch die Geschenke für Dorien und die Kinder, nach denen er sich umgeschaut hat. In den vergangenen Tagen hat er geradezu krankhaft mit Geld um sich geworfen. Als müsse er es loswerden. Abends war er manchmal so rastlos, dass er nicht schlafen konnte, und dann ließ er sich von seinem Chauffeur durch die dunklen Straßen der Stadt fahren, bis er sich wieder beruhigt hatte.

Oben auf die Sachen legt er die aufbewahrten Zeitungen mit Artikeln über das Richtergremium, natürlich auch das Exemplar von *Stars and Stripes*, in dem er, »Judge Brink of the Netherlands«, neben MacArthur abgelichtet ist. Am Tag, als das Foto gemacht wurde, war er mit so gut wie allem in seinem Leben zufrieden. Er klappt den Deckel des Koffers zu, verschließt ihn mit dem Hängeschloss und steckt den Schlüssel in seine Westentasche.

Er geht noch einmal durchs Zimmer, um zu schauen, ob er auch nichts vergessen hat, aber alle Sachen, bis hin zu seinem Rasierpinsel und den Kinderzeichnungen an der Wand, sind eingepackt. Nach seiner Abreise wird hier geschrubbt, abgestaubt und gelüftet werden, man wird die Vorhänge waschen und die Matratze auswechseln, aber selbst dann noch dürfte der nächste Gast etwas von seiner zweieinhalbjährigen Anwesenheit hier wittern können.

Am Nachmittag, als ein Page das Gepäck aus dem Zimmer abgeholt hat, liegt an der Rezeption ein Schreiben von der Universität Leiden für ihn. Er zieht sich an einen Tisch zurück, so weit wie möglich von dort entfernt, wo Pal, von japanischen Berichterstattern und Fotografen umringt, eine »Pressekonferenz« gibt. Das ist ihre letzte Gelegenheit, dem »Triumphator des Tribunals« noch einige weise Worte zu entlocken. Auch Pal kehrt heute nach Hause zurück, nach Bombay, zu seiner Kinder- und Enkelschar. Man wird ihn auf heimischem Boden, wo ein euphorischer antikolonialistischer Geist umgeht, als noch größeren Helden empfangen. Den Mann, ihren Mann, der sich vor den Angeklagten verneigte, aber nicht rassistischen westlichen Kollegen beugte, die gemeinsame Sache machten; den Asiaten, der zu sagen wagte, worum es ging: Asien den Asiaten; den Richter, der alle Angeklagten uneingeschränkt freisprach und sich nicht damit begnügte, dem Urteil seine abweichende Meinung anhängen zu lassen, sondern eine komplette eigene Urteilsschrift von mehr als tausend Seiten vorlegte. Es muss schön sein, als Stolz der Nation zurückzukehren. Brink hat diesen Traum schon vor geraumer Zeit fallen lassen. Über seinen Status macht er sich keine Illusionen. In den Niederlanden sieht man ihn als den abtrünnigen Richter, der seinen armen Landsleuten, die in Niederländisch-Indien Opfer des japanischen Terrors wurden, einen Bärendienst erwiesen hat. In Japan weiß man nicht so recht, was man von ihm halten soll. Für die von ihm offenbarte abweichende Meinung erntet er zwar Sympathie, doch die juristischen Spitzfindigkeiten, die er darin formuliert hat, sind zu kompliziert für ein paar packende Zeilen in der Zeitung. Überdies hat er, als Vertreter einer westlichen Kolonialmacht ohnehin von vornherein verdächtig, gleich fünfmal für die Todesstrafe gestimmt. Brink kann nur hoffen, dass zukünftige Generationen von Juristen seine einhundertsechzig Seiten umfassende Rebellion als wertvoll zu schätzen wissen.

Während Pal, dem einstigen Gespött, im Blitzlichtgewitter gehuldigt wird, liest er, dass die Universität Leiden keine Verwendung mehr für ihn hat. Also wenn sie erwarten, dass er um Gnade fleht, liegen sie falsch. Auf diese Scheißstelle kann er gern verzichten.

In vollem Ornat, Pelzmantel, funkelnde Diamanten an den Ohren, die Haare turmhoch aufgesteckt und begleitet von ihrer attraktiven japanischen Assistentin in Seidenkimono, schreitet Frau Haffner über den Marmor. Mit einem Blumenstrauß in der Hand postiert sie sich ohne das geringste Zögern zwischen den Fotografen und Pal. Der Inder erhebt sich aus seinem Sessel, um sie zu begrüßen und die Blumen in Empfang zu nehmen. Er küsst ihr die Hand. Brink kann nicht verstehen, was gesagt wird, aber Haffners Lobeshymne zum Abschied lässt sich unschwer erraten.

Er trinkt seinen Kaffee und liest im *Stars and Stripes*, diesem billigen Propagandablatt, das er aber, wie ihm ein Vorgefühl sagt, wohl noch vermissen wird. Auf der Titelseite steht ein Artikel über die Wohltätigkeitsarbeit von Frau MacArthur für die Waisenkinder Japans. Seine Gedanken schweifen zu Kiju ab. Der Junge ist von ihm gezeugt worden und wird seine Linie, wenn auch nicht unter dem Namen Brink, auf japanischem Boden fortsetzen. In keinerlei Hinsicht kann er Ansprüche auf den Jungen geltend machen, das hat Michiko unmissverständlich klargemacht. Es kursieren Geschichten, die naturgemäß aus den Kolumnen ferngehalten werden, dass es eine wachsende Zahl von Kindern japanischer Mädchen und amerikanischer Soldaten gibt. Der Hotelmanager hat ihm erzählt, dass diese Mischlinge nicht selten, von ihrer Umgebung verstoßen und beargwöhnt, in Kinderheimen landen.

Frau Haffner bleibt an seinem Tisch stehen, umgeben vom Flair eines Menschen, der es gewohnt ist, mit Applaus empfangen zu werden. »Guten Tag, Richter Brink.«

Er steht auf, um ihr die Hand zu geben.

»Kehren Sie auch demnächst in Ihr Land zurück?«, fragt sie.

»Heute.«

»Es gibt nichts mehr, was einen halten würde, nicht wahr?«

Etwas in ihren Augen lässt ihn zweifeln, ob ihre Bemerkung doppeldeutig gemeint ist.

»Und Sie, bleiben Sie in Tokio?«, fragt er.

»Talent gedeiht am besten dort, wo es am meisten gewürdigt wird. Mein Terminkalender ist bis weit ins nächste Jahr hinein voll. Wissen Sie, ich habe mein Herz an dieses Land verloren. Wie geht es Michiko?«

Das hätte er nicht erwartet. Aber nun, da sie von sich aus Interesse an ihrem früheren Schützling bekundet, kann er der Versuchung kaum widerstehen, ihr auf den Zahn zu fühlen. Alles in allem ist es ja lange her. Vielleicht ist die Strafe verbüßt, hält Frau Haffner es für an der Zeit, ihren Bannfluch aufzuheben. Michiko in letzter Minute noch eine zweite Chance zu verschaffen, würde ihm seinen Abschied merklich erleichtern. Die Vergangenheit auswischen, seine Schuld auswischen. Er ist zu vielem bereit, auch dazu, sich zu erniedrigen. Er schenkt Frau Haffner das Lächeln des früheren Tennischampions.

»Ich hatte lange keinen Kontakt zu ihr, aber neulich habe ich sie zufällig wieder gesprochen.«

»Sie war im Theater, wie ich hörte«, sagt Frau Haffner, »vielleicht hat sie Heimweh.«

»Sie verstehen natürlich mehr von diesen Dingen als ich, aber mir scheint, sie ist dafür geboren zu singen, auf der Bühne zu stehen.«

»Ich wusste, dass sie es noch bereuen würde. Ich hoffe, sie hat ihre Lektion gelernt.«

Er versucht ihre Worte abzuwägen, das Glitzern in ihren blassblauen Augen einzuschätzen.

»Und Sie, haben Sie Ihre Lektion gelernt, Herr Richter?« Triumphierend hebt sie das Kinn und schaut an ihm vorbei auf einen Punkt in der Ferne. Ihr unnahbarer Gesichtsausdruck, in dem erneut diese gelassene alte Verachtung liegt, lässt seine Hoffnung zerplatzen und macht ihm deutlich, warum sie sich überhaupt die Mühe gemacht hat, sich von ihm zu verabschieden. Pal die Blumen, ihm der Beweis, dass sie recht behalten hat.

»Mehr als nur eine Lektion«, sagt er, »aber nicht die, auf die Sie anspielen.«

Ihr Blick kehrt noch kurz zu ihm zurück. »Leben Sie wohl, Richter.« Mit rauschender Kleidung, ihr einheimisches Requisit in Kimono wie einen Schatten an den Fersen, begibt sie sich zum Ausgang.

Ihm bleiben ihre Worte im Ohr, die rückwirkend, nach dem erbrachten Beweis ihrer unverminderten Rachsucht, an Bedeutung gewinnen. Ihre Anspielung ist leicht zu deuten: Er, der Barbar aus dem Westen, hat eine Einheimische verführt, und jetzt zieht er weiter, genau wie die anderen Väter von Bastardkindern. Während sie, die geniale Professorin, die sich tatkräftig für Reinheit und Moral einsetzt, dem Land, das sie so sehr liebt, treu bleibt. Diese alles übertreffende Großartigkeit, auf die sie sich so viel einbildet, denkt er gehässig, wie weit ist es damit eigentlich her? Ja, die verstockte Lebenshaltung des »Bleib unter deinesgleichen« kann er ausmachen, aber viel mehr auch nicht.

Das Herz schlägt ihm unvermindert bis zum Hals. Es will ihm nicht gelingen, seinen Unwillen abzuschütteln. Mit schüchterner Verbeugung nähert sich sein Fahrer.

»Es ist vier Uhr, Herr Richter.«

»Ich komme.«

Er weiß, dass er jetzt aufstehen muss, dass es sinnlos ist, länger zu bleiben. Er muss zum Flughafen, durch den Zoll, muss noch einige Formalitäten erledigen in Sachen Übergewicht des Kabinenkoffers. Er wird noch warten, bis das Sonnenlicht von seinem Tisch wandert, sagt er sich. Außer weiterer Kleidung und Lebensmitteln hat er seinen Fahrer auch einen Brief bei Michiko abgeben lassen. Mit Datum und Uhrzeit seiner Abreise. Ein unmissverständlicher Hinweis. Aber er weiß eigentlich schon, worauf es hinauslaufen wird. Wieder wartet er vergeblich.

Sie würde ihm nicht gestatten, in Tokio zu bleiben. Nicht, dass er das tun würde, selbst wenn er wollte. Er bleibt nicht. Er kann nicht bleiben. Er ist verheiratet, Vater von drei Kindern. Er ist Richter. Die Prozesse sind vorüber.

Er verabschiedet sich von Pal, vom Hotelmanager, vom Portier. Bevor er in seinen Wagen steigt, spricht sein Fahrer ihn an.

»Herr Richter?«, sagt er unsicher. »Da ist jemand, der nach Ihnen fragt.«

Ihm stockt das Herz, und er schnappt nach Luft. »Wo?«

Der Fahrer deutet mit dem Kopf zur Straße, die gerade von einem invaliden Mann überquert wird, der in eine unförmige Masse verschossener Kleider gehüllt ist und sich schwer auf seine Krücke stützt. Wie ein hüpfender Vogel, der aus dem Nest gefallen ist, kommt er auf ihn zu. Die Augen in dem ramponierten Gesicht sind fest auf ihn gerichtet, während er näher kommt. Brinks anfängliche Enttäuschung schlägt in Argwohn um. Dieser humpelnde Racheengel in seinen ärmlichen Lumpen, was zum Teufel hat der vor? Er denkt an die falsche ID-Karte und die Risiken, die für ihn persönlich damit verbunden sind, falls sein Fahrer Wind davon bekommen sollte.

Offenbar spürt sein Fahrer sein Missbehagen, denn er fragt: »Soll ich ihn wegschicken?«

Er nickt, und sein Fahrer öffnet ihm schon die Wagentür.

»Sag ihm, dass ich zum Flughafen muss, dass ich es eilig habe.« Schnell steigt er ein, und die Tür fällt mit einem beruhigenden Laut hinter ihm ins Schloss. Durch die Scheibe seines Fensters hört er seinen Fahrer mit dem Invaliden sprechen, kurz, ohne dass eine Reaktion erfolgte. Als sein Fahrer eingestiegen ist und sich der Wagen in Bewegung setzt, wagt Brink es, sich den Mann einmal richtig anzusehen. Reglos und ergeben lehnt er auf seiner Krücke. Er hat in seiner Zerbeultheit etwas Rührendes an sich. Als einen großartigen Menschen hat Michiko diese traurige Gestalt bezeichnet. Brink hat ihm nicht getraut, hat nicht gewagt, ihm zu trauen, doch ein einziger Blick in diese sanften, verletzten Augen genügt, um ihm zu sagen, dass er falschgelegen hat.

»Hat er noch etwas gesagt?«, fragt er seinen Fahrer.

»Er wollte wissen, ob dies der Wagen des niederländischen Richters ist. Als ich das bestätigte, sagte er, dass er auf Sie warten werde. Er wollte Ihnen das hier geben.« Sein Fahrer reicht ihm einen zusammengefalteten Zettel. Er faltet ihn auseinander. Unter dem Briefkopf des amerikanischen Militärkrankenhauses stehen anderthalb Zeilen auf Englisch. Die Handschrift, schräg, klein, sauber, kommt ihm wie die einer Frau vor. Der Name am Ende scheint von jemand anders geschrieben zu sein.

»Es tut mir leid, wenn ich Sie in Schwierigkeiten gebracht habe. Vielen Dank für alles. Hideki.«

Brink faltet den Zettel wieder zusammen. Er hat nichts für den invaliden Mann getan. Er hätte auch niemals den Kopf für ihn hingehalten. Nie und nimmer. Alles, was er getan hat, hat er für jemand anderen getan.

Sie kommen an dem Lebensmittelladen vorüber, dessen Aufbau er miterlebt hat. Der Sohn des Eigentümers rennt hinter einem roten Ball her. Der Wind aus dem Norden bläst herabgefallenes Laub über die Fahrbahn. Nicht mehr lange, und es ist Winter.

22

Über die Laufplanke schiebt er sich im Pulk mit den anderen Schiffs-passagieren an Bord. Auf dem Oberdeck findet er einen Platz an der Reling. Seine alte Militärmütze mit den gefütterten Ohrenklappen tief in die Stirn gezogen, trotzt er dem kalten Wind. In den Mantel-taschen hat er Konservenbüchsen: braune Bohnen, Makkaroni mit Hackfleischbällchen und Corned Beef, die die japanische Kranken-schwester ihm bei seiner Entlassung aus dem Krankenhaus zuge-steckt hat. Außer diesem amerikanischen Proviant hat er eine ID-Karte mit seinem neuen Namen in der Tasche. Hideki lässt er unten am Kai zurück, wo Familien inmitten verschnürter Koffer und Bün-del Abschied nehmen. Männer küssen den Kai, bevor sie die Lauf-planke betreten, und man winkt ihnen mit Taschentüchern nach. Sein Leben besteht aus Aufbrüchen, immer wieder, und das nicht, weil er wegmöchte, sondern weil die Launen des Krieges es so be-stimmt haben. Vor dem Krieg schien es das Selbstverständlichste von der Welt zu sein, dass er, der Sohn eines einfachen Waldarbeiters, bis zu seinem letzten Atemzug in den Bergen bleiben würde, am Fluss auf dem Bauch liegen würde, wo die jungen Forellen an seinen Fin-gern nuckelten. Noch immer kommen Passagiere an Bord, Männer, Frauen, Alte, Kinder, Familien, dicht gedrängt und vollbepackt. Am Kai werden die letzten Karren mit Koffern, Kartons und Kisten abge-laden. Er schaut zu den Sternen über dem dunklen Meer auf, große und kleine, deren Funkeln wie eine Antwort auf seine Bitte um Rat. Das ist mein Leben, denkt er.

Ein Mann stellt sich neben ihm in den schwachen Schein einer Deckslampe. Sein Gepäck, einen Proviantbeutel in Form eines zu-sammengeknoteten Lakens und einen Bambuskäfig mit Enten, stellt er ab. Der Mann zündet sich eine Zigarette an und bietet ihm auch eine an. Er zögert, nimmt sie dann aber doch und beugt sich über die gehöhlte Hand des Mannes, mit der er die Flamme abschirmt.

Der Mann bläst den Rauch aus. »Sie sagen, dass wir eine halbe Stunde Verspätung haben.«

»Ich habe es nicht eilig«, sagt Hideki.

»Wohin fährst du?«, will der Mann wissen. »Nach Oshima?«

»So weit das Schiff fährt.« Und auf meinen eigenen Füßen kann ich immer noch ein Stückchen weiterziehen, denkt er.

»Ich steige auf Oshima aus, zurück zu meiner Familie. Ich habe es in Tokio versucht, aber es ist mir nicht gelungen. Die Leute hier sind so anders. Oder es ist die Zeit, das kann auch sein. Dass sich einfach alles verändert hat.«

Der Mann sagt noch etwas zu ihm, aber Hidekis Gedanken schweifen schon wieder ab. Zu jenem anderen Mal, da er ein Schiff bestiegen hat, mit seinen Kameraden, es scheint eine Ewigkeit her, in einem vorigen Leben. Selbstzufrieden, stolzgeschwellt trugen sie ihre Tausendsticheschärpen, sangen die Soldatenlieder in die Nacht hinein. Damals galten die Pflicht im Namen von Kaiser und Vaterland, Heldenmut im Krieg und hoher Kameradschaftsgeist als heilig. Doch der Krieg ist verloren, und die Menschen behaupten, das sei das größte Übel, die Ursache dafür, dass nichts mehr intakt ist, keine Werte mehr vorhanden sind. Anfangs war er auch dieser Überzeugung, aber jetzt sieht er ein, dass diese Erklärung zwar vielleicht Trost bietet, aber nicht die Wahrheit erzählt. Er inhaliert den Rauch seiner Zigarette und entdeckt den mit dunklen Flecken marmorierten, leuchtenden Mond, der sich langsam an seinen Aufstieg über die Hügel der Stadt macht. Es muss eine Kraft geben, die so wie dieses emsige, uneigennützige Sichdrehen dort im unendlichen Raum über ihm von der Bilanz eines Kriegs unbeschadet bleibt. Er wird versuchen, auf diese Kraft, so unbarmherzig und unmotiviert sie vielleicht auch sein mag, zu vertrauen.

»Ich möchte Enten züchten.« Der Mann nickt in Richtung des

Bambuskäfigs. »Ich nehme frisches Blut mit, das Viehzeug auf der Insel ist die reine Inzucht. Du weißt also noch nicht, wo du von Bord gehst?«

Er dankt dem Mann für die Zigarette und läuft so weit wie möglich nach vorn. Dem Gedränge und Stimmengewirr an Deck den Rücken zugewandt, schaut er über das dunkle Meer. Sein Kamerad hat ihm damals erzählt, dass der Mond 1955 die Sonne vollständig verdunkeln werde. Vor ein paar Hundertmillionen Jahren sei der Mond der Erde noch so nah gewesen, dass er die Sonne reichlich verdeckt habe und von einem diamanten funkelnden Ring aus Licht keine Rede gewesen sein könne. Und in ein paar Hundertmillionen Jahren werde er schon so weit von der Erde entfernt sein, dass er zu klein sein werde, um die Sonne ganz zu verdecken. Sie könnten also von Glück reden, behauptete sein Kamerad, dass sie zur richtigen Zeit lebten, während dieses einen Herzschlags des Universums, in dem der Mond genau auf die Sonne passe.

Er setzt sich auf den Deckel der großen Kiste, in der die Rettungswesten verstaut sind, und reibt sich die Kälte aus den Händen. Ein salziger Meergeruch kommt zu ihm heraufgeweht. Wo, weiß er noch nicht, aber dieses Wunder am Himmel könnte er miterleben. Das Stampfen der Motoren im Bauch des Schiffes schwillt an. Der hohe Schornstein speit feurig gelbe Dampfwolken aus, und mit lang gezogenem Tuten schwimmt das Schiff langsam vom Kai weg. Es wendet den Bug der stillen Leere zu. Bereit, in See zu stechen.

Dank

Für *Die Zerbrechlichkeit der Welt* habe ich viele Quellen zurate gezogen: Dokumentarfilme, Spielfilme, Bildbände, Ausstellungskataloge, Gerichtsprotokolle, Zeitungsartikel, Briefe, Tagebücher, Kurzgeschichten, Romane und Biografien. Auch spezifische Sachbücher über Japan und den Zweiten Weltkrieg habe ich in meine Recherchen mit einbezogen. Hier eine kurze Übersicht:

- Neil Boister und Robert Cryer (Hrsg.), *Documents on the Tokyo International Military Tribunal* (Oxford University Press 2008)
- Nicolas Bouvier, *Chronique japonaise* (Editions Payot 1975)
- Arnold C. Brackman, *The Other Nuremberg* (William Morrow 1987)
- Ian Buruma, *Erbschaft der Schuld. Vergangenheitsbewältigung in Deutschland und Japan* (Carl Hanser Verlag 1994)
- A. Cassese und B.V.A. Röling, *The Tokyo Trial and Beyond* (Wiley 1994)
- Haruko Taya Cook und Theodore F. Cook, *Japan at War: An Oral History* (The New Press 1992)
- John W. Dower, *War Without Mercy: Race and Power in the Pacific War* (Pantheon 1986)
- John W. Dower, *Embracing Defeat: Japan in the Wake of World War II* (W.W. Norton 1999)
- Eta Harich-Schneider, *Charaktere und Katastrophen* (Ullstein Verlag 2006)
- J. Malcolm Morris, *The Wise Bamboo* (Nabu Press 2011)
- L. van Poelgeest, *Nederland en het Tribunaal van Tokio* (Gouda Quint 1989)
- H.Q. Röling, *Röling in Tokyo* (Wereldbibliotheek 2014)

- Calvin Sims, *3 Dead Marines and a Secret of Wartime Okinawa* (The New York Times, Juni 2000)

- *Japan News 1945. 1946*, U.S. National Archives Film
- *Japan Under American Occupation*, The History Channel 2002

Neben den Autoren der oben genannten Werke bin ich den folgenden Personen zu Dank verpflichtet: Takashi Enjo und, vor allem, Toru Takagi vom NHK (öffentlich-rechtlicher Rundfunk Japans), dem Japanologen Geert van Bremen und dem Regisseur Pieter Verhoeff. Ich darf mich glücklich schätzen, dass sie mir begegnet sind, und danke ihnen für ihre klugen, erhellenden Anregungen. Auch den Lektoren von De Bezige Bij möchte ich für ihren Einsatz danken. 心からの感謝の気持ちを受け取ってください.

Zu guter Letzt darf ein Name nicht fehlen. Der meiner Frau Tatjana, die vier Jahre lang das Auf und Ab meiner Euphorie und meines Frusts über das »japanische Buch« geduldig ertragen und mir liebevoll aufopfernd mit Rat und Tat zur Seite gestanden hat. 君を心から愛している。